郁小词 著

名相倾国 上

人民日报出版社

目录
[上]

楔子 001

第一卷 冠盖京华

第一章 登朝身许国 004
第二章 荣落在深宫 009
第三章 河南一平荡 013
第四章 与君结大义 018
第五章 旧恩如陈酒 022
第六章 出豫表功成 026
第七章 贪蝉鹊意深 031

第八章 帝诏寂无警 036
第九章 回驾观紫薇 040
第十章 扁鹊施妙手 044
第十一章 新皇新授箓 050
第十二章 楚家生逆子 055
第十三章 洞然绝嫌隙 060
第十四章 苏门有子成 064

第十五章 神龙先帝陵 069
第十六章 楚家女为后 073
第十七章 少年欲远行 077
第十八章 风云再起时 082
第十九章 罢相出玉京 087
第二十章 奸人施毒计 092
第二十一章 相逢是故人 096

第二十二章 初识逍遥王 101
第二十三章 遇刺逢药仙 106
第二十四章 风月湖州近 110
第二十五章 皇城起风波 115

目录 [上]

第二卷 烽烟再起

第二十六章 散缨复放冕 120
第二十七章 胡马欲南驱 125
第二十八章 可汗戏相国 130
第二十九章 怀玉已长成 135
第三十章 战马鸣不息 140
第三十一章 前途浩难测 144
第三十二章 谁识安国侯 148

第三十三章 征尘满函谷 153
第三十四章 胡贼渡潼关 158
第三十五章 趁机永王乱 162
第三十六章 如意郎守关 166
第三十七章 山贼亦侠士 171
第三十八章 秋风生故关 175
第三十九章 一夫勇当关 179

第四十章 巾帼有枭雄 183
第四十一章 鸦兵横出世 188
第四十二章 陈仓破胡虏 192
第四十三章 杀回北镇去 196
第四十四章 玄机亦有心 201
第四十五章 崤山多有狐 205
第四十六章 两女初争锋 209

第四十七章 姐弟竟干戈 213
第四十八章 皋玉先捐躯 218
第四十九章 还朝有胜军 223
第五十章 红袖惩骄兵 228

楔子

玉京城的秋天风多雨少,女帝批阅完奏折,有些兴奋地将吴亮甫唤到面前:"这个苏蓁玉果然不负朕望,竟然火烧北胡大营!哈哈,这仗打了也快两年,这一次可保北镇太平一段时间了,朕要好好赏她!"

吴亮甫望着女帝不再年轻的面孔,有些唏嘘,这个苏蓁玉行事大胆又才德兼备,竟有些她当年初登基时的模样。

没多久,太极殿外响起一阵轻快的脚步声,女帝放下手中的奏折,未等进来的一双儿女行礼,便摆手示意免了。安庆公主笑道:"母皇神清气爽,莫不是北镇战事有了好消息?"

女帝颔首道:"不错,朕已经接到苏爱卿的折子,她用了火攻之计,已经将北胡大军逼退关外,这次北胡损失惨重,北镇之围已解,真乃天大的好消息啊!"

"恭喜母皇!"太子萧如昊和安庆公主异口同声道。

女帝将奏折递到太子手上,眼睛在他脸上仔细端详后叹道:"昊儿比苏爱卿还要年长几岁,今后在政事上要愈加勤勉才是,朕今日为你留一贤相,可安枕无忧矣。"

安庆公主闻听此言心中不快,却没有流露出来,暗道:贤相?莫非母皇真的要擢升这个十五六岁的女娃娃当宰相不成?

太子萧如昊也是一阵惊诧,随即想到女帝言语之中视自己为未来的继承人,暗喜之情压过其他。

一个月后。

北镇战事已经到了胜负分明的尾战，北胡老可汗决意撤到漠北草原。

苏蓁玉策马来到前锋营，再三嘱咐他们不要掉以轻心，以防胡人趁机偷袭。就在这时，兵尉来报，长城外北胡太子耶律明成率一队胡人向前锋营靠近，喊话要见元帅。

苏蓁玉皱眉，虽不知耶律明成是何用意，但还是登上长城，居高临下望向不远处的草原雄鹰。

"苏蓁玉，我耶律明成今日当着你的面立誓，像你这样的女子才是草原之王的女人，他日等我继承可汗之位，必跨过这道长城将你带回漠北草原！"

耶律明成说完之后大笑而去，长城上的诸将看着他们的背影，有种难以言说的感觉。

冬初，苏蓁玉率大军还朝，受封中枢阁宰相之职，时年十六岁，举国为之侧目。

第一卷

冠盖京华

第一章 登朝身许国

积香寺位于玉京城东边的神龙山上，因为有朝廷的供奉和苏府的照应，这里的香火比其他庙宇要旺许多。坊间也有传言，苏府大夫人在怀孕时曾来积香寺祈愿，后来就有了现在的相国大人。

这一路上便服出巡的萧如昊听到最多的就是关于这苏夫人积香寺如何祈愿，后来又如何生下相国大人苏蓁玉，仿佛神话一般。

"你觉得苏相国此人如何？"

萧如昊冰冷的声音让随行的近侍卫静一愣，随即答道："坊间对相国大人评价是很高的，称之为百年难得一见的奇女子。"

"那你觉得呢？"

"属下不敢妄言。"

"嗯，算了，为一朝宰辅她是胜之有余的。"

说话间一行人已经到了积香寺的正厅，已有沙弥过来伺候着上香礼仪。

拜过诸佛，在沙弥的引导下萧如昊去了后面的厢房休息，路上询问道："你家住持去了哪里？"

"回施主，住持在陪苏施主下棋。"

"苏蓁玉？"

小沙弥是认得萧如昊的，听他语气不佳，懦懦地回道："正是相国大人。"

萧如昊不再言语，呷了一口新泡的素茶，便起身到外面，积香寺占了半个神龙山，来往行人颇多。有从家里专门过来上香的香客，亦有路边卖香烛的小贩，山道上也时常出现拎着花篮卖些早春花枝和点心的妇人。

乘轿来的多半是官家女眷，醉美如莺的小姐夫人们最喜欢借上香出来游玩一番。

自从知道苏蓁玉每月总要上山和慧明住持下棋的消息，玉京的少年们都时常过来撞撞运气，看看有没有机会一睹这绝世无双的女相国风采。

当然也不乏有好奇心强的世家小姐，也要来凑一凑热闹。

就在萧如昊盯着远处的一片桃花林入神的时候，突然传来女子清脆的笑声："喂，看花也能看这么出神，你是花痴不成？"

身边的近侍因为没有得到出手阻拦的指令，只是蓄势待发，充满警惕地看着慢慢靠过来的女子。

走近了细看才发现这女人生就一张白生生的清水芙蓉面孔，也不曾着脂粉。但是她满身的衣着简单而考究，入眼先是紧身的珍珠白衫子，底下配着简短的百褶细裙，但质料精致，裙摆处绣上的花萼十分细腻，颜色搭配得也相宜。

"你是楚国公府的大小姐？"萧如昊淡淡地问道。

"咦，你怎么知道的？你是谁？"

不错，这女子便是威武大将军、楚国公楚貂的嫡出长女楚秋鸿。

萧如昊不禁想起昨日母皇委婉地提起楚国公的嫡长女如何端庄娴淑，那么今日的邂逅到底是刻意还是无意，便有些让人玩味了。

楚秋鸿生得很美，却是一种尖刻的美，眉峰眼角都是满满的高贵不可侵犯。

萧如昊喜欢看起来温和淡雅的女子，大概是因为她这种一眼被人看穿的冷傲，令萧如昊产生了一些抵触心理。"没什么，几日前有幸瞻仰了姑娘的画像，自是美极，至今未忘。"萧如昊在深宫脂粉堆里长起来的，为了逢迎母皇派来看着自己的女司徒早就练就一副蜜桃般的嘴巴。

楚秋鸿面上一红，未曾料到他会如此夸赞自己，又不知如何往下接话，故意训斥身边的婢女道："还愣着干什么？帮我把那边最高枝上的桃花折来。"婢女急忙应诺退了下去。

时序正是暮春，积香寺的桃花依旧开得烂漫，远处寺里自耕田已是禾苗茵密，一片青碧。萧如昊这几年常来山上，却未曾见过这等美妙的自然风光，心情稍稍宽舒。

放眼看去却见山清水秀处慢慢走来两个人，一个老态龙钟的僧人正是本寺住持慧明，而他身边立着一身白色锦缎儒雅风流作男子装扮的苏蓁玉。

两人隔着田间纵横的地陇边笑边谈，向众人走来，楚秋鸿也注意到了他们，不由得望着苏蓁玉看呆了。

"阿弥陀佛，让萧施主久等贫僧，罪过罪过。"语毕双掌合十一揖。

"微臣参见太子殿下。"一旁的苏蓁玉施施然拜倒于地，却被萧如昊伸手搀扶住道："这非是朝堂之上，苏相国不必拘泥。"

几人对话传到楚秋鸿耳里如同晴天霹雳，惊得她目瞪口呆，竟忘了去接婢女呈上来的桃花。

"蠢货！"啪的一声响，却是楚秋鸿因为没有认出太子殿下迁怒于手下婢女，这一巴掌打下去在场的几人都听得分明，萧如昊不由得眉头一皱。

只见楚秋鸿没事人似的一脸温柔可爱地走了过来，行了参见之礼："臣女不知是殿下在此，未曾拜见还忘殿下海涵。"

萧如昊没有说话，平静地看着她跪在那里，又过了一会儿，楚秋鸿有些尴尬地看向他，萧如昊才道："起来吧，那株桃树乃是先帝所种，楚小姐要是喜欢花，回头本宫让人给你送去一些，这里的就不要随意去碰了，擅自折损先帝所种花木其罪可大可小。"

楚秋鸿一双大眼睛早已吓得蓄满泪水，小脸煞白，不知所措地看看萧如昊又看看一旁不作声的苏蓁玉和住持慧明。

"念你不知内情，把花留下，赶紧回府去吧。"萧如昊话音刚落，楚秋鸿就已经把桃花呈上一溜烟地奔下山去了。

苏蓁玉看着好笑，面上却不动声色。

"既然折了不戴也是可惜，苏相国是本朝第一佳人，自然配得上先帝所植之花。"说完随手簪在了苏蓁玉的发髻上。

又仔细端详一番，见苏蓁玉因惊愕涨红的脸颊，纤尘不染的眸子里划过一丝不解，萧如昊心情大好起来。

"听说你们在下棋？"

"回殿下，是的。"苏蓁玉答得十分简练。

"谁赢了？"萧如昊的眼睛这次看向了慧明，示意他来回答。

"惭愧，出家人不及相国大人万一。"

"噢？这么厉害，改天要邀苏相国去本宫那里下一局了，刚好西域进贡了一副琉璃棋，母皇赐给了我。"

苏蓁玉忙又俯身拜谢口称不敢。

天下事有很多是机缘巧合，但这机缘有多少人为多少天意，则需要聪明人自己去参悟了。

无疑，苏蓁玉是聪明人，所以当她看到萧如昊出现在积香寺便已猜到了七八分。

原来自开国立朝以来，一直施行的是"均田制度"，所谓均田制度就是，一郡一县男子只要满十八岁就可以领田一百亩，其中八十亩是"口分田"，二十亩是"永业田"，永业田在身死之后可以由子孙继承，口分田则由官家收回。

然而自前朝宁帝开始，这一制度已经等同虚设。到如今已是田地准许自由买卖，那些豪门重阀恃势强买强夺，底下早已是潦倒不堪。而到当今女帝登基，三申五令严禁买卖田地，收效却是甚微，立春后河南大旱，趁机强取豪夺者大有人在，灾民流离失所，女帝震怒，令苏蓁玉亲自督办赈灾事务和土地问题。

此诏书一经颁布，朝中立刻议论纷纷，自古贪污好查，杀几个贪官也容易，彻底解决底下的矛盾却是寸步难行。

河南巡抚荀无忌是太子萧如昊的人，本是个清官，无奈惧内之名天下皆知，就有人暗里走了荀夫人弟弟尹尚熊的门路，这荀夫人比弟弟大了十岁有余，自然疼爱得紧，就是他犯了错也尽心为之掩盖。

这次河南事发，跟尹尚熊也脱不开关系，待荀无忌知道始末已经晚了，只好派心腹送书信给东宫知道，一边把自己的失职供认不讳，一边希望太子出面庇护自己渡过这个难关。

萧如昊虽然是太子，但深知自己的长姐安庆公主萧如瑾一直觊觎东宫之位，只得小心翼翼不敢行错半步。

河南灾民一事若让安庆公主插手，必定会让自己在母皇面前不得欢心。

思忖再三，萧如昊听从府中谋士的意见去见苏蓁玉，倘若能得到她的从中协助，纵不能瞒天过海救下荀无忌，也不至于牵连到东宫。

苏蓁玉陪着萧如昊走在积香寺的黄昏里，一路上早已把个中环节想了一遍，然未露半分异常，悠然如故。

等慧明离开，萧如昊才道："听说母皇这次要派苏相国去河南查案，下面的人手脚不干净辜负陛下的信任，连累苏相国跟着千里劳顿，本宫于心不忍。"

"太子言重，为国尽忠为陛下分忧乃臣之本分。"苏蓁玉道。

此时远处神龙山下的田野里一片微茫，两个人的心中却是各有各的清明。

如此又往前走了一程，进入了一条曲曲折折的回廊，路上几个沙弥看着二人并肩同行颇多诧异，心道："京城传闻相国和太子不和，两个人今天却一直聊到现在，那传闻看来也未必是真的。"

"罢了，此去河南，本宫并不是想为底下人向你说情，这次找你，但愿你能秉公办理，不被其他人蒙蔽了眼睛就好。"萧如昊倒也坦然，有什么说什么。

苏蓁玉不答，对一旁的盆栽十分感兴趣，对一旁的萧如昊，却似视而不见，听而不闻。

萧如昊心知她不肯再说河南之事，看着她清瘦的背影忽然想起一年前自己曾向母皇暗示娶妻当娶苏蓁玉时，却被母皇一句话驳回："你可知朕为什么让一个年纪轻轻的姑娘这么快当上了宰辅？"

"儿臣不知，还请母皇明示。"

"一则是她过人的才华，沉稳冷清的性格，二则也是最重要的，就是她说过一句话，她说臣愿以身许国，天下一日不安，百姓一日不安，臣便呕心沥血决不会言婚论嫁。"

到底什么样的女人，才能做到对自己如此绝情？

就在萧如昊以为她已经忘记自己还站在这里的时候，苏蓁玉却转回身来对他说道："太子放心，微臣从站在朝堂之上那日开始就对自己向苍天许下过承诺，绝不会枉杀一人，也绝不会放过一个佞臣宵小。"

第二章 荣落在深宫

从积香寺归来虽然看似一无所获,却也得到了最重要的讯息,那就是苏蓁玉绝不会帮着长姐对付自己,萧如昊想到这里又安心许多。

掌灯后太极殿传来消息,女帝身体不适已经召了两波太医进宫。

萧如昊闻说立刻放下手上的公文进宫探望,快到太极殿正好撞见迎面走来的太监总管吴亮甫,便拉住他询问道:"母皇今日为何发病?"

吴亮甫是宫里的老人了,滑得很,见太子萧如昊询问忙作揖答道:"回殿下,老奴听太医说是操劳过度导致的心疼病复发,这不,老奴不放心,打算去后面看看药熬好了没。"

"本宫知道了,你忙去吧。"

别了吴亮甫,萧如昊径直往太极殿方向走去,远远看见安庆公主的随从已经站满了太极殿外的院子,略一皱眉便对身后的近侍道:"曹武跟我进去,其他人守在这里吧。"

前脚才一跨进殿门,就看见太医院的几名太医正轮流为女帝诊脉,却见女帝正双目紧闭,帷侧立着早已赶来的长姐安庆公主。

似乎被脚步声惊扰到了,女帝睁开眼看到躬身站着的萧如昊,露出一丝欣慰道:"太子刚回宫就过来了吗?"

"是,儿子才回宫听说母皇有恙匆忙赶了过来。"萧如昊的担心神色不是装出来的，他对母亲还是有很深厚的感情的。

"好孩子，听说你是去积香寺为百姓祈福的，朕很宽慰。"女帝的声音虽然带着深深的疲劳，气势却一如既往，那是一种王者的气势，即使她只轻轻地看你一眼，你也会为之震慑。

萧如昊知道京城里发生任何事都会惊动母皇，遂又如实把遇见苏蓁玉的事情斟酌一番讲了出来。女帝正要接着问话，却一阵猛咳，萧如昊急忙上前为母皇捶背抚胸，却见安庆公主萧如瑾因为反应慢了一步愤恨地看着他，跋扈惯了的她完全不顾及这是在太极殿。

女帝缓了一会儿，抬起另一只手冲萧如瑾招了招道："你也过来。"

萧如瑾看到女帝憔悴的面容不由得一阵心酸，她自小的梦想就是像母皇一样能够励精图治把国家变得更强大，但她志大才疏，这也是女帝立了萧如昊为太子的缘故。

女帝看着匍匐在榻前的一双儿女都泫然欲泣，温和地说道："朕是要以宗庙社稷托付你们的，不要学市井寻常百姓只知哀哭。"

萧如昊心下一凛，暗道不妙："你们？"面上犹然挂着几滴眼泪，哀容未改。

殿外太监来报："丞相大人到。"

"宣。"

女帝看着步履从容不迫的女子心情大好，说道："蓁玉，你过来，朕有些话要对你说。"

此言一出，榻前的萧如瑾眸子中满是嫉妒，但她不蠢，只一闪而过，又恢复惨然的模样，一副仁孝动人的态度。

"诺。"

苏蓁玉走到榻前挨着太子跪下，只听女帝忧心忡忡地说道："朕静养期间，暂由太子监国，丞相你负责总领朝中一切事务，要尽心尽力辅助太子，倘若有什么不妥再来告诉朕。"

"臣自当竭尽全力辅助太子殿下，为陛下分忧。"苏蓁玉叩首应道。

女帝把目光又转向了安庆公主和太子，审视半晌才道："瑾儿嫁到广平侯府也快两年了，今后要收敛起你公主的派头，要与族中众人和睦相处，尤其是驸马，他是老实本分的人，朕知道你对他不满意，但你得明白，他对你的隐忍一半是对你的宠爱一半是忌惮你的公主名位,他日朕一旦不在,你要好自为之。至于昊儿,你要学的太多,朕不能一一教你了,重要的是你要牢记,对可用之人须有忍耐力。"

女帝说完已经感到乏力得很,挥手示意众人都退下,太医忙上前为她重新把脉。

走出太极殿萧如昊面色凝重,他很忧虑,母皇的身体恐怕支撑不到秋后了,等这座山倾倒之后,这万里河山……想到此处不由得转眸看向皇姐的方向,她步履急促没有回头看他一眼,而他们的身后正伫立着锦衣庄重的苏蓁玉。

萧如昊很想再和苏蓁玉聊一会儿,又恐宫人来往难免引起有心人的注意,只好打消了这个念头。苏蓁玉见他屡次回头良久方去,心中明白他的意图,然而风雨如晦时期岂能不谨慎,便装作不知,直到上了轿子离开宫门,心里才踏实一点,转念又想到女帝如今病重,心中不免悲伤。

回到相府,管家苏亨过来禀报:"大小姐,刚才老爷派人过来传话让您回来了过去一趟。"

苏蓁玉换下朝服先把一些重要的文书处理了,才吩咐备车回苏府,身边只带了贴身婢女红袖和几名侍卫。

此时已经是半夜三更,一路上空荡荡不见其他人出来,车帘垂着,苏蓁玉忽然道:"红袖,你跟着我几年了?"

红袖微怔,细想一下才回道:"我是太和元年被大人救了性命,然后一路追随大人,到如今也有三年多了吧。"

红袖的思绪仿佛飘到了遥远的边塞,那年大人十六岁,亲自指挥了一场旷古绝今的战役,火烧大漠,把北胡一族直接打回了漠北大山里。在班师回朝的路上遇到了受重伤的自己,那日自己去执行任务却被人暗算,一支箭直直地插在背上,躺在杂草中平静地等待着死亡的降临。

大队人马惊起的飞鸟和烟尘让昏迷不醒的她剧烈咳嗽起来,闻声发现她的士兵报告了上级,让不远处的苏蓁玉听到,便吩咐军医给她治疗并将她带回了玉京。从此那个职业杀手就从这个世界上死掉了,而新生的红袖成了苏蓁玉最得力的护卫兼侍婢。

回到苏府,父亲苏仁则还在书房处理公务,一看到苏蓁玉进来便屏退下人,只剩父女二人时才道:"女儿今日进宫可是见到陛下了?"

"嗯，见到了。"

苏蓁玉没有表现出很热切讨论的模样，让苏仁则有些意外，女儿从何时起已经不再事事与自己商议了？

"陛下龙体如何？"

"父亲，我今天过来是有件事要和你商量，陛下要留在太极殿静养，暂时由太子监国。所以，我必须为苏家的未来考虑，希望父亲能同意我接下来要说的事情。"苏蓁玉一脸庄重地看向自己的父亲，她已经很久没有抬起头仔细审视自己的父亲了，从前那个伟岸的身躯，如今鬓角也有了星星白发，果然是岁月不饶人。

苏仁则眉头微皱，心里觉得不妙，毕竟是久历官场的老人，他很快又镇定了下来，看着一身素装打扮的女儿道："你尽管说吧。"

苏蓁玉垂下头想了想才道："陛下对我恩宠过盛，安庆公主不能相容是早已有的事情，而前些日子太子曾向陛下提到纳我为太子妃，被陛下拒绝，这样一来，无论他们哪一方执掌政权，苏家都有可能被……"

苏仁则看着女儿欲言又止，心下一惊："如此严重？"

苏蓁玉点点头，又安慰道："以苏家在朝野的影响，连根拔起是不可能的，但处处掣肘是难免的。明日早朝后女儿就要赴河南赈灾和查尹尚熊一案。在我离开京城以后父亲不要被朝中任一派势力拉拢，三弟科考一事暂缓，称疾不要参加了。大哥入蜀久矣，他一向孤傲，如今恐怕不会再听我的意见。我会暗中留意他的动静，但愿不会出事吧。"

又谈了一些家中闲事，离天亮只有一个时辰了，二人心情都比较沉重，苏仁则说道："这次你去河南，会助太子一臂之力吗？不要让人看出来你的意图才是。"苏蓁玉何等聪明，一听便知其意，正色道："父亲还不知我？女儿何等样人，怎么能为一己安危乱来，就算碰到太子的人阻挠，案子还是该如何审理就如何审理，女儿自入朝以来，从不敢忘了当初的诺言是为国为民，岂能为一家之主子的事就乱来？"

苏仁则看着已经娉婷玉立的女儿，若是她只是个普通官家小姐，已到了谈婚论嫁的年纪，然而当她站在宰辅位置上的时候，所有儿女私情便与她无关了。

私心里，一个父亲，看着女儿成就千秋功名当然骄傲，可是，更愿意她嫁给一个自己喜欢的人，过幸福快乐的生活。

第三章 河南一平荡

大泽六年夏,苏蓁玉执钦差入河南监管赈灾事宜,并着手调查尹尚熊贪污案,因尹尚熊是刺史荀无忌的内亲,很多地方官听说钦差乃是当朝女相国,纷纷借举报荀无忌失察之名到督察司拜访,遂被苏蓁玉一一接见。

此事荀无忌知道后,暗中递给太子的折子中写道:相国苏蓁玉一到河南便多树恩德,暗中结纳豪杰,众多款附。

太子素来多猜忌,此时对苏蓁玉和荀无忌各有疑团,却没有做出任何举措,静观河南事态变化,各方折子均不批复,压了下来。

近四月中旬,旱情持续,中原各郡土地干裂,荞麦枯死,树木也尽被剥皮食尽,一村一落饿死者常有,苏蓁玉愈发感到棘手,一边派人到各地下发赈灾粮食并监督执行,一边征调民夫疏通黄河河道,引水过渠希望能够灌溉部分田地,以保证基本的收成,又鼓励各地深挖井,挖成一口水井可得补贴若干纹银。然而收效甚微。

五月初,东南风起,巽地云生。

苏蓁玉心知这是异象,恐怕要有战事发生,暗地里派人联系驻扎西北的燕家军主帅燕十三郎,让他加强防范,留意北胡的动向。

灾民情绪因为赈灾粮食的发放已经逐渐安稳下来,尹尚熊也被关押在刺史衙门,对于贪污受贿一事他倒是供认不讳,却再三否认荀无忌知情。

写完奏表，苏蓁玉看了一眼外面漆黑如墨的天空才知道已经丑时了。打了个呵欠，随手又拿起一本呈报，只看了一眼不由得喜出望外，道："红袖，你快去打水，我要洗漱更衣，待会儿出城一趟。"

"大人，已经这么晚，您还没有休息一下，天亮再去不行吗？"红袖看她连日劳神，不由得劝道。

"我不累，这是大事，如果行得通，旱灾可解。"

苏蓁玉又仔细地读了一遍手上的呈报，心情愈发好了起来。

苏红袖只好去打了盆清水过来，服侍她洗漱完毕，换了便装，主仆二人带了几个衙役轻车简从地奔城外去了。

赶车的小厮听说是去禹王台，便好奇地问道："大人可是去找那个老神仙？"

"哦？你知道他？说说看，我对他很感兴趣。"苏蓁玉靠着离车门最近的地方，说话没什么感情色彩，温和却透着冰凉，让赶车的小厮心下一怯。

"小人的老家就在禹王台附近，从小就听村里的大人提起，说这里住着一位老神仙，不但能给人治病，还可以呼风唤雨。"

苏蓁玉仔细聆听着，并无半点不耐烦，赶车的小厮见状胆子逐渐大了起来，便把自己听来的奇闻轶事都讲了出来。

原来这禹王台住着的道人法号为"空花"，世人初时不解，后来随着他的名气渐大，再无人对这法号觉得不妥，反而解释了许多意思出来，都是名言至理。

正在讲话之际，忽有衙役传禀道："大人，前面有一段山路比较狭窄，大人是否要步行上山？"苏蓁玉道："也好，既然到了山下，想来也快到空花观了。"

把马车弃在山下，令一名衙役看着，余下众人便趁着月色登山，行到山腰豁然开朗，眼前一片竹林，穿过林中便见到道观里尚有灯光。

"无量寿福，不知尊客可是苏相国？"竟已有一名四十岁左右的道士立在林中，似乎是专为等大家到来的。

"不错，正是本相。"苏蓁玉朗声应道。

"我家师父正在观中等候您的大驾，相国大人请。"只见那名道士拂尘一挥，做出请的动作。

空花观格局简单疏旷，结构之精，铺设之雅，自不待说，一看便知观中道爷非是寻常人物。苏蓁玉和身边的红袖相视一眼俱有疑惑。

"贫道料知今夜有贵客相访，是以备好清茶素肴专待相国大人。"说话之人声音洪亮，金羽堕地般清脆，使人心中一凛。

苏蓁玉闻声望去，正殿前立着一位仙翁，气宇轩昂与旁人不同，暗忖必是空花道人了。

"本相自入河南境内就已先闻道长法号，因政务繁忙未早些来访，还望道长海涵。"苏蓁玉抱拳当胸，竟是江湖人的见面礼法，这让空花道人十分受用。

苏蓁玉只带了红袖进殿，其余众人留在院中待命。刚一坐定便开门见山道："禹王台知县已经把道长的求雨福牒呈报，本相也读过了，觉得可行。"

空花道人又将细节说了一番，原来他不但精通天文地理还有奇门遁甲之术，早已推算出近来云层渐敛，若用他自制的降云粉喷至高处云层，便可化云为雨。

"你的意思是需要在禹王台山顶最高处建祭台然后需要八门大炮助你施法？"苏蓁玉听完以后不由得皱眉，祭台好建，可是大炮需要向驻扎在开封城外的神卫营借取，不知道能否如意。

空花道人笑道："相国大人要是能答允贫道这两个条件，求雨之事万无一失。"

苏蓁玉起身，面上不动声色淡然道："好，明天黄昏，祭台和大炮都会准备妥当，掌灯时分愿能看到道长虔诚求来的雨。那本相就先回城中，道长尽管准备好就是。"

空花道人知道她政务繁忙未作挽留，送出观门便不再继续往前，一直目送苏蓁玉一行人下山去了。

"大人，你觉得这个空花道人靠谱吗？"红袖忍不住地问道。

"他的法子可行，很久以前听我师父讲过这样求雨的案例，只是他那个降云粉不知何物，若能得到，你我皆能求得雨来了。"

红袖听了这话更感兴趣，遂又问道："那我们现在要回城中吗？"

"去神卫营。"苏蓁玉打了个呵欠，歪在红袖身上喃喃又道，"今日真累，我养会儿神，到了神卫营你再喊我起来。"

红袖有些心疼地看着她，一个月的不眠不休已经让她消瘦很多。

为了不让车子的颠簸影响到苏蓁玉，红袖伸手扯了旁边的毯子叠整齐了搁在腿上，轻轻将她放倒在自己腿上，让她更安稳地睡着。

从禹王台到城外神卫营约百里路程，几人竟驱车行了近一个时辰，才过赤阑桥就闪出一队士兵拦住去路，领头的队长喝道："军营重地，何人擅闯？"

苏蓁玉已经醒来坐直了身子，示意红袖去答话。

红袖挑了车帘跳了下来沉声应道："车里坐的是苏相国，有要事要见你们统领，还不快去禀报！"话音刚落就见红袖从腰间取出相府的令牌举在手中："相府令牌在此。"

领队的人见红袖气势如虹已经矮了半截，待出示了令牌更是不敢多说，立刻命人飞奔入统领营房禀报。

自己则早已换了一副笑逐颜开的表情道："属下奉命巡营不知是相国大人驾到，有眼无珠，还请大人恕罪。"

车帘并没有揭开，隔了帘子传来苏蓁玉清冷无绪的声音："你尽忠职守未曾轻放生人入军营重地，本该褒奖，焉能有罪。"

领队的人忙率手下叩谢不罪之恩，此时中帐接到禀报的统领薛锐忙穿戴整齐出来迎接。

薛锐带了几个亲兵以最快的速度赶到赤阑桥，远远地只见一名青衣女子立在马车前，根据京城传来的画报可以判断，这就是相府的第一高手红袖姑娘，看来车上坐着的人确系苏相国无疑。

"末将薛锐参见相国大人。"

"将军不必多礼。"

话音才落，只见车帘忽然被一只玉手揭开，那雪白的肌肤即使在初晨也十分光彩夺目。

薛锐立在一旁，眼睛并不敢直视苏蓁玉，态度上的谦恭做得很好，不愧是久经官场的人，但苏蓁玉心里明白，要让他为自己办事也非易事。

穿过赤阑桥逐渐进入神卫营的腹地，天已渐亮，士兵们都有条不紊地列队出操，让苏蓁玉忍不住赞赏道："薛统领治下的神卫营颇类当年周亚夫的细柳营啊。"

薛锐面上一团谦虚，骨子里却是极自负的人，虽然并没有把苏蓁玉放在眼里，听了她的赞赏也忍不住得意扬扬了。

等到了中帐苏蓁玉坐在上位，薛锐率副统领及麾下军士分列两边。薛锐才正式询问道："相国大人突然造访，可是有什么军机要务？"

苏蓁玉便把求雨之事讲述一遍，又对薛锐道："你先派一队士兵立刻去禹王台修建祈雨祭台，务必黄昏前完工，再派一队人马护送大炮过去。"

"等一下，末将有话说。"薛锐并没有按照苏蓁玉的话去下令，反而来到她面前行礼道，"相国大人要调红衣大炮，可有陛下的旨意？"

"本相出京时陛下赐我龙泉宝剑及'便宜行事'之权，这件事等回到开封后本相会写奏折向陛下解释的。"苏蓁玉不紧不慢地说道。

"相国大人，此事非同一般，若没有陛下的旨意，恕末将不能听从大人调遣。"薛锐丝毫不让步。

苏蓁玉不怒反笑，走到薛锐身前立定，用只有两个人能听到的声音说道："薛统领执意不肯帮我，无非是替公主不忿，你可知如今太子摄政，公主毫无建树对她来说是好是坏呢？"

薛锐被人戳破心思，涨红脸颊望着苏蓁玉一言不发，却听她又道："你若听我调遣，祈雨成功后，我会为你上一道请功折子，到时候你就是河南灾情解决的第一大功臣，不但统领自己加官进爵，公主也会因之获殊荣。当然，你要是不听调遣，本相也有便宜行事的特权，就是先杀了你陛下责骂一顿也就过去了，太子素来不喜欢公主府的人，更不会怪罪下来，甚至有可能把你跋扈的罪过算在公主头上，到时候……你想想看吧。"

薛锐本是公主府的护卫长出身，曾十分爱慕安庆公主，后来被她派到神卫营也心甘情愿为她培植势力。因此，苏蓁玉这番话如醍醐灌顶让他不由得倒退一步，心中早已不敢小觑这位年纪轻轻的女相国了。

苏蓁玉说这些话的时候眼睛并没有去看薛锐，在她看来这个人忠于谁并不重要，重要的是他会不会对这个国家有害？如果能以最小的损失将他心中的那点龌龊打消，她是不介意把他和公主的那点事忽略的。

薛锐是极聪明伶俐的，忙赔了笑脸复请苏蓁玉坐下，传令下去去禹王台修祈雨台和护送大炮一并进行。

第四章 与君结大义

萧如昊接到河南送来的加急呈报不由得喜出望外，径直去了紫宸殿，未等女帝询问先道："母皇，河南传来消息，天降神雨，开封府和附近几个附县旱情都得到了缓解，若及时播种，秋后犹能得不错的收成，真是天恩浩荡啊。"

女帝望着儿子年轻的脸庞上洋溢着欢快的喜悦，也似被感染了一般笑道："老天待朕不薄，待朕的黎民不薄啊。"

萧如昊想了想又奏道："回母皇，这次的雨一半是天意一半是人为的。苏相国在奏表中称一个叫空花的道士有凝云化雨的本事，才迫不得已在禹王台建了祈雨台，并按照空花道人的请求将神卫营的几门大炮一块借去。"

女帝欣慰地点点头，对萧如昊道："祈雨成功众人都该嘉奖，传旨下去，封空花道人为护国大法师，薛锐加食一千石，然苏蓁玉擅自借用神卫营的军用大炮，功过相抵，令其处理完河南赈灾事宜和尹尚熊一案及早回京复命。"

萧如昊心下一惊，在他看来自己的这位母皇对苏蓁玉有十分的信任和宠爱，为什么现在开始对她反而苛刻了？

女帝焉能不知他的想法，却没有再说什么，又听萧如昊讲了其他的政务，露出赞许的表情，笑道："朕的太子越来越出息，等朕百年之后亦能坦然去见先皇了。"

萧如昊惊得抬起头看向床帷里的女帝，她因病消瘦了很多，鬓已星星，这个他敬爱了二十年的母亲和帝王，此时正用期望和赞许的眼光看着自己。

心中蓦地一恸，眼中泪已盈然，不由得道："母皇，我……"

"回去吧，好好处理政务，不要荒废了，这个国家所有的人正仰头看着你。"

女帝手一挥示意萧如昊退下，又像突然想起来了什么似的又道："也不要太累了，朕今天见了楚国公的嫡女，容貌十分清丽，举止言谈也是大家闺秀的典范，朕想让她给你做太子妃如何？"

刚站起身的萧如昊又忙拜倒在地，心里纵然十分不愿意却故作欢喜道："儿臣愿意听从母皇的安排。"

萧如昊刚出了紫宸殿大门，一阵热风迎面吹来，已然是五月的天气了，玉京城的五月要比江南干燥许多。紫宸殿两旁的花木本来整整齐齐的，霎时被吹得凌凌乱乱。

再抬头却见安庆长公主带了一班随从远远走了过来，她性格急躁，走得极快。萧如昊有心回避却已来不及，只见安庆公主道："太子殿下看到本宫来了就要走吗？"

"皇姐惯会揶揄，已经向母皇请过安了，仍有许多政务要处理，母皇便让我先回去。"萧如昊淡然答道。

"也是，太子监国怎么能和我们这些闲散清客一般的人一样。"安庆公主说完，头也不回地往太极殿去了，一身浅色的宫裙化成这繁华的一角。

翌日早朝，萧如昊按照女帝的意思吩咐下去，嘉奖了空花道人和薛锐，另拟一旨送到开封，让苏蓁玉早些处理完灾情善后工作和尹尚熊的贪污受贿一案，尽快还朝。

开封，原本微不足道的州府，这一遭祈雨传奇却让它名震中原。

为了彻底解决旱情，苏蓁玉派人疏通黄河故道，引黄河水入开封府诸县，只因工程浩大又耽误了许多日子。

"本相想在回玉京之前把水利一事托付给可靠之人，不知道何人堪当此任？"苏蓁玉问话的人正是河南刺史荀无忌。

荀无忌原是军旅出身，精通武术又善谋略，曾经是太子府炙手可热的近臣，然而自从他到了河南上任，渐渐失去了壮志凌云之心，偏会在官场上左右逢源，不见当年风神。

有人说是他惧内缘故,这个钢铁硬汉才会变得如此懦弱无能,苏蓁玉却不以为然,这次谈话虽然荀无忌满口奉承,显得十分平庸,却已在谈话中把自己和贪污一事撇得一干二净。

苏蓁玉需要借荀无忌在河南的势力,不然单赈灾一事就难上加难。

荀无忌见苏蓁玉沉思着不再说话,试探着说:"相国,这事还是待陛下和太子决断的好,下官不敢妄言。"

主动提出托付水利一事苏蓁玉也是试探,不管荀无忌经此一劫留不留任,水利工程谁来接任今上恐怕早已有了人选。再说,尹尚熊咬死了荀无忌一概不知情,那么,荀无忌的罪就小很多了,顶多按律罚俸,降职都无可能。

"无妨,你拟个名单我们一起斟酌再递折子,最后由陛下和太子定夺。"

荀无忌正襟答道:"愿听相国大人安排。"

说话间,门上传报空花道人来访。原来那空花道人要奉旨入京,由此北上,特来道别。

荀无忌遂起身告辞,外面已传来诵号之声:"无量寿福。"两人循声望去,只见远远走来一个灰衣道人,正是空花。

"下官先告辞了。"荀无忌起身一揖别了苏蓁玉。

空花道人看着匆匆而去的荀无忌顿时心下疑惑,问道:"何以贫道刚来,刺史大人便去?"

"没想到道爷也爱多问俗事,岂不苦恼哉?"

"哈哈哈哈,是贫道错了。"

"道爷过来只是辞别吗?"苏蓁玉单刀直入地问道。

空花道人从道袍袖口里拿出一个卷轴笑道:"这是贫道绘制的河南境内黄河流经图,还有其他几条河的地势,费了好些日子才做好的,想着这边水利久已失修,大人该是能马上派上用场,就带了过来。"

苏蓁玉有些讶异地接过卷轴道:"道爷如何得知我要修水利?"

"天机不可泄露。"

"好,那我收下了,道爷久居开封,对这里的人事应该比我了解,道爷心中何人可以托付水利一事?"

"相国既然问起,贫道直言力荐一人,亭侯赵梓玉,此人现居杞县。"

苏蓁玉在心中记下此人，见空花道人有离去之意，忽然正色道："道爷此番进京必是前程锦绣，本相但有一句话嘱咐，勿扰国事。"

空花道人只听得"本相"二字起语气加重万分，拿眼觑她，蓦地发出一阵肆无忌惮的笑声扬长而去。

红袖看着他的背影道："我好像在哪里见过他，记不起来了。"

"不用管他，他有他的志向，只要不对秀丽河山下手就行。"苏蓁玉懒洋洋地说道，这样的人她见得多了，早已不想臧否。

旧恩如陈酒

第五章

紫宸殿的西厢阁,是女帝平日处理政务之地。虽然案头上早已堆满各地的奏折密报,看上去却不见有人翻动过。

"汴河开始疏通了吗?"

"回陛下,相国已经暗中派人过去了。"

"她做事朕放心,你回去告诉蓁玉,尹尚熊从何处得知朕要疏通汴河的事务必要查清楚,若查到宫中参与的人尽管说,不要隐瞒。"

"诺。"

"回去吧。"

屏风后的女帝轻轻阖上双眼手一挥让那人下去了,又过了半晌觉得十分乏力,传了太医过来诊断。

掌灯时分太医院几位老太医才离开紫宸殿来到值房,就遇上了过来请安的太子萧如昊,忙行了宫礼之后,萧如昊问道:"陛下龙体近来如何?"

"陛下是操劳过度以致心疾复发,只要安心静养便无妨。"

太医一番话让萧如昊安心许多,遂又把为女帝开出的药单拿来看了一回,脑海里却突然浮出安庆公主的冷眼模样,他知道自己这个皇姐最是权欲熏心,在这个时候异常安静,背后恐怕有些不寻常。

每天掌灯之后来紫宸殿请安是萧如昊从未间断过的习惯,今天晚上却比往常多了几分警惕，殿前立着总管太监吴亮甫，看到他走来立刻行礼："参见太子殿下。"

"起来吧，陛下晚膳传了吗？"

"传了，陛下今天比平日倒多吃了几样菜。"

萧如昊穿过回廊刚一踏进紫宸殿西厢阁就听到安庆公主的笑声，原来她也在这里，刚才为何没有听吴亮甫提到？萧如昊有些不快，但面上却未露分毫。

"是太子来了吗？"

"正是儿臣过来给母皇请安。"

"快点过来，你皇姐刚才给朕讲了一些民间趣闻，你也听听。"

萧如昊一愣，保持着刚跪倒的模样，心下疑惑，却还是立刻换上笑逐颜开的面容来到女帝近前，床帷旁矮几上坐着锦衣华服的安庆公主。

"母皇，我再讲个蜂蝶相随的轶事。"

"好，朕听着。"

"玉京城里楚国公府的嫡女楚秋鸿，国色无双，时贵门子弟争相诣之。秋鸿每出入之间，则如蜂蝶相随，盖慕其香也。"

萧如昊看她得意扬扬的表情不由得黑了脸，女帝也冷声道："市井之徒的言论，你是公主就不要胡乱去学了。"

他们的矛盾，女帝早就看在眼里。听安庆公主故意点出楚秋鸿来，知道她对太子妃人选的事十分介怀，毕竟楚国公的地位摆在那里，若是太子娶了他的嫡女，朝堂之上除了保持中立的苏蓁玉便再没什么人能制衡太子党的势力了。

吴亮甫在这个空当进来奏道："陛下，河南来的空花道人已经在兴庆殿候旨了。"

女帝扫了一眼面前的儿女道："你们两个先回去吧，各守好本分朕就安心了。"

"儿臣告退。"

萧如昊心里诧异却没有表露，刚出了紫宸殿就被皇姐萧如瑾拦住："昊弟不觉得奇怪吗？母皇让我们先退下，怕是有什么事情吧？"

"愿闻皇姐高见。"

"你——哼，算了，想来你也不知道，皇姐以后慢慢教你怎么做。"

"好啊。"

萧如瑾看着自己的弟弟萧如昊，他谦恭不似从前张扬，说话也是滴水不露了，竟有些不悦。瞪了他一眼上了公主府的马车奔宣武门而去。萧如昊并不在意这些，监国以来帝王的气度早已不知不觉地历练出来。

这会儿，女帝隔着屏风坐在宫锦软垫的榻上，吴亮甫躬身立在屏风一旁。

"让那个道士过来吧，另外，朕今天不想再见任何人了。"

吴亮甫应声"诺"转身去了兴庆殿宣旨。

空花道人一身灰色的道袍，手里执着拂尘，望着兴庆殿里的雕梁画栋脸上闪过一丝不易察觉的痛楚。

"宣空花道人觐见。"

行过大礼，吴亮甫便领着空花道人穿过重重殿宇向紫宸殿走去，一路上两个人都很沉默，直到进了回廊，空花道人才问道："请问内官大人，陛下可好些了吗？"

"陛下千秋万代，道爷待会儿见着陛下可不要乱说话才是。"

"无量寿福，贫道自当谨言慎行。"

紫宸殿内女帝望着炉内的檀香袅袅轻烟有些恍恍惚惚，那烟雾里仿佛有清灵少女的笑声，回眸时道："鲭哥你在看什么？"

这时一阵熟悉的脚步声传来，谨慎细微的是吴亮甫，他在宫中待了大半生，女帝示意身边的周尚宫帮她把软垫拿出去，整理好褶皱的下裳，静静地看着已经走进紫宸殿的空花道人。

"陛下，这就是河南来的空花道长了。"

"贫道见过吾皇万岁。"空花道人深深施了一礼。

"你们都先下去吧。"女帝看着空花道人，话却是对吴亮甫等人说的。

等宫人和太监都退出去，气氛一下子沉闷起来，半晌女帝笑道："朕和你有二十七年没有见面了吧？"

空花道人手上的拂尘轻轻动了一下："回陛下，二十七年零八个月。"

女帝听了突然自嘲道："昔日先帝将锦绣江山交于朕，朕自登基以来正朝廷纲纪，谋久安之策，自问不曾愧对先帝，但每于夜深人静想起鲭哥哥还是会耿耿于怀，岂是帝王之所谓乎？"

空花道人有些触动，高大的身形略显落寞，又施礼道："贫道受陛下所托守护汴河，自是无上的恩惠，陛下所言，让贫道不安。"

女帝从软榻上起身来到空花道人面前，眼睛直视着他道："汴河宝藏的事已经被朕的女儿知道，应该也派人去了，你觉得还守得住吗？"

"守得住，陛下不是派了相国大人到河南吗？"

女帝一愣，目光突然冷冽地扫过空花道人的脸庞，蓦地又笑道："如意在湖州，你可曾见过他了？"

空花道人脸色大变："陛下！"

女帝伸手拿过他手上的拂尘，声音仿佛天际归来一般空灵："朕也好几年没有见过如意了，不知道湖州的山水把朕的儿子养得如何！"

眼看女帝一脸高深莫测，空花道人气郁填膺，脸色苍白，半响才缓和些道："陛下自然是虎毒不食子，又何苦拿逍遥王来消遣。"

"鲭哥这些年还没有明白过来吗？朕是说得出就做得到的。"

"陛下，他还是个孩子。"

"朕大限将至，护着他一时，余生谁来护他？"

"陛下！"

"朕已经给苏蓁玉下了密旨将汴河的黄金全部运往湖州了。"

"陛下非要逼着他没有立足之地吗？倘若长公主也派人去湖州，以她的雷霆手段，逍遥王焉能好过？"

女帝这一着显然是险棋，无论是太子还是安庆公主若得到半点消息，都会是一场权力追逐的战争。

"朕就是要看看，这天下未来的主人到底是谁！"

空花道人望着眼前的女人，她是这个国家最高的统治者，她也是那三个孩子的母亲，可是，她到底想要什么，即使离开玉京二十七年又回到这里，自己仍然不懂。

吴亮甫守在紫宸殿外面，无风的夏夜满是星辰笼罩在整个皇城上面，他仰面望天，心里却想着二十多年前女帝刚登基不久的西南叛乱，也是这样星辰漫天的夜晚，她对自己说："吴亮甫，这天下事终究要朕一个人担负着，朕不能垮，朕要这天下人都看到朕笑到最后。"

第六章 出豫表功成

开封,汴河河道疏通在赵梓玉的主持下进行得很顺利。半个月后又下了一场大雨,整个开封府都是欢天喜地的气氛。

六月十三,暮色涌动,整个开封府慌乱起来了。几乎是一路小跑进来的开封州牧陈敬亭禀报道:"相国大人,出大事了。"

苏蓁玉正和赵梓玉商量疏通河道的事情,看到陈敬亭如此模样不由得心中一凛,道:"出什么事了?"

"尹……尹尚熊……在牢房里自杀了。"

"自杀?"苏蓁玉惊讶道,此案已经到了结案的地步,并没有牵涉出多少人来,贪污固然罪大恶极但还不至于是死罪,尹尚熊此时自杀是绝无理由的事情。

"刺史大人知道了吗?"

"下官已经派人去通知荀大人,此刻应该知道了。"

"去牢房。"

赵梓玉是河尉曹,见苏蓁玉有要事处理忙退了出去,却看也没看陈敬亭。

开封府的牢房离得并不远,等苏蓁玉和陈敬亭等人赶到时,荀无忌已经派人把牢房内外检查了一遍,看到他们过来迎上前道:"相国大人来得正好,下官让仵作验过尸了,疑点很多,不似自尽。"

荀无忌转身一指牢房里一人招呼道:"魏平,过来,给相国大人仔细说说你发现的疑点。"

那名唤作魏平的仵作看起来六十岁出头，头发疏白，抬眼看到苏蓁玉一双明亮的大眼睛竟一时失神，被苏红袖一瞪忙慌乱低下头道："死者手指指甲缝中有皮屑，经验明非是死者本人的，另外死者勒痕结扣位置在项部，颜面多青紫肿胀，皮肤出血点常见。眼结合膜出血点发生率高，数量多，有时相互融合成斑片状，结膜有时见水肿，眼球和舌尖突出。这些并非自杀的特征。"

苏蓁玉示意仵作可以退下去了，自己走到尹尚熊尸体旁边又查验一番，方对一旁聚精会神盯着自己的开封州牧陈敬亭道："谁第一个发现尹尚熊尸体的？"

"去把今天的牢房守卫喊来。"荀无忌忙下令道。

过了一会儿，领命去的侍卫又忐忑不安地回来禀道："回大人，没，没找到。"

"找不到？传令下去封锁城门，全城搜捕，我就不信他们还能上天入地不成？"

荀无忌有些气急败坏，且不说尹尚熊是家中老妻最疼爱的弟弟，单是当着苏蓁玉面让犯人死于不白就够他头疼的。

苏蓁玉冷眼旁观不作言语，等荀无忌都安排妥当一行人才离开牢房，路上开封州牧陈敬亭唯唯诺诺地向她和荀无忌禀告这几日尹尚熊的异常表现，当他说到几日前薛锐曾去看过尹尚熊，让苏蓁玉脚步一顿，随即面色如常地继续往前走，倒是荀无忌补充道："尹尚熊曾为赤阑桥驻军捐过军饷，想来薛锐知道他要被押解进京过来看望，以示不忘旧好吧。"

"这个薛锐倒也有情有义。"

陈敬亭听得苏蓁玉如是评价不由得长嘘一口气，继续讲下去。

"下官听牢头讲薛统领走后，尹尚熊心情不错，还哼了半天小曲。"

几人说话时，相府的书记官董成与幕僚陈子杭急匆匆地跑来，等近了对苏蓁玉耳语道："大人，宫中传旨官到了。"

苏蓁玉一听忙敛衽快走，荀无忌和陈敬亭虽然不知道发生了什么事，官场浮沉这么久了不必等盼咐，两人便拜辞回去了。

太守府后衙大堂里正立着从玉京城连夜赶路到来的太极殿传旨太监和贵，看到苏蓁玉进来，脸上才露出释然的神态："咱家可把您盼回来了，这会儿可是一刻也耽误不得。"

苏蓁玉赔笑一番，净手焚香摆案，和贵这才一脸郑重地从怀中请出圣旨道："苏蓁玉接旨。"

众人忙拜倒在地，只听道："奉天承运大泽女帝令，苏蓁玉离京一月有余，河南诸事俱有获益，朕心甚慰，今太子大婚在即，着令苏蓁玉妥善安排好河南事宜立刻还京，钦此。"

苏蓁玉山呼万岁谢恩叩首，和贵满脸堆笑过来搀扶起她道："相国大人这次劳苦功高，回到京中陛下必有重赏，咱家这里先恭喜您了。"

苏蓁玉吩咐人给和贵包了谢恩银二百两，又挽留他一起吃晚饭，无奈和贵临行前女帝有嘱托事毕即刻回宫，他也不敢多留，收了银子便带了来时的几名宫中护卫策马出了开封府。

傍晚，突然下起了小雨，自从空花道人祈雨成功后，这已经是第三场雨了，虽然下得并不大，却也让行人脚步匆忙起来了。苏蓁玉皱着眉头看着手上的文书，暗忖着如何继续调查尹尚熊的案子。

红袖已经进来一刻钟了，看她想得入神就立在书桌一侧不作声。

"有什么事吗？"苏蓁玉没有抬头看她。

"是老爷从京中寄给大人的信。"

苏蓁玉放下手中的邸报，红袖便从怀中取出一纸叠得十分规整的雪笺递到她手上。

"天有二日，箭在弦上。"

看完良久，苏蓁玉的眉头紧皱，挂着不曾掩饰的沉重。

"红袖，收拾东西，明天回京。"

红袖平时话极少，此时也没有问发生了什么事，她才一离开，董成和陈子杭就进了书房。

"你们来得正好，快坐。"苏蓁玉对这二人素来礼遇，二人也没有推辞，搬了椅子坐在书桌的对面。

"大人，下官觉得尹尚熊的案子疑点甚多……"董成是急性子，没等坐稳便开始说起白天查访的结果，却被苏蓁玉打断："这件事我已经想过，打算留你在开封继续查访，子杭明天陪我回玉京，你可有异议？"

董成和陈子杭俱是一愣，董成不解地问道："昨天大人不是说要月底回京的吗？"

"陛下的旨意上写得分明，太子半个月后大婚，让我必须立刻动身回京，越快越好。"

"下官听大人安排就是了。"

三人就河南问题商讨到深夜，快天亮时苏蓁玉又让人请来了荀无忌和陈敬亭，在回京前把事情都做了妥善的处理。

翌日，苏蓁玉一干人乘着车驾出了开封府。沿着汴河一路向北行进，半日后到一处村落稍作停留，苏蓁玉才挑帘，忽然被前面树林惊起的飞鸟吸引了，立在车门前的苏红袖脸色蓦地一沉道："大家警戒，有刺客。"

卫兵们立刻抽出刀来层层护住苏蓁玉的车驾，依照顺序由南向北慢慢移动，忽然前方树林里闪出几十名黑衣人，他们并不言语冲来就刺，动作迅捷有力，这是一场早有预谋的暗杀。

苏蓁玉依然挑帘看着这一切，她面色如常，不错，她不惧怕任何的暴力和血腥，因为从小就跟大哥在军中学习，到后来领兵抵抗北胡入侵，她早已见惯了。

很快这些人就被苏红袖和陈子杭带着侍卫们杀退，"留几个活口。"车里传来苏蓁玉清冷的声音。

"快，保护相国，把所有刺客就地正法。"一阵喊杀声响起，树林里又窜出一队人马，竟是薛锐带了人赶过来，杀伐声一阵压过一阵。

苏蓁玉蹙眉看向那边，"是薛统领。"红袖一剑解决了靠近马车的黑衣人，低声禀报后又一个漂亮的后翻将企图偷袭的另一个黑衣人踢倒在地，刚要生擒，谁知嗖的一声，冷箭已经钉进刺客喉间，当即毙命。

"薛统领你这是何意？"苏红袖微怒看着来人。

"末将助姑娘一臂之力，这些刺客也实在太厉害了。"薛锐一脸无辜地看向苏红袖，眼角余光却是看着马车上安稳坐着的女子。

不消片刻，几十名黑衣人都被侍卫们和薛锐带来的赤阑桥驻军杀得人仰马翻，薛锐将宝剑收起来，来到马车前抱拳一揖："末将来迟，让相国大人受惊了。"

苏蓁玉从马车上下来，走到最近的黑衣人尸首前蹲下开始查看，扯去黑色罩巾露出一张年轻的面庞，鼻梁很高眼窝深陷，竟不是中原人的长相。

陈子杭一一检查了其他黑衣人的尸首，最后来到苏蓁玉面前道："是南赵死士。"

苏蓁玉点点头没有让他继续说下去，回头看向薛锐，只见他神色淡定，而他的大军就在背后数十步之内，不由得心念一动："薛锐怎么知道我们遇袭的？"话到嘴边却换成了一脸春风和煦："本相突遭此劫难，多亏薛统领及时赶到。"

"能为相国大人效力是末将等人的福气，此去玉京还有十几天路程，大人若是还轻车简从，恐怕不太安全，末将愿护送相国大人一程出河南，不知大人意下如何？"薛锐说得十分恳切，竟让人颇感赤诚。

"那就有劳薛统领了。"苏蓁玉欣然接受，众人又稍作休整，在薛锐的赤阑军护卫下继续前行。

出了河南便各自道别，赤阑军乃河南开封驻军，外驻军队不得擅自离开所在区域，否则等同叛逆。

苏蓁玉望着远去的赤阑军心中若有所悟。

第七章 贪蝉鹊意深

《诗经》曰：禾麻菽麦，嗟我农夫。我稼既同，上入执宫功。

由于立春以来的大旱，中原各地皆错过了麦子成长的最好季节，减产五成恐怕已经是高估了。

苏蓁玉在车厢里一边翻看各地送来的邸报，一边思考如何应对眼下就要发生的饥荒，朝廷目前除了下令免税，却没什么多余的粮食拿来应急了，西北边防几十万将士的储备粮更要保证供给，若不提前周转预防，三个月后就会面临一场粮荒。

"大人，京城来信。"苏红袖跳上马车将怀中的一封信交给苏蓁玉。

红袖放下车帘，接过车夫手上的缰绳示意他暂时休息，由自己来驾车。车夫是五十多岁的瘦削老人，在苏家做了一辈子车夫。

马车没有因为换了驾驭的人而出现任何的波动，苏红袖面无表情地看着前进的方向，身上却有一种凛然的气度，大家很快被感染了，内心纷纷表示当追随其后，同心护主，倾尽平生之力。

这里已经是河北境内了，苏蓁玉合上手上的邸报，闭上眼睛仔细听着外面的马蹄声响，相国府的内卫军都是苏红袖亲自训练的，都是足可以一敌百的精英卫士，他们的马蹄声尤为振发，想来因为马掌都是银制的，分外细腻。

"红袖，去叫陈子杭过来一下，我有话跟他说。"

红袖答应一声策马来到队伍中陈子杭的马车旁唤道："陈公子，相国大人请你过去一下。"

"在下这就过去。"

前面就是保定府了，苏蓁玉不想大张旗鼓进城烦扰地方官吏，遂吩咐下去直接去驿馆，明日天亮继续启程。

"相国，唤在下过来有什么吩咐？"陈子杭站在苏蓁玉的马车前躬身一揖问道。"前面就是保定府了，本相有个故交在此隐居，这里有一封信烦请先生帮我送到，明日清晨务必赶回驿馆与大家会合。"

陈子杭一愣，送信这种事本不该由他去做，相国难道是别有用意？

心中纵然有无数疑团，但他面上不动声色淡然回道："是，下官这就去。"

"你功夫虽然不错，但是路上若遇上歹人信给他就是，人要安全地回来。"苏蓁玉这句话是压低了声音说的，除了陈子杭再无其他人能听见。

陈子杭又是一愣，不知道她葫芦里卖的什么药，接着苏蓁玉从马车里递出一个方形锦盒，声音略拔高道："此事就拜托先生了，务必送到。"

"是，下官定不负相国大人托付。"

北方的黄昏很是绚烂，绯色的光束拉长在陈子杭的背影上，这个三十岁出头的白面书生平白多了几分迷人的气韵。

保定府的驿馆在离城二十里的长亭附近，看上去有些陈旧，收拾得倒还干净利索。掌事的小吏是个精明强干的汉子，单从模样气派上竟猜到了苏蓁玉的身份。

"哦？你怎么知道我是相国大人的？本相并没有提前通知你们要来的。"

小吏闻言忙跪倒在地道："相国大人回京的消息一早就传到北边来了，下官就日日守在驿馆等候，大人的气度是万人中数一数二的，下官再是眼拙也能猜出个七八分来。"

"起来吧。"

苏蓁玉没有继续询问，挥手让小吏退了下去。红袖过来禀道："大人，晚饭好了。"

作为跟随苏蓁玉出生入死的贴身侍女，苏红袖只一眼就知道今晚的苏蓁玉有心事，一阵百味杂陈，从第一次见面，看着她为扫除边患身经百战；又看着她入为重臣，为安定社稷呕心沥血。

如今女帝病中朝政逐渐落入太子萧如昊手中，将来太子即位，苏蓁玉面临着的就是去留不定。这几年来的仕途颠簸，早已经让她明白唯有处处谨慎，才不至于惹祸上身。她也知道女帝之所以在此时召自己回京必然还有什么决定，新帝登基必然有短暂的朝局动荡，自己作为一朝宰辅焉能置身事外。

入夜阴云密布，新月早已不见踪影，苏蓁玉看了看时辰问道："子杭回来了吗？""还没有，大人，要不我去接应一下？"红袖极少自称奴婢，她不喜欢这个词，苏蓁玉很喜欢她这样的心气，也从不把她当奴婢看待。

没来由的，红袖觉得心神不宁，自幼的杀伐经历给她一种警觉，下意识地抽出自己的软剑擦拭，忽然门被人猛地推开，只见陈子杭气喘吁吁道："大人，出大事了，京城兵变。"

苏蓁玉从椅子上一下子站了起来，急走几步又蓦地停住，转身慢慢踱回坐在椅子上。轻声问道："是公主先动手，还是太子？"

陈子杭看了一眼她道："容在下喝杯茶。"苏红袖立刻端了茶盏过来递给他，陈子杭连饮数盏又道："那人消息说，陛下身体一日不复一日，安庆公主时时服侍左右，而她素有夺储之心，这时陛下却每见太子政见与自己不合处，便用激将态度，责难太子而褒奖公主，长此以往二人间隙愈大。最终导致安庆公主铤而走险欲取而代之，谁知消息走漏被太子抢先一步在凤翔宫将安庆公主的兵马包围，双方一场血战，最终安庆公主不敌太子逃出皇宫不知所终。"

苏蓁玉听完陈子杭的叙述眼前一阵恍惚，脑海里是女帝当年在太极殿的意气风发，是自己从边关回来接受封赏时的万人空巷，而今都要在这场政治变动下成为泡影。

陈子杭看她没有言语继续说道："依在下看来此时此刻大人不宜回京，我们不如暂时在保定逗留几日，看看京城方面的事态发展再做……"

苏蓁玉抬手示意他不要说下去，打断道："子杭，我明日一早启程，必须以最快的速度赶回京城。"随即对外吩咐道："传令下去，五更启程极速回京！"

当晚，苏蓁玉在客厅里站了一夜，与陈子杭对饮。事涉机密，早已屏退左右，只留了红袖执壶斟酒。

"子杭，我想了一下，你明天不能跟我们回京，带上几个人去湖州，我有其他的要事嘱你去做。"

"换个人去吧，在下必须跟大人去京城。"

陈子杭知道苏蓁玉的意思，回京城九死一生，去湖州是为了保全自己。

"不行，这件事必须你去，其他人我不放心。"苏蓁玉倾身向前耳语几句，陈子杭狐疑地看着她，半晌才下决心道："好，在下明日启程去湖州，此番回京实在凶险，相国，务必保重，在下办完差事会立刻回京替大人分忧。"

"好，你放心去湖州，这天下，还没有人能够害得到我，相信我。"苏蓁玉不是单纯地安慰他，这是骨子里透出来的骄傲和自信。

突然驿馆的院子里灯火通明，一阵马蹄声惊破黑夜里的寂静。

"把整个院子给我围起来。"说话的人是一名彪形大汉，穿着整齐的盔甲。

"你们是什么人，敢跑到相国大人面前撒野！"红袖手执长剑立在厅堂前的台阶上，身后紧随而出的是苏蓁玉和陈子杭。

"相国？哈哈哈，你以为过了今日她还是相国吗？来人，给我拿下苏蓁玉。"

"楚将军真是威风八面，不知道谁给你的权力来拿本相？"苏蓁玉认出来了，他便是威武大将军的嫡子楚云生。

"本将军奉太子之命前来捉拿叛臣苏蓁玉。"

"放肆，本相乃一朝宰辅，岂容你随意构陷，当日陛下曾赐下尚方宝剑，准本相便宜行事，上可斩佞臣国贼下可除暴安民，莫非楚将军要试试此剑的锋利？"

楚云生一愣，随即道："众将士勿听这奸相一派胡言，给我拿下。"

只见士兵们虽然犹豫不决一阵但还是冲了上来，苏蓁玉冷冷看着他们，眼神中早已是一片肃杀，命令道："今日但敢动手者格杀勿论。"

相府的府卫军都是当年跟随苏蓁玉经历过漠北一役的骁勇善战之士，此时听到命令便将一团怒火迸发成最狠厉的招式，可怜楚云生仗着自己父亲的庇护何曾见过真的短兵相接的残酷，很快被人从马上扯了下来押到苏蓁玉面前，楚云生犹自大声呵斥："苏蓁玉你个叛臣贼子，人人得而诛之。你快点把我放了，不然等消息传到京城，太子殿下和我爹都不会放过你的。"

苏蓁玉知道楚云生这是在告诉自己他的势力，她冷冷说道："楚云生，你也算是出自世家名门，三世荫功，怎么就不懂什么可以做，什么不可以妄为胡作。"

话虽狠厉到底不想做得太绝，又吩咐道："把楚云生带上，立刻回京。"

"大人小心！"

嗖的一声，不知道从什么地方射来一支利箭，目标却是地上的楚云生，就在千钧一发的时刻红袖的长剑稳稳地横在了楚云生的眼前，那箭头被挡了一下却还是钉进了楚云生的肉里。

楚云生惊愕地看着这一瞬间的变化，直到被身边的陈子杭一把拎起来丢给士兵带走，他的眼睛还死死盯着不知何时出现在驿馆的那几个黑衣人。

苏红袖和其他府卫兵已经跟黑衣人交上手，暗夜里的狭路相逢不是你死便是我亡，纵然苏蓁玉料到朝局会有惊天动地的变化，却也没想到会有两路人要取自己的性命。

第八章 帝诏寂无警

玉京的连日动荡已经让整个皇城笼罩着惨惨阴云，萧如昊闭着眼睛坐在太极殿前的台阶上，侍卫和太监都远远地看着他，没有命令谁也不敢靠近。

膝盖上是苏仁则的奏本：臣一介书生，庸碌半生，只因受陛下宠任，信之用之，臣因此誓削奸邪，鞠躬尽瘁，蒙陛下宝剑颁临，钦承明命，臣幸可开肱展臂，唯愿圣寿遐昌。

萧如昊明白这明面上是赞美女帝，却字字句句在说见不到陛下，你想登基是休想的。

凤翔宫已经宫门紧闭，无人再敢提及那天夜里的事情，女帝也被萧如昊从紫宸殿移到了紫薇宫。

"卫静！"萧如昊突然喊道，随即站起身来，他修长的影子被黄昏的太阳拉得很长。

"臣在。"

"你去告诉徐伯芳，派人守好了苏家，苏蓁玉回京之前若是跑了一个他就提头来见。"

"诺！"

徐伯芳是朔风营的统领，萧如昊能在太子位置上不可撼动，他自然是功不可没的。

苏府位于玉京城最繁华的东湖街，出门便是店肆林立，其中以茶馆、酒店居多。而苏蓁玉的相府却在离此不远的状元楼街口，从苏府到相府街道左右花灯连市酒香盈然，车水马龙川流不息。

徐伯芳独自一个人徘徊在状元楼附近，街上的行人里有他安排的眼线，如果真让苏家父子离开了京城，事情就麻烦了，他现在只想寻个清静又能看清街景的地方。

按徐伯芳的意思是希望太子直接下旨抓了苏仁则和他的几个子侄，但他知道太子是不会这么做的，万一激怒了苏蓁玉后果很严重，徐伯芳不放心，还是每天亲自走出来查看。

晌午时分，徐伯芳百无聊赖地去了状元楼，这里的蜜汁排骨是他平时最爱吃的，吩咐了店小二准备好饭菜，便直接进了二楼雅间紧挨着窗口那张桌子旁坐下，眼睛状似无意地一次次扫向对面的相府。

徐伯芳忽然想起苏蓁玉第一次出现在朝堂上，淡然地说出如何对付北胡骑兵的妙计，他就知道这个女子必然会给这大好河山画下浓墨一笔。

"苏蓁玉……"徐伯芳喃喃自语道，"可惜你不是太子的人。"说完这句，不由得收起刚激起的一点涟漪。

没多时，店小二端了酒菜进来："客官，您的蜜汁排骨和竹叶青来喽。"

摆好酒菜那小二才毕恭毕敬地退了出去，并细心地将门掩住。

徐伯芳善饮，倒也不贪杯，是极自律之人，酒过两杯，菜已过半，忽然听到街道上传来嘈杂之声，探头去看时不由得大吃一惊，大街上来的一队人马打头的一队骑兵背的旗子写着大大的"苏"字。

"苏蓁玉！"想到这个名字，徐伯芳心情不错地丢下银子直接从窗户跳了下去，横在了这队人马前头。

苏红袖冷着脸催马上前道："你是什么人？胆敢当街挡住相国大人的去路。"

"某乃朔风营统领徐伯芳是也。"徐伯芳爽朗笑道。

"原来是徐统领，在下失礼了。"苏红袖立刻从马上跳下来向徐伯芳施礼道。

"某久慕相国大人，无由一会，今幸得相见，足慰渴仰之思。"

苏红袖笑吟吟地向前几步低声回道："我家大人不在马车里。"

"嗯？"

"徐统领不要在这里浪费力气了，相国大人此时已经进了紫薇宫，怕是您来不及追上了。"

徐伯芳脸色一变冷冷道："算你们狠。"转身夺了一名府兵的马策马而去。

且说萧如昊自从吩咐徐伯芳盯着苏家二府之后，就一直留在太极殿宿食。凤翔宫兵变后，女帝不肯再见他和其他朝臣，唯有新上任的灵台侍诏空花道人可以出入紫薇宫。

"启禀殿下，徐统领觐见。"

"宣。"

徐伯芳进了太极殿才一跪倒，萧如昊就一摆手道："起来回话，是不是苏蓁玉有消息了？"

"回殿下，臣失职，苏蓁玉弃了车队提前一天入京，此时恐怕已经在紫薇宫和陛下见面了。"

"楚云生呢？"萧如昊面色铁青。

"这个……这个臣还未得到消息。"

"堂堂朔风营统领你都知道些什么！"萧如昊有些气急败坏，虽然自己已经掌握了大局，然而要想顺利登基还需要苏蓁玉的支持及女帝的认可，不然就会在史书上变成名不正而言不顺。

"让楚貉马上来见我。

"等下——

"算了，等紫薇宫宣召再说吧，徐伯芳你先回去，若有事我让卫静去找你。"

萧如昊突然不想进行任何安排了，由着事态的发展，不管将来如何，此刻就安安静静地等着吧。

掌灯时分楚国公府的大门外突然停了一顶轿子，守门的小厮张望了一下，本以为是哪府的人过来拜访楚国公，不料抬轿子的人放下轿子转身便去。

小厮又等了片刻见轿子无人下来，遂大了胆子过来查看，挑帘子探头去看，竟然是楚云生，不由得惊呼道："是大少爷！"那小厮忙回头对同伴大声道："快去禀报老爷，大少爷回来了。"守门的另一名小厮被他一吼忙不迭地跑进府中禀报。

须臾，只见楚国公亲自带了人出来急匆匆地将轿子抬进了内宅，大夫人等女眷得知立刻慌了神，被楚貉呵斥一番，不许她们作啼哭状，随即请了太医来给楚云生诊治，不晓得什么缘故人一直不醒。翌日清晨宫中传旨，宣楚貉紫薇宫见驾，他只得安排好家中事宜换了朝服进宫去了。

楚貉临行前赍一封请书，直去湖州，请药仙皇甫逊来与楚云生诊治。且不说国公府大管家亲自驰书径到湖州，见了皇甫逊，如何下了请书。眼前的事楚貉也不敢有半点怠慢，心中狐疑为什么女帝突然要召自己进宫，面上却未流露分毫，跟了宫里来的太监往紫薇宫方向而去。

回驾观紫薇

第九章

紫薇宫。

其实，这是一座冷宫了，也曾繁花似锦过，那时这里还是先帝最宠爱的小女儿浣月公主的寝宫，后来浣月公主远嫁东胡和亲，先帝恐睹物思人忧伤过度，便命人将紫薇宫封了，不许任何人接近。

楚貉一路思忖：太子逐出安庆公主以后已然掌控了朝堂上的大局，陛下退居紫薇宫也有半月有余，如何突然之间想起传旨了？究竟有什么重要的事情呢？

"苏蓁玉！"楚貉猛地警醒，心里想到这个名字一阵抽凉，如果是苏蓁玉回来了，那这朝堂之上怕是又要掀起一番惊涛骇浪。

"楚国公，咱家可有日子没见着您了。"说话的人正是大总管吴亮甫。

"见过吴总管，近来可好？"楚貉满脸赔笑道，想来吴亮甫是在揶揄自己跟了太子，但他又如何敢跟他斗气。

紫薇宫地处皇城的西南角落里，被几棵高大的梧桐遮着，楚貉只觉得一阵阵冷风吹来使人心悸，转过回廊曲亭总算到了紫薇宫的正殿，忙打起十二分的精神。

刚进得殿中未敢抬头打量，业已知晓左垂首立着太子萧如昊，右垂首则是他最不想见到的苏蓁玉。

"臣楚貉参见吾皇，吾皇万岁万岁万万岁！"端坐在大殿宝座的女帝看到跪倒在地的老国公，柔声道："起来吧，朕养病期间没有见你，今日就留在宫中用膳吧。"

楚貉一愣，诚惶诚恐地又跪拜谢恩。

"昊儿，你过来。"女帝向太子招手道。

萧如昊向前来到女帝身边轻声回道："母皇，儿臣在。"

女帝起身拉着他的手岿然又道："朕自登基以来已经有二十七年了，内平蜀王之乱，外御北胡入侵，修长城，选贤能，方有这太平天下。"说到此处一顿，眼睛扫视一圈，目光落在楚貉身上，接着说道："楚国公你是两朝老臣了，朕自登基那天开始就全仗国公扶持……"

未等女帝把话说完，楚貉慌忙跪倒："老臣惶恐，都是陛下英明神武，百姓才得以安居乐业，老臣一片赤诚之心跟随陛下，陛下万岁万岁万万岁。"

"国公不必惊慌，你的心意朕心里都明白。还有，蓁玉，你也在相国位子上坐了两年，朝政已然游刃有余，今天朕在这里就把太子托付给两位了。"

苏蓁玉、楚貉皆是心中一震看向女帝，她的眼中没有任何情绪，只有太子萧如昊被握着的手能感受到那滚烫的热。

"传膳吧。"

吴亮甫闻言忙答应着去了。

女帝今天的精神极好，多吃了一些，又吩咐周尚宫给太子、楚貉和苏蓁玉各拨过去几样新鲜佳肴。

三人忙起身叩拜圣恩，坐定后萧如昊的心情是五味杂陈，偷眼看向对面的苏蓁玉，一身月色长袍，罩了玄色外衫，发顶簪了琉璃宝珠，原本就是倾城佳色的她平白又多了几分英气，一时看痴，待回神时正撞上她看过来的目光，竟有些慌乱。

膳后，女帝让苏蓁玉留下，想来还有事情要交代，萧如昊及楚貉拜辞紫薇宫自不必详谈。单说女帝留下苏蓁玉谈的仍是凤翔宫宫变的事。

苏蓁玉能感觉到这件事给女帝带来的打击，故才会向自己叙述事情原委，最后，似已接受既定结局，只让苏蓁玉注意太子近期的行为举止，又道："朕若去了，你要好好辅佐太子，不要让这大好河山变荒芜之地了。"

苏蓁玉一一答应，女帝却将一个锦匣交在她手上："这是朕下的最后一道圣旨，你收好了，北胡虎视眈眈久矣，他日战事一旦不可收拾，朕要你无论如何不能让北胡越过玉门关，太子优柔寡断，若听信谗言不许你带兵的话，你可将朕的这道圣旨公布。"

女帝眸色深沉措辞严厉，苏蓁玉暗自苦笑，这圣旨分明是"夺皇上威权以自用"，自出任相国以来她深切地明白，皇权是如何高贵不可亵渎，就算惩治巨奸权臣，也必须提前征得皇帝同意，焉有朝臣拿了前皇帝圣旨威胁朝廷的道理？但她还是对女帝这种未雨绸缪的圣明感到佩服。

从宫里出来的时候苏蓁玉乘坐的玄色宫锦八抬大轿稳稳如山，弯月如同来自楼兰的金刀，带着冷冷的杀气照着整个玉京。穿过钟楼的重檐飞角重重地洒在夜行人的脚上，这时轿子已经到了相国府门前。几日来紧张奔波让轿子里面的人终于感到了无尽的疲乏，以至于坐着也能睡着。

"大人，醒醒，回到府了。"

"嗯？"

苏蓁玉缓缓睁开眼睛才发现已经回到相国府，不由得叹了口气搭了红袖的手下了轿子，似想到什么了，问道："楚云生丢到国公府门口了吗？"

"您刚进宫去我就让他们用一顶软轿把那个楚云生丢到国公府大门口了，看着他们的人把轿子抬进去才离开。"

苏蓁玉心里明白，关于楚云生卖身投靠之人此时已经不重要了，想来太子萧如昊不会蠢到让他大张旗鼓地派兵抓捕自己。往细里寻思楚云生之所以这么做，怕是被有心人蛊惑，可怜他自己恐怕对朝中形势不甚了解，到底莽撞行事了，只是楚貉知不知道自己儿子的勾当就另当别论了。

翌日，太极殿中太子萧如昊心情大好，先是提拔了楚貉次子楚岳为右都卫史，楚岳年方十八初入仕途，寸功未建已有如此恩惠，萧如昊不顾其他人议论，这么做一看便知想借此笼络楚貉，楚国公这一支势力多靠先祖荫功，青年一代却乏聪慧能干之人。

苏蓁玉本想阻止这件事，陈子杭却道不妥，劝她不要一意孤行，如今女帝退居紫薇宫朝事几无过问，而楚貉向来圣眷优渥，太子这般行事料难阻止，而且还会白白得罪他及楚国公的势力。

萧如昊大婚将近，京城又开始一派繁荣热闹的景象。徐伯芳负责京中防御，朔风营的日常巡逻也增加了两倍人数，以防止安庆公主党羽余孽会在这个时候杀回来捣乱。

徐伯芳暗里围着相国府绕了一圈又一圈，脑子里是昨天太子萧如昊跟他说的话："苏蓁玉回京的那天在紫薇宫待到深夜才离开，底下人过来禀报说母皇给了她一封诏书，这封诏书你务必要拿到手。"

徐伯芳心里叫苦，相国府是什么地方，岂能想拿就拿得到。再说了，苏蓁玉回京那天您不也去了紫薇宫吗？您不是回来说陛下已经立了传位诏书吗？怎么转眼又多出来一份诏书？

想到这里徐伯芳又怜悯了自己一番，所谓生不逢时，英雄无用武之地不过如此，堂堂朔风营大统领却沦落到去做这些鸡鸣狗盗的事情。

街上一阵铜锣开道的声音，是相国的八抬大轿回来了，徐伯芳知道今天自己又没有机会进去了，仰脸又凝视了斗大的"相国府"三个一番，字转身没入人群。

第十章 扁鹊施妙手

酉牌时分，楚国公府已经挂起了灯笼，而在星河深幕的内宅中，刚刚从皇宫回来的国公楚貉正在书房里踱步，神色阴沉沉的。又过了一炷香时刻却见大管家楚琨飞奔而来道："老爷，皇甫先生已经抵达京城，马上就要到府上来了。"

楚貉这才神色缓和了几分，吩咐下去道："立刻准备接风的宴席，再开中门，老夫要在正厅亲自迎接皇甫先生。"

玉京城的月亮即使升至天心也不易察觉，万家灯火非是虚言，一路行来见惯了入夜村落酣睡，此时皇甫逊撩起车帘看到这一街繁华不由得一阵赞叹。偶尔传来了几声酒家招呼的吆喝声，却给人几分亲切的感觉。皇甫逊心道："这玉京城果然名不虚传，为何他宁愿窝在湖州那个小地方，也不肯回京城呢？"

皇甫逊歪头思索一下，默道：想来他心情必然矛盾至极，既想和我一起进京与家人见上一面，又得不到家人的召唤，不得离开湖州，只有这般如此才符合常情。

"先生，到楚国公府了。"扮作车夫小厮的刘骏勒停马车道。

皇甫逊忙合上扇子挑了车帘向外展眼望去，早有一班人候在中门，看样子是等自己的，遂不紧不慢轻快一跃下了马车。

"皇甫先生，久仰大名，家父在大厅等您呢，咱们里面说话。"

皇甫逊抬眼打量说话之人，他气宇不凡，非等闲之辈，又听他称呼楚国公为家父，想来是楚国公的次子楚岳了。

"好，不才岂能让国公大人久等。"

楚岳久居玉京，家中富贵鼎食，父亲又长时间位于九卿之列，让他待人接物不免有些骄傲自然生出，但对皇甫逊竟不由得收敛起来。楚岳陪着他一路进了中堂大厅便垂首退了下去。

楚岳走到廊下看着漫天星斗，虽然他才入朝堂，却对朝局有相当的了解，如今真正能左右时局的不外乎父亲和苏蓁玉等几人，父亲和苏蓁玉都有经世之才，当今太子萧如昊善于笼络人心，父亲已然态度分明，然而父亲也说了，太子骨子里是个不愿与别人分权的铁腕主子。想到此处楚岳眉头一皱，又觉得心烦气躁，转身回了自己的书房。

楚貉与皇甫逊寒暄一番便直接关心地讲起楚云生的病情。

"带我去看看楚小将军吧。"

皇甫逊久处林泉，性子散淡不羁，跟楚貉这样的权臣谋士谈话多了让他十分不舒服。

楚云生住在东暖阁，这是嫡长子的荣耀，华丽的锦帐罗帷和穿梭来去的俏婢美妾，让人一阵眼花缭乱。

"有劳先生为犬子的病多多费心，只要能治好他，老夫不惜一切代价。"

"国公放心，医者父母心，在下自当尽力而为。还请您把这些侍女都撤了，罗帐也撤了吧，一屋子胭脂水粉的味道，又不够通风，会对病人身体不好的。"

楚貉闻言忙斥退了屋子里的所有侍女，又安静地坐在椅子上等皇甫逊的诊断结果。

半响，皇甫逊脸色凝重地说道："楚小将军这是中了毒，此毒出自南赵国，本是极阴险毒辣的，中毒多半熬不过当天，幸亏楚小将军及时被人救治，又给他喂了西域传来的红丸子。"

"好险，险哉……"楚貉惊魂未定，听皇甫逊讲到这里又疑惑地问道，"那犬子为什么还不醒？"

"南赵人善于用毒，非是他们自己的解药不行。小将军虽然救治及时，也只是保全性命，毒也侵入身体之中了，需要立刻排出才行，不然拖得久了，也会危及生命。"

"那……可……可如何是好？"楚貉刚放下的心又提了起来。

"不才已经想好了医治方法，国公大人派几个人按我写的方子去抓药，再派人烧一锅热水来，这水必须是山泉水，如果我没记错的话，城外神龙山积香寺便有一泉眼，务必在明早日出之前把这些准备好。我先给小将军针灸，待明日日出天地精华正升之时即可驱毒。"

楚貉不敢怠慢，忙吩咐人去安排，可是，大管家很快苦着一张脸来回道："老爷，如今已是半夜，要出城必须有官府出示的通行证才行，否则城门守卫不会给放行的。"

楚貉一听顿时急了，离破晓只有几个时辰，这可怎么办？

"来人，备马。

"老夫亲自去积香寺。"

一阵匆忙准备后，楚貉带了家丁直奔城门而去。

谁知，越急迫的关头越容易出状况，可谓怕什么来什么。

"站住！城中宵禁，什么人敢深夜出城？"

挡住去路的人非是旁人，正是朔风营统领徐伯芳。

"原来是徐大统领，老夫这里有十万火急之事需要出城一趟，还望通融。"楚貉向来心高气傲亦未把徐伯芳放在眼里，今日为了尽早出城才放低姿态。

"楚国公？您这大半夜的要出城可有通行证？"

"事情紧急已经差人去补办，若徐统领网开一面，老夫明日必登门厚谢。"

"那我能问您有什么事情如此着急吗？"

"犬子病重需要积香寺的泉水，必须日出之前的，所以，徐统领你看——"

"放国公他们出城。"

徐伯芳手一挥，朔风营立刻让出去路，马蹄声后扬起沙尘。

这边事刚刚妥当，徐伯芳看看天快到换班时辰，回到朔风营监值房遣了跟班去泡了茶来。谁知才喝了一盅茶便见手下的牙将周顺急颠颠跑了进来，一边跪下施礼，一边迫不及待禀报道："大统领，相国府失火。"

徐伯芳腾的一下从椅子上站起来叫苦："今天晚上真是多事，立刻集合去相国府救火。"

一班人马匆匆忙忙赶到钟鼓楼附近就已经被一片火势吓了一跳，徐伯芳立刻下令运水救火。

闹哄哄人仰马翻，周遭的其他人家也都被吵醒，见是相国府失火也都各派人来帮忙，苏蓁玉向来待人亲和，竟连隔了几趟街的许多街坊也都来了。

"怎么回事？"刚刚从父亲那边归来的苏蓁玉也被眼前的景象唬了一跳，随即又冷静下来对府里新擢升的管家苏阜新道，"几时着火的？什么原因查清了吗？"

"大人刚离开府就走水了，原因还不能明确，是从您的书房开始着起来的。"

"书房？"

苏蓁玉心里咯噔一下，已然明白七八分了。

苏阜新又道："多亏了朔风营徐统领及时赶到，火势总算控制住了。"

"我知道了，你去忙吧。"苏蓁玉转身来到正在指挥救火的徐伯芳面前感激道，"这次多亏了徐统领鼎力相助，不然我这相国府怕是要化为乌有了。"

"惭愧，在下当值期间竟发生这样的事，怎么敢受苏相国一谢。"徐伯芳欠身一揖，这时苏红袖跑了过来。

"大人，已经检查过了，宅院波及不大，厨房和书房火势最大，书房里大人的文件书籍恐怕十不存一。"

苏蓁玉闻听此言"哎哟"一声惊呼："不好，我的……我的……"顾不得仪表原地跺脚痛心疾首又道，"惨咯。"

"相国大人不要急，人没事就行，东西毁了慢慢补齐足慰今日之失。"徐伯芳看着她悲痛不已的神情忍不住好言相劝。

"罢了，借徐统领吉言，唯愿明日早朝殿下不会责怪于我。"

"殿下仁厚爱民，当会体恤相国大人的。"

东方破晓，此时火已经扑灭，朔风营陆续回到相国府前列队集合，徐伯芳遂向苏蓁玉道别，转身带队伍回营去了。

本要回府的苏蓁玉忽然被一阵极快的马蹄声惊到，忙回身望去，只见飞奔而来的竟是宫中司礼监的太监，为首的一位看到苏蓁玉急跳下马来到近前低声道："陛下驾崩，殿下请相国大人马上进宫。"

"啊——"

苏蓁玉一个趔趄没有站稳差点摔倒在地，幸而身边的红袖及时伸手搀住她。

"臣马上进宫。"这一刻,苏蓁玉哀痛之情难以自抑,女帝于她而言是成就了今日的她的伯乐,岂能不痛。

苏蓁玉弃了轿子让人牵了马来,不敢急慢随了传旨太监直奔皇宫而去。到了皇门把马交了太监看守,宫中不得纵马是规矩,几人又一路小跑地赶往紫薇宫。

远远就看到守在宫外的太监总管吴亮甫,一看到苏蓁玉忙迎上前老泪纵横地将她领进紫薇宫。大殿内已经满是白色帐幔,跪在女帝榻前的萧如昊脸上凄凉无限。

已从城外赶回来的楚貉也立刻进宫,刚到了这里因为急促竟一个不小心撞在门槛上,殿中的人被咚的一声打乱了哭声,却见楚貉一声惨呼:"陛下啊,老臣来晚了。"

萧如昊看到楚貉脸上因为刚才撞伤渗了血丝出来,低声吩咐传太医来看,一直不被人注意沉默不语站在床边的一人,这时开口说道:"殿下,让人宣读陛下遗诏吧。"

苏蓁玉抬起头不由得心中一动:"空花道人?"

这时太监总管吴亮甫拿了一个锦匣声色凄厉道:"皇太子萧如昊接旨。"

萧如昊闻听站起身,面对女帝床榻又十分恭敬地跪拜。

"奉天承运,皇帝诏曰,朕自登基以来唯尽心竭力已矣,今后汝登大宝须谨记祖宗遗训,宽政爱民,严于律己,近贤远佞,恪守不渝。"

宣读罢了,吴亮甫仿佛一下子苍老十岁,恭敬地将圣旨呈给萧如昊。只见萧如昊一声长啸:"母皇——"又一番三跪九叩,方接了圣旨起身。

按照祖制新皇必须立刻登基,然后将女帝驾崩讣告发往各地及管辖下的郡县。司礼监马不停蹄地准备登基大典各种事宜,新皇的龙袍亦是连夜赶制,按照规矩女皇须是红色龙袍,男帝则为黄色龙袍,这一时半会儿的竟有些棘手,毕竟黄锦宫中储备不足,后多亏楚国公提醒用了金丝来织龙神方渡过难关。

苏蓁玉和楚貉等人先是扶持萧如昊登基,又为女帝开陵送葬,许多要紧事忙完已经是七天以后了,朝局基本平稳并无什么意外发生,苏蓁玉这才抽出空回自己的相国府待了一天。

苏红袖趁她闲暇便将这几日来的失火调查禀报了一番:"他们可能是为了大人书房里的某样东西来的,没有找到就想直接烧毁。"

"你的推测跟我的想法一致,不管怎样,如果这场火能安他们的心,倒也值得。"

"大人,太子他——不是,陛下为什么不许逍遥王进京为先帝守孝呢?"

"这是先帝生前就立下的诏书,逍遥王永不得入京。"

"原来是这样。"苏红袖道。

"今天还得了一样好东西,给你吧。"苏蓁玉像突然想起来似的,从怀中取出一个软包递给红袖。

"什么?啊,软玉鞭!"苏红袖喜出望外。

据《开元天宝遗事》记载:软玉鞭即天宝中异国所献。光可鉴物,节文端妍,虽蓝田之美不能过也。屈之则头尾相就,舒之则劲直如绳,虽以斧锧锻斫,终不伤缺。上叹为异物,遂命联蝉绣为囊,碧玉丝为鞘。碧玉蚕丝即永泰元年东海弥罗国所贡,云其国有桑,枝干盘屈,覆地而生,大者绵延十数顷,小者荫百亩。其上有蚕,可长四寸,其色金,其丝碧,亦谓之金蚕丝。纵之一尺,引之一丈,捻而为鞘,表里通莹,如贯瑟瑟,虽并十夫之力挽之不断。

"哪里来的呀?"苏红袖兴奋地问道。

"楚国公给的,算是对我们保住他儿子一条命的报酬。"

"什么?他怎么知道人是我们送去的?"

"湖州来的药仙皇甫逊已经把楚云生救醒了。"

"如果这样,确实该好好酬谢我们呢,当日黑衣人要置楚云生于死地,亏了大人及时救了他,南赵人下毒狠辣,若没有我们的西域红丸,他早就死在保定了。"

第十一章 新皇新授箓

萧如昊登基一个月后司礼监开始着手准备后宫选妃事宜，所谓国不可一日无君，后宫亦是不可一日无主。

当日女帝曾为萧如昊定下楚貉嫡女楚秋鸿，自登基伊始楚家便是他的有力支持者，立楚秋鸿为后已是板上钉钉的事情。萧如昊看了会儿奏折有些累，一只手在额头轻轻揉捏，最后在面前那个请立楚秋鸿为后的折子上写道："准奏。"此时大太监吴亮甫又托了一个朱漆盒子上前："陛下，这是司礼监送来的其他秀女名单。"

吴亮甫自新帝登基，便从紫薇宫总管变成了司礼监大太监，今日午时刚过就按照规格拟了个秀女名单请萧如昊过目。

其实，大家都心知肚明，选妃一事又岂是皇帝娶亲这样简单的，中间牵扯到多少朝上的明争暗斗，萧如昊想了想，飞快地在三个名字上点了朱批，重新放在朱漆盒子里，示意吴亮甫可以退下去了。

七月初圣旨下达，整个楚家就忙开了，置办入宫需要的各色物品，司礼监又派了教习嬷嬷过来，楚秋鸿作为未来的皇后所学礼仪甚多，闻说萧如昊独爱听琵琶声，楚貉又从京城教坊请了最有名的乐师公孙敏授她琵琶技艺，本就是倾城之姿的楚秋鸿经过这一番历练自是更加使人过目不忘。

楚貉一半时间忙于朝政，回家竟也不敢懈怠，先是询问女儿的功课是否进步，又有府里管事过来禀报册封事宜的具体细节。如此过了几日，不料宫里突然传来圣旨让他带两个儿子进宫，楚貉顿感不妙，楚云生才刚醒转几日，如何宫中就得了消息？

原来那日楚貉亲自带人去积香寺取了泉水回来，正好撞上宫里太监来传旨，刻不容缓便去了紫薇宫，余下事宜遂都听皇甫逊指挥。

"药仙"名号也非浪得，待泉水加了驱毒药材烧开冷到一半皇甫逊命人将楚云生泡在药汤里，开始用银针刺穴，施针方毕，又吩咐侍女重新往药汤加滚热的开水，一时间屋内蒸汽缭绕。

如此反复三次后，却见浸泡后的药汤开始泛黑，皇甫逊随即令人把楚云生放到床上，这才伸了一下腰道："在下使命完成，要去睡觉了，都不要打扰我。"

黄昏，楚云生悠悠醒转，立刻有人去通知皇甫逊，他却在熟睡中不为所动。楚貉此时不在府中，内宅里老夫人、国公夫人及其他几房姬妾闻讯都赶了过来。

"这个皇甫先生怎的如此散漫，云生已经醒了半个时辰，他却还在睡梦中，别等了，去把张太医请来吧。"老夫人面带不悦，吩咐了管家派人去请张太医。

楚云生虽然体内毒素已经解除了，身体却虚弱得厉害，微睁着眼认了半晌才看清眼前坐着的人是老夫人，竟流下泪来道："奶奶——"

"我的心肝哟，你可醒来了，这些日子都急死奶奶了。"

"父亲呢？"

"早上宫里来人，你父亲就急匆匆换了朝服进宫，还没回来呢。"

说话间掌事李嬷嬷神色凝重地快步来到里间道："老夫人，国公爷差人说陛下驾崩了，让阖府上下换上孝衣，自今日起食不得沾荤，另嘱咐大公子不可出府。"

这一番话说完众人都成了霜打的茄子，不敢多言，老夫人传了话下去，府中立刻换上白灯笼，收起往日的灯光模样。

本想继续和楚云生说说话，不料皇甫逊醒来立刻赶人："满屋子的胭脂水粉味道，你们这是要把我的病人熏死吗？"

老夫人的脸色愈发难看了，心道：吾儿做事一向严谨，这次却请来一个如此轻浮的年轻人，若不是看他"药仙"名号，定然不会让他进我楚家大门！

皇甫逊何等样人，怎么会把这些内宅女眷的话放在心上，欲要替楚云生把脉时忽然嘴角轻浮一笑下逐客令道："还请老夫人偕几位夫人暂作回避。"

老夫人也已经注意到几个年轻的姬妾被皇甫逊的绝美身姿迷惑，面如桃花，一望便知心猿意马中。

"都回去吧，云生刚醒需要静养。"老夫人爱怜地看着楚云生，纵然对皇甫逊诸多不满，却也是遵守医者的吩咐。

皇甫逊将几颗药丸塞进楚云生口中道："咽下去。"

楚云生虽然病重，随着醒转昔日公子哥的气息也都重新附体，哪里忍得住他如此傲慢的态度，使劲瞪了他一眼。

楚岳推门进来向大哥问安以后，便搬了椅子挨着床榻坐下来，一脸紧张地道："大哥，你醒了就好，毒素已经被皇甫先生清除干净了，接下来咱们家可能要经历很多事情，你早点好起来就可以帮助父亲撑过这一非常时期了。"

"你们聊着，别太久了，待会儿让厨房做些清淡的食物送过来就行。屋子里太闷，我出去喝酒去了。"皇甫逊听到这些所谓朝廷大事就头疼，忙躲了出去，也避免二人当着自己有碍交流。

从内宅一路走过来，到处都是银装素裹，行色匆匆的下人都仿佛被点了哑穴，彼此之间眼神交流，谨慎异常。

也许每个人都知道这是要换天了。

皇甫逊出了国公府在大街闲逛，这玉京最繁华的中四街一片寂静，烟花柳巷更是门庭紧闭。过了钟鼓楼一眼就看到"相国府"几个大字，他知道这座府邸，里面的女主人名声早已响彻寰宇。

加之前几年她妙计退兵，之后又能安邦定国，任是个普通男儿都想要一睹她的神采，何况是皇甫逊这样的聪明男子，更想见见她了。

想到这里皇甫逊直上前去与门上小厮一揖道："在下湖州皇甫逊欲要拜望相国大人，可否通禀一二？"

小厮看他气宇轩昂说话又斯文动听，便和气地回道："先生来得不巧，我家大人进宫去了，一时半刻不能回来。"

皇甫逊这才想起楚家总管说的那句"陛下驾崩"，心里了然，歉然一笑："那是不巧，在下明日便要回湖州了，他日有缘再来拜访。"

在街上又转了半晌，在茶楼闲坐听到隔壁雅间有人低声谈话，他本是习武之人耳力过人，听得十分真切："陛下驾崩留下遗旨，当今太子登基这不足为奇，奇的是还有一道旨意说不让湖州那位逍遥王回京参加国丧，这就有点说不过去了。"

另一人道："我有个远房姑姑曾在宫中当职，听说那个逍遥王一生下来就有相士对陛下说此子与陛下相克，须得终生不见的好，所以孩子未曾满月就被送去千里之外的湖州了。"

"为什么要送去湖州呢？"

"这都是天机，岂是我等凡人俗子能够窥探的。"

皇甫逊听着他们对话，想起出门时湖州那人对他说道："听说玉京城的羊肉做得很好吃，你倒是要好好尝尝，知道怎么做了回来教给我家厨子，到时候我拿出你惦记很久的那坛杏子春犒劳你。"

又听了些闲话，皇甫逊甚觉无趣，回到国公府看着处处哀哀欲绝真是闷上加闷，未等楚貉从宫中回来便欲告辞回湖州，走之前又给楚云生开了一例方子，嘱咐他让人按方子抓药，又从怀中掏出一个小瓷瓶道："这里面是我自己配制的清毒药，你且每日一粒按时服用。"楚云生见挽留不住遂使人唤了弟弟楚岳备下几样名贵礼物作为答谢，马车物什一应准备妥帖。次日早上起来，未惊动楚家人皇甫逊便驾车而别，一路上往湖州而去。

且说楚貉从宫中回来得知楚云生已醒先是一喜，因是国丧期间亦未敢露欣然之色，后听闻皇甫逊驾车离京，知他是不能久居俗世的人，惋惜几句未曾当面谢过。

此后数日太子登基，紧接着一切祭奠如仪，皆由司礼监大太监吴亮甫和国公楚貉负责，由此一来即使楚云生已痊愈却未曾得见父亲几面，上次父亲回家询问了几句自己如何中毒又急匆匆进宫去了，中间多少细节竟不知如何说起。

朝中自女帝驾崩，许多大臣顿觉不知所措，从前都是唯苏蓁玉马首是瞻，但太子登基后有意无意拉拢楚貉打压苏蓁玉，众人都开始为自己的地位打起许多小算盘。虽然苏蓁玉名分上仍高过楚貉，但因有新帝抬举，朝堂上上下下的人，无不出手巴结楚貉。反观苏蓁玉仿佛对这些变化毫无察觉，未曾因为受到了冷落而有所怨言。

且说一日萧如昊收到朔风营统领徐伯芳的密报得知楚云生已然回京，不由得大怒，他本就是多疑善变的性格，早前暗里调查得知楚云生这次带兵离京并没有按照自己的意思把苏蓁玉接到太子府，擅自出手欲置苏蓁玉于死地，最可恨的是还假传圣旨，这些事情每一件拎起来都够他楚家满门抄斩的。

但现在还不是时候，自己要让楚家忠心不二地跟着自己就不能对楚云生重处。徐伯芳看着他面色阴郁不定，试探着问道："陛下，要不宣苏相国询问一下吧？毕竟这些事她知道得更多一点吧？"

"问她？朕丢不起这脸，问她什么？问她知不知道朕曾想派人半路将她劫持软禁在东宫，还是问她知道不知道楚云生那个混账东西会下杀手不是朕的意思？"

徐伯芳被抢白一顿不敢多言，垂首立在案前恨不得萧如昊现在就嚷一句让他滚，自己也好早点离开这间压迫感十足的太极殿。

"你先回去，过几日荀无忌进京了，给朕盯着点。"

仿佛得到了大赦一般，徐伯芳叩拜谢恩缓缓退出太极殿才长嘘一口气，只听得里面喊道："朱福，传朕口谕，让楚貉带上两个儿子到宫里来，就说朕想见见他们。"

朱福是太极殿新擢升的传旨太监，负责皇帝日常传诏，徐伯芳跟他关系不错，两人一前一后出了宫门，他本想上前打听一下，却见朱福给他使了眼色便匆匆去楚国公府传旨去了。

第十二章 楚家生逆子

徐伯芳骑马回朔风营军务司，刚一坐定又觉得不妥，暗忖："不行，我还是去趟国公府吧。"

原来楚貉的次子楚岳和他曾是少武学堂的同学，这是朝廷主办的专门教授军事理论的学堂，当年苏蓁玉从北境领兵回朝，便向女帝提出办个教授军事理论的学堂，立刻得到了支持，之后这个学堂便闻名遐迩，玉京城的达官贵人都挖空心思把自己的子嗣送来，楚岳和徐伯芳则是一起入学的时候认识的。

想到楚岳可能会受到牵连，徐伯芳又站了起来吩咐人把他的枣红驹牵来，一个纵身奔了西塘街国公府去了。

楚貉近日心神不定，总觉得新皇帝萧如昊看他的眼神中带着冷冷的杀气。

"难道出了什么事？"

楚貉借着苏蓁玉在中枢阁当值提前一个时辰回家，听管家来禀报了一些琐事，忽然道："皇甫先生走后，大公子的病情如何了？"

"回老爷，已经能出来散心，老夫人让张太医每天早晚各来一次，应无大碍的。"

"让他来书房见我。"楚貉对这个大儿子感到十分头疼，从小到大聪明不足心气却高得很。神卫营的位置本来是为楚岳准备的，若不是老夫人哭闹，让他替了楚岳去，如今也不会有这么多麻烦。

没过一会儿书房门外响起轻微脚步声，楚云生怯懦地敲门说道："父亲，你找我有事吗？"楚貅道："你进来。"

楚云生因为病中两颊瘦削，眼睛尤其显大，抬头看了一眼父亲忙垂首道："问父亲安。"

"身体好些了吗？"

"好多了。"

"嗯，那就好，坐下吧，跟我说说你这次带神卫营去保定都做了些什么。"楚云生脸色大变，慌忙跪倒在地哆嗦道："父亲……父亲……你听我说，事情是这样的……"

楚貅看了他一眼，忍不住道："陛下当初让你去拦截苏蓁玉，你是怎么受的伤？"

楚云生到了此时哪里敢说真话，一时又不知该说什么，心里扑通乱跳，暗自想着是不是苏蓁玉跟父亲讲了真相，他才会回来问起，但是她当初放过自己肯定不会再提起，这不像她的行事风格。

"该怎么办？"

楚云生正在焦头烂额时候，管家敲门问道："老爷，朔风营徐统领求见。"

楚貅先示意儿子站起来，又对管家吩咐道："带他来书房吧。"

"徐伯芳来咱们家不找楚岳，怎么会找父亲，难道有什么事吗？"楚云生忍不住好奇地问道。

"待会儿再跟你算账。"

徐伯芳不是第一次来国公府，之前每次来都是去楚岳的别院玩，对楚貅他心里是有抵触的，这个长辈的眼睛如鹰一般犀利，胆子小一点的被他瞪到就会吓得腿软。

这书房陈设简单而贵气，徐伯芳是看到摆在书桌上那个砚台就心里咋舌不已，面上却堆出谦和温逊的笑脸来行礼道："伯芳见过国公大人。"

"世侄快请起来，看座上茶。"楚貅露出平日的寻常表情又问道，"世侄今天过来有什么事吗？"

徐伯芳想了片刻也换上亲昵的称谓道："伯父，小侄是从宫里见过陛下后想起有些事需要提前透露给您，就赶过来了。"

楚貉一听到宫里二字立刻警觉，嘴上却云淡风轻地道："哦？陛下跟你说了什么？"

楚云生立在父亲身侧，见徐伯芳一直有意无意瞥向自己，心上一颤，有种不祥的预感。

徐伯芳呷了口茶，便将宫里萧如昊的一番话和即将传旨的事都说了出来。

楚貉听完怒喝一声："楚云生你这个混账东西，楚家被你连累惨了。"

楚云生暗自埋怨徐伯芳跑来将自己的这些事都抖了出来，等父亲怒气压下来慌忙跪倒："父亲请息怒，儿子知道错了。"

"伯父，您先别着急，现在不是怪罪云生世兄的时候，还是赶紧想办法在圣旨到达之前想想怎么过陛下那一关吧。"徐伯芳向前一揖劝道，"事情已经说清楚，小侄要先回军务司，若撞上陛下派来传旨的朱公公就不好了。"

徐伯芳退出楚貉的书房，准备从后门离开，那匹枣红马也被管家牵去了后门，楚岳认出来那是他的马，提前一步将他拦住。

"徐兄，这是要去哪里？"

徐伯芳被人从后面拦身抱住，听脚步声已经知道是楚岳，却故作吓了一跳道："大白天的出来吓人，你不怕被人看去笑话？"

"我与徐兄向来情深，玉京城里谁个不知。快说，今天来我家不找我却是为何？"

楚岳说的倒也是实情，玉京城的纨绔子弟都有自己的亲兄热弟，彼此也都了解哪个与哪个交好，常常开些玩笑消遣。

"都是朝中的一些事情，过来跟世伯请教二三。"

"算了，你们的那些事太无趣我懒得关心，我听说你跟咱们的女相国有些交情，以后去相国府可不可以带上我？"

徐伯芳看他目光炯炯地望着自己，十分好奇地问道："咦，二公子几时对相国大人感兴趣了？"

楚岳难得露出天真少年的一面，凑到徐伯芳跟前笑嘻嘻说道："伯芳兄，自陛下封了我右都卫史得以在朝堂上大开眼界，我就被咱们相国大人的魅力征服了。"

"你——你好率直，佩服佩服。"徐伯芳一时间找不到合适的词来表达自己震撼的心情，一半惊讶和佩服他的坦荡荡，一半是失落感，至于为什么会失落自己也说不清楚。

楚岳从小厮手里牵过枣红马递到徐伯芳手里正色道："我这是发乎情止乎礼，你不要多想了，朝堂上我碰到她也说不上话，所以你下次去相国府可一定带上我，回头我请你去状元楼喝酒。"

"行，这事我记在心上了，你快回去吧，待会儿怕是世伯会找你。"

二人依依拜别，徐伯芳回到朔风营军务司处理军务暂且不表，单说楚貉知道儿子闯下弥天大祸心上焦急不已，新帝多疑的脾性他了解，若是有人背着他搞事情必然是宁可错杀也不放过，为今之计只有立刻进宫坦白所有，保住儿子的性命要紧。

"父亲，您找我？"原来楚岳经过回廊时被管家唤住，知道父亲在书房，让自己过去一趟，才一进来正撞上父亲大发雷霆。

跪在地上的楚云生早就吓得一句话不敢多说，看见弟弟进来，仿若救星来临，不住用凄然的眼神觑他，楚岳忙道："大哥刚醒来身体虚弱，地上凉飕飕的恐怕受不住。"

楚貉看着地上瑟瑟发抖的大儿子，心一软叹息道："起来吧，事已至此是祸也躲不过了，待会儿你跟我进宫去，当着陛下面把你这番话再老老实实讲一遍。你头脑简单，陛下纵然生气顶多惩治你一人，若非知道你草包，如此行事带给我们楚家就是灭门之罪，你这个逆子啊。"

正说话时，过来传旨的朱福已经到了府门，楚貉忙整理衣服带了二子到前厅接旨，果不出所料，皇帝让他父子三人进宫面谈，想来是为楚云生带兵抓捕苏蓁玉一事。

楚貉心里七上八下，不知此去能否安然无恙地回来，楚云生更是吓得双腿发软不知所措，唯独楚岳一副不在意的模样，跟在父亲身后坦然自若。

太极殿上萧如昊还在批阅奏章，自登基以来各地来的请安折子无数，他初时颇为欢喜，读得多了反而生厌，句子乏善可陈千篇一律，待搁置不看却被驻守玉门关的燕家军主帅燕十三郎的奏表吸引了，他在奏表中除了例行公事地恭贺新帝登基，还认真陈述了北胡近来的动作，怀疑入冬时他们会有不轨之举，希望朝廷早做准备，又坦言陈述军饷吃紧诸事。

萧如昊收起这道折子单独放在另一边，再往下翻看却发现河南神卫营统领薛锐的一道密折竟是逃出宫的安庆公主所写，上面只有一句诗：本是同根生，相煎何太急。

萧如昊心头一阵发紧，女帝去世前已经将所有事情告诉自己，皇姐之所以会集结兵力在凤翔宫是受了她的暗示。

"昊儿，你可知道做皇帝不是有一颗善心就可以的，还要有杀伐决断的气魄，今日你登基若不提前剪除安庆的势力，他日这万里江山就会成为你们姐弟二人的战场。朕从你被立为太子那一刻起就想着若你不堪大任就换成安庆来，所以一直都是任由她培植自己的党羽，可是如今朕真的要去，思量再三，这天下还是交到你手上最合适了。你是善良的孩子，朕就替你拔去凤翔宫这颗本不该存在的钉子，却要你答应一件事，等你登基后务必要放安庆一条生路，可以让她来守朕的陵，有什么怨恨的话让她用余生来跟朕说。"

女帝临终的话犹历历在耳，萧如昊沉思半晌将薛锐的密折撕得粉碎，又拟了一道旨将荀无忌调回玉京，薛锐参与尹尚熊贪污一案就地革职发往迟州，迟州已到南赵边境，他这番旨意显然是放安庆公主萧如瑾离开。

广平侯薛文起自凤翔宫宫变之日便一纸休书递到太极殿，誓要与安庆公主划清界限，驸马爷薛子服竟难得像个男儿一般地支持父亲的决定。

处理掉这些政务萧如昊已经累得不行，"吴亮甫，陪朕去御花园走走。"

正值盛夏的御花园牡丹开得极好，宫女们远远地看到萧如昊走过来忙收敛了嬉笑立在一旁，却有当值的小太监跑来道："启禀陛下，楚国公求见。"

"直接来这里，风景恰好，朕不想扫兴。"萧如昊气已经消了一半，对于楚云生这种空有皮囊靠祖荫生存的纨绔子弟本没什么好感，恰这次因为他的头脑简单救了他一命。

第十三章 洞然绝嫌隙

楚貉带着两个儿子入宫见驾本以为九死一生,不料萧如昊听完楚云生如实禀报,竟一笑置之,指着御花园的牡丹令他和楚岳作诗,楚云生自是搬不上台面的打油腔,楚岳一句"佳木开合排两闼,万枝花色牡丹王"让萧如昊大加赞赏。

这番举重若轻的处理,让萧如昊彻底收服了楚家父子,自此朝中除了苏蓁玉不曾被自己掌控,其他人俱已臣服。

对于苏蓁玉,萧如昊感到十分棘手,她是个倔脾气,绝不会因为自己是皇帝而阿谀奉承,甚至对颁布的政令不满还会据理力争。然你若说她不忠又是绝不会发生的事,她忠的是这万里江山和普天下的黎民百姓。

然那样倾国倾城的模样又使他夜夜难寐,"陛下,相国大人一日在朝,您就不可能对她动一日心,若她不是宰相了呢?说不定就有缓机了。"

吴亮甫何等狡黠,早已看透了萧如昊的心思,才会说出这样的话来。

"她若是不愿意,宁死也不会从的,你以后不要再提这件事了。"萧如昊心有不甘道。

吴亮甫忙掴掌认罪,他这一动作倒显得赤胆忠心,"你这又是何必,朕又没有怪罪。"

萧如昊嘴上说着不要再提这件事,心里却像战鼓擂鸣一般,反复思量如果把苏蓁玉挤出朝堂,到底利大于弊还是弊大于利?

荀无忌的回京却在这杆秤上挤掉苏蓁玉这端又添了一个砝码，尹尚熊的死因为最终查无实据而算在了苏蓁玉头上，薛锐保着安庆公主去了迟州，更被荀无忌拿来做文章，说是苏蓁玉早已密谋好一切。萧如昊心中有数，暗里又训斥了荀无忌勒令他不要过分了，这才没有把凤翔宫宫变也引到苏蓁玉身上。

纵然萧如昊纠结不已，苏蓁玉却始终坦然自若地面对朝中格局的变化，她越是坦然别人便越是嫉恨，非要把她拉入尘埃之中方才如愿。

这些人里却不包括楚岳，他并没有把她当作政敌，也没有把她当作绝世佳人，也许更像个励志的同龄好友，看着她就想到人生在世当如此活下去。

那日回到国公府楚貉将一个锦匣交给楚岳，嘱咐他送到相国府："这是前朝传下来的软玉鞭，当年先帝为了表彰你爷爷平叛之功赏赐给我们家的。我听说苏蓁玉的贴身侍女红袖擅长用鞭，你把这个送去，她一定会收下的。"

楚岳不解地问道："侍女？这么珍贵的东西她会送给侍女吗？"

"她的这个侍女可不是寻常的女子，在相国府是一人之下众人之上，你若送她寻常珠宝未必能够得到青睐，我思来想去唯有软玉鞭她会收下。"

楚貉与苏蓁玉同朝共事也有三年多了，对她秉性多少也了解点，又嘱咐了楚岳一些细节，并遣了管家提前下了名帖到相国府，一炷香时间后管家回报相国府收下了名帖。

状元楼本就离相国府很近，黄昏时候苏蓁玉准时到了约定的二楼厢房，楚岳听到声响早已体贴地迎了出来，他本就生得极为清秀，乍一看到苏蓁玉近距离出现在自己眼前竟不由得面红耳赤起来。苏蓁玉见状轻笑了一声，这是她第一次认真打量楚家的人，暗忖原来楚貉那样的铮铮铁汉也会教出楚岳这般面薄心善的儿子。

楚岳吩咐下去可以上菜了，不一会儿这儿出名的十顶十的菜肴摆了一桌。苏蓁玉道："如此破费倒让我心中不安了，不知道这次约了在下过来是何事？"

"父亲让我感谢您救我大哥一命，自您回京本该立刻登门拜访，只是当时大哥没有醒来，我们也不知道到底谁救了他，所以才拖延到现在。"

说到这里楚岳拿出锦盒往苏蓁玉眼前推了推又道："这是软玉鞭，前朝留下来的东西，父亲说相国雅爱久矣，持赠与您方是物得其所。"

苏蓁玉一滞，没想到楚貉竟如此大方，心里明白纵然自己不会跟别人说起楚云生为何受伤一事，他心里也不会相信，只有受了他的封口之资，他夜里才能安枕无忧吧。

"国公大人盛意难却，在下只好受之有愧了。"

二人推杯换盏数巡，苏蓁玉对这位楚家的二公子有了新的了解，知他见识武功俱在其兄之上。

没多久，苏府那边来人禀报老太爷有事让苏蓁玉快点过去，她抱歉地别过楚岳自去苏府，此间无话。

原来苏仁则收到长子苏皋玉来信，得知入春来天象异常，川蜀腹地连续三月干旱，紧接半月暴雨，导致山洪时有发生，此为天灾。谁知道因为春粮歉收便有许多人落草为寇，各地盗匪为患，灾民纷纷奔逃。

作为太守的苏皋玉一边安抚灾民，一边上书朝廷调兵剿匪。屋漏偏逢连阴雨，在朝廷拨下赈灾粮款以后竟又发生知州贪污受贿的事情，新帝大怒，派了钦差入川，蹊跷的是钦差大人刚到锦官城就被人刺杀在驿馆。苏皋玉自知大劫难逃，遂在朝廷降旨收监之前将自己收集的蜀中官员贪污的罪证和一封讲述事情经过的自证信交给心腹侍卫，叮嘱他务必活着回京交给父亲。

苏仁则读罢长子信函不由得皱紧眉头，他在信中痛斥蜀中最大的蛀虫就是当今陛下的亲叔叔、被封永宁王的萧宁海。若是旁人还好，偏这永宁王在京城有贤王之称，若拿不出铁证，赔上整个苏家也怕是救不出苏皋玉了。

书房里，夜风吹动纱窗，苏仁则不停走动一再发出叹息的声音。陪伴在一侧的苏蓁玉并没有像父亲般焦急，烛光在芸窗上闪烁着二人的身影，真有些"江湖夜雨十年灯"的境地。

"父亲，此事尚有缓机，您不要着急，交给我处理吧。"

"你？你自己最近的麻烦少了吗？不要以为我什么也察觉不到，荀无忌进京第一件事就是弹劾你。"苏仁则叹道。

苏蓁玉没有像父亲这样在意荀无忌回京的事情，饶是一番劝慰苏仁则对眼前的女儿还是充满了担忧，这一次暴风雨来得气势汹涌，正应了她赴河南任上之前说的话。

"难道真的是要对你下手了吗？"

"父亲不要胡思乱想，大哥这件事恐怕是永宁王在从中作梗，我把这些书函先带回去，至于那个侍卫在府上恐怕会被有心人利用，明天打发人送到乡下去，案子破了再说吧。"

苏蓁玉又询问了府中其他人的近况都无异常，这才放心了一些，叮咛好父亲明早上朝后，无论谁刁难务必假装不知情，苏仁则知道女儿心中有数，不再多言。

"父亲，山雨欲来风满楼。"苏蓁玉走到窗前望着一庭的月色叹息道。

苏仁则望着她瘦削的身体，心仿佛一下子老去十岁，怪当初一念之差推出去这个懂事体贴的女儿。

"今上当真容不下我们苏家吗？"

"父亲只说对了一半，他不是容不下苏家，他容不下的是我这个女宰辅。"

"我朝历代有女帝女相出入朝堂，焉能为男女有别而废天人大义，真是糊涂。"

"父亲小点声，今上年富力强又初登大宝，对执掌天下跃跃欲试，我几次谏言皆不被采用。"苏蓁玉顿了顿，声音更低了说道，"一朝天子一朝臣，陛下怕是要重用楚家来压制我。"

"岂有此理，我们苏家世世代代清正廉明，你更是鞠躬尽瘁，他看不懂吗？"苏仁则有些气愤，更多的是无奈。

"这就是帝王术吧，父亲，我决定查清永宁王这几年在蜀中到底有多少见不得人的勾当，一则为民除害二则还我大哥清白。我想让您为我做一件事。"

苏蓁玉郑重其事地站到父亲身旁，俯身一拜道："女儿不孝，希望父亲三天内递上辞呈，您已经年龄大了也该颐养天年了。"

苏仁则一怔，万万没想到她是让自己离开朝堂："你是怕他们对我下手？"

"父亲，大哥已经身陷危难，我不能让您再牵涉其中，怕是要变天了，等我救出大哥，便退隐不仕。"

说完话苏蓁玉竟给父亲跪了下去，又道："当初若不是女儿心高气傲得罪了身为太子的今上，也不至于给苏家带来这些灾难，是女儿不孝连累了大哥和父亲。"

苏仁则伸手将女儿扶起来，故作轻松道："我的好女儿啊，为父知你几欲隐于山林，独善其身，然树欲静而风不止。你向来运筹帷幄，苏家这几年也多亏你打理，才不至于因为子孙不肖而惹出是非来，倘若连你都觉得苏家要变乱，为父岂能独免乎？"

第十四章 苏门有子成

七月初的玉京城蝉声处处，苏蓁玉自立春以来第一次换了女装出门，淡蓝色的曳地流苏裙衬得她面颊愈发莹白如玉，一根木兰簪子随意绾住头发，齐整的刘海散在额前，珍珠耳环还是十六岁生日女帝赏赐的。

"大人，我们这是去哪儿？"苏红袖手里拿着软玉鞭迎了上来。

苏蓁玉抬起手腕遮住太阳望了望外面的街道，蓦地一双清冷冷的大眼睛仿佛看到新奇的事物透出喜悦的目光，对着苏红袖说道："三弟在丙乙斋读书，我们不如去那里看看吧。"

谁知道红袖却抿着嘴唇，微翘起嘴角不满道："上一次去丙乙斋给三公子送东西竟被那个古板的老夫子轰了出来，我可不想再去了。"

"就是上次我让你送砚台过去的时候吗？"

"可不就是那次？"

苏蓁玉对这个弟弟一向看重，如今父亲归隐回乡，大哥又安危未定，越发地让她把精力放在关心弟弟苏怀玉这边。

父亲走后苏蓁玉行事大胆起来，连续几次因为有悖圣意被萧如昊在早朝上怒斥一番，她也不懊恼，据理力争，恨得萧如昊几次要将她贬出京城，因她主持的封后大典在即都隐忍了下来。

苏怀玉今年刚到束发之年，诗书兵法俱在同学中出类拔萃，今年大考本想挣个功名回来，无奈被父亲阻止，告知他早秀易折再等几年无妨。若说此事令他心中不平衡也就罢了，就连最亲近的姐姐苏蓁玉也反对他入仕便说不通了。在他心里姐姐十四岁就已经名满天下，自己纵做不到她这般优秀，也决不能太丢人了，而今家中众人都阻止自己出人头地实在令人费解。

丙乙斋的山长于汝舟也是京中名士，曾因提倡变法而被女帝罢官，却也因此赢得了美名。苏蓁玉对他的感觉和当初无甚改变，孤傲耿介，可以做学问却不适合为官。

"姐，你怎么过来了？"

正在上课的苏怀玉忽然发现了站在窗前目不转睛的苏蓁玉，忙向山长告假走出教室。

"今天公务不多过来看看你，在这里读书还好吧？"

"这还用问，再过几年这天下人就知道苏家不只有蓁玉，还有怀玉可堪大任。"苏怀玉正值变声期，怪异的发音使得他这段豪言壮语多了几分滑稽，立在一旁的苏红袖不由得笑出声来。

"红袖姐姐看不起我吗？"

"唉呀，我的小爷，你这样说的话可是错怪了红袖，你自己听听自己的声音，是不是怪怪的，人家适才是笑这个，说明咱家小公子要长成大人了。"

"哼，长成大人你又不嫁给我。"苏怀玉没好气地说道。

"哈哈哈哈，你要是喜欢红袖姐姐，等你长大了，她要是还没有嫁出去，我就给你们两个撮合一下。"

苏蓁玉很少开玩笑，今天的心情着实不错，才难得拿两个人打趣。

"姐，你今天怎么穿女装出门了哇，都不像个相国了。"苏怀玉打量着自己的亲姐姐，觉得她样貌真的是美极了，将来长大娶媳妇也要有这样的美貌和胆略才行。

"我来看你又不是公事，穿什么不一样，父亲回乡时我让你一并跟了回去，你不听，执意留在玉京读书，我若不看紧点，出了差错怎么和父亲交代。"

苏蓁玉说的都是心里话，自从萧如昊有意针对自己开始，苏家就处处受到掣肘，这次大哥出事八成也是永宁王探过他的口风才敢下手的。

只可惜大哥托人带回来的书信不足以扳倒永宁王，想到这里苏蓁玉心口一紧，若不是自己孤傲不羁，也不至于连累家人。

"姐，你放心，我肯定会好好读书的，山长的课我最喜欢了，哪有时间跑出去惹是生非。"

苏蓁玉伸手帮他整理了一下上衣笑道："好，姐姐相信你，那你进去吧，我想跟你们山长了解一下你最近的功课呢。"

"放心吧，肯定是最棒的。"苏怀玉到底还只是一个未经世事的少年，家族的变化、父亲的告老还乡对他没有任何的影响。

此时已经日近中午，丙乙斋门前的几棵松树兀自郁郁苍苍，衬照得站在树下的苏蓁玉多了几分灵秀之气，她本就抢眼，一下子更让人移不开眼睛了。清风阵阵吹来，挟着屋子里学生的读书声，令人沉醉。

"见过相国大人。"

苏蓁玉刚动了要四下走走的念头就被于汝舟拦住，笑着一揖道："苏相国今天怎么得暇来这里？"

"于山长的课讲完了吗？"苏蓁玉摆摆手示意他不必多礼。

"嗯，今天复习四书，让学生们自己看会儿就行。"

二人踩着鹅卵石铺的小路，朝着书院后面的方向边谈边走。这丙乙斋在建筑风格上面比较随心所欲，跟其他的书院并不一样，在玉京城的其他街道的衬托下，参差不齐的草屋庭院设计远远看去就像山里幽静的小村庄。顺着一泓池塘穿过榕树林子中走出来，坐在一块伸张延长的岩石上，于汝舟朝朝廷形势分析一番后不乐观地说道："今上怕是不会给相国立足之地了，你还是早作打算吧。"

"这点我已经想到了，等救出大哥便是我苏蓁玉归隐之时，父亲走的时候再三叮嘱我照顾好三弟，他在于先生这里还请您多多包涵。"

"怀玉这孩子虽然心高气傲，但有勇为天下先的气度，他日若入朝为官功绩未必输于相国。"

"算了算了，我还不了解你，一心想变革，我弟弟这点肯定是受你影响了。"

"苏相国这话可就是错怪在下了，朝廷二百多年以来制度几未变更，许多政令早已不适合当今天下，变革是为了化弊为利，不然长此以往后患无穷啊。"

苏蓁玉点了点头道："先生说得很对，自大泽三年女帝就有意变革，无奈触一发而动全身，只能慢慢来。"

"唉，除非天下大乱，大乱之后才能大治，慢慢来，到什么时候也不会成功的。"于汝舟看着斜阳穿过松枝照在苏蓁玉的脸上，心里暗叹日益腐败的朝廷如同这斜阳一般还能灿烂几时？这样的大势所趋就凭眼前的女子又能撑多少年？

就在苏蓁玉为避嫌表面上退出苏皋玉案子的间隙，永宁王和荀无忌却趁机在京城内外抹黑她，一些关于她私生活的传闻在坊间悄然流传开，市井之徒本就热衷搬弄是非，不知情者又容易被蛊惑，竟有三人成虎的趋势。

太极殿上，萧如昊批阅奏章，正看到永宁王弹劾苏蓁玉身为宰辅不但没有以身作则，还包庇长兄贪污，致使川中吏治混乱不堪，必须追究其失职之罪。

"吴亮甫，把伯芳叫进来。"萧如昊扔下折子冲着外面服侍的太监总管吴亮甫喊道。

徐伯芳早就进宫了，一直在太极殿的侧殿候着，这会儿听说宣自己觐见，忙整理好衣服恭敬地跟在吴亮甫后面往正殿方向去。

"你的折子朕已经看过了，你说京城现在到处都是苏相的流言蜚语？"

"回陛下，本来只是偶然几人私下议论，不知何故愈演愈烈，更像是有人在蓄意推动事情的发展。"

"你去查一下到底是谁在捣鬼，另外永宁王回京后都跟哪些人来往你也查一下。"

"臣遵旨。"

萧如昊并不是忠奸不察的蠢人，对于永宁王污蔑苏蓁玉的行径他内心是鄙视和厌恶的，但他会让徐伯芳去封住那些流言蜚语，却不会主动示好苏蓁玉，甚至他会想借永宁王的手削弱她在朝堂的影响力。

"吴亮甫，你说先帝当初留给苏蓁玉一道密旨是何用意？"萧如昊突然抬眸看向正在打扇子的吴亮甫。

"回陛下，老奴愚钝，至今想不出个所以然来。"

原来当日女帝驾崩，吴亮甫作为紫薇宫的太监总管面临着失宠倒台的危机，他一生谨慎钻营，眼看着自己的努力都要白费，当机立断地把自己看到女帝病重时曾经将一道密旨给苏蓁玉的事情告知了萧如昊。

刚登基不久的萧如昊本来意气风发，突然得知苏蓁玉手上居然还有先帝遗旨，自此常常觉得坐立不安，纵她现在不会做什么对自己不利的事情出来，焉知将来非祸?

　　萧如昊为了不引人注目,派暗卫去相府想偷出密旨,却因为相国府守卫森严再加上苏红袖武功高强而无法得手,最后一次只好选择焚毁了苏蓁玉最有可能藏文件的书房。暗卫在离开的时候跟苏红袖撞上,两个人二话不说缠斗一处,多亏了徐伯芳及时赶到才救了他一命。

　　得知烧毁了苏蓁玉的书房,萧如昊心里稍稍释然一些,却还是不放心,她是先帝留下来的首辅重臣,焉能随意动摇,等看到永宁王弹劾的折子,这才想着借苏皋玉案把她正大光明地赶出朝廷。

第十五章 神龙先帝陵

女帝的陵墓修在神龙山脚下的白云飞瀑里,远远看去松柏杂间,幽花重缀;等闲人若到这里只觉得宛如神仙境地。苏蓁玉一路寻来一阵心旷神怡,对跟在她身后的红袖道:"久闻神龙山乃是玉京第一名山,从前只到山前的积香寺坐坐,没想到后山腹地竟这么超凡拔俗。"

"大人,我们为什么要来后山呢?"苏红袖不解地问道,此时已经日转山腰,前面的瀑布,望去气势如虹平吞一切,洞口层层藤萝如织绿锦。

苏蓁玉没有理会红袖的问话,继续往前走,忽然一阵杀气袭来,两个人默契地停住脚步,蓦地狂风大作,无数枯叶纷纷如雨,"大人闭气,有毒。"紧接着几十个护卫模样的人不知何时出现在她们周围,苏红袖腰间的软玉鞭如游龙出海一般迅速出击,电光石火间已过数十招,她不禁心头一凛:"怎么这些人看似武功平平却配合得天衣无缝,这阵法当真罕见,就算我内功深厚如斯竟不能将他们斩杀。"

苏蓁玉武功仅能自保,见红袖不能立刻取胜,便不再理睬他们,仍然缓缓前行,忽听一声大喝:"站住!"随着这声呵斥,毒气散开,跳上前来的是一个手持弯刀、戴着狼牙面具、头领打扮的人,他冷森森地问道:"你是什么人?皇陵重地擅入者杀无赦!"

苏蓁玉这才回道:"在下苏蓁玉,曾追随先帝多年,今日忽然思念先帝涕泪纵横，故忍不住前来祭拜，若有得罪还望海涵。"

"原来是相国大人，失敬失敬，末将胡不师乃皇陵守备营都尉，奉命在此驻扎，防止有人冒犯先帝陵棺。"

苏蓁玉收起手上的长剑来到胡不师近前，和颜悦色道："这样好了，你去把空花道人叫来，我有话与他说，不难为你们的。"

胡不师思索片刻跟手下的一名军士说道："去白水洞请大法师过来。"接着又说道："末将有一点很好奇，除了我们大法师，相国大人还是第一个走到这里来的，因为他在整个后山都布了八卦阵，寻常人到了这里就是走上三天三夜也进不来，您是怎么走出八卦阵的？"

苏红袖扑哧一笑："这位小将军，你难道没听说过咱们相国大人当年是如何打退北胡的吗？作为一国主帅，什么样的阵法没有研究过，岂能被大法师区区八卦阵乱了心神。"

不到一刻空花道人迎了出来，只见他披着绣八卦的白色道袍，须发根根抖擞，让人望去只觉得一股仙气冲天。自新皇帝登基，二人已经月余不见，苏蓁玉一直寝食不安。为女帝治丧和新帝登基，每一件都礼仪无比繁冗复杂，容不得半点马虎敷衍，毕竟涉及的是皇家的权威。更何况作为宰辅，日常军政要务每日都有，国中上下州郡府县又不止一二，往来邸报急件传达，虽有楚貉和六部也处理日常政务，但是依旧有很多折子必须是呈报到宫里由皇帝定夺。所以苏蓁玉虽然是朝廷重臣，又深知萧如昊多疑专权的秉性，以至于军国之事都不敢轻易决断，仍然忙了月余才得空一日。

"无量寿福，相国大人好久不见。"

说话间空花道人已经来到眼前，苏蓁玉笑吟吟抱拳一揖算是回礼道："道长自来京城受封灵台侍诏，整个皇城对您都敬爱有加，我想见一面都是难如登天不是？"

空花道人一听，知道她话里的意思，也并不在意，微微笑道："折煞贫道，惭愧！贫道也正想请教相国大人，不如去里面一叙。"

苏蓁玉携着红袖的手跟在空花道人身后，穿过一道瘴气便豁然开朗，悬崖绝壁下硬是人工开辟出一条小路来，而护卫队不知何时不再跟着他们了，想必是去其他地方巡逻了。

"道长不在皇城待着,怎么跑来守陵呢?"苏蓁玉还是将心中的疑惑讲了出来。

"当日贫道离开开封,苏相国曾对贫道讲过一句话,勿干扰国事,先帝对贫道有旧恩,故请旨来这里,这样既未违背先前答应相国的话,又成全了贫道报恩之心。"

"原来如此,不过这里风景奇崛,很适合道长这样的世外高人修炼居住。"

二人说话之际已经来到飞云瀑布的面前,"跟我来。"空花道人纵身一跃穿过瀑布,苏蓁玉和红袖先是面面相觑,后来也学了他的模样纵身一跃而起,穿过水流湍急的瀑布时,由于内力不深苏蓁玉差点被水势冲走,多亏红袖及时护住她,两个人堪堪落入瀑布里面的石洞。

苏蓁玉站定后开始打量整个石洞,洞内上方安了十几颗鸡蛋大小的夜明珠照亮。"这些不是夜明珠,是南海采来的水晶石,虽不是价值连城,倒也是罕见的。"

"那是先帝的冰棺!"

不错,在石洞的深处是幽潭碧水,那水寒气逼人,在水面上空悬着一个巨大的冰棺,正是盛放女帝的冰棺。

看到她惊讶的模样,空花道人反而显得十分淡定:"先帝的冰棺也是贫道以南海深海玄冰打造的,是这世上最坚固的冰棺了,可以保护人的身体千年不坏。"

"你就不怕万一被歹人发现了?"

"苏相国大可放心,他们有多少本领尽管施展便是,要进后山就已经难如登天。"空花道人自负道。

洞内空间很大,桌椅俱全,空花道人不知哪里拾来的干柴竟能燃烧,很快一壶水烧开沏了滚烫的茶水端过来。

"护卫队他们是在山中扎营吗?"

"是的,他们平时与贫道并无往来,大家各司其职而已。"

空花道人的茶是采神龙山的野菊花晒的,别有几分淡雅。"真是好茶,我也不跟道长饶舌了,这次来神龙山一是思念先帝寝食不安,二是想问问道长先帝最后是如何病重的?"

空花道人听她一问此话，手指却是轻微颤抖，苏蓁玉看在眼里只作不知，见他不语又道："我也只是随便问问，非是朝廷之意，道长亦不必惴惴不安，自我从河南回京便忙于政务疏于进宫请安，没想到先帝就这样去了，至今让我如在梦里不敢相信。"

她倒愿意空花道人如她想象中的有些不自然模样然后露出"破绽"，这便有了可以令她重新调查先帝死因的勇气。然而她绝没有想到空花道人竟似孩子一般泣不成声地把当日先帝如何病重，又遭逢太子和安庆公主大动干戈，如何心灰意冷不顾太医嘱咐饮了冷酒而加重病情，最后伤心欲绝而去的细节道了出来。

"我若想开棺验尸？"

"除非相国大人拿得出圣旨，否则贫道拼死也绝不会同意。"

苏红袖手已经按在腰上缠着的软玉鞭，那架势仿佛立刻就会出手，气氛一下子紧张起来，苏蓁玉蓦然一笑，露出白玉般牙齿："道长说得对，是蓁玉鲁莽，还请海涵。"

空花道长捋过胡须笑着说道："苏相国上应天星，自出世以来为国为民，一颗心刚直不阿。虽然时下凶险，命中多劫，今后却能得一番正果，余生清净非凡，世人皆不及汝。苏相国若能记得贫道所言，他日可再来一叙。"苏蓁玉一愣随即大笑道："哈哈哈哈，我虽然从来不信命。道长今日所言却觉得甚是合意，等海晏河清必当重来与道长把酒吟诗。"

第十六章 楚家女为后

　　七月二十日，封后大典如期进行，苏蓁玉和司礼监的几位掌事总管都提心吊胆了一天，如若中间有什么差池则前功尽弃，让史官给自己记上一笔。

　　七月二十九日，萧如昊正式改年号为咸平，随即颁布圣旨大赦天下，苏蓁玉业已掌握永宁王在蜀中作祸的若干证据，以此要挟永宁王等人上书为苏皋玉求情，希望能够获得大赦，毕竟这一案确实查无实据。

　　苏蓁玉看到即使能够逼得永宁王上书为哥哥求情，萧如昊却搁置不理后，心顿时凉了下来。

　　酉时，太极殿仍然暑气蒸蒸，萧如昊坐了大半天，手臂也颇觉酸麻，一抬眸看到吴亮甫仿佛有心事似的在殿门外转悠，"吴亮甫，你进来。"

　　吴亮甫忙快步进殿慌张跪倒呼道："奴才该死，扰到陛下了。"

　　萧如昊挥挥手示意他站起来，觑了一眼道："有什么事吗？"

　　吴亮甫试探着说道："陛下，苏大人在外面等了快一天了，您要见她吗？"

　　萧如昊微闭上眼睛，头往椅子上靠了靠，他是真的累了，这一个月来处理的奏章足够堆满整个太极殿，他沉默了一会儿，又坐正了身子，手指在桌子上一下一下地敲着："跟她说，朕今天有点头疼，有什么事明天早朝上奏。"

　　吴亮甫来到太极殿西侧的暖阁，这里是大臣等候皇帝召见的地方，看到苏蓁玉面色如常地坐在椅子上，手边的茶一口未动，笑容可掬地走近了说道："陛下今天龙体欠安，苏相国还是回去吧。"

苏蓁玉站起来温言道："吴总管，陛下对臣可还有什么嘱托？"

"那倒没有了。"吴亮甫转身对一旁的小太监吩咐道，"你去重新给苏相国沏茶来。"等到小太监出门后，才低声又说道："相国大人，咱家跟您也认识了这么久，有几句话就直言不讳地讲给您吧。"

苏蓁玉忙敛衽倾听："还请大总管赐教。"

"令兄的案子症结不在他犯没犯错，这还不是咱陛下的一句话的事，永宁王为什么敢对您下手，因为变天了。"吴亮甫一只手有意无意地朝太极殿方向指了指，随即又说道，"苏相国自十四岁横空入仕以来，历经沉浮得到先帝的器重，天下人对您无不敬仰佩服，可是咱们陛下就不一样了，他谨小慎微得久了，如今方登大宝，恨不得把一身的本领都用上。那苏相国你便成为了那个挡在陛下前面的人，这天下百姓只知有相国，不知有陛下，你说他会高兴吗？"

这番话如同当头棒喝让苏蓁玉一下子清醒过来，从前自己被女帝倚重，一心为报答她的知遇之恩，把"顺上之为，从主之法"当作金科玉律，甚至妄想着以身许国，为让天下万民都衣食无忧而振作。也曾想百年之后太史令会在史册为自己评一个盛世贤相的美名，竟不承想自己会成为萧如昊独揽大权的绊脚石。

想到这里，苏蓁玉更是对吴亮甫怀了不尽感激之意，肃然道："大总管一语惊醒梦中人，点拨之恩蓁玉铭记于心，他日必当回报。"

吴亮甫笑道："苏相国平日里对咱家不薄，咱家也不过是投桃报李。"

这时，端茶的小太监步履小心地走了进来，苏蓁玉看也未看走出了西暖阁，身后是几不可闻的一声叹息，她知道那个属于自己的时代要暂时结束了。

每个人都开始沉默，萧如昊的态度令人捉摸不定，所有人认为他会对苏蓁玉下杀手的时候，他却搁置了永宁王等人弹劾的奏章。

"陛下想除去苏蓁玉，一道圣旨罢免她就够了，何必要如此大费周折地去对付苏家的其他人呢？"楚岳十分不解地询问父亲道。

"哼，红颜祸水。"楚貉冷笑道。

楚岳被父亲瞪了一眼不敢继续往下问，但隐约感知到了一些事情的真相，心里莫名酸酸的。

"你也老大不小，以后多把心思放在朝堂上，云生空有一副好皮囊却是个头脑简单的孩子，爹爹年纪大了，咱们楚家得靠你支撑起来才行。"

楚岳一愣，暗忖：父亲这是要把自己当继承人培养了吗？可是，他的语气里怎么满满的都是忧虑？大姐刚被封了皇后，今后的楚家就是皇亲国戚了，看谁敢不敬？

不过现在楚岳最关心的是苏蓁玉会面临怎样的处境，怕是永宁王他们不会善罢甘休的。可皇帝似乎并不想这般，突然下旨杀掉她的可能性不大。虽然如此去想，他还是很担心苏蓁玉。

此时，苏蓁玉已经在积香寺和慧明住持下了一天一夜的棋。

"苏施主，我们再下下去三天也分不出胜负的。"慧明住持看着眼前的残局笑道。

"大师，何不陪我分出胜负来呢？"

"天已大亮，苏施主还是早早下山去吧。"

"大师，今日的朝阳可是昨日的朝阳？"苏蓁玉突然问道。

"未有人时就有朝阳，未曾变过。然今日的朝阳必非昨日之朝阳，如同今日的你我焉知是昨日的你我？变化于微末，非肉眼凡胎所能立刻发觉。"慧明道。

"哈哈哈，大师真可做知己也。"苏蓁玉心里阴霾一扫而光，又道，"又烦扰了您一宿，在下这就要下山去了，等闲暇再来向您请教。"

八月的神龙山别有风味，路的两旁尽是野菊花，红袖默默地跟在后面，这几年的鞍前马后，她早已摸清苏蓁玉的脾气，此时只需要坚定不移地跟着就行。

"红袖，你觉得湖州怎么样？我们去那里住上一年半载应是十分惬意的事情。"

苏蓁玉今日穿了白色的束腰锦袍，头发绾起，模样又比寻常男子要眉清目秀，映着满山的花木竟让几个侍从看痴了。

红袖不解地问道："大人怎么突然想去湖州了？"

"当世的医仙皇甫逊在湖州隐居，我这几日越来越觉得心疼病犯得厉害，想去问诊，不然哪天睡着醒不过来了也不自知。"

"呸呸呸，快点吐掉这丧气话，大人长命百岁，仙寿永昌。"红袖忙打断她的话说道。

"这世上哪有人真的仙寿永昌，老杜诗云，人生七十古来稀。红袖，你知道吗？我虽然还没有二十岁，心里面却已经过了一百年，是个老怪物了呢。"

"大人今天说的话，红袖都不爱听，既然这里让您不开心了，那我们就去湖州，他们上山劈柴，我就在家做饭，大人可以去湖边钓鱼看风景，晚上回来掌灯读书，困了就睡到日上三竿，无聊的时候我们就去拜访大人说的那个医仙，岂不美哉。"

众人被红袖说得心动都鼓掌附和，仿佛明天就能到湖州去了。

一阵"嘚嘚"的马蹄声从山下由远而近，红袖耳力最佳，已经辨出是从西边过来的七匹快马，"大人，这马蹄声急促有力不似中原寻常马匹，难道是边关回来的？"

苏蓁玉脑海立刻闪过一个不好的念头，难道北胡又犯我玉门关？想到此处再无心思看风景，一行人急忙下山，回到相国府她立刻安排底下的人去查访近日京城及周边城镇有没有出现北镇过来的可疑车马。

"大人，你不是说要离开朝廷吗？"红袖明知道她放不下天下事还是忍不住道。

"就是去了湖州，天下人管天下事又有什么不妥，要是都如你想的一般，离了朝堂就对国事不管不问，那置'国家兴亡，匹夫有责'于何地？"

红袖叹息道："只怕到时候陛下对你又要猜忌了。"

苏蓁玉毫不在意地笑道："他要杀我早就动手了，不然当初就不是烧个书房那么简单，放心吧，陛下只是太想做个皇帝，做个能够天下无双的古今第一帝，杀了我只会成为他的污点，他不蠢。"说到最后两句话时忍不住笑出声来，红袖看她一脸风轻云淡的模样，也就不再因为担心而蹙眉不展了。

这时候管家苏亨进来，神色慌张道："大人，三公子到现在还没有回府，适才我让底下人去学堂问问，那边说他中午就离开了……"

苏蓁玉大惊失色，忙问："三公子早上出门可有什么异常？"

"早上起来的时候三公子曾问起大人最近几天有没有经常在府上，临走时就跟我说中午要在学堂跟夫子一起吃，谁知道出门就找不着人了。"

苏蓁玉看着管家自责内疚的模样，安慰道："你不用太自责了，三公子也不是孩子，不知道去哪里贪玩罢了，把府里的人都派出去找找。"

然而，一直找到下半夜也没有找到人，苏蓁玉这下是真的着急了，父亲回乡时再三叮咛自己看护好弟弟，如今出了这样的事情可该怎么跟老人家交代。

想到这里，苏蓁玉只觉天昏地暗，百骸俱裂，又强自镇定吩咐下去道："继续找，把玉京城给我挖地三尺也要找到。"

第十七章 少年欲远行

　　很快苏家三公子失踪的消息就传开了，有人敬重苏蓁玉帮助一起寻找，也有人因为恨苏蓁玉而幸灾乐祸。

　　"启禀大人，朔风营统领徐大人求见。"

　　"知道了，让他进来吧。"

　　苏蓁玉仍然如同石雕一样立在阶前，听着梧桐树叶被风吹得沙沙作响。

　　"伯芳见过相国大人。"来人穿着玉京城近来颇为流行的白色圆领长袍，儒雅万分地向前一揖。

　　"徐统领深夜来访不知有何贵干？"

　　"苏相忘了，朔风营负责京城防务日常，三公子失踪这么大的事早就有人禀报给下官了，于是下官便派人到处找，黄昏时查到一队关外来的贩马队曾经和三公子接触过，之后就失去了三公子的踪迹。"

　　"贩马队？"苏蓁玉的声音冷冷清清听不出情绪，唯独一双大眼睛不似往日的春水柔情，微觑着前方，全是肃杀气氛。

　　以往，只要苏蓁玉露出这个表情，边关的几十万勇士莫敢逆其锋芒，可回到朝堂上她已经快忘了自己有狠厉的一面了。

　　"苏相，你还好吧？"徐伯芳并没见过沙场上指挥千军万马的苏蓁玉，突然被这样的眼神扫过不由得背上发麻。

"徐统领，能查到这队人马往哪个方向去了吗？"苏蓁玉问道。

"派出去的飞鹰追到通州一带失去了目标，下官感到惭愧，现在过来就是想让苏相跟我一起进宫面圣，如果陛下立刻下旨封锁通往北镇的关口，挨个搜查，必然有所收获。"

徐伯芳说得很对，如果不在关内将人拦下，等到了北镇便如大海捞针，难上加难。苏蓁玉没有表态，她知道此刻进宫会引来皇帝的不快，同样却也能为救三弟争取到几分希望。

"好，我这就跟你进宫。"苏蓁玉吩咐管家备好马车，临行前又道，"苏亨，让大家都回去休息吧，找了一天你们也累了。"

徐伯芳看在眼里不由得佩服起来，这个女人修身养性齐家治国平天下都已做到，可怜多少与她同龄的男子还沉迷于烟花柳巷败家破业。

苏蓁玉做梦也想不到的是，这一天中她焦急头疼而又担心害怕，始作俑者却早在黄昏之前就到达了通州。

马车上坐着的人挑帘眺望出去，入眼一片苍茫沙色，天空上低悬的黑点是寻找食物的鹰，而胡杨密集的地方一群牛羊正自由自在地吃草。

"还有多久到北镇？"

"回三公子的话，不出意外的话还有七八天我们就可以到达玉门关见到我们元帅了。"

"太棒了，燕大哥近来可好？"

"元帅一直很好，常跟我们念叨想念和苏相一起对抗北胡的那段日子。"

"那我问你，你要老实交代，燕大哥是不是喜欢我姐？"

"唉呀妈呀，我的小哥，可不能胡乱说话，咱们相国大人的清誉要被你毁了咋办？我跟你说，那时候苏相不过十四五岁的小姑娘，我们元帅敬佩她的才智和胆识，哪里有半点非分之想。三公子，这样的话以后可不能再说了。"

苏怀玉心里不服气，他觉得燕大哥一定是喜欢自己姐姐的，不然都过去这么些年了，他还是孑然一身不肯娶妻，更是每年派人给苏家送各色北镇的特产。

"你说，要是我姐知道我被你们元帅拐走了，会不会杀到北镇？"

"肯定会，不过，天塌了有元帅顶着，三公子放心吧，你和苏相国是亲姐弟，她舍不得打你的，估计拿我们元帅出出气就算了。"

这支小队伍的头领叫伍千钱，是驻守北镇的燕家军中一名普通的小校，本来是奉主帅燕十三郎的密令回京城做一宗生意，不料撞上了逃学的苏怀玉，最终这个自认"怀才不遇"被迫退出科考的富贵公子，竟凭三寸不烂之舌说服伍千钱带他离开玉京城。

"伍大哥，你放心，我不会白白让你带我去北镇的，到了那边以我的军事天赋，遇到北胡人，打几个漂亮仗让你们见识见识，等我坐到我姐当年的位子上，我就提拔你做上将。"苏怀玉一派天真地畅想着未来，完全没有意识到自己这样做会带给苏家什么样的后果。

马车上的少年笑得灿烂夺目，一张稚嫩的脸颊被西风残照映得像盛开在崖顶的杜鹃花，谈不上清雅高贵，但有着自己的风姿。

这边越走越远，玉京城里却还是一番人仰马翻的动荡不安。

萧如昊头疼地看着深夜进宫的苏蓁玉，等听完她的讲述也是一脸震惊，"你三弟被不明来历的贩马商抓走了？"

陪同苏蓁玉一起进宫的朔风营统领徐伯芳也启奏道："陛下，这支队伍纪律严明又十分有反侦查能力，微臣怀疑并不是普通商人。"

"现在人去哪儿了，你们可查到？"萧如昊问道。

"回陛下，飞鹰追到通州就被他们发现了，之后他们就像人间蒸发了一般，没有了线索。"徐伯芳面上一红十分惭愧道。

萧如昊看着一旁的苏蓁玉道："苏相打算怎么办？"

苏蓁玉立刻跪拜在地请求道："请陛下立刻封锁通往北镇的关口，挨个搜查，定能发现他们的踪迹。"

"伯芳觉得呢？"

"微臣附议相国的意见。"

"既然你们两个已经想好了那就按你们说的进行，具体操作朕就不管了，不要让地方上百姓怨声载道便是。"

"陛下——"苏蓁玉和徐伯芳感觉到萧如昊的情绪变坏异口同声道。随即徐伯芳看了一眼没有继续说话的苏蓁玉，急忙解释道："臣以为——"

"好了，你就别以为了，这天下要都按你以为的去安排，还要朕来做什么？都退下吧，朕乏了。"话音刚落，萧如昊已经拂袖而去。

苏蓁玉望了一眼徐伯芳，看他面上一阵尴尬不由得心里冷笑，她知道萧如昊在生气，他的怒气是因为自己最得力的两个臣子居然联手，还为一件不大不小的私事深夜进宫，真敢拿天子当管家婆用啊。

徐伯芳到底是经过官场洗礼的少年，等出了太极殿立刻换了一副面容，为苏怀玉的失踪而惆怅不已："相国大人回去也不要过分焦急，相信不用多久三公子就能平安回家了。"

苏蓁玉道："但愿如此，今天有劳徐大人了，蓁玉铭记于心。"

"相国大人言重了，此事亦是朔风营分内该管的事情。"

回到紫宸宫，萧如昊越想越生气，将桌子上茶杯摔得粉碎，一旁立着的沉默了多时的楚秋鸿，忍不住出言道："听说是相国大人进宫求见，陛下不顾疲惫，兴致勃勃到前面去。这会儿，回到后宫对着妾身等人这般使气。"话还没说完就已经梨花带雨，萧如昊见状怒气消了一半，然而却还是没好气地说道："皇后不要哭了，一国之母整天啼哭像什么样子。"

萧如昊本就是专制的秉性，哪里容得别人对自己的决定说三道四，而楚秋鸿急于表现，往往弄巧成拙，常受到萧如昊冷言相讥，心高气傲的她便把怨愤都算在了苏蓁玉头上。

今晚也是如此，萧如昊发完脾气又嫌弃楚秋鸿只会啼哭甩袖去了偏殿睡，受了冷遇的楚秋鸿想到是苏蓁玉的进宫才使得陛下性情变化无常，不由得恨从心底生。

翌日早朝，苏蓁玉将连夜拟的两道折子都递了上去，这都是昨夜进宫时说过的，她完善了一下细节，只等今日皇帝布置下去，自己就可以立刻派人到各地关口严防死守。无奈，萧如昊自始至终没有主动提起这两道折子，反而对廷尉韩东奇的折子来了兴致。

"陛下，臣有事启奏。"苏蓁玉趁着中间无人说话空当，忙出列一揖道。

"苏相，折子朕已经看过了，但有设定的章程，就照做吧。徐伯芳，朕让你调查的神龙山火灾原因，查实了没有？"

萧如昊轻描淡写地将苏蓁玉要说的事情一笔带过，朝堂上众臣各怀心思，就在快退朝时永宁王萧宁海突然奏道："老臣还有一本要奏，参当朝宰相苏蓁玉包庇兄长，欺上瞒下，致使蜀中吏治腐败，如今苏皋玉押解在大理寺审查，但苏蓁玉却仍然堂而皇之立于朝堂之上，近日更是不思己过，在京城肆意妄为，老臣今日来早朝的路上被人当街拦下，就是城中百姓不堪其扰求老臣代奏天子，为民平愤。"

"四皇叔！"

萧如昊呵止永宁王继续说下去："没有证据污蔑当朝一品大员，皇叔你难道还不知轻重？朕知道你们每个人心里都有自己的想法，也都有自己想扳倒和拉拢的人，朕告诉你们，无论什么样的理由，拿不出真凭实据就都消停会儿，朕不管你们私下多少猜忌，只要没有作奸犯科朕就不会轻易处分，同样，只要你们做了错事，无论朝堂上是你什么亲戚家人，朕都会用国法处置。"

最终，早朝在一片尴尬的气氛中结束，官员们都各自回衙处理政务去了。

苏蓁玉走在这一群年龄长她许多的"叔伯"同僚中，俊俏的面庞愈加显得出众。

第十八章 风云再起时

就在整个朝堂变得暗潮汹涌，风云莫测时，楚国公府却一下子缄默起来，不仅楚貉在早朝上几乎不发一言，连楚家兄弟二人也都极少出门，更不要提像以前那样花天酒地地混日子了。

那日永宁王弹劾苏蓁玉时，楚岳着实为她捏了一把汗，令人费解的是皇帝一百八十度的态度转变，半个月前暗地纵容永宁王陷害苏皋玉的是他；当着诸臣面维护苏蓁玉以证据不足呵斥永宁王的也是他。

回到国公府，楚岳随父亲去书房时便对早朝发生的事询问道："父亲，为什么今天朝堂上的气氛如此怪异？"

楚貉有心试炼儿子的政治敏锐度，反问道："哪里怪异了？你说说看。"

"首先，我听说昨天晚上苏相和徐大哥进宫为苏怀玉失踪一事觐见陛下，可是早朝上徐大哥和陛下竟只字未提，此其一也；苏相在苏皋玉入狱之时未曾出一言，事后就算调查永宁王也是打蛇七寸一击而中，这次却像糊涂了似的不但没有立刻追击绑架者，反而深夜进宫为自家人之事烦扰陛下，儿子都能猜到陛下如何厌恶，她焉有不懂之理，此其二也；永宁王前些日子为除掉苏相不遗余力，迫得苏皋玉在大理寺受审至今黑白难辨，也迫得苏仁则老大人辞官归乡不复过问朝事，算是砍去苏相的左膀右臂，后来却突然偃旗息鼓，据我观察不仅是苏相握住了他的软肋，肯定还有陛下明察秋毫暗里警告过永宁王等人，然而今日早朝永宁王一反常态紧咬着苏相不放,此中变化令人费解,此其三也。"

楚貉听了他这番洋洋洒洒的论述,不由得露出欣慰的表情:"哈哈哈,吾家千里驹今已长成矣。"

被父亲突然夸赞,楚岳反倒一脸羞涩起来,但仍不忘内心不解的地方,向父亲请教道:"父亲,你觉得永宁王今日的行为是他自己的意思,还是陛下的意思,或者是苏相的意思?"

楚貉收起笑意,手指往书桌上轻轻地敲着,半晌才慢条斯理地说道:"永宁王能在今天早朝弹劾苏蓁玉,可见昨天苏家发生的事他是知道的,趁机赶尽杀绝。陛下的反应有些耐人寻味,他应是希望苏蓁玉离开朝堂的,却又不想毁了她,此是人之常情,陛下身为太子时曾爱慕苏蓁玉多时,求之不得而已,所以陛下未必知道永宁王今早会出其不意。那么,能使永宁王这么做的人只有一个了,那就是苏蓁玉本人,至于她为什么这么做,为父也猜不透,用敌人的手除掉她自己,她到底想要干什么呢?"

楚岳被父亲的一席话惊得目瞪口呆,用敌人的手除掉她自己?这个位极人臣的女相国,她到底想要什么呢?脑海里才把苏蓁玉往佞臣里想,顿时羞愧难当,又问了一遍自己,不由得被自己吓了一跳,竟从未有过一分对她的怀疑。

"那父亲觉得苏怀玉能被什么人带走呢?"

"非敌即友,都是她苏蓁玉种下的因,至于结什么果,那要过一段时间才能有的猜。"楚貉话止于此,示意楚岳不要继续研究这个话题了。

国公府这边如何议论且按下不表,当日早朝过后徐伯芳回到朔风营军务司安排下人手继续调查与苏怀玉牵扯的马队的底细,又差人循着飞鹰的记忆去通州查访。

处理完这些,徐伯芳别了众人上马,才来到钟鼓楼街就碰上了出来买东西的苏红袖,脸上绽开笑容道:"红袖姑娘,你这是要去哪里?"

苏红袖对他印象并不好,常背地里和苏蓁玉说他眼睛里太多算计,让人难以忍受。虽然看到他跟自己打招呼,还是假装没听见欲转身便走,谁料徐伯芳催马向前挡住了她的去路。

"红袖姑娘这是不待见在下吗?"

"不敢当,徐大人,这钟鼓楼街可是皇城脚下最宽敞的街道了,您骑马别总挡着别人走路行不？"

苏红袖向来伶牙俐齿，对着徐伯芳愈发说话刻薄快意，心里却想着若是他敢动手，我非要他当众出糗不可。

徐伯芳看她红着脸瞪自己，甚觉好笑，不由得说道："我与你家相国大人说话，也不曾受此冷遇，红袖姑娘忽然横眉冷对的这是什么缘故呀？"

"看不惯你的假笑。"

徐伯芳一愣，随即大笑起来策马而去，徒留下一句"果真是强将手下无弱兵"。

苏红袖看着周围的人越聚越多，忙分开人群向街道的另一个方向走去。

这一切刚好落入状元楼上正在喝酒的楚岳眼中，自从上次在这里与苏蓁玉对饮之后，这个雅间就被楚岳包了，不许任何人再进来这里喝酒，掌柜是聪明人，一句多余的话也没有问出口，吩咐了小二常常打扫就是。

每有闲暇楚岳就上来小坐一会儿，三五菜肴一壶好酒倒也是神仙般的日子。

他有时望着相国府的门楼待上一整天，若恰好苏蓁玉的轿子回府，他就会露出莫名笑意，偶尔府上下人出来走动，他也会留意半天，所谓爱屋及乌是也。

早朝上已经好几天见不到苏蓁玉的身影，不好的消息就传得沸沸扬扬，竟是在说苏蓁玉经不起一再打击，心疾复发竟病得无法处理政务，向皇帝递上了辞呈，萧如昊留不住竟同意了她的归隐请求。

楚岳想到从此以后不能每天见到她，心里空荡荡的不知所以然。

喝掉一壶酒，楚岳也差不多该回去了，虽然还在回味地望着街道对面的相国府，求不得放不下大抵如此吧。

八月底，苏蓁玉心疾愈发严重，连宫中的太医也束手无策，萧如昊亲自到府上慰问过一次后，朝中那些本以为苏家垮台的人立刻又都殷勤地前来探望，一时间相国府的门槛几乎被人踩烂。

"大人，你看，陈先生寄来的信。"苏红袖从外面刚回来，一脸喜色地将一封信笺交到苏蓁玉手上。

苏蓁玉坐在回廊上晒太阳，虽然还是暑气蒸蒸的天气，她却裹着雪白的貂皮大氅，等红袖来到近前才伸出手去接那封信，同样雪白的手臂青筋可见，如同透明，脸上却一派淡然道："子杭去湖州也有两个月，竟然才写信回来。"

"大人——"红袖看着她毫无血色的手臂一阵心酸，眼眶顿时红了起来。

苏蓁玉倒是满不在乎，读完信笑道："子杭在信里说他找到医仙皇甫逊了，让我们早点过去。"

"真的吗？那太好了，我现在就去收拾行李，明天便可以启程，早一点到了湖州，大人的身体则可早早康复。"苏红袖是雷厉风行的性格，这样开心地说着人已经走远。

苏蓁玉将身上的衣服捂了捂，瘦削的面庞被阳光一照仿佛要融化的雪。几乎动用所有的力量在寻找弟弟的下落，没有人知道刚才她在红袖的掌心划了一个"燕"字，也只有红袖能立刻领悟她的意思，明白那个顽劣的少年去了哪里。

出行的前夜，苏蓁玉派人将苏府那边掌事的几位管家嬷嬷都叫来相国府，两府上下有头脸的人物挤满了整个议事厅。

"这次把大家叫在一起，想来你们已经猜到八九分了。蓁玉当年在北疆口曾受过箭伤，后来蒙先帝垂青封我为一朝宰辅，为报答先帝隆恩，不辜负下百姓，蓁玉更是不敢懈怠，不料旧疾难愈，遂不得已向陛下提出辞官归隐心养病，湖州有医仙皇甫逊，本想让他来京城的，无奈他说正在炼丹离不开，我也久闻湖州风景怡人适合休养，我已经在那边安排好了，待我走后两府的掌事都要尽心尽力看护好府中一切，亦不要与外人发生矛盾，小事可自行解决，大事飞鸽传书即可，咳咳……"

一下子说了这么多话让苏蓁玉有些喘不过气来，剧烈咳嗽了半天才好些，但她已憋得满面通红。

"大人，您这次去湖州打算待多久？"管家苏亨关心地问道。

"少则三五个月，多则一年，若不能回来，入冬后我会派人把父亲接去湖州越冬，管家不必担心。"苏蓁玉不等苏亨将后面的担忧说出口，已经都安排妥当，几个掌事的都无异议，又说了些体贴念安的话方才散了。

后半夜又下起了小雨，皇城中萧如昊还在批阅奏折，忽然想起来明日便是苏蓁玉离京的日子，忙喊道："吴亮甫。"

一直在门外恭敬立着的吴亮甫忙快步进殿行礼道："老奴在，陛下有何吩咐？"

"明日一早，你去苏相府上代朕送她一程吧。"萧如昊抬眸间神色复杂，很快就恢复如常问道，"是下雨了吗？"

"回陛下,下了一炷香的时间了。"

"这雨下得倒是应景,不看了,去大明宫。"

外面立刻响起一声唱喏:"摆驾大明宫。"

黑色的夜里有风吹过,树叶夹着雨声沙沙作响,宽大的宫车缓缓行进,萧如昊挑起帘子静静地看着外面的一切,这里是他从小到大生活的地方,如今却越来越陌生,没有敬爱的母皇,也没有了追着他嬉闹的皇姐。

第十九章 罢相出玉京

翌日，相国府大门才打开，小厮们就被外面自动排成两行的人群惊呆了，反应快的慌忙跑进去禀报。

"都是来送行的吧？"苏红袖好奇地问道。

"看样子是的。"苏亨道。

"当年我们从北镇回朝的时候，也像现在这样大家都跑来送行。"

吴亮甫奉旨来的时候，苏蓁玉已经用过早餐，行李已经整顿装车。

"陛下特意嘱咐咱家过来送送苏相。"

"微臣谢陛下隆恩。"苏蓁玉虽然已经辞去相国职务，但仍是先帝赐封的一品诰命，故犹自称"微臣"。

"苏相正处芳龄佳期，想来很快就能康健，届时回京咱家便要讨杯酒吃。"

"多谢吴公公吉言。"

又说了些无关痛痒的话吴亮甫就回宫复命去了，外面的雨兀自继续下，盛夏的暑气被冲淡了许多。车马缓缓地驶出相府，苏红袖看着一队送行的百姓眼圈泛红，十里相送的气氛一下子浓烈起来。

等到了城外的长亭，才发现徐伯芳、楚岳等几位少年朝官立在那里仿佛等了很久。苏蓁玉一愣，她没有想到自己最后"落魄"离开竟还有人来送行。

苏蓁玉搂紧身上的大氅扶着红袖伸出来的手跳下马车，为首的徐伯芳等人迎了上来，一时间大家也不知道该说些什么好，徐伯芳看大家欲言又止遂第一个开口道："我和诸位同僚得知苏相今日离京，特来相送。"

"红袖，去把车上那坛酒拿来。"

苏红袖闻言，看了一眼苏蓁玉便又折回车上，很快取了酒递给她。

苏蓁玉举着酒坛有些吃不住力，却笑道："出门仓促，虽然带了酒却无樽俎，我且先饮为敬，谢诸君今日为我送行。"

看她饮下一大口，立刻涨红了脸颊，愈发显得娇弱使人心底生怜。徐伯芳忙接过酒坛不着痕迹地避开苏蓁玉饮过的位置也满满吃了一口，随手递给了挨着他的楚岳，如此这般传递，很快一坛酒便空了。

众人不由得都想到了一个问题，苏蓁玉为相三年，北御胡人，又针对土地兼并问题进行革制力除陈弊，河南等地已初见成效，她这一离去不知道这些是否都会前功尽弃？

"大家都回去吧，蓁玉就此别过了。"苏蓁玉转身回到马车上，一行人冒着蒙蒙细雨继续前行。

出了京城苏蓁玉并没有着急赶路，带的随从不多，行装轻简，换上罗裙的她少了些杀伐决断的霸气，苏红袖从小生活在北镇的黑山峻岭之上，第一次来到江南的她显得有些兴奋，不停地询问关于湖州的各种问题。

"大人，湖州具体在哪里呢？"

苏蓁玉笑道："又喊错了，记住了是大小姐。"接着介绍道："湖州地处浙北，东邻嘉兴，南接杭州，西依天目山，北濒太湖，与无锡府、苏州隔湖相望。而天目山素有'大树华盖闻九州'的赞誉。"听到这里苏红袖愈发向往了。

"天目之名始于汉，有东西两峰，顶上各有一池，长年不枯，故名。是韦陀菩萨的道场。"

苏蓁玉对这万里河山的每一寸土地都了如指掌，曾经——曾经也愿意以身许国的，她回头望了一眼北方，萧如昊终于如愿以偿了吧？不用再担心有个能干的相国会挡住他成为天下人瞻仰的新帝。

"大——大小姐，不好，有刺客。"苏红袖肃然起身，抽出腰间的软玉鞭护在苏蓁玉身边。

说时迟那时快，两辆马车已经被黑衣人团团围住。

"苏蓁玉，只要你交出先帝遗诏，我们决不动你分毫。"为首的黑衣人眼睛紧紧盯着刚揭帘而出的苏蓁玉，他的声音有些沙哑，仿佛是刻意压低了。

"真是遗憾，我并不知道什么先帝遗诏。"苏蓁玉的声音依旧沉稳，如同没有看到手上的刀剑，挑眉时的不屑让黑衣人头目觉得十分恼火。

"敬酒不吃吃罚酒，上！"瞬间十几个黑衣人围攻过来，苏红袖鞭起鞭落与他们斗在一处，后面车旁的四个苏府护卫也都毫不畏惧地挥刀向前，他们在战场就已经和苏蓁玉经历过生死，此时手起刀落，气魄不减当年。

为首的黑衣人始终没有动手，他专注地盯着端坐车中的苏蓁玉，帘子已经被他的一个手下眼疾手快地削掉，但随即那人的手臂就被苏红袖一鞭打断，整个人从马上跌落下去。

眼看着一众手下不敌苏红袖和后面的四护卫，为首的黑衣人迫不得已也抽出长剑直刺过来，但他的目标不是正在打斗的几人，他的剑兔起鹘落地已奔向苏蓁玉。

在这千钧一发时不知何处又冒出十几个黑衣人来，他们似乎跟这些黑衣人不是一路，倏地出手便是杀招。

"拦住他们，不能让遗诏落在他们手里面。"说话的是第一路黑衣人的首领。

三路人马愈发成为一场混战，苏红袖心下着急，手上的力道也跟着加大，挥出去的每一鞭都疾似雷霆，然而眼看着没有打着冲上马车的一个黑衣人，只见他错步闪身，持一柄亮锃锃的利剑，左手来捉苏蓁玉的手腕，欲将她从马车上拉下来。

先前嚷着要先帝遗诏的黑衣人头目突然回身来救，一剑刺下，那人当场毙命，语带关心地看向苏蓁玉："没事吧？"

苏蓁玉回以感激的微笑道："多谢了。"

混战持续了不到一炷香时间，两队黑衣人似乎都意识到难以从这里得到什么，竟不约而同地都撤了。

苏红袖忙过来问道："大人可曾受伤？"

"无妨，他们没有伤到我。"

想到刚才若不是第一波黑衣人头目相救，大人就有可能会受伤，苏红袖心上便一阵后怕，心神不定地看着地上横七竖八的尸体，对跟来的四个护卫道："你们几个把这些尸体埋了吧，天气闷热不要闹了尸疫。"

等收拾妥当，已经天色将晚，苏蓁玉吩咐到前面的村落寻歇脚的地方。一路上她斜倚在靠垫上闭目养神，车帘被风刮得不停飘动，苏红袖望出去，心头一颤，这天空如同饮血通红一片，好像噩梦里见过的模样。正在思索，忽听外面的护卫郝连平禀报道："大小姐，前面有座寺庙，是否去投宿？"

苏蓁玉挑帘望了一眼吩咐道："那就到前面寺里吧。"

等马车停在寺门外，几人下车，举目依稀可辨"明庆寺"几个大字。

苏蓁玉道："夏水悬台际，秋泉带雨馀。原来，前朝王相国的诗是在这里所写。"

寺里沙弥听到人声喧哗早已通报给了住持，没多久就见一个体态微腴，慈眉善目的老和尚迎了出来，苏蓁玉没有作声向身旁的郝连平递了眼色，郝连平立刻领悟跨步向前双手合十道："见过住持长老，我们是山东过来往湖州投亲的，天黑路远，不知可否借宿一晚？"住持模样的老和尚道："阿弥陀佛，施主里面请。"

此时的苏蓁玉戴着面纱，穿着浅蓝色的罗裙，就像个普通官宦人家的大小姐，无人能从这一身楚楚可怜的装束上识得她也曾沙场秋点兵。

跟在她身边的苏红袖显得英气勃勃，绾起的发髻戴着简单的木簪子，腰间悬着软玉鞭，一看便知是个练家子。而走在最后的几个护卫，牵马推车如同寻常护卫，只有仔细观察才会发现他们比普通官员家的护卫多了几分杀气。

"请问大师法号是？"

"贫僧法号悟明。"

走进寺里才发现这里十分宽阔，除了正殿偏殿，内里还有一个弧形圆门，过了圆门竟别有天地，是个独立的小院，打扫得干净利索。

住持又差小沙弥送了一些素食过来，苏红袖想起刚才看到的那一片血红天空有些不安，起身到院子里检查了一遍，并没有发现什么异常，这才放心一些，看到郝连平出来守夜，叮嘱几句多加小心后便回到房中。

苏蓁玉今天困意上来得格外早，也许是白天的遇袭让她感到疲惫了，床上铺设虽然十分简单，但她很快就坠入了梦乡，而守了一夜的苏红袖直到拂晓时才阖眼打坐。

"大小姐，出事了！"

是郝连平的声音，他性格沉稳很少这样粗暴地直接敲门，苏蓁玉一下子就惊醒了,吩咐红袖打开门。苏红袖看着他一脸的罔知所措,忙问道:"发生什么事了?"

"人都没了,一个不剩。"

此时苏蓁玉已经穿戴整齐,听到郝连平的话惊诧莫名:"都走了,还是都死了?"

"死了,一剑封喉。"郝连平道。

"带我去看看。"

郝连平心悸未平地领着苏蓁玉到小院外面查看,各处都有尸体,或正在走路被杀,或睡梦中,或在大雄宝殿内诵经时……

苏蓁玉越看脸色越是凝重,死了这么多人,自己和侍卫们竟然毫无察觉。

第二十章 奸人施毒计

山风一阵阵吹来,苏蓁玉心中一凛:这是有人刻意设计的。

"什么人?"苏红袖一声厉喝,只见明庆寺大殿走出三个人来,走在前面的是一身青色锦缎的年轻公子,后面跟着的两个人一个书童模样,一个护卫装扮。

"好凶的小娘子,莫非这里的师父们是你杀的?"华服公子笑起来一脸邪气。

"你血口喷人。"苏红袖怒道。

"红袖,我们走吧。"苏蓁玉不想再继续纠缠不清,心头有不祥之兆。

几个人刚转身欲离开,却被华服公子拦住了,他用手指着大殿内外的尸体道:"不能走,明庆寺十几名僧人死于非命,昨日投宿以及在场的每个人都有杀人嫌疑。"

苏蓁玉本不想理论,若再坚持要走,白白落下嫌疑,遂看向华服公子道:"敢问公子可曾看见是我们行凶?"

"没有。"

"既然没有看见,便不能强行留下我们,发生命案应向本地州府报案。"

正说话间,闯进几十名官兵将苏蓁玉和华服公子等人都包围住,领头一人道:"知州大人马上到,在场的每个人都不要动。"

华服公子的书童狐假虎威地对官兵嚷道:"大胆,你可知我家公子什么人?随便一个什么知州也敢抓他?"

领头的官兵十分机灵,打量了一番华服公子,看他气宇轩昂定非寻常人家的公子，又听他书童如此说话，忙赔笑道："小哥莫气，我们也是奉命行事，待会儿知州大人来了自会秉公办理。"

不到一刻，知州大人的轿子就停在了明庆寺外，苏蓁玉看到来人顿时一愣，没想到这个知州大人竟然是曾在自己手下当过书记官的郦士奇。

郦士奇生得魁梧，瞪大眼睛的模样很是唬人，刚一下轿便威严地扫视众人，眼睛突然落在苏蓁玉身上，顿时吓了一跳，刚要上前叩拜却被苏蓁玉抢先一步施礼道："小女子秦玉见过知州大人，本是从京城而来欲往湖州寻亲，不承想遇到这等凶案……"话未说完就露出一脸柔弱，使人怜惜。郦士奇何等机智人物，心中纵有疑惑却面无表情道："你先退到一边，本府自有公论。"

郦士奇一边命随行仵作上前挨个查验，一边环视四周，眼睛却被一旁的华服公子吸引住了："这人如此眼熟，他是——"却一时想不起来便不再追究。

"回大人，寺中包括住持在内的十三名僧人都是被一种兵器所杀，应是菱形短剑，凶手动作敏捷利落，一剑封喉。"

"把投宿在寺中的所有人都带回衙门，另外，齐九你带几个人查访附近农户看看有没有什么线索，杨磊你带几个人把尸体都运回衙门，小心看守，人命关天不可懈怠。"

等现场都看过以后，郦士奇便在一个偏殿坐定，派人将苏蓁玉等人请了过来，此时寺中其他人都因为事情发生得突然还沉浸在恐慌之中，只有华服公子注意到了这一幕。

待苏蓁玉来到偏殿，只见郦士奇忙上前跪拜道："士奇不知苏相在此，万望恕罪。"

苏蓁玉抚额，没想到这个看着五大三粗的汉子，记性倒好，想装作不认识已是不能，嘴角一扬露出好看的弧度道："原来是郦大人，快快请起，这里已没有什么苏相……" 苏蓁玉本想让他换个称呼，思考一圈，竟没个合适的，直唤闺名谅他也不敢。

郦士奇已经听说苏蓁玉辞官的事情，心中一阵酸涩，在他眼里没有人比她更适合当这个宰相了，文治武功俱是无人可比。

"苏相在士奇心里永远是苏相，万不敢改称呼。"

而瞒过众人躲在屋顶角落偷窥的一人对眼前的一幕充满了兴趣，在他看来很是滑稽，一个身材魁梧的知州对着一名身材纤弱眉目惊鸿的少女卑躬屈膝，还一脸幸福快乐的模样。

没多久那人悄悄回到华服公子身边，把看到的事情向主子叙述一遍，最后疑惑地问道："公子，知州大人为什么对那个女的行礼呀？"

"你可曾听见他们具体说话内容了？"

"公子，离得太远，听不清楚。"手下人有些难为情地答道。

"算了，说不定是什么京城来的达官贵人的家眷，由他去吧。"

此时，偏殿里的人为了不引起众人侧目，很快就出来了，不知情的众人只当是知州大人对案子的询问，也有几个想法龌龊的认为是知州大人看上了这个楚楚动人的女子。

将近晌午时分，仵作过来禀报已经都查验完毕，现场也被郦士奇研究无数遍了，便下令回府。

路上，郦士奇本想把自己的轿子给苏蓁玉坐，无奈她不肯，便让人把她的马车准备好了，亲自看着她上了车，一行人才往知州府衙而去。

轿子行到一半颠簸得厉害，郦士奇却毫不在意，从轿帘开缝处望去，正看到华服公子坐在一匹高大的白色骏马之上。

"原来是他！"郦士奇猛然惊醒，随即又叫苦不迭：今天是什么倒霉日子呢？不但发生自己上任以来的最大凶案，还遇到了国朝第一的女相国微服在此，这些已经够咋舌的了，偏偏还有这个人人敬而远之的"活神仙"也在此。

去知州府的路上苏红袖忍不住问道："大小姐，这泗安府知州会不会让我们一直等到案子破了才离开？"

"不可能的，这案子没什么可调查的，凶手是专业的杀手，下手稳准狠，用意则是要栽赃于我，能做到的无外乎朝堂上的那几个人，泗安知州不是蠢人，他知道怎么做最利于自己。"

苏蓁玉说完露出来一脸的狡黠，无害的面孔偏让她显得更加可爱。

且说行了半个时辰便到了知州府衙，郦士奇看着此案中涉及的两拨人竟都是自己惹不起的大人物，一阵头昏脑涨。

一会儿，底下人过来询问道："大人，是不是先将那些人收监？"

"愚蠢，他们岂能随便收监，无凭无据，你想要老爷我现在就滚吗？"

"不是吧，老爷，他们可都是凶案的目击者，我们秉公执法……"

郦士奇大手一挥示意他不要说下去了，自己却苦闷道："你当本府不知道怎么审案吗？你连他们两家什么来历都不知道就让我收监，到时候丢官罢职的是老爷我，你们呀，再者说了，就这案子一看就是专业杀手干的，为什么要这么干，要么有仇，要么栽赃，一群和尚能有什么仇家，栽赃的话，无论是哪拨人我们也得罪不起，行行行了，你跟了我十几年了，还是这么蠢。"

想来想去，郦士奇还是安排苏蓁玉等人到后衙休息，华服公子却道："知州大人，在下到明庆寺是今日清晨时候，仵作验尸时说过众僧死于子时，与在下毫无瓜葛，家中事务繁忙，且先行一步了。"

郦士奇想拦住他，笑吟吟道："此案系情节十分严重的恶劣杀人事件，在没有证据前，您和这位秦小姐都不能离开。"华服公子皱眉却未做表态，郦士奇继续说道："本府已经吩咐厨房做饭了，您不要着急离开，且用午膳便是。"

在郦士奇的坚持下，苏蓁玉和华服公子都未能离开知州府衙，郦士奇细心地将苏蓁玉安排到另一个房间。然而知州大人这一贴心安排并没有阻止华服公子找苏蓁玉搭讪，很快一主两仆出现在了苏蓁玉的房门外。

"在下易霄见过秦姑娘。"

刚刚用过午膳的苏蓁玉正在翻看房间里面的书籍，听到门外的声音先是一愣，随即让红袖打开了房门。

"秦姑娘在看什么？"易霄热络的语气仿佛二人早已相识。

"泗安县志，想来应是郦大人找人编纂的。"苏蓁玉表现得十分温和而疏离，回答时眼睛仍然在看书，并未看向来人，这让易霄顿感受挫。

"姑娘雅兴，不过，少见女子有对这类书感兴趣的，大多数爱看看诗词典籍吧，原以为关注民生之计，当今天下恐怕也只有女相国苏蓁玉一人而已。"易霄的话似是暗指什么，苏蓁玉面不改色地回道："公子想多了，屋中并无其他有趣书籍，随便拿来这本翻看的，见笑了。"

"秦姑娘，你有没有想过凶手为什么杀掉那些僧人？"

"还请易公子指点迷津。"苏蓁玉道。

"我猜，有人想借刀杀人，要杀的那个人要么是姑娘你，要么就是在下。"易霄笑得无害，却让人有一种压迫感。

苏蓁玉焉能不知他说的这些，还以为他能讲出些别的道理，心中不由得有一丝失望，随即又注意到一个细节，他说的是有可能冲着两个人来的，那么他的身份又是什么？何以能招来杀手？

第二十一章 相逢是故人

压下心中疑惑的苏蓁玉继续漫无目的地翻看手上的书，对眼前的男子显得兴致缺缺。外面有府衙的兵丁喧哗，二人同时看向窗外，只见郦士奇匆匆忙忙往这边走过来。

"苏……秦姑娘，易公子，明庆寺的案子有人前来投案，此事确系与二位无关，你们可以离开了。"郦士奇笑得有点牵强，所谓有人投案，不过是明面上的文章，那几个江湖高手怕是屋中二人的杰作。

易霄折扇轻敲一下手心坦然自若地道："知州大人明察秋毫，易某感激不尽，那在下便不烦扰大人公务了，就此告辞。"

未等郦士奇答话他又转身换了一副面孔，笑盈盈地对苏蓁玉道："秦姑娘，不才在下的居处也在湖州，待姑娘到了湖州，若遇到什么事可以去在下府邸寻求帮助。"随手又解下腰间的玉佩托在掌心，复道："这块玉佩不值什么钱，却可以在湖州的任何一家酒肆商行找到郦府的人，他们也会在最短的时间通知在下，今日相逢也算有缘，权作见面礼。"

苏蓁玉本想推辞，却瞥见郦士奇站在他身后微微点头，示意她可以接受，遂眉眼一弯微笑道："多谢公子美意。"接过玉佩小心翼翼地放进了随身携带的绣囊之中。

待送走易霄主仆，苏蓁玉也向郦士奇辞行，道明自己欲往湖州寻找药仙皇甫逊。郦士奇再三挽留："苏相既然已经来到泗安，湖州便咫尺可见，也不急于一时半会儿，下官还未尽地主之谊，怎可让大人轻易离去。"

随后吩咐底下人杀鸡烹羹，安排筵席，只管要苏蓁玉等人多逗留了一日。当夜又引众人到泗安有名的邀月台山观月听曲，景致自是怡人，搭建亭台时依着江边山势，一旁怪石生得险峻，众人拣了宽阔的石面坐下，四下里听来都是水声，突然对面亮起三两盏渔灯，原来不远处停了一艘画舫。苏蓁玉看了道："当真美妙。"月亮已经升到中天，照在波光粼粼的江面上，煞是诗情画意。

二人一起登上邀月亭最高处，苏红袖挡在最窄小的路口上，后面随行的其他人不得不被隔绝开来。等到江面上传来一曲《春江花月夜》，众人这才将好奇的目光从高处移到了画舫上。

"苏相，这次明庆寺的僧人被无辜杀害，下官已经上报朝廷，但隐瞒了您牵涉其中一事，以下官多年的经验，此事系有人蓄意陷害大人而为。"郦士奇这才收起平时的模样，正色道。

苏蓁玉想起自离开京城就先后遇到几次刺客，她是十分坚强的人，此时也多少有些哀容，说道："郦大人不必说了，这些事我都知道，等回去切勿与人说这番话了。"

郦士奇心中有许多疑问，却最终没有问出口，脑海里一直耿耿的那句话却是"君要臣死，臣不得不死"。这，当真是对的吗？

良久，苏蓁玉眸子里泛出泪来，叹息一声道："白白冤死了那些僧人，此间罪孽亦有我苏蓁玉一份，吾不杀伯仁，伯仁却因吾而死。哀哉痛哉！"

郦士奇看着她也有些动容，叹道："苏相不必过于自责，此事本就不是你的错。"

"郦大人，那几个江湖人来投案是怎么回事？"

"具体情况不便透露，苏相是绝顶聪明之人，若不是你的人出手，自然能猜到是谁的大手笔，京城方面也已打理妥当，递到吏部的折子虽没有批复，也没有再来邸报询问。"

江面上的筝声越来越近，只听得一片清泠泠，画舫檐牙上的灯笼忽明忽暗，苏蓁玉一时兴起咏道："夜风生壁柱，春水咽红弦。"

郦士奇想起昔年在西北军帐下，眼前的女子是何等意气风发，指挥千军万马眉头不会皱一下,处理一方要务更是井井有条。到如今竟似寻常的官宦小姐般伤春悲秋,心中暗自愧惜不已,面上却不露声色,待苏蓁玉话音刚落,随即接着咏道:"佳人当窗弄白日,弦将手语弹鸣筝。春风吹落君王耳,此曲乃是升天行。"看到苏蓁玉侧目看向自己,又解释道:"苏相自京师而来,下官莫名觉得前朝太白公这首诗更契合此情此景。"

待回去时已是深夜,郦士奇亲自送苏蓁玉等人去了后衙休息。

"小姐,没想到这个郦大人竟是个仗义汉子。"苏红袖一边铺床一边笑嘻嘻说道。

"嗯,做这个泗安知州倒是埋没他的才干了,他可以坐镇一方的。"

二人又闲话一会儿便都歇息了,苏蓁玉和衣躺着,想起那个易霄,他到底是什么人?是路过的江湖侠士还是朝中重臣的谋士?

"逍遥王?"突然苏蓁玉一个激灵坐了起来,"对啊,除了他,朝中大臣手底下的出色人物哪个我不知道?"想到此处她更无心睡眠,逍遥王久居湖州,素来不问朝政,这次真的是简单的路见不平吗?

翌日清晨,天色微明,苏蓁玉便起身携了红袖、郝连平等人来向知州大人郦士奇辞行,寒暄已矣,马车渐行渐远地离开了泗安。

又行了半日,远远地望见一队人马往这边过来。苏红袖身为练武之人眼神凝练,认出是陈子杭从那村镇过来。

"红袖姑娘,好久不见,苏相可在?"陈子杭催马迎到近前,忙向苏红袖一揖道。

"大小姐在车上睡着了,你先不要打扰她,前面就是潮州城,大家先赶路吧。"苏红袖马鞭一指车上压低声音道。

原来,陈子杭在离开河南时就被苏蓁玉安排到湖州,具体事宜下文自有叙述,此处但说他收到苏蓁玉要来湖州的消息,忙将此前她授意新购置的府邸收拾利落,带上几个人迎出了湖州城。

"是子杭吗?"苏蓁玉被两人的对话吵醒,揭帘望去,恰对上陈子杭的一脸春风。

"苏相尽管休息会儿,等到了府里在下再给您细说这段时间的经历。"陈子杭满是体贴地道。

二人相见亦知路上不是谈事之所，话休烦絮，几人马不停蹄便到了湖州城门。苏蓁玉未入仕前曾随大哥苏皋玉游历四方，在湖州小住数日，今日重来只觉得繁华更胜当初，三市六街，济济衣冠聚集。

陈子杭看她赞叹不已，笑道："自古江浙便是四方商旅交通，聚富贵荣华之地。遍地青楼艺馆，过几日在下带苏相去参加本地文人盛行的曲水流觞，真是一派风流雅思。"

"好啊，届时若能听子杭吟诗作赋就更好了。"

"苏相惯会调侃人。"

转过主街大道，陈子杭在前面领路，拐进了一个僻静的巷子。

"到了，苏相。"

门上的小厮见到主家回来忙大开府门将苏蓁玉一行人迎了进去，待安顿好一切，已有丫鬟们将菜肴陆续端了进来。

"还是子杭安排得周到，舟车劳顿总算是结束了，大家一起坐下来。"苏蓁玉笑道。

陈子杭、郝连平等人俱陪坐在下位，郝连平对新的府邸很是感兴趣，不停四处打量。陈子杭笑道："连平兄可是觉得眼熟？"

"是啊，总觉得自己来过这里似的。啊，我想起来了，这不就是我们在北镇时元帅府的布局嘛，还有府里的小厮应是当日跟在苏相身边千熊卫的兄弟们。"郝连平坦然道。

"连平兄锐捷依旧，哈哈哈哈。"屋里众人笑作一团。

却说午膳后苏蓁玉屏退其他人单唤了陈子杭来到书房中，简略参拜了，陈子杭便将几个月来一应事务说与她知道。

"天目山那边的事情一定要慎之又慎，切不可被人发现。"苏蓁玉肃容道。

"苏相放心，那边的人都是昔日培养的死士，进出天目山我也是十分小心翼翼。"

"如此甚好，来的路上收到燕大哥的消息，今年漠北大旱，北胡几无收成，思虑前朝惯例，每逢歉收便是他们进攻北镇边境城池的时节，我们要早做准备啊。"苏蓁玉想到边境若是开战，又有多少军士马革裹尸永远留在北镇，心里无限悲凉。

她知道凭着燕家军的誓死守护才有了中原地区的繁华富饶，她更知道新帝登基以来，国库空虚，但愿不会在北镇的军需补给上做文章，不然不知要寒了多少将士的心。

苏蓁玉纵使对朝廷存了希望，但想到此事不能等到入冬再打算："子杭去点检一下库房还有多少储备，再和北镇方面询问好今年军饷是否按时发放了。"

陈子杭冷笑道："发放？实话跟您说吧，早在两个月前我们的人就已经去了解过，燕家军至少三个月没有拿到军饷了。"

此时已经是八月底，北镇天气冷得快，入冬军需必须提前到位，否则将士们穿着单衣如何与北胡几十万虎狼之师相对抗？想到这里，苏蓁玉取笔列了一份清单递给陈子杭道："这是吏部负责北镇军需的几位大人和客商，你派个机灵点的和他们做今年的军需生意，价格压到最低，朝廷方面报上十万件，最后给燕家军送去的时候准备二十万件，多出来的用度从库房支取。"

陈子杭欲言又止，看着她已然低头去看其他信笺，终究是应了一声"是"，退出了书房。

第二十二章 初识逍遥王

湖州城东，莫干山。

莫干山为天目山之余脉，地处湖州东南德清县境内，世传春秋末年，吴王阖闾派干将、莫邪在此铸成举世无双的雌雄双剑而得名，就连山上的剑池也是极负盛名的美景。

最重要的是，这里住着闻名遐迩的药仙皇甫逊。

苏蓁玉等人上山时正逢微雨天气，一路行来竟没有其他游客，"听说莫干山是块避暑胜地，子杭以后可在这里建个草堂，等来年大暑我们就从府邸搬到这里小住。"

苏红袖是个武痴，早就听闻湖州有个莫干山，心道纵不得莫干剑，能常到莫干山也是幸事，便抢在陈子杭头里说道："好啊，这里风景好又清净，适合小姐小住读书什么的。"

陈子杭附议："好啊，来年我让人选好地方就动工。"

无奈，上山时的微雨迷蒙，云倚江树，待午时已经阴雨绵绵。苏蓁玉三人只好躲进剑池附近的亭子里避雨，望眼前一派秋色凋零，忍不住咏道："蓬池秋雨兼风紧，吹折山花就地横。"

"姑娘好诗！"话音刚落，只见雨中款款走来三人，走在前面的正是泗安县见过的易霄，后面跟着他的书童和护卫。

"原来是易公子，幸会幸会。"苏蓁玉施施然一揖。

"姑娘也是上山访药仙的吗？"易霄微笑道，因为没有撑伞的缘故，他的眉睫之上有细小雨珠，晶莹剔透，衬得一双眸子灼灼有神。

"是，秦玉幼时患有心疾，一直遍访名医问诊，俱不能根除，近闻舅父与皇甫先生有些交情，遂来湖州拜访。"

易霄突然伸手搭在苏蓁玉脉搏上，几乎同时苏红袖一掌拍向他的面门，被他另一只手挡下，嗔怪道："你这婢子真是莽撞，我为你家小姐把脉，你倒要取我性命不成？"

苏红袖冷冷地说道："你要是敢无礼，要你好看！"

"红袖，退下。"苏蓁玉自始至终稳如泰山，脸上温和得如同一泓春水，不起波澜。

易霄心底暗自佩服她的沉着，松开她的手腕，略作沉吟道："怪哉，姑娘心率竟比寻常人慢这么多。可是天生如此吗？"

苏蓁玉道："易公子竟也精通医术，真是博学多才，秦玉钦佩。"

两个人从医术聊到江湖，又从江湖聊到朝堂，从南赵到北镇，颇有故友重逢心有灵犀的感觉，不由得相视而笑。

雨渐渐停了下来，易霄道："皇甫先生并不在山上，在下要回去了，不知道秦姑娘是不是也要一起回去？"

苏蓁玉望了眼笼在水汽里的莫干山，道："不了，易公子请回吧，既然来了，我看看风景再回去。"

二人拜别后，苏蓁玉带了红袖和陈子杭继续往山中行去，只见数株松柏犹见绿荫之貌，剩余几处则是黄朱相间的枯叶。远处剑池，犹有旖旎浮萍。白泠泠一片初秋霁雨图。三人成行，很快已经来到山上一片空旷的地方，苏红袖忽然面色沉了下来，身影一晃已经护在苏蓁玉面前，对山上突然出现的一群黑衣人斥道："什么人？"

"自是阎罗派来取你们性命的！"话音才落，十几个黑衣人发动攻势围了上来。

苏红袖抽出腰间的软玉鞭跟他们斗在一处，陈子杭只会一些粗浅功夫，亦是拉开架势护在苏蓁玉身旁。到此时，苏蓁玉才觉得有些不妙，三个人中只有红袖武艺高超，而她自己虽然可以指挥千军万马，对武术却是不精通，看着眼前一幕竟生出一丝无可奈何。

"陈大哥你护着小姐先走。"苏红袖突然吼道，却眼疾手快一鞭子抽在刚冲过来的黑衣人左臂上，他顿时血流如注。

陈子杭心上一凛，红袖从未有过如此神情，再不及细想，一只手已经顾不上主仆有别，拉住苏蓁玉便往山下冲。

一众黑衣人被苏红袖拦在山上，苏蓁玉和陈子杭才转过山腰就遇到了另一拨黑衣人挡住了去路，她握了握陈子杭的手淡淡道："所谓祸不单行大概说的就是眼前的情形吧。"

陈子杭看着她毫无畏惧的眼睛，莫名也安心起来，苦笑附和："大小姐说的是。"自来湖州已经数天，他已经开始慢慢适应对外喊她大小姐，只有私下里还称呼一声"苏相"。

"我们两个都不怎么会武功，跑也跑不过你们，这样吧，死之前可不可以告诉我，你们是谁派来的？"苏蓁玉干脆就地坐在了脚边的一块突起的石头上，生死对她来说早已见惯不惊，只是这样窝囊去了，有些不甘心罢了。

"你以为我会说？"领头的黑衣人一愣，忽而大笑道，"能够让你死在我手上，荣幸之至，拿命来吧！"

"你是南赵人？"苏蓁玉突然冷声道。

那黑衣人顿觉不妙，一个手势，十几人不再犹豫过来就刺。陈子杭挥起宝剑决定拼命，竟挡了几个回合，很快肩上、后背俱已受伤，苏蓁玉把大拇指和食指放在嘴唇上猛烈吹起口哨，声音拔得很高。

"先杀了那女的！"一声喝令下，三柄剑齐齐挥向苏蓁玉，后背一阵痛楚袭来，苏蓁玉闷哼一声，却对着面前冲过来的黑衣人露出冷笑，那笑意里透露出的杀气重得让那人不由得倒退一步。

就在千钧一发之时，一柄长剑随着一个快如闪电的身影划过苏蓁玉近身处的黑衣人的咽喉，一个两个三个……皆无声倒下。

苏蓁玉因为同时身中三刀也精疲力尽，身子一软就要倒下，那身影长袖一拂，将她拦腰抱住低声道："秦姑娘，你忍着点。"

那人竟不顾生死一纵而上，剩下几个黑衣人见他身手厉害不由得胆怯起来：

"杀了他，一个不留。"众人才回过神来猛扑了上来。

不过几十回合，几个黑衣人都倒了下去，其他被震骇得说不出话来。

就在这个时候，一直没有出手的黑衣人突然发出几十枚暗器，一手护着苏蓁玉还要对付围攻而来的黑衣人，明知道那人发了暗器却无力再躲避，只能凭着耳力躲过几个，却有两枚没有躲避及时，生生让胳膊承受了。

此时，苏红袖也拎着鞭子从山上奔下来，等到近前明白还有第二拨刺客后大惊失色："陈大哥，小姐呢？"陈子杭气力不足地直指还在拼命保护苏蓁玉的易霄，随即昏倒在地。

苏红袖忙撕下他身上长袍一角，熟练地给他包扎伤口，又从绣囊中取出两粒丹药给他喂了下去。

苏红袖把他交给同时赶来的易霄的两个随从，自己持软玉鞭去助易霄，暗自心惊今日重逢竟没想到易公子的功夫倒比护卫高了许多。

她本就是杀手出身，曾经在北镇以一敌百与各大高手过招，也曾万军阵中取敌元帅首级而全身而退，此时因见苏蓁玉受伤怒不可遏，更是使出毕生所学。

就在黑衣人快要被诛杀干净的时候，苏蓁玉忍着伤痛喊道："留活的。"

此言一出，却看那仍然坚持抵抗的领头黑衣人突然狰狞地一笑，咬破了藏在齿间的毒，立刻身亡，其他几个黑衣人竟无一例外同时效仿。

易霄遗憾地收起宝剑，此时此刻才发觉自己中的暗器上涂了毒，一阵头晕目眩，幸亏书童及时过来扶住他，才没有跌倒在地。

"回别苑，给皇甫飞鸽传书，就说我中毒了。"

"你是逍遥王？"苏蓁玉突然问道。

不错，他就是自幼谪居湖州的逍遥王萧如意，纵然女帝下旨此生不许他踏入朝堂半步，却安排了许多人照顾他的起居，甚至他想学什么就给他请全国最有名的师父去教导他。萧如意仿佛从未有过对玉京皇城的渴望，除了每年除夕上表祝福外，从不过问世事，人们听到最多的传闻便是他喜欢收藏历代碑帖，更喜欢与颇具盛名的文人雅姬来往，所以玉京城里曾有人用"天命风流"来形容他。

易霄，不，是逍遥王萧如意，皱着眉头苦笑道："还是被你发现了。"

红袖从绣囊中取出盛放解毒丹药的瓷瓶，取了四粒，分别给苏蓁玉和萧如意各服下两粒,黯然道:"这是我师父留给我的小红丸,只能暂时护住你们的心脉,解毒还是要等皇甫先生回来。"

"暂时死不了就行。"萧如意完全不把生死当回事,反倒关心起苏蓁玉的伤势。

一行人互相搀扶着往逍遥别苑方向而去。

逍遥别苑就建在这莫干山上,离剑池不过隔了一个山头。

苏红袖心中暗道:今天小姐本来就是要寻访皇甫医仙的,如今倒成了真正的病人,想来真是世事难料。

而正躺在自家床上优哉游哉的皇甫逊,因为对外宣称自己上山采药去了,已经几天无人打扰,而显得格外心情清爽。却在此时,一声熟悉而急迫的声音响起:"公子,飞鸽传书,逍遥王中毒。"

皇甫逊一个激灵从床上跳了起来,急道:"什么?"

"让您马上过去。"

很快,已经收拾妥帖的皇甫逊带着两个小童骑马直奔逍遥别苑,虽然都在莫干山上,两处离得却不近。

第二十三章 遇刺逢药仙

逍遥别苑,皇甫逊刚踏进去,就被带到了别苑中一处小院,匾上书:听雨红楼。

等到了房中,萧如意看到他忙迎了上来道:"皇甫兄,你快看看她中的什么毒?"

皇甫逊走近查看,才发现床上躺着的是一名女子,容貌清丽非凡,竟好像在哪里见过。

"好厉害的毒!"皇甫逊把过脉后不由得皱眉,随即道,"请逍遥王暂避,在下要查看姑娘后背的伤势。"

萧如意不情不愿地退到屏风外,只留了苏红袖和一个王府丫鬟服侍。只见皇甫逊扯过被角盖住苏蓁玉身体,然后将她后背上的衣服划破,只撕去伤口处的衣服,自是思虑周全不失礼。

只见苏蓁玉背上中了极深的一刀,毒已经开始扩散,忙吩咐丫鬟打了一盆温水过来,要亲自给她清洗伤口,却被旁边苏红袖阻止:"让我来如何?"

皇甫逊丢给她一记白眼,冷冷笑道:"你要是不放心还是到门外等着,在下给病人医治时最不耐烦有人在旁边指指点点。"

此时,门外响起萧如意的声音:"皇甫逊,我不管她中了什么毒,我要你一定救活她,不然我就……我就……"

"闭嘴!"

皇甫逊虽然嘴上刻薄，心里却暗自琢磨：第一次见他出手救人，第一次见他带人来让自己医治，更是第一次抱着个女人来他这里。莫非这是哪个画舫的头牌争风吃醋被害，还是谁家的小妾为他私奔受伤？

苏红袖并没有出去，只是待在一旁不再干扰皇甫逊，"端水来。"经过一遍清水洗过，又用特制的药水洗了一遍，皇甫逊才从药匣里取出一个瓷瓶子，对着伤口轻轻撒了一些药粉在上面。只见药粉落下的地方，嗞嗞地吐着一些黑色的沫，"拿条干净的汗巾。"

皇甫逊对着那个伤口如此反复三次，屋子里仿佛闻到了腐肉的味道，"匕首给我。"苏红袖忙递上，只见他刀尖划进已经发黑的肌肉里，一层层轻轻剜了下来，这一系列动作在皇甫逊是轻车熟路，但在其他人眼里煞是惊骇，例如站在帷幕前的苏红袖只觉得后背一阵发麻。

隔着屏风又传来萧如意的声音："皇甫逊你轻点，她得多疼啊。"

"呸，我来的时候已经昏死过去，能感觉到疼吗？"

"能……"只听见弱弱的声音从床上传来，皇甫逊吓了一跳，"天啊，你是不是女人啊？怎么会醒这么快？"

在皇甫逊的记忆里，女人如果受伤昏死，没个两天三天是不会醒来的。

萧如意听到她的声音，赶紧上前把皇甫逊挤到一边，一脸关心地说道："你醒来了呀，快别乱动，后背上的毒已经清除，安心静养一段时间就好了。"

"看起来，用不了多久就能活蹦乱跳了。过来，我看看你手臂上的伤，是中了什么毒？"皇甫逊伸个懒腰，对着萧如意毫不在乎自己伤口却紧张别人的行为忍不住翻了两记白眼。

萧如意仿佛没有听到他的话一般，先是好言安慰过苏蓁玉，又吩咐下人务必要尽心尽力照顾好她。

"你少说几句吧，没看到病人强撑着精神听你絮叨吗？这会儿让她多睡会更重要。"皇甫逊不屑一顾于眼前男子见色忘友的行径。

为了不打扰苏蓁玉休息，萧如意带了皇甫逊去自己的卧房，刚坐好，就被皇甫逊拿出来的匕首吓了一跳："你要做什么？"

"自然是为你剔除手臂的中毒腐肉。"皇甫逊道。

然而，萧如意将近一个时辰都不觉痛，一心一意地只为苏蓁玉的伤势担忧，等皇甫逊帮他解了毒，拿着匕首在自己眼前晃来晃去，突然想起痛来，整张脸扭成了一团道："皇甫兄，有没有可以吃的解药，你这样用匕首剔肉，岂不是要我的命？"

皇甫逊看他如此怕痛，忍不住讥讽道："如果有药丸，这位姑娘就不用受剜背之苦了，你看她都不曾吭声，你还怕痛？丢不丢人？"纵然再不甘心，萧如意还是坐定了让他为自己疗伤。

这时，门上的小厮才敢跑过来向萧如意禀报道："外面还有几个人说要见您，其中一个人还受了重伤。"

"没看到我这里忙着吗？今儿个谁也不见了。"萧如意没好气地说道。

来禀报的小厮受了一肚子气也不敢多言，忙退了出去，到了门房上又没好气地把来客说一通打发走了。

"小姐，你怎么样了？"

苏蓁玉背上的伤还没有痊愈不敢翻身，依旧趴在床上，歪着头看向因为悔恨交加而泪流满面的人儿，"别哭了，我没事。子杭还好吗？"

苏红袖兀自不停道："都是我的错，让小姐离开先走，没想到给了那些歹人偷袭去。陈大哥已经让那个医仙救治过了，并无大碍。"

"那就好，他没什么武功，这次是跟着我以来受伤最重的一次了，想来是有人非要我苏蓁玉的命不可，倒连累你们跟着我受罪啊。"

"小姐，你要是说这样见外的话，红袖就生气了，没有能保护好你，都怪我。"

苏蓁玉眼睁睁地看着千军万马都不惧怕的铁娘子竟当着自己面几次三番地流泪，心里有一万句可以安慰她的话也说不出来，毕竟在这样情义无双的追随者面前，所谓安慰话都是累赘，只须牢记她的好，他日不负。

这几日，每到黄昏时候，萧如意便过来探望，后面跟着一脸八卦的皇甫逊。

九月九日重阳节，萧如意、皇甫逊早早就过来了，萧如意手臂上的伤比苏蓁玉轻了许多，三五日竟恢复大半，才一踏进听雨红楼，就撞上苏红袖在院子里练习鞭法，招招狠厉竟是同归于尽的打法。

"红袖姑娘好鞭法，只是这样的打法有损心脉易快不易久，不如——"

未等皇甫逊把话说完，苏红袖的鞭子灵蛇一般直指他的喉间而来。

"姑娘手下留情！"说时迟那时快，萧如意伸出右手中指食指去夹她的鞭尾，但苏红袖仿佛知晓他的用意，一个转身收回了鞭子。等身稳立定，对皇甫逊欠身施礼道："是红袖鲁莽了，没有伤到您吧？"

皇甫逊忙哈哈一笑道："没有，若真的被姑娘伤着，那倒是在下的好福气了，白白受用姑娘的服侍。"

"红袖，不要胡闹。"屋子里传来苏蓁玉清朗的声音，想来她今天的精神不错。

萧如意心里蓦地一荡，忙挑帘而入，入眼便是床帏前摆着的矮几上放着一摞书籍，"秦姑娘如此刻苦读书，让我们两个堂堂七尺男儿羞死也。"萧如意说话时眉眼满是春风，让皇甫逊忍不住偷笑：不愧是湖州第一风流人物，一笑一颦都是情。

苏蓁玉不能起身，遂抱拳一揖算作见礼道："见过王爷和皇甫先生，今天怎么过来得早了？"抬眸看向萧如意时二人目光交融，仿佛电光石火发出嗞嗞的声音，只当其他人都未察觉。

"看，就知道你病中已经浑然不沾人间烟火了，今儿个重九，我和皇甫兄也没处可去，就打算早点过来，一会儿底下人送过来几盆不错的雪海和玄墨，你看着定然欢喜。"

说话间，已经有两个小厮搬了几盆菊花进来，那纯白色的便是雪海，挨着它的就是模样迥异的玄墨。

"待会儿，食蟹，吃酒，吟诗，才不辜负这好花好酒好天气。"皇甫逊拍手称快道，待瞥见侧身半卧的苏蓁玉一脸明媚，忍不住又道："还有好美人——"整个人竟看痴了，萧如意心中微觉酸酸的，用折扇敲了他脑袋一下："秦姑娘还是病人，吃什么酒。"

皇甫逊忙收敛心神，赔笑道："倒是我这做大夫的想得不周全。"

苏红袖也很喜欢这几盆花，指挥着小厮们轻轻挪到窗台上，看了又看，才走到苏蓁玉身边低声笑道："逍遥王想得真周到，这样体贴温柔的男子，真是难得一见。"

苏蓁玉久作男子打扮，一腔心血又都放在朝堂大事上，此时此刻竟觉羞怯，却很快因为对这种感觉的不适而狠心抹去，恢复到意气风发的"苏相"模样。

第二十四章 风月湖州近

重九当日，三人从下午开宴直到深夜方散，苏蓁玉因听皇甫逊的话，知黄酒与伤口并不妨碍，便吃了几杯。萧如意博览群书又爱风雅之事，直嚷着要玩飞花令，二人只好陪他一起玩个痛快，令人刮目相看的是苏蓁玉竟对古人诗词如数家珍，遇上两个强劲对手，这下可惨了只会研究医书的皇甫逊。

等离开时皇甫逊已经醉得一塌糊涂，只见他拉着苏红袖的手把她错当成苏蓁玉柔声道："秦姑娘，我们是不是哪里见过？我从第一眼看到你就觉得眼熟，我肯定之前就见过你的。"

萧如意一把拉开他便往外走，有些孩子气地说道："秦姑娘才不会认识你这样的泼皮无赖，你快点跟我走，不要惹她生气了。"

此后几日，两个人竟都没有来听雨红楼。

从未放松过警惕的苏蓁玉，在这莫干山上居然住了长达半个月，每天都睡到日上三竿才醒，终于有一次自己也不好意思起来，对着苏红袖说道："我十四岁开始入朝奉命到北镇抵御北胡人的野蛮袭击，最厉害时曾几天几夜不睡觉，直到听闻燕大哥凯旋，后来离开北镇回到玉京城，朝堂之上的明争暗斗又使我不敢有半点怠慢，每天都有无尽的事，一团麻，需要你沉住气一一解除。"

苏红袖怕她总趴着累得慌就轻轻地帮她按摩，端了茶给她润嗓子，就继续听她说道："后来先帝驾崩，又无一日安宁，熬着熬着陛下终于登基，政务有条不紊地开始处理，无奈他对我忌惮颇多，以至于发生后来这么多事。这一路心都绷得紧迫，没想到受伤后突然想通了许多，这人间啊，我多活一天便要它快活一天。"

苏红袖微扬下颌看着她，眼睛里泛出心疼，却道："小姐，还有一事，不知道当讲不当讲？"

"什么事？你说。"

"我觉得那个逍遥王好像对您很喜欢。"

"噗——我们家红袖愈发心思细腻，能够思考武功以外的东西了。"苏蓁玉一笑不小心扯到后背的伤口疼得直皱眉头，"你是怎么看出来他喜欢我了，我怎么看不出来？"苏蓁玉重新趴好，姿势有点搞笑，但因她面容姣好并不使人觉得难看。

苏红袖看主人并不在意，小声嘟哝："戏台上那些公子小姐幽会谈情明明就是像你们现在这个样子，怎么会看错了呢？"

为了防止小丫头继续胡思乱想，苏蓁玉决定过几日能够起床活动了就打道回府，毕竟脸皮再厚，在别人家住久了难免也会不好意思。

晚膳期间皇甫逊过来给苏蓁玉把脉，萧如意亦是顺理成章地留了下来。"别乱动。"皇甫逊因为只把苏蓁玉当病人看，未曾注意她因为自己靠得太近而不自然起来。

"怎么样？"萧如意关心地问道。

"毒素已经彻底清除，后背上的伤口为何总是不愈合，真是奇怪。"

"那是血的问题，我自幼如此，只要流血就常常难以愈合，倒也不会妨碍性命，愈合慢也总会有好的一天。"苏蓁玉这才想起自己的特殊体质，说完又毫不介意地安慰起了众人，让他们不要过分担心。

"原来如此，等我回去查查古籍有没有相关记载。"皇甫逊的话里有一种难得一见的一本正经。

萧如意听了二人对话，心中自是为苏蓁玉的痼疾烦恼，只偷偷将话牢牢记住，唯愿自己能有解决一切困难的能力。

"王爷，这些日子一直在府上叨扰，秦玉感激涕零，如今伤势渐愈，家里诸多事情尚待处理，管家派人几次相询归期，已差子杭兄备了马车，明日便下山去了。"

"你伤势哪里渐愈了，分明还需要多静养些时日，若是府中需要处理事务让他们过来也无妨，多几个人吃饭而已。"萧如意毫不介意地说道。

皇甫逊对她的难愈痼疾十分在意，正想好好研究是什么原因造成，立刻表示赞同萧如意的说辞："逍遥王说得不错，姑娘不要着急走，你后背的伤口才刚愈合一些，若路上颠簸撕裂，又要费许多日子才见好。不才在下久未遇到不解之症，亦有很多疑问需要常常向姑娘请教，不枉世人道一声医仙也。"

"多谢皇甫先生美意，还有这几日的照料，大恩不言谢，来日有需要的时候，秦玉必倾力而为。"苏蓁玉让红袖过来耳语两句，只见红袖从绣囊中取了一颗珍珠，她接过后转身交给皇甫逊道："这是北镇黑龙潭产的珍珠，且作诊金。"

"呃，黑龙潭！这种北地极寒水域的珍珠百年难得几颗，不行，太贵重了，我早已将秦姑娘视作知己好友，诊金之事切莫再提。"皇甫逊说得恳切，倒让苏蓁玉不好坚持只得收起珍珠："能和皇甫先生做知己，秦玉求之不得。他日若先生有事需要秦玉出马，必倾力而为。"

在萧如意的盛情挽留下，还有皇甫逊再三坚持要为她治愈顽疾，苏蓁玉只好答应等自己的伤口彻底痊愈了再离开逍遥别苑。

离开听雨红楼后，皇甫逊忽然换上严肃的面孔道："王爷，你不觉得秦姑娘很神秘兮兮吗？"

萧如意点点头，道："她确实不像普通的官宦人家大小姐。"

书房里，萧如意刚坐好，就听皇甫逊继续说道："其实，我已经知道她的身份了。"

"身份？你是说她不是什么秦府大小姐？"

皇甫逊探过身子，一脸莫测高深地说道："王爷猜得不错，她的确不是什么秦府大小姐，而是当今天下第一等的聪明女子，举世皆知的苏府大小姐，前宰相苏蓁玉。"

"你说什么！"萧如意瞪大眼睛，不敢置信又觉得在情理之中，一时竟不知是欣喜还是惊讶，抚掌大笑起来。

"哎哟，你看你，还有没有点王爷的样子。"皇甫逊忍不住又翻了一记白眼给他。

萧如意哪里还顾得上他什么表情，反复叹道："此生得与这奇女子相识，夫复何求，吾生无憾矣！"

皇甫逊盯着他一脸花痴的模样，只觉得好笑，但他想到苏蓁玉身上的伤口如此难以痊愈是从未有过的，也陷入沉思之中。

翌日，听雨红楼中，苏蓁玉趴在床上，红袖一边帮她在后背上涂抹皇甫逊刚研制的药水，一边轻声问道："小姐，你觉得逍遥王这个人怎么样？"

"幽如碧潭，不可估量。"

"我也觉得他不像个普通的纨绔子弟。"

外面小厮在门外禀报道："秦姑娘，外面有一个自称秦府管事郝连平的人求见。"

"郝大哥怎么来了？莫非黑衣人的事有进展？"红袖忙放下药水，替苏蓁玉穿好衣服。

苏蓁玉对着门外道："带他过来吧。"

很快，郝连平就被带到听雨红楼，逍遥别苑的几个下人很是识趣地退了出去。

隔着屏风，郝连平俯身拜道："见过大小姐，府里众人听说大小姐遇到刺客受伤，大家都很担心，一直嚷着要来看您，无奈子杭兄说这里是逍遥王的府上，不许寻常人出入，大家这才没有闹着过来，大小姐如今可是好些了？"

苏蓁玉觉得后背如同有万只蚂蚁在不停爬动，只想用手抓个痛快，想来是新药水发生了功效，可是她向来严苛自持，又怎么会在郝连平面前做出这样的动作？面色如常道："早就该好了的，只是痼疾未愈，被皇甫先生留住继续敷药，又不许见风见光，才耽搁至今。"

郝连平这才讲述起最近发生的事情："大小姐，从京城到湖州一路上的刺客都已经查清楚了，是三方人出动的，其中两次和楚家脱不了干系，但楚国公似乎并不知情，怕是大明宫那位私自下令的。"

苏蓁玉并未觉得意外，当日她就发现这些人和楚云生行刺她时的那些人一般无二，"那另外两拨人可有什么线索留下吗？"

"与楚国公府杀手同时出现的，并非江湖中人，而是朔风营统领徐伯芳，但他用了易容术，似乎是为了找什么东西而来，最后湖州几次俱是南赵杀手，属下已经查过，应该和畏罪潜逃到南赵的安庆公主脱不了干系。"

苏红袖回忆起，那些人她都交过手，典型的南赵杀手套路，快、狠、毒，而且这世间恐怕也只有南赵能源源不断地为其他国家培养数不尽的杀手。

"罢了，来回也就这些人想要我的命，不用再花时间在这上面了，玉京那边，告诉他们不必盯着楚国公府了，他家出来的皇后我以前见过，不足为虑。派几个人潜入南赵，查一下南赵皇宫的情况，顺便盯紧了安庆公主。"

"是，大小姐放心养伤，属下和子杭兄会妥善处理的。"郝连平道。

"对了，我这次来湖州的消息是如何传到刺客们的耳朵里，你顺便查一下，若是府里有什么人想要我的命，揪出来。"

第二十五章 皇城起风波

玉京城里，所有富贵繁华，如同日出日落，循环往复，偶尔大家还会缅怀一下那个曾经名满天下的女相国，也有人恶狠狠地诅咒着她永远不要回来，不要得到善报。

如皇城中，就有一个人每天都想着如何让她从这个世界上消失。

大明宫本来是先帝年轻时最喜欢的寝宫，后来不知何故移驾紫宸殿，再没有来过这里。萧如昊登基后，派人收拾一番赐给了皇后楚秋鸿。

楚秋鸿的美艳动人，像盛开的玫瑰花，带着恼人的刺，她入宫时是带着无限的想象力，与帝王的百年好合必然比寻常人家来得艰辛，她想，这有什么难的，只要他是个正常男人就不会对自己熟视无睹。

缓缓地，楚秋鸿将身体埋进锦被里，这大明宫真冷呵，她死死抓住被子，尽量掌控着愤怒的力道，眼泪不争气地从眼角流出来。

"娘娘，陛下还在太极殿批阅奏折，等他忙完就会过来了……"从楚家带来的侍女灵鸢跪在床前，安慰着，讨好着，试图让她的愤怒降到最低。

"灵鸢，你出去。"楚秋鸿不想让任何人看到自己的不甘和狼狈，甚至当母亲问起入宫后的生活，她都没有说出萧如昊从未碰过自己的事情。

若不是她，一定是因为她！

"苏蓁玉，你这个贱婢！"

楚秋鸿在心底无数次地诅咒着，仿佛从积香寺那次擦肩而过，自己就对这个女人充满了嫉恨。是的，凭什么她苏蓁玉可以出将入相？凭什么她苏蓁玉可以用傲视天下的态度对着自己？

本宫是皇后！自己才是这天下子民的女主子，苏蓁玉必须从这个世界上消失！

楚云生被皇后宣召的时候，本以为是普通的叙情，以至于当她说到要用楚家豢养的秘密杀手时，震惊得将手上的茶盏都掉在地上，清脆的破裂声如同魔咒让两个人都吓了一跳。

"妹妹，你要做什么？"震惊之余的楚云生忘记了眼前的人已经贵为一朝国母，"不行，苏蓁玉不是你我能对付的，上次我带人抓她，几乎把命都丢了，若不是父亲心疼我，哪里还容得下我站在这里和皇后娘娘说话。"

"哥，你难道忘了谁差点害你丢了性命，又被父亲厌弃的？她就是个妖女，陛下虽然明察秋毫不肯再重用她，却也被她的美色蛊惑，至今为止都没有将她处死。"

楚云生心乱如麻，他不明白一向少出门的妹妹是如何恨上苏蓁玉的。

"她既然已经离开玉京，妹妹就不要再做傻事了，万一被陛下知道了得不偿失。"

"本宫偏要她死。"楚秋鸿的嫉恨已经如同熊熊烈火不可抑制。

最后，楚云生离开皇城的时候交出了调遣死士的火焰令。他无法说服妹妹放弃，他也无法违背皇后娘娘的密旨，唯有交出去假装自己并没有参与其中。

楚秋鸿万万没想到的是，这一路上自己派出去的杀手不但都有去无回，还落在萧如昊手里一人。事实上从她进宫那天起，萧如昊就一刻都没有在大明宫多待，很快她就看清了，陛下心中苏蓁玉竟占了许多分量。后来，她派刺客一事自认无懈可击，却早已经被徐伯芳的朔风营暗卫盯上。

她自是不被皇帝宠爱，但萧如昊不会让人取而代之的，因为她的背后是整个楚氏宗族。所以，今后无论她如何作妖也不过是在后宫的方寸之地，而苏蓁玉却是可以影响整个天下的人，翻云覆雨又有何难，萧如昊才会对她的出手睁一只眼闭一只眼，亦是明白她拼尽全力恐怕也无法将苏蓁玉除掉，像她这样的女人是可怜又令人鄙薄的。

皇宫中暗潮汹涌，朝堂上的人各怀鬼胎，让萧如昊感到了前所未有的疲惫，他心里明白，这只是他帝王生涯的开始。

的确，萧如昊处理政务的天赋极高。早在先帝让他代政期间，他就明白能在朝堂上制造是非的，不是皇帝更不是宰相，而是那些世家大族，还有手握兵权的一方藩王。正因为他们的势力几百年不断扩充早就到了无法防范的地步，当日先帝破格任用苏蓁玉为相，改革吏治和制裁土地兼并，也正因为这天下已经不是皇家和百姓的天下，而是那些宗族贵戚的天下。长此以往，当矛盾激发时，随便一个天灾人祸就会导致翻天覆地的暴乱。

萧如昊心里很清楚如今的处境，所有人都是靠不住的。因为自己优柔寡断，没有杀伐戾气，所以在派人出京追击苏蓁玉时也下了旨意，只要拿到先帝遗诏不要取她性命。当徐伯芳失败而归，他是失望的，但当徐伯芳欲言又止说出皇后派人追杀苏蓁玉时，他反而是愤怒的。

自苏蓁玉离京后，朝堂上鲜少有人再为该不该革新吏治而争论不休了。那些文人，在元老派面前低下了软弱的头颅。萧如昊开始拉拢那些科举考试一朝翻身的文官循吏，一步步循循善诱又步步紧逼，最终让他们都彻底为自己所用。重要的是，有了这些人，就有对付宗族贵戚的刀剑，你只需要告诉他们忠君报国即可。

九月底，玉京城已经下过第一场小雪，冬天提前到来是很多人始料未及的。

朝中无甚大事，皇城中的新鲜事则是皇帝萧如昊封了太尉褚之时的长女褚翎兰为昭仪，又宠幸了朔风营统领徐伯芳的妹妹徐幼薇，册封为才人。

有人暗自揣测陛下是对国公府和皇后感到不满了。

这一次，皇后楚秋鸿便发了狠劲要往枪口上撞。然而她已经忘记最初自己做了什么才让萧如昊讨厌她的。谁都知道，皇帝纳妃既是天经地义甚至普惠天下的好事，却又是最无声的战场。后宫，公开说，比铁马金戈的沙场更残酷无情。此时面对皇帝另寻新欢，聪明者则满心欢喜恭贺犹嫌不足，岂能当众撒泼使皇家没有颜面？再说了，国公的女儿能够当皇后，太尉的长女能够变成昭仪这也是朝堂上的明争暗斗，不是你吃醋耍手段可以阻止的。

玉京城里的风雪交加，丝毫没有影响到江南的花前月下。

转眼又半月有余，苏蓁玉自是病愈，便提出搬出逍遥别苑，萧如意再三挽留无果,只好亲自带了人送她回去,又送了许多礼物自不在话下。

苏蓁玉回到临时居住的秦家府邸,想到这些日子烦扰逍遥王未曾表示谢意,却又受了他无尽恩惠,就让陈子杭将她从玉京带来的特产和几本珍藏古籍送去逍遥别苑,萧如意自是殷勤博得佳人青眼,每次回礼亦是再三斟酌,别有一番意趣。

这之后,苏蓁玉仿佛忘记了曾经的理想抱负,每日在府中处理完关于"天目山"的机密要务,就带着红袖游历湖州各地,碰到奇人异士即于花下对酌。每饮了数杯,辄自醉倒,醉过又常爱吟诗作对,因她男装出游,无人识破,都只当她是谪仙般人物。

萧如意爱之甚矣,私下曾对皇甫逊赞道:"以花类君子,独此花秀而不艳,美而不妖。第一眼见之便敬其骨清格高,此间潇洒出尘之致,自非凡花可及,使人爱而敬之。"

皇甫逊笑道:"她自十四岁就出将入相,焉能似朝堂上的那帮俗子,伺候侯门,趋迎府县,未免为后人所笑。"

萧如意道:"纵有此言,只怕她到底不会在湖州久居啊,终日游山玩水,与草木为伍,白白埋没她的治国安邦之心。"皇甫逊道:"世人只奉承你是风流第一的逍遥王,可谁又能体会秀木摧于林的苦楚,而我的医仙名头也不过是江湖虚名,都不及她,一生为民请命。"

萧如意一愣,心里只当皇甫逊有功名之志,自嘲道:"你尚可以悬壶济世,我呢,功不成名不就,又不会钻刺,又不去干谒,先帝自我懂事就没有来看过,还下了旨意永不许我进京,遑论其他。"

"你就安心做个风流逍遥王吧,真若是卓尔不群,当今陛下岂能容你?"皇甫逊拍拍他的肩膀安慰道。

事实再清楚不过了,萧如意注定只能是个天命风流的逍遥王。

第二卷

烽烟再起

第二十六章 散缨复放冕

十月初,莫干山上的枫树已经红遍,远远望去十分好看,红叶深处就是逍遥别苑。

萧如意最近甚觉无聊,皇甫逊派人捎信过来,已往北镇去采什么天山雪莲花,他自从得知世上还有苏蓁玉这类受伤后血不凝固的病人后,已陷入疯魔状态中,誓要研究出可以让她这种特殊体质者立刻止血的药出来。

"王爷,天目堂新上任的尊主已经到湖州了,要查这几年逍遥别苑的账目,您看,是给还是不给?"说话的人是王府的大总管车秉臣,他是先帝派来湖州的一干老人里最受萧如意倚重的。

萧如意显然没有在意,随手挥道:"让他查去,本王这几年吃吃喝喝能用他多少钱?有朝廷给的俸禄和逢年过节的赏赐,本王还真没把他天目堂当回事。"

车秉臣向来谨言慎行,极少出言相谏,这次却道:"王爷,先帝已去,这时候新来的尊主虽然听说是先帝安排好的人选,但若是得罪了,总还是不妥的,还请王爷三思。"

萧如意本来无聊的心情这下彻底糟糕透了,等车秉臣退下,遂带了书童文竹出了逍遥别苑,往莫干山下去。

苏蓁玉这几日行走湖州各地,被突然暴涨的米价引起了注意,又私下询问了几家米行,都遮遮掩掩不肯多说。

"小姐，这米价就像水涨船高，今年各地先是大旱又接连数月阴雨连绵，歉收是难免的，自然今年的米价比去年高几倍也是不无可能的。"红袖按常理推测道。

"话虽如此，然米价在这几日才突然暴涨，此事必有蹊跷，我得查清楚。"苏蓁玉皱着眉头似有所思。

二人走进了湖州最大的一家米店，这次她们没有随意询问价格，而是走到柜台前，苏蓁玉低声道："把你们掌柜的叫出来，我有一笔大买卖要跟他谈。"

店里的伙计上下打量起她来，此时一身干净利落绸缎作书生打扮的苏蓁玉，从里到外透着一股少年枭雄的气魄，一时不敢怠慢，忙请了掌柜亲自出来面谈。

那掌柜的四十多岁，身材高大，皮肤是寻常江南人的白，说话自有一股湖州口音夹在官话里："这位小哥，您说要跟鄙人谈大生意，不知是什么样的大生意？"

适才待在屋子里的伙计早已眼疾手快地给苏蓁玉搬来了椅子，并沏了茶水端上来，让她很是受用。

"请问怎么称呼您？"苏蓁玉笑道。

"鄙人姓李。"

"原来是李掌柜，容在下长话短说，我这次来是想买下您店里所有的大米，至于价格就按今天大米的价格来算如何？"

"哦？小哥也没问过鄙人店里有多少大米，就要全部买下？"李掌柜对她的话有些半信半疑。

"这些都不是什么大问题，如果您不放心，在下可以先预付一部分给李掌柜，一千两银子可好？"

李掌柜下意识地去接苏蓁玉递过来的银票，一双眼睛因为欢喜已经眯成缝："哎呀，没想到小哥年纪轻轻竟是如此爽快之人，既然这样，那鄙人也不绕圈子了，算上店里的，共不到四千石，整个湖州城，再不会有第二家米行有这么多储备的。"

苏蓁玉嘱咐李掌柜拟了契约，约好明日一早过来提粮。

回去的路上苏红袖不解地问道："小姐，你为什么要买这么多米？"

"今年各地都是歉收，米价上涨原本不是什么问题，我一定要查清楚怎么回事。"苏蓁玉肃容道。

"可是，那些大米要怎么处理？再低价出售吗？那我们岂不是赔很多钱？"苏红袖不相信她会去挣这个钱。

"红袖又蠢了不是？前几日北镇送来的信中，燕大哥说北镇无粮可征，朝廷又迟迟不肯兑现今年的入冬军饷，如今收的四千石刚好赶上，给他送去岂不是件大好事？"苏蓁玉笑道。

"可是，小姐不想调查为什么米价突然暴涨了吗？这样粗暴地把米都买回来，明天湖州的大米岂不是更贵了？"

"当然要调查，事情的真相很快就会浮出水面。"

回到府邸正迎上陈子杭，看到她们回来，忙道："小姐，玉京传来消息，大公子已经回到川中。"

苏蓁玉正走着，听到这话不由得停了脚步："陛下肯放我哥哥回川中了？"

"是啊，大公子不但回了川中，还成了锦官城的太守，永宁王那边反而安静异常，不像他往日睚眦必报的性格。"陈子杭道。

"好，我知道了，子杭兄继续派人盯着永宁王，是狐狸就有藏不住尾巴的时刻。"

当晚，苏蓁玉戴上狐狸面具去见了萧如意，这次她的身份是天目堂尊主。

原来女帝在驾崩之前曾经召见苏蓁玉，将自己晚年才让人经营的天目堂交到了她手里。这个天目堂主要作用就是开采天目山里的金矿，显然这个金矿被女帝隐瞒下来了，所得收入用于应付朝堂之外的一些事情，比如逍遥别苑这些年的费用皆从天目堂出。苏蓁玉更是牢牢记得，女帝最后的嘱托："苏卿，朕有两件事一直耿耿于怀放心不下，第一就是北胡的威胁，在朕走后三年或者更近的时日内，他们必然会南下攻打北镇，无论太子将来登基待你如何，为黎民百姓计，爱卿决不能意气用事，与陛下针锋相对，这天目堂是为军需而建，不可挪为他用，亦不可让陛下提前得知。第二件事，便为逍遥王了，他是朕的小儿子，自幼聪慧，但聪慧过人未必是好事，为防他日之变，朕要你答应，如果陛下要杀逍遥王，你务必保全他的性命。但如果逍遥王反了，便许他来地下陪朕吧。"

苏蓁玉收回思绪，戴好面具，取来铜镜仔细看了一眼，没有什么破绽，才唤了红袖也乔装打扮，脸上稍作易容，竟是跟换了个人似的。

秦府上下的杂役是半年前就调过来的天目堂里的下属，苏蓁玉虽然未十分信任他们，却也离不开他们，这些人都是先帝精心培养出来的，有时会想也许他们对天目堂的忠诚就像燕十三郎手下的士兵一样，是可以以死相报的。

萧如意似乎对见什么天目堂尊主没有兴趣，例行账目核对后就懒得多说话了，几句客套话后就想早点离开。苏蓁玉第一次见到这样的萧如意，隔着狐狸面具，她问道："王爷对天目堂好像并不喜欢？"

"本王为什么要喜欢？你们就像玉京城来的拿着钱的达官贵人，冲着本王再谦卑，也躲不开在炫耀这是嗟来之食。"萧如意冷冷淡淡地回道。

苏蓁玉一愣，面具下她的眼睛扑闪扑闪，说出来的话却没有任何感情："逍遥王想多了，属下奉先帝临终托付，必将全力以赴经营天目堂，凡王爷有需要的，都会满足您。"

然而，苏蓁玉没有料到的是，查完整个逍遥别苑的账目才发现，他们每年的费用竟不到千两黄金，看来世传逍遥王奢侈而放荡也不尽然。

咸平元年十月，也就是苏蓁玉来到湖州的第二个月，整个江南突然米价暴涨，有人趁机屯粮，更有人不顾国家安危竟将粮食贩卖给北胡人，贫民愈发潦倒，商家倒闭者不计其数。

苏蓁玉便将开始收购的大米低价卖出来平衡江南粮市，又通过旧属关系，严惩往北胡贩米的几家商号。

十月底逍遥王向朝堂提出增加逍遥别苑开支，一篇奏折写得涕泪横流，陈述江南米价暴涨，萧如昊对这个弟弟的印象还停留在他五岁离京时抱着自己哭得惊天地泣鬼神，后来听说先帝下旨永不许他入京，也曾在心里动过恻隐之心。

湖州那个地方，距离玉京一千多里，毕竟小地方，也难为他这些年困在那里甘之若素。想到这里萧如昊在奏折上朱笔写了一个大大的准，随即着司礼监拨了许多金银珠宝和绫罗绸缎赐予逍遥王。

百官虽然觉得养着这样一个风流废柴王爷是需要花钱的，但他除了吃喝玩乐又不会惹是生非，大家也就睁一只眼闭一只眼了。

就在司礼监为皇帝突然赏赐逍遥王而感到捉襟见肘的时候，后宫又传来褚昭仪和徐才人同时怀了龙嗣的天大喜讯。吴亮甫欢喜之余又开始为下一步的庆祝和赏赐无处调款而感到心烦意乱。

咸平元年腊月初，皇城中大摆宴席，这是萧如昊自登基以来第一次如此隆重地庆祝，册封两位娘娘的旨意也在当天颁布。

褚昭仪进封贵妃，徐才人封为贵嫔。随着后宫佳丽地位的变化，朝堂上的变化也是微妙的。此前，在夺嫡斗争中起了重要作用的楚国公父子仗着女儿是皇后，一直以来呈压倒优势。但，皇后至今为止未曾有喜，褚、徐二妃的龙嗣便有了成为嫡子的可能，按照立长不立幼的先制，她们二人的孩子在百官心中是无比重要的，将来谁先生下皇子，谁就能母凭子贵。

一日后萧如昊又宣布将褚之时封为从一品的开府仪同三司，这样他就成了仅次于首相的次辅，地位已在楚国公之上。而徐伯芳亦加官进爵，成为最年轻的正四品忠武将军。

自此以褚、徐二家为代表的新贵很快就可以与楚国公等旧派分庭抗礼了。

朝堂上那些汲汲于功名的官员开始慢慢淡忘了那个风姿绝世的少女宰相，仿佛一片新的天地正任由他们分割占领。

实际上苏蓁玉的心态早已非当初模样。自从萧如昊利用父兄逼迫自己主动退出朝堂，她便看透了整个朝堂的暗箱操作和无情无义，她的心一下子沉到了谷底。

是啊，天不仁犹可忍，君不仁，孰能相救？苏蓁玉在以后的两年里远离是非，江山社稷、百姓安危已无人再向她询问可有良策。倒便宜了逍遥王每日花前月下来邀，前日湖中排酒，后日山前作画，当真没有辜负逍遥二字。

第二十七章 胡马欲南驱

转眼之间已是咸平三年,萧如昊膝下已经儿女双全,原来褚贵妃先生下一位皇子,次月徐贵嫔又生下一位公主,整个皇城其乐融融,唯独皇后楚秋鸿被嫉妒和寂寞折磨得愈发清减。

就在举国一片太平无事的时刻,北镇却千里加急送来军情密报:北胡王耶律明成率本部和东胡共四十万大军列阵玉门关,欲要攻破玉门关而直捣玉京城。

消息传出,朝堂上一片哗然,文武百官立刻分成两派,主战和主和,但凡主和的多半是老臣,他们经历过一次战争了,此刻面对玉门关外的四十万大军,他们并非胆怯,而是更想如何维稳。而少壮派不但主战还撂下狠话,说要将胡人逐到漠北。

萧如昊坐在龙椅上俯视着他们,仿佛这一场辩论与他是无关的,他的眼睛越过众人落在外面长长的日光里。

"苏蓁玉若在又是一个什么情形?"突如其来的想法吓了他一跳。

萧如昊不是个懦夫,更不愚蠢。

他不想打仗,但是也不会眼睁睁地看着北胡四十万铁骑踏破玉门关,毁掉关内良田、家园和百姓性命。

北镇,这里有连绵起伏的山脉,也有稀疏成长的胡杨,玉门关是这里最重要的关口之一,燕十三郎的二十万燕家军有一半在这里。

北胡每年秋收之时都会来骚扰,有时三五千人,烧杀抢掠,有时一万多人突袭北镇的某座城池,但因为有燕家军的驻守,都收获甚微。

今年不一样,当耶律明成的四十万大军压境玉门关时,所有的将领都闻到了危险的气息。

燕十三郎一边部署一边给朝廷送加急军报,希望能够在战争全面爆发的时候,粮草供给和后援部队都能够得到及时支持。

这一日,燕十三郎像往常一样在城楼上查岗,这里是玉门关的最高处,他需要眺望来判断接下来的安排。

"燕大哥,给你这个,你的肉眼凡胎能看多远?十里,还是二十里?我这个天眼能看到方圆百里的地方,而且特别清晰,就是一只兔子在草丛中趴着,我站在这里都能看到。"说话的少年正是从京城偷跑来的苏怀玉,他在北镇待的这两年里,已经开始崭露头角,黝黑的眼睛里满是对血腥和厮杀的期待。

"天眼?你从哪里弄来的?"燕十三郎接过来,将眼睛抵在细的一端上,往远处眺望,果然是十分清晰,顿时大喜。

"其实这个叫望远镜,这是我从上次那个想偷偷入关的波斯商人手里买来的,他告诉我做这个的原理后,我自己另外做了两个,这个就送给燕大哥,我自己留一个,将来碰到姐姐再给她一个。"苏怀玉笑嘻嘻地说道。

"那是什么?"燕十三郎一边听他讲话一边用望远镜看向远处,却在西南方向发现飞鹰群起,尘土飞扬。

"我看看。"苏怀玉拿起自己的望远镜也看向西南方向,"不好,那是胡人大军。"

燕十三郎也发现了这是北胡大军,立刻下令燃起烽火,却被苏怀玉阻止:"燕大哥,以目前的情形来看,胡人这次的行动是要突袭玉门关,既然被我们无意中窥见,何不将计就计。"

燕十三郎十分赞许地看着他:"有其姐必有其弟,怀玉亦非凡品。"

二人回到帅营,传令三军即刻升帐,所有将军校尉迅速到齐。

燕十三郎细眯起锋利的眸子,扫视众人:"胡人已经到百里之外,夜半便会到玉门关,尔等可有信心一举歼灭?"

"有!"

"有！"

……

铺天盖地的喊声震破苍穹，燕十三郎手一摆，取出第一支令箭道："苏怀玉接令箭，本帅命你率五千飞骑即刻出关，务必在亥时到达关城北面，一旦胡人大军进来则立刻突袭蛇尾。"

"得令！"苏怀玉接了令箭而去。

"陈大可，你领三千虎威军，去守河仓古城，那里是我军粮草之地，若有损失，提头来见。"

"得令！"陈大可接了令箭带领虎威军直奔河仓古城。

……

等一切安排好了，燕十三郎亲自领兵镇守玉门关，为了迷惑敌人，他撤掉一半巡逻队，只等一个时辰后北胡人的突袭。

今晚的月色如同冷冰冰的剑，让每个人身上都有一种压迫感，大家的铠甲都是黑色的，所以被称为"铁骑士"，他们不同于苏怀玉率领的"飞骑"，重型弩车和弩箭是他们成名的符号，北镇曾有歌谣赞道："铁骑士，弓弩奇，勇杀敌，一敌十。"

胡人终于出现了，但他们没有直接沿着道路奔玉门关的正面关隘而去，而是挑了旁边一条不是路的路，因为这条路长满了荆棘很不好走，此时又是晚上，那看似温柔无害的草地和山坡，是否埋藏着猎人的陷阱还是断崖，几乎看不出来。

燕十三郎静静地看着他们慢慢靠近，而他和他的战士早已躲在荆棘中很久了，却不得不按捺住自己想杀出去的冲动。

另一条路上，苏怀玉和他的飞骑们为了隐蔽，整个人整匹马陷在白雪覆盖的山坡底下，这支飞骑是苏怀玉的命根子，无论士兵还是马匹，都是他花了一年的时间精挑细选出来的，它如同一把利剑，是燕家军的奇招所在。

后来耶律明成回忆那个雪夜，残酷无情的战争外，他很佩服这个初出茅庐的少年将军，没有人知道他是怎样带着飞骑士匍匐在积雪之后，躲过那些侦察兵的眼睛的。

等玉门关的烽火熊熊烧起，苏怀玉一声怒吼："兄弟们，杀——"

这次突袭玉门关，耶律明成没有亲自出现，却派出了他的得力爱将呼延霆，呼延霆是耶律明成的父亲老可汗封的"塞外第一勇士",他身上有很强烈的狼性,永远都是第一个冲进敌营,像脱鞘的利剑所向披靡。

然而,这一次他带领的一万胡骑,面对的却是燕家军的五万精锐之师,若在平时或许还有五分胜算,毕竟呼延家的胡骑是王者中的王者。

刚刚冲到玉门关下的胡骑,正准备撞破城门,他们现在全身都是力气,充满了希望和得意,可汗承诺过只要拿下玉门关,那里面的金银珠宝和女人都可以随便要。

"嗖"一声箭响。

"嗖嗖嗖——"无数的响箭穿透整个黑夜,冲在前面的呼延霆勒住受惊的汗血宝马,长剑一挥喊道:"快撤,有埋伏。"

已经来不及了,这是燕家军的重型弩车,一次可以发射百支弩箭,射程很远。

呼延霆没有想到突袭玉门关就这样转变成了陷入敌人的包围圈,弩箭过处倒在血泊里的北胡人就又多了几个。

毕竟是久经沙场,多少次出生入死才铸就成的"塞外第一勇士"呼延霆,他很快反应过来玉门关早已做好了迎敌准备,甚至连他们几时几刻能到达都掐算得精确。"不要后撤,往西南方向冲,杀出去!"

命令下达,那些胡骑立刻如同饿狼一般奔向西南方向,而燕十三郎紧追不舍,欲要将这一万骑兵全部吃下。

可是,正在这关键时刻,通信兵来报:"禀将军,河仓古城被困,陈将军请求支援。"

"知道多少人马吗?"

"两万多人,陈将军的三千虎威军恐怕……恐怕难以抵御。"通信兵说到后面明显语气沉重起来。

燕十三郎望着往西南方向冲杀的呼延霆,极不甘心地下令道:"去河仓古城。"他再次回头望了一眼西南方向,尽管他相信苏怀玉的能耐足以应付这不到一万的残兵败将,反而河仓古城此刻只有三千虎威军,而他们的敌人却是两万之众。

迟了,一切都迟了。

等燕十三郎赶到河仓古城,那里已经是一片废墟,陈大可率领虎威军节节败退,而所有粮仓则被付诸一炬。

"元帅，大可对不起您！"陈大可见到奔驰而来的燕十三郎和铁骑营，再看看自己身边还存活的几百虎威军士兵，不由得万念俱灰，刀就要往脖子抹，被眼疾手快的燕十三郎一箭射在手臂上，那刀才咣当一声掉在地上。

"随本帅收拾完这帮孙子，回营再算账。"燕十三郎头也不回又砍死了几个北胡士兵。

陈大可伸手拔下那支箭，嘶吼着再次加入战斗之中。

这是一场只持续了三个时辰的战斗，河仓古城的道路上横七竖八都是士兵的尸体，有虎威军也有北胡人。

等燕十三郎发起总攻的时候，却发现那两万胡骑仿佛接到了什么命令，开始无心恋战，撤退得如同潮水。

燕十三郎下令弩车追击，胡骑死伤无数。

即使是这样，那也弥补不了河仓古城里的粮草全部被烧掉了的事实。

陈大可垂头丧气地来到燕十三郎的马前跪倒在地请罪道："末将有负元帅所托，请元帅军法处置。"

"你先起来，回大营。"

燕十三郎留下三千人继续守护河仓，活着的虎威军看着被毁掉的古城都有些丧气。

第二十八章 可汗戏相国

　　战争直到第二日清晨才算结束，将士们还没有开始清理战场，就迎来了入冬后的第一场雪，这场雪铺天盖地地下着，而帅帐里的众人忽然发现只有苏怀玉无论成败都没有音讯。

　　"西南方向的关城战况如何？"燕十三郎询问道。

　　"回元帅，关城大捷，苏将军全歼呼延霆的本部，但是——"回话的人是燕十三郎的副将叶慕白。

　　"但是什么？"燕十三郎心中一凛，有一种不好的预感。

　　"但是，苏将军率领飞骑营不知去向。"叶慕白说完话抬头去看燕十三郎，他自是明白苏怀玉在元帅心中的重要性。

　　"你再说一遍！什么叫不知去向！"燕十三郎几乎是咆哮着问道。

　　叶慕白有些怕他，但还是重新说道："苏将军将呼延霆斩首后，就率飞骑营出了关城，末将派人追去，无奈过了岁寒山就失去了他们的踪迹。"

　　燕十三郎此时已经冷静下来，吩咐叶慕白派侦察兵往北胡腹地，如果发现他们的踪迹立即带回，若苏怀玉不听可先按军法从事。

　　玉门关一役彻底撕破了耶律明成假意和好的面具，玉京城的士大夫一个个激愤难当，纷纷写诗谴责胡人背信弃义，当然，也有很多是赞扬燕家军的英勇无敌。

当燕十三郎的自责书和催补军粮的奏折一起送到萧如昊面前的时候，朝堂再次为之沸腾，争议不断，但这一次大家的意见显然比较统一，总结起来就是，打仗是需要钱的，无论如何仗是要打的，但我们没钱。

最终萧如昊根据朝臣们的意见拟出圣旨，在圣旨中先是褒奖了燕家军的杀敌大功，又在圣旨里写到因连年天灾，国库早已空虚，但为了体恤边关将士，还是将用于明年修缮黄河水道的十万两银子挪用作军费。

圣旨送到玉门关的时候，燕十三郎心里明白区区十万两只能解燃眉之急，恐怕不能做久战之计，但他还是将皇恩浩荡，感激涕零，报国为民义不容辞的话说了一遍又一遍。

这已经距离第一次玉门关之役半个月，然而深入胡人区的苏怀玉还是毫无消息，没有人知道他们这支骑兵去了哪里，是否能够安全归来。

面对北胡和东胡的四十万大军压境，所有人都看出来这必然是一场持久战，除了战斗力和谋略，剩下的就是拼钱了，没有军需供应就是对一个部队的釜底抽薪。燕十三郎心里更加明白依赖朝廷供养这二十几万人的军队是不大可能，如何用这十万两银子让大家撑得更久一点，成了当务之急的大事情。

"元帅，听说苏相隐居江南，何不请她出山，她若肯来北镇，别说是四十万大军，就是再多一点，都不会是她的对手。"说话的人正是副将叶慕白。

"恐怕陛下不会下旨的。"燕十三郎颓废地坐在帅椅上，那椅背上的虎皮还是几年前幽州打猎得来的。

就在双方剑拔弩张的时刻，玉京城却迎来了一个特殊的使团，他们是北胡的皇家卫队，曾经几百次带着耶律明成杀出困境。

"什么！你们回去告诉耶律明成，他要是有和解的诚意，朕随时欢迎，本朝的公主也不会觉得路途遥远，嫁给你们可汗也不会辱没了，但苏蓁玉万不能同意，让他断了这个念头，非要兵戎相见，那就不要怪朕了，他耶律明成也不过是苏蓁玉的手下败将，少要猖狂。"

萧如昊气急败坏地将手上的奏折扔了一地，使团的首领是曾经跟随老可汗参加过五年前与苏蓁玉对决幽州一战的耶律勃，他也是耶律明成的叔叔，北胡的镇南王，此时面对萧如昊的怒气冲冲握紧了拳头，他心里比任何一个胡人更痛恨苏蓁玉，不错，如果没有她，今天的可汗之位说不定就是自己的。

耶律勃冷笑道:"临行前,可汗曾对我们再三嘱咐,你们中原的公主自幼养在深宫一无是处,岂能配得上我可汗的威武雄壮,只有贵朝的苏蓁玉可称得上女中豪杰,与可汗才是天作之合。皇帝陛下没有和亲诚意,我们可汗也已经料到,允许小王带一句话给皇帝陛下,那就是你们识相就赶紧派苏蓁玉和亲,否则赔了夫人又折兵,徒增笑柄。"

"给朕拉下去斩了!"随着一声怒吼,所有大臣吓得跪倒在地,只有北胡的使团依然傲慢地立在那里。

"陛下息怒,两国交战不斩来使,自古皆然,陛下乃万世明君,切不可如此。"冒死出来说话的是御史大夫褚之时,萧如昊看着他一脸痛心疾首的模样,心里明白他是对的,一时收敛不住怒气还是拂袖而去,剩下朝堂上的诸臣工战战兢兢。

当北镇的战事传到湖州的时候,苏蓁玉正带着当地的一帮书生为一年一度的"选美"大赛题诗作赋,忙得不亦乐乎。

令人捧腹的是,这时的苏蓁玉已经成为和逍遥王并称的湖州两大风流才子,整日男装出行的她早已被默认了性别,因她每每报上的姓名都是"秦玉",有好事者便用"琴箫合璧"来形容她和萧如意。

陈子杭从天目山赶回来的时候已经是傍晚,秦府大门上的红灯笼闪烁如常,他已经接到北镇密报,知道前线的战事紧迫不减五年前。

"小姐会不会出征?"一路上陈子杭反复推敲这个问题,最终还是叹息,毕竟当今天子不是用人不疑的女帝,他不到最后关头是不会起用苏蓁玉的,这一点陈子杭知道,苏蓁玉知道,朝堂上的那些官员也知道。

但每个人都忽略了一点,那就是耶律明成同样知道,所以这次的南下,耶律明成要速战速决,赶在苏蓁玉重新被起用之前攻破玉京城,只要能拿下玉京城,就等于拿下了中原的半壁江山,他可以趾高气扬地对着苏蓁玉说道:"你们中原人都是一群废物,我想来就能来。"

秦府中,苏蓁玉坐在书房内,眼前是铺开的一幅北镇地图,她这样纹丝不动地保持了将近一炷香时间了,好像灵魂出窍已在北镇,一旁的红袖擦着一把剑,动作轻盈得没有发出一丝声响,这种诡异的安静被推门而入的萧如意打断了:"玉儿,看我新得了一本什么秘籍,竟然是上古兵法《素书》,这可是黄石公所撰啊,当年张良就是读了这书才能帮着刘邦一扫天下……玉儿,你们这是在做什么?"

很快，萧如意发现了书房里这种诡异的安静气氛，立刻收起了刚进来时的兴奋劲。"红袖，你不是用鞭子的吗？擦什么剑？"

苏红袖没好气地白了他一眼道："你没听过最近流行的词里有'醉里挑灯看剑'吗？"

"那你这是？"萧如意转身看向书桌前盯着地图仍然发呆的苏蓁玉。

苏蓁玉抬起头来看了他一眼，又恢复原态，只淡淡地说了句："沙场秋点兵。"

"你要去北镇？"萧如意并不觉得意外，他甚至早就为这样的分离进行了无数次的自我批判。

"国家兴亡,匹夫有责。"苏蓁玉还是没有抬头一看，目光游离在那张地图上。

萧如意忽然发现自己从来没有跟她在一个世界里，她即使来到湖州，整天游山玩水，胸怀的依旧是天下人，而自己这二十年的半软禁生涯早已对湖州以外的人事冷漠和厌倦。玉京城的尔虞我诈他甚至想都不愿意想，无论是母亲还是兄弟姐妹，他们给予自己的只有猜忌和暗杀。

"这个天下是他萧如昊的天下，被胡人侵略也罢，被百姓千夫所指也罢，都与我无关。"

萧如意心里是有恨的，只是他的恨和志向早已被磨平和风干，这些话再也说不出口。

苏蓁玉见他很久没有说话，这才从地图上挪开眼睛，看着眼前的男子，略带苦恼地道："你刚才说什么了？"

"没什么，这次选美你还有什么意见吗？"

"噢，这个呀，燕子楼的盼儿姑娘最合我心意，不知道其他评委什么看法，等三日后，我就把票投给盼儿姑娘。"苏蓁玉笑道，仿佛又成了那个游戏人间的风流秦玉。

"你——你什么时候离开湖州？"萧如意还是问了出来，虽然他在世人眼里放浪形骸遮掩心机，却无法安然无事地面对她。

"应该快了，不好说。"苏蓁玉同样没有隐瞒他，北镇的战事就摆在眼前。

"可惜，先帝不许我踏出湖州半步，不然我也可以为国家效一份力了。"萧如意自嘲道。

"打仗的事也不是谁都能帮得上忙，即使现在，我也不敢肯定陛下会让我去北镇，他大概更想杀了我呢。"

两个人对望一眼，竟是同病相怜。

忽然，外面一道闪电仿佛利剑劈裂了整个夜空，紧接着雷声响彻天际，整个湖州城都跟着战栗。

苏蓁玉明白只要自己离开湖州去北镇，便要承受起无尽的压力和磨难，成全另一个自己。萧如意看着她，没有多余的语言，唯有眼波流转，神色迷离。天地之内，世人纷杂如尘，只有眼前的女子真切而令人疼痛。

第二十九章 怀玉已长成

自那日后，苏蓁玉开始闭门不出。

"尊主，天目堂今年所有的收支账目都在这里。"

"还有多少黄金？"

"十万三千两。"

"这些钱一分不能浪费，先帝曾给我留下遗诏，天目堂的储备都是为战争而未雨绸缪的。"

"是，属下明白。"

苏蓁玉放下手上的账本，开始盘算着如何不着痕迹地将这些真金白银换成军需物资送往北镇。

"这个属下已经考虑过了，杭州冒家是江南第一富商，他们当家人冒恪义曾是家父的学生，与属下也算情义深厚，我去说服他为国义捐，届时把咱们的物资夹在里面一起给燕帅送去。"

苏蓁玉点头不再追问，陈子杭仿佛就是她的双手，她心里想出点子，他就能很好地去完成，他名义上虽然只是她手底下的幕僚，却承担着整个天目堂甚至从前的相府绝大部分的策略实施。

玉京城还没有任何消息传来，皇帝仍然想通过外交手段和燕家军的抵抗来拖延北胡的进攻，天真地以为这次的北镇战事如同往年，雷声大雨点小。

燕十三郎没有收到朝廷军需补给，更没有听说提供援军的安排，苏怀玉已经深入漠北十几天，也丝毫没有消息传来。

他真的很想暴怒，很想撂挑子走人，燕十三郎在北镇待了快十年了，大小战役无数，却从来没有像现在这样觉得失望和无奈，尤其是玉京城的皇帝居然还妄想用和亲来满足那些沙漠里走出来的饿狼。

"元帅，我们粮草恐怕不够两个月了，陛下还没有补给的意思吗？"问话的是军需官熊汝言。

"不用担心，陛下已经在想办法了，胡人年年进犯，国库空虚也不是一年两年能解决的。另外，苏相给我来信说她已经筹集了一些物资，用不了多久就能送来。"

熊汝言听到"苏相"二字，心情一阵激愤，说道："苏相忠心耿耿，不知道陛下何以不肯信任她？"

燕十三郎立刻摆手示意他不要说下去，道："我们做臣子的只需要记得忠君爱国就是，至于其他，朝堂上的变幻莫测不是你我这等粗人能理解的，况且苏相尚未有怨言，我们更不能给她添乱落人口实。"

"报，苏将军有消息了。"外面跑进来一名小校，半跪在地兴奋道，"有一支骑兵横扫胡人王庭所在的朔方郡，又一路向西收复受胡人管辖的其他小国，并挟西域诸国兵力与北胡西部左贤王势力形成对峙，输赢未知。"

燕十三郎"啪"的一声拍在书案上，一向沉着冷静的他，此刻也难以掩饰心中的痛快淋漓，他虽然对苏怀玉充满了信任，认为他绝不是容易被打败的，但这样千里奔袭还能召集其他国家军事力量来帮自己形成夹击之势，便是当年的苏蓁玉也未必能有此魄力。

"哈哈哈哈，本帅真想去拜访一下苏老大人，问问他是如何培养出他们姊弟二人的。"燕十三郎站起身向帐外走去，一旁的熊汝言跟上他的步伐，附和道："就是远在川中的苏皋玉也非一般世家子可比，硬是在永宁王的辖制干扰之下执行了先帝留下的土地改制规划。"

"这一家人，服气！"

就在大家沉浸在苏怀玉收复西域诸小国的喜悦中时，却忘了近在咫尺的耶律明成及他带来的四十万大军随时可能倾巢出动，那将是一场同归于尽的战役。

对于北胡的历史，燕十三郎已经研究了半生，对于如何应付心里还是不敢轻敌的，毕竟这万里长城内是数百万中原百姓的身家性命。

先帝还为长公主时，中原势力远不如胡人强大。一直都是任由他们欺凌，岁贡及公主和亲才保得一时半会儿的北镇安宁。直到先帝亲自率部进攻北胡，并打败了当时的北胡西苑王耶律斤戈，随着后来北胡内斗，逐渐退出了北镇，在漠北修建了洛邑城，两国相安无事若干年。

但很快狼性不改的北胡人重新占领了泾水、洛水以北，企图靠武力继续迫使中原定时进献财物。

而那次他们遇到了从未有过的克星——苏蓁玉，也是那一次，胡人遭遇了历史上最惨痛的杀戮和失败；也是那一次，还是太子的耶律明成发誓一定要回来报仇，如果得不到苏蓁玉就杀掉她。

靡室靡家，猃狁之故。

耶律明成发动第二次攻击的时候，目标却成了代郡，那里离玉门关不足百里，是燕十三郎摆下的蛇形阵的蛇尾位置，攻击那里显然并不讨好。

燕十三郎反复推敲，在他看来耶律明成纵然非军事天才，但也不是一般的庸才，他既然去攻打代郡必然会有下一步的动作，而这个动作才是他真正的目标所在。

"打蛇七寸的话，我们最弱的地方应该是在云中，耶律明成莫非要声东击西，他真正的目标是云中？"

"这个前提的成立是耶律明成知道我们这个弱点所在，如果他并不知道，而是用代郡敲打我们，让我们自己暴露弱点呢？"

"好了，都别说了，既然胡人没有更大动作，我们先静观其变，不要自己先乱阵脚。"

"是，元帅。"

屋子里都是燕家军的主要人物，听了他的话，便不再争辩。

"元帅，我们粮草恐怕——"叶慕白忧心忡忡地说道。

"再等三日，湖州那边会有回音的。"燕十三郎知道玉京已经指望不上了，只好再次把希望放在苏蓁玉身上，毕竟这三年来，燕家军一半的军需补给是湖州方面明里暗里送来的，皇帝陛下的国库永远是空虚的。

云中需要增加守卫，这点燕十三郎心里明白，但二十万燕家军已经全部派上用场，无兵可调矣。

至于为什么玉京城没有派援兵，他也能理解，玉京主要靠朔风营和神卫营守护，如果把他们调来，谁来守护皇城安危？

燕十三郎将这些事情前后思忖数日，其间两次与胡人交锋，损兵折将在所难免，直到第三日傍晚总算收到了苏蓁玉的回信。

"江南冒家正在组织义捐，朝廷很是支持，小妹已经将准备好的粮草军需混在冒家义捐所得里送往北镇。另有一句，兄长可酌情处理，东胡赤塔州离玉门关七百八十里，是东胡军粮储备地，若能千里奔袭，出人意料之外，两胡联盟为有利益可图，若东胡动摇，四十万大军可破一半也。"

苏蓁玉私下都是尊称燕十三郎为"兄长"，对于北镇二十万燕家军的感情又非比寻常，如今眼见着他们遭遇历史强敌，心里更是十二分的担忧。虽然这封信只有寥寥几笔，却比多少浓墨重彩的文章来得让人感动。燕十三郎小心翼翼地将信折起来放进衣袖之中："叶慕白，你来。"

叶慕白此时正在帐外和几个将士商谈事情，听到帅帐中燕十三郎喊自己，忙进来问道："大帅有何事吩咐？"

"除了飞骑营，你觉得还有谁适合千里奔袭？"燕十三郎开门见山地问道。

"千里奔袭？"

"不错，赤塔州！"燕十三郎的手指在行军地图上一撂，目光如炬，势在必得。

"我们的骑兵营，最快的是飞骑，次之是铁骑，但铁骑又分三个营，一直由元帅直接统辖，论速度几无区别，但三营长邱梓铭的机警果断在三人中最是为人称道。"叶慕白一路分析下来，燕十三郎点头同意，"来人，去把邱梓铭叫过来。"

不久，邱梓铭穿着一身银色盔甲走了进来，"元帅唤我何事？"

"你过来，看这里，这是赤塔州，离玉门关七百八十里，你带铁骑三营千里奔袭，后天早上回来能做到吗？"

邱梓铭一边看地图上赤塔州的方位，一边在心里算计，最后回道："没有问题，但末将想借元帅两样东西。"

"你尽管说。"

"一个是元帅的千里眼，还有则是铁骑营所有的好马必须都给我们三营。"

"好，都给你，慕白你去安排。"

这时，北胡、东胡两个最强的沙漠游牧民族，正在把酒言欢。相对于耶律明成的锐利强势，东胡老可汗已经失去了争强好胜的心思，但太子完颜良喜欢不停扩张自己的领地，更喜欢处处炫耀自己能力强，在东胡若谁敢不服，轻则鞭挞，重则族诛，那些牧民的日子亦是艰苦异常。在完颜良的压迫下，很多牧民拖家带口远离东胡内最富饶的都城，渡过西河向天山一带定居。而骄横自大的完颜良自从得到耶律明成的邀约后，立刻欣喜地率领军队前来一起攻打玉门关，却在国内没有留多少军队后防，这才给了邱梓铭一举拿下赤塔州，毁掉东胡所有粮草的机会。

然而，玉京城的老爷们依旧过着锦衣玉食的生活，他们把所有的希望都押在了燕家军身上，这才有了那次古城兵败的恐慌，他们眼里看不到整个玉门关之战的险恶，不知道苏怀玉深入敌后的英勇，只记住了那次战役中古城的三千虎威军损失殆尽，粮草尽毁。

第三十章 战马鸣不息

萧如昊下旨全国义捐,江南第一粮商冒家第一个站出来表示支持,各地富商纷纷响应,唯独玉京城的老爷们所捐寥寥无几,犹自叫苦:"所得俸禄养家糊口尚且艰辛,何谈义捐。"

朝堂上开始有人提议让苏蓁玉回朝:"陛下,燕十三郎虽然也是难得一见的帅才,然而这次两胡联盟出动四十万大军,而玉门关守军只有二十万,只怕长此以往难免有失,而两国交战除了拼武力更是要拼国力,如今国库空虚,不知还能支撑到几时。所以微臣建议召回苏蓁玉,以她对胡人的作战经验之多和运筹帷幄,定能将胡人赶回漠北。"

萧如昊把那些奏折都压了下来,他不甘心,就这样重新起用苏蓁玉。他不甘心,在危难面前,自己无法渡过去。

就算他了解,苏蓁玉非常善于谋略,用兵如神。然而面对胡人侵扰时,他还是下意识惹不起躲得起的样子,每当这个时候就会更加厌恶别人提起苏蓁玉。

整个皇城都有一种压迫感,令人窒息。

"陛下,为先帝守灵的空花道人请求面圣。"吴亮甫尖刻的声音犹如断了齿锯的胡琴,吱呀呀的格外刺耳。

"他来做什么?"萧如昊心烦意乱道。

"这个奴才不知,那陛下不想见,去赶了他走就是。"

"算了，朕还能怕见他不成，让他进来吧。"

太极殿每到入冬都会烧几个木火盆在角落里，今年也不例外，噼里啪啦的火炭爆炸声，让人在萧瑟的下午感觉到丝丝暖意。

很快空花道人就被带了过来，两年多没踏入皇城的他，仿佛陌生而拘束了许多，行过大礼，口中仍然说着恭维的官家话。萧如昊皱眉道："国师就不要学世人咬文嚼字了，朕没有时间跟你耗着。"

"陛下，当日先帝驾崩，臣与您都在紫微宫，您可还记得先帝临终之语？"

空花道人心中翻江倒海，化成言语却是犹如落花堕地，轻而不闻。

"先帝？"萧如昊的心思一下子回到了那个阴霾的下午，整个紫微宫恸哭不已，先帝透过黄色宫帷的手从自己手上滑落，她说的最后一句话是："朕知你嫉恨苏蓁玉，但朕不许你杀了她，北镇不稳，他日胡人来犯，除了苏蓁玉本朝无人可破。"

"难道燕十三郎不能守卫玉门关吗？"

"燕家军守玉门关足够，守整个北镇边防却是有心无力，十三郎有帅才却不是帅帅之才，苏蓁玉是朕留给你的昔日汉高祖麾下的韩信，切记朕言。"

萧如昊的大脑里飞速旋转着那天的情景，女帝的话如同钟声震耳欲聋。

"陛下——"空花道人见萧如昊迟迟不言，也不知往下该不该说。

"国师所言朕已经知道，朕不是昏庸无道的君主，你回去吧。"

空花道人踌躇一下终是退了出去，回到神龙山，此后世人再不曾见他出来过。

萧如昊望着眼前堆积如山的奏折，都是奏请重新起用苏蓁玉的，再看看手中密信，无奈道："朕做皇帝后唯一做成的大事就是罢免苏蓁玉，削弱苏家在朝堂上的影响，如今才遇到一点难事，就要起用她？伯芳，你说难道朕的天下就没有一个人能够抵抗胡人？"

奉命觐见的徐伯芳道："回陛下，如今朝中大部分年轻将领都未曾经历过真正意义上的大作战，熟悉战事的除了远在玉门关的燕帅就剩楚国公了，国公年事已高，膝下能接替他的人只有两位小将军了，臣跟楚云生并无来往，楚岳与臣同为武堂学生，智谋在臣之上，不如派他去支援北镇，加上燕家军应无大碍。"

萧如昊眼前一亮，不由得称赞道："伯芳真乃朕之张良也。"

翌日，萧如昊下旨封楚岳为平北二路元帅，率北固营、神卫营和专为玉京培养新兵的三千营等，共十万大军择日祭天奔赴幽州，从侧面支援燕家军。

自古，幽州突骑，冀州强弩，为天下精兵。而冀州强弩则主要指驻扎玉门关的燕家军，北镇战事，皆先起于此二州。

然近几年，幽州突骑势力远不及从前，主帅换了一任又一任，如今主帅为曾是楚国公手下得力干将的柳文昭，此人守城有余，却不擅长进攻，如今派年轻气盛的楚岳前去协助他共守幽州、并州、万州等城，是十分稳妥的一步棋。

随着楚岳离京，楚国公开始一反常态，不再装聋作哑，一边尽心竭力为北镇出谋划策，一边积极上书劝说皇帝不要拘泥一时，当务之急是趁北胡没有大规模发动战争重新起用苏蓁玉，毕竟只有她出马才有必胜的把握。

萧如昊却按下奏章不理，心里只冷笑楚国公为保儿子才会如此尽心尽责。

然而，事情却永远不按照人们心里所想的去发展，就在十万大军刚出玉京城的时候，西北就传来胡人攻破汉中、榆林、渭南，一路杀进来犹入平地，朝堂上再次陷入混乱。

虽然玉京城离汉中还有几千里远，但汉中失守就意味着四分之一的中原门户被打开了，形势逼人。

萧如昊坐在龙椅上，头昏脑涨，才二十岁出头，登基后的国事操劳却让他看起来憔悴不堪，自北镇战事纷起后，几天几夜不睡早就成了常态，如今西北沦陷更是心力交瘁，这一刻，他看着朝堂上的文武诸臣喋喋不休，竟突发奇想地要扔下这一切远走高飞，很快一个激灵清醒，知道这是不可能的，继续看着底下众人争执不已。

楚国公和徐伯芳都力主召回苏蓁玉，他们的心思，萧如昊懂。

御史大夫褚之时反对，理由是苏蓁玉羽翼丰满朝中再无人能压制她，萧如昊懂。

有人提议和谈，一言既出，却遭到大部分人的反对，毕竟这个时候和谈就意味着割地赔款甚至还要失去一个可怜的公主。

拂袖而去，萧如昊头痛欲裂，他此刻真的想静一静。

诸臣工看到皇帝离去也都停止了争执，反而弥漫出一种茫然和无措的氛围来，没人敢拿国家的命运作赌注。

傍晚，朔风营。

派往湖州的密探已经回来了，徐伯芳犹豫不决了片刻，便嘱咐好手下人巡营之事，自己则带了密信进宫面圣。

太极殿中已经燃了明烛，萧如昊还在批阅奏折，看到徐伯芳进来并没有放下手上的笔。

"陛下，派去湖州的人回来了。"

"嗯，有什么发现吗？"

"苏蓁玉自去湖州除了定时去皇甫逊的山中别墅求医，就是跟当地的书生才子们吟诗作对，并不见与各府官吏私下往来。"

"她就没有一点让你觉得可疑的吗？"萧如昊有些头痛，越是查不到越是证明苏蓁玉的强大，岂能放心召回，这——就是帝王术。

徐伯芳犹豫一下，复道："陛下，微臣有一事觉得疑惑，未曾细说，还请陛下先饶恕臣的妄言之罪。"

"但说无妨，朕不会怪罪你的。"

"臣听到一些关于苏相的传闻，只是未曾证明，所以，臣才不敢将这些坊间戏闻写在奏折上。"

"别啰唆，朕快没有耐心了。"

"早在玉京时候，就流传苏相喜欢的其实是女人，当时臣未曾留意，直到密探在湖州暗自调查苏相行为，才发现她竟然时常夜宿在当地各个名妓家中，甚至还跟那些江南才子搞了个什么选美比赛，除了相熟的几人，其他人还不曾识破她女儿身份，只当她是京城去的纨绔子弟，苏相亦未对外表明自己的真实姓名，更是每日男装出行。"

萧如昊蓦然抬头，眼睛因为连日熬夜导致眼窝深陷，一刹那，这眼几乎让徐伯芳惊得倒退，失望，落魄，欣喜，痛苦，莫名所以。

"苏蓁玉，她——你是说，她喜欢女的？"

"回陛下，这也只是臣暗自观察加上坊间久有传闻，所以，臣惭愧，把这种事情上报。"

"朕知道了，你回去吧。"

咸平三年，萧如昊下旨重新起用原丞相苏蓁玉，旨意更是千里加急，不到两天就送到了湖州。

第三十一章 前途浩难测

十月，玉京城大雪。

苏蓁玉接到圣旨立刻整理行装还朝。

逍遥王百般不舍，一直送出湖州地界，无奈先帝有旨他终生不得踏出湖州，只好看着心爱的人越走越远。

西南危机四伏，耶律明成从汉中暗度陈仓，一路顺利地杀进来，随即川中永宁王叛变，宣布川中独立，自封为蜀帝。锦官城太守苏皋玉不肯拥护，一面派人到玉京城求救，一面带兵守卫锦官城，与永宁王水火不相容。

远在玉京城的萧如昊看着苏皋玉的奏折不由得怒火攻心，一口鲜血吐在案上。

不知道从什么时候开始，玉京开始流传一首童谣：

　　大冠若箕。修剑挂颐。
　　攻狄不能下。垒于梧丘。

萧如昊心里很苦，先帝在位时，宠爱安庆公主，又重用苏蓁玉，后者更是少年成名，一场围歼战打得北胡惨败，几年未敢来犯。自己如履薄冰总算即位，即使自己处理国事自信不曾有所懈怠，却因为先帝一生南征北战留下的是她的英明神武和国库空虚的烂摊子。他知道先帝是一位很杰出的军事家和明君，转念一想到几年前战争的残酷和带来的经济危机,如何不心有余悸?

而今,耶律明成集结四十万大军来犯,本以为他主力在玉门关,如同以往,两国会在北镇进行一场旷日持久的对战,却没想到他私下派了一万精骑在离汉中数百里地扎营安寨,竟无人发现,可见西北边防有多腐败。如今时机成熟,南侵入关,一路烧杀抢掠,西北几大重镇的人口和财物岌岌可危。

苏蓁玉进京的那天,萧如昊亲自出皇城迎接,百官暗里也有许多议论,大势所趋,无人再反对苏蓁玉重执相印。

楚国公是第一个站出来全力支持苏蓁玉的,毕竟国公府的下一任继承人已经在去往幽州的路上,如果这一仗不能打赢实在得不偿失,他必须为儿子的性命和前途,还有国家的未来着想,而能解决这一切的只有苏蓁玉。

萧如昊表面上恢复了苏蓁玉的相位,却又为了牵制她下了不少功夫,这让刚刚回来的苏蓁玉心中有些郁闷,但深知帝王术的她,并不以为怀。

钟鼓楼街的相国府再次被人们关注起来,苏红袖没有跟随主子进宫,骑马直接回府,管家苏亨早早就站在府门前的大狮子旁等着,看到苏红袖回来不由得喜出望外,赶紧迎接上前:"红袖姑娘可是跟大小姐一道回来的?"

"大小姐进宫面圣,让我先回来,免得大家记挂。"

"自大小姐走后,府里众人都严守本分,不曾惹是生非,七斋和湄坞每日也都有打扫。"苏亨一一道来,心情畅然由内而外。七斋是苏蓁玉日常看书的地方,而湄坞则是她的闺房,除了极亲近的几个大丫鬟,很少有人敢随意出入。

这边玉京城因为苏蓁玉的归来,陷入一种盲目的憧憬和自信当中,这却成了一种无形的压力压进了相国府的智囊中。

耶律明成也已经得到消息,心里明白,从苏蓁玉回来的那一刻,就意味着整个战局发生了天翻地覆的变化。

"必须速战速决!"耶律明成立刻做出了决定。

很快,西北的一万精兵更加肆无忌惮地一路杀进关中,而远在玉京城的苏蓁玉虽然刚刚接手,已然猜到耶律明成的企图,便向萧如昊进言道:"陛下,耶律明成撤下北镇四十万大军,独自带一万精兵杀进关中,如同蛟龙入海,以他们千里奔袭的机动速度,各郡守卫兵力分散,必然不是他的对手,臣欲以渭河为界将各郡兵力撤回河东,集结在一起的汉中兵力有五万余人,而耶律明成只有一万骑兵,只要能够据渭河坚守,拖延半个月,臣便可以从北镇抄袭他们后路,让耶律明成进退不得，只要除去耶律明成，东胡太子本就无甚谋略不足为虑。"

就在此时，北镇传来燕十三郎派人拿下东胡的粮草根据地赤塔州的消息，朝堂上下顿觉士气大振。

萧如昊却被这一时小胜冲昏头脑，认为退守渭河风险太大，再者说，楚岳已率十万大军奔往幽州，北镇形势已是春光大好，又何须在西北冒险。

翌日，苏蓁玉再次提出退守渭河，并强调机不可失时不再来，无奈萧如昊和一众老臣都觉得大可不必如此，意见争持不下。

回到府中，苏蓁玉把西北地图反复推敲，一脸忧色道："不行，我还得进宫。"

苏红袖忙取了大氅给她披上，执了琉璃灯道："徐叔把马车就停在院子里，我去唤他过来就可以出门了。"

苏蓁玉卷起地图，又将几本册子一起带上，嘱咐红袖不必跟去，就要独自一人上车，苏红袖不放心，盼咐匆匆赶来还在打哈欠的徐叔好好驾驶，自己也跟上去，对苏蓁玉道："大人，我还是跟您一起去吧，玉京城虽然在天子脚下，深夜也有不安全的时候，带上我也不碍事。"

事情发展到这一步，从大局为重看，萧如昊这种掣肘行为可理解却不可取。既然决定要起用苏蓁玉，就应该相信到底。古人尚云，将在外君命有所不受，因为君臣意见不合，贻误战机的事向来不少。

退一万步讲，即使萧如昊不放心，不能让她统率那么多军队，干脆利落直接议和未尝不可，如今北镇战事打成平局，唯独西北沦陷，只要给北胡或者东胡单独一方丰厚的利益，他们的联盟经不起挑拨自会瓦解。

不到半个时辰，苏蓁玉已经穿过重重宫殿来到皇城的最里面，皇帝的寝宫——朝阳宫，这里离大明湖不远，但萧如昊自从知道楚秋鸿背着自己派人暗杀苏蓁玉后，已经久不去大明湖，如今宫中最受宠的是徐贵嫔。

今夜，似乎注定是个不平静的夜晚。

苏蓁玉跟在小太监的后面一路往朝阳宫这边走来，猛然间抬头望到一弯新月就在头顶，冷冷清清地照着这人世间的一切。

小太监见苏蓁玉停住了脚步，忙转身轻唤道："苏大人，您快点吧，陛下还等着呢。"

苏蓁玉心中一凛，赶紧跟了上去。

朝阳宫中，萧如昊还在看案几上堆积如山的奏折，身旁是恬静如水的徐贵嫔，她生的并不是美艳如同尤物,却是让人过目不忘的,尤其那双眼睛,漆黑深邃又有一种不着一物的清澈。

"微臣参见陛下,吾皇万岁万万岁。"

"起来吧。"

苏蓁玉站起身立在一旁,恪守为臣本分并不将眼睛抬起去看皇帝和昭仪。

"朕猜到你今天晚上必然会来,你先别说了,给你看个奏折。"

"微臣惶恐。"苏蓁玉忙上前一步接过萧如昊手上的奏折,才刚扫过几行,便大惊失色看向萧如昊道:"这……耶律明成竟已渡过渭河?"

萧如昊有些惭愧,又有些不甘心地点点头:"这是朕刚收到的汉中太守送来的加急求援信,卿以为如何?"

苏蓁玉早已肝胆俱痛,耶律明成渡过渭河,就意味着三十万西北百姓要饱受着胡人铁蹄的践踏,耶律明成心胸狭隘,早就记恨着当年北镇一败的耻辱,更是破一城屠一城,不知有多少无辜的人死在他的狼牙刀下。

想到这里,苏蓁玉重重跪倒在地:"陛下,既然耶律明成已经渡过渭河,臣请命亲自去西北督战,若不能退敌决不生还。"

萧如昊望着她,百感交集,他从来不猜疑她的作战能力,就是因为知道她会完美地攻破敌人所有的防线,挽回败局,才不愿意让她去,怎么能承受手底下有如此完美的臣子,将来史书上只会将自己写成一个一无是处的庸帝。但此刻,如果不让她去,西北沦陷接着就是整个中原沦陷,自己便是国家的罪人。

"嗯,朕让你去,给你绝对的指挥权,除了这皇位,你要怎样做,朕就让你怎么样。可好?"

苏蓁玉跪在地上听到这里,急忙叩首:"臣惶恐——"

"起来吧,如果你让耶律明成打进玉京城,就不要回来见朕了。"

这一夜,朝阳宫,彻夜明烛长明,皇城上空,新月如钩。

回到相国府的苏蓁玉已打定主意,要想重新取得这次战争的主导权,就要将朝中上下拧成一股绳,君臣、军民一心,共赴国难,为国捐躯,在所不惜。

翌日,朝堂集会,萧如昊力排众议,将西北、北镇的军队指挥权全权交付苏蓁玉,并斋戒、沐浴,亲自到祭坛为她举行了封侯大典。从此,被封为安国侯兼左丞相的苏蓁玉开始了对两胡的全面反击战。

第三十二章 谁识安国侯

咸平三年冬,安国侯、左丞相苏蓁玉统率三军的旨意传到北镇和幽州,军心一片鼓舞。

随即,消息传到汉中,耶律明成冷笑,该来的总算是来了。

原本,耶律明成的目的是霸占北镇,进而掠夺中原的财物,可是这次进攻汉中后,他才发现中原地区的繁华和懦弱。仅仅占领北镇的领土,已经不能满足他的欲望了。因而在攻下汉中等郡后,立刻渡过渭河,向中原腹地挺进。而他纵容手下烧杀抢掠,无数当地百姓被迫逃走。

就在燕家军突袭赤塔州的时候,完颜良派人给耶律明成送信,劝他不要率军继续进攻中原,而是将兵锋转回北镇,与自己夹击燕家军,却没有收到耶律明成的回应,这让东胡太子完颜良很是恼火。

燕十三郎收到朝廷通告,得知苏蓁玉被召回后兴奋得一夜未眠,与此同时又得知苏怀玉突袭北胡管辖下的楼烦部落和河西走廊的勃人部落,断掉了两胡联军后方粮草供应的两大来源。如此喜讯却没有让燕十三郎掉以轻心,因为他也收到了耶律明成率一万铁骑渡过渭河的消息,中原各城的驻兵本就分散,更不是什么精兵强将,在北胡铁骑面前简直是羊入虎口。

燕十三郎正在焦虑不安之时,接到苏蓁玉的命令,立刻从玉门关、关城、并州分三路出击,此时北胡和东胡的联盟已经出现了轻微裂痕,完颜良怪耶律明成独自杀进中原必然得了不少好处，而自己被燕家军这块硬骨头挡着无法前进，后方赤塔州被袭更是火上浇油。

苏蓁玉一边敲着地图，一边继续给燕十三郎写信道："东胡那二十万大军不必管他，且从关城、并州下手，这边是北胡绥远王率领的十万大军，还请燕大哥全部吃掉。"

苏蓁玉当年在北镇征战时曾培养了一支专门传递军情的人马，一百多人，专门收集各地情报和往各地输送情报，每一名成员都是经过层层筛选，最后由苏红袖亲自训练，成了苏蓁玉最隐秘的一把匕首。

燕十三郎收到密信后，很快部署了下去，内心深处对苏蓁玉的钦佩又多了几分，他本以为自己会被调去西北拦截北胡向中原进攻，也曾顾虑重重，如果自己被调离，北镇该怎么办？如今看来，她还是一如既往的霸悍，这样的安排虽不能立刻解西北的危机，却能在不远的将来彻底打败北胡。

出征前，燕十三郎坐到深夜，想起几年前那个初到北镇就让自己折服的少女，如今又独自一人去面对几乎没有胜算的西北战场，心中感慨万千，提笔疾书道：

"末将燕十三郎呈安国侯亲启，昨得手书，反复读之，公之良策，某以为善，今亲率大军出征前夕，所担心者，西北沦陷未谋时机，岁末将至，公有所图，某未能揣测，唯尽心竭力诛灭北胡绥远王部，为公先奏凯歌，临书仓促，不尽欲言。"

收到燕十三郎的信后，苏蓁玉心中安定许多，此时她只身带着相国府的一众随从赶往商洛。

留在玉京的人心里都明白，此时此刻，苏蓁玉已经无法从玉京城带走一兵一卒，楚岳的二路大军将所有能带走的兵力全部带去幽州了，守卫皇城的朔风营，是国之根本，不能调离京城。

怎么办？苏蓁玉心里也是个未知数。萧如昊给了她统帅的权力，却已经没有兵给她了。商洛是离汉中最近的郡城，只有到了战争的最前沿，才能以最迅捷的速度来指挥。

正当苏蓁玉以最快的速度赶往商洛的路上，前方传来商洛失守的消息。

"去函谷关！"苏蓁玉把手攥成拳头，狠狠地击在地图上。

这一次，一定要更快。

函谷关,是中原的最后一道防线,如果连函谷关都被攻破,耶律明成的这支铁骑就会如同决堤洪水势不可挡,直取玉京。

同时,刚刚血洗商洛郡的北胡铁骑士气空前高涨,他们没有想到中原内部的军队会如此不堪一击。那些掠夺来的珠宝金银,也让他们见识到了中原地区的繁华富贵,那些手无缚鸡之力的柔弱女子,那些奔逃的难民,都激发起他们的兽性。耶律明成一声令下,他们挟连胜之威,屠灭每个战败的郡城,更以排山倒海之势向函谷关发起猛烈的攻击。

物极必反,天道昭昭,就在胡人疯狂屠城的时候,中原的血性汉子们再也无法忍受这样的屈辱,当发现除了抵抗就是死时,人类的潜力就会达到不可估摸的地步。

戎羯逼我兮为室家,将我行兮向天涯。
云山万里兮归路遐,疾风千里兮扬尘沙。
人多暴猛兮如虺蛇,控弦被甲兮为骄奢。
两拍张弦兮弦欲绝,志摧心折兮自悲嗟。

越汉国兮入胡城,亡家失身兮不如无生。
毡裘为裳兮骨肉震惊,羯膻为味兮枉遏我情。
鞞鼓喧兮从夜达明,胡风浩浩兮暗塞营。
伤今感昔兮三拍成,衔悲畜恨兮何时平。

无日无夜兮不思我乡土……

这首歌谣很快传唱到了汉中,就连函谷关也有人偷偷唱起,而经过几天不停歇地奔走,终于到达函谷关的苏蓁玉,在马车上听到这凄凉的歌声,心中一阵难过。

"大人,你看,城门楼。"

苏红袖策马奔到城门下大声喝道:"安国侯在此,快去叫你们长官出来迎接。"

城楼上的巡逻队早就发现了他们,刚才还在心中暗自纳闷,城里的人都在往东逃跑，怎么会有人往这边来，莫非不知道前面在打仗？当苏红袖报上名来，不由得大惊，早前就听说安国侯要来，没想到这么快就到了。

领队的那人一边吩咐人去向长官报告，一边警觉地再三盘问苏红袖等人的身份信息，直到苏蓁玉从马车里走下来，只淡淡地望了一眼城门楼上，袖口中拿出黄布包裹的圣旨淡然一笑："陛下的圣旨在此，不信的可以过来查验。"

众人这才慌了神，立刻从城门楼上下来迎接苏蓁玉一干人马，而得到消息的函谷关守将闫鹏举喜出望外一路小跑赶来，指挥着守门士兵打开城门将苏蓁玉等人迎进函谷关。

"苏相，听说您要来，咱们大家早就盼着，前天商洛被屠，将士的心都被揪碎了，只等着您为那些无辜冤死的百姓报仇雪恨。"闫鹏举眼睛泛红，心里面的苦楚早已不言而喻。

"你先将这几天的情况跟我细说一下。"苏蓁玉道。

函谷关西据高原，东临绝涧，南接秦岭，北塞黄河，自古为兵家必争之地，地形狭处仅一人一车可过，正所谓"一夫当关，万夫莫开"。所以耶律明成的铁骑到了这里也未能如意通过，最后折损百千骑兵，退守潼关。这只是暂时的歇息，也许用不了两天，耶律明成又杀来，所有人都知道只有拼尽全力保住函谷关，才能应对接下来的一系列战事。

"闫将军，你镇守函谷关多年，接下来的安排有什么意见，可以先说一说。"苏蓁玉刚踏进营帐就让闫鹏举把所有当值军官都集合起来开会。

"回苏相，函谷关易守难攻，但也有自身的缺陷，比如兵力不够，粮草不足，士兵的日常训练又比不上胡人刚猛，如今靠着地势优越尚可支撑，只怕久而久之会有变故。"闫鹏举是个忠厚老实的人，并未对苏蓁玉有所隐瞒。

"你们谁还有什么要说的吗？"苏蓁玉扫视余下几位参将，无奈目光所及处每个人都低下了头。

"好，既然你们都不说话，那听我说说吧。"苏蓁玉顿了顿，让闫鹏举将地图挂在墙上，方便她一会儿分析能让大家看到。

"现在，北胡人就在潼关，他们进可攻退可守，函谷关早已岌岌可危，而攻入中原除了函谷关还有三条路可选，一个是走崤函通道，从河洛地区攻入关东；第二，是从运城盆地西渡黄河；第三，在西侧翻越秦岭，从汉中地区攻入关中；

或翻越秦岭后先进入陇西地区后入关中。"

闫鹏举与几个参将被当头棒喝，他们竟然不知还有这三条路可以打开中原门户，不由得都紧张了起来。

"相国，函谷关守兵只有八千人，如何能同时保住其余三条路口啊？"

"是啊，而且我们现在也摸不准，耶律明成到底会走哪条路。"

苏蓁玉摆摆手示意大家安静下来，接着说道："从崤函通道过去，南侧是河洛地区，而北侧的上党高地则是扼住咽喉要塞的关键。此地长度超过一百里，沿途多河多山，可带一千人埋伏，就能阻敌一万，领将需有十二分的耐心，诸位谁可去？"

"启禀相国，末将愿意领命前去。"

第三十三章 征尘满函谷

苏蓁玉抬头去看，出列说话的人是一名中年参将，皮肤黝黑，目光炯炯，口音是秦岭山地口音，"你可有信心？"

"苏相，他叫柴骏，自幼在秦岭山下长大，对上党高地和河洛地区都很熟悉。"闫鹏举知道苏蓁玉对几个参将还不甚了解，忙介绍道。

"好，本相给你一千人，命你立刻出发占领上党高地埋伏，多准备木石障碍，你可懂了？"

柴骏应了一声明了，接了令箭出去。

苏蓁玉转身问闫鹏举道："城中可有擅长修路搭桥的能工巧匠？"

"有，末将这就派人去把城里所有工匠都找来。"闫鹏举立刻着人去办。

"其他两条路，不适合骑兵通过，耶律明成除非一意孤行，拿他的士兵当炮灰，否则不会轻易尝试。"苏蓁玉心里明白，兵不厌诈，但她没有说出来，也并未在运城和秦岭处安排人马。

函谷关里刚刚安排妥当，就收到玉京的密信，原来楚岳刚出京城就听到了西北沦陷的消息，立刻上书请求回师去救汉中，奏折送到京城后正是苏蓁玉第一天回京的日子，萧如昊便询问可否将二路军调往西北？

苏蓁玉连忙回奏进言不可如此，并列出此刻从幽州趁东胡太子完颜良自视甚高、暗中观望、戒备松弛的状态下，应立刻给东胡致命一击，令耶律明成的联盟溃不成军，如断右臂。恰又传来燕十三郎偷袭赤塔州成功，苏蓁玉信中提出楚岳应火速赶往幽州，与幽州驻军会合后引兵攻打东胡的襄平，届时不怕完颜良不撤兵回救襄平，整个北镇战场就彻底转守为攻了。而往来的信使都是经过专门训练的，一日千里，从苏蓁玉第一天站在指挥中心上，她就意识到必须有一支强大的信息传递队伍，由她开始，以至后来的几十年，中原的信息发达都是无可比拟的。

自从苏蓁玉来到函谷关，士气空前高涨，而耶律明成仿佛知道了宿敌到来，竟固守潼关没有继续向关内侵袭。

陈子杭作为相国府第一幕僚，每日带了城中的百十工匠早出晚归，又不准工匠们回家，只在营中歇息。家人询问去做什么，工匠们都闭口不谈。

就连苏红袖也时常不在城中，这让底下几名参将忍不住议论纷纷，不知道这个名震天下的女相国葫芦里卖的什么药。

两日后，潼关杀出两千骑兵，虽不见耶律明成亲自来，倒也让函谷关守将心惊肉跳一番，擂鼓声震天动地，苏蓁玉站在城楼观战，闫鹏举亲自带兵迎战，十几个回合下来，胡骑奋勇冲杀，无奈函谷关地势凶险，几次进攻无果，折了许多兵马，只好偃旗息鼓。

黄昏日歇，不料潼关又杀出两千骑兵叫阵，英勇异常。闫鹏举本想继续迎敌，被苏蓁玉喊了回来，帐中一名参将出列道："末将愿意领兵前去。"

苏蓁玉抬头去看，她记得这名参将叫赵永阳，枪法极好，一杆银枪耍得虎虎生威，点头道："赵将军枪法了得，此去必然凯旋，本相为你温酒庆祝。"

赵永阳没有想到堂堂左丞相竟对自己如此看重，甚至连他用什么兵器都记得，心里很是感动，抱拳参拜："末将领命，绝不辜负相国大人的信任。"

苏蓁玉登上城楼继续督战，远处硝烟弥漫，赵永阳佯败而返，胡人先锋意图乘胜追击冲进城中，谁知赵永阳蓦地一个回身，手上不知何时拈了一支箭，刹那间射出直中胡将咽喉，正在冲锋陷阵的胡兵见主将被杀顿时乱了阵脚，慌忙撤退，赵永阳一声喝令，函谷关守卫反杀上去，大获全胜。

鸣金收兵后，赵永阳回到城中，果然见苏蓁玉已经为自己摆好庆祝的酒席，甚至亲自温了一壶酒递于他，心想这几年自己东走西顾，刚在函谷关落脚，虽然闫将军待自己不错，到底自己不是他一手栽培出来的嫡系亲将，如今有这个京城来的安国侯，虽然她是女子，但见识胸襟远在这些世俗男子之上，若死心塌地跟着她必然有一番好前程。

耶律明成两次出兵都没有亲自露面，这让苏蓁玉内心十分不安。入夜，除了巡逻的校尉时常带队经过，整个函谷关陷入难得的宁静之中，苏蓁玉对着铺在眼前的军事地图再三推敲，忽然想起什么，喊道："红袖，去传赵永阳过来。"

苏红袖正在外面，听到她的声音，转身去唤赵永阳。很快，赵永阳一边系着盔甲一边小跑来到中军大帐。

"相国大人深夜召唤末将，可有什么紧急的事情？"

"带上你的两千士兵，跟我去风陵渡口。"

"啊——为什么要去那里？"

"今夜，耶律明成怕是要偷渡风陵，不要再问了，立刻去整顿人马出发。"

看着苏蓁玉严肃的脸庞，赵永阳也意识到事情的严重性，马上吹响集结号令，带领自己的两千士兵火速奔往风陵渡。此时，闫鹏举也赶到了中军大帐，"苏相，发生什么事了？"

"闫将军过来得正好，本相推测今夜耶律明成会带兵偷渡风陵，已经派了赵参将带兵火速过去。闫将军是函谷关的主将不得擅自离开，本相也担心这是调虎离山的计策，所以不得不做两手安排。本相就将函谷关托付闫将军了，明日一早，若我等未从风陵渡回来，闫将军便火速出击，务必在耶律明成回来时拿下潼关，可有问题？"

闫鹏举万万没想到苏蓁玉这次要行险棋，耶律明成偷渡风陵，她却立刻想到一边派人阻截，一边等待时机拿下潼关，这样举一反三的安排果真是个中高手才能体会到。

"苏相放心，鹏举人在函谷关便在，绝不会让胡人有机可乘。"

苏蓁玉又将细节反复推敲后，与闫鹏举以巳时为约定期限，若巳时未返，证明耶律明成亲自带人攻打风陵渡口的推测成了事实，则可趁胡人内部空虚出击潼关。

随即，苏蓁玉携红袖几人策马奔风陵渡口而去。

入夜的风陵渡口，西风夹有平缓的水流声，让守渡口的几百士兵有些烦躁，凤凰咀的对岸就是潼关，那边驻扎着狼子野心的北胡人，所以大家也不敢掉以轻心。

"我好像听到有什么声音。"老梁在这里待了十几年了，总算升到了队长的位置。他想，等胡人退兵时，自己兴许还能调回县城去当个把总，那时候就可以和老婆孩子在一起，每天有菜吃有酒喝，想想都十分惬意。

"我也听到了。"

"走，出去看看。"

"最近不太平，大家还是谨慎点吧，这风陵渡口啊，自古以来就是兵家必争之地，我怕——"没等老梁把话说完，就被眼前的一幕惊得一个激灵。

"大家都抄家伙，胡崽子们要渡河来了。小林，你骑快马去凤凰咀搬救兵。"

风陵渡口设了一个很大的强弩台，有个巨大的箭车，靠十几个人拉动，就能万箭齐发。老梁已经来不及害怕，指挥着人去发动箭车，顿时挟风带雨般的铁箭冲着河面上的船只射去，河面上立刻水花四溅，无数人跌落水中，然而终究人数众多，有些船只离河岸越来越近。

老梁有些急眼，拼命地加箭猛攻，外面第一批上岸的胡人已经和外面的守卫厮杀在一起。

"妈的，兄弟们，跟他们拼了。"

老梁看着兄弟们一个个倒下去，从箭台上抄起自己的大铁枪冲了下来，留在上面的几个弓箭手杀红了眼，除了不停射击，已无路可退。

耶律明成看着箭雨袭来大怒，指挥着船只往射击盲区前进，眼看着就要全部上岸了，突然一阵千军万马的嘶鸣声响起，惊得众人皆是一愣。

老梁是第一个反应过来的，不由得喜出望外："弟兄们，援兵到了，跟他们拼了。"

耶律明成在中间最大的那只船上，一眼就看见了一身白色战袍的苏蓁玉，当年在北镇，她每次出征也是穿上这样干净的战袍，在千军万马中分外惹人注目。

"耶律可汗，好久不见啊。"苏蓁玉也看到了船上的人，冲着他笑着喊道。

耶律明成没想到自己的计划这么快被识破，眼见着偷渡风陵功亏一篑，本就不擅长水战和阵地战的草原骑士们纷纷倒在这片陌生的土地上。"冲上去，只要能抓住苏蓁玉者，赏金万两，封万夫长！"

耶律明成一声令下，胡人军士如同打了鸡血般又冲了上来，重赏之下必有勇夫，千古不易的道理，苏红袖怕有人暗算，时刻护在苏蓁玉身边，一场恶战在所难免。

响彻天际的厮杀声，在这个千年古渡口化作多少冤魂的哭喊声，当年的风后也是在这里帮着黄帝大败蚩尤部落，历史一遍遍重新演绎，那深不见底的黄河水渐渐开始翻红，死去的士兵横七竖八，胡人、中原人，在战争中都是渺小的。

赵永阳带领的两千函谷关守兵，加上凤凰咀赶来的一千援军，在地理位置的优势下勉强和耶律明成的几千骑兵打成平手。可是，再过一段时间，等胡人全部冲上岸，胜负就难料了，赵永阳望向乱军之中的苏蓁玉，只见她一身白色战袍，立在马上毫无畏惧，她给别人的感觉就是，即使只剩一个士兵，她都有必胜的信念。

战争一直持续到巳时，双方都损失惨重，耶律明成看着岸上的守卫倒了一批又一批，眼看着要有胜利的希望了，却从身后驶来一艘快船，那船上的兵卒才一跳上耶律明成所在的大船就神色慌张禀报道："可汗，不好了，函谷关守将闫鹏举率军突袭潼关，格里布将军向您求救。"

耶律明成大惊失色，脑海中无数念头飞速旋转，他到底是经历过许多大风大浪的枭雄人物，眼睁睁地看着即将要拿下来的风陵渡口，还有岸上那个可恶的女人。

苏蓁玉一直注意着他的动向，也发现了那只前来通风报信的小舟，心里了然是闫鹏举攻打潼关之故。她通晓北胡语言，策马来到离河岸近的高地，苏红袖赶紧护住她。

"不碍事。"苏蓁玉低声道，这块高地足够把她的话传到耶律明成的船上。"耶律明成，我听说这几年你一直都派人研究我的动态，这一仗下来，可见你从前的功夫是白费了，蓁玉我是从不打无把握的仗，再过一刻钟，我让你想走也走不掉，这风陵渡口是个好地方，修陵造墓，不辱没你可汗的威风。"

耶律明成本就一腔怒火，听了她的讽刺之语，恨不得立刻拿下风陵渡，上岸抓住她，狠狠地鞭挞一顿，以泄心头之恨。

"苏蓁玉，你不会得意太久，这次只是给你个警告，下次，我定要活捉你回漠北。"

"撤退！"

耶律明成一声令下，所有船只边打边往回退去，苏蓁玉让老梁去箭台，万箭齐发，那些撤退得慢的胡兵被射死射伤者无数。

第三十四章 胡贼渡潼关

赵永阳左臂中了一箭，经过简单的包扎，已经止血，他疲惫的脸上依然掩饰不住兴奋："大人，你怎么料到胡贼今夜会来偷渡风陵呢？"

苏蓁玉从马上跳下来，走到赵永阳跟前，笑道："我们两个也算老对手了，崤函道我派人驻扎时就故意露出破绽让他察觉到，秦岭天高路险，骑兵很难翻过，走风陵渡是他最好的选择，这也就是我之前一直没有往风陵加派人手的缘故，我要让他以为我疏忽了这里。而凤凰咀我暗自留了一千精锐弓箭手专等风陵渡的消息，还是多亏了赵参将能准时赶到，未使这步险棋成了死棋，等回到玉京，我一定为赵参将上书求陛下表彰。"

赵永阳赧然一笑，点检战后人数，又心痛不已："格老子，这次真的是血战到底啊，某带来的两千步卫竟折了三分之二。"

苏蓁玉把凤凰咀调过来的一千弓箭手全部留在风陵渡交给老梁指挥，临时提拔他为副参将，又表彰几十个作战勇猛的士兵，再三叮嘱老梁保护好箭台，保护好风陵渡口，然后带着赵永阳的残部返回函谷关去了。

此时的函谷关其实已经是个空城，苏蓁玉心里难免不安，等她和赵永阳率部回到函谷关，正好撞上有人强行闯关，和守门将士激战。

"什么人竟然敢闯函谷关？"赵永阳也是惊出了一身汗，催马上前欲要加入战斗。

"且慢！"

苏蓁玉大声阻止赵永阳，因为她已经认出来闯关的人竟是逍遥王的几名贴身侍卫。"向道，向遥，还不住手！难道要在我的眼前闹事？"

正在打斗的几十人和函谷关的军士看到是苏蓁玉等人回来，都立刻停了手。

"属下奉我家主人命令前来助苏相共守函谷关，谁知他们死活不相信我们的话，还要轰我们走，迫不得已，这才动手的。"说话的是向道，他是逍遥别苑四大护院之首，向遥是他的弟弟，也是四大护院之一，想来这次萧如意是将一半的侍卫派来了函谷关。

"原来如此，不知易公子现在过得可好？"苏蓁玉心里了然，只是不点破。

"我家公子——"

话音未落就听到一声熟悉的声音响起："玉儿，还不让我进关吗？"

众人这才注意到城楼下的马车上有人，而那人此刻正用剑柄挑起车帘，用睥睨天下的笑容看着刚刚从战场上回来的他们。

"秋霜切玉剑，落日明珠袍。"

苏蓁玉眼前一片明媚，竟不自觉地想起当年青莲居士写的这句诗，是如此熨帖。

"怎么会，晚上我请你喝酒啊。"

"还不快开城门！"赵永阳先从诧异中恢复过来，催马上前迎了这位神秘的贵公子一起回函谷关。

一路寒暄下来，原来这位是相国大人以前的故交好友——易霄易大侠。

入关后，苏蓁玉先去中军大帐安排接应闫鹏举撤回，这次攻打潼关只是声东击西，虽然耶律明成率兵袭击风陵，他在潼关只留了五千骑兵，但潼关之后就是右贤王的十万大军，要想夺回潼关非要十几万大军压境才有八分胜算。而闫鹏举这次只带了八千车骑，显然不是他们的对手，好在函谷关的守兵久与胡人周旋，机动性比普通郡县守兵高，才能赶在耶律明成和右贤王前面撤回函谷关。

闫鹏举这次出击没有遇上北胡主力部队，潼关守将因为耶律明成不在死守不出，倒让他捡了一个大便宜，顺势收拾了驻扎在潼关北的一小波北胡兵，然后在耶律明成赶回潼关时撤兵回函谷关。

中军大帐，苏蓁玉先向众人介绍了化名为"易霄"的逍遥王，称其为自己四处游历时遇到的世外高人，大帐中的每个人都对这名俊朗丰神的男子充满了好奇心。随即，苏蓁玉又嘉奖了赵永阳部的英勇作战，又对闫鹏举的这次出击表示十分赞赏，斩了因贪杯贻误战机差点酿成大祸的凤凰咀守将，众人无不信服。

"苏相，末将认为潼关虽然易守难攻，但如果东西夹击的话，还是有一半胜算的。"闫鹏举分析道。

"只要夺回潼关，就不用担心耶律明成能跑到中原去，有燕帅拖住北镇战事，料他用不了多久就滚回漠北去了。"赵永阳说话率直，让苏蓁玉忍不住笑了起来。

"从明天开始，函谷关所有人进入第一警戒备战状态，以防止北胡恼羞成怒，来和我们硬拼。"苏蓁玉正色道。

"苏相，北胡右贤王的十万大军能随时开到函谷关，这次耶律明成吃了亏，来日率大军压境，我们这点兵力怕是拖不了多久。"

"不碍事，诸位先把心放在肚子里，整个函谷关全部兵力加起来也有快两万，再守一个月没有问题，而一个月内，我苏蓁玉保证调来援兵，待那时反攻潼关，诸位军功簿上又可多添一笔了。"苏蓁玉环视大帐之中，将这话说得铿锵有力，众人这才放下心中忧虑，专心准备做好防御战去了。

入夜，大家都散去，苏蓁玉携了萧如意的手一起登上函谷关的城楼，远处的星火分外明亮，古老的关口和黄河，如同时光机上的斑驳埃尘，见证着这里的每一次战争与和平。

"你怎么跑来函谷关了？不怕被你哥哥发现吗？"

苏蓁玉不敢将萧如意的真实身份透露出去，说话时自然谨慎地将皇帝换成了"哥哥"，毕竟那人确实是他的哥哥。

"不怕，他最近事务繁忙，顾不上约束我，在家里听说你来了边关，本就不放心你的，更加寝食难安，如今来看着你，我就安心多了。"萧如意的语气就像担心自己最珍贵的东西会受到伤害一般，充满了心疼与不舍。

苏蓁玉眼皮一下一下地跳了起来，一股从未有过的感觉腾然升起，似电流经过又如春风拂面，"那你来了，我岂不是出征时要牵挂你会不会在这里给我捣乱？以后还怎么安心打仗呀？"

萧如意一愣，他懂她的意思，心里莫名感动，她从前就像天上的月亮，俯视着红尘万丈，如今竟有了波澜，怎能不感动，那涟漪是为自己而起的啊！

这一夜，两个人都没有睡意，并肩坐在城墙上谈这战争，谈今后战争结束各自的愿望。

而苏红袖默默地隐在暗处，甚至等她主人困极了倒在逍遥王怀里，她都没有出来，就那样静静地看着，她多么希望时间停止，让那个为这个国家操碎了心的女人再多拥有一刻平凡女人该有的温存和幸福。

第三十五章 趁机永王乱

一波未平,一波又起。玉京城虽然早就收到了永宁王叛乱的消息,但鉴于他可能只是想在蜀中成立自己的独立王国,萧如昊又过分地低估了永宁王,最终导致蜀中的叛乱愈演愈烈。

咸平三年立冬,永宁王为避免被"调查",趁着北镇战事愈演愈烈,竟公开反叛朝廷,萧如昊震怒,本想出兵镇压,无奈还要对付两胡的侵犯,整个蜀中形势一片狼藉。就在皇帝和群臣焦头烂额之际,收到苏皋玉的加急奏报,原来他据锦官城为守,笼络川中各地反对永宁王的势力,一时间阻止了永宁王想占领整个蜀中的野心。

然而,苏皋玉在奏章中写道:川中地势险峻,易守难攻,若永宁王独立为王,外军很难攻打进来。另,永宁王想引狼入室,与耶律明成暗中勾结,企图共同对抗朝堂,臣曾致函永宁王,万望他不要为一己私利陷国家于水深火热之中。然则永宁王野心昭昭,非但不听臣之良言相劝,竟又派人攻打锦官、绵阳等郡,臣望陛下早派神兵以惩奸佞。

萧如昊在玉京城中早已如坐针毡,北镇战事未停,西北又沦陷,如今西南又出了永宁王叛变朝廷之事。"朕自登基以来,寝食难安,恐有负天下苍生,有负先帝在天之灵,遇事三思而后行,勤俭节约,不曾增加后宫一分用度。前年大旱,去年黄河改道,今年胡人犯边,你们说,朕该怎么做才能祈求我们这个国家风调雨顺地度过每一年?"

褚之时是朝中老臣,也算看着萧如昊一点点长大,从太子到皇帝,他的努力,并不是虚的,此时看着年轻的帝王陷入一种自责和迷茫中,他尽量温和地回道:"陛下,您已经是万民表率了。在天灾人祸面前,您不要气馁,天下苍生还都看着您呢。"

"是啊,陛下,褚大人言之有理,胡人觊觎我大成朝富饶久来有之,两国或和亲或征战,皆看时势运筹,如今苏相国亲自领兵督战,想必很快就能收复西北,西南苏皋玉苏大人与相国一母同胞,才智纵不及相国大人,但遏止永宁王,给朝廷争取时间应无大问题。"

萧如昊不作声,他看着底下的群臣,忽然觉得很可笑,到底是苏家兄妹太过厉害,还是朝中诸家子弟无能,这样的境况之下,纵她没有反心,又如何让朕放心?

"陛下,老臣请旨愿往西南平定永宁王之乱!"说话的是楚国公。

萧如昊眼前一亮,到底楚貉是当朝国丈,他用着更放心一些。

"国公,可有把握?"

"回陛下,永宁王的叛军只是见烽烟四起,以为有可乘之机,今老臣王师南去,必能使他们闻风丧胆,溃不成军,更兼蜀中尚有苏太守这样的忠臣义士,届时臣等有陛下英明神武的指挥,永宁王将手到擒来。"楚貉说得慷慨激昂,那灰白的胡须上下飞舞,萧如昊立刻拍板同意他的请求,下旨封楚貉为征南元帅,率驻守在长江以北的五万楚家军与浙江五万水军往西南出发。

消息传到函谷关,大家心中颇不是滋味,函谷关被困已有月余,却不见朝廷派援军赶来,如今却把最后的兵力用在了对付永宁王叛乱上。

苏蓁玉知道这些后,在校场亲自点兵训练时训话道:"自北镇战事重燃于今已有三月,整个战线从北镇到西北,如今又牵扯到蜀中,当今陛下睿智果断,所思所虑皆从大局出发,吾等为臣者,上为陛下解忧,下为黎民请命,保家卫国义不容辞。而今军中有人说,陛下厚此薄彼,皆是鼠目寸光,不以大局为重。前者本相曾说过一月内必有援兵到来,此非妄言,再有人不知轻重乱我军心,立斩无赦。"

自此,函谷关军心一致,积极防御,挡下了耶律明成几次大规模进攻。

萧如意手下的向氏兄弟武功高强,每次出战都斩敌无数,很快成了军中的楷模,苏蓁玉便请他们作为教官挑选身强体健的士兵训练成一支特别行动小队,取名飞鹰队。

"你一个月后打算怎么跟大家交代？"萧如意趁无人之际忍不住问道。

苏蓁玉笑而不语，继续写奏折。

"你连我也不放心啊？"

"不是，我从不会说没有把握的话，你相信我就行了，其他的静观其变。"苏蓁玉并不是真的不放心萧如意，她自幼习兵法，后又随兄长游历各地，直到北镇战事发生她毛遂自荐打退北胡大军，早就养成了不与人说心事的习惯，尤其是这样的军事机密，纵使苏红袖形影不离跟随这么久，自己也不会跟她讨论这些。

"玉儿做事缜密，我也放心了。我整天待在城里也不能帮上你什么忙，崤山至潼关段多在涧谷之中，深险如函，那里你虽然派了一千人把守，但只守不攻也不是办法，我决定去趟崤山，收服那里的山大王，利用山贼的灵敏性，去骚扰潼关，让他们疲于应付，如何？"

苏蓁玉放下手上的笔，认真看着萧如意，半晌才道："怎么想起来去和土匪做朋友了？"

"对内他们是土匪，对外他们就是我们自己人，玉儿连这个道理也看不破吗？"萧如意喜欢风流儒雅的打扮，即使在函谷关这样的北方，他手里还是拿着一把折扇，说话时轻轻地在手上一下一下地敲着。

"我知道这个道理，但你久处江南，对北方这地方的土匪并不了解，他们凶悍异于常人，背信弃义也是常有之事，我不用他们是谨慎起见，你也不要想了，若是想打仗，一个月后有你忙的。"苏蓁玉终于写完了奏折，用石蜡封了口，又检查一下，唤了红袖交给专门负责这块的陈子杭派人送出去。

萧如意看着她做完这些事情，有些心疼她每天处理这么多繁重的公务，想到自己也身为皇室成员，却连身份也不敢公开，一生只能被囚在湖州，多少有些凄然。

"还在想土匪的事情？"苏蓁玉见他愣神，关心地问道。

"没有，我在想你这么辛苦要不要让人做点夜宵送过来？"

"可以呀，你一说我就真觉得饿了。"

萧如意忙吩咐向遥去厨房准备夜宵去，原来向遥除了武功高强，又是难得一见的厨神，只因逍遥王出门在外常常有不合口味的时候，带着向遥简直就是行走的厨房。

随后，苏蓁玉又去城墙上巡视一番，回来恰巧向遥的夜宵也做好了。

松菇炖小鸡，刚烙好的饼，一碗玉米粥，看似再简单不过的食物，却让苏蓁玉吃得赞不绝口，仿佛前半生吃的饼都不是饼，玉米粥也不是玉米粥，今儿个算是见识到了什么叫厨神。

"易大哥，你们家向遥的手艺是从哪里学的呀？怎么这么厉害！我要让红袖给他当徒弟，以后便可以时常做给我吃了。"苏蓁玉一脸幸福地陷入畅想当中。

"我收徒弟的要求是很挑剔的。"向遥看着门外面无表情地说道。

苏红袖刚好在外面的台阶上坐着擦拭自己的软玉鞭，本能地感觉有道不友好的目光向自己杀过来，立刻警觉地回头去看，才发现是向遥看着自己，而此时他瞬间换脸一般，温柔地冲她微微一笑。苏红袖莫名所以，也回了他一个微笑。

"我看你也不挑剔嘛。"萧如意眉毛一挑，俊美的脸庞上露出了然的神情。

"公子，您再取笑我，晚上您就吃军营的食堂。"向遥转身就走，不再理会屋里的两个人，出门时往苏红袖的方向瞥了一眼，很是傲娇地昂首而去。

"你看看，现在的底下人一个个比本公子还神气活现。"萧如意哭笑不得道。

苏蓁玉道："毕竟这么能干又不怎么花钱的保镖，你也很难再找到了。"

这时，夜已经到四更，两个人吃完夜宵，又聊了一会儿耶律明成往日的一些传闻，萧如意依依不舍道："玉儿累了一天，快去休息吧，我也要回去睡觉了，养好精神才能应付各地军情。"

"好，你去吧，我睡会儿。"

苏蓁玉站起身将萧如意送到帐外，此时月如钩倒挂在西边的城楼上，满天星斗光彩夺目，让人不由得感叹西北的广袤无垠。

明天，明天说不定又会有一场恶战，所以每个人要珍惜夜晚难得的幽静，在这样的星空下，有站岗的士兵轻声唱着家乡的歌谣，歌声中有青梅竹马的姑娘还在等着自己回家。

当年老子西出函谷关时，又哪里知道千百年后这里成了兵家必争之地，那城外的累累荒冢又有多少将士不得归兮。

苍莽朝昏攸至也，近百里而瞻言之；丰碑孤冢攸存也，此去经年而凭吊之。

第三十六章 如意郎守关

蜀中,苏皋玉刚从梦魇中清醒过来,锦官城的外面已经被永宁王的军队包围,如果半个月内援军不到,他想到那时只好以身殉国也绝不让永宁王得逞。

苏皋玉心里盘算着如何稳定好城内秩序,安抚好民心,不可节外生枝。昨日收到妹妹的密函,朝中已经派出楚国公前来平叛,她担心苏楚两家过去种种过节,会让楚貉借刀杀人,嘱咐他格外留心。

永宁王得知平叛大军将至,心里也开始害怕起来,忙听取幕僚的意见,向强大的北胡求助,欲要忍痛割爱把亲生女儿嫁给驻守在潼关以北的右贤王仆固恩。

蜀中与陕西汉中本就接壤,如今能得到北胡的支持,叛军进可攻锦官、绵州等城镇,退可与北胡联盟入长安,长安曾是前朝古都,永宁王就动了与玉京两帝分制的念头。耶律明成对他很是不屑,本想直接拒绝和他合作,右贤王仆固恩进言道:"北胡男儿虽然勇猛善战,我们却习惯游牧生活,对管理中原的百姓却没有经验,屠城不是永久之计,他们的土地也不适合咱们放牧,不如扶植一个中原傀儡皇帝,帮我们管理,再源源不绝地将财富进贡给可汗,岂不美哉?"

耶律明成觉得他讲得很有道理,就同意他和永宁王的这门亲事,并下令右贤王将军队往汉中挺进,以接应他往长安称帝。

"可汗,东胡太子完颜良前日来信口气不善,称咱们北胡在西北占尽便宜,他却在北镇被燕家军死死压制，损兵折将不说，如今后方襄平又被中原皇帝派到幽州的二路大军攻陷，要求可汗必须挥师向北助他攻下玉门关进入北镇，届时再共同分割北镇和西北的土地。"

耶律明成冷笑道："自己的人笨成猪，还要怪我不成？让我现在挥师北上，他当战争是儿戏？他以为苏蓁玉在函谷关是吃素的？"

右贤王顺势说道："这个东胡太子也是真不懂事，自己没本事打进玉门关，被燕家军挡住，倒要怪起我们来了。"

耶律明成随手拈起一支笔给完颜良回信，信中先写到自己在西北被苏蓁玉挟制无法挥师北上，然后又道完颜良自己统军无力，致使三个月无法攻下玉门关，而他自己后方被袭击是东胡朝中无人之故，不要什么事都怨在别人身上。

信送出去后，耶律明成又嘱咐右贤王务必趁永宁王叛变投靠之际攻入蜀中，这样中原三分之一的土地就掌控在自己的手里了。

耶律明成的如意算盘敲定后，很快右贤王率十万大军越汉中逼近兴元府，蜀中告急。

苏蓁玉觉察到右贤王的举动后，亲自带上向遥训练的三千精锐趁夜过陈仓。说到这里不得不写明，原来陈仓是进入汉中的一条崎岖暗道，昔日汉高祖入关后派人烧了唯一的栈道，以安楚霸王的心，却在养精蓄锐后一边派人修栈道，一边从陈仓小路穿过，最终赢得了楚汉争霸的第一步。

耶律明成对中原的地形远不如苏蓁玉了解，对各种历史典故也不够熟悉，所以当苏蓁玉派陈子杭带领城中能工巧匠去修复栈道时，丝毫没能引起他的怀疑。

"将士们，北胡人虽然人多势众，但只要占领陈仓，就可以一敌百。前朝魏将郝昭以千余之兵拒诸葛亮数万大军，双方相持二十余日，最终诸葛亮无计可破，粮尽而退。今日本相率三千精锐，对阵仆固恩十万大军，取胜之日，就是你们千古留名之日，可愿意随本相立下这不朽功名去？"

"愿意！"

"愿意！"

喊声震耳欲聋，每一个人都充满斗志，他们相信苏蓁玉，在他们眼里，这个身体单薄的女子看似柔弱却有着无穷的智慧和力量。

随即，一更做饭，二更出发。

出发前，苏蓁玉将闫鹏举和赵永阳都叫到帐内，再三叮咛，在她归来之时，函谷关万不可有失。又定下声东击西的计谋，让赵永阳带小股军队出击潼关，只要将他们引出城就立刻撤退，让耶律明成以为这是诱敌之计，不敢轻离潼关，更重要的是让他相信这些计谋是苏蓁玉在函谷关使出来的。

一切都安排好后，这才和萧如意告别，竟不知如何开口，本想安慰他不必担心，自己很快就回来，又怕伤了他男儿的自尊心，思虑一番却道："易大哥，上次你跟我说的，和崤山的土匪联盟，我反复想过，在这个时候就要团结一切可以团结的力量。二更后我就带兵出发了，在我不在的日子，函谷关只有七千人马，一旦让耶律明成知道我在陈仓，必然来猛攻。我在崤函道留了一千人，这是我的手令，易大哥带上，再团结山上的土匪，从崤函道斜插入潼关，同函谷关两面夹击，虽不能制胜，足够自保即可。大哥可愿意帮我这一次？"

萧如意看着她，听完她的安排，心里又是感激又是佩服，原来她之前每走一步路都是有一定目的的。如今将崤山交给自己恐怕不是无人可用，而是为了使自己待着安心，又成全了自己在函谷关的自尊。

闫鹏举、赵永阳、萧如意三人亲自送苏蓁玉出函谷关，一直望着三千精锐往陈仓方向飞速前进，消失在茫茫夜色里。

回城时，闫鹏举三人又在中军大帐碰头开了一个小型会议，按照苏蓁玉临走前的安排，彼此又交换了意见，三人一番演练下来，被苏蓁玉的军事才能深深折服。

"易霄公子是苏相的朋友，远道来助我等破敌，如今更是亲身涉险去联络崤山的土匪，闫某人感激涕零。"闫鹏举说的都是真心话，外有强敌压境，若非义士谁肯前来？

赵永阳性格耿直率真，拉了两个人的手道："闫将军、易公子，末将是个直性子的人，早就对两位倾慕已久，自幼爱看刘关张桃园结义的故事，不如我们三人结拜为兄弟如何？"

萧如意也是洒脱的性格，朗声应道："好！"

闫鹏举也拍手称快。

三人按年龄排了顺序，闫鹏举为大哥，赵永阳行二，萧如意最小。

翌日，三人按照苏蓁玉留下的计划，整军经武，严加防备。北胡每有进犯函谷关，必遭强硬反击，无功而去。至此，耶律明成一直未曾察觉苏蓁玉已经离开函谷关。

且说，萧如意自从决定收复崤山上的土匪，就派了向逍去附近了解情况，甚至向逍还扮作过路的富商试图引起山上土匪的注意力，令人意外的是，那山上的土匪打听到他是往函谷关捐送物资的商户，竟不但没有抢劫，还一路护送他和几个手下进函谷关，称是北胡人常在此处出没，为防止遭遇他们打劫。

等向逍到了离函谷关城门不远的地方，那些土匪才策马返回，向逍忙趁他们没有走远，赶上去问道："今日多亏几位壮士仗义护送，还未重谢，不如随我入城，我家主人平生最爱结交江湖侠义之士。"

为首那人身材魁梧，黝黑色的皮肤，带着浓浓的西北口音道："我不跟你玩心眼，看你也是个好人，我就过来搭个手，这就回去了，你不要追，过了前面山脚就是我的地盘嘞。"

向逍只好再三作揖以示感谢，之后带人返回函谷关，将此事禀报给萧如意。

萧如意听后很是高兴，他对这种草莽英雄别有情怀，早就存了结交的心。和闫鹏举、赵永阳二人商量过，他就带上几样见面礼，领了向遥向逍二兄弟和自己的十几个贴身保镖往崤山拜访。

崤山地势险峻、关隘坚固、易守难攻，是天下"九塞"之一。一路行来，萧如意发现暗里有人一直注意着他们的动向，似乎是山寨里出来放哨的小喽啰。

来之前，萧如意早就做好了准备工作，了解了这帮土匪的头目和来路。原来，崤山上的土匪共五个头目，大当家的唤作胡不归，祖籍河北，也曾家境殷实，无奈胡不归自幼爱好习武荒废家业，后来又因为与人发生矛盾酿成命案，不得已逃奔在外，直到被崤山上的土匪头子万梓山收留，久而久之他在崤山上的名望越来越高，万梓山佩服他的武功和智慧，甘心情愿让出大当家的位置。而后，陆续又有贺小虎、柳玄机、谢晏三人加入，江湖人称"崤山五虎"。

向逍边走边望着陡峭的山阶发出叹息："公子，没想到崤山这么大，我听说山上土匪有两千多人了，崤山是当仁不让的陕北第一匪窝啊。"

萧如意用折扇敲了他的脑袋一下，斥道："人家刚帮了忙护送你回函谷关，就一口一个土匪的，还有没有点良心。我跟你说，崤山五虎在西北地区那是顶顶有名的侠盗，你我能上得山腰来说明人家不想难为，不然你以为就凭我们这几个人能在这里继续爬山？"

向逍还要说什么，却听到山上传来洪亮的笑声："哈哈——哈哈——"

那笑声传到山谷里又引起回声传回地面，一时间四周全是轰隆隆的笑声，让人心中一凛。

"在下江浙人易霄，此来山上并无恶意，因前日底下人出门办货曾受贵寨护送之恩，特来拜谢。"萧如意声音向来好听，此时经过回声衬托，更觉袅如仙音。

"易公子大名，在下早就听过，近几年武林中的少年高手，江南的几位您是数得上的，今日能如此抬举，俺等兄弟不胜荣幸。区区小事一桩，易公子不必客气，且下山去吧。"

说话的人还是没有露面，那声音似是周围离得极近，又似远在山顶。众人听闻有逐客之意，都看向萧如意，不知如何是好。

萧如意冲着山顶方向作一个揖道："在下今日前来一则感谢前日之恩，二则是有要事相商，还忘诸位当家的通融一见。"

山上没有回应的声音，就在众人犹疑不定的时候，一群喽啰兵列队下山来，等到了近前分两队排开，闪出中间一条路出来，众人才发现喽啰兵的后面站着一个妙龄少女。

只见那女子生得真个眉如春柳，眼似秋波，身材窈窕，纵然萧如意见惯了风月场合，也不由得对她多看了两眼。

第三十七章 山贼亦侠士

"你就是易霄？"那少女柳眉轻挑，葱白如玉的手指按在腰间悬着的弯刀上。那俏皮的模样顿时让人心中一酥，只是萧如意自幼在江南温柔乡里长起来，对她的美色全无贪恋之意，极为礼貌地答道："正是在下，不知姑娘是？"

"姑奶奶是这崤山寨的五当家，人送绰号'玉面虎'。"少女提起自己的名号很是得意，嘴角微微上扬，但对上萧如意的眼睛立刻羞涩地低下头，这时方显出她少女的一面。

"原来是柳姑娘，失敬失敬。"萧如意笑道。

不错，这位妙龄少女就是崤山五虎之一的柳玄机，若不是报出名号，谁又能相信这样绝色的美人儿却是杀人如麻的土匪头子。

"你怎么知道我姓柳，我可还没报名字呢？"柳玄机抿嘴一笑回道。

"崤山五虎中有一位女英雄唤作柳玄机的，天下谁人不知，怎奈在下初次到西北来，又是第一次见到柳姑娘，着实不敢唐突，才没有在姑娘报出名号前胡乱猜测。"萧如意口才向来很好，此刻更是发挥得淋漓尽致，让一旁的手下人都忍不住腹诽起自家公子的风流症又犯了。

"好了，不听你贫嘴，我大哥说了，山下风大，请易公子山上谈话。"

柳玄机细腰一扭，转身带了喽啰兵在前面走着，萧如意忙带上人紧跟其后。

向道和向遥二兄弟望着主子的背影开始用眼神交流起来。

向遥："你觉得这妞跟苏相比，哪个好看？"

向道瞪了他一眼："你眼睛没事吧？就这女的能跟苏相比？"

向遥："我觉得挺水嫩的，还会撒娇，你什么时候见苏相有点女孩子的模样？"

向道继续瞪他："撒娇有什么用！看多了还觉得反胃呢！"

……

最后，萧如意走着走着觉得身后电光石火，忍不住回头一看，发现二人脸红脖子粗地互瞪眼中，就轻斥道："你们两个干吗呢？做下属的第一要义就是不要背后腹诽主子。"

二人默契地给了萧如意一个白眼，露出高冷的神情跟在后面，不再用眼神吵架。

行走了将近半个时辰总算看到山上的寨门了，两根巨大的木桩撑着一个匾额，上面写道：崤函寨！

过了寨门是一片很开阔的空地，倒像个演武场，并无甚装饰，而随处可见的一队队喽啰兵，证明山上不但人强马壮，还纪律严明，非一般的山贼土匪可比。

"易公子，前面就是聚义堂，我的几位哥哥想来已经在那里等您了。"柳玄机笑着说道，她大概下山迎接之前，听说来的是某个江南富商，心里早已鄙夷不屑的，等见了真身，小姑娘便被这好皮囊和全身散发的贵气和冷傲给征服了。

古人云，情不知所起，一往而深。恐怕就是说的这些一眼万年吧。

聚义堂陈设很简单，中间一个四方八仙桌，左右边各摆了一把椅子，接着在下首分两列各摆了两把椅子，想来是几个当家的座位。

听到声响，胡不归知道是客人到了，并没有迎出去，而他底下的几个兄弟也没有出去，看来，是想在气势上震慑萧如意等人。

萧如意常年幽居湖州，这是明面上的，私下却常化名易霄在外"行走江湖"，因他曾在幼时受过高人指点，自己也勤奋，武功竟在很多人之上，偶尔也有人知道江南有"易公子"这么号人物。

几人入聚义堂大厅里来，萧如意抱拳行礼再三致谢，胡不归见他气宇轩昂心下多了几分喜欢，欣然让到上首坐，萧如意推辞不过方挨了椅子边坐下。柳玄机这半日十分自在得意，挨着萧如意下垂首的椅子坐下，原来"崤山五虎"只有她一个女娃，便平日多宠让她几分，座位也是紧挨着上首位。

萧如意环顾四周，只见底下四把交椅除了柳玄机，只坐了两名汉子，一个清秀如女子，一个包着白头巾俨然是西北农家汉子的打扮。众人寒暄方毕，那喽啰们抬了满桌酒肉上来，接着有三五个小头目都过来忙活着伺候开席。胡不归等人与萧如意对饮了半个时辰，无非就是江湖上的一套见面说辞，聊天时已然得晓上次护送向道回城的便是三当家的贺小虎——对面那个白头巾的汉子，向道被萧如意唤到近前敬酒一番，如此这般，大当家的胡不归却不问今天的事。

萧如意不胜酒力，终按捺不住道："大当家的，在下这次上山，一则是感谢，二则是有公事要说，在下本是江南闲散商人，后因仰慕苏相国的势倾朝野，遂往函谷关投奔，于今北胡人几次三番攻打，多亏有苏相国镇守才不致中原地区继续沦陷，前日得识三当家义薄云天，遂想上山拜请诸位当家人共抗外敌！"

萧如意这一番言辞说下来当真是情真意切，他空有抱负却幽居湖州，幸遇苏蓁玉被排挤出朝堂问诊湖州，使自己余生不致在郁郁寡欢中度过，如今偷偷以易霄的名义在函谷关尽一点力，已经让他有用武之地，不再埋怨先帝当年的安排。

"易公子说得很对，国家兴亡，匹夫有责。但是，我们兄弟几个有心无力，守着这个没什么用处的山头，倒也不给朝廷添乱，又怎么敢奢望去建功立业？"

胡不归话说得谦虚，神色却是倨傲不羁的，他眼里怎么能容得下一个十几岁的女娃娃指手画脚，左右国之命运。

萧如意也看出来他们似乎对苏蓁玉当统帅很是不服气，心里为她鸣不平，也就懒得再劝说什么，端起跟前的酒杯笑道："大当家的客气万分，倒让在下惭愧，人各有志，焉能强求？这是在下备的一些薄礼，还望大当家的务必收下，若是推托便失了我江湖儿女的洒脱了。"

萧如意双掌一击，外面站着的两名侍卫抬了一只檀木箱子进来，当众打开，尽是金银珠宝。柳玄机站过去瞧了一眼，伸手在里面抄起一柄短刀，欢喜道："其他那些俗物我都看不上眼，大哥，你把这把刀留给我吧？"眼睛瞟向坐在右边首位上的胡不归。

"既然五妹喜欢，还不快谢谢易公子。"

胡不归说完，哈哈一笑，毕竟他也是爽快的人，让手下人将箱子抬了进去，端起酒杯又敬了萧如意一杯道："某家虽不愿去函谷关受鸟军规的管束，但易兄弟这个朋友某家交了，有什么需要帮忙的，随时恭候。"

萧如意见他松口，虽然还是不肯去函谷关，但能说出这番话足见赤诚之心。

柳玄机一边把玩着手上的短刀，一边拿眼睛瞟向萧如意道："易公子，你送我的这把短刀，我很喜欢，那我们也是好朋友了，我能常去函谷关找你玩吗？"

"当然，有柳姑娘这样的朋友，是我的福气。"萧如意点头称道。

贺小虎走到向逍面前，突然一个勾手指直戳他的眼睛，向逍下意识抬起左臂挡住，右手化掌为拳直击贺小虎面门，二人你来我往，转眼十几招。

萧如意一颗心一下子提到嗓子眼，暗里着急，不知道贺小虎此举是何意？难道仅仅是功夫上的较量？

"小虎，还不快住手！"胡不归看了一会儿，觉得时机差不多了，大声训斥道。

只见贺小虎纵身往旁边一跃躲开了向逍迎面击出的一掌，一击未中的向逍也趁势收了招，赔笑道："得罪了，三当家的好身手，佩服！佩服！"

贺小虎这才满意地道："让你小子明明一身功夫却假装什么不懂，累了老子送你回去。"

向逍觉得冤枉却哭笑不得，当时自己假装没有武功是为了不想惹是生非，没想到在崤山被土匪截住，后来机缘巧合认识了贺小虎，被他护送回函谷关，倒也非故意为之。

萧如意又让向逍给贺小虎赔了不是，遂带了自己人下山去，胡不归和几个当家的送出山寨，独柳玄机恋恋不舍，一直送到山下。这让早就倾心于她的谢晏嫉妒不已，时常拿萧如意揶揄她。

等到晚上，出门办事的万梓山回到山寨，听说了白天的事情，向胡不归问道："大哥，你觉得这个易霄怎么样？"

胡不归虽然没有答应萧如意投靠函谷关，却对他的印象并不坏，笑道："很像玉京城里的贵族公子哥，却有一腔报国的热情，真不知道那个苏相国是个什么样的女子，能让燕十三郎那样的血性汉子心甘情愿听她指挥，又让易霄这样心高气傲的公子哥不远千里千辛万苦来函谷关任她调遣？"

柳玄机听到这里心中暗暗记住了苏蓁玉的名字，没事就下山打听关于苏蓁玉的事情，没想到越打听越不是滋味，那些市井小民早已将她率兵抗胡的故事讲得如同传说，绘声绘色，都是赞美。

第三十八章 秋风生故关

回到函谷关的萧如意，先向闫鹏举汇报了关于崤山之行的结果，待听说胡不归不愿意归顺后，并不觉得意外，反而安慰道："三弟也不用太在意，崤山五虎本来就是不受拘束的江湖草莽，不肯接受招安是情理之中的事情，如今胡不归既然说有事需要帮助尽管上山，已经是给足了三弟面子。"

萧如意觉得他言之有理，也就将这件事搁置不理，想到苏蓁玉临走让他去接管崤函道关伏击北胡的一千人马，就告别了闫鹏举往上党高地而去。

话说上党高地的一千伏击兵由柴骏带领，这些日子，也遇到过三次北胡人意图从这里闯进关中，都被他伏击成功，心中很是畅快。不料前日收到函谷关传来消息，苏蓁玉派了一个叫什么易霄的来管理他们，心中颇为不快，暗里对苏蓁玉的意见越来越大，竟觉得她是京城来的大官，肯定是要培养自己的势力，所以才会让一个远道而来的外人接管自己的人马，显然这事是没把自己放在眼里。萧如意却不知道中间这些是非。

而眼下，在那狭窄的崤函通路上，一支北胡军队正悄无声息地向关卡处移动。阴沉沉的天气，满天的黑云，仿佛下一刻就会有斗大的雨滴砸下来，但这已经是十月底了，下雨夹雪的可能性更大。两旁的胡杨树紧紧地晃着早已没了叶子的身板，那光秃的枝条在风里凌乱而萧瑟。终于胡人队伍里露出一张漂亮的年轻脸庞，他抬头望向上党高地，幽黑不可见底的眼眸里充满了杀戮前的兴奋。而崤函道关的几个守兵因为有一段时间不见敌军来犯，百无聊赖地抱着自己的刀打起盹来，有几个人因为冷冽的西风吹得勤快，手足都裂开一道道口子，疼得厉害。

其中一人终于受不了寂寥，忍不住跑到放哨的堡垒上面向远处眺望，本也不抱什么指望地随意看上一眼，等他看清楚不远处那密密麻麻的胡人军队，顿时一个激灵吓破了胆，哆哆嗦嗦地敲响了那个报警用的大铁钟，钟声响彻云霄。

柴骏听到报警声，立刻组织人马，将滚石檑木都准备好，又以最快的速度在那个只容两人通行的隘口埋好火药，这种火药是中原才有的新兴武器，原来只是用来制造鞭炮的，后来被苏相国发现其中奥妙，经过无数次改良，如今的威力已经可以引爆一座房子，而这次苏相国又把仅有的火药都给了自己，这让他很是引以为傲。

就在他让人把火药埋好以后，胡人的军队已经来到近前，柴骏只当是一如既往地试探攻关，询问前方哨兵道："能看清楚多少人马不？"那刚跑来报告的士兵心里有些害怕，但还是实话实说道："密密麻麻全是人，没有一万也得有八千吧？"

柴骏心里咯噔一下，暗道不好，就算凭借地理优势，自己可以用一千守兵阻挡他们一阵子，如果没有援军恐怕会有失，这可怎么办？柴骏急得团团转，外面又有人禀报道："大人，有几名自称从函谷关来的男子要见您。"

"莫不是易霄来了？他这个时候赶来岂不是送死，真是短命鬼！"柴骏早没了和他一争高下的心，反而因为他第一天上任就遇到这么多的敌人攻击而惋惜，毕竟听说那人长得不错，还是个富家子弟。

"大人，胡人大军逼近了。"探哨兵再次来报。

"弓箭手准备！"柴骏说着，立刻一队弓箭手趴在前边战壕里，第二队弓箭手在后面准备，他亲自拿起最重的弓，左手抄出三支羽箭，将玄铁弓深深拉开，瞄准走在前面的主将，"放箭！"顿时万箭齐发，倚仗着地理优势两队轮番上阵，底下胡兵一阵凌乱，第一轮交战中略占上风。

谁知道，胡人休息一下又稍作调整进行第二轮攻击，这次为了避开弓箭的锋芒，几百人举着盾牌作掩护，让后面的人弃马步行先抢占高地。无奈通道太窄，只能几个人同时通过。眼看着有十几个胡人就要穿过狭窄的通道，柴骏一边指挥着弓箭手继续放箭，一边命令埋伏在下面的士兵将石闸打开，顿时无数巨石像不受控制的洪水滚滚而下,那些冲上来的胡人死伤无数。

此时天色已晚,胡人主将一看难以攻克,只好撤了回去。

柴骏望着缓缓退出上党的胡骑,心里的紧张感才稍得到释放。

身后有士兵来报:"大人,后山上来一位自称易霄的公子说要见您。"

柴骏有些没好气地说道:"你没看到这是什么地方吗?胡人刚撤退,你让他过来见我。"

那名士兵吓得不敢多说话立刻退了下去,"格老子,爷刚打退外敌,就要受这些公子哥的鸟气!"

周围几个与他亲近的陪戎副尉有些替他打抱不平道:"柴校尉在这里带着兄弟们打退了多少次胡人的进攻,突然调个人来,总要给出让兄弟们服气的理由吧。"

柴骏到底还是识大体的,心里明白这种关键时刻军心绝不能动摇,否则后果不堪设想,忙又安抚大家道:"苏相国这样安排必然有他的道理,等一会儿见到新来的易公子,大家就明白了。"

正说话间,有士兵前头带路将萧如意等人引到了上党高地的作战区。

"在下易霄,见过柴校尉!"萧如意来的路上就在心里盘算如何和柴骏好生相处,想来他一定会误以为自己来抢他的职位,殊不知苏蓁玉在手令上只是提到让易霄过来协调柴骏和崤山五虎一起作战。如今,崤山五虎拒绝招安,柴骏又对自己心存芥蒂,所谓协调作战怕是一场空了。

柴骏并不掩饰自己的情绪,肆无忌惮地上下打量着萧如意,最后语气生硬地问道:"你就是易霄?"

"不错,正是区区在下,这里有苏相国的手令一份,还请柴校尉过目。"

柴骏接过手令,反复看了两遍才收在怀中,因见并未收回自己校尉之职,心安很多,又见没有授给易霄实职,有些纳闷,不知道苏相国葫芦里到底揣的什么药?

柴骏正说话间,却觉得耳边猛然一凉,身旁一人将他的肩膀用力一按,两个人都趴在地上,而地上同时跌落着一支北胡人惯用的黑色鹰羽箭。向逍见萧如意为救柴骏差点被射中,心中怒火冲天,望向下方,只见乱石堆里爬起来一名北胡士兵,想来刚才那箭就是他射出来的。向逍想也不想劈手夺过身边人的箭,扣箭拉弦一气呵成,那名想逃跑的胡人立刻倒在了血泊之中。

柴骏从地上被副尉扶起来,想到刚才自己大意,差点中了敌人暗算,多亏了眼前的"易公子"救了自己一命,心中对他的敌意不由得消失殆尽,多出几分感激之情。

萧如意刚站起来,就见向逍几人跪倒在地道:"属下护卫不力,让公子受惊了,还请责罚!"

柴骏等守卫营的人顿时一愣,疑惑地看向萧如意,对他的身份暗自揣摩起来。萧如意忙让向逍几人站起来,解释道:"自幼蒙家母溺爱,他们都是我的贴身保镖,大家不要见怪。"

众人这才了然,原来是个富家公子,只道是玉京城来的什么大人物呢。

天黑前战场已经修整完毕,柴骏等人才回到营房,准备为萧如意接风,让厨房多做了几样菜,为防夜里胡人偷袭,大家都没有喝酒。

柴骏听完萧如意讲述的对崤函道的作战意见,受益颇多,心中不免思量道:"此人才智过人,气度不凡,苏相国居然没有授予一官半职,却要他来帮我守关,难道他是京城某个世家的公子,原也看不上这里的官职,只当自己来历练和帮苏相国的忙?"

第二日,阴雨绵绵,崤函道又来了一队人马,柴骏和萧如意迎到山腰,才看清来的人竟是柳玄机。柳玄机远远看到一身玄色盔甲的萧如意,心中欢喜,催马上前道:"易大哥,我来助你打仗好不好?这些都是我的手下,老大虽然不愿意来,但我的人来他也没有说什么。"

萧如意喜出望外道:"柳姑娘真是女中豪杰,吾等的及时雨呀,快点里面请!"

柳玄机从马上跳下来,笑吟吟地走到萧如意和柴骏面前,道:"易大哥怎么不给我介绍你身边这位?"

萧如意向她道:"这位是崤函道关的守将柴骏柴校尉。"又转身向柴骏介绍道:"柴兄,这位是崤山上女英雄'玉面虎'柳玄机柳姑娘。"

柴骏虽然之前在函谷关见过苏綦玉指挥作战的模样,她的清丽俊雅不似人间女子,倒是眼前的这位女英雄一身火红的短衣襟加上过膝长靴,收拾得利落干练,眉眼间更多了十分妩媚,让人忍不住多看几眼。

"柴大哥,我来帮你打仗好不好?"柳玄机杏靥微红,娇滴滴的声音传来,柴骏哪里还有拒绝的想法,忙不迭地点头欢迎。

第三十九章 一夫勇当关

从这一日开始，按照苏蓁玉留下的指令和方法，崤函关暂交萧如意统率柴骏部和崤山部，每日一边积极防御前来进攻的胡人，一边派小股分队骚扰潼关附近的敌人，待他们发怒追击，则将他们引到上党高地进行伏击。如此几日，北胡人似乎明白了他们的战术，便很少上当，即使有崤函守军前来骚扰也装作没有看见，任他们骚扰一阵再无功而返。

耶律明成久驻潼关，渐渐地有些不耐烦，毕竟开始攻打西北几乎没有费什么力气，一直打进潼关，掠过无数财富后，底下的将士终日在中原的土地上无恶不作，等积攒了财富，心里只想着快点带着这些战利品回到草原上慢慢享受。

因此，当他们在函谷关受阻后，心里既对难得的挫败感到愤怒，又不想把生命白白葬送在中原的弓箭和滚石檑木之下，每日每夜都期待着可汗早点带他们回草原去，竟无心恋战，这样的情绪一旦被点燃，就一发不可收拾。

耶律明成逐渐察觉到了士气的低迷，心中大骇，他自出生以来就在马背上跟着父亲东征西讨，见过无数的战争，即使几年前在北镇被苏蓁玉挡下南侵的脚步，也未见手下部落将士的斗志有所减损，如今这是怎么了？狼的血性难道要毁在潼关？

耶律明成想到函谷关易守难攻，更兼苏蓁玉亲自镇守，想要继续往中原侵进，显然不能立刻实现，而那时只怕草原之王的血性已磨没了。

"去蜀中！"耶律明成再次想起右贤王的建议，而此时，右贤王的部队已经整顿出发了，"苏蓁玉呀苏蓁玉，你以为我只能从函谷关进中原吗？这次我用你兄长的头颅祭奠昆仑神！"

且说右贤王仆固恩收拾麾下部落军团急行数日，于陈仓城东门外数十里驻扎下来，当日就派出前锋军叫阵，却无人开门迎战。仆固恩见敌人并不出城，心道：莫非城中无大将，胆怯不敢应战？遂下令强攻！岂知陈仓城倚山势建立，架起云梯就立刻被城门上的守兵击退，石块滚滚而下，强攻无果只好退却，反复再三，仆固恩这才歇战等待机会。

刚到陈仓的苏蓁玉并没有抛头露面，如果城外的仆固恩发现自己在陈仓，恐怕会第一时间撤回潼关攻打函谷关，而自己从陈仓返回的话，山路艰险，白白消耗将士们的体力和意志力。

陈仓的守将廖远征曾追随楚国公多年，这次听说楚国公亲自挂帅征讨西南，便想趁这次机会好好表现，让昔日上司在最后的阶段能再次提拔一下自己。谁知，没有等到楚国公到来，倒等来了女相国苏蓁玉。

好在，他有自知之明，在守城方面对苏蓁玉言听计从，几次打退仆固恩的进攻后，更是由原来的不亲近变成敬畏。

第四日黄昏时分，陈仓城西门一阵慌乱，有人发现东门外的护城河上漂着无数死鱼，原来仆固恩知道陈仓守军不多，城中粮草储备需要潼关方面供应，如今潼关已经被自己占领，料陈仓快要粮尽，只要死死困上一阵子，便能令城里守军不战而败。甚至在他们饮水用的护城河上游投放了毒药，这样陈仓城中连用水都成了问题，若是他们顽固不化再攻打东西两门，他们逃不出城外，必然伤亡惨重。

孰料，陈仓守军比仆固恩想象的要顽强得多，即使遇此重创，丝毫不影响他们的志气，城池依然固若金汤。廖远征每日守在城西门，仆固恩以为城中守军的重心在西门，遂将半数大军转移到东门，试图踏过护城河，攻入城中。

果然，当仆固恩进攻东门的时候，先是遇到一股守卫军抵抗，由于人数悬殊，一再败退。仆固恩心中大喜，便下令渡河，因为上次投毒事件，陈仓城在上游设了水闸，隔断水流，此时的河水已经浅到可以涉水而行。就在几千人已经下水争先渡河的时候，忽听上游水泻声音，抬眼一看，竟是熊熊燃烧的大火，火舌如同要吞噬苍生似的飞奔而来，先渡河的前锋铁甲军，因为盔甲过重，无法立刻退回岸上，洪水带着火舌将他们淹死、烧死，亡者不计其数。

整条河流如同一条火龙环绕着陈仓城，那河面上细看竟是覆盖了一层厚厚的状如石漆的东西，是它在燃烧，仆固恩颤巍巍地立于步军中，老泪纵横，为损失的几千铁甲军心疼不已，此时说什么也无济于事，只道悔之晚矣。

事后，仆固恩才得知，那水上燃烧的东西叫作洧水，产于延州高奴县。其实洧水是延河的一条支流。后来当地人发现了一种可以燃烧的液体，为了好记，直接也叫作"洧水"了。仆固恩这一生跟随老可汗东征月氏，北伐乌孙，从未遇过如此惨重的失败。复仇之心熊熊燃烧，却被随行的小儿子仆固寇斓拦住。

仆固寇斓觉察出陈仓城中有蹊跷，出发前他曾调查过廖远征的作战特点，是沉稳有余应变不足，这样的奇谋诡变绝不可能想得到。很快，仆固寇斓从抓到的一名俘虏口中得知，苏蓁玉带兵穿过年久失修断掉的栈道到达陈仓，"她什么时候修复好的栈道，怎么一点动静没有传出来？"

仆固寇斓拨转马头，向着前方陈仓城方向露出狼一样的凶狠目光："苏蓁玉，这次我让你有来无回！"

仆固寇斓将苏蓁玉在城中的消息禀告给父亲后愤恨不已："难怪现在的陈仓城就像个难啃的臭骨头，那个女人总是与我们作对，要是她落在我手里，一定让她求生不得求死不能！"

老成的仆固恩也被激怒了，总是败在一个丫头片子手上，这是耻辱！昆仑神的子民，是不可以忍受这样的耻辱的！

夜里，如钩的弯月渐渐隐入云层，风声依然呼呼地响起，仿佛要将整个陈仓城连根拔起。没有人注意，城外有轻轻蠕动的痕迹，一个，两个，三个，四个……无数个影子在乌云压城的空隙向城池下靠近。很快，有架云梯的声音，嘭嘭的一下，城门上巡逻的士兵警觉地往下看了一眼，只有无尽的黑，和凛冽的风如刀子似的削在脸上。几个守兵终于受不了，靠在一起，聊着等战争结束，回到老家娶妻生子的未来。

那嘭嘭的声音又响起，他们一下子更警觉了，身子往外探出查看，只听一声箭鸣声，一个守兵还没来得及叫嚷就跌下了城门。

"快！击鼓！有敌人夜袭！"

城头上鼓声擂响,彻天动地。

那密密麻麻的往上攀爬的胡人,黑夜中就着一点星火望去,如同鬼魅,让人看着不由得胆寒。"不要让胡人登上城楼!杀啊!"

厮杀声惊醒了整个陈仓城的安宁,城楼上的几百守兵无一生还!

苏蓁玉听到鼓声后,顿觉大事不妙,来不及召集大家,只能用鸣笛为号,这是她平时训练军队时的惯用伎俩,鸣笛响过三声,便是冲锋的号角,所有人只能往前冲,不得后退一步。"摆阵!"随着苏蓁玉的鸣笛声,三千精锐之兵在城门口与冲进来的胡人展开了殊死搏斗,所有人都知道这一刻不是你死就是我亡,狭路相逢勇者胜。随着鸣笛声的变化,阵形不断变幻。

苏蓁玉隐在暗处看着越来越多的胡人冲过来,心口上如同插进去一把刀,这三千人是她从函谷关带过来的,她曾承诺过给他们美好的明天,现在却眼睁睁地看着他们一个又一个倒了下去。而胡人的人数越来越庞大,五千,一万,甚至更多。

怎么办?时间一秒一秒度过,苏红袖望着她,沉默地护在身旁,"红袖,如果我以自己为诱饵,你觉得有多大胜算?"

"不想这些,大人做什么,红袖就跟着做什么!"

"好!"

第四十章 巾帼有枭雄

苏蓁玉再次吹起鸣笛，阵形一变，坤门开，乾中守，而她趁着这一刹那的变化，策马奔出城去，苏红袖和相府家将紧随其后，"苏蓁玉在此！"

这一声喝，无数胡人立刻拥上前去要抓住她，本来已经快杀进城的胡人，被这几十人唬得一愣。

"那是苏蓁玉！活捉苏蓁玉者，赏万金！"

仆固寇斓一声令下，所有的士卒如同嗜血的恶狼纷纷扑向苏蓁玉这边。

"廖将军，关城门，没有我的命令不可出！"

苏蓁玉鸣笛吹响，三千精锐没有一个人后退，随着她杀出城门，直到那道重达千斤的城门再次阖上，没有人回头看一眼，大家随着苏蓁玉的指挥一路杀出去。廖远征率领陈仓驻军将城楼上的敌人一一诛杀，那云梯上的冲锋者最终都被投下来的石块击中滚落下去，而先前杀入城中打开城门的胡卒早已在苏蓁玉将大军重新引出城外后被斩于城中。

廖远征眼睁睁地看着苏蓁玉指挥三千将士不断变幻着阵形，杀退了敌人一波又一波的进攻，然而那不断倒下的勇士，逐渐收紧的包围圈，让人从痛苦变得绝望。

"将军，现在怎么办？"副尉是个热血青年，看着城外厮杀的同袍又如何隐忍得下去。

"保住陈仓城，不要辜负了苏相的嘱托！"廖远征一字一顿地说着，眼睛早已红得如同染血。

这一场战争从寅时一直杀到黄昏，仆固寇斓看着丝毫没有慌乱的苏蓁玉和已不足两千的精骑，竟起了佩服之心。但他不敢怠慢，此刻放过苏蓁玉，今生恐怕再没机会抓住她了。

鸣笛起起落落，苏蓁玉心里一片澄净，她从第一次站在沙场上，就时刻做好了以身殉国的准备，但就这样死在陈仓城下，她觉得有些不值得，但又能有什么办法呢？

就在所有人都以为这次真的没有办法突围成功的时候，忽听得四周马蹄声和冲锋声震天，就在不远的地方，有黑衣少年骑马风驰电掣般奔来，他的身后皆是穿皂衣的铁甲军。

"是'鸦兵'！"

北胡军中不知谁喊了这一句，仆固寇斓也已经看到了他们，心中大骇，来不及细想，下令道："撤——"

未敢交锋就失了方寸的北胡骑兵立刻遭到了苏蓁玉的绝地反击，他们看到"鸦兵"，如同看到恶魔，哪里还敢恋战！仆固寇斓眼看就要得手的胜利就这样化作乌有，内心充满气馁和不甘。

"儿子，你不要乱来，先回潼关再想办法。"

仆固恩看着爱子想掉转马头回去对付苏蓁玉，忙一把将他拉住，"中原人有句话说得好，留得青山在，不怕没柴烧！"

苏蓁玉望着忽然撤退的仆固恩部，有些意外，眼睛转向已经快到近前的"鸦兵"，突然，眸色里晕开无数的惊喜，那个瘦削而清冷的少年将领分明就是离家多年的小弟苏怀玉。

苏怀玉已经看到前面的战事即将结束，一个手势，身后的"鸦兵"如同离弦的箭三路包抄欲要逃跑的仆固恩部。而他策马来到苏蓁玉的马前跳下来，扬起一脸明媚道："阿姊，你还生我的气吗？"

苏蓁玉的睫毛上氤氲出一片水雾，半响才平静道："还不扶我下来！"

"是！"

这修罗场终归于平静了，而这一对姊弟像寻常人家久别重聚的亲人，没有国事，没有苍生，只是彼此提及那时年幼无知做的糗事，继而哈哈大笑。

远处，北胡人还在以最快的速度逃窜。

仆固恩做梦也没有想到，杀人不眨眼的"鸦兵"会突然出现在陈仓，他们不是在西域吗？这一路过来，穿越整个河套地区，自己竟没有提前得到消息，这究竟是怎样的前进速度，骇人听闻！

出潼关时的十万大军，于今所剩不过三万有余，仆固寇斓不肯作罢，非要嚷着再去与苏蓁玉一决高下，"混账，你难道不知道'鸦兵'的厉害？月氏，偌大的一个部落，不到七天就被赶到了漠西，还有乌孙也不过两天就投降称臣，甚至没有人知道他们是从哪里到达西域的。"

"父王，那你知道这支'鸦兵'的来历吗？"

"耶律可汗曾派人查过他们的底细，有人说是西域新崛起的部落，也有人说是几个月前北镇燕家军失踪的那支飞骑军，你觉得哪个更可靠些？"

"儿子觉得应该是漠北新崛起的部落，中原人就算能守住他们的长城，却没有能力长驱直入攻打草原上的部落。"

仆固恩只觉得从陈仓撤回的路途比去的时候更加艰辛，心中反复推敲等见到耶律明成该如何措辞才能将自己这次出征的失败大事化小呢？

而陈仓城外，已然相认的两姊弟，携手重回城中。廖远征立于城门上，看着这突如其来的变化，心中竟升起莫名的敬畏，如果不是得神明护卫，陷入如此绝境的人又怎么能一再获得重生？

"将军要不要开城门？"一旁的副尉问道。

廖远征不假思索地骂道："开！你看不到外面的人是苏相国吗？"

随即一阵一阵的嘈杂声，吱呀呀呀的城门打开的声音，那些幸存者看着昨夜还一起共进晚餐的同伴，现在已经再也睁不开眼了。

"你害怕吗？"廖远征突然问身边的一名年轻士卒。

"回将军！属下不害怕！"那士卒垂下眼睛，双手无措地握紧手上的刀。

"好！你见过人吃人吗？"廖远征又道。

士卒有些错愕，抬头看了一眼将军，又迅速低下头。

"倬升八年，本将军追随楚国公平定西北勃人叛乱，将叛军围困在现在的陈仓城，逾三月，当时我们以为叛军很快就会因为粮草断绝而投降，谁知他们竟坚持了整整三个月，你知道他们是怎么撑下来的吗？"

士卒听得入迷，有些不解地回道："难道他们带了很多存粮在身上吗？"

"非也，等我们打下陈仓城的时候，才发现城中的百姓，男人充作奴隶，妇女儿童已被竞相食尽！"

那士卒只觉得胃中一阵翻腾，天昏地暗，这样残酷的事情就这样被轻飘飘地说出来，那真是要多恐怖就有多恐怖。时空仿佛一下回到很久以前，中原也曾发生过一场人间惨剧，然而那记忆太薄弱，只存在于诗人的诗里：

食饱心自若，酒酣气益振。
是岁江南旱，衢州人食人。

回到陈仓城的苏蓁玉，心情并不是很好，虽然有胞弟归来的意外惊喜，也有命悬一线后的大难不死，却无法原谅自己将三千多人的性命置于敌人的刀口之下。

入夜，苏蓁玉将陈仓城的守卫兵都召集在校场，点燃的火把印在每个刚经历了生死的年轻人脸上，一坛坛酒是很久以前就埋在库房地下的，早已不知道它们的主人是谁。

"将士们！今日之战，你，还有你——你们都将要载入史册，这一场仗我们不但没有输，还赢得惊天动地！这酒，是敬你们的，敬你们为这万里河山，天下苍生做出的巨大贡献！干！"

每个人都端起了眼前的碗，酒平时大家都没少喝了，今日却喝得最为痛快淋漓。

"本相从函谷关带着你们排云穿石，从乱崖中宛转得路，来到陈仓，又和廖远征将军齐力对抗仆固恩部。大家共同退敌，出入一家亲，这一杯敬廖将军和陈仓城里的所有兄弟！"

这酒从早上一直喝到中午，却无一人醉倒，大家心中都有太多的顾忌了。

而苏怀玉和他的"鸦兵"则默默地守在城楼上，这一夜是他主动请缨来守卫的，在他还是十岁孩童的时候，看着父亲送阿姊出征，他要哭着追去，被大哥喝止，"等你长成男子汉，就不用你阿姊去打仗了！"

很快，陈仓城就恢复了安宁，仿佛这里从未经历过战争，这里的居民多半是昔日留下的随军家属，他们早就见惯了生死，比其他地方的人们更加旷达，高歌纵酒，庆祝难得的太平。

苏蓁玉接到密报，楚国公的大军已经入蜀，永宁王的叛乱用不了多久就能平定了。"大哥一个人在锦官城，阿姊怎么不去帮他？"

"大哥不会有事的，楚国公已经率领王师入蜀了。"

"阿姊下一步打算去哪儿？"

"怀玉，你可听阿姊调遣？"

"当然，玉门关飞骑营校尉苏怀玉见过相国大人！"苏怀玉毫不犹豫地跪倒参拜。

"跟我杀回北镇吧！"

"诺！"

咸平三年冬，北胡右贤王仆固恩越汉中准备入蜀接应叛乱的永宁王，却在陈仓屡屡受挫，后有名震西域的"鸦兵"从天而降助陈仓守军，仆固恩大败而回，折损兵马过半。可汗耶律明成一怒之下率军弃函谷关而攻进雁门郡。

这场战斗持续了一天一夜，异常惨烈，雁门守将徐敬宗力战而竭，惨死在胡人刀下，而耶律明成也遇到了从未有过的重大伤亡，即使攻下了雁门郡，却因"鸦兵"赶到，不得不撤回潼关。然而，耶律明成此时此刻恨极了中原人，竟下令屠城泄愤！

收到消息后的苏蓁玉感到前所未有的悲痛，如果自己的追击速度再快一些，这一次的人间惨剧，原可避免的。

地狱空荡荡，魔鬼在人间。

苏蓁玉握紧拳头，立誓一定要将北胡打败，永远地打败，让他们彻底远离北镇，永生不会再来侵犯！

第四十一章 鸦兵横出世

祁连山位于河西走廊南侧张掖郡境内，是连接北胡和东胡还有玉门关的必经之路，而撅子峰就列附于大山腰的两截横痕处，是波斯商人偷渡中原的一条暗道。有熟悉地形的当地人带领就可以循其侧石隘，跻磴数层，过中留隙地如掌者，就能进入一个狭窄的山洞。洞口由西入东，行数十里就可以直接穿越到玉门关内。

同理，也有少数中原人从这里通过，进入祁连山的另一端。彼时，北胡人一心想着这次他们的可汗能打进中原，带回无数的金银珠宝和美丽的中原女子，眼看着一次次进攻都被一一阻击，心愿终成泡影，那些整日在王庭享受中原贩卖进来的丝绸美酒的贵族开始讨厌没完没了的战争，让那些商贩不敢再来漠北做生意。

大概那些商贩也意想不到，就是这条暗道最终成了改变两国交战结果的最后一根稻草，此事暂且不表，先说耶律明成收到一封封从王庭送来的密函，心中十分不快，这些北胡的贵族除了他的几个叔叔就是舅舅们嚷得最凶。但战争到了这种白热化的程度，他绝对不会轻易退缩的，为了平复来自王庭的不满情绪，耶律明成修书一封派使节入玉京谈判，希望两国能够和亲休战，并开通昔日两国边境的贸易往来。这件事传到王庭以后，大家一听贸易继续，就没有人再关心战争是否还要打多久。

当然，这只是权宜之计，耶律明成并没有丝毫的撤兵迹象，甚至就在东胡太子苦苦挣扎，面对燕十三郎这样的强敌，准备撤退不再啃这块硬骨头时，耶律明成居然将自己最心爱的姬妾拱手送给了东胡太子完颜良,并在一同送去的信中写道:"太子殿下若一时心软撤退,那中原皇帝后宫中的三千佳丽就无福消受了。"

原来,那完颜良好色至极,平生以阅尽天下美色为目标,他自幼就听说中原的皇帝每三年一次大选,将全国各地的美女尽纳后宫,便立志他日一定要攻进玉京城,不为别的,就要那三千后宫佳丽而已!

萧如昊不是昏庸无道的君王,他在收到耶律明成的和谈书后,就意识到这是个缓兵之计,经过几轮的朝廷集议,最终将和谈的人选和内容敲定下来,而同时又给苏蓁玉和燕十三郎下旨不可有丝毫松懈。

"鸦兵"的出现很快引起了萧如昊的注意,虽然他对边境的战事不能了如指掌,却也不是闭塞不知。很快朝廷的一封询问书就到了燕十三郎手上,应该怎么回复朝廷让他觉得十分棘手,当今陛下多疑善妒,若一个字用错,恐给苏怀玉带来杀身之祸。

经过再三思量,燕十三郎在上表时将所有事情揽到自己身上,称苏怀玉的"鸦兵"原是玉门关的飞骑营,当日两胡联军压境,为了牵制胡人安排了飞骑营深入敌后寻找胡人王庭所在,无奈沙漠浩瀚,致使飞骑营走错方向一路杀到西域,后征服月氏、乌孙等诸小国不与胡人联盟,其间又几次与北胡未远征的部落发生冲突,皆以胜利告终。"鸦兵"逐渐有了名气,成为插在西域里的一把尖刀。而后又辗转从河套地区杀到陈仓,这才真正名震一时。

读到这些的时候,萧如昊特意让吴亮甫找来了西域的地图,当他的手指触摸着那些板块的时候,瞳孔一点点黯然下来,指尖或许是因为天气的缘故冰凉凉的。"吴亮甫,你说西域这么大,一支骑兵纵横驰骋却没有被歼灭,而是变得更加强大地回来了,是国家的福气还是不幸?"

吴亮甫心里吓得一个激灵,嘴上却赶紧道:"陛下,老奴愚钝,哪懂这些。"

萧如昊又似不经意地问起:"听说'鸦兵'的头领叫苏怀玉,去查查他的家世背景。"

"回陛下,您忘啦?苏相国的弟弟可不就叫苏怀玉的。"吴亮甫状作惊讶地说道。

"原来是他。"萧如昊嘴上说着,却没有半点觉得意外,这些他又怎么可能忘了,"吴亮甫,你说,老尚书是怎样将三个儿女培养得如此成才,真是朕的福气啊！"

"陛下,你这可是为难老奴,老奴一辈子待在皇城,哪儿懂这教育孩子的事。"

"嗯,确实难为你了。去把徐伯芳传进宫吧,朕有话跟他说。"萧如昊重新拿起地图仔细端详,吴亮甫暗自松口气出门传旨去了。

那地图虽然绘制得并不十分精致。但从甘肃出玉门、阳关南行,傍昆仑山北麓向西至南道诸国都历历可数。萧如昊在当太子的时候曾经接见过北道诸国的使者,没想到原来还有南道诸国,那边的小国都被北胡人控制,从不与中原人打交道。

昔日还是太子的萧如昊就对西域充满了好奇心,也是那时候他第一次吃到一种叫石榴的水果,后来他还派人高价购得一株石榴树,很快玉京城就有无数的达官贵人喜食石榴。中原有的客商为了谋取暴利开始穿过一望无际的大漠,将中原的丝绸、纸、茶叶贩到西域,又从西域带来各色奇珍异宝和中原没有的水果。而这条被商人走出来的路,却成就了今日的"鸦兵",萧如昊心中五味杂陈。

徐伯芳入宫的时候已经过了晚膳时辰,但萧如昊还是让御膳房做了几样小菜,温了上好的御酒："陪朕喝几杯,好些日子没跟人清净地说说话了。"

"微臣遵旨。"

"吴亮甫,搬个炭火盆过来,朕有些脚冷了。"萧如昊吩咐人将酒菜摆在太极殿的东厢阁,又添了炭火盆,一时间屋子里暖和了许多。

徐伯芳不明所以地跪坐在了榻几的一角,心里将最近发生的所有事情想了一遍,难道是"鸦兵"？他想起这支如同天兵的军队主将是姓苏,脑袋里那些盘根错节的疑惑,一下子就理清楚了。

萧如昊举过徐伯芳为他斟的酒,一口饮下,吓了众人一跳,徐伯芳忙劝道："陛下应以龙体为重,今夜霜气太甚,酒又是冷物,少饮为好。"

萧如昊微笑道："伯芳太过小心了,朕还没羸弱到不胜酒力。"

徐伯芳小心翼翼地赔笑,萧如昊继续说道："伯芳可听说过'鸦兵'？"

"这次西北报捷,微臣已经听到一些关于'鸦兵'的事情了。"

"哦？下面的人都怎么说的？"

"陛下有所不知,市井小民的话不足为怪,无非就是夸大和渲染后当作故事唬人的。"

萧如昊心里颇觉不快，冷下面孔道："是吗？如果真是夸大，你怎么不在一开始就能发现原来苏怀玉去了北镇？"

徐伯芳大惊失色忙叩首道："微臣不察，请陛下责罚。"

"起来吧，朕也没有要怪你的意思，如今西北和北镇都需要有一支能打仗的军队，有这个'鸦兵'未尝不是好事。"

徐伯芳这才战战兢兢地重新半跪坐在榻几下自己的位置上："陛下英明神武，此天下之福。"

"苏皋玉还在川中，皇叔的叛军拿他不下，等楚国公去了，还真有点螳螂捕蝉黄雀在后的意思啊！"

徐伯芳不敢多说话，只唯唯称是。其实，这顿晚膳他一口也没有吃，自然酒也只是看着皇帝一人在饮。

"你说，如果国公路上耽误了行程，岂不是会害了苏皋玉殉职锦官城？"萧如昊似是醉了，想了一下又道："朕要下旨给楚貉，务必以最快的速度赶到蜀中以解锦官之围，若是苏皋玉有失，就唯他是问！"

徐伯芳心中大骇，头垂得更低了，压制住自己的颤抖，用最温和适宜的声音回道："陛下处处为臣等着想，此百官之福，微臣情难自禁，唯有竭尽所能报答陛下。"

萧如昊看着他，半晌才道："夜色深了，回去吧。"

徐伯芳躬身退出，走出太极殿，被风一吹立刻打了哆嗦，原来刚才过于紧张竟出了一身汗，这冬天的风分外刺骨，直冷到五脏六腑。

回到家中，徐伯芳没有惊扰已经睡下的夫人，独自去了书房躺下，脑海里全是苏皋玉的清俊模样，他对这个人还是有些了解的，聪明、正直，有着读书人该有的所有美好品质。当一想到就是这样美好的一个人却因为姓苏，即将成为世人眼中"因公殉职"的典范，让他不寒而栗。而让他更加胆寒的是，今夜皇帝让他进宫当面授机宜难道只是为了找个人说说话？不可能，莫不是敲山震虎？徐伯芳想到自己掌握着朔风营的指挥权，亲妹妹又是后宫中最受宠爱的贵嫔娘娘，愈发害怕起来。

此后，京城士大夫忽然发现朔风营统领徐伯芳心性大变，热衷于学文咏诗，余生竟小有所得，世传其诗篇若干。

第四十二章 陈仓破胡虏

当陈仓一役彻底断了北胡和永宁王的合作梦想后，苏蓁玉安排好陈仓守军事宜，辞别廖远征，以陈仓为跳板往北推进。

殊不知，右贤王功败垂成后，耶律明成恼羞成怒，十天内向函谷关发动七次进攻。而令他感到失望的是，虽然已知苏蓁玉不在函谷关，却并没有如愿以偿地拿下，反而在攻打过程中遇到一股不和谐力量的破坏。几经交手才得知竟是崤山的一伙土匪，他们常常夜半偷袭，等你追赶就会被他们带到上党高地，遇到驻扎在那里的崤函守军埋伏，伤损亦是不少。

耶律明成决定先除去这支人数不多的人马，若放任他们不断骚扰，对军心难免有影响。仆固恩父子陈仓败回后，一直饱受其他部落首领的奚落，内心十分窝火，遂主动请缨去灭掉上党的驻军和崤山的土匪。经过深思熟虑后，耶律明成终于同意了，随即仆固恩部向崤函道关出发，爆发了著名的崤山之战。

十一月初，仆固恩军队开到距离上党高地七十里处，然而这次士气却是有史以来最低的时刻，想来陈仓一战和数次攻不下函谷关对背井离乡的北胡人造成了不小的心理阴影。

仆固恩虽然主动要求攻打崤函道，却也不是一无所知地盲目自信，对于这次出动他其实心中忐忑不安，但他和儿子非常需要一次胜利翻身，不然今后在漠北，他的右贤王部会逐渐被其他部落蚕食，漠北从来只敬重胜利者而对失败者唾弃和分食。崤山上的人马是土匪，他们的行军路线、军事目的显然比较随意和捉摸不定。如果情报不准确，这个仗就没法打了，就像巨人和蚊子的战争，徒增倒霉，而底下的几位首领对作战意见也争得面红耳赤。

萧如意从前线探子那里得知前来攻打的是右贤王部，心中大喜，看来苏蓁玉西去陈仓成功堵截了右贤王部与永宁王的联手，如今堂堂右贤王沦落到攻打上党这样的关隘，北胡人对于失败者的嫌弃可见一斑。为了万无一失，萧如意先让向家兄弟和柳玄机等武功高手夜探敌营制造混乱，火烧仆固恩部的营帐。说得固然轻巧实际却是凶险无比，在这次夜袭中，柳玄机右臂中箭，差点命丧当场。

萧如意感到十分内疚，每日闲暇就去陪她说话，那柳玄机本就对他芳心暗许，如今见他对自己关心备至，竟误以为萧如意对自己也是喜欢的，为了帮心上人对付敌人，柳玄机不顾身上有伤，回崤山说服了大当家的胡不归等几个哥哥前来助阵。

此一战，萧如意最终以地理优势和士气高振击溃了仆固恩部最后的三万大军，不顾身体伤势未愈的柳玄机会合胡不归等崤山部一路向北追逐，竟私自斩首投降的几千胡卒以报一箭之仇。消息传回上党立刻让萧如意拍案而起，大叫柳玄机误了大事。

正如萧如意所担心的一样，胡人本就是狼性十足的民族，之前因为败退而投降，后见柳玄机斩杀几千人，立刻激怒了本要逃跑的其他胡卒，仆固寇斓更适时鼓舞士气道：“我昆仑神的子民如今被这些中原的羊羔欺辱，不报此血海深仇怎么对得起天神的护佑！"

绝地反击的仆固恩部像疯了一般回击崤山寨的土匪，很快就致使崤山寨阵亡百人，伤者千余人，亏了萧如意带人及时赶到才将他们救下，免遭全军覆没。

本来对柳玄机印象不错的几名校尉，见识了她的狠辣后，再也不敢心存幻想，倒是萧如意因为一直爱慕着苏蓁玉，并未对她过多示爱，此时也没有因为她暴露自己的嗜血一面而回避。柳玄机并不在乎别人的目光，见萧如意对自己还是一如既往，心中十分畅快，只道终于找到自己的一心人了。

崤山一战后，耶律明成意识到中原人的战斗力并不是一无是处，当初自己一路烧杀掠夺而来，只是占了先机而已，如今这群人为了保护自己的家园和性命开始反抗和攻击，反而使自己陷入两难之境，自此一直据守潼关不敢轻举妄动。

很快,回到函谷关的苏蓁玉上书朝廷,希望可以通过出使西域各国,对他们进行拉拢联合,趁机断掉耶律明成在西域的臂膀,从西北、北镇、东北分三路反攻,彻底解决掉百年来胡人对中原的威胁。奏章一送到玉京城就受到了皇帝萧如昊的重视,很快召开了朝议,经过几轮商讨确立由御史大夫褚之时的长子,现任吏部员外郎的褚世杰接手这一重要使命。几日后,褚世杰带领多达三百人的使团浩浩荡荡地从玉京城出发往西域而去。

"既然苏怀玉的'鸦兵'已经将这些国家修理过,想来使团在路上不会再遇到多少困难,比起前朝的张骞强多了。你说是吧,伯芳?"

"是,陛下。"

"伯芳最近怎么跑去学诗了?"

"微臣幼时耽于学武,近日读书发现其中妙处,一发而不可收。"

"好啊,等海晏河清,四方无事,朕也学学你们吟诗作对!"

"陛下圣明,此天下人之福。"

函谷关内,中军大帐。

闫鹏举等人见到苏蓁玉回来,都高兴不已,忙上前询问关于"鸦兵"的传闻是不是真的。

"苏相,听说'鸦兵'只有五千骑兵却纵横整个沙漠无人能敌?"

"我还听说他们的将军有一支千里眼,能发现百里外躲藏的兔子?"

"不对,最主要的是,我听说那个将军跟咱们相国形影不离,是爱慕苏相国的天兵神将,特来下凡救她的。"

众人一下子安静下来看着最后发言的那个参将,眼神里都透露着一个信息:你死定了!

那个参将也自知失言,张口结舌,不知该如何挽回局面。

"他是我胞弟苏怀玉,几年前不听话一个人跑去北镇投奔了燕元帅,如今才有点出息,可不要再把他捧坏了。"苏蓁玉抿嘴一笑,她是从内心深处为这个弟弟感到自豪的。

此言一出,众人更是震惊,几年前苏家出了一个十几岁就称侯拜相的女儿,现在又出了少年名将的儿子,这还了得。

就在大家恭贺苏蓁玉与胞弟久别重逢又喜得神兵的时候,只有萧如意眉头紧蹙不置一词，有不知情者私下腹诽道："那易霄公子昔日来投奔苏相国，两个人是多么亲密，谁知苏相才去陈仓数十日，他倒疏远了，该不会是为了崤山的那个柳玄机吧？"

等夜深人静，大家才散开，苏蓁玉将萧如意单独留了下来，众人心照不宣地用眼神交流，仿佛知道了什么了不得的事情。

"你看起来不怎么高兴呀？"苏蓁玉看着眼前的人说道。

这时二更鼓刚打过，帐外的函谷关开始寂静下来，除了值班的巡逻兵偶尔经过，其他参将的营房灯已经灭了。一钩弯月光芒幽暗，较平日更觉阴晴不定，萧如意忽然捧起她疑惑的脸蛋端详一会儿后道："这一走就是近一个月，连个纸条也没有给我捎回来，我当然不高兴。"说完干脆坐在苏蓁玉的帅椅上，揽腰将她搁在自己腿上，双手环抱低声叹息："我每日每夜都担心你回不来，现在好不容易回来了，又带回个那么厉害的弟弟，这可如何是好？"

苏蓁玉想挣脱他的怀抱，因为红袖就在外面守着，到底是贪恋这片刻的温暖，反而往他的身上更靠了靠："如何是好？这怎么说呢？"

"你自己什么都明白，还要我说出来吗？我那个哥哥猜忌你又不是一天两天了，只怕'鸦兵'的出现会让他更加坐立不安，这场仗，无论赢还是输，你都不得善终啊！"

苏蓁玉微眯着眼睛，眼波流转，似是帐前冷冽的月光，须臾她开口，已经是无情绪的模样了，"我又不害怕。"

函谷关的将士一心以为苏蓁玉回来了，那"鸦兵"也很快就追随而至，谁知等了一两日，不见有任何军队经过函谷关。所以，有好奇心重的参将在军议会上，用最正经的军事术语，打听起"鸦兵"的去向问题。

"鸦兵已经在去往北镇的路上了，大家不要过多关心他们，毕竟苏怀玉离开玉门关时主帅不曾想到他能混账到纵横整个漠北草原一圈，届时少不了受军法处置。"苏蓁玉漫不经心地说着，仿佛即将受罚的人根本不是她的胞弟。

众参将一听，赶紧把话题重新拉回来，就是如何攻破潼关或者防止耶律明成攻破函谷关。看似如火如荼的战事仍在继续，眼光高远的人已经明白，这场战争在不久的将来就要结束了，而北胡、东胡必然要为这次的犯境付出惨痛的代价。

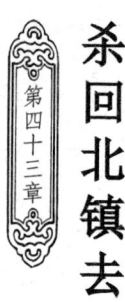

第四十三章 杀回北镇去

一路杀回北镇的苏怀玉，本以为会受到北胡骑兵的围剿，孰料竟没遇到多少抵抗，细想当日耶律明成七天屠三城，乃中原军队之责，心中十分不快。

燕十三郎收到信报，得知苏怀玉要回来，状若气愤地要霍霍磨刀，非砍了这个不受束缚的兔崽子不可。

谁知，一见面那苏怀玉立刻乖巧地负荆请罪，在其他诸将的求情之下，燕十三郎这才答应饶过他的性命，许他戴罪立功，"鸦兵"仍交他带领。

苏怀玉休整几日，便把目光对准了赖在长城以北不走的东胡军队。

且说，东胡太子完颜良此刻最恨的人就是耶律明成了，拖了自己下水，以为能打进中原的皇城好好抢掠一番，到如今看来，那萧如昊后宫的三千佳丽也不是那么容易得到的。赤塔的粮草已经被烧，襄平也被赶到幽州的二路元帅楚岳攻下，真是让他叫苦不迭。

就在完颜良决计退兵的时候，谁道耶律明成能舍得最心爱的兰姬，还有从西北各郡拿到的金银珠宝和美貌女子给他送来，并在信上写道：这些不过是区区西北三郡的财宝和美女，若拿下整个中原，就会有数不尽的黄金美女等着你我去享受。完颜良色贪财好色，立时打消了撤退的想法，派兵再次发动对玉门关祁连山一带的战争。

燕十三郎自是不惧他的，兵来将挡，只因燕家军善守不惯远征，双方都没得到什么便宜。再后来燕十三郎除了加强长城附近的巡逻，也会派出一两队骑兵主动出击，却因摸不清敌人主力部队方向而无功而返。

这天，红日西沉，苏怀玉奉命巡逻到祁连山下，遇到十几人鬼鬼祟祟，派人捉到眼前询问，方知原来是走私的商贩。听说他们要去漠北，忍不住问道："你们不走雁门关大路，从这里几时能绕到漠北草原呀？"

其中一人不假思索道："回军爷，祁连山里有条暗道可直通漠北，比雁门关近多了……"未等他说完，旁边一人狠狠扯了一下他的袖子，这人意识到自己话说多了，忙低下头不再言语。

苏怀玉冷笑一声："几位莫不是不想回家了吗？关外山高路远，死几百个人尚且无人问津，况尔等几人。"

"军爷饶命，区区小民贱命，还望军爷不予理睬，免得污了你们的眼睛。"

"饶命也行，带我去看看你说的那条暗道在哪里！"苏怀玉起身，手下几个亲兵过来押着十几人一起往祁连山方向走，"识时务的就赶紧说，不然丢了你们去喂狼。"

"小的这就给军爷指路，那暗道原也离这里不远了。"

苏怀玉令答话的那人在前面带路，其余几人被士卒押着跟在后面。登山里许，山崖陡峭，俯瞰其下，亦有危壁，岩洞是从崖间半突出的。

"就是这里了！"

众人随他一起下去，因为山洞过于漆黑，苏怀玉命人点起火把，"军爷，前面是溶洞，还有一条地下河，有蝙蝠出没，你们不要害怕，天黑之前我们应该能走出去的。"

苏怀玉让他少说些废话只管往前带路，又行数十里，眼前路穷，一帘水涧，水流下层层叠叠无数乱石，"从这个水涧直接穿过去就行，不深的。"苏怀玉让众人排成一字跟在那人后面。从涧中乱石上踏行，这些乱石十分不平整，圆者滑足，尖者刺履。如是走了几里，眼前一亮，出现一个由地下水形成的浅潭。一泓深碧，怒流倾泻之上，流者喷雪，众人不觉为之一叹。

洞内本就石罅夹起，走到后来，路愈发狭窄，如入无底洞。就在众人倍觉压抑时发现洞口大开，眼前出现一条河，大家溯溪而行，渐已走出来，"呵，没想到我们用不到一天时间就能穿过来，果然是个好办法！"苏怀玉大喜。

那十几个人本想就此别过他们,去往漠北做生意,谁知被苏怀玉一句"军机不可泄露"又给押回了玉门关。

燕十三郎听了他们这次的遭遇一脸新奇,道:"怀玉,这天下的蹊跷事都让你给赶上了,祁连山中居然有一条暗道贯通到漠北草原,亏你能够发现,不知道可不可带马通过?"

"一人一马地逐个走还是没有问题的,只是要挑最上等的胡马才行,就咱们那些普通的马,进了山洞就害怕,我拉都拉不动。"苏怀玉抱怨道。

"好,本帅给你一天时间挑选马匹,带上你的'鸦兵',过祁连山从完颜良的屁股上给我狠狠扎一刀,哈哈哈哈。"

燕十三郎很久没有这样畅快地大笑过了,此刻他内心十分明了,完颜良的二十万东胡军即将成为他的囊中之物。

咸平三年冬,燕十三郎率燕家军分三路,越过长城与驻扎在相隔数十里的东胡完颜良部发生大规模战争。燕十三郎先派一万骑兵攻打东路的完颜部主力,不料东胡骑兵虽不及北胡彪悍却也远胜于中原人,尤其是在草原上的交战对于主动出击的燕家军来说是个不小的挑战,折损一千余人。而中路军负责攻打雁门关附近的附属东胡的其他部落骑兵,很快将其击败,随后收到东路大军的告急信号,火速赶往与东路会合,等到时发现东路三千多名骑兵,战死一半,众人忙护着燕十三郎准备撤回玉门关。

就在此时,东胡后营大乱,喊杀声不绝于耳,"是'鸦兵'来了!"顿时整个战局扭转,燕十三郎心中大喜,及时改变战略,率余部用车轮战对抗完颜良的精锐骑兵,意在打不过你,也要累死你。

苏怀玉按照上次走的暗道,很快穿过了祁连山,也同时发现这条暗道距离完颜良比预想的要远了一半路程,盛怒之下他只好日夜兼程,终于在燕十三郎要以必死的决心和完颜良同归于尽时杀了回来。"鸦兵"就像从身后捅入完颜良部的一把利刃,很快整个东胡大军溃败而逃。

与此同时,苏蓁玉率军出函谷关将矛头指向了上谷郡,耶律明成下令驻扎在上谷郡的吐浑王务必不惜一切代价顶住苏蓁玉的攻击。而耶律明成无暇顾及函谷关,亲自率领三万精锐骑兵向北镇进发,为救援东胡,他这次只得铤而走险了。

谁知,苏蓁玉对上谷的围攻只是明修栈道,而她将云中主力交由萧如意指挥,从西北急进，越过楼烦古国，折回陇北，将匆忙赶到的耶律明成包围住。

这是一场全面爆发的战争，每一个人都将竭尽全力。

上谷郡的吐浑王本是北胡的贵族，原可以不用跟着出征，无奈他看到其他部落每次越过长城都能满载而归，他只道是关内的人都是软弱无能的羔羊，遂率本部五万人马跟随耶律明成一起出征，打下上谷郡后，耶律明成知他不善打仗，就将他留在这里驻守。

原本万无一失的地方，没想到今日却迎来了北胡人心中最大的敌人，那个女娃娃苏蓁玉。吐浑王慌忙迎战，率领五万骑兵奋力拼杀，却因为指挥失当死伤遍野，被活捉者亦是数以千计。

苏蓁玉稍作休整又一鼓作气拿下渔阳、潼关、雁门关等地，斩断了耶律明成的退路，与萧如意形成夹击之势。

逃回漠北的耶律明成再无能力去救援自己的盟友完颜良了，一心想着保存力量好进行复仇。而燕十三郎率燕家军和"鸦兵"追赶东胡军直到幽州以北，驻扎幽州的二路大军楚岳收到命令出幽州拦截，直到将完颜良部打得渡过鸭绿江，此后数十年东胡人都不敢回到漠北草原。

消息传到玉京城，自是举国一片欢腾，史官每日醒来都琢磨着如何措辞能好好地把这一场仗写得宏伟壮观，毕竟这次的反攻取得了旷古绝今的巨大胜利，不仅解除了胡人对中原的威胁，更是一扫之前中原人只能在他们入侵时被迫抵抗的屈辱历史，证明中原的骑兵也具备了草原作战的素质。

萧如昊下旨犒赏边关众将士，令人唏嘘的是在论功行赏时，因为苏蓁玉未能擒住耶律明成，使他逃回漠北，留下了隐患而没得到封赏，跟随她的将军中，因为萧如意"违反军纪"被削去军职，得到封赏的就只闾鹏举、赵永阳、廖远征等寥寥几人；燕家军早就闻名遐迩，此次封赏跟往常大致相同，唯独二路军楚岳由一年前名不见经传的少年郎一跃成为三千户食邑的二品镇军大将军，官衔一下子和燕十三郎同级，而跟随他出征的将领更是无一例外地加官进爵。

萧如昊的旨意再明显不过了，苏家他是要节制的，燕家军向来持稳，而苏蓁玉和燕十三郎几年的情分不可小觑，只有楚岳可以扶植成自己的力量。苏蓁玉焉能不知他的意思，只是苦笑，若非边关告急，自己又怎么可能会做这安国侯，落到被人猜忌的地步。皇城传旨的使者们刚走，函谷关的诸将士就集体找到苏蓁玉不满道："苏相，不是我们邀功，陛下这次封赏实在不公！"

面对大家的质疑问难，苏蓁玉问道："北胡人打来的时候，你们想的是如何加官进爵还是如何保家卫国不让自己的家人受苦呢？"众人低头不语，的确，大家最初的梦想是赶走敌人过上太平日子。苏蓁玉又问道："这场战争，折损数十员大将，几万兵卒，被耶律明成屠的西北三郡民众达二十万，试问，我们这些活着的人，又该以怎样的态度面对他们？去争名夺利，还是应该用一颗感恩庆幸的心努力活下去？"

没有人再说话，这一次，他们彻底被眼前的女子折服了。也许之前佩服她的智勇双全，如今已是被她的人格魅力彻底征服，自此以后函谷关的将士不再为封赏之事耿耿于怀。换而言之，大家的不平衡只是针对苏蓁玉的丝毫未被封赏，毕竟萧如昊不蠢，对函谷关的大部分将士已经给予加官进爵了。

第四十四章 玄机亦有心

没有了战争的边塞，迎来了入冬以来最大的一场雪，萧如意久居江南，第一次见如此瑰丽壮观的雪景，兴奋地跑来邀请苏蓁玉一起游长城。在这个年轻的庶王身上，苏蓁玉看到了一种不曾拥有的生活态度，那就是"逍遥"。

两个人牵马坠镫正要出发，却被一班人马挡住了去路，走在前面的柳玄机戴着精致的雪貂绒帽，身上是宽幅花边的披风罩着短窄的绣花单袄，搭配着并不繁丽的素白狐裙，这一眼看下去，如何让人想起她是个杀人不眨眼的女土匪来。

"易大哥，你陪我一起去打猎好不好？"柳玄机的眼波在苏蓁玉的身上转了一圈，又俏生生地回到萧如意脸上，那神色分明是此人归我所有，其他人离远点。

此时，还穿着一身男装的苏蓁玉倒少了些女儿家的羞怯，笑吟吟地看向萧如意问道："你要去打猎吗？"

不等萧如意张口说话，柳玄机杏眼微挑马鞭一指苏蓁玉，撇撇嘴轻哂道："你是谁？"

萧如意赶紧接话："这就是相国大人。"

"是相国大人啊。"柳玄机声音拉得悠扬绵长，随手一把将身边的一名山丁拽了过来，"还不快给苏相国行礼，真是没有规矩，让人误会咱们崤山不懂礼节可不好。"她这声音又轻又清晰，呵在人脸上只剩一缕雾气。山丁缩了缩脖子，受宠若惊的样子。

苏蓁玉不惯与女子使气拌嘴，看着她酸酸的模样感到好笑，"大哥，这就是你信里提到的柳姑娘吧。"又望向柳玄机露出银白牙齿满面堆笑道，"这几日皇城来的使臣在，公务有些繁忙，还未来得及去崤山拜谢大当家的鼎力相助，吾之过也，先向柳姑娘赔礼了。"话毕一揖，倒让柳玄机说不出别的来了。

萧如意觉得自己此刻有点里外不是人，讪讪道："柳姑娘，我和玉儿准备去游长城，你也一起来吧。"

"玉儿？"柳玄机心里一沉，他称自己是柳姑娘，却称苏蓁玉是玉儿，眼里也没有对她相国身份的敬畏，这样的态度分明是向大家昭告自己和苏蓁玉的亲密无间。"哼，你们大官们的清雅玩乐，我可不参与，回崤山了！"

柳玄机转身即走，原以为他会追上来跟自己解释一下，却走出函谷关了也不见那人来，心下顿觉委屈难当，纵马而去，手下人喊也喊不住，欲追也追不上，那柳玄机的骑术莫说是崤山寨的人，就是整个塞北也没几个人赶得上，瞬间人影消失在茫茫大雪中了。

柳玄机走了一段时间，两个人都不作声地立在原地，雪扑簌扑簌地落在身上，恍若不知。

"走吧，这会儿长城上的雪怕是很厚了。"萧如意跺了跺靴子上的一层积雪，伸手似不经意地握住苏蓁玉袖子下掩住的那瘦长的手指。

"不去追回来吗？柳姑娘好像生你的气了。"苏蓁玉一双明眸望向萧如意，满是真诚，无半点寻常女子的嫉妒吃醋。

"不管她！走吧。"萧如意看着她毫不在意的模样，有些挫败。

二人牵过马，带了苏红袖和向道等几名近侍，飞驰而去。一望无际的边塞，除了长城，就剩点缀其间的三五胡杨树，正是顷刻千山不见痕，马蹄踏着碎琼乱玉，迤逦向北而行。眼看着雪越下越紧，众人下了长城往关内走，前面一马奔过，马上的少女如同一朵梅花绽放在无边雪色里。正看得痴了，那少女已经来到近前，原来是柳玄机。

"苏蓁玉，听说你是百年不遇的帅才，不知你的武艺如何，不如今日我们比划比划？"柳玄机的马原地打了几个旋，待勒住时，只见她一脸傲娇地看着眼前众人。

"柳姑娘，你这是做什么！"萧如意有些气恼，说话时难免沉下脸。

柳玄机在崤山寨向来说一不二，几位当家的都疼爱她一个女娃娃，更不许别人欺负了她，几曾见人用冷面孔对她说过话，更何况萧如意是她心上认定的人，今日被他一呵，不由得更加怨恨苏蓁玉，一心要将她除了才行。

"出招吧！"催马上前的是苏红袖，她的软玉鞭衬着雪色愈发剔透。

"你是什么人？"柳玄机皱眉头道。

"苏红袖！"苏红袖话一向很少，更不喜欢在动手前报名号这一套，"我家大人不习武功，柳姑娘要找人比武，奴婢奉陪。"这是苏红袖第一次自称奴婢，她并不在意这个身份，今天不知为何特别想将那个被捧在天上的女娃拉下来，让她知道不是什么人都应该让着她。

跟在萧如意身边的向氏兄弟，原本就受够之前柳玄机在他们面前趾高气扬的模样，毕竟在王府时也不曾被人这样对待过，来到边塞无人知道他们的身份，整日被柳玄机呼来唤去，十分窝火，碍于主子忙于战事无暇管束这些，才不得不隐忍下来，如今看苏红袖要教训她，颇有一点看热闹的心态。

柳玄机看萧如意也不帮衬自己，那几个近侍又只管看热闹，早已大怒，催马来战苏红袖，她惯使弯刀，倒也有十分了得之处，也不枉担着"玉面虎"的名号。这一番光摇刀戟，回雪舞冰，看得人直说过瘾。

到底柳玄机只是在崤山寨安逸久了的"玉面虎"，而苏红袖经历多少次追杀、刺杀、战争才磨砺成铁血本色，有一刹那，柳玄机疑心她对自己动了杀心，犹豫片刻后只将那鞭子点在她的手腕上，瞬间刀脱手而出。

"你输了。"苏红袖勒住马，面无表情地看着柳玄机跳下马去拾自己的弯刀，雪已经很厚了，踩在上面发出咯吱咯吱的声音。雪地里的美人如同画里走来，本该是极赏心悦目的，她一张口却是冰冷地说道："易大哥，我待你的心意，从前无论你知不知，我都不想细论，今日我确切地告诉你，我倾心于你，已非一日两日，余生愿望就是得与易大哥举案齐眉。"话说一半，柳玄机已经动情不已，语带哽咽，人已经来到萧如意马前，用手一指他身旁的苏蓁玉，话锋一转又道："既然你已经知道我的心意，那就给我一个痛快吧，易大哥是喜欢她还是喜欢我的？"

萧如意有些无奈，他对这种执念深的女子不知该如何安抚才能将伤害降到最低，沉默一会儿才道："柳姑娘，对你的鼎力相助在下一直铭记在心。从前现在都不曾对姑娘有过半分非分之想，还望姑娘海涵。"

"我问的是你更喜欢她还是我？"柳玄机执意比较。

"在下与玉儿早在江南就结识，自是比柳姑娘的情分更深厚一些。"萧如意说得十分委婉，却也将自己的心意表达得再明了不过了。

这一刻，苏蓁玉才往萧如意的方向看了一眼，头顶的毡帽已经积了一层厚厚的雪。"柳姑娘，来日方长，不要为这点小事纠结了，咱们一起回去吧。"

"谁要跟你们一起回去！"柳玄机强忍着眼中的泪水不要掉下来，将弯刀系在腰间，翻身上马，双腿一夹马肚子，往崝山的方向而去。

"别看了，我们也回去吧，雪也越来越大了。"萧如意有些尴尬地扫视众人，仿佛自己刚做了一件十分丢人的事一般。偷眼看苏蓁玉神情淡然，毫无为之前插曲影响的模样，不由得心里懊恼，纵使自己为了她得罪了柳玄机，却看她没有半点感动的意思，自己也觉没甚意思了。

第四十五章 崞山多有狐

北山经之首,曰单狐之山,多机木,其上多华草。漨水出焉,而西流注于泑水,其中多芘石文石。又北二百五十里,曰求如之山,其上多铜,其下多玉,无草木。滑水出焉,而西流注于诸毗之水。其小多滑鱼。其状如鳣,赤背,其音如梧,食之已疣。其中多水马,其状如马,文臂牛尾,其音如呼。

——《北山经》

因为北镇战事平定,苏蓁玉要回玉京的消息很快传遍,函谷关的将士都有些舍不得,平日里大家都知道她好静,很少过来打扰,最近却都忍不住来坐上一坐,毕竟此地一别,经年累月不见是极有可能的。

令人疑惑的是,她却走到哪里都带着一卷陈旧泛黄的古籍,似是从那个无人敢进的山窟发现的。

"《北山经》?"萧如意只一眼竟道出了书的来历。

"原来你读过的?"

"不曾读,我曾在一本古籍考注上看到过关于这本书的介绍。"

"等我读完可以借给你,我原以为这世上没有什么书是我不懂或者没有见过的,自发现这本《北山经》,才了然自己从前多么愚昧且狂妄无知呢。"

萧如意听她这样一说，被这本《北山经》也勾起了兴趣。但眼下他有更重要的事情想要和她商量，遂伸手合上她的书道："崤山五虎的请帖已经送到了，指明要我们两个一块去！"

"我去做什么？"苏蓁玉不解地问道。

"你——你——"

"莫非，柳姑娘要向红袖继续挑战？"

萧如意此刻觉得眼前的女子，远没有众人眼中那般聪慧过人，甚至是笨拙的。想来他忘记一个词，叫作不解风情。

苏蓁玉收拾好案上公文，转身与萧如意一起往马厩走，后面跟着苏红袖和向道，"玉儿天赋高，为什么没有习武呢？"

"时间太少了。"苏蓁玉坦然说道。

"也是，你从小到大要学文韬武略，经管天下，不像我，除了吃喝玩乐，什么不用学，学多了反而会引来杀身之祸。"萧如意第一次如此直白地坦露自己的想法，本来极好看的脸上却笼着一层如霜似雪的不快乐。

"你诗文也比我好。"半晌，苏蓁玉才想起来安慰道。

待牵了马出城几个人都不再言语，西北风吹得胡杨空枝犹作猎猎飞舞，崤山离得不远，很快就到了。待走近了，已经有一支人马在山下迎上来了，都识得萧如意，几人忙抱拳一揖，"苏相国、易公子，我们几个当家的在寨里等你们，有请。"

若按照世俗礼仪，这些人见了苏蓁玉都该行跪拜大礼，就连胡不归等人也该是到山下用最隆重的礼仪迎接。不过，苏蓁玉既然穿着便装来的，她又是随意惯了的人，并不在意这些繁文缛节。

山上聚义堂内远远就可闻听一阵阵欢笑声，待苏蓁玉等人下马，有喽啰兵过来牵了去添粮草自不必细说，柳玄机率先出来迎接，正撞上萧如意伸手替苏蓁玉整理被吹乱的鬓丝，一脸宠溺难以遮掩。柳玄机本来要笑的脸顿时垮了下来，却又强撑着道："苏相国第一次来咱们崤山寨，穷山僻壤的让您见笑了。"随即出来的大当家胡不归等人按江湖规矩行过礼，将苏蓁玉等人迎进聚义堂。

"既是苏相国大驾来此，怎敢过于寒碜，昨日关外新猎的一头麋鹿，肉十分好，正可烤来下酒。"胡不归甚是豪迈，他原是不拘小节的人，今日与苏蓁玉一见，竟觉似是故人来，分外投缘，随即安排鱼肉盘馔酒肴。

这下，倒让柳玄机更觉不快，本想引苏蓁玉上山，借机激怒几个哥哥，杀杀她的锐气为自己报仇，谁想竟是属狐媚子的，连自己大哥也帮着她说话。

酒过三巡，萧如意觉得有些闷热，自请出去一下，众人依旧是推杯换盏，无人理会他。原来那几个当家本来对他拒绝柳玄机，有不少意见，今日见了苏蓁玉，意见更大了，原来他们觉得萧如意一副京城纨绔世子的模样，徒有好看的皮囊。这也许是男人看问题的想法，事实上对于萧如意带兵的表现，众人还是给予肯定的，如向道所言，他自幼深居湖州，能在极短的时间内适应军队生活又承担起守关、反攻，是天赋异禀的最直接表现。可惜，这些细节不是几个当家的能够发现的。

苏蓁玉被大当家的缠着说话走不开，就想让苏红袖去看看，却也不见了她的人影。心下疑惑，又走脱不开，这才暗里思量莫不是鸿门宴？

萧如意在山口吹了会儿风，觉得清醒一点了，往回走时发现西边的耳房站着几名喽啰兵似乎在鼓捣什么，待他走近时，几个人慌乱走开，萧如意不解其意，暗忖道：今日山中气氛诡异，莫不是要对我和玉儿下毒手？往耳房里觑了一眼，只见影影绰绰在绣帐后有女子被缚模样，待他再想看得真切点，却被身后的人喊住：“易公子，你怎么在这里？大哥正差人询问呢。”

"出来透口气，在下不胜酒力，让诸公见笑了。"萧如意转身回到聚义堂，才发现向道居然一直没有跟着自己回来，他不是擅自行动的性格，这其中必然有诈。想到此处，忙回到酒桌上，看到苏蓁玉安然无恙地坐在那里和大当家胡不归把酒言欢，心中不安稍觉减轻。

席间，萧如意故作因为言语使气，将酒泼向坐在对面末席的一个小头目脸上，像平日见惯了的富家子弟般胡作非为。第一个跳起来不乐意的就是三当家的贺小虎："易霄，先前你来咱们山寨可不是这般行为！"他嘴里的讽刺意味再明显不过了，冷冷地看着萧如意。

苏蓁玉将手上的酒杯放下，也有三分醉意了，她看了一眼萧如意，漫不经心地道："易大哥一向酒品不好，还请三当家的海涵。今日原是柳姑娘下了请帖，我也想趁此机会对几位当家的表表谢意，这才和易大哥前来烦扰。如今，酒也喝多了，我让人把东西留下，也好早点下山去，身在公门到底不比崤山寨的清净自在。"

"红袖——"

这话音刚落，就见苏红袖从外面进来："大人，什么事？"

苏蓁玉一边斥责红袖擅自离开，一边偷眼去看其他人的反应，只见那贺小虎看到苏红袖进来脸色微变，露出不可置信的模样。

"我向刑部讨的几份文书可在你那里？"

"是。"苏红袖将怀中的一个小包裹拿出来双手呈给了她家大人。

"从陈仓回来就听易大哥给我讲起崤山寨的几位当家人为了守卫崤函道出力不少，心里便记挂着这份恩情，本想买些稀罕物来当作见面礼，又怕唐突了几位当家的，遂于前几日向陛下讨了几个封赦，还请大当家的不要怪罪。"苏蓁玉说着将包裹打开取出特赦诏书，胡不归慌忙起身率众人齐齐跪倒，待苏蓁玉宣读完，接了圣旨。这一招用得极好，先前因为柳玄机之故对她存了敌意的胡不归等人，此时倒有些不好意思起来。

这江湖人物最重的就是承诺和情义，原来胡不归、贺小虎等人身上都背着人命，朝廷里缉捕文书每年都发往各地，虽不曾到崤山寨抓人，到底不会让他们像普通人一般随意出入。胡不归自离开家乡已经有十几年没有回去了，今日之后终于可以正大光明地回家了。

"大人，我们回去吧，此地不宜久留。"苏红袖趁人不注意说道。

苏蓁玉微不可察地点了点头，"大当家的，承蒙厚爱，今日设宴款待，不胜荣幸，然天色渐晚，我们就先回去了。"转身道，"向逍呢？"

一旁因醉酒趴在桌子假寐的萧如意跄起身茫然道："向逍这混蛋擅离职守吗？看我回去不家法伺候！"苏蓁玉伸手搀住他，无奈道："大哥你醉了，先别说话，我让人去找找。"

胡不归见状一声令下，底下喽啰兵们分头去找自不在话下。苏蓁玉心中有一种不祥的预感，脸上却没有表现出来，酒席已经撤下，换了茶水和几样江南点心，虽然味道没有江南的十分之一，在这西北蛮荒见着也是备感亲切。苏蓁玉一看暂时走不了，只好坐下和胡不归等人继续谈笑风生，一旁的萧如意狂饮数杯，似要用茶水解酒，被她按住，嘱咐红袖看好他。

"既然易公子醉了，来人送公子去耳房休息吧。"胡不归道。

"不用了，等向逍回来，我们就下山去，今日已经烦扰大当家很久了。"苏蓁玉委婉拒绝道。

第四十六章 两女初争锋

"快点进来,把他押进来!"外面一阵吵嚷的声音,聚义堂里的众人齐齐往门口看去,只见几个喽啰兵押着一个蓬头垢面的人进来,后面紧跟着进来的是消失了好一会儿的柳玄机。

"五妹,这是怎么回事?"胡不归一脸狐疑地看向柳玄机。"大哥,他在背后偷袭我,被我制住,还请大哥给我做主!"

"这是谁?居然敢偷袭我崤山寨的人,今日定不饶命!"胡不归向来疼爱柳玄机,听说有人想背后袭击她,早已是怒不可遏。

"回大哥,这人是谁,倒要问问易公子了,纵容手下伤人,是何用意?"柳玄机冷冷地看向与苏蓁玉并排坐着的萧如意。

"这个人在下并不认识,柳姑娘怕是误会了吧!"萧如意此刻目光如炬,神色凛然,那上一刻还醉得东倒西歪的人仿佛从未出现过。"抬起头来!"那人被萧如意一喝,吓得打了个哆嗦,只见他慌乱地抬头向着上首的胡不归看去,眼睛里是求助和纵有千言万语不得说的无奈。

"陈不食,怎么是你?"胡不归一愣。

"什么!"柳玄机也发现了事情不对头,忙撩开那人被打乱的头发,果然是自己手下排行第一的小头目陈不食。"滚犊子,怎么会是你?向道呢?"

"大人,属下刚刚想起来,向侍卫说易公子喝醉了,知他醉了喜欢摆排场,恐一会儿下山他会因为人少而发火，就回营请柴骏大人，这会子也该到山脚下了。"苏红袖说得云淡风轻，右手却握住了缠在腰间的软玉鞭。

胡不归呵呵一笑，心里早将柳玄机骂了一万句蠢女人，"五妹，看来这中间有什么误会，陈不食是你自己的人，要如何处理你自己看着办吧。"说完之后，他早已换上一脸笑意，对苏蓁玉道："苏相国，让您见笑了。"

气氛刚刚缓和下来，却又听得门外赶来的喽啰兵禀报："回几个当家的，山下来了一伙官兵非要上山，说要接苏相国等人回去。"

胡不归不解地看向苏蓁玉："难道相国大人还安排了人来接应？"

苏蓁玉刚要说不知，一旁的萧如意醉眼蒙胧地说道："我想起来了，是我让向道那浑小子去崤函道把柴骏请来的，我在江南的时候，每逢喝得高兴，就要带上全府上下所有的奴才去街上走走，让大家看看什么叫排场，如今在西北身边人少，来了兴致，就想让柴将军送我回去，我与他关系深厚，不至被拒，没想到他们回来得还挺快。"

本来宽敞的聚义堂，因为今日排宴反倒显得形制不大了，柳玄机又带了几十守卫，到这会儿几乎是拥挤了，胡不归的脸色不好，想到此次苏蓁玉登山拜访，不但带了足够的金银珠宝当作酬谢，又从皇帝那里给兄弟们讨了赦诏，而柳玄机也拿不出有力的把柄，若自己执意为难，恐怕会被江湖上的同道中人笑话，便道："天色已晚，苏相国和易公子都是习惯了锦帐温床的人，咱这穷山旧寨也没啥可招待的，二位早早下山去吧。"

"大当家的客气，话已至此，我们就先告辞了。"苏蓁玉道。

柳玄机还待过来蛮缠，被胡不归瞪了一眼，只好作罢，一脸委屈嫉恨地看着萧如意陪同苏蓁玉出了聚义堂，往山下而去。胡不归率山上兄弟送过山门，又下令一路放行，因苏蓁玉等人再三推辞才没有送到山脚下。

夜色浓重，一行十几人走得很快，夜风冷冽，冻得苏蓁玉嘴唇发紫，却保持得稳重优雅的步伐。"给你。"抬头一看，原来是萧如意将自己的披风解了下来捂住她的肩膀，又一脸宠溺地掸了掸她头发上一丝冰凌，原来自下那场大雪后，整个西北地区极其寒冷，尤其夜里真的是呵气成冰，从聚义堂出来后，苏蓁玉的发丝就因为挨着萧如意，被他呵出的蒸汽凝成冰晶结在发梢。

话说苏蓁玉等人刚到山下，就看到柴骏和向道因为久不见他们下来正欲和崤山寨的喽啰兵交锋。苏蓁玉怕节外生枝远远喝道:"且住!"

自上而下的一行人转眼已到近前,柴骏急忙道:"苏相、易兄,你们没事吧?"

"没事,柴将军有心了,咱们回去吧。"苏蓁玉正要再说什么,萧如意一刻不想多待,就示意众人有话回去再说,于是,众人将苏蓁玉和萧如意护在中间,簇拥回函谷关。

第二日,红袖起得极早,服侍苏蓁玉洗漱后,这才将昨日夜里的事情和她禀报一番。原来,聚义堂上诸位当家的把酒言欢,暗里却又安排了一出好戏,那柳玄机本就是泼辣敢为的性格,想趁着萧如意酒醉骗到耳房"霸王硬上弓",孰料她在萧如意的酒杯里下了"脏东西",被向逍发现。

萧如意知道后不动声色地将自己的酒都偷偷倒在脚下,为防止柳玄机还有其他动作,向逍便悄悄跟踪她出了聚义堂,而苏红袖是出去向厨房讨醒酒汤时,发现柳玄机的丫鬟鬼鬼祟祟进了一个耳房,她心中起疑便尾随她们才得知,柳玄机怕酒里的药出现什么偏差,又安排了第二步,就是在耳房里提前焚了迷人神智的西域香,她自己则在暗阁相通的另一间耳房里等着。只要萧如意进来,就让他瓜田李下,有理说不清。

等两个丫鬟点完香出去,红袖就偷偷摸了进来,香里的味道有异,迅速屏气凝神,等找到丫鬟口中的暗阁,她便把墙上两个房间相连的唯一的机关毁去,又悄悄回到苏蓁玉身边。

一直没机会对萧如意下手的柳玄机心中十分恼火,看到向逍出来,便趁机让手下小头目陈不食去偷袭,准备先抓住他再来引萧如意入自己圈套。那陈不食哪里是向逍的对手,一经交手即被向逍擒住,彼时向逍就意识到崤山寨这次没安好心,想起临行前主子曾叮嘱过自己,山上若有什么异常不必管他,直接去最近的崤函道,让柴骏亲自来接应,这才有了后来的事情。至于陈不食为什么成了被抓的那个,就不得而知了。

听完红袖地讲述,苏蓁玉不置可否,在她眼里,这点小事本就不算什么事,玉京城已经下了旨意,不日就要回去。在走之前她必须去一趟玉门关,见一见自己的弟弟苏怀玉,有些事此时不解决,日后就会酿出天大的祸端来。

不久,萧如意也过来了,自从苏蓁玉回来以后,他就把压在身上的担子通通卸掉,一副爷本就风流倜傥不理俗事的架势,每日除了跟在苏蓁玉身后看她有条不紊地处理战后的诸多事宜，就是带上自己的人去长城那边打猎，用他的话讲，日后要回到江南得有谈资摆得出来，以免那些诗人墨客嘲笑他不能体会边塞诗的波澜壮阔，意远情深。

"今日你要在房中看一天书吗？"萧如意殷切地问道。

"不会，《北山经》我已经看完了，明天启程去玉门关，这书上的秘密我还有几点无法猜透。"苏蓁玉毫不避讳地对萧如意说道。

萧如意觑眼看她收拾好几案上的公文书籍，毫无头绪地来了一句："这里的茶难喝死了，我已经忍了快三个月，明儿个定要回湖州去，再不吃这苦头了。"

"咦，你不跟我去玉门关了吗？"苏蓁玉问得理直气壮。

她看着眼前的男子周身被厚重的貂皮绒包裹，本来净白如玉的面庞，被西北的风沙吹了三个月，略显粗糙了一些，忍不住说道："是我不好，让你跟着吃苦了，听说上次右贤王攻打崤函道你腰上受伤，现在可大好了？"

"呸！哪有这么娇气，你一个女娃儿都没事，我能有什么事。"

"那你明天真的要回湖州吗？"

"嗯，不回去不行，出来都这么久，我哥哥每隔半年就会派人巡视湖州一圈，我怕被人发现破绽，届时连累你，反而不好。"萧如意坦白道。

苏蓁玉顿了顿道："那我去送送你。"

想着即将要分开，两个人都不由自主地发起呆来，似乎没有什么话能够表达此时的心情，"易大哥，等我回到玉京将事情处理完就去湖州看你。"

"你——"萧如意本想说：你还能离得开吗？怕她失望，话到嘴边换成："好啊，只怕你忙得把我忘了。"

"不会的，也不会忙太久的，当今陛下，那个——他，他不放心我们苏家的。"苏蓁玉苦笑道，她太了解当前的形势了，哥哥苏皋玉在川中与永宁王对峙，已是名震川中；弟弟苏怀玉，原本是家中最不抱希望的一个，当日送他去学诗文，本意就是不想让他入朝为官，谁知他有自己的想法，一个人跑来了北镇，又训练出一支专门对付北胡骑兵的"鸦兵"；自己以女子之身受封安国侯，更是古往今来第一人。

想到这里苏蓁玉有一瞬间的恍惚，她心里十分清楚，此时皇城中那人一定寝食难安，该怎样安他的心，让她觉得十分棘手，一下子又失落起来，这下倒减轻了要与萧如意分别的痛楚。

第四十七章 姐弟竟干戈

萧如意选了和苏蓁玉去玉门关一样的时辰离开函谷关，一路上两个人勒马并辔前行，最后停在官道的岔路口处。

"玉儿，玉门关就在前面，我不送你去了。"萧如意用马鞭一指往北去的路。

"好，大哥也是，路上注意安全，此去湖州千里迢迢，若有事情就持我的令牌寻当地县衙去。"

两队人马就这样朝着相反的方向奔向各自的前途，红袖忍不住问道："大人，你不坐马车了吗？"

"不了，我想看看这塞北的风景，回到玉京就再也看不到了。"苏蓁玉始终没有回头，面无表情地继续前进。红袖了解，每当她露出这样冷漠的一面，其实是内心极为脆弱的时刻，她不想让其他人知道自己内心真实的想法，在这想法是会给她带来苦恼的情况下。

萧如意驰出不到百步就掉转马头看向北方，他看着那边的人马渐行渐远，除了她所有人都回头看到了他，她直到消失也没有回头看一眼，心里忍不住想道："她果然是做大事的人，永远不会让个人的感情超越理智。"

"公子，我们也走吧。"不知过了多久，向逍忍不住提醒道。

十几匹马在漫漫黄沙中一路向南而去。

柳玄机赶到函谷关的时候，早已经人去楼空，闫鹏举看着发疯似的女子吓得一个激灵，心道：这个女魔头虽然外表凶悍，没想到对那易公子如此痴心不改。然而，你纵然在西北美得百里挑一，搁在苏相国那样的女子面前，终究还是小家子气。

没有人敢去劝她，也没有人敢去让她离开函谷关的城门，这样的日子持续了将近一个月，每天过往的巡逻兵和往来的客商看到这样一个美丽女子站在那里等人，都不由得在心里骂上几句，到底是什么样的男子会这么负心，把姑娘一个人丢下，真是不懂怜香惜玉啊！这一刻，没有人认为她是崤山上杀人不眨眼的女魔头。

很快，这件事被演绎成一个凄美的故事在边塞流传开来，也传到了玉门关。苏蓁玉听说以后，眼皮跳了一下，她凝视着函谷关的方向，为那个视她为情敌的女孩子轻轻叹息。

这几日，苏怀玉最不想看到的人就是阿姊。

从前，他一直很佩服阿姊，觉得她是世界上最聪明的人，没有什么事情能够难倒她。

可是，现在的她变了，变得优柔寡断，变得见风使舵，甚至变得老谋深算，她的笑容不再明媚动人，甚至她几乎不笑了，像一枝行走的干枯梅花，没有心，更谈不上灵气。

"为什么一定要解散'鸦兵'？你必须给我一个理由！"苏怀玉终于爆发，冲到了阿姊的营房，拳头狠狠地击在她的书案上，那百年胡槐做的书案，从中间裂开一道缝来，可见他用了多大的力气。

"不是解散，而是让他们融入到每个营里，有一支'鸦兵'，如何让每个营都提高实力？我把他们揉碎也是为了建立更强大的燕家军，你不懂？"苏蓁玉将笔放下，一脸严肃地看着眼前的少年将军，曾经这是她最溺爱的弟弟，现在却成了她手下最刺头的将军。

苏怀玉根本听不进去她的话，更不能理解她的理念，像一只被惹毛的野兽红着眼睛说道："那你有没有考虑过我的感受？你知道我当初从一匹马、一个士兵，甚至一件兵器，都亲自挑选最好的，一点一点建立了今天的'鸦兵'。他们每个人身上有什么优点，有什么爱好，出征时能不能默契配合，那都是我花时间和精力培养出来的，现在你一句话就要我们四分五裂，阿姊，你是有多恨我当初离家出走啊！"

苏蓁玉脸一沉道："我从未对你有过半分不满，我要做的是以整个大局为重，今日你我皆穿着戎装，便是上下级，莫说是你，就是爹爹和兄长，我也不会徇半分私情。"

"苏相国——"苏怀玉将这三个字拖长声音无限讽刺地从口中冷冷地说出来，"苏相国，你这是要用你的信仰，毁掉别人的一切吗？在你的信仰面前，众生皆是渺小的对吗？"

苏蓁玉皱眉："在这个军队，没有人可以为了一己私欲而置大家的性命于不顾，燕帅不能，我不能，你苏怀玉也不能。你从来没有真正意识到你军人的职责，就是要服从命令，你更不会臣服于什么信仰，你的聪明让你变得自私和狭隘，你只想让你变成一个传奇，一个漠北人谁也无法打破的神话，可你有没有睁开眼看看同一世界里的人，你为了你自己的神话枉顾整个大局的事做得还少吗？你说我为了自己的信仰，我的信仰就是整个天下苍生的安乐，不是你一家一姓的丰功伟绩！"

两个人最终不欢而散，那天苏蓁玉把自己关在营房，不准任何人进来，中间红袖过来送了两次膳食都被拒绝，大家开始焦急起来，燕十三郎得到消息后，连自己营房也未进去就直接奔苏蓁玉这边过来了。

"苏相国在里面待了多久？"

红袖想了想道："大概有六个时辰了，上午小将军来过她就把自己关在里面再没出来，中间我送午膳和晚膳，她也没有开门。"

"看来是真生气了，怀玉这兔崽子也不知道跑去哪里了，不然拉他过来道个歉就没事了。"燕十三郎既心疼又忍不住抱怨道，在整个北镇没有人不知道他和苏蓁玉是两次共同抗胡的友谊了，谁要是私下说一句苏蓁玉的不是，都会受到他的责罚。

"蓁玉，把营房门打开，是我。"燕十三郎并不擅长哄女孩子，这些年，他也只把她当作同甘共苦的好兄弟，今儿这阵势竟让他有些不知所措。

很快，营房门打开，苏蓁玉看着站在外面的兄长，有些挂不住道："让兄长见笑了。"

"这有什么，你不要自己闷在里面生气了，回头我看到怀玉那小子，让他过来给你赔不是。"燕十三郎劝慰道。

"不用，我不是因为跟他生气才不出去的，我是气我自己想不出更好的办法解决问题。"苏蓁玉无奈地说道。

燕十三郎对于她要将"鸦兵"解散揉进其他营房的事，早已经看得十分透彻，所以自始至终没有出言阻止。中间，苏怀玉来找过自己数次，让他帮忙劝劝阿姊，不要这样做。

燕十三郎没有答应，只是告诉他："你阿姊的每个决定必然有她迫不得已的理由，你看到的只是表面。"

苏怀玉不忿："你们这是合谋，我不会让她得逞的。"

"你要哗变不成？"燕十三郎眯着眼睛问他，如果他敢这样想，自己一定第一个出手，不让苏蓁玉将罪责都揽着。

"我当然不会，我要正大光明地让阿姊改变她的想法。"苏怀玉虽然倔强，但他知道一个军人哗变意味着什么，那是千古罪人，他宁可死也不会做出这样的事情来。

终究是不放心他们姐弟，燕十三郎一忙完就赶到苏蓁玉的营房，还是晚了一步，二人吵得不欢而散。

"你是怕他被皇城里的人惦记吧？"燕十三郎道。

"是。"苏蓁玉没有否认，这些年他们的默契已经到了如斯地步。

"'鸦兵'是他一手建立的，现在你要给他拆散，其实对他是件很残忍的事情，一个不怕死的将军宁可被佞臣诛杀，也不愿窝囊地活着，你不该用自己的想法去否定他的想法。"燕十三郎不但了解她，也同样了解苏怀玉，他在北镇待了将近十年，这里的每个人他都当作自己的兄弟姐妹，每年一起抵抗着胡人不定时的骚扰，还要在朝廷补给不足的情况下，与当地人一起耕种来解决军粮。正是这样的豁达才使得他不像苏蓁玉一般受到萧如昊的猜忌。

苏家的人太过明亮剔透，利刃悬梁怎么能放心安枕，而燕十三郎是玄铁的，是一口钝刀，可是一旦挥舞起来，威力又不能小觑，你放枕头边上也不用担心它会划伤自己，这就是区别吧。

"燕大哥见到红袖了吗？"

苏蓁玉话锋一转，呛得他一口茶水差点喷出来。

"没有，她是你的侍女，我怎么可能随便能见到！"燕十三郎开始打哈哈，假装无知，三十岁出头的汉子竟然因为这么一句简单的话，黝黑的脸上也能羞得泛红。

"是吗？我还以为她去找过你了。"苏蓁玉笑道。

"我还有很多军务没有处理，既然你和怀玉没有打起来，我也放心了。每到年关前军务格外繁重，今年因为战事颇多，更是很多事情要呈报玉京，为兄先走了，你好自为之啊。"

苏蓁玉看着仓皇而去的燕十三郎心情大好，红袖从外面进来，和要出去的燕十三郎正撞了个满怀，二人大囧，红袖忙侧身闪避，看着他离去的背影，有些怅然若失。

"别看了，人都走远了。"屋子里传来苏蓁玉似笑非笑的声音。

第四十八章 皋玉先捐躯

进入腊月以后,整个玉京城开始张灯结彩,人们想要在新年来临之前把所有的晦气和贫穷都丢掉,用一种崭新的姿态,和着爆竹声,呈现在阳光底下。

蜀中的叛乱随着楚国公率兵进入,皆作鸟兽散,永宁王自知罪大恶极,在白帝城自杀身亡。消息传到玉京,众人先是一阵唏嘘,又想着皇帝对他不错,他倒好,趁着外敌入侵,自个儿想独立,这不是雪上加霜嘛,到最后也没有人再同情他了,都拍手称快,对于除恶,世人从不掩饰兴奋。

然而,随着这一好消息进京的,还有另一个不怎么好的消息,就是锦官城太守苏皋玉死守锦官两月后,永宁王知楚国公大军来到自己已无活路,便集中所有兵力攻破锦官城,将苏皋玉俘虏后挖心食肝以泄私愤。

皇城脚下的说书坊添油加醋一般将永宁王叛乱演绎得绘声绘色,在说到苏皋玉时,更是不吝啬自己的赞美之词,反倒让楚国公的形象被压了下去。

就在世人感叹苏老太爷辞官回乡已是凄清如今又痛失了长子的时候,萧如昊又收到北镇密报,原来苏蓁玉铁了心要将"鸦兵"拆散揉进其他兵营,遭到其弟苏怀玉的强烈反对,就在两个人僵持不下的时候,苏怀玉却在一次醉酒后失手用短剑将阿姊刺中,军医正在抢救当中,生死不明,而苏怀玉当场被拿下,押入大牢。

萧如昊握着手上的密报,心中十分不是滋味,战事初定时,自己还在为苏家的这三个能臣干吏而感到不放心,一转眼就死的死伤的伤,下狱的下狱,这世上还有什么比这个转变来得更快?想到已经辞官归乡的苏父,得知这些万一承受不住……

"吴亮甫。"萧如昊唤道。

很快,吴亮甫就从殿外一路小跑进来,跪倒阶下:"陛下,有什么事吩咐老奴?"

"你去司礼监挑几样上好的宫锦、御酒和前几日西域刚进贡的琉璃棋都赏给老尚书苏仁则去,就说他教子有方朕十分欣慰。"

旨意送出去的时候外面的人都还不知道北镇的事情,左邻右舍的看到苏家接了圣旨,犹然羡慕不已,纵然死了一个儿子,却还有一个当了相国的女儿和当了大将军的小儿子,如今皇帝又不断赏赐东西,这苏家真是恩宠隆盛。

大臣里第一个知道北镇变故的自然是徐伯芳,他从皇城出来后才发现自己手心里全是汗。

"文章合为时而著,歌诗合为事而作。"

"回头下望人寰处,不见长安见尘雾。"

"帽今在顶上,君已归泉中。

物故犹堪用,人亡不可逢。"

……

那一夜,徐伯芳从皇城里出来没有骑马回家,而是去了钟鼓楼。

那一夜,钟鼓楼上的徐大人吟诵了一晚上的诗,有人说昔日的才子苏皋玉投笔从戎死在蜀中,远不及徐大人"宝剑高悬起,日夜重学诗"来得洒脱豁达。

然而,这些不过是外人的意思罢了。

徐伯芳的诗名倒也渐渐被众人知晓,这玉京城再新鲜的事也不过三日,死去的忠臣,斩首的佞臣,最后都不过是一场酒宴后的残羹剩饭。

北镇的冬天几乎难得一见晴天,近来尤甚,簌簌的雪直打得青旗磨动。燕十三郎从长城上巡视结束后,就去探望狱中的苏怀玉。

牢头看到燕十三郎过来忙殷勤地迎上来,向他禀报这几日的情形。

"启禀元帅,苏小将军这几日不再折腾自杀了,饭也吃得下去,就是不说话,每天坐在角落里不抬头也不走动,夜里倒下就睡。"牢头知道苏怀玉的身份不一般，对他十分关照，同时也加派了一倍的人力看着他。

"不自杀了就好，你们不必理会他，每日按时送饭就行。"燕十三郎嘱咐道。

"是，元帅。"

很快就到了单独关押苏怀玉的那间暗房，燕十三郎指着门上的锁："打开！"

牢头本想劝元帅不要进去，怕犯人伤了他之类，被燕十三郎瞪了一眼，立刻就上前打开锁，放他进去。苏怀玉霍地抬起头："你来做什么？"

"连个大哥也不叫了吗？没良心的小东西。"

燕十三郎谴责道。

见他低下头不再理会自己，待了半晌，燕十三郎忍不住问道："你不问问你阿姊的伤势怎么样了吗？"

"她不会有事的，不然你也不会平静地跟我讨论她的伤势了。"苏怀玉冷冷地说道。

"怎么还是不服？你以下犯上，行刺安国侯，罪当斩首你知道吗？"

"你知道，那是一场误会，我都没有看清楚那短剑就刺进了阿姊的身体。"

苏怀玉原本清秀俊朗的面孔，已然不复存在，邋遢的胡须和头发都沾着草屑，眼神也没了昔日的凌厉劲。

燕十三郎不由得心中一阵叹息，暗里怪起苏綦玉心狠手辣来。

"怀玉，你阿姊过几日就要回京，上面对你的处罚也下来了，罚去酒泉驻扎，没有诏令永世不得离开。你的'鸦兵'我会让你全部带上，另外朝廷迁移五千流民去屯田。"燕十三郎说完之后，拍拍他的肩膀，"其实，你阿姊都是为了你好，酒泉那个地方虽然艰苦一些，到底比现在的处境要好很多了，你不要怪她。"

"你是说，我可以带走'鸦兵'？"苏怀玉的眼睛突然睁开，露出久违的明亮眸子。

"是，陛下体恤你阿姊的苦心，说区区小事也不必弄得姊弟伤和气，要提高全军战斗力就按照'鸦兵'模式培训其他兵营，拆散'鸦兵'也徒然无用。"燕十三郎娓娓说来，仿佛这些事情都是举手之劳的小事，却只有他能体会，这是苏綦玉拿自己的半条命换来的。如果没有这步棋，他们姊弟的命运很可能就是兔死狗烹，最无情是帝王心，她实在看得太透彻了。

快到午时，燕十三郎起身要离开牢房，却被人拽住衣角，回头去看，只见苏怀玉一双眼睛满是泪水，正盈盈望着他。

"我什么时候去酒泉？"

"三日后吧。"

"临行前，我想见见阿姊。"

"好，我回去跟她说一声，她应该是会见你的。"

三日后，北镇又下起了大雪。

苏蓁玉的伤口在心下一寸的地方，虽不致命，但也不比寻常伤口，每日靠在软椅上躺着，军医随时侍奉在侧。她并不觉得无聊，因为有红袖在左右唠叨，偶尔还可以看她因为燕十三郎过来而变得拘谨不安。

外面一阵嘈杂声起，燕十三郎带着苏怀玉走了进来，脱了铠甲一身布衣的苏怀玉显得憔悴许多，他略微迟疑，还是走到了阿姊面前："阿姊，你的伤口好点了吗？"

苏蓁玉抬头看到他，招招手示意他走近一点，温柔地说道："怀玉，这次去酒泉，山高路远，很是艰苦，你可做好准备了？"

苏怀玉扶着她的手臂半跪在软椅前道："阿姊，对不起，都是我不好，让你受伤了。"

"不碍事，今后我不在你身边，谨记万事不可鲁莽。酒泉离胡人较近，你不要轻敌随意出关。"

"好，阿姊，我会谨慎的，你回关内后代我向爹爹和大哥赔罪。"

"你是咱们家最聪明的小孩，他们都以你为傲。"

这一对依依惜别的姐弟，跟前一段时间闹得生死不容的姐弟，竟不似同一对姐弟。

苏蓁玉本想亲自送他出玉门关，无奈雪下得太大，她的伤口愈发疼痛难耐，只好作罢。

"红袖，你帮我和燕大哥一起送送他吧，怀玉此去酒泉没有圣旨是永不许入关了。"苏蓁玉说完，将脸埋在身上盖着的锦被中。

她不过二十岁出头，却经历了太多的生离死别，如今想哭的时候竟也掉不下泪来了。当眼泪流不出来了以后，人的情感就会变得举重若轻，而这轻的表面，背后则是外人无法窥探的浓重。

随着大部分人都去给少年将军送行，屋子里一下子冷清下来，苏蓁玉让一名侍卫将她的软椅推到靠近门口的地方。她抬眼往天空望去，团团簌簌而下的雪花，密不透风，缠绕着天地间所有的东西堕入人间，就连这所院子都感觉到不堪承受之重。

"这次陛下以为你们姊弟二人闹得不可开交，才放松了警惕，不然以他的敏感岂能瞒天过海，殊不知从头到尾都是你在刻意创造生机。"

听到背后有人说话，苏蓁玉收回看向雪色的目光，摸摸下巴，显得十分意外。"燕大哥回来得这么快？"

"不快了，你自己在这里坐了半个时辰你都不知道吗？"燕十三郎怜爱地将她的软椅推进屋子里，又吩咐人在屋角的火盆中多添些木炭，随即发出噼里啪啦的声音。

"红袖呢？"苏蓁玉见只有他自己进来，忍不住问道。

"一进关内就不见了她的踪迹，应是不想和我一路同行。"燕十三郎道。

"好吧，我其实更好奇你对她的心意如何？"苏蓁玉忍不住要八卦了。

"我是要死在北镇的人，你说，我能有什么心意？"燕十三郎苦笑，然而并没有笑出来就整个人僵在那里。随着他的目光就能看到苏红袖提了一篮子红薯走到了近前。

她面无表情地将红薯丢进炭盆里，既没有向燕十三郎行礼，也没有跟自家主人打招呼。气氛一下子尴尬起来，燕十三郎找了个借口仓皇出逃。

第四十九章 还朝有胜军

咸平三年，腊月十一日。

奉命出征的苏蓁玉带着昔日"鸦兵"攻下胡人王庭收获的各色奇珍异宝，浩浩荡荡回到玉京城。

皇帝萧如昊带了皇后亲自在北门迎接，丽日晴空下的玉京城，如同一枚抹去微尘的明珠灼灼其华。

皇后楚秋鸿心情显得很不错，她已经很久没有同皇帝一起出现在天下人面前了。上一次去积香寺还愿，皇帝带上了徐贵嫔；之后的宫宴，则是带上了褚贵妃，以至京中的权贵们私下都议论纷纷。而今她对苏蓁玉的那点恨意，也随着褚贵妃和徐贵嫔的日益受宠而转移了对象。

司礼监的大总管吴亮甫一再把目光投向远处，等看到远远赶来的行军队伍，忙屏了呼吸快步跑回皇城仪仗队这边。听到动静的萧如昊这才从坐辇上睁开眼睛，对他来说，登基后每次离开皇城都是一种十分烦琐的折磨，史官对迎接三军归来的宏大场面也做了详细的记载：

官吏将士五千四百八十一人，辂、辇、舆、车三十五种五十八乘，象六只，马二千八百七十三匹，果下马二匹，牛三十六头，旗、旐、纛九十杆，乐器一千七百零一件，兵杖一千五百四十八，甲装四百九十四，仪仗四百九十七。乘舆躬行，前为驾头，后止曲盖；而爪牙拱扈之士，或步或趋，错出离立，无复行列；

至有酌献未毕，已舍而归；士民观者，骈肩接袂，杂遝虎士之中。

看到仪仗队后，苏蓁玉早已率众将军徒行而行，一路上都不敢抬头去看周围，远处闻讯赶来的百姓都想一睹这位女相国胜利归来的风采，有的人甚至不惧危险，爬到了高高的树干上。

皇帝萧如昊看着一群英姿飒爽的军人向着自己这边缓缓走来，他内心竟有些激动，心中喟叹就是因为有这些人在，才换来了关内几百万人的安居乐业。

"参见吾皇万岁万岁万万岁！"

"参见吾皇万岁万岁万万岁！"

……

突然间响起的呼声如同潮水排山倒海一般，连同周围所有的百姓都跪倒在地，只有端坐在龙辇上的皇帝和皇后因这呼声，愈发端正起来。

虽然说是帝后亲自迎接，其实中间隔着护卫和侍女，来回问答却是要吴亮甫传旨的。

受了封赏的诸位将军再次跪拜圣恩，直到吴亮甫将一件玄黑色锦袍递到苏蓁玉手上，宣旨道："当日朕亲自送你去上阵杀敌，曾言，太平待诏归来日，朕与将军解战袍。今日三军凯旋，朕便将这件前朝大将军王程渊留下的蚕丝锦袍赐予爱卿，待你卸了盔甲就穿上它进宫入宴吧。"

等所有仪式结束已经是申时，饶是坐惯了龙椅听惯了百官絮叨的萧如昊也觉得十分疲倦，更何况是久在深宫无所事事的皇后娘娘。

看到一旁楚秋鸿已经累得开始皱眉头，萧如昊这才摆手起驾回宫。而不远处一直跪拜的三军将士也已经膝盖麻木，却无一人露出半点情绪来。

这一场盛大的接风洗尘，随着帝后步辇的缓缓回宫而落下帷幕。

然而，参与其中的每个人都不能立刻回家休息，因为晚上还要举行宫宴，一旁司礼监的宫人引着受封的将军们去换了华服出来，各家各族的人也都安排人来照应自己家的大人。

苏蓁玉自然不用跟他们在一处，她已得了皇帝的特许能在宫宴开始之前回府。

府上一切如常。没有张灯结彩地欢迎她回来，也没有纨素铭旌，她刚坐定，管家苏亨就进来将府中几个月以来的大小事宜跟她汇报了一遍，"大少爷的灵枢送回来了吗？"

"回小姐，蜀中传来消息已经启程了，半个月后就能抵京。"

"好了，你下去吧。"

这一刻，苏蓁玉感到无比颓废，她所追求的理想就像一个巨大的彩色泡沫，经不起现实的半点触碰，这些年她为了维护这个泡沫小心翼翼，不断修补着自己所有的缺陷，然而只要皇城里的那个人轻轻抬起指头就能戳破。而自己身边的人，却一个一个远去，这几年，如果自己只是玉京城中普通的官宦小姐，父亲会继续当官；以兄长的才华和气度很快也会成为新皇的重臣；还有小弟，他会带着他的"鸦兵"成为北镇最锋利的一把剑。然而这一切都因为自己的从政而生生改变，难道自己当年真的踏错了路吗？

"大人，你该进宫去了。"红袖进来催她，一切都准备就绪，只需要换上皇帝刚刚赏赐的锦袍就行。

苏蓁玉心口下方的伤口还没有好利索，穿着盔甲一路走来，又经过今天的折腾，跪了那么久，已经开始从褒衣中往外渗着血丝。

红袖在给她穿衣服的时候忍不住叹息："陛下要是真心体谅你，晚上的宫宴能让你少喝点酒，我就阿弥陀佛了。"

苏蓁玉不作声，一个对生死都没有什么概念的人，又怎么会去在意身上的伤口，如果疼得厉害了，反而让她心上舒服一点。

巳时，午门前已经聚满王公贵族以及文武各官，各家的女眷则从太和门进入，此时宫中最忙碌的人自然是掌管司礼监的大太监吴亮甫，他已经是两朝天子跟前的红人了，早就见惯了各种隆重烦琐的宫宴，在他的指挥下，司礼监的宫女太监有条不紊地各自忙碌着，丹陛上张黄幔，陈金器其下，卤簿后张青幔，设诸席。

除了司礼监的人在忙以外，这时候礼部的人也要参与进来，他们负责登记入宫参加宴席的名单，然后视人数多少设席。而鸿胪寺诸人则负责引百官入席，博望侯张古吉负责引西域诸国的使者和留在玉京的王子们入席。

其中讲究，自不絮语。

苏蓁玉虽然是女子，却是受封的安国侯，入列文武百官这边的席无人非议，就算中间隐居湖州将近千日。这朝堂上的人也大都还是相熟的，可见当今陛下也非寡恩之人，对于有功于社稷的老臣皆悉数留用。反倒是女眷那边不时有人偷偷看向这边，她们中有不少是第一次随长辈来的官家小姐，单纯而美丽的眼睛里装满了对一切的好奇心。

"那边穿玄色锦袍的就是苏相国吗？"

"原来她长得这么好看呀。"

……

这些议论声终于在皇帝挽着徐贵嫔的手出现时停止了，大家的重点显然落在了徐贵嫔身上，毕竟白天跟随皇帝出现在天下人面前的是皇后娘娘，怎么到了晚宴却变成了她。

徐贵嫔本不是张扬的性格，这样盛大的场合她还是第一次作为女主人出现，内心深处充满了矛盾，惶恐不安还有意外的喜悦。随着大太监吴亮甫唱喏一声，她将手放在他的手心，由着他引着自己走向最高处的御座。

正如红袖所担心的一般，苏蓁玉作为宰相位列百官之首，自从开宴，就不断接受皇帝的赐酒，然后再率众人向帝妃敬酒，这一次次的跪拜起立，再加上酒越喝越多，她已经明显感觉到结疤的刀口已经撕裂开来，血一点点渗到外面的锦袍，然而宴会还有一个时辰才能结束。

按照惯例，皇帝受完百官敬酒就以身体乏累为由携了徐贵嫔往她的朝阳宫去了。而剩下的百官则要等到宴会结束后才能离去，在这期间大家可以互相敬酒以叙同僚之谊，事实上这个环节原本就是先帝为了让有嫌隙的大臣们有个和解的机会，后来逐渐形成了例制。

徐伯芳已经喝了好几位大臣的酒，还是神色如常地站在了苏蓁玉面前："苏相国，一别几个月，你似是憔悴了许多！"

苏蓁玉很想用手揉一下伤口，但她怕手上沾到血，让其他人看到就是对皇帝的不敬之罪，这罪名自是可大可小，若有心人推波助澜，白白连累亲族故友。

"徐统领说笑了，你也清减不少啊。"

苏蓁玉说得倒也没错，自从开始弃武习文后，也沾染了些文人墨客的爱好，比如辟谷之术，昔日练就的好体魄慢慢走向文弱书生的模样，众人对他的变化无不哑然失笑，就连皇帝都时常训斥他不要胡闹，反而更坚定了他学魏晋风流的心。

眼见着有人向这边张望,徐伯芳声音明显提高了一些,侃侃而谈,周围的几人听他吟诗:"把酒且须拼却醉,风流何必待歌筵。"立刻附和称赞此诗妙极。

苏蓁玉与他对饮的时候,用只有两个人才能听到的声音说道:"你这又是何苦?"

徐伯芳上下打量了她一眼,眼中似有醉意,亦像感激,这情绪一瞬即逝,又换上一脸不羁的笑容说道:"苏相真知己也!"

第五十章 红袖惩骄兵

几日后,蜀中平叛的楚国公也率大军还朝了,并带回来了苏皋玉的灵柩。

皇城中又摆了两日的宴席,那些从未上过战场的达官贵人,纷纷享受着战士们守住的太平日子和繁花似锦。

苏皋玉因公殉职的消息很快传到了乡下,老太爷苏仁则听到消息后不吃不喝将自己关在房中一天一夜,直到苏红袖带着一封家书来见他,才恢复正常饮食。

老年丧子是人间最为悲痛的事情,苏老太爷仿佛一夜之间白了头发,性情也为之大变。一生节俭而谨慎的他,居然在乡下为长子摆下了最大法事超度,整个郡县的法师和寺庙中的长老们都被他请了去。以至于其他有白事的人家百里之内竟找不到一个法师,大家虽然体谅他丧子之痛,又忍不住背后抱怨他专横跋扈。

关于苏仁则的种种劣迹很快就传到了皇帝的耳朵里,萧如昊念及他曾为朝廷竭诚效力,其子又是死于平叛,不但没有让当地县尉干预,还赏赐大量玉帛金银。

自此,再也没有人敢说老太爷半个不字。

苏秦玉将玉京的府邸也挂了白色灯笼和素幡,因为马上就要迎来新年,这白色在铺天盖地的红色里显得分外刺目。

隔着两条街,楚国公府张灯结彩,一扫往日的阴沉,众人皆称赞楚貊老当益壮,区区两个月就平定了蜀中的叛乱,将兵败自杀的永宁王首级带回;次子楚岳自幽州出兵攻襄平渡辽水,直捣东胡最大的部落所在地,迫使东胡继续东迁千余里地，随即朝廷在那里设襄平郡、辽阳郡，迁流民万户前往耕种，免除一切税征；就连昔日不受宠爱的皇后，也重新翻身，年节的几个大型祭祀、出行，都是帝后并冕。

随着战事结束，各路兵马都收归各营，回到京城的将士们，私下最喜欢三五成群聚在一起喝酒，对他们来说，刀口舔血的日子既然过去了，那么就用这双杀敌无数的手来给自己找些快活的事情做。

当然，并不是每个人都能够谨守本分，喝完酒回家睡觉的，比如楚国公手下的庞孝杰庞都尉，他在入蜀的时候没有赶上什么冲杀的阵势，却沾了大部分的荣耀跟着一起升官进爵，得了都尉一职，若是个聪明人，他就该守着这点福泽好好过日子，而不是到处惹是生非。

钟鼓楼的老板姓姜名晓海，祖父曾做过玉京府尹，后来因为小事得罪了某个王府的亲戚丢了官职，一家人就再没有出过一个官人，他父亲后来买下了这间酒楼，专门做起了酒水生意。也是该着他们家发财，很快这条街整修，又建了著名的女相国府，来往的人一多，生意自然就愈发好了。

这日，外面大雪纷纷，姜晓海看着天色逐渐暗了下来，准备提前打烊，不做生意好好陪陪老婆孩子，一家人已经很久没有轻轻松松地聚在炉前涮羊肉吃了。几个伙计听说晚上不做生意，自然乐得清闲，就去将外面摆着的物什都挪了进来，阖门插闩，也去厨房做些食物，温了些掌柜平时赏给他们的烧酒，准备大快朵颐一番。

就在这个时候，一阵粗暴的敲门声让屋子里的众人皱起眉头："这种大雪的天气，谁来敲门？"

"快点开门，是你家都尉爷。"门外叫嚷的是庞孝杰和他的几个狐朋狗友，姜晓海脸一下子垮了下来，原来他们几个平素过来吃酒，只管赊账，竟无还钱的意思。今日雪大，他就更懒得做这赔本生意了，便将店里的跑堂伙计叫到跟前，吩咐他把门外的人打发走。

那小伙计得了掌柜的嘱咐，心下也甚是喜欢，就来到门口对着外面的说道："各位军爷，真是对不住啊，今儿小店没有准备下食材，店中掌柜也有事不在，所以今儿个晚上咱们不开张了。隔壁家的羊肉馆想是还没有打烊，不如军爷们过去看看。"

门外的庞孝杰不听则已一听就气炸了心肝肺，跳着脚对着房内的伙计骂得十分难听。那伙计一听他在外面还不肯走，心里赌气也不敢回嘴，假装没有听见，只等他骂够好自行离去。

谁知跟庞孝杰同来的几个副尉见白吃无望，就撺掇着他不要轻易放过。

"识相的赶紧给大爷把门打开，好吃好喝地伺候着，爷我还能饶过你们，不然的话就砸了你们店。"庞孝杰在外面愈发厉害起来，狠话一句接着一句。

姜晓海的夫人在里面也听到了叫骂声，害怕地埋怨起丈夫来："还不如开门做他的生意，就算让他白吃一顿也不算十分赔，日子还能够过，咱们何苦惹这些不愉快，等他待会儿拆了门闯进来，一顿打砸不说，该吃的喝的一样不会少下，当家的，你说是不是？"

那姜晓海今儿个倔脾气也上来了，又嘱咐店里伙计们一遍不许去开门，看他们能闹腾到什么时候，这里是皇城脚下，巡逻的卫队很快就会过来，怕他做甚！

姜夫人见他执意如此，又恐待会儿真闹出事来，忙吩咐一个伙计从后面角门出去，到前面不远的相国府求救。

原来，这钟鼓楼离得相国府近，平日苏蓁玉宴请同僚就会到这边来，有时也会让他们送到家里去，这一来二去的就熟了起来。尤其是红袖爱吃他们家的糖醋鲤鱼和炸的一种豆糕，姜夫人平时绣的帕子也会送她几条。

伙计心里也有些害怕那几个人在店里闹起来，一路飞奔往相国府跑去，路上雪大迷了眼睛跌了几跤摔得眼泪横流。恰巧这时候，红袖从外面骑马经过，被他喊住："红袖姑娘救命！"

苏红袖听到背后声音忙勒住马，只见街上一人跌跌撞撞跑来，她认得那人，是前面钟鼓楼的伙计，便跳下马来问道："有什么事情吗？"

"求姑娘快去救命，店里来了几个军爷要砸东西，掌柜的和夫人急得没法，这才放小的从后门欲往相国府求救。"伙计说得急促，脸憋得通红。

苏红袖一听就随了伙计去了钟鼓楼，二人依旧从后门进来，姜夫人正在门口张望，看到她整颗心才放下来："红袖妹妹救命——"

谁知她话才一出口，就被前面咣当踹破门的声音吓得一个缩身，两眼可怜巴巴地望向苏红袖。

"姜掌柜的，你今天不说清楚为什么不接待咱们兄弟几个，就让你吃不了兜着走！"说话的正是庞孝杰。

姜晓海本来吓得魂不附体，见自家夫人领了苏红袖进来，胆气一下子大了，嚷道："军爷，你这样就是不对啊，您来的时候咱们已经打烊，也跟您解释了家中有事，没有准备食材，您怎么还平白无故地砸坏我的门面？"

他这话说得有理有据，软硬兼施，让庞孝杰挑不出错来。

"少给我来这一套，爷几个今天非得在你这里吃了，伺候不好就——"庞孝杰话未说完，眼睛瞥到站在不远处的姜夫人和苏红袖，顿时一亮，"让两个小娘子过来给爷斟酒，爷的火气立刻就能消了。"那一副市井流氓的嘴脸，哪里还有一个都尉的模样。

苏红袖最见不得男人调戏女人，更何况眼前的这个人在调戏的是自己。她的手指已经握在腰间的软玉鞭上，冷冷地说道："不长眼的东西，今天就让你知道女人不是你想调戏就能调戏的！"

跟在庞孝杰身后的一个副尉，忽然想起来她是谁，忙扯住正要上前找死的庞孝杰，颤声道："庞都尉，咱们还是走吧。"

庞孝杰已经被激怒，哪里还听得进去，那人不得不压低了声音又道："那女子不是普通人，她是苏相身边的侍女。"

"那又如何？"庞孝杰自恃有军功在身，哪里肯把苏红袖放在眼里，"今儿个我就偏要在这里吃酒，更要这两个小娘子陪侍左右，不然就砸了他的店。"

他话音刚落，只觉得耳边一凉，等反应过来，伸手一摸全是血，这时疼痛感也涌上左耳。"啊——啊——救命啊——"庞孝杰鬼嚎的声音直冲到外面长街上，将那屋檐上的雪也震落下来。其他人也看得眼睛疼，原来庞孝杰的左耳被苏红袖用软玉鞭以迅雷不及掩耳之势削了下来。

庞孝杰到底是上过战场的人，哪里肯咽下这口气，抽出自己大刀劈面就是一刀，苏红袖侧身闪过，紧接着又是一刀直砍腰际，又被苏红袖跳起躲过。两个人在逼仄的屋子里施展不开，又打到了大街上去。

姜晓海哪里敢留在下面，偷偷带了夫人和伙计上了二楼，躲在窗口往下看，只见漫天雪花中那两个人打得越来越快，突然又是一声惨叫，还是庞孝杰的声音，他那几个同来的副尉忙追了出去看，只见雪地上又一只耳朵，一滴一滴的血珠滚落在地上，如同一朵朵刚刚绽放的红梅。

郁小词 著

名相倾国 下

人民日报出版社

目录 [下]

第三卷 玉京风云

第五十一章 遗诏有偏心 234
第五十二章 皇后的灯笼 238
第五十三章 逍遥王入京 243
第五十四章 兄弟结同心 247
第五十五章 南赵小公主 251
第五十六章 南赵有内斗 255
第五十七章 逍遥王失踪 260

第五十八章 旧驸马痴情 265
第五十九章 楚家有败儿 270
第六十章 大雪掩龌龊 274
第六十一章 灭广平侯府 279
第六十二章 召王满月宴 284
第六十三章 大慈恩寺里 288
第六十四章 南赵不平静 293

第六十五章 南赵王去世 297
第六十六章 活捉长公主 301
第六十七章 南赵宫廷计 306
第六十八章 南赵王称臣 311
第六十九章 女相国病重 316
第七十章 长沙城仙逝 319
第七十一章 凤翔栖旧主 326

第七十二章 八月湖州好 330
第七十三章 秦家有好女 335
第七十四章 两情终相悦 340
第七十五章 父女又相见 345

目录[下]

第四卷 百年好合

第七十六章 苏家不姓秦 350
第七十七章 山中有贵人 355
第七十八章 山中遇旧交 359
第七十九章 谁访武侯祠 363
第八十章 来祭苏皋玉 367
第八十一章 和亲入申逻 373
第八十二章 和亲不太平 377
第八十三章 终于到雪域 381
第八十四章 大婚逢大雪 387
第八十五章 势利小人来 392
第八十六章 又被红袖打 396
第八十七章 湖心亭赏雪 401
第八十八章 太守有媚女 407
第八十九章 又到除夕夜 411
第九十章 皇帝欲赐婚 415
第九十一章 湖州办诗会 417
第九十二章 词作压全场 424
第九十三章 甄蜜儿受辱 428
第九十四章 调查秦府女 432
第九十五章 看花却破相 436
第九十六章 药仙今归来 441
第九十七章 她叫慕容雪 446
第九十八章 逍遥王私奔 452
第九十九章 杭城不太平 456
第一百章 秦玉又出手 460

第三卷 玉京风云

第五十一章 遗诏有偏心

雪后的玉京城，就像一个银装素裹的精致少女，每个过路的人都忍不住多打量几眼。西府街的梅花已经开得十分好，不少官家女眷乘车游玩，成为比梅花更美的一道风景。从前每到这个时候，总有一些轻佻的世家子弟尾随而至，看到美貌的女子就要吟诗传诵。

这类风流雅事原本无碍大体，本朝亦未曾下令禁止过，今年却不同往日，几乎没有一个公子王孙前来烦扰，倒让那些赏梅的姑娘觉得索然无趣了。

原来，苏红袖雪夜惩治登徒子，削其两耳的事情第二日就传遍了整个玉京城，一时间那些心怀不轨的浪子浮蜂都收敛了许多。

庞孝杰的伤口还未包扎完，就收到了楚国公亲自下的命令，免去他都尉一职，罚俸一年。他本以为楚国公会给自己出头的，这下傻眼，才明白过来，自己得罪的那个相国府的侍女不是一般的侍女可比。

就连当日跟他一起去钟鼓楼闹事的其他几人也都被革职查办，事情本该到此为止，却为日后楚国公底下校尉和苏蓁玉带回来的北镇校尉的矛盾埋下了伏笔。

不知谁第一个在背后传言，说苏蓁玉这次让侍女将庞孝杰的耳朵都削去，并不是因为自己被调戏，只是为了给楚国公府一个下马威。这传言被楚貉底下的人知道了难免为他打抱不平，更有人传出话来说："相国府的人说了，你们入蜀只用两个月就能平叛，完全是因为苏相在陈仓截住永宁王和北胡人勾结的道路，再加上苏家大公子坚守蜀中，为援军赢得了最后的时间，才有了这次的胜利。"

萧如昊看到这些奏报后都随手丢掉，现在的他早已不是当初因为一时不忿和猜忌就逼迫苏蓁玉离京的少年皇帝了。

在这座玉京城中，没有人可以独善其身。

数日后，苏蓁玉递上《求致仕表》。萧如昊知道她这次是真的觉得累了，看完她的致仕表后，有一瞬间想点头同意，但他很快否决了这个想法，如今楚家势如中天，需要她留在朝堂上。

徐伯芳是最了解皇帝的人，当他拿出苏蓁玉的奏折给自己看并询问意见时，他就明了他的意思了。群臣在他眼里就如棋盘上的黑白子，他不想让任何一方独大，需要的是相互牵制，帝王术亦不过如此。

徐伯芳甚至有些可怜苏蓁玉，她的理想国并不能够实现，至少萧如昊是不会允许的。北胡已经迁移到漠北以北，东胡人已经躲到极寒之地，面对臣子们为他挣下的这份"家业"，他定然是十分满意的。

虽然他以武职供奉，却执意学诗变成百官中的另类，可皇帝信手做出的每个安排，仍然让他因为略窥破个中玄妙而感到深深的不安。

咸平四年元月元日，宫中徐贵嫔诞下二皇子，皇帝赐名奭，封召王，其母徐贵嫔晋封贵妃，一时间恩宠之盛后宫无人能敌。说起这个名字，后世史官在记载时无情地写道：召王诞，帝赐名曰奭。

随着徐贵妃和召王的地位升高，楚国公这才赫然发现，他们的对手从来都不是苏蓁玉，而是已经生了皇子的褚家和徐家。但似乎他们又不是自己的对手，褚贵妃没有兄长，是家中长女，而徐贵妃父亲过世较早，她和徐伯芳都是由叔叔徐士林带大，而徐士林也不过一介平民。如今徐伯芳放着好好的前途不去经营，整日跟在一群士子后面吟诗作对，对楚家也全无威胁。

思来想去，楚国公始终没有悟出其中的关键，那就是阻碍楚家坐大的人，非是旁人，只当今陛下一人而已。

萧如昊完全不理会底下臣工各自的小算盘，他对徐贵妃的感情是三个女人中最深的，她自幼生长在平民家庭，没有富家小姐的骄矜之气，又因为常年寄居叔叔家，自小便懂得察言观色，后来自家兄长考取武举人，婶娘待她才好些了。

这样的生活经历反而让她在后宫中处处小心,对皇帝也别有温柔体贴,让自幼笼罩在女帝阴影里的萧如昊越来越喜欢。

这一次为了给召王办满月酒,萧如昊不但大赦天下,邀请各国使臣参加,令人震惊和意外的是,他竟下旨让逍遥王入京参加宴会,顺便为他选一个合心称意的王妃带回去。

消息一经传开,整个玉京城都为之一颤,因为人人都知道,逍遥王虽然是皇帝陛下的亲弟弟,却自幼被送到湖州,两个人见面的机会几乎没有,后来女帝驾崩前特意又下了一道圣旨:"逍遥王永世不得入京。"

而这次萧如昊下旨让他进京,就是要昭告天下,如今谁才是他们的主人。昔日的诺言在女帝下葬的那一刻就成了历史,而只有他可以随意左右臣民的命运。

刚从早朝上退下来的苏蓁玉,眼睛一直不停地跳动,那个人的名字原来一直藏在她的心上,只需要轻轻一碰触就会全身悸动。

"玉儿,你什么时候来湖州?"

"玉儿,难道你要一直留在玉京做你的相国大人吗?"

"玉儿,这天下已经没有什么大事还要你亲自过问才能解决的,你不来,我一日不得安心。"

……

这几个月里,苏蓁玉收到的无数信笺都是天目堂的暗线送来的,自从离开湖州后,她便把天目堂交给陈子杭和郝连平来打理。北镇战事时,所谓商贾义捐的马匹粮草大多是经天目堂之手的,将这几年所有储蓄耗尽,陈子杭凭借自己三寸不烂之舌,又拉拢了数个客商出资,其功劳隐在日光之下,却远比那些迂腐而不知人间疾苦的夫子强多了。

战事结束后,天目堂也进入修整状态,陈子杭则往来于湖州和玉京城,萧如意便将寄给苏蓁玉的信笺交给他。

"大人,易公子自从回到湖州就时常留宿咱们秦府,在下也不好说什么。"陈子杭这次主要是送信,顺便将湖州的事情跟她汇报一下,为了谨慎起见,他还是用易公子三个字代替了逍遥王。

"不用管他,他喜欢住就让他住吧。"

"虽然让他偶然留宿，当日连平和他的两个手下都打了起来，不过属下们最后看他可怜就让答应给您写信，如果不同意以后就不许他去了。"陈子杭说的看似合情合理，却总透着股邪劲。

苏蓁玉思索一下，才悟到哪里不对劲，原来陈子杭和郝连平从前只忠心于自己一人，什么时候那位被他们当成了半个主子，这可不是什么好兆头。

这会儿离召王的满月宴还有不到七天，玉京城里已经聚满了各地赶来献礼的外国使节和分封在各地的王侯。

自然，逍遥王回京是最为人津津乐道的，各大酒肆书场，已经在为不了解咱们这位风流王爷的人进行普及了。东市讲他的出身和幼年幽居生活，西市就讲他在江南的风流雅事，比如突发奇想搞了一个选美大赛引得万人空巷，附近的几个郡城也跟着效仿，一时间江南美女皆以当选为荣。

接下来，苏蓁玉要面对的就是如何让西北战场上回来的将士们认不出逍遥王就是易霄，当日萧如意在西北有做简单的易容，然而那点皮毛还是很容易被高手发现，必须确保万无一失，一旦让皇帝知道他心中这个纨绔中的纨绔，原来是心怀天下的能臣，再搭上擅离封地，欺上瞒下，勾结朝中大臣，每一条都足够他和自己死一万次的。

毕竟，永宁王尸骨未寒，最是无情帝王家，这话不是白说的。

逍遥王的车队行程越来越近，苏蓁玉的心事也随之越来越重，她即使可以一针见血地处理国事，也能够冷静地化解掉"鸦兵"带来的危险。可如今，要进入皇城的人是萧如意啊，那个唯一让她无法集中精力思考的男人。

玉京城太过复杂了，前一阵子光红袖削庞孝杰两个耳朵的事，就激起两边的校尉们情绪高涨，差点发生当街械斗的事情。面对滋事挑衅的人，她毫不留情地杀一儆百，才将这场冲突化解掉。

可是，她和楚国公府的嫌隙却再也化解不掉了，也许从楚秋鸿要派人刺杀自己的时候，就注定了他们两家之间永不能言和的命运。

第五十二章 皇后的灯笼

最近的深夜,萧如昊常常被宫人走动的声音惊醒,他的睡眠质量原本就不好,这样一来就更加难以承受了。

徐贵妃刚进宫的时候,他也常常失眠,每次她都会抱着他的头,用一种搂婴儿的姿势,将一国之君按在自己丰满的胸部,嘴里会轻轻地哼着小时候学来的平民家最常听到的催眠曲。

后来徐贵妃生下兰芝公主,母爱愈发泛滥,让平时不苟言笑的萧如昊简直欲罢不能,甚至召王出生前的一个月,都要留宿在朝阳宫。

处理完各司送来的奏折,萧如昊便摆驾朝阳宫,对于新出生的儿子,他十分喜爱,甚至有一次他小心翼翼地接过奶娘手中的婴儿大笑道:"朕终于有儿子了!"

此言一出,吓得宫人们大气不敢喘,领着大皇子过来慰问的褚贵妃刚好也踏进殿中,萧如昊这才意识到自己说错话。不过,他是皇帝,错了也不会向人道歉的,褚贵妃并无异常,拉着大皇子的手一脸春风拂面地笑道:"妾身刚进来就听到陛下爽朗的笑声,这心情也跟着好起来,妹妹的朝阳宫大家应该都常来才是。"

萧如昊看她反应,知是没有听到刚才的话,心下释然,将召王放回了徐贵妃的怀里,将大皇子抱到膝上,向褚贵妃问道:"辰儿今年也有两岁了吧?"

"回陛下，两岁又三个月了。"褚贵妃笑着答道。

"父皇，你昨天赏了我两盒酥酥，辰儿觉得可好吃了，就央母妃给弟弟带来一盒，我猜他也会爱吃的。"

小孩子稚嫩的声音和想法立刻引来了大人们的一阵开怀大笑，萧如昊揉揉他的小脑袋道："弟弟还没有长牙齿，不能吃东西，等他再大一点，你们两兄弟就能一处玩了。"

"儿臣知道了。"

这时，兰芝公主由奶娘抱着从外面进来，看到萧如昊在这里，有模有样地行礼后，小身子一扭就腼腆地跑到床前拉住徐贵妃的手不再说话，只拿眼睛偷偷觑向父皇。

"朕决定也给辰儿一个封号，就封为燕王如何？"萧如昊将大皇子放到地上，让他去和兰芝公主玩，一抬眸却发现褚贵妃泪眼盈盈又一脸笑意地看着自己。

"瞧你，多大的人了，还跟个小女孩似的，哭哭啼啼的，什么事情都摆在脸上，叫朕说你什么好呢。"

自这日，萧如昊便一连几天都去了褚贵妃的褚秀宫。

去褚秀宫，过御池，而与御池隔水相对的正是皇后的大明宫。

楚秋鸿望着皇帝的步辇每日从眼前经过，去了另一个女人身边，她有些难过，却已经不想争什么了。

她想起刚入宫那会儿真是天真得可笑，以为自己是玉京第一美人就能抓住那个人的心，没想到的是皇帝并不喜欢自己，那时候她气性大又十分愚蠢，听了几句传闻，便擅自派人刺杀当朝的相国，差点儿连累了父兄不说，他很快就纳了新妃子，这大明宫俨然变成了一座冷宫。

现在，她已经懒得去争了，父兄自有父兄的前途，无须她再在后宫里拼什么了。有时兄长来宫里看望，还会讲起关于苏蓁玉在前面朝堂上的种种事迹，她已经没有了嫉恨，反而十分羡慕起来。苏蓁玉与自己年龄相仿，却拥有完全不一样的人生，大明宫就像一个黄金鸟笼，锁住了她的一生，而苏蓁玉却活得轰轰烈烈。

大明上迢迢，阳城射凌霄。

光照窗中妇，绝世同阿娇。
……

"那是谁在唱歌？"

"回陛下，是皇后娘娘。"

萧如昊原本打算去褚秀宫的，这歌声别有一番清韵，让他不由得一怔，伫立良久，竟鬼使神差地绕过御池，去了大明宫。

过两日就是上元节，半个月后又是召王的满月酒宴，听说整个玉京城都在张灯结彩，天子欲与民同乐，各宫自然也不能落后。于是司礼监愈发忙碌起来，过来支取各色绫罗绸缎的宫人络绎不绝。相对外面的热闹，大明宫倒显得冷清起来，只见楚秋鸿面前竖起架子，眼前铺着各色纸，另外几个大宫女挨着她剪剪裁裁，也不惧怕皇后在，谈笑自如。

"陛下——"眼尖的一名宫女慌忙放下手上的剪刀跪倒，其他人闻声呼啦一下也跟着跪倒。楚秋鸿也忙起身行了礼，腰间系着的一条花色裙摆引起了萧如昊的兴趣，指着问道："这是什么？"

"回陛下，是衬裙，妾身想和她们一起做——灯笼，所以——"楚秋鸿涨红了脸颊，心道这下好了，堂堂一国之母，却做宫女的事情，陛下又要大发雷霆。萧如昊看着她透着一股拘束味道，颇觉玩味，又去看一旁做好的几个花灯，模样只能算一般。

"模样还不错，做好了给朕的太极殿挂几个吧。"未等楚秋鸿答应谢恩，萧如昊已经带人离开，往褚秀宫方向去了。

"唔……吓死本宫了。"楚秋鸿以手扶额坐回刚才的矮椅上。

"娘娘，您可千万不要再动手了，还好今天陛下没有发怒，不然连累您受委屈，奴婢们就是掉十个脑袋也不值。"

说话的是大明宫的宫令女官夏长宁，她是宫里的老人了，自从跟了楚秋鸿后，便一心一意地为她着想，俨然已经是楚秋鸿的左膀右臂。

"长宁，你以前做过灯笼吗？陛下说要给太极殿送几个过去，做什么花样的好呢？"楚秋鸿并不理会她刚才苦口婆心的劝解，继续拿着剪刀裁纸，心里想着皇帝刚才看她的眼神，似乎比第一次见面时候还要温柔。

"奴婢一会儿去司礼监请教一下吴公公，娘娘先不要做这些了，好不好？"夏长宁恭敬地再次规劝道。

"好，本宫不让你为难了。"楚秋鸿站起身来，解下腰间的衬裙交给了底下的小宫女。

夏长宁望着她的背影一时恍神，宫里的正经主子只有皇后娘娘与徐、褚两位贵妃，论家世，论才学，论样貌，那两位又哪一样比得上她？为什么陛下如此冷遇她？

这帝王家的事谁又说得清楚。

上元节很快就到了，徐伯芳的朔风营负责京城防卫，这一个月以来忙得昏天暗地，不但要抓滋事的地痞流氓，还要加派人手保护各个使臣下榻的经馆，这期间不允许有任何意外发生。

放眼整个朝堂，此刻最清闲的人反而是左丞相苏蓁玉，楚国公作为最有资历的老臣，每日都陪同各王公或游山玩水或听曲弹琴，总之把他们伺候好了就是功德一件。

逍遥王进京的那天，天气极好，湛蓝如水的长空，偶然有几回鸟儿扑棱棱经过。

皇帝派了楚国公和苏蓁玉带领礼部的官员前来迎接，有好奇心强的玉京百姓纷纷跑来围观，看看名震江南的风流王爷究竟长得有没有传闻中那么好看。

所以，当萧如意听到底下人禀报说玉京到了的时候，他挑帘去看，满满当当全都是人，这壮观景象让他眼皮扑通扑通跳了两下："这是什么情况？"

等快到城门口的时候，萧如意再次挑起车帘，他想看看来的人里面有没有自己日日夜夜思念的那个，等看到那一抹红色的宰相朝服，他这个心总算放下去了。

自北镇分别算来也有三个月了，听说她还受过刀伤，不知道好利索了没有？看着立在前排的她，果然清减了。

前来迎接的几位高官，看到这位素未谋面的逍遥王正用这种轻佻的眼神打量着苏蓁玉，不由得都在内心将他鄙夷一番，果然是个名不虚传的风流王爷。

萧如意从离开湖州那一天就已经将生死置之度外，有多少藩王是回不到封地的，他心里十分明白。可是，他不能不去。如果皇帝原本没有要杀他的意思，此刻违背命令必然引起怀疑，便将生机变为死路了。

"咳咳，诸位大人不要把表情都挂在脸上。"苏蓁玉好心提醒道，这人到底还是陛下唯一的亲弟弟，太过怠慢了可不好。

不过，令她欣慰的是，为了改变容貌，萧如意不但换了发型，还蓄着山羊胡。昔日他在函谷关是化了易容妆的，眉毛嘴巴与今日多不相同，就连自己若非提前知道，也不会将眼前的人和几个月前函谷关的那个人认作一个人。

"你就是苏蓁玉？"

萧如意跳下马车说的第一句话，就让大部分大臣对他的好感又减了几分，"原来还是个美人，比我想象中好看多了。"众人又是一阵白眼，果然没见过世面，不懂事。

"微臣苏蓁玉奉命前来迎接殿下。"苏蓁玉仍然保持着施礼的姿势，其他大臣也是。

"都免礼吧，本王这里没什么规矩，在湖州的逍遥别苑，底下人都是跟本王一起玩的，玩得好就有赏赐，诸公不用跟本王太客气，有什么好吃的好玩的只管带路，大家以后就都是好朋友了。"

礼部的官员多半是通过科举考试中了进士的文人，而文人都有一个特点，就是理想主义，在还没有见过萧如意之前，听闻他是江南文坛的领军人物，端的又一副风流倜傥的模样，玉京城的这些能诗会文的官员早就在心里绘出了符合自己想象的逍遥王，自然等见到真身时，看他留着不合时宜的山羊胡，又一脸轻佻，便觉得大失所望了。

第五十三章 逍遥王入京

很快，萧如意就在太极殿见到了皇帝，他的哥哥。

事实上，他对整个皇城的记忆已经很模糊了，当年女帝把他送去湖州的时候，他才四岁。身边只跟着一个道士和十几个宫女侍卫，只是那个道士后来离开了湖州，自此再也没有见过，而那些侍卫随着他渐渐长大，几轮筛选下来，也所剩无几。

"这次回来就多住一段时间，朕都已经安排好了，湖州那边简陋，这些年让你受苦了。"萧如昊看着阶下行礼的人，微眯起双眼，他对这个弟弟的印象竟然十分模糊，甚至连他小时候的模样也快记不起来了。

萧如意对宫廷的礼仪不是很熟悉，一路上闹了不少笑话，就在刚才他向皇帝行礼竟然是平头百姓才会有的九拜九叩，让在场的文武百官都大跌眼镜。

朝堂议事结束就是宫中的接风宴，参加的人数亦不在少数，谁知萧如意竟是对官礼一窍不通，又出了几个不大不小的笑话，这让身为兄长的萧如昊十分过意不去，想来这十几年在湖州的幽居生活，已经让他失去皇家人高贵的气度。这让有心来窥探第一风流王爷的几个官家女眷感到失望不已，他虽然模样不错，到底连规矩也不懂，和市井上的穷酸书生又有什么区别？

趁着众人不注意，苏蓁玉假装要给逍遥王敬酒，走到他面前低声道："这里不比塞上，一切都多加小心。"

萧如意微笑着饮下酒，几不可察地点了点头，在有其他人望向这边的时候，一脸谄媚地对苏蓁玉道:"本王在江南阅女无数,像相国大人这样气度不凡的,还是第一次见到。"

这话恰好被刚刚走过来的徐伯芳听到,他微微皱眉,心道这个王爷倒是无所畏惧,在宫宴上调戏当朝宰相。他刚要出口给苏蓁玉解围,就听到苏蓁玉回了句:"多谢王爷谬赞,微臣眼里王爷也比那些俗脂庸粉好看多了。"

徐伯芳嘴角微微抽动,又若无其事地举起酒樽道:"微臣也敬王爷。"

萧如意这是第一次见到徐伯芳,对他却有一种莫名的好感,笑道:"本王对玉京多有不熟,以后要靠徐国舅提点了。"

原来,萧如意被召回的旨意本就是为了半个月后的召王满月酒,他在宣旨官那里就已经得到了关于徐贵妃的一些介绍,今天才会坦然唤徐伯芳为国舅。

"王爷说笑了,微臣愿意效犬马之劳。"徐伯芳虚与委蛇道。

一群老滑头,萧如意心里暗道。

皇城的宴会依例在戌时结束,百官和家眷会陆续离开,萧如意也上前与皇帝辞行,回到为他准备的皇家别馆。这里是离皇城最近的别馆,规模和装潢也都是按照亲王府邸的标准,用来迎接各地藩王回京小住。

正当萧如意要脱衣服就寝时,窗户忽然被人打开,紧接着滚进一个人来,未等他开口便道:"快点关窗户。"

萧如意不明就里地关上窗户,饶有兴趣地看着眼前受伤的女人道:"你该不会是看上本王,要劫色吧?那你不必有啥顾虑,尽管放手施为,本王决不反抗。"

地上的女人有些嫌恶地瞪了他一眼:"我对你没有任何兴趣,你要是敢对我不利,我就杀了你。"

萧如意整个身子笼在微弱的灯光下,脸上神情令人捉摸不定,打量她半晌才道:"你是南赵人?"

那女子大骇,立马翻身而起,一把短刀架在萧如意的脖子上露出凶狠的目光威胁道:"快说你是怎么知道的,你是不是那个死女人的同党?"

"你最好把你的刀放下,立在你眼前的人可是中原最英俊潇洒的王爷,当今陛下的宝贝弟弟。"

隐在暗处的向逍忍不住腹诽,还没见过脸皮这么厚的主子,难怪自己总被红袖那小丫头嘲讽。

"快说，你怎么知道我是南赵人的？你是不是和那女人勾结的？"

萧如意认真打量了一遍面前的女人，她穿着一身鹅黄齐襦裙，虽是中原女子的打扮，却在腰间系了一条镂刻骨珠，头发只是随手束在后面，应是不擅长梳发髻之故。

"这还用深思细想吗？你会武功，翻窗进来的姿势太丑，一看就不是我们中原姑娘的行为。另外，你一直握着这把短刀，刀柄上的几个字本王刚好认识，是上古南赵字，月亮的意思。顺口猜一下你是南赵人，谁知道你一下子就自己承认了，真是笨死。"

被萧如意一点拨，那女子这才意识到自己犯下的错误，有些恼羞成怒地说："就算你说得对又如何，待会儿要是有人搜查这里，你敢说出去，立刻宰了你。"

"你一定是不擅长杀人的，换成本王，如果没有用的人，一定直接干掉他，不是威胁，还整得这么小儿科。"萧如意说话吊儿郎当，那女子愈发生气，真的就把他脖子上的短刀往后一撤准备加大力度砍下去，然而已经晚了，萧如意要的就是这个机会，电光石火间将那女子的手臂按住，夺下她的短刀。

"养你何用，看着本王自己抓贼，你胆子越来越大了。"

这话当然是说给向道的，当然他也没有真的生气，日子过得闷了总要找些事情做。

向道忙从暗处走过来，将被甩在地上的女人绑了起来，这点眼力见儿还是有的。

萧如意拉了一把椅子坐好，准备循循善诱一番。

"我其实是试试你武功如何，没想到这么不济。说吧，你是谁？来玉京做什么？那个死女人又是谁？"

黄衣女子不肯再多说一句话。

"本王再给你一次机会，你要是说出来，兴许本王还能帮你做点什么，若是执迷不悟，待会儿就将你剁了喂狗，人不知鬼不觉，毕竟是你跑到这里来的。"

萧如意为了吓唬她，又故意露出一脸的凶神恶煞，他这次来玉京为了躲避旁人目光，本就留了胡子，又对五官稍作了易容，在烛光倒影下显得十分逼真。

黄衣女子脸色惨白，眼泪开始大颗大颗地往下掉，依然倔强地咬住嘴唇不肯说话。萧如意马上意识到自己过分了，这分明是在欺凌一个弱女子，虽然这弱女子刚才还拿着短刀要杀了自己。

"算了,不为难你了,但本王不能放你走,明天带你去见个人。"说完这话,萧如意就听到有敲门的声音,他示意向逍将人带下去,"谁啊?"

"启禀王爷,别馆有刺客闯入,奴婢过来看看有没有惊扰到您。"

"本王这里无事,你自去别处。"

入夜,萧如意躺在床上想着今天发生的所有事情,最后脑海里居然只有两个女人的身影,苏蓁玉穿着朝服向自己走来的模样,刚才哭的梨花带雨的女人。想到后者,就盘算着拿她去相国府讨个说法,总不至于不被接见吧。

"玉儿,你怎么看起来一点都不想我?"

就这样,想着想着,萧如意睡着了。

玉京城位于大成朝北方,冬天下雪的日子特别多,虽然见识了塞北的雪,但这样一睁开眼,就是一片琉璃世界,还是让他内心激动不已。

"要是在长城就好了,我可以和玉儿去赛马。"

萧如意又陷入美好的回忆中,自动删除柳玄机上门挑衅的那段。

看到主子起床,向逍忙将准备好的早膳端了上来。别馆的宫人忙进来端茶倒水收拾房间,虽然不用他们贴身服侍,这样的粗活总还是要做的。而掌事崔公公刚刚收到膳食房那边的消息,原来这位逍遥王的侍卫不但要保护他的生命安全,还要负责他的日常三餐,据说这个侍卫的厨艺十分了得,以至于他吃不下别人做的饭菜了。

不过,大家也都听说了一些这位王爷的趣闻,果然是乡下长大的傻小子,当然,这话谁也不敢说出来,唯有眼神不骗人。

萧如意慵懒地看着这些宫人在雪地里忙碌,他知道自己塑造的形象已经深入人心了。

只是,还不确定皇城中的那位这次突然违背先帝留下的诏书,强行召回自己,真的只是想看看他这个流落民间的弟弟吗?

对于自己的身份,萧如意也曾怀疑过,为什么同样是皇族,只有自己在四岁就被送到千里之外的湖州,甚至下旨永不许入宫,是有什么隐情,还是他根本就不是皇族中人?这些年幽居生涯让他更加笃信后者,否则难以解释女帝的动机。

第五十四章 兄弟结同心

咸平四年元月,逍遥王自湖州入京,献琉璃酒杯,青色而有纹如乱丝,其薄如纸,于杯足上有缕金字,名曰自暖杯。上令取酒注之,温温然有气相次如沸汤,遂收于内。上甚悦,厚赐之。

——《玉京遗事录》

萧如意安排向逍偷偷将黄衣女子给苏蓁玉送去,毕竟相国府藏个人比这皇城脚下要方便得多。自己则百无聊赖地面对一院子的雪,而墙角的梅花开得十分稀疏,被雪一压又凋落了几朵,让人看着十分心疼。

近午时,宫车驶到院里,吴亮甫亲自带了几个小太监来接萧如意进宫用膳。

太极殿位于皇城正东的方向,因为是皇帝接见外臣兼平日批阅奏折的地方,设计得非常巧妙,圆顶四方屋,拾阶而进,越往内里越宽敞。入冬后地上就早早铺上一层厚厚的西域地毯,四边有炭炉,使人坐久了不觉有冬。

萧如昊从早朝结束就开始处理各司各部的奏折,等太阳光射到案牍上,才发觉已近午时,"吴亮甫,逍遥王可进宫来了?"

"回陛下,王爷正在西暖阁等您。"

"不批了,传膳吧。"

从大殿到西暖阁只有几十步的脚程,萧如昊一边走一边想着待会儿见到他,应该聊些什么，毕竟军国大事他也不懂，诗文韵赋自己也不爱读。回廊上虽也设了暖炉，到底是通风的地方，风一吹就有寒意袭来，挂在两旁的灯笼也跟着晃了几下。

萧如昊看着灯笼，嘴角忍不住微微上扬。原来，这些灯笼都是皇后亲自设计并参与制作的，既不高贵典雅，也不清新可爱，但就是让人一看到就觉得与众不同，不禁想笑。他忍不住停下脚步，用手指戳了一下其中之一，那灯笼上画着的笑脸相迎便在风中凌乱起来。

须臾，西暖阁就到了，萧如昊刚踏进来，就听到呼啦一片跪倒的声音，他也没有抬眸细看，挥挥手道："都起来吧，今天伯芳送来的鲜羊肉，叫你们几个陪朕一起尝尝。"

暖阁中除了萧如意还有楚国公、驸马爷陈忠、徐伯芳等人，因未见到苏蓁玉来，让萧如意一阵失望，自己进京两日了，始终没有机会坐在一起互诉衷肠，想到这里他不由得在心里埋怨她怎么不去别馆看望自己，看来明天自己要去相国府拜拜山头才行。

"如意，坐朕身边来。"萧如昊一招手，萧如意忙垂首躬身向前，挨着他坐在下垂首的位置上。

"北方天气寒冷，你可还受得住？"

"回陛下，屋子里比江南还暖和，臣弟十分喜欢。"

"那就好，过几日晴了，朕让伯芳陪你到处散散心。"

"多谢陛下。"

萧如意十分感激地看着他，这让萧如昊内心某个地方突然软了一下，脑海中却想起了另一个人，"皇姐出逃南赵也有几年了，不知道她在那边过得怎么样？"

萧如昊对当年设计安庆公主一事，仍然心有余悸，虽然当年形势所迫，自己有没有设计她或许都会走那条路，终究到如今午夜梦回他还是会觉得自己愧对了她。

想来，萧如昊到底不是个心狠手辣的主，不然也不会一边镇压着臣子，一边没有将他们赶尽杀绝，这样固然是慈悲心，到底也会引起祸端，比如永宁王的叛变何尝不是因为一开始没有斩草除根。

楚貉从宫里收到消息，皇后近来新受恩宠，这让他稍觉安慰，自从二子楚岳封了幽州都护使统领辽阳十三郡后，国公府的风头一时无两。同时出征的其他人，苏蓁玉保住了相位却失去兄长，又和亲弟反目；燕十三郎仍然负责镇守北镇，无甚变化；只有楚家两路军马都备受褒奖，想到自己率十万大军入蜀时，永宁王被苏皋玉顽抗到底迫得只好北上联络胡人，又被苏蓁玉切断出路，这才有了楚家军不费吹灰之力用两个月时间荡平叛乱。

一时间，座上几人各怀心思，那羊肉确实也味美，众人只听得萧如意啧啧称赞，"江南的羊肉不好吃？"萧如昊看着眼前的人吃得如此香甜忍不住问道。

"怎么说呢，臣弟以前在湖州也曾让人煮过羊肉，无奈总是腥味大些，再者肉多过老。"萧如意十分中肯地回答道，忍不住又骄傲自满地说，"不瞒皇兄，臣弟对其他事情没什么兴趣，唯有美食和美人不可辜负。"

此言一出，引得萧如昊开怀大笑，几位陪同的臣工也跟着笑了起来。

总的来说，这顿饭在萧如意和他的趣闻逸事中完美结束。

从皇城中回来时，萧如意已经醉得东倒西歪，向道将他搀入房中，吩咐其他人不要进来打扰，王爷最不喜睡觉时有人走动。别馆的宫人本来就难以近前服侍，这下更被隔离在外了。

等外面的人都走得远了，萧如意这才睁开眼睛，露出一脸清冷。

"向道换上我的衣服。"萧如意在自己人面前从不自称"本王"，他觉得那个称呼太矫情了。

很快，两个人换了服装，又易容成彼此的模样，"我警告你，睡着了可以，不要放松警惕，万一你被人识破，我就麻烦了。"萧如意嘱咐道，他似乎对向道睡觉这件事很有意见。

向道听到他这句嘱咐，嘴角一个抽动："王爷，属下在关键时刻从不贪睡。"

他说的是实话，不过，不关键时刻偶然睡久一点倒是常有。

从皇城别馆到相国府需要半炷香时间，萧如意走得十分小心，唯恐路上被人识破，毕竟他觉得即使扮成自己的侍卫出门，也是件很引人注目的事情。

等他自认为花了一番力气走到相国府的后门时，发现这里居然无人看管，太过安静，连个下人都不见。萧如意谨慎地再次确定了一下门匾上写着的"相国府"三个大字。

本来打算正大光明进去的萧如意，想了想翻身上墙一路摸到前面正厅，才一探头看到院中有人，就听到一声呵斥："什么人？"

苏红袖正在院子里吩咐人做事，忽然听到一阵窸窣声，意识到屋顶有人，声到人到，一鞭子已经飞了出去，同时眼尖地发现对面的人十分眼熟，竟是向道。但鞭子已经甩出去，想收回已经来不及，对面那人身手敏捷，一个纵身翻到院子里来，笑道："红袖姑娘一见面就想要我命不成？"

这声音再熟悉不过了，苏红袖忙跟着跳下来道："王——"

"嘘，不要说话，我是来找玉儿的，她在哪里？"萧如意忙打断她的话。

"大人在前厅和徐大人说话，我去看看。"苏红袖走上前吩咐一个粉装婢女领了萧如意去内堂的一处侧厅等候。

前厅中，苏蓁玉穿着白袍素袄，像是初落凡尘的雪女，让坐在她面前的徐伯芳一阵恍惚。

"苏相，关于过几日的满月宴，我不便分身，京中防卫还请多多关照。"

原来，昨夜京中出现刺客一事已经引起了朔风营的注意，徐伯芳收到底下人汇报后，心里咯噔一下，如果刺客是南赵人，是否和当年出逃的安庆公主有关？过几日就是召王的满月酒宴，他们这时候来，目的又是什么？

想到自己在未来几日，因为是召王的舅舅，会有诸多杂事影响办公，可刺客一事又非同寻常，只能委托个能干又信得过的人帮忙，徐伯芳第一时间就想到了苏蓁玉。

如果在这个玉京城，还有什么人是值得他信任的，那就是她了，这种微妙感觉，外人不足道也。

想到这里，徐伯芳才会一从皇城出来就辞别众人直奔相国府。苏蓁玉先是一愣，随即理解他的担心。他是召王的舅舅，满月宴必须参加，昨夜又出现了刺客，分身乏术。

"徐大人不必过于忧虑，刺客的事我会安排人尽快查清楚的，明日让左厢指挥使也参与巡城。"苏蓁玉斟酌说道。

"多谢苏相。"徐伯芳拱手一揖，内心深处生出一种愧疚感，当日陛下对楚国公密授机宜的事他是知道的，却无能为力，只能眼睁睁地看着发生。

"徐大人客气了，大家同朝为官，本就应该齐心协力为陛下分忧。"苏蓁玉笑道。

二人闲话几句，徐伯芳便告辞离去。苏红袖这才从屏风后面走出来道："大人，故人来访。"

第五十五章 南赵小公主

苏蓁玉想起昨天晚上向逍送来的黄衣女子，已经猜到来的人是萧如意。

"嗯，我知道了。"苏蓁玉放下手上的茶盏，往内堂而去。

苏蓁玉走得有点快，心思也有些不集中，以至于和从里面出来的婢女红芙撞了一下，红芙立刻跪倒："奴婢无礼。"

"起来吧。"苏蓁玉没有去看，她对府里下人的态度既不刻薄也不敦厚，给人一种疏离冷漠的感觉，除了红袖，几乎很少和其他人进行过多交谈，这也是府上大部分人都怕她的缘故。

"你和徐伯芳谈什么谈这么久？"萧如意看着刚进来的她，本是极想念的人，却一出口就是这样酸溜溜的话。

苏蓁玉先是一愣，随即释然，没有理会他的小情绪，简单说道："都是些公务。"

"那我来找你，也是公务。"萧如意还顶着向逍的脸，表情就显得搞笑不已。

"我知道，是问昨天晚上刺客的事情吗？"苏蓁玉似乎没有察觉来自对方被冷落后的微妙心情。

"那你审问了吗？"

"问过了，她是南赵公主赵明霞。"

"还真是个公主啊，我就说普通的刺客怎么会这么笨。"萧如意为昨夜自己的猜测被证实而感到十分开心。

苏蓁玉看着他，又低头看看自己手上的茶盏，抬起头看了他一眼，只觉得这一次重逢，对面的人怎么变得像个……白痴了。

"你回到湖州，没有遇到什么麻烦吧？"苏蓁玉隐晦地关心道。

"麻烦……只有一个。"萧如意眸子里满是凄切地望着她。

"大哥遇到了什么麻烦？"苏蓁玉紧张地问道。

"不能时时刻刻看到你。"

萧如意此言一出，就有些后悔了，他知道苏蓁玉性格向来内敛，原来信中偶然流露的情意她也许不会反感，现在这样坦白地说出来，只怕她要生气了。

"嗯，我知道了。"苏蓁玉点点头，说了这样简单的一句话，没有他想象中的雷霆之怒。

萧如意的心情一下子好了起来。

两个人又讨论起关于昨天晚上出现的刺客——南赵公主赵明霞。

"她除了自己的身份以外，没有再透露任何事情。"苏蓁玉有点遗憾地说道。

萧如意想起昨夜赵明霞的话，疑点很多，遂道："她在袭击我时，曾经问我是不是那个女人的同伙。"

"那个女人？"苏蓁玉皱眉，心里第一时间想到的名字竟是安庆公主萧如瑾。

"可能是南赵王的后宫出现矛盾了也未可知。"萧如意看她眉头紧锁，忍不住安慰道。

苏蓁玉摇摇头，觉得事情并没有这么简单，回道："这应该只是一个大事件的引线，我们必须在最短的时间内，查出南赵国到底多少人来了京城，有没有人混在使者团里准备摸进召王的满月宴搞事情？这是南赵王的意思还是有人设计的阴谋？总之，事情远没有一个公主出逃这么简单。"

萧如意听了她这番分析，觉得十分有道理，问道："那你打算怎么办？徐伯芳不是找你一起合作吗？不如趁这个机会明里暗里去查，我就不信没有头绪。还有，那个小姑娘再审问清楚，初出江湖的雏儿熬不住几天软硬兼施的。"

外面雪还在下，屋子里的两个人仿佛寻常的情侣，不，是战友，为着未来不远的一场阴谋而冥思苦想。

转眼已经快到黄昏，萧如意不得不起身告辞，别了苏蓁玉，他仍旧走的后门，来时的欢悦，走时却成了凝重。

玉京城真不是人待的地方，哪里有湖州的自由自在，萧如意这样想着，脚下的步伐越来越快，他得在晚膳前赶回皇城别馆。

苏蓁玉很快查清楚了这次南赵使团的名单，为首的是南赵太子赵子赢和威武将军吕奇正，其他成员则为太子亲信之流。

在调查过程中，苏蓁玉也同时查到太子赵子赢并不受南赵王喜爱。原来太子生母在他幼时就已经去世，随即册封的王后谬氏容貌倾城心机深沉，立刻博得了南赵王的专宠。谬氏生下二王子赵子桓，便整日撺掇南赵王立子桓为太子。

事情若到此为止，也不过是他国太子备受后母欺凌，才会担任使者被派往玉京参加一个婴儿的满月宴。

苏蓁玉皱着眉头暗忖：事情不可能这么简单，这中间一定还有别的事情。

想到这里，她让红袖将赵明霞带到自己的房间，试图再和她好好沟通一番。

赵明霞自从被带到相国府，反而变得十分乖巧，每日按时吃饭睡觉，丝毫不见有反抗或者逃跑的举动，也许她意识到自己根本逃不掉，也许逃跑不如待在相国府安全。

"我今日在朝堂上见到南赵太子赵子赢了，他长得很英俊，在你们国家一定有很多女孩子喜欢他是吗？"苏蓁玉决定从女孩子感兴趣的话题开始。

赵明霞听到她在夸赞自己的哥哥，小脸一扬露出可爱的笑容说："当然，太子哥哥是我们南赵最美的年轻男子，只要见过他的姑娘都愿意成为他的女人。"

"听说，南赵王不喜欢他，想立二王子为太子，所以你们兄妹这次在玉京遇到麻烦是王后所为吧？"苏蓁玉试探着问道。

这一问，赵明霞立刻又垮下了小脸不再说话。

"你说了我或许可以帮助你，当然太越权的不行。"

"我为什么要信任你？"赵明霞气呼呼地说道。

"因为，我是苏蓁玉。"

"啊——你就是那个两次打败北胡人的苏蓁玉吗？"

赵明霞突然站起来，整个人陷入一阵兴奋状态，自己又跳又笑一会儿后，拉住苏蓁玉的手道："你知道吗？在我们南赵有很多关于你的传奇故事，大家都说你是天下掉下来的仙女，不然怎么会这么厉害？"

苏蓁玉被她这种崇拜的眼神盯得有些不自在，反问道："我就在你面前，那你觉得我有传闻中那么厉害吗？"

赵明霞开始上下打量她，很快笃定地说道："当然厉害，你看我从驿馆出来遇到那个女人的同伙追杀，跑到一个陌生男子的房间，但等我醒来就在你这里了，肯定你有什么未卜先知的本领吧？"

苏綦玉不忍心打破她的幻想，回头看了一眼正在憋笑的红袖，一脸严肃地说道："这下你知道本相的厉害之处了吧。"

红袖往前一步施施然行礼故意谄媚道："相国大人乃百官之首，奴婢能随侍大人左右真乃三生有幸。"

赵明霞本来还一脸兴奋，转眼期期艾艾地说道："那你能救救太子哥哥和我吗？等我们回到南赵一定会好好报答你的。"

苏綦玉虽然刚才被她脸上表情的变幻莫测惊讶到了，但一听她终于肯开口谈正事，忙让红袖给她斟了一盏茶。

"事情要从几年前说起了，当时你们大成朝有一个公主叛逃，好像就是皇帝的亲姐姐，她带着自己的亲兵驻扎在两国的边境，不知为何，追捕她的官兵在围剿三个月后突然收到命令全部撤走了。那个公主就给我父王写信，表示愿意嫁给他做王妃，并附上自己的画像。父王知道她是大成朝的公主，本想拒绝，谁知道夜里做了一个梦，梦到那个公主，很快父王让大祭司用九星轮占卜，大吉。父王认为这是神明在指引他必须娶公主殿下，很快父王不顾群臣反对，将公主迎进王宫，并举行了隆重的册封大典。"

苏綦玉趁她喝水暂停的工夫，忍不住问道："那王后就心甘情愿让她进宫吗？"

赵明霞继续说道："公主被父王封为锦妃，自此以后就专宠她一个人，王后殿下带着二王子闹了几次，不知为何，突然就转变了态度，不但没有嫉妒吃醋，反而一心维护锦妃。父王以为是自己的魅力无限征服了她们，可是我和太子哥哥都觉得她们两个之间一定有什么不可告人的勾当。那以后，父王听信王后和锦妃的谗言对太子哥哥越来越不满意，不但收回了他的封地，还将最弱的军队交给他带领，把精锐雄师交给锦妃带去的叫薛锐的将军和二王子共同管理。"

苏綦玉听到这里大概已经能猜到安庆公主的用意了，她想在有生之年颠覆整个南赵王宫，现在她正朝着这个目标一步步前进，如果她成功了，是不是意味着南赵和大成朝的未来不可避免又是一场血战？

第五十六章 南赵有内斗

就在苏蓁玉胡思乱想的时候,赵明霞又继续讲下去:"后来父王不但疏远太子哥哥,还经常派他出使其他国家,哥哥每次出门少则几个月多则一年,等他回来,自己的那点势力早已经被锦妃和王后瓦解殆尽。可惜我是个女孩子不能帮到他,太子哥哥逐渐失去了斗志,变成了一个任人摆布的木头人,靠承受他们的侮辱而苟延残喘。可是,他们还是想夺取太子之位,在我们南赵推举一位新王必须要用九星台占卜才行,不然就会给整个南赵国带来灾难。"

"九星台?"苏蓁玉暗暗记下这个名字,南赵国的历史,中原记载得太少了,苏蓁玉收集的资料中除了擅长培训杀手,并两次袭击自己,也没有再多信息。如今想来,当初去湖州路上遇到的南赵杀手应该都是安庆公主派出的。

赵明霞并没有注意到苏蓁玉的表情变化,仍然在往下叙述:"大祭司曾在太子哥哥受封那年为他占卜过,他将会是我南赵圣明的君主。所以当父王要求大祭司再次占卜废除他的太子之位时遭到了大祭司和几位大长老的强烈反对,此事才不了了之。但那些人却不肯罢休,撺掇着父王派太子哥哥来大成朝玉京送贺礼,私底下却派出无数的杀手,试图将他在路上干掉,我偷偷听到了锦妃和王后说,要利用她大成朝的势力,让你们皇帝杀掉太子哥哥,然后引起两国战争,她就能趁机出兵了。"

"真是个狠辣的女人啊。"苏蓁玉感叹道。

"是啊,所以我听到后就立刻来玉京找太子哥哥,希望把这件事告诉他,让他有个心理准备,不要让那个坏女人的奸计得逞了。"赵明霞说到这里忍不住气愤地握紧拳头,向空中比画了两下,表示要和恶势力斗争到底。

苏蓁玉听她讲了这么多,已经了解到这是一个善良可爱又坚强不屈的小姑娘。

"那你昨天晚上怎么会被人追杀呢?"

"我离开皇宫后,锦妃可能就猜到我偷听到她们的谈话了,一路上派人拦截我,好在我有神灵护佑总算东躲西藏地到达玉京城,我查到太子哥哥他们的住处后,就想等晚上去找他们,谁知道很快被那个坏女人安排在这里的杀手发现,我的几个侍卫都死了。"说到这里,她眼泪又大颗大颗往下掉。

苏蓁玉一见这阵势也慌了神,她平生不怕苦不怕痛,却怕小姑娘在她面前掉眼泪。经过一番手忙脚乱的安慰,总算让她止住了眼泪。

这时,晚膳时间已经过了,赵明霞的肚子明显饿了,却又不好意思说出来,苦兮兮的一张小脸看向苏蓁玉,后者才意识到自己怠慢了客人,赶紧吩咐厨房准备饭菜,让红袖送她回房间,"明霞公主,我有一事需要跟你商量,那就是为了防止打草惊蛇,还请公主暂时住在相国府,等危险解除了,我会亲自送你回南赵使团下榻的使馆。"

赵明霞知道她是为了保护自己,很感激地同意了。

接下来的事情就交给苏蓁玉去完成了,她回到自己房间,本想继续处理公文,却被红袖端进来的晚膳吸引住:"这是什么?"

"向逍送来的,说是他刚发明的新菜,他家王爷十分喜欢,特意让他又给大人做了一份送来。"

"你说,向逍那么好的武功,整日却忙着给他做饭,真是大材小用嘛。"苏蓁玉想不通向逍为啥愿意被萧如意如此"糟蹋"。

红袖一边摆好食物,一边瞥了自家主子一眼,冷笑道:"您还不是一样,北镇第一女侠沦落到每天伺候您穿衣吃饭,算不算糟蹋呢?"

"算!"苏蓁玉诚恳地说道。

"那您还不快点吃,晚上早点睡觉,我也好早点休息。"红袖对她熬夜处理公文这件事早就不满意,趁着今天的机会,总算说出来了。每次看到她早上起来一脸疲惫，都让人十分心疼。

"该如何找出隐在暗处的那些安庆公主的势力？"苏蓁玉整个晚上被这个问题折磨得无法安睡，接下来要做的是进宫禀报皇帝，还是先暗自调查一番再报？

她越来越优柔寡断了。这让她感到十分气馁，从前的苏蓁玉会对着父亲毫不客气地说："我从不为一家一姓而拼命，我要保护的是这万里河山和这太平天下！"

怕什么来什么，徐伯芳这几日心神不宁，总觉得玉京城的晚上不太平，因为上元节刚过，各处花灯还没有撤掉，晚上出来游玩的人仍然很多，这给负担着京城治安的朔风营和右厢指挥使都增加了几倍的工作量。千防万防，还是又出了事情，距离上次刺客事件不到十二个时辰，南赵使馆又发生了太子遭歹人劫持而下落不明的事情，其他使臣立刻进宫求见皇帝陛下为他们做主。

他国太子在玉京城被人掳走，这让萧如昊感到十分震怒，这不只是颜面扫地的事情，一旦南赵王知道太子出事，两国外交就会陷入困境，战事一触即发。

每个人心里都明白，南赵虽然是小国，可刚刚经历了北上战争，国库已经彻底被淘空，百姓也才恢复生产，已经经不起再一次的折腾了。

早朝退后，萧如昊将苏蓁玉、徐伯芳等人宣到太极殿训斥一番，勒令他们三日之内必须破案，一旦查到什么人敢在天子脚下胡作非为就严惩不贷。

"这件事处理不好，会惹来大麻烦啊。"游手好闲的逍遥王每日进宫陪着皇帝谈天说地，很快也知道这些事情，忍不住跟着叹息起来。

"是啊，必须得给南赵王一个交代，朕的脸面都被这些蠢材丢尽了。"

萧如昊想起来又忍不住发起火来，只觉得这日子过得没一天是清净的。

萧如意看他气得不行，便努力把话题岔开，笑着说道："陛下不用为这些事情过于操劳，不如跟臣弟出去走走散散心如何？自从来玉京城后，臣弟发现这里的年轻公子们都十分热情好客，于是结交了一些新朋友。经过深思熟虑，我们想在京城举办一个选美比赛……"

萧如昊一开始听他还是安慰自己的话，等说到"热情好客""深思熟虑"种种就已经明白，自己这个弟弟倒是和那些纨绔子弟一拍即合，说得倒是文雅，整日不过是游手好闲罢了。

"你整天就是忙这些？"

"陛下，你可不要小看了这件事，我们还决定请一些诗文好的先生当裁判，还有画师，等比赛结束，拿了头筹的姑娘不但有一千两黄金，还有才子们为她写的诗，画师也会将她在比赛过程中的美好时刻都画下来，这样就是一个展现出京城诗文画赋的好事情。"

"朕不去了，你看着办吧。"

萧如昊心道，再天花乱坠那也是纨绔们变着法地行欢取乐而已。只要不闹得太不成体统，就由着他去吧。这些年，他在湖州也只学会玩，又怎么能指望他忧国忧民。

感到疲倦的萧如昊，望着对面一脸天真烂漫的那人，有一瞬间脑海中闪过一个想法，他到底是真的什么都不在意还是故意放低姿态？

"你先回去吧，这几日外面不太安全，你要待在别馆中不要总是出去胡闹。"

"多谢陛下关心，那臣弟先告退了。"

萧如意离开皇城后，整个人就像当年从一场和敌人的拼杀后回来一般，他觉得累得很，歪歪斜斜地躺在马车上，任由车夫将他载向远方。

然后，他居然睡着了。

距离南赵太子被掳走不到两个时辰，朔风营又收到一条几乎要命的消息：逍遥王失踪了！

接到消息后，徐伯芳感到了前所未有的惊慌，立刻放下手上一切公务，直接奔向发现丢在路旁的宫中四望车的地点。

这辆四望车完好无损，证明逍遥王在失踪前没有与敌人发生过搏斗，很可能是受到威胁直接下去跟他们走了。

"逍遥王带来的近侍们都在别馆待着吗？"徐伯芳问道。

"回大人，属下已经让人封锁皇城别馆附近所有的路口，但没有陛下旨令，咱们是无权进去搜查的。"

正在负责查案的是左厢指挥使冯岱岩，他十分为难地看着徐伯芳，这件事必须由皇帝亲自下令，否则没有人敢随意进入皇城别馆搜查。

"你先派人守在这里，把附近每个民户都调查一遍，一旦有可疑人员出现先拘捕再说。"徐伯芳不敢耽误，立刻进宫向皇帝禀报。

果不其然，萧如昊在听到逍遥王出了皇城回别馆的路上被掳走的消息后，雷霆咆哮，案几上的东西都砸向徐伯芳，怒道："朔风营和左右厢军都是废物吗？才短短两天，一个他国太子，一个本朝藩王，都在光天化日之下被掳走！"

徐伯芳跪在地上不敢抬头，萧如昊气得厉害，御案上的东西摔了一地还不肯停，拿起一个卷轴朝着徐伯芳的方向丢过来，正好砸在他的头上，骂道："朕本以为你要学诗就学好了，不忍对你妄加评论，你看看你，学诗学成什么样子了，这是懒政！和那些贪官污吏相比，更可恶！不想干了就滚！朕不能让朔风营坏在你手里！"

第五十七章 逍遥王失踪

接连发生的两件大案，立刻引起了整个玉京城的舆论恐慌，那些纨绔子弟一时都闭门不出，渐渐有流言传出说是有女鬼出没，专门抓长得好看的年轻男子。

皇城别馆里逍遥王府的近侍尚有十几个人在，都是些不会武功、日常打杂的宫人，询问一下都未离开过别馆，对自己主子失踪一事一无所知。

"逍遥王平时带在身边的侍卫武功如何？"徐伯芳决定先了解一下他带在身边的几个人的底细。

"向逍和向遥两兄弟是王爷身边的红人，他们不但武功高强，厨艺也很不错，所以王爷每次出门都会带上二人中的一个。"

"那今天王爷带在身边的是哪个侍卫？"

"应该是向逍，属下听说向遥出去给王爷办事了，至今还没有回来。"

"逍遥王在京城可曾结下什么仇家？"

"肯定没有，王爷每天就是进宫和各府公子游玩，然后回来睡觉，从未与人结怨。"

徐伯芳想想也是，谁敢得罪皇帝的亲弟弟。

去相国府，此时他想不出还有什么人能够迅速帮助他一起破案。

"单从现场没有搏斗痕迹来看，可以初步判断出，第一种可能，劫持逍遥王的人是他认识的人，所以他没有进行反抗直接跟着走了；第二种可能，对方人多势众，逍遥王知道反抗无效，干脆保存实力直接跟他们去了。"

徐伯芳把自己的想法都说了出来，有些无奈地看着对面坐着的苏蓁玉。

"还有一种可能，逍遥王对自己很自信，他想以身犯险去查这伙人的来路，所以才会没有抵抗就跟他们走了。"

苏蓁玉的说法让徐伯芳大吃一惊，按照这个角度思考，那么，逍遥王还真是不知天高地厚，倒也符合他来玉京城后的一系列表现。

徐伯芳的思维是基于伪装后的萧如意，认为他这是头脑简单的行为。苏蓁玉自然不会跟他一样想，她显然对向道都没有出手反抗这个细节更在意，是萧如意不让他出手，还是他当时不在？

很快，皇帝下旨，南赵太子被掳和逍遥王失踪两案并查。

苏蓁玉意识到赵明霞的事情不能再隐瞒下去了，遂将整个事情告诉了徐伯芳，当然隐去是萧如意捉住这一细节。徐伯芳没有想到安庆公主在隔了这么久以后，还能在玉京城惹起轩然大波。两个人商量过后决定先进宫禀报皇帝，再顺着赵明霞这个线索往下查。

"你们的意思，这件事跟皇长姐有关？"

萧如昊虽然用的是疑问句，但他的内心已经十分清楚，这件事不但跟安庆公主有关，而且可能是她处心积虑几年，终于决定实施的报复计划。

徐伯芳还在滔滔不绝，他必须要给皇帝一个交代。苏蓁玉垂手立在一旁，只在关键时刻给他做一个补充，她的思绪却飘到当年的紫薇宫，女帝驾崩前交给自己一份遗诏，这件事不知道后来怎么会被安庆公主和当今陛下知道，但他们都不知道遗诏的真正内容，只想据为己有，这才会不断派出杀手追到湖州。

"苏爱卿，那个南赵公主你是怎么遇到的？"

"回陛下，是臣回家的路上遇上她被刺客追杀，遂将她救下，然后安排在府中养伤，本以为她只是寻常的官家小姐，直到今天早上她才肯对臣讲出实情。"苏蓁玉早已料到皇帝会有此疑问，在答应赵明霞帮她救南赵太子时，就已经和她说好，隐去遇到萧如意这一节，直接说是自己救的她。虽然赵明霞不明所以，但还是答应了她。

萧如昊脸色很难看，这几年里，他也曾派人暗里调查过皇姐的下落，得知她成为南赵王的妃子后，本以为两个人余生再不会见面，前尘往事随着斗转星移都会被历史所遗忘。没想到,她始终未放弃过夺回这一切的想法。

"既然此事和安庆公主有关,那你们打算怎么查起?"萧如昊问道。

苏蓁玉和徐伯芳俱是一愣,显然没有想到皇帝反而问他们怎么办。

"陛下,微臣想还是先查到那些所谓的公主留在京城的势力,再酌情处理吧。"苏蓁玉说道。

萧如昊想了一会儿,也没有什么其他更好的处理方式,一想到在自己的眼皮底下竟然还有人在为萧如瑾卖命,假如这次失踪的不是逍遥王是自己,那将是什么样的后果,真是冷汗直冒。

"这件事情牵涉太多,对外只称破南赵太子与逍遥王失踪的案子,其他的不必多言,有什么进展及时来告诉朕。"

"臣遵旨!"

"臣遵旨!"

离开皇城后,苏蓁玉和徐伯芳分别率左右厢军和朔风营进行全城大搜索。四个城门口都张贴着南赵太子赵子赢和逍遥王的画像,严查每个进出城的人。与此同时,大理寺卿和鸿胪寺卿也都参与进来,一个安抚各国使团不要紧张,一个开始进行暗访。

当然,这些是必须做的但也只是表面上的工作,用来敲山震虎,而苏蓁玉则马不停蹄地去了南赵使团下榻的南赵邸。

之所以叫南赵邸,是因为郡国朝宿之舍,在京者谓之邸;邮骑传递之馆,在四方者谓之驿。而为了区别好记,便以各郡国名字命名。

而逍遥王是个特例,他在湖州是被幽居的,湖州并不是他的封地,所以他来到京城反而住进了规格最大的皇城别馆。

南赵邸位于朱雀大街的东南位置,建筑并不十分豪华,却别有风味,是一座按照南赵当地建筑模样仿造的如同星轮一般的院落。

苏蓁玉来的时候,鸿胪寺卿和大理寺卿都已经来过几次了,所以那几个被禁足的南赵使者再次面对她的各种提问感到恹恹欲睡。从一开始的紧张不安到被反复询问的枯燥乏味,他们已经开始怀疑大成朝的大官们是否真的能帮他们找到太子!

经过几个例常程序上的询问后,苏蓁玉开始剑走偏锋。

"听说你们在来的路上遇到了几次刺杀？你们和太子殿下都是怎么脱险的？"苏蓁玉示意身边的文书岑巩开始记录，他是左厢军中书记员，自从苏蓁玉统领左右厢军后，他就被调来担任她的文书。

那几个南赵使者面面相觑，不知该如何回答这个问题。

"你们不说，本相也不会强迫你们，当然，至于你们未来即将面临的危险，我们也无法立刻排除并保障你们的生命安全。"苏蓁玉知道他们在顾忌什么，这里面毕竟牵扯到南赵的宫廷内斗。

苏蓁玉看他们有些动摇，却还是没有一个人开口，只好单刀直入地说道："这里的人都是相国府经过精心挑选后任用的，不必担心会有人向锦妃留在玉京的势力通风报信。"

此言一出，那几个使者惊慌失措地看向苏蓁玉，他们不知道这个远在大成朝玉京的女子为什么知道锦妃和太子之间不和的事情。

"锦妃——也是我们的长公主，她在玉京城有自己的人并不是很难做到，而本相现在要做的事就是找到这些隐在暗处的实力，保证你们南赵使团在这里每一天的安全。"苏蓁玉说得合情合理，她的容貌本就清丽高冷，此刻用一种不容置疑的目光看着他们，多了几分震慑力。

"相国大人，我们愿意说出自己所知道的一切，只求你快点救回太子殿下，并护送我等回南赵。"其中官职最大的李玄谷终于开口说话了，他今年已经近五十岁，原本可以不用担任使者，只因南赵太子是他最得意的学生，在得知这次出使很可能遇到危险后，他奋不顾身地选择加入，也是因为他的心思缜密才帮助赵子赢逃过一次又一次追杀。

"追杀你们的人，你能判断出是中原人还是南赵人吗？"

"开始是南赵杀手，他们一般出手狠辣却不讲究战术，很快都被随行保护太子的将军杀掉了。但渡过黄河以后，我们又遇到了两次袭击，却是中原人所为，他们选择伏击和下毒，并在事后迅速离开不留下痕迹，龙翼将军曾经杀死其中两人，我在检查尸体过程中发现他们两个都有一个共同点，就是右脚趾少一个。"李玄谷讲话的声音不大却中气十足，说到疑惑处会忍不住叹息。

"太子被掳走当天晚上，南赵邸还发生过什么事情？"苏蓁玉继续问道。

"当天下午太子从宫中回来，心情十分欢悦，还曾对老臣说起与陛下相谈甚欢,对于我们给召王殿下准备的礼物,陛下很喜欢,随即也赏赐些礼物作为回礼。"

"大理寺卿的案宗本相已经看过了,当时进入邸院的一共十三个人,劫持太子后,除一人受伤外,都完好无损地撤离。"

几个南赵使者都惭愧地低下头,毕竟对方人数并不是特别多,"他们虽然人少,出手却快如闪电,用的兵器也很奇怪,在我们南赵从来没有见过,才会给了歹徒可乘之机。太子落入他们手中,大家更是畏首畏尾,怕对太子不利。"

苏蓁玉立刻捕捉到一个细节,兵器。

"你可还记得那个兵器什么模样,能不能画出来?"

"我试试。"

很快,陈玄谷就将歹徒所用的兵器图画了出来,有人接过去交给苏蓁玉,她看了一眼又递给红袖:"你看看,能不能认得?"

红袖拿到手里,仔细辨认一会儿说:"回大人,这是三戈戟。这种兵器极少有人使用,因为招式过于毒辣,修炼者很容易被自己的兵器误伤。但在江湖上有一个杀手组织,里面的成员全部都使用这种兵器,他们多在塞外活动,踏入中原行刺还是第一次发现!"

苏蓁玉又问了其他人一些问题,赶在天黑之前离开了南赵邸,外面已经被朔风营把守起来,不许寻常人靠近。

第五十八章 旧驸马痴情

回去的路上,苏蓁玉坐在马上思考问题,她平时话本来就少,遇到事情就更加沉默寡言。她经常是,坐车时冥思苦想,走路时苦想冥思,决不浪费多余的时间。

"大人,我觉得这件事我们不一定要从原因追查,直接从结果下手也是一样的。"红袖坐在她对面,看着她一路都在皱眉思考问题,忍不住说道。

苏蓁玉对她的话十分感兴趣,让她继续说下去:"嗯?你说说看,怎么从结果下手?"

"一般的案子是我们只知道经过,所以要抽丝剥茧去想为什么会发生,但南赵太子这件事其实相对简单,结果已经比较明了,就是锦妃要在玉京城干掉太子。"

苏蓁玉听她讲完,知道她很想帮自己的忙,却说来说去,已经是自己想过很多遍的东西,就没有再把精力放在听她说话上,继续保持一种思考的状态。

红袖看她兴致缺缺,知道自己没有说出更新鲜的思路来,"大人,为什么不去查一下驸马府呢?"

苏蓁玉摇摇头道:"当年安庆公主发动凤翔宫兵变后,广平侯薛文起为了不使薛家受牵连,亲自带兵镇压公主党,又逼着驸马薛子服写了休书。所以,现在整个薛家最忌讳别人提及公主,又怎么可能会暗中和她勾结。"

红袖呆了一会儿,才又缓缓说道:"大人英明。不过,前几天我去买药材的时候,听那里的伙计说,这个驸马爷自从公主走了以后性情越来越古怪了,从前是沉默寡言,现在是从里到外的阴沉,甚至听说他对现在的妻妾们一点都不好,经常非打即辱。"

　　"哦?还有这回事?"

　　苏蓁玉想了想早朝上薛子服的模样,忍不住同情起他的新夫人来,想来新夫人并不能让他满意,"也许新夫人不合他心意吧。"

　　"可他这都换了三位夫人了,都没有一个满意的,这说明一个问题——"

　　"什么问题?"

　　"那就是驸马爷并不喜欢这些女人,他的心里很有可能还深爱着安庆公主。"

　　苏蓁玉立刻捕捉到这个观点的奇妙之处,如果真的是这样,那么最有可能成为公主留在玉京城势力的人就是驸马爷薛子服了。可是,还有一点说不通,那就是安庆公主如今已经是锦妃,纵然是最容忍豁达的男子,恐怕也不会再和她有什么瓜葛的。

　　"谁知道呢?男人的想法,说不定就是反其道而行。"红袖哂笑道。

　　苏蓁玉也跟着笑了起来:"红袖,你今天讲的,关于驸马这些,虽然有八卦的嫌疑,但很值得研究。"

　　回到相国府,苏蓁玉发下去的第一道命令就是派人盯着广平侯府。

　　未等晚膳结束,相国府上就闯进一个不速之客,他刚翻墙进来就被苏红袖发现了,凌厉的鞭子如同最快的风将那人扫倒在地。

　　"红袖姑娘,手下留情,在下是向道。"

　　苏蓁玉这才抬头将手上的饭碗放下,一脸狐疑地看向地面,与那人正好四目相对,果真是向道没错!

　　"你是怎么回来的?你家王爷呢?"苏蓁玉关心地问道。

　　向道这才站起身来,向苏蓁玉施礼拜道:"王爷被一辆华丽的四望车接走的,当时属下奋力追赶,却在过了几个巷子后发现车辆被弃人不见了。随后属下召集王爷的影卫搜索,至今无消息,唯一的线索就是在那辆车上,发现了王爷留下来的食盒,应是陛下赐给我家王爷的,属下本想继续查访,一日下来毫无进展,特来求教苏相。"

"你当时为什么没有在你家王爷身边保护？"苏蓁玉一针见血地问道。

向逍有点窘迫地看着苏蓁玉，一咬牙道："当时，王爷从皇城出来，见路旁梅花开得正好，便对属下说晚上想吃梅花汤饼。做梅花汤饼须用朝阳最高枝的梅花瓣味道才佳，对食材属下因为不放心其他人做，向来亲力亲为，所以给了歹徒可乘之机。"

苏蓁玉有些无语，虽然早就知道这对主仆的秉性，但还是忍不住腹诽这种行为是多么蠢，"咳咳，这件事虽然有点匪夷所思，倒也符合你家王爷的行事作风。"

"当时王爷身边还有几个侍卫，他自身也是个中高手，所以属下才会放心离开一刻去……找食材……"向逍说到后面声音低了下来，对他来说这是很羞耻的事情，堂堂江南第一高手因为去摘花致使主人被绑架，说出去实在太丢脸了。

"那辆车你后来弄哪儿去了？"

"已经带来了，就在相府的后门。"

苏蓁玉吩咐管家苏亨将车辆推进内院，她现在希望做的是，能够从这辆车子上发现点什么。"你说的发现这辆车的巷子是哪个位置，可还记得？"

向逍知道她想去搜索，说："是离皇城别馆不远的杏子春东街的一条窄巷，我们已经在附近搜索了一整天，毫无收获，应该是他们的障眼法。"

"红袖，拿我的令牌，传左厢指挥使于东阳带上人再去搜一遍，告诉他任何角落都不要放过。"

向逍理解这是执行公务，也非是不信任自己，便不去看红袖离开，眼睛随着苏蓁玉的动作在四望车上不停查看。

"这是什么？"苏蓁玉的眼睛落在车内夹壁的几道划痕上，仔细看像是一个赵字。"南赵人？"她转身朝向逍问道："逍遥王和南赵太子在玉京城可有见过面？"

向逍道："见过，王爷和京城的几个公子准备为京城教坊举行一次选美大赛，参加者除了诸公子外还有这位南赵太子。"

苏蓁玉皱皱眉头，心想萧如意这一招从湖州用到玉京，还真是不觉得腻烦。

"看来，这次逍遥王失踪是卷进了南赵国的内争里面了。"苏蓁玉想了想又道，"除了南赵太子，这次参加的诸公子还有谁，你可记得？"

向道略一思索说:"国公府大公子楚云生,广平侯府的大公子薛子服,还有鸿胪寺卿的三公子董成。"

苏蓁玉在听到楚云生的名字时,眼皮跳了一下,心中有种不祥的预感,这个人当年几乎丧命在南赵杀手的手中,会不会将这笔账算在南赵太子和自己身上?

看着苏蓁玉面色凝重,向道也不好再说什么,便道:"属下带着王府的影卫在暗处调查,不便露面,还请苏相国为属下隐瞒一二。"

"嗯,你去吧,这些不必担心。"

刚从皇城出来的徐伯芳一肚子憋屈无处诉说,今日又一无所获,进宫自然又被皇帝痛骂几句。朔风营每日严守四大城门,又沿街搜索,却始终没有再发现一点线索。

正在他边走边沉思时,无意中抬眸一眼瞥见两个人从对面的巷子出来,看到有官兵又迅速缩了回去,徐伯芳多年的巡逻经验告诉他这两个人一定有问题,忙一挥手道:"去把那两个可疑的人抓起来。"

几十名朔风营士兵飞速向那两个人所在的位置聚拢,原本准备躲起来的两个人一看到官兵过来早已吓得魂不附体,撒腿就跑。

"站住,不然放箭了!"

听到声音,两个人慌忙站住,不敢继续往前跑了。

徐伯芳已经来到近前,看他们身上穿的是玉京城官家家仆常穿的短襟灰袍,便问道:"你们在哪个府上当差?"

"回大人的话,小的是楚国公府上的护院。"那两个人此时已经神态如常,面对徐伯芳的问话显得波澜不惊。

"既然是在楚国公府上当差,看到官差经过,你们鬼鬼祟祟跑什么?"

"大人冤枉,小的们只是在追一个逃跑的家婢,谁知道被官爷们强行拦住,人也跑丢了,回去都不知道怎么跟我家大少爷交代。这下可苦了小的两个人,大人体谅的话就放我们继续追,兴许还能追得上。"

徐伯芳看他们眼神闪烁,应该是有所隐瞒,便道:"既然是我们让你跟丢的,你把那个家婢模样说一下,我让底下人帮你们一起找,现在全城戒严,谅她也逃不出去。"

"一点小事就不劳烦大人了，小的这就先告退了。"那两个人弯腰行礼一番，转身就想走。却又被徐伯芳喊住："不麻烦，刚好城里丢了两个重要大人物，朔风营正在全城搜索，一并处理了就是。"

几个军卒见长官使眼色，忙拦住他们的去路，"两位还是说了吧，到底要抓的奴婢长什么模样，有什么特征？"

这时，巷子里另一端又跑进来一名女子，待她看清面前的人转身又往对面跑，"就是她，不要让她跑了。"

两个家仆一看就想赶紧冲上去把那不识好歹的女人抓住，话刚出口就意识到不对，忙又停住道："有点远没有看清楚。"

徐伯芳愈发觉得他们有问题，一边派人去追前面的女子，一边将这两个人押回军务司。

第五十九章 楚家有败儿

事情开始向着无法掌控的方向发展，徐伯芳愈发忧虑起来，在审问巷子口捉来的婢女时，有人来报，两个楚国公的家仆死在朔风营的军务司监房里。

婢女听说他们死了以后，神情大骇，跪求徐伯芳道："奴婢什么都说，求大人救命。"

徐伯芳示意她不要害怕，可以慢慢讲，又让人给她端来一杯水："姑娘你说吧。"

"奴婢是楚国公府大公子楚云生院子里的婢女，本来是负责打扫花房的，这几日花房突然被关闭，不许任何人接近，奴婢想可能是谁得罪了大公子，被罚在里面。等到了夜里，奴婢突然来月信，因所用物品平时都搁在花房奴婢居住的柴房中，所以奴婢就想趁着晚上无人过去取出来，等到了柴房才发现门被锁上，里面有人影晃动，吓得奴婢正要离开时，却听里面的人说他是逍遥王，让我报官救他，会给我很多银子。"

"你是说逍遥王？"

徐伯芳眼前一亮，随即下令："快，跟我去楚国公府！"就在他刚要踏出军务司门槛的时候，忙收住脚步，转身回来又问道："那你是怎么逃出来的？"

那婢女以为徐伯芳要去国公府救人，心里七上八下的，害怕自己在徐伯芳离开的这段时间，也会像那两个家仆一样暴毙，整个人缩成一团，等到徐伯芳回身问她时，她才又道："等奴婢从花房出来，就看到大公子带着一个蒙面女子向这边走来，奴婢怕暴露行迹赶紧躲到一旁的杂草堆里。没多久，大公子就带着人离开了，奴婢也从杂草堆里出来准备回自己现在的居处，不料撞上巡逻的家丁，跟他们说出来小解，被调戏几句后才得以脱身，奴婢想这件事恐怕很快就被大公子识破，就趁天未亮想从角门逃出去，谁知却惊动了护院家丁。奴婢平时打理花房知道附近有个无人注意的狗洞直通院外，可怜奴婢也不敢回家，未走出多远就被国公府派出来的家丁发现，他们一路追到这边，幸得大人相救。"

婢女唯恐自己还会被送回楚国公府，抱着徐伯芳的腿大哭不已。

"大人，还去国公府吗？"

"不去了。"

徐伯芳心里明镜一般，此时再去国公府也不会找到逍遥王，折腾这么久，人恐怕早被转移地方了，没有真凭实据擅自搜查只会招来祸端。

"把她看护好了，若有三长两短唯你们是问。"徐伯芳派人将婢女押去一间单独的屋子看护起来，防止有人对她不利。随即又去了关押着两个家仆的监房，一边查看尸体一边对看守的军卒呵斥道："人才到咱们军务司就死了，你们可真对得住这身军服。凡是今天接触过这两个人的军卒都关起来，一个个给我审，必须查到谁动了手脚。"

那几个军卒都慌忙跪倒口称冤枉："大人，他们两个一进来，料难逃脱，趁属下们不注意就自杀……"

徐伯芳验过尸体确系自杀，冷笑道："你们是新来的？几时轮到你们在我面前多嘴？其他人以监管不力扣两个月俸银，葛根暂时拘押，神情恍惚必有隐瞒。"

葛根还想继续辩驳，却已经被进来的军卒按倒拘押起来，其余几人不由得舒了一口气。

徐伯芳心里也一团乱麻，这样处理未必公平，只是为敲山震虎，防止接下来有人暗中捣乱。至于楚国公府的家丁死在军务司，也需要立刻处理，他一面派人通知国公府过来认尸，一面写了奏折上报圣听。自己则去中枢阁找苏蓁玉商量接下来该如何与国公府周旋。

从朔风营军务司到中书阁也有些脚程，徐伯芳骑马徐行，并不注意街上的繁华与喧闹，暗自思索着，想到过几日就要到召王满月宴，此案再不破就无法向陛下交代，心中无限烦恼。

中枢阁，这里是丞相和御史大夫日常办公的地方，苏蓁玉有自己独立的一间屋子，平日因她不善谈笑又有杀伐果断的酷名，一干同僚很少有人主动进她的屋子与她闲聊。所以，当大家看到徐伯芳进来都露出好奇的神情。

屋子里很静，只有苏蓁玉翻阅公文的声音，徐伯芳近前一揖说："苏相，案情有一些眉目，但还是比较棘手。"

"嗯？什么眉目？"苏蓁玉问道，不由得想起昨夜与红袖的对话，莫非驸马府露出了什么破绽？

徐伯芳遂将刚发生的事情都告诉了她："现在，楚国公府已经牵扯进来了，接下来该如何逼迫他们交出逍遥王，苏相可有主意？"

苏蓁玉摇摇头，说："此事的重点是，楚云生为什么这么做？国公知道吗？那个神秘的女人是谁？我们都不清楚，唯一的证人就是你说的那个婢女，但这个太轻，甚至不等你拿到陛下面前，逍遥王就已经被转移到别处了。不如这件事不要过度解读，就按表面这些去办，将侧重点摆在家仆追捕婢女最后在监房自杀上，顺便提到婢女说的那些话。至于真假，陛下自会有判断。"

"苏相所言极是。"徐伯芳赞赏道，只要这件事捅开了，楚国公府就不得不面对，既然自己查的是家仆案，他们就不能说没有这回事，在逍遥王这件事上真真假假总会露出破绽。

从中枢阁出来，徐伯芳直接进宫面圣。

酉时，雪又开始漫天飞舞，楚国公一脸铁青地回到家中。近来朝中因为失踪了南赵太子和逍遥王而气氛十分紧张，就在楚貉谨慎行事唯恐惹怒皇帝的情况下，偏偏自己家就出了事情。当萧如昊将徐伯芳的奏折摔在他脸上的时候，楚貉整个人都吓得魂不附体，慌忙跪倒在地："陛下息怒，此事老臣还不知情，但犬子纵然胡闹断不敢绑架逍遥王，请陛下明鉴。"

皇帝自然不会对家仆闹事感兴趣，他看到的是最后那句婢女交代在花房遇到的被绑架的人自称是逍遥王。

楚貉战战兢兢地说道："老臣这就回家去查，若有此事，定亲自绑了逆子上殿。"

想到这些，楚貉的右手因为生气不停地颤抖，等到楚云生刚踏进书房，还未张口询问找自己什么事，就被楚貉劈头盖脸一阵打，管家一看赶紧上来拦着，劝道："老爷莫急，有什么事慢慢和大公子说就是，千万不要动手伤了父子和气，也把您自个儿气出个好歹来。"

楚貉哪里顾得上什么体面，又伸手给了管家几个嘴巴子，随即怒气冲冲地宣布家法伺候，这时谁也不敢再上前劝说，只见几个壮实的家丁过来，将楚云生按倒在一条长凳上就要实施家法。

"父亲息怒，容儿子问问到底怎么回事。"楚云生自从上次中毒抢救过来以后，身体却一直很羸弱，哪里经得起这一番折腾，还未打小脸就已经苍白。

"你做的好事！那个花房的婢女说你绑架了逍遥王，你快点老实交代怎么回事，不然今天老夫就打死你，也不能让你毁了楚家百年声誉。"

楚貉越说越激动，仿佛已经看到整个家族被这个逆子连累，岌岌可危。

在父亲的暴力压制下，楚云生露出哀求的眼神，却说道："父亲，此事纯属子虚乌有，花房的婢女与人私通才会被我赶出去。至于什么逍遥王，借给儿子十个胆子也不敢绑架他啊。"

"不敢？你的胆子，别人不知道，为父还不知道？当年要不是你被那个安庆公主蛊惑去刺杀苏蓁玉，咱们家也不至于到现在还矮她一截。"楚貉越想越气，指着那几个负责刑杖的家仆道，"给我打，狠狠打，不打他记不住自己的错！"一通棒打下来，楚云生整个人都脱了一层皮，苦苦哀求道："父亲饶命，儿子没有绑架逍遥王，那个婢女因为被儿子赶出去怀恨在心，被人指使诬陷儿子。"

楚貉到底是心疼儿子的，停止了惩罚，心里纵然对他的话并不信任，却说道："此事为父定然会调查清楚的，不是你还罢，若是跟你有关系，定要取了你的狗命上殿谢罪。快点抬下去吧，不要在这里碍眼，看着就生气。"

在一阵手忙脚乱中，楚云生被几个仆人抬了下去，屁股上已经被打烂，恐怕月内不能下地活动了。

没有人注意到他将拳头握紧搁在怀下，两只通红的眼睛泛着寒光凛冽的恨意。

第六十章 大雪掩醒醍

玉京城又迎来了一场大雪,几乎要埋住这天地间所有的异色。

南赵太子失踪的事情还是一筹莫展,躲在相国府的赵明霞终于按捺不住了,她决定靠自己的力量去寻找哥哥。苏蓁玉本想劝阻她,却被她倔强地拒绝:"既然大成朝的士兵找不到我的哥哥,那就让我用南赵人的办法逼他们现身吧。"

当赵明霞站在南赵邸的时候,几个使者都吓了一跳,他们万万没想到公主会突然出现在面前。

"我知道你们都是太子哥哥忠心的战士,现在我希望你们能够同样对我忠心,齐心协力帮我找到他。"赵明霞说道。

几个使者面面相觑,公主是和太子一起失踪的,为什么公主自己回来了,而太子仍然下落不明?

赵明霞便将自己被追杀遇到苏蓁玉的事情告诉了几个使者,按照约定她隐去了萧如意救她的那一节。

明霞公主是南赵王唯一的女儿,其受宠爱程度远在太子和二王子之上,使者们很清楚这一点,所以立刻臣服于她。

翌日,赵明霞便以南赵使团首领的身份觐见了皇帝萧如昊,文武百官不知情者心道这南赵太子还没有找到,怎么又突然冒出一个公主来?

广平侯府,薛子服看着眼前戴着面纱的女子道:"回去告诉你们锦妃,她想利用太子失踪制造两国外交冲突的想法行不通了。因为有一个明霞公主出来主持大局,她似乎并不想追究太子失踪的事情。"

蒙面女子一听说是明霞公主,身体不自觉地往后退了一步,很快镇定道:"她居然没有死?这件事不劳小侯爷操心,我等自会马上除掉她。"说完,她冲着薛子服拜了一拜,行的却不是南赵礼而是皇城中宫人对驸马的半跪之礼。

薛子服望着她离去的背影,心情久久不能平复。

"都正月底了,怎么还有这么多的雪?"

薛子服并不喜欢下雪的天气,他的腿有隐疾,在这种下雪的天气里会格外疼痛。

他决定去看看南赵太子,这个倔强的少年在地牢里待了这么久还是不肯好好听话。

他没有带侍卫,一个人走在自家的亭台楼榭中,绕过几处回廊才到一座假山前,随手一按机关刚要进去,却觉得背后有眼睛盯着自己,忍不住回头扫视一圈,只有簌簌下雪的声音,这才放心地进入假山,原来这个假山是空的,往里走就慢慢到了底下,那里是薛子服用来关人的地牢。

"太子殿下,又见面了。"

"哼!"

"你不用这么大火气,请你过来只是希望你能跟我一起合作,指证逍遥王勾结南赵意欲谋反,只要你肯点头,我立刻放你回去。"薛子服打量着这张年轻的脸,似乎想从这张脸上看到南赵王的影子。

"你们可以自己制造这样的证据,为什么一定要用绑架我这种方式?用来证明你们有多蠢吗?"南赵太子赵子嬴忍不住讥讽道。

"自己制造固然可以,太烦琐,但太子你亲口指证的话,比我们制造一千条以假乱真的还管用。"薛子服笑吟吟地说道。

赵子嬴没有理会他的话,反而说起另一件事:"我今天坐在这里冥思苦想,终于明白,为什么锦妃突然帮助王后对付我了,因为她怀了父王的孩子,如果没有意外的话明年夏天就该出生了。"

薛子服原本微笑着的脸顿时扭曲起来,一把扯过南赵太子的头发往地牢的墙上狠狠撞击。

很快,赵子赢的头上就有鲜血流下来,嘴角也噙着血,他却心情大好地说道:"这次在玉京是我过得最快活的日子,因为我第一次知道男人有隐疾是比活着还痛苦的事情,哈哈哈!"

薛子服像一头被激怒的野兽不停地抽打被铁链束缚的赵子赢,口里不停嚷着:"我要杀了你!"

就在这个时候,赵子赢突然奋起反击将铁链一下子套在他的脖子上,冷冷道:"不要动,不然我勒死你!"

薛子服一下子回过神,知道上了赵子赢的当,他本就是用激将法引自己靠近。

"你逃不出去的。"

"那就要看你在这广平侯府的地位了。"

赵子赢用铁链勒紧薛子服一步步从地牢里往外走,外面的守卫一看小侯爷被挟持,都不敢靠近,只得随着他一步步退出假山。

刚出假山,赵子赢就被迎面扑来的风雪吹得打了一个哆嗦:"玉京城的雪真多。"

就在这个时候,整个花园的侍卫越聚越多,每个人手上都拿着弓弩,随时待命出击。

薛子服想挣脱铁链,却被赵子赢越勒越紧,整个人快要窒息,才放弃挣扎。

"你父亲看来对你这个前驸马爷不是很看重啊!你看,这侍卫越聚越多,分明要同时取你我性命。"

"他不会的。"

"未必,你看他过来了。"

薛子服看到站在一众侍卫身后的父亲,他的脸色在黑夜里看不清楚,只有那阴冷的目光让他觉得心惊胆战,难道父亲真的要将自己一同干掉?

"有你陪我一起下地狱,总比没有的好!"

赵子赢挟持着薛子服一点点往外退,他心里明白广平侯绝不会让自己就这样离开,那样受到的损害就不是一人之事了,而是一个家族的灭族之祸。

"放开子服,我让你安全离开。"广平侯道。

"侯爷,等到了南赵邸,我自然会将小侯爷放回家,留着他又不顶用。"

"弓弩手准备,若有人离开这个院子,格杀勿论。"广平侯下令道。

"你看,他放弃你了。"

薛子服被父亲毫不掩饰的杀意吓了一跳,他开始相信赵子赢的话。

雪越来越大,赵子赢虽然挟持着薛子服,却也不敢贸然走出这个院子。

时间一分一秒地过去,广平侯似乎没有什么耐心等下去了。

"杀!"

听到父亲决绝地说出这个字时,薛子服并没有感到特别意外,这些年,他早就看出父亲为了"广平侯"这三个字,是可以舍弃一切的。

今天,若是让南赵太子活着走出这所院子,自己和整个广平侯府一样要完,薛子服太明白父亲的取舍了。赵子赢低头在他的耳边说道:"你知道吗?锦妃曾经说过,她这一生最恨的人不是你们的皇帝陛下,而是你和你的父亲。因为你不是男人,你父亲不是个东西。"

薛子服全身开始抽搐,想要挣脱赵子赢的束缚,他的脖颈上已经被铁链划出一道道血痕。

"射!"

广平侯似乎没有看到眼前儿子的惨状,手一挥,下一秒院子中间的两个人就会被射成筛子。

"住手!"

广平侯一愣,声音是从后面传来的,他转身去看,只见一身玄色锦袍的苏蓁玉带着左右厢指挥使赫然站在离这不远的回廊之上。很快,如潮水般涌进的厢军包围了整个广平侯府。

"放下弓箭,饶你们不死,违抗者格杀勿论。"

广平侯看着自己的府卫犹豫片刻,纷纷放下了武器,怒极反笑:"苏蓁玉,你找死!"

"侯爷,绑架南赵太子,找死的人是你吧。"

就在两人说话间,南赵太子赵子赢已经被人解救出来,他用铁链困着的薛子服因为精神崩溃昏厥过去。

"苏蓁玉,你敢带兵私闯侯府,本侯要到陛下面前参你!"

广平侯一定是个健忘的人,他似乎忘了自己刚才想射杀南赵太子的事,不停地咆哮指责苏蓁玉私闯侯府。

"这是陛下给我的龙泉剑，可便宜行事。侯爷还是省省力气，想想怎么跟陛下解释绑架一事。"苏蓁玉手一挥，有人上前将广平侯拿下，一起押往大理寺。

随即赶来的明霞公主和南赵使团，将太子赵子赢接回了南赵邸，宫中得到消息后立刻遣太医前来为南赵太子诊治，并派鸿胪寺卿代表皇帝向他们表示了慰问。

掌灯后，南赵邸逐渐安静下来，各路慰问的人都被其他使者挡下，赵明霞这才有机会和哥哥说上话。这时雪已经停了，天地间的白也映得黑夜十分明快。听完赵子赢简单的陈述，她忍不住叹息道："为什么我们都躲到大成朝的玉京来了，她还是要赶尽杀绝呢？"

赵子赢想起锦妃嫁给父王转眼都三年了，笑着安慰妹妹说："这是那两个女人最后的机会，今后哥哥不会再让她们欺负我了。"无论这次回南赵等待自己的将是什么，他都将迎刃而上，直到将敌人一一打败。

第六十一章 灭广平侯府

广平侯府一夜之间被封，震惊整个玉京城，没有人料到绑架南赵太子的人竟是前驸马薛子服，甚至连广平侯也牵涉其中。

太极殿上，气急败坏的皇帝对着广平侯就是一通乱打："朕自问对你们父子恩宠有加，当年凤翔宫变，驸马爷牵涉其中，朕还是在先帝面前力保下你们家，亏你当时还好意思跟朕发誓从此决不做对不起天家的事情，你就是这样回报朕的？勾结南赵锦妃，企图谋杀南赵太子，嫁祸朝廷，引起两国战争，其心可诛！"

广平侯跪在地上一句话不说，这一天他已经等了三年，没有人知道这三年里每个夜晚他都惶恐不安，生怕第二天醒来就有被灭门的惨剧发生。

"薛子服呢？给朕带上来。"

很快殿前侍卫拖了一个满身凌乱血迹斑斑的人进来，"罪臣参见陛下。"薛子服趴在地上，不敢抬起头来。

"你跟皇姐从什么时候开始联系的？"萧如昊在说到皇姐两个字的时候微微一顿，这个称呼他已经很久没有提到了。

"回陛下，从未断过联系。"

萧如昊看着他坦白承认，冷冷笑道："你倒是敢说。"

"罪臣已经想明白，愿知无不言，言无不尽。"

水漏的声音一点点提醒着人们时光的消逝。

萧如昊有些疲倦,最近的事情太多了,已经将他原本为人父的喜悦冲淡不少。

今夜他没有去朝阳宫,甚至也没有召幸其他妃子,他得好好消化一下薛子服给他讲的这些事情。

愚蠢,痴情,还是倔强?

最富贵处最肮脏,果不其然。

萧如昊想起皇姐出嫁后,脾气变得越来越暴躁,遇到这样的一对父子,不想被吞掉,就要懂得征服他们,她做到了。而且做得十分完美,所以她就算是不在玉京,甚至已经另嫁他人,这对父子还是会为了她不惜铤而走险,这是他们欠他的。

第二日,大理寺传来广平侯父子在狱中自杀的消息。

皇帝没有再追查下去,责令大理寺卿结案,广平侯府家产充公,所有成年男子都发往北镇为奴,成年女子则入司礼监为婢。

楚国公眼睁睁地看着偌大一个广平侯府说没就没了,心中惊骇不已,想起昨日徐伯芳抓住的婢女声称逍遥王被楚云生绑架一事,忍不住又怀疑起来。无风不起浪,此事若真有,须及早处理,越隐瞒最后死得越惨,想到这里,楚貉唤管家进来,命他在府中好好查一下,到底大公子有没有私自带人回来过,还有他最近都曾与什么人过从甚密。

楚貉来到儿子的房间,因为昨日的一顿毒打,他现在还不能下地,看到父亲过来,只好挣扎着起身欲要行礼:"给父亲大人请安。"

楚貉看着他,有些子不成龙的失望感,冷淡地说道:"你身子还不好,就在床上不要下来了。为父今天过来是想告诉你,广平侯父子已经俯首认罪,于昨夜在大理寺自杀。老夫知道你当年对长公主一往情深,怕是这次的事情你也犯了糊涂。"

楚云生听到广平侯父子二人自杀的消息后,整个人都惊呆了,抬头看着父亲,从他脸上读出来的却是:如果你敢将整个家族置于水火之中,楚家便不会再保护你这样的不肖子孙。

"父亲可听说当年先帝驾崩之时曾给苏蓁玉留下一份遗诏?"楚云生终于决定将自己知道的都告诉父亲。

"确有此事,事后陛下曾想暗中偷取,无奈苏蓁玉谨慎异常,数次无果,以至于陛下决定将她逼到辞官为止,她都没有拿出遗诏。不过,事情过去了这些年,也未见她拿出遗诏做文章,如今陛下大权独揽,那遗诏与废纸何异?"

楚云生道:"父亲有所不知,这份遗诏内容是与逍遥王有关的,南赵太子与逍遥王过从甚密,其中必然有什么关系。长公主虽然给儿子写信帮她将南赵太子除掉,但也同时提到留着逍遥王另有他用。"

楚貉伸手就给了他一巴掌:"糊涂,这种事情你也敢参与,与谋逆何异?为父手握十万大军,你弟弟统管整个燕云十六州,你是嫌陛下对咱们家猜忌还少吗?"

楚云生捂着脸道:"她说只让我帮她联系到逍遥王,其他事不必参与。"

"你就把他绑架到咱们家了?"楚貉气得忍不住又想动手打人,楚云生赶紧低下头。

"只有第一夜在后花园的花房待了一刻,随即就被长公主的人带走了,花房婢女被抓以后,她的人为了不被牵连出来,再未与儿子联系,其余事情儿子并不知晓。"

楚貉万万没想到,事情最终还是牵连到国公府,一想到刚刚覆灭的广平侯府,他心中一阵胆寒。又忍不住恨铁不成钢:"岳儿比你小两岁,已经镇守一方,老夫念你体弱,头脑亦不聪慧,只要你在家安分守己即可,谁知你还生出许多是非来。"

楚云生望着对自己失望透顶的父亲,心中十分难过,两次连累家族受损皆因自己对长公主的爱慕之情而起,遂道:"父亲,儿子愿意进宫向陛下禀明一切,此事与父亲和二弟无关。"

楚貉没有理会他,下令将大公子严加看管,不得与外人接触。

等坐在进宫的车子上,楚貉忽然感觉疲惫不堪,几十年的戎马生涯,为家族挣下无尽荣耀,却如同无根之木,经不起半点折腾。

抬眼望去,皇城已到近前,楚貉忙收拾好情绪,整理一下朝服,无不妥之处才跟上前面小太监,直到太极殿前,听到里面传来皇帝的声音:"宣进来吧。"

事情经过自不絮语,萧如昊看着楚貉:"你的意思是逍遥王是被皇姐的人带走的?"

"回陛下,臣教子不严,悉听陛下处置。然苏相国手上握着先帝遗诏却成了歹人兴风作浪的借口，连累逍遥王身陷歹人之手，还请陛下将遗诏收回，再派人将逍遥王救出来。"

萧如昊神色变幻莫测，遗诏的事他早就知道，但被这样堂而皇之地拿来讨论，却非他的意愿。

楚貉知道提及此事会令皇帝生气，但此刻他只有将苏蓁玉拖下水，才能有机会将逆子犯的错误敏感度降到最低。

萧如昊想了良久，就在楚貉以为他不会再过问遗诏的事情时，却听道："吴亮甫，传朕旨意到中枢阁，让苏蓁玉立刻来见朕。"

吴亮甫刚要走，"等一下，跟她说，朕今日梦及先帝，思之甚矣，曾闻相国府有先帝手书一封，让她带来给朕。"

随着时间一点点流逝，楚貉立在一旁，心中忐忑不定，仿佛下一秒自己就变成了第二个广平侯。

苏蓁玉万万没想到，有一天皇帝会直言不讳地讨要先帝遗诏。一旁的吴亮甫看到她迟疑的样子，好心提醒道："苏相，楚国公也在太极殿。"

苏蓁玉闻言，心中一惊。

"多谢吴总管照拂。"

"苏相好自为之，咱家这就回去了。"

送走吴亮甫后，苏蓁玉乘车回到相国府，未及一刻又匆匆进宫去了。

太极殿中，萧如昊望着苏蓁玉呈上来的玉匣，此刻他方有点后悔，自己已经登基三年，又何必非要掀开当年这段旧事。

"爱卿可曾看过了？"

"回陛下，微臣不曾看过，先帝当日嘱咐，此诏书只有逍遥王违背她的旨意擅自离开幽居之地才可以打开。因这次王爷进京乃陛下召回，臣未敢启封。"

"既然是朕违背先帝旨意，那就由朕打开吧。"萧如昊犹豫了一下，还是伸手揭掉玉匣上的封条，取出里面的玉轴黄绫锦的诏书。随着他动作一点点展开，每个人都不由得紧张起来，这样一份遗诏带来的到底是福是祸？

苏蓁玉安静地垂首立在一旁，经历无数大起大落后，再面对这样的事情，她已经麻木。而楚貉则偷眼看向皇帝，想从他的表情变化中捕捉到事情未来的走向。

"朕愧对先帝宠爱。"萧如昊轻轻地搁下遗诏,眼角竟有些湿润。

苏蓁玉和楚国公都莫名所以,不知皇帝看到了什么,会有此感慨。

萧如昊将手上的遗诏小心翼翼地递给楚貉,楚貉看过之后又交到了苏蓁玉手上,只见上面写道:

奉天承运皇帝诏曰,朕自登基以来,太子聪慧堪承大任,唯不放心者,湖州幼子如意郎,此子聪慧亦不在太子之下,朕不放心,恐成太子大患,遂留下此诏书,若如意有外心擅离湖州,苏卿可就地处之。布告天下,咸使闻之。

苏蓁玉望着手上的这份遗诏,竟有些不知所措,当日先帝临终托付,本不以为意。若萧如意真的有外心,自己是否能做到就地处之?想到此处,纵然还是冰雪连天的正月,苏蓁玉依然觉得通身冷汗淋漓。

有别于苏蓁玉的纠结,楚国公的讶然,萧如昊由内而外却是感动,原来先帝自始至终都在为自己谋划。这让他想起自己身为太子监国的那段日子,先帝有意纵容安庆公主,直到凤翔宫兵变,一举铲除她在玉京的势力,迫使她远走南赵,当日先帝曾嘱咐他一定要斩草除根,是自己一时心软才有今日之乱。

想到此处,萧如昊更觉对逍遥王有所亏欠,本是同胞兄弟,他却自幼被幽居湖州,甚至还早已被先帝判了死刑,而今因为自己一纸诏书回到皇城却又被皇姐暗中绑架。

"朕不管你们用什么代价,一定要在满月宴前把逍遥王救回来,否则新账旧账一起算。"萧如昊将遗诏放回玉匣,交到吴亮甫手里示意他收起来,又对苏蓁玉道,"先帝遗诏本是为朕好,朕今日收起来了,此事便当作没有发生。"

"陛下英明,臣自当竭尽全力找到逍遥王。"

苏蓁玉和楚貉离开太极殿的时候,两个人一前一后,却听楚貉道:"苏相国雷霆手段,一夜之间广平侯府就家破人亡啊。"

"我也只是派人盯着近来与南赵太子和逍遥王走得近的几个世家罢了,问心无愧就不会出事,你说是吧,老国公大人?"苏蓁玉满含深意的几句话,让楚貉将原本想讥讽她的话又咽了下去,看来自家也早已经被盯上,朔风营会抓住那个婢女也非是巧合。

第六十二章 召王满月宴

苏蓁玉派人将所有的可疑之地都搜查过了，还是没有逍遥王的音讯，线索到了楚云生这里算是彻底断了。

楚国公府也陷入一种危机四伏的状态中，按照楚貊的吩咐，凡是大公子经常去的地方都一一搜查过了，他身边的人也都被其他奴婢代替，不许他与外界来往。

楚貊也曾软硬兼施地询问楚云生跟南赵锦妃如何联络，都被告知是单线联系，如今那人已经不知所终，气得他忍不住又将儿子痛打了一顿。那楚云生本就羸弱，哪里经得起这般折磨，一病不起。

这件事似乎进入了一个死胡同，所有的线索到此都被斩断。

……

清晨，整个玉京又开始忙碌起来，苏蓁玉的马车缓缓地经过最繁华的朱雀大街，路旁的梅花开得十分惹人喜欢，远处的朱瓦上覆盖着一层薄薄的霜花，黄白红相间处正是北方最美的景色。

"大人，前面有人拦住去路。"红袖过来禀报道。

苏蓁玉挑帘望去，果然有一个老人家挡在了轿子前。

红袖得了吩咐就上前询问老者为什么要拦住相国府的轿子。

不一会儿，红袖回来禀报："回大人，那位老者说自己的女儿失踪了，希望大人给他做主。"

苏蓁玉眉头一皱,心里暗道,如今玉京城的治安已经如此糟糕了吗?

"把他带过来吧。"

老者战战兢兢地随着红袖的召唤来到轿子近前,他在这条路上等了快三天,每看到一个坐轿子的官人,他都上前喊冤,可是都无人理会,不知道这次会不会遇到一个敢替他申冤的官人?

等到苏蓁玉命人将轿子停在路旁走下来时,老者看她穿的是女式朝服,顿时认出她就是女相国苏蓁玉,立刻老泪纵横道:"小老儿今天总算盼到菩萨显灵了,才能拦下苏相国的轿子,请苏相为草民做主!"

说完,不顾地上冰凉跪下便是磕头。

苏蓁玉忙搀起他道:"老伯不用如此多礼,有什么冤情尽管说来,本相定会给你主持公道。"

"小老儿姓张,在这条街上开了一家香油铺子,每日赚的油钱倒也能糊口,老伴前年因为一场重病就走了,留下小老儿和闺女相依为命。闺女今年十四岁,聪明伶俐又乖巧懂事,谁知道就在前天晚上,她帮我去前面的大慈恩寺送供奉的香油,就再也没有回来。"

"你去京兆尹那里报官了吗?"苏蓁玉问道。

"报过了,可是他们大人说现在京城到处都有人失踪,连王爷失踪了都没找到,哪有工夫去找我女儿。"老者说到这里忍不住又掉了眼泪下来。

苏蓁玉慨然道:"岂有此理。老人家你放心,你女儿的下落,我这就让人去查,你把她最后一次去了哪里再跟我说说。"

老人家这才将女儿失踪前的一些细节又跟苏蓁玉讲了一遍,恰好苏蓁玉今日也要去大慈恩寺,便决定顺道去查一下老人家的女儿是否在那里失踪。

大慈恩寺位于朱雀大街的尽头,是一座城中寺,住持是女帝时期就名满天下的空境大师。苏蓁玉这次过来是奉了皇帝的旨意,为召王满月之事请空境大师进宫为召王授法宣经,以求诸佛护佑。

两个人谈过正事以后,苏蓁玉又向大师请教一番佛法禅宗才起身告辞,这时奉命去寺中向管香火的人查询老张头闺女事情的红袖远远走了过来,等到了近前红袖才低声回道:"管香火的人说老张头的女儿确实来过大慈恩寺,但放下香油就走了。不过那个和尚的神色很不自然，似乎在隐瞒什么。"

苏蓁玉点点头，对红袖说："留下一个人暗中盯着他。"

走出大慈恩寺的那一刻，苏蓁玉又想到已经失踪数日的萧如意，心中的担忧和烦闷一阵一阵地涌来，这种感觉她还是第一次体会到，想不到为一个人可以牵肠挂肚至斯。

等回到相国府已经是酉初，轿子刚一落地，管家就过来禀报："大人可回来了，徐统领在前厅等您快一个时辰了。"

"知道了，我这就过去。"

"他怎么天天往这里跑，好歹也是一军统领，什么都要跟大人商量了才敢去做，难怪诗写得也没有魄力。"

"咦，我怎么不知道你还懂诗？"

"大人取笑了，我就是随口说说，谁让他事无巨细都要找您商量，这样下去还不得被他们朔风营拖累死。"

"不许乱说。"苏蓁玉嗔道。

才一两日不见，徐伯芳似乎又憔悴了许多，看到苏蓁玉时忙从客椅上起身："苏相，可有进展？"

"没有，撒出去的网，都扑了空。"苏蓁玉焉能不着急，看到徐伯芳憔悴过甚，还是忍不住安慰他道："徐统领不要过于着急，歹人挟持王爷必有所图，等他们自己露出狐狸尾巴，咱们就能找到王爷了。"

"但愿如此吧。我今天过来，还有一件事需要跟苏相商量。"

"徐统领但讲无妨。"

徐伯芳将随身带来的卷宗递给苏蓁玉，略加思索道："前日从楚国公府上逃出来的婢女，虽然指认了楚云生的花房关押过逍遥王，在下亦是当即呈报给陛下知道，可是后来陛下却没有再下令去查国公府，所以线索才到此中断。在下想约苏相联名上书请陛下下旨搜查楚国公府，不知苏相意下如何？"

苏蓁玉听到这话，摇了摇头："此事不用去了，陛下既然没有追究，则是相信楚国公能处理好家务，你我再去便有落井下石之嫌。"

徐伯芳哑然，原来陛下是袒护楚国公府，这样一来自己更无从下手。

"徐统领派人盯好国公府就行，不是非要进去。"苏蓁玉言尽于此，也不好再说什么了。

送走徐伯芳后,红袖去厨房给苏蓁玉做了一碗莲子羹消夜,这几日眼看着大人无心饮食,为逍遥王之事夜不能寐,心里也跟着十分着急。

忽然,空中一个蓝色烟花爆炸,红袖刚好看见,忙去禀报:"大人,楚国公府有动静了。"

苏蓁玉一愣:"这楚国公果然是个老狐狸,这才回家半天就有动作了。"

大慈恩寺。

这真是个令人意想不到的藏身之所。

苏蓁玉远远地站在寺门之外,望着宝相庄严的大慈恩寺几个字,心里五味杂陈。

"大人,您不进去看看吗?楚国公正在里面给逍遥王赔罪。"红袖问道。

"不去了,回府吧。"苏蓁玉掉转马头扬鞭而去,却没有发现身后刚刚从寺里走出来的两人。

萧如意望着她远去的背影,眼中依依不舍,心道玉儿怎么不等我出来再走?

他却不知道,此时苏蓁玉心底早已涌起万千波涛,怕见着他面,情难自已,让楚国公看出端倪就不好了。

楚国公大有再世为人的舒畅,总算又躲过一劫,想起两日前覆灭的广平侯府,就让他有兔死狐悲之感。

二人携手入宫的时候,皇帝听说逍遥王回来了,竟激动得从太极殿内迎了出来,上下审视,确认他无恙,心中的一块石头这才放下。

萧如意看到皇帝如此关心自己的安危,心中大为感动,想昔日自己未曾入宫时,总觉得皇帝对自己是心存忌惮,不肯亲近,想来是自己误会他了,毕竟幽居自己的是先帝而非当今陛下。

楚国公看在眼里,心道陛下既然如此器重这个逍遥王,今后自己要与他多亲近才是,有了今日救王驾之功,念他不会拒自己于千里之外。

第六十三章 大慈恩寺里

萧如昊在宫中设宴为逍遥王压惊，楚国公、苏蓁玉、徐伯芳三人作陪，又将个中细节询问了一遍。

如果说这个世上有什么事可称之为天意的话，那就是苏蓁玉无意中接了老张头的案子，去大慈恩寺探访时觉察到管香火的人形迹可疑，却发现了萧如意被关押在这里。

太极殿上，皇帝听得稀里糊涂，忍不住询问起这中间细节。

原来，红袖在离开大慈恩寺时，按照苏蓁玉的安排，派了两个人暗中盯紧管香火的人。那大和尚因白天红袖来问起老张头闺女的事情，心中十分不安，天将黑时便跟其他和尚说自己不舒服早早回房中休息。

晚膳后，寺中其他僧人都去经房做佛事，管香火的人便趁着无人的间隙穿过大慈恩寺一个角门去了后面居士楼，那里住着的尽是各处来玉京游玩或参加朝廷科举的文人，大和尚转进居士楼直上二楼的房间，很快又下来，往前院而去。

夜幕中的大慈恩寺，仿佛有无数的眼睛，每一道门都隔着一个世界，其中多少秘密，非要亲临方能知晓。

同一时刻，楚国公府。

被幽禁起来的楚云生本来就身体虚弱，被父亲两次家法伺候下来急火攻心，昏迷过后开始高烧不退，犹如在鬼门关徘徊，阖府上下的人又乱作一团。

楚老夫人溺爱长孙，不管楚貉如何劝说都不肯离开楚云生的房间半步，数次掩面而泣，大夫人和几房姬妾也跟着泪眼婆娑。楚貉看着一家人如此，叹息道："罢了，罢了，都是我教子不严，才连累娘跟着焦急和担惊受怕。我这就亲自去请太医院的向太医过来就是，您老人家千万保重身体，不要过度忧伤。"

楚貉有些气恼地离开楚云生的房间，对他来说，舍弃这个逆子来换回整个家族的无恙已是大幸。

就在楚貉走后不到一刻，楚云生才悠悠醒来了，入眼就是老夫人担忧的面孔。

"我的好孙儿，你可算醒来了，把奶奶都急坏了。"老夫人喜极而泣，拉着他的手忙唤一直在这候着的大夫过来查看。

"大公子吉人天相，此番醒来已无大碍，须好生休养，不要劳心劳神，过些时日自可痊愈。"大夫的话让老夫人的心稍稍安慰一下，如果长孙有什么三长两短，这岂不是要她的老命，想到躺在床上的楚云生是被她儿子打成这样的，老夫人的气又不打一处来。

楚云生一脸委屈地问道："父亲大人呢？"

"别理他，我让他去请向太医了。"老夫人又安慰道，"你父亲虽然因为你犯了错将你打成这个样子，心底却是疼爱你的，等会儿他回来，你好好地跟他认个错就没事了。"

楚云生点点头，然后撒娇道："奶奶教训得对，孙儿以后绝不再惹父亲生气了。屋子里人太多了，孙儿觉得胸闷得很。"

大夫人和那几个姬妾这才一一起身过来安慰过楚云生，各自回了自己的院子，老夫人本想逗留，却奈何楚云生再三称自己想安静会儿，让她也回去休息会儿。

终于，屋子里只剩下他的几个丫鬟，楚云生收起一脸的虚弱，对自小就服侍他的春儿道："你去和厨房的月红说，大慈恩寺的香油钱不能拖了，让她早些去了结这次善缘。"

春儿虽然不太懂他的话，却乖巧地出去了。

楚云生的心这才放下。

很快，就见春儿一脸惊慌失措地进来："大公子，老爷回来了。"

楚云生心里也一阵发毛，对于父亲，他心中始终存着几丝惧意。

一回到府上，楚貉便携着向太医来为长子诊脉。向太医细细地查了一遍，对他道："大公子脉象平稳，并无大碍，只因股上棒伤严重，体虚气弱。在下开个治外伤的方子，照方抓药，精心护理，月余即可康复。"

在这期间，管家进来耳语几句，楚貉看了一眼向太医示意他稍待，自己走到外间冷冷地对管家说道："派人跟着她，看看去哪儿。"

楚云生虽然不知道父亲和管家在说什么，直觉却告诉他，此事必然和自己脱不了关系。

不一会儿，楚貉复来到里间，看到被自己打成重伤犹然不悔的儿子，心中百感交集，知子莫若父，在众多子嗣中他最器重的就是长子楚云生和次子楚岳，至于庶出的几个儿子，他都未放在心上。云生自幼谋不及弟，更极偏执重私情，恐难扶植，而楚岳稳重刚直有将相之才。

"云生，你也莫怪为父，整个国公府不能为你一人陪葬，陛下仁厚却心如明镜，若非昨日老夫将你重责，又立下重诺在召王满月宴前寻回逍遥王，此刻国公府就如广平侯府一般，百年基业毁于一旦。"

楚貉说这番话时充满了对他的失望，和对整个家族无法推卸的责任感，他心中不知这是皇帝对自己的信任和宽容，还是试探和暂时的安抚，当然他更相信后者，楚岳尚辖管燕云十六州。

楚云生彼时已经猜到自己最后的努力也被父亲掐断了，他没有太多难过，反而有种如释重负的感觉，声音却是有气无力说："父亲做得对，是儿子不孝。"

入夜，大慈恩寺的住持空境大师做完一天的功课，在自己的房间打坐，一阵吵嚷声起，有弟子过来禀报外面已经被官兵包围。

空境大师纵然是得道的高僧，也被这突如其来的变故惊了一下，随即恢复如常，等到了禅房外才得知来的竟是两拨人马。

左厢指挥使带人包围了香火院，而楚国公则亲自带人去了居士楼。

空境大师无视他们穿梭在整个寺院中，微闭上眼睛念道："佛法宏大，无生无死，一切皆空，生亦空，死亦空……"

苏红袖抓住伺机逃跑的管香火的人，问道："张记香油铺的闺女关在哪儿了？你如果不老实交代，立下便送你去见佛祖。"

那大和尚早已吓得魂不附体，哀告道："阿弥陀佛，出家人不打诳语，那女施主是被居士楼上的施主给捉走的。"

苏红袖把他丢给某个军士，自己带人奔居士楼而去，却迎面遇到亲自带兵过来的楚国公，而他身后赫然立着的是逍遥王萧如意。

出相国府的时候，苏红袖从大人那里得知楚国公已经找到萧如意的下落，只是万没想到他会在大慈恩寺的居士楼。

她向楚国公和逍遥王行礼道："见过国公和王爷，不知居士楼里面可遇到一个十四五的小姑娘？"

萧如意道："有一个，前天他们捉来伺候本王起居的，现在应是在院子里看押起来了，你去看看吧。"

苏红袖闻言便带着人往院子里面走，只听萧如意又问道："等一下，你家大人也来了？"

"是，大人和徐统领在和住持大师讲话。"

苏红袖别了二人，到里面果然见到了老张头的闺女，细问一番得知未曾受到伤害，捉她过来只是因为被关押的逍遥王非要一个服侍他的丫鬟，事情露馅以后，作为主谋的蒙面女子带了两个人早已从地道中逃走。

事情到此算是告一段落，几人将事情经过略加讲述，听得萧如昊一阵皱眉，想来那个蒙面女子就是锦妃派来玉京联络广平侯府和楚云生的人。至于逍遥王没有逃出来，没有人怀疑他是故意不作为，反而让皇帝对他怜惜之意更甚。

萧如昊将先帝遗诏收回，除了防范有人挟此大做文章外，更是严令知情的几人永不许提及。

召王的满月宴如期举办，玉京城的繁华和热闹在最后一场雪中被推到高潮，南赵太子和逍遥王两个人同病相怜，在宫宴结束后，又跑到最有名的明月楼折腾了一整晚才各自回去休息。

而关于逍遥王失踪一案，个中曲折，很快就成了街头巷尾说书人的最好题材，而背后的主使者似乎再无人提起。

"当日，逍遥王出得皇城，途经长披坊的梅花园，遂动了食梅花汤饼的念头，就在他的侍卫去折梅花的时候，却惊动了此园的花神，那花神见他气宇非凡，眉目俊朗，凡心乍起，竟将那逍遥王在光天化日之下用法术带走。无奈逍遥王日夜思念人间，最后花神只好将他送还，当今陛下听说逍遥王回来以后，龙颜大悦褒奖众人，更将那长掖坊的花神供在内廷之中。"

……

听到这里苏蓁玉再也听不下去了，一旁的红袖已经笑得直不起身来："大人，你说他们哪里来的想象力，竟能将这件事和花神扯上关系？"

"你不要小觑了百姓的想象力和创造力，从他们身上你能见证很多奇迹。"苏蓁玉温和地说道。

她今天穿了一身浅紫色长裙，梳着简单的发髻，即使是玉京城最普通的世家女子装扮，还是能让人从她眉棱分明的脸上感受到一种与众不同的淡泊气质。

远处的风微微吹来，竟有些暖意，看来春天就要到了。

"苏相国，好巧啊，能在这里遇到你们。"

明霞公主拉着一人向这边走过来，脸上洋溢着难以掩饰的欢喜。

"见过太子殿下和公主殿下。"苏蓁玉敛衽一礼，这是自南赵太子回来后，两个人第一次见面。

"苏相国换上女子的服饰，真是让人惊艳。"赵子嬴赞道。

"那是，苏相国是我见过的最美丽的中原女子。"明霞公主抱着兄长的手臂，扬起的侧脸就像婴孩一般可爱。

赵子嬴心里对这位大成朝的女相国敬慕久矣，只是初来玉京时难免谨小慎微，不曾与她来往，而苏蓁玉向来不惯与人亲近，除了公务亦未曾到南赵邸拜访，二人这次竟是难得的相遇。

苏蓁玉露出一脸温和的笑意说："既然偶遇便是在下和两位殿下今日的缘分，前面就是钟鼓楼，请二位小酌一杯如何？"

未等赵子嬴说话，明霞公主抢在前面道："好呀，哥哥，就听苏姐姐的吧。"

明霞公主对苏蓁玉的称呼已然从"苏相"变成了"苏姐姐"，其亲厚之意不言而喻。

第六十四章 南赵不平静

此时日色西斜，几个人欣然来到钟鼓楼。这姜晓海自从那日得了红袖仗义相助后，把相国府的人都当恩人看待，心中打定了主意要抱紧这棵大树。以致苏蓁玉来店中小酌都欲不收酒钱，被她执意不允后，则变相地在酒菜上给予最大的优惠，楼上雅座也是特意留了东边那间最好的给她。

谈话间，酒菜都已上齐，那明霞公主第一次来北方，对这边的各色菜品都充满了好奇，众人看她吃得香甜，都忍不住多吃了几口。

赵子赢道："再过几日我就要回南赵国，有一事拜托苏相国。"

苏蓁玉一愣："殿下客气，如有吩咐，但讲无妨。"

赵子赢看了一眼明霞公主道："舍妹明霞并不与我一同回去，她一人留在这里，异国他乡难免孤单，朝中其他大人皆难亲厚，所以拜托大人多多照拂。"

明霞公主听到赵子赢是将自己托付于苏蓁玉，恐她不应，忙露出一脸可怜兮兮地说道："苏姐姐，玉京城我只认识你一个，你不会不管我吧？"

对于明霞公主为何留在玉京城，苏蓁玉自是了然于胸，南赵国的权力斗争怕是已经到了白热化，赵子赢回国后，就会和锦妃彻底撕破脸皮，那时明霞公主跟在身边难免受到牵连。这是那个王宫中唯一对他好的亲人，他不想让她再受到半点伤害。

"既然如此，殿下放心，待奏明陛下，明霞公主便可以搬来相国府，我会待她如同亲妹妹一般，等殿下荡平奸佞，再护送公主回南赵。"

"多谢相国大人，大恩不言谢，他日如有用得着的地方，子赢必竭尽全力。"

从钟鼓楼离开的时候，明霞公主仍然拉着苏蓁玉的手依依不舍，恨不得现在就搬去相国府住，让人哭笑不得，到底还是小孩子的心性。殊不知，明霞公主虽然自幼在王宫中长大，却因为母亲早逝，后来的王后又待她和哥哥十分刻薄，所以她对亲情的渴望是十分强烈的。此刻早已将苏蓁玉当作亲姐姐一般。

目送着这对兄妹离开钟鼓楼街后，苏蓁玉并没有直接回相国府，而是去了大慈恩寺，自从上次在这里找到了失踪的逍遥王后，住持大师空境便以思过为由闭关修行，如今寺中一片萧条。

苏蓁玉想起从前最常去的地方是神龙山的积香寺，后来女帝灵柩葬在神龙后山，她便很少去积香寺了，给她无尽信任的女帝，是她今生的知己和伯乐，如今却长眠在那里，她就再也没有静下心来和积香寺的慧明大师下过棋。

收回回忆，苏蓁玉带着红袖已经来到大慈恩寺，望着居士楼，她想，萧如意一定在那里。

自从来到玉京城后，无论是萧如意还是她，每日都忙于各自的事情，几乎没有轻松地坐在一起聊过天，更难享受到曾经在函谷关的那种不被世人打扰的生死相偎的浪漫了。

居士楼的约会，有了第一次，就会有接下来的无数次，虽然是佛门圣地，到底这里是为接待过来闲住的槛外人而建造的。

苏蓁玉避过寺内僧人的目光悄悄地溜进了居士楼，这如今已是她每天晚上必做的事情了。红袖藏在暗处机警地盯着院子里的每个角落，这时她就会看到不知何时来的向逍一脸贼笑地看着自己，苏红袖不想搭理他，知道他心里在想着楼上两个人的约会。

有时苏红袖特别羡慕他们两个，无论天涯海角至少彼此心意是相通的，如果有一天大人愿意放下朝中的一切，就可以和她喜欢的人远走高飞。而自己却不知道喜欢的人究竟有没有喜欢过自己，那人除了带兵打仗，似乎对其他事情没有半点兴趣。

"你今天过来晚了一刻钟。"萧如意有些不满地说道。

这样的他让苏蓁玉觉得很无奈，却并不生气，笑道："路上遇到南赵太子和明霞公主,一起去了钟鼓楼喝酒,刚送走他们。"

萧如意不满地过来拥住她说:"那个南赵太子会不会喜欢上你了?"

"不会,他快要回南赵了,希望我能够照顾一下留在玉京的明霞公主。"

苏蓁玉觉得脖颈上阵阵呼吸,耳朵开始发热,故作镇定自若地说道:"你快松手,手臂要被你勒断了。"

萧如意这才松开手,笑道:"刚才真想把你抱紧揉成一团,可以带在身上随时拿走。"

"真是残忍的想法。"苏蓁玉嗔道。

自从经历了萧如意失踪的事件后,苏蓁玉对于自己的心意已经渐渐了解,这个人对自己来说是与众不同的,他究竟是什么时候闯进自己的心房的,已然无从说起,也许是在函谷关,也许是更早的湖州。

"玉儿,不如随我回湖州吧。"萧如意把下巴在她的秀发上轻轻摩挲,"外患已经解除,经过这几年的经营,皇兄也已经把大权牢牢握在手中,没有你并不会改变太大,可是我没有你就活不下去了呢。"

苏蓁玉听他这样说,并不是没有动心,她在等一个契机,让她走得干脆彻底。自从北镇战事结束,她就无时无刻不在想着重新回到湖州,过与世无争的生活。

"嗯,陛下放你回湖州后,我就去上表奏请陛下恩准我致仕。"

从居士楼的窗口可以看到一片太平景象,"不须公子调冰水,安得佳人露玉纤。"萧如意沉吟一会儿,又将目光看向远处,他有些想念湖州了。

"你有没有想过这次他们为什么要将你软禁起来?"苏蓁玉问道。

"用我来对付陛下吗?"萧如意确实没有摸清楚那个南赵锦妃到底怎么想的。

"其实我也不太清楚,只是觉得她不会就这样放弃。你当时明明可以逃出去,为什么选择留下来?"苏蓁玉这是第一次问他这个问题,向逍去相国府那天晚上,她就知道他是故意让人轻松掳走。

萧如意嘴角一扯说:"我当时喝多了,那个女人跟你的身形有点像,我就情不自禁跟她走了。"

苏蓁玉半信半疑道:"这样吗?"

"当然。"

这一对年轻人抛开朝堂的大事，如同寻常男女一般对未来充满了美好的期盼。

……

仿佛一夜之间，玉京的春天就来到了。

咸平四年二月底，赵子赢奏请回南赵，就在诸王公为他准备的饯别席上，传来了南赵倾全国兵力攻入长沙等郡的军情，朝堂上下顿时为之哗然。

赵子赢连夜进宫向皇帝告罪，乞求皇帝原谅。萧如昊望着地上跪求自己的南赵太子，半晌无语，最后看他已经把额头磕破，这才从御案上抽出一本奏折让吴亮甫递交到他手上。

萧如昊道："朕知道此事与你无关，这次战事是因为你父王病逝，锦妃唯恐你还朝即位，遂出兵攻打长沙，想借朕之手除掉你。"

锦妃就是安庆公主，这件事已经是世人皆知的，朝堂上开始有人暗自揣摩皇帝到底会如何处理这件事。

而赵子赢听到父王去世的消息，不顾还在太极殿中，忍不住放声痛哭，想到自己这几年虽然屡遭锦妃等人迫害，但父王始终没有废弃自己的太子之位，"陛下，若肯助子赢回国继承王位，我愿率南赵子民向陛下称臣，永为大成朝属国。"

这一段衷心表白，让萧如昊十分动心。如果能够扶持赵子赢即位，能够得到南赵的归顺何尝不是一件开疆拓土的壮举。

随后几日的朝会则围绕着派兵增援长沙郡和之前赵子赢提出的即位后举国归顺的请求，半数朝臣赞同扶持赵子赢回去即位，所疑虑者是赵子赢回去会不会翻脸不认账？

很快，赵子赢上了第二个奏表，竟是要将妹妹明霞公主嫁给皇帝，以示这次归顺之诚。

苏蓁玉在朝堂上没有做出任何表态，她心里对赵子赢本有的两分好感，此刻荡然无存，她没有想到他会用自己妹妹的幸福当作换取大成朝支持他即位的筹码。在府上生了一会儿气，苏蓁玉便让红袖持自己的名帖去南赵邸约明霞公主来相国府做客。

第六十五章 南赵王去世

面对苏蓁玉的关怀和询问，明霞公主感到十分感动，但是她却婉言谢绝了她要进宫向皇帝劝谏的好意："苏姐姐不必为我劳心劳力了，是我自己主动要嫁给皇帝陛下的。"

苏蓁玉望着她没有波澜的眼眸，了然她的选择，便不再规劝："公主聪慧异人，嫁入皇宫不比寻常百姓家，要处处小心才是。"

明霞公主移开目光，看向窗户上洒着的斑驳光影："苏姐姐，等我入宫你会常来看我吗？"

"这个，作为臣子是不能随意出入后宫的。"

两个人没有继续说话，同样是绝代佳人，却有着不同的命运，未来谁又能料到谁的选择会有怎样的结局？只是，每个人都要对得起自己的选择。

三月初，逍遥王上奏回湖州，皇帝不准，又奏，如此再三。萧如昊本意加封他职务留在京中辅助自己，无奈逍遥王去意坚决，称自己久居湖州耽情山水，不愿意入仕。因他确实从未处理过政事，平日又与许多纨绔子弟郊游，各司公卿都难免对他有意见，皇帝看众人都不看好这个弟弟，他本人又无心于此，只好同意让他回湖州，却叮嘱每逢佳节还是多来玉京走走。

三月中旬，长沙捷报传来，南赵军兵败撤出长沙，赵子赢又上表请求回国铲除锦妃一党，萧如昊犹豫不决。

数日后，明霞公主正式册封淑妃，入主文鸳宫。

公主容貌艳丽，性格活泼开朗，一时间宠冠后宫，虽有此隆恩，却知进退识大体，绝口不提朝堂之事。

锦妃在攻打长沙受挫后，立刻封锁五岭与中原来往的所有道路，留在南赵的中原商人惨遭杀戮和驱逐，消息传到玉京，群臣义愤填膺，皆上奏请求出兵南赵。

很快，皇帝召见中枢宰辅、各司公卿朝议，苏蓁玉毛遂自荐请旨愿护送南赵太子回国，帮他平定内乱，待即位后举国归顺。"爱卿所言朕深以为然，若能不战而屈人之兵，确为上策。"朝议结束后，萧如昊又留下苏蓁玉和楚国公两人，就出兵南赵又做了具体讨论。

咸平四年三月底，为平南赵战事，苏蓁玉领二十万大军前往，等过长沙后兵分四路，一路军驻扎越城岭，二路军守九疑塞，三路军渡水而过从西面包抄俞都，最后一路由苏蓁玉亲自坐镇守南野之界。数百里内列营置幕，威风凛凛。

赵子赢率手下几十校尉跟随苏蓁玉一路来到南野，看到对面大营俱是自己昔日同胞，心中不免思虑沉重。

接下来，苏蓁玉一边下令对锦妃掌管的俞都进行猛攻，一边让赵子赢以太子身份给南赵各部酋长和将领写信，希望得到他们的支持。

令苏蓁玉欣慰的是，派出使者联络各地酋长后虽然他们没有立刻响应，却选择观望和中立，仅此就足够她腾出时间用最小的代价将锦妃一部打得无招架之力。

然而，苏蓁玉却忽略了一个重点，那就南赵善养杀手，往日在中原自己也曾受到过几次刺杀，皆是南赵所出，北镇之后竟渐渐疏于防范。

这一夜雨下得极大，铺天盖地地砸下来，营帐中苏蓁玉还在翻阅公文，红袖则刚撑了伞出去，蓦地银烛一暗，营帐中闪进四个蒙面人，四人从四个方向同时进攻。她立刻明白这是刺客，并不同他们言语，身子往桌下一缩躲了过去。四人并未停顿，一击未中随即又出手，避无可避的苏蓁玉心往下一沉，自知命将休矣，呼道："你们是什么人，胆敢刺杀本帅！"

四个人万没想到中原派来的元帅竟是一名女子，手下一滞，苏蓁玉虽然不会武功却久在军中身手亦是灵敏过人，堪堪又躲过一击。

就在这个时候一声鞭鸣,红袖疾呼:"大人!"随即啪啪几声响处却见几个刺客都被击中,例不虚发。鞭子凌厉如风,沾衣喋血,令人生寒。

等外面的侍卫听到帐中打斗声音冲了进来时,几个刺客自知不敌都咬破齿中毒药,已然毒发身亡。红袖忙将苏蓁玉从地上扶起来,只见她身上除了几处擦伤倒也无大碍,众人悬着的心这才放下。

外面的雨还在下,赵子赢在另一个营房听到苏蓁玉遇刺的消息吓了一跳,立刻冒雨过来。

"大人伤势如何?"赵子赢关心地问道。

"军医来过了,并无大碍。"

"那就好,望大人好好珍重,军中犹赖大人坐镇。"

苏蓁玉对自己的伤不以为意,却将一个突然想到的计划告诉了他。

下半夜所有营帐挂起白绫,一片哀号,恸哭之声响彻云霄,对面的南赵军很快得到苏蓁玉遇刺身亡的消息。

"哼!没想到你苏蓁玉也有今天。"身在俞都前线的锦妃收到暗报后不由得露出一脸快意。

"启禀娘娘,听说他们已经准备连夜撤军,正在拔营。"前来通报的一名将军出言道。

"倒不如趁他们军心动摇立刻追击,必能大获全胜。"

"我听说苏蓁玉身边的侍女武功高强,这次怎么会轻易就刺杀成功了,娘娘要谨慎行事。"

"不要再犹豫了,若不趁机追击,日后恐怕再难有机会的。"

就在大家争论不定的时候,第二波侦探兵已经回来了,向锦妃奏道:"南野的大成朝军队已经撤离,正往长沙方向去。"

锦妃闻听,心中已经相信苏蓁玉遇刺身亡是事实,遂下令:"轻装简从往南野进军,务必在天黑前追上他们就地全歼。"

等南赵大军赶到南野的时候,发现苏蓁玉大军沿路丢弃的车辎灶具无数,更加相信他们是方寸大乱,急于撤退。又追了数十里只见眼前一片峡谷,不远处三三两两相扶着撤退的中原军卒在看到南赵大军后惊恐万状,甫一交手便败下阵来,边逃跑边喊道:"南赵军太厉害了,我等不是对手,快快逃命吧。"

南赵军这会儿个个想建功立业,在后面拼命追赶,等到了峡谷内里忽然听到四周喊杀声大作,才发现这是中了埋伏,再回头想撤已经没有了退路。

只见峡谷上方闪出两匹白马,走在前面的马上穿着银盔银甲的女子分明是昨夜被刺杀的苏蓁玉,南赵军中的几位将军恍然大悟,知道中了敌人的计。而在苏蓁玉身旁的南赵太子赵子嬴一露面,峡谷中那些被锦妃长期威吓挟持的南赵将士,此时见到太子赵子嬴,一多半人已无心战斗。

只听赵子嬴在峡谷上大喊:"诸位将士,都是我南赵大好男儿,却受妖妃蛊惑,对中原用兵,使边关不宁,妻离子散。而今父王过世,本该由我继承王位,众军何以违抗天命助妖妃欲置我于死地。"

赵子嬴被封为太子是大祭司用九星轮占卜过的,整个南赵都信奉九星轮,赵子嬴继承王位便是顺应天意,不可更改。所以,此刻听到他如此说,众人皆愧不敢言。不知谁喊了一句:"太子还朝,吾愿马首是瞻。"说完面向太子方向行大礼,为自己不遵大祭司和先王遗旨,未迎接太子还朝,跟随锦妃进犯中原,请求赵子嬴恕罪。

这一战,苏蓁玉用诈死之名,将十几万南赵军困在南野与俞都的峡谷。赵子嬴劝降南赵大军,亲率大军杀回俞都,不抵抗者十之八九,更有城中将士听说太子还朝纷纷将矛头对准了锦妃的亲信部队。

消息传到玉京城后,萧如昊精神大振,在朝堂上再三表彰苏蓁玉等人能以最小的代价将南赵叛军击败,真是天降奇才。

第六十六章 活捉长公主

俞都城外。

锦妃无奈，带着三王子一路往长沙方向撤，一群乌鸦扑簌簌穿破暮色，她望着前面固若金汤的长沙郡，又转身看看山峦叠嶂的南赵，悲从心起："天下之大，竟无我母子立足之地！"一阵风吹来，才四月的南赵已经热得如同玉京的大暑天气，最让人难以忍受的是丛林中的虫蚊之多，三王子才两岁，耷拉着小脑袋，弱弱地靠在锦妃怀里说："母妃，我们什么时候能回家？"

锦妃一愣，将他搂得更紧一些，突然战马一声嘶鸣，前面已然被挡住了去路。苏蓁玉的声音在前面响起："长公主好久不见！"

护着锦妃母子的薛锐道："苏相风采依旧，薛某没记错的话，当日苏相离开开封之时曾遇歹人袭击，多亏薛某人及时赶到，虽不敢贪功亦是不辞辛劳，苏相何不念及旧情放我等一条生路？"

苏蓁玉颇为难道："薛将军所言极是，等回到玉京本相必在陛下面前为薛将军求情。"

未等她话音落下，就听锦妃道："薛锐，与她多言何益，今日本宫落在她手里也是天意。"

薛锐一声令下，欲与苏蓁玉做最后一搏。

"薛锐，算了，耶律明成四十万大军都不是她的对手，你我败了也不丢人。

离开中原这么些年了,你们也都想家了吧?不打了,回去!"锦妃抱起三王子一脸疲惫地从车上望向对面马上的女子,又道:"你会亲自押送本宫回玉京吗?"

苏蓁玉摇摇头道:"此事须禀报朝廷才能决定。"

锦妃不再言语,薛锐不忍看她的眼眸,忽然催马上前一柄长枪直取苏蓁玉的首级而来。这变故似乎早在预料之中,未等薛锐的枪来到近前,红袖的软玉鞭已经横甩过来,直接缠住枪头往旁边一带,两个人电光石火间已经过十几招。

"薛锐,不要逞强了,你若是搭上性命,这一路往北的路,让本宫如何走下去?"

锦妃不忍他再为自己拼命,她从前不信命,觉得自己一定能成为像先帝那样的伟大君主,可惜人生是不可以复制的。从一开始她就被先帝从那个高高的台子上推了下来,她不怕疼,重新一步步朝着那个方向努力。可是,就在刚才,从三王子清澈的眼眸中,她看到了自己苍白无力的面庞,所有的雄心壮志仿佛一下子都化作一缕青烟,被从她的身体里抽走了。

薛锐从来不会拂她的意,收回长枪的一刹那,苏蓁玉已经将他们这些人团团包围,喝道:"立降不斩,冥顽不灵者就地正法。"

锦妃已经厌倦了看到流血杀戮的场景,她对苏蓁玉道:"本宫愿意带他们全部投降,你要答应我一个条件。如果你不答应,本宫会血战到底,反正到了这个时候多杀几个都是白赚的。"

苏蓁玉定定地看着她,那目光隔着千山万水落在她的身上,仿佛要将她看穿,半响下令道:"都带回去。"

当晚,苏蓁玉让厨房多准备几个菜,在自己的营帐中请锦妃一叙。

名义上她虽然已经成为阶下囚,到底她是皇帝的亲姐姐,岂能视为普通战俘?

苏蓁玉为了照顾年幼的三王子又特意从当地请了两个乳娘来照顾她们母子。

锦妃对苏蓁玉的礼遇并不觉得意外,桌子上的菜肴皆是依玉京风格来做的。一只即将烤好的羊蹄儿横在炭火上,军中无酒,苏蓁玉让人斟了两碗当地人常喝的果浆。

"苏蓁玉,你不要以为本宫投降就会对你阿谀奉承,这个世上除了先帝,本宫不会对任何人低头。"锦妃傲慢地说道。

"长公主想多了,本相对您用什么态度对我,毫不在意的。等朝廷下来旨意,在下就派人护送您和小殿下回玉京。"

苏蓁玉并没有故意激怒她的意思，这样的她反而是最真实的。

"那你今天让本宫过来所为何事？"锦妃并不想和她坐在这里像所谓朋友一样畅所欲言。

"当初为什么要掳走逍遥王？他虽然与南赵太子常在一处喝酒，无兵无权，何以能入长公主眼？在下百思不得其解。"苏蓁玉问道。

锦妃冷笑一声，看着她带着几分讥诮说："别人不知道尚情有可原，你苏蓁玉不知，当天下人都是傻子吗？"

"长公主何出此言？"

"当日先帝派你去河南查荀无忌一案，表面上是公差办案，却是让你以疏通汴河为由将埋在河底的一批黄金取出，而那批黄金最后让你运去了湖州，这件事你以为只有你和先帝知道吗？"

苏蓁玉心里咯噔一声，她心里纵然知道此事安庆公主知道一些，却不想竟了解得如此详细。但先帝临终曾道这批黄金数目虽然可观，却只能够一次北镇战事的军需，剩余一小部分则用于逍遥别苑的日常花销。到如今北镇已经太平，实际上当初的那些黄金已然所剩无几，多亏了陈子杭一直在天目堂打理，才撑到如今。

此事决不能往外声张，苏蓁玉便道："长公主休信这些流言蜚语，在下问心无愧，绝无此事。"

"好，就算你不承认这个，那你手上有一份先帝的遗诏总瞒不下去了吧，既然先帝如此信任你，能留给你一份遗诏，必然是关乎本宫和逍遥王前途的，焉能坐视不理？"

听到这里，苏蓁玉这颗心总算可以放下了，原来她并不知道黄金和遗诏的真正用途。

"长公主果然神通广大，先帝于紫微宫临终托付后事时您已经逃出京城却知道得如此详细，实在让人佩服。不过，遗诏已经在陛下手里了，在下和逍遥王还好好地活着不是？"

锦妃不可置信地望着她，心中想到如果她和逍遥王还能安稳地活下去，那么遗诏难道是写给自己的？

过了许久，苏蓁玉以为两个人都要在沉默中睡着的时候，锦妃的声音有些干涩道："你说，陛下会杀了我们母子吗？子成才两岁。"说到最后，她竟嘤嘤地哭出声音来，一个女人成为母亲，纵然从前做过多少歹毒的事情，这一刻她为孩子流下的泪却让人无法不同情。

"长公主放心，陛下宅心仁厚……"

未等她说完，锦妃已经从座位上起身扑通一声跪在她面前道："这一拜，为子成，希望我死了以后，你帮我多多照看他，孩子终究是无辜的，望苏相国成全。"

一个响头磕在地上，苏蓁玉赶紧将她扶起来，心中为她刚才那句没有自称"本宫"的话而感到惊讶，当她说出"苏相国"三个字的时候，声音里带着明显的颤抖和释然，这世上能让锦妃佩服的人也只有苏蓁玉了。

送走锦妃以后，苏蓁玉尚无半点睡意，她从营帐中走出来，漫天星斗让人顿时豪情万丈，想起在湖州时，也是这样的星河万里的夜里，萧如意带着她在剑池旁的草亭里饮酒，那日他喝到兴起，用短剑击打着简单的节奏唱：

卿云烂兮，糺缦缦兮。日月光华，旦复旦兮。明明上天，烂然星陈。日月光华，弘于一人。日月有常，星辰有行。四时从经，万姓允诚。于予论乐，配天之灵。迁于贤圣，莫不咸听。鼚乎鼓之，轩乎舞之。精华已竭，褰裳去之。

这一首《卿云歌》在很长的一段时间陪着她度过每一个寂寞的夜晚，想到这里眼睛忽然氤氲起来，"不如归去"这几个字一旦出现在脑海中竟至挥之不去。

第二日，南赵太子赵子嬴派人送来书信，邀苏蓁玉入俞都，商量接下来的事情。

苏蓁玉欣然前往，手下几员大将心有疑虑，唯恐赵子嬴出尔反尔，此时入俞都，等待他们的不知是福是祸？

南赵的俞都是一座四方城，仔细看来，又能感受到它是按照一定的星宿方位而建造。苏蓁玉想起自己曾经翻阅过的南赵史籍中曾经提到过，南赵人信奉九星轮，而九星轮由大祭司掌管，每一个大祭司在接任之后，除了负责为王上占卜国家大事和未来继承人的问题，更多的是占卜一年的天气变化，教给南赵百姓如何耕作。所以，大祭司在南赵人心中是至高无上的存在。他们每年都会从全国各地选拔一批最优秀的十几个孩子成为大祭司的弟子，然后在这些弟子中再筛选出能够成为下一任大祭司的人。

赵子赢率南赵的文武百官在王宫的宫门等候苏蓁玉的到来，这些大臣有的是真心拥护他，有的只是迫于压力勉强支持他，心中对他出宫门迎接中原的一名女官而感到不屑。这其中便有南赵丞相吕辉为首的王后党，他们固然支持南赵太子赶走锦妃，但并没有真心拥戴赵子赢即位，在他们看来赵子赢的母亲亦是中原人氏，而先王的第二任王后是正宗的南赵贵族出身，所以他们的儿子赵子桓更有资格继承王位。

在赵子赢决定邀请苏蓁玉进城的时候，丞相吕辉早已和王后商量好了一计，要在俞都将苏蓁玉拿下，用来作为和中原皇帝交换的条件。

这一场鸿门宴，比想象中更加凶险。

为了表示诚心实意，苏蓁玉只带了红袖和两名校尉、一百轻骑，大军仍然驻扎在南野之界。

早在几年前，南赵人就经常听到北方过来的客商提到中原有趣的事情，莫过于几年前苏蓁玉用火攻计逼退了北胡大军的围困，从此一步步做到宰相，成为一颗耀眼的明珠。

于是，很多南赵人在心中暗自揣摩，这样一个杀伐果断的女人一定长得特别彪悍。当听说今日苏蓁玉要来俞都赴宴，很多的南赵百姓都好奇地跑来围观，只想在这刻亲眼看一下传说中的女相国。

就在赵子赢心绪不宁的等待中，却感到有一个人总是盯着自己，那是一道鹰隼般锐利的目光。等他回身去看时迎上的却是丞相吕辉淡然处之的一笑。

"太子殿下，大成朝使者已经来了。"

赵子赢听到传报，忙重新整理一下仪容。

当苏蓁玉在俞都令的陪同下，一步一步走来的时候，日光倾斜在她银色的盔甲上，那唇角微翘的笑意让她原本冷清的脸颊多了几分温和。

"天哪，没想到这个苏相国比咱们锦妃娘娘还要好看。"

"你说中原那边的女人是不是一个比一个漂亮啊？"

……

人群中的窃窃私语声竟都是围绕着她明媚的外表，这让苏蓁玉有些哭笑不得，毕竟自己也是南征北战的一方统帅，岂能让人以貌取之。

第六十七章 南赵宫廷计

在俞都的王宫里,苏蓁玉第一次见到了传闻中的大祭司,听说只有他能用九星轮占卜出整个国家的命脉。之前南赵王欲废长立幼,因忌讳九星轮中太子乃天命所归,最终放弃这个念头。

赵子嬴将苏蓁玉一一引见给百官,每一位走到她面前的官员都举杯敬酒,苏蓁玉并不推辞欣然饮下。在南赵的风俗中,酒喝得越多的客人越受主人家欢迎。

"没想到苏相国不但能征善战,连喝酒亦是豪爽胜过寻常男子。"赵子嬴笑着说道,看着她因为饮酒而微红的脸颊,竟有些看呆了,这样的美人怎么就能在战场上做得比男子还强呢?

"太子殿下谬赞了,在下酒量也是到了北镇之后慢慢锻炼出来的,那里常年冰天雪地,大雪封关的日子,饮酒倒是一大乐趣。"

这时候,丞相吕辉看到苏蓁玉身边只有太子一人,端了酒杯过来,先向太子行过礼,又对苏蓁玉说道:"老夫也过来敬这位中原的女相国一杯,这次苏相助我南赵驱逐妖妃,平定内乱,首当一功,老夫身为丞相却不能抚慰先王遗灵及时接回太子殿下,两相比较,真是愧杀白头翁。"

苏蓁玉十分感动,举起酒杯与吕辉对饮,室内一派歌舞升平。

吕辉又说了一会儿话,见太子有些不耐烦才转身往一旁去了。

"这个吕丞相从前没少难为我,那日带领百官跪在俞都城外迎我回来,倒让我没法对他处置了。"赵子嬴皱着眉头低声说道。

"太子殿下，有些事不可操之过急，与其肃清旧党不如转而用之，不可用者再杀之不迟。"苏蓁玉面上挂着温和的笑容，说出来的话却如刀子般锋利。

就在这个时候，红袖忽然发现殿中有几个将军模样的人不停地往这边窥探，神色异常，怕是有什么阴谋，她想到此处，趁着斟酒之际对苏蓁玉悄悄说："大人，有贼。"

这句话是两个人之间的暗语，意在提醒苏蓁玉殿中有人要对她们不利。

很快，赵子嬴也收到警报称丞相私自从东门出去了。他面色凝重地看着苏蓁玉道："怕是有变，你在这里等着，我去调兵。"

苏蓁玉按住他的手臂，示意他不要妄动，随即饮干杯中之酒，只听"啪"的一声酒杯坠地的声音，红袖搀住她用其他人能听到的焦急声音道："大人喝醉了，这下可如何是好？"

赵子嬴随即配合道："来人，送苏相国去内殿休息，不许任何人打扰。"

殿内的人经过短暂的骚动，很快又恢复如常，一直盯着这边的几个人有些气馁，眼睁睁地看着红袖扶着苏蓁玉往内殿去了。

赵子嬴望着殿中的百官，心知自己初还朝，必有许多人对自己怀有不同的看法，那些跟随锦妃迫害过自己的，难免会另有打算。王后自请往皇冢山居住为先王守陵，二王子赵子桓则被舅父接到自己的部落，看似平静下来的南赵国，实际上却暗潮汹涌。

就在赵子嬴坐在上位忧思竭虑的时候，底下一人忽然站起来说道："殿下，臣有一事不明，还请您释惑。"

赵子嬴抬眼望去，问话的人是大司宪宇文璋，心中闪过他在先王时期的一些政绩，知他是个忠正之臣，"老大人请讲。"

宇文璋来到大殿中间朗声说道："殿下出使中原一年有余，先王过世锦妃作乱，此南赵之祸，如今殿下回来，更有中原皇帝派大军助您平定内乱，这本该是举国同庆的好事，然老臣有一事忧虑，所谓请神容易送神难，殿下与中原皇帝有什么约定还请告知臣等。"

殿中所有人都停了下来，望着太子赵子嬴，每个人心中都担心送走一个锦妃又引来一个苏蓁玉。

赵子嬴心中一凛，他知道此刻如果自己说出，已经和大成朝约定南赵愿意成为附属国，形同诸侯，一定会失去他们的拥护，于是违心说道："诸臣工所虑不错，但是，本宫可以告诉你们，大成朝皇帝肯出兵，皆因明霞公主已经被封为淑妃，南赵与大成朝今后是姻亲关系，永结同心。"

诸臣工一听这才恍然大悟，难怪明霞公主未曾和太子殿下一起回来，原来做了大成朝的淑妃。

"诸臣工还有什么疑问？"赵子嬴早已收起温和的面孔，一派凛然地望着他们。

大祭司站起来躬身一拜："臣愿意拥护太子殿下。"

紧接着其他人都跟着拜道："臣愿意拥护太子殿下。"

就在此刻，所有人都莫不由衷地感叹赵子嬴早已不是当初在先王面前唯唯诺诺的那个少年了。

"太子殿下，大事不妙，丞相吕辉率军包围了这里。"

话音刚落，只见大殿中立刻有几个人呼应外面的局势，人群哗啦分成两队，互相敌视。

"你等要造反不成？"

"丞相有令，不要放跑殿中任何一个人。"

……

赵子嬴端坐上位，毫无慌张，众人都惊异地望向他。只见他似乎早就预料到了今天的变故一般，指着支持丞相的一派道："自本宫还朝之日，尔等就暗中勾结，当真以为本宫毫无察觉吗？"

剑拔弩张中，赵子嬴又道："本宫乃先王亲封、九星轮天定的太子，如今丞相不顾先王遗骨未寒，不顾大祭司占卜的上天旨意，私带兵马前来，若诸臣工与本宫同仇敌忾，则既往不咎。否则，罪同谋逆。"

那几个被丞相吕辉蛊惑的朝臣一时不知该如何是好，太子说得不错，他是先王钦定的，即位是理所应当的事。反而丞相吕辉师出无名，恐怕难以服众，很快几个人想清楚其中利害得失，放下手中兵器跪求赵子嬴饶恕。

剩下几人不肯轻言放弃，大声说道："丞相兵马已到，你们不要听他的话，太子自身难保。"

赵子嬴冷冷地瞪着他们说:"既然丞相兵马已到,为何一刻钟过去了还没有来到殿前?"

闻言,众人这才恍然大悟,丞相带兵过来却始终没有攻进来,必然是太子早有准备,看来他们都小觑了他,才有此疏忽。一下子殿中还支持丞相的几人都不知所措,望着赵子嬴心情复杂起来。

"诸位可曾想过,王后性情暴虐,子桓优柔寡断。丞相吕辉专权跋扈,尔等拥护他当真比在本宫这里能得到更大利益?"赵子嬴看他们还有些犹豫,心中的失望不可言表,没承想丞相吕辉这种人竟然也有人愿意跟随。

时间一点点过去,外面的动静逐渐远了,仿佛那一阵的喊杀声只是殿中人的错觉。而刚刚还晴天万里这会儿已是阴云密布,眼看着就要下雨,山雨欲来的压抑让人呼吸困难。

就在这场安静中,有一名小将跑进来拜倒在地说:"启禀殿下,丞相吕辉伏诛。"

赵子嬴扫视了一番殿中诸臣工,叹气道:"本宫刚回朝,知道你们多有不服,之前所有事情都一笔勾销,今日之后再有人兴风作浪,丞相吕辉就是前车之鉴。"

一众人慌忙都跪倒,"臣等唯太子殿下之命是从,不敢有二心。"

这一次所有的呼声都是从心底发出来的,震耳欲聋,赵子嬴很满意地说道:"都起来,随本宫到外面看看吧。"

刚走出大殿,就迎面吹来一阵风,四月的南赵,风都夹着热浪,赵子嬴的广袖被吹起来,他知道自己每一步走来都是血染千尺,脸上的严肃使周围的人都不敢抬头看他。

出了大殿就是王宫最宽阔的正德门,众人看到站在那里的除了跟随太子的几位将军,还有一人竟是先前醉倒被扶入内殿的苏蓁玉。

宇文璋看到她时心一沉,走到赵子嬴近前一步,用几乎只有他一人听到的声音说道:"太子还朝是南赵人之福,老臣只希望殿下谨记南赵是殿下和南赵子民的,莫让异国人再生觊觎之心。"

赵子嬴知道他担心自己引狼入室,沉思片刻道:"爱卿所言极是,本宫谨受教。"

苏蓁玉已经看到这边的人,拂了拂身上的尘土,朝赵子嬴走过来,未到近前已是一揖道："托太子殿下洪福，丞相吕辉的叛军已经都清理干净，现在是否发兵皇冢山缉拿前王后和赵子桓？"

赵子赢看着她，摆摆手道："此事本宫已经派人去处理了，苏相国处事缜密，令人佩服。"

苏蓁玉知道虽然他答应归顺朝廷，到底还是一方诸侯，自己不应过多干涉，便不再言语。

"既然如此，那在下就先回南野。"

一阵风吹来，赵子赢打了一个寒噤，望着远去的白马银盔背影，心底不知道是敬还是惧，这个女人能够做到的，是多少男儿做不到的功业。

回到南野后，黑云压城转眼就成了倾盆大雨，苏蓁玉在营房里踱步，她想起今日在俞都的一些细节，赵子赢虽然有心归顺，南赵的大臣们却未必同意，此事该如何向陛下禀报？

思索片刻后，苏蓁玉让红袖研墨，开始给皇帝萧如昊写奏报。其间，想到赵子赢的境况，又停笔琢磨该如何表达，这一番断断续续下来已经是深夜。

"大人还是先休息，今日事情太多，再不休息怕您身体熬不住了。"红袖看她瘦削的身影在明烛倾照之下显得愈发单薄。

第六十八章 南赵王称臣

咸平四年五月初，南赵太子赵子嬴在苏蓁玉的帮助下，平定内乱顺利即位，称南赵武王。

萧如昊收到南赵的表奏之后，又派御史大夫褚之时之子褚文秀为使者带上丝绸绢帛千匹、美人十人、黄金万两来到南赵，一则恭贺太子即位，二则表达淑妃对家乡的牵挂之意，三则希望南赵武王能按照约定将归顺朝廷之事提到日程上。

苏蓁玉护送使者到了俞都，那是自赵子嬴即位以后的第一次见面，他穿着南赵王的朝服立在台阶上远远地看着自己带着使者前来，肃穆庄严中还有疏离和冷漠。

褚文秀宣读完皇帝的诏书，然后将带来的贺礼一一呈了上来，赵子嬴以南赵武王的身份接受了。

回到南野之后，苏蓁玉便向褚文秀讲出了心中疑虑，认为赵子嬴可能要背信弃义，不想归顺朝廷。使者将袖中的一封信递给她道："出京城的时候，陛下就嘱咐下官如果南赵王心意变了，不可强求，令大人亦不要妄动。"

苏蓁玉看罢信，叹道："此时错过，等他羽翼丰满坐稳南赵王的位置，更不会轻易点头。"

褚文秀虽然同意却说道："下官七日后回京，在这七日中苏相国可愿意每日护送下官去俞都说服南赵武王？"

"愿为褚大人效鞍马之劳。"苏蓁玉自是不能推辞。

此后数日，褚文秀都带上苏蓁玉往俞都跑，不知道他用了什么方法，在第三天的时候赵子赢居然同意兑现之前承诺，率南赵归顺朝廷，并亲自写了上表，一切都按诸侯的品阶用度，这在南赵很快引起了不大不小的波动。

苏蓁玉为了防止发生意外，将大军驻扎在俞都附近。南赵的朝堂被她这一举动吓了一跳，反对者的声音很快消失不见。

赵子赢心知此刻若是重开战火，自己的胜算几乎一成没有，和宇文璋等人商量过后，决定上表归顺，实际上却是，对外称臣，在南赵一切如常。

很快朝廷的撤军旨意就下来了，苏蓁玉留了一万人马在南野，时刻监督南赵，若有反叛之意，可以作为第一道防线。

玉京城的暑气日盛，皇城御池的荷花开得亭亭玉立，淑妃娘娘想起小时候贪玩，常和兄长背着父王母后偷跑出宫游玩，南赵天气雨水常常不期而至，兄长就举着荷叶为自己撑伞，两个人弄得一身狼狈回到宫中，父王也只是笑笑从未真正处罚过他们。

淑妃有些想家了，但她知道自己孤零零一个人在这异国他乡，凡事都要谨言慎行，否则不但会给自己招来杀身之祸，也会连累兄长。

御池的水缓缓流动，像蔚蓝色的宝石，而尚未全部绽放的小荷点缀其间，让人有种说不出的惬意。

"爱妃在看什么？"

突如其来的声音吓了淑妃一跳，她忙从石凳子上起身，回首间萧如昊已经来到近前。

"妾身参见陛下。"淑妃很快梳理好情绪，盈盈拜倒，她身材极好，比一般的女子高了几分，大眼睛忽闪忽闪地觑着萧如昊。

萧如昊今天的心情极好，南赵王赵子赢终于上表称臣，这让他再次为自己能够解决掉先帝未曾解决的麻烦而感到高兴。敕封赵子赢南赵王的诏书已经拟好，从此他就是大成朝属下的南赵王，形同诸侯，朝议中萧如昊欣然接受楚国公等人提出的派通晓律法的文臣过去辅佐南赵王改制的建议。

事情都解决后，萧如昊想起吴亮甫上午偶然提到御池荷花开了，遂兴致勃勃地过来看看，恰好遇到一个人坐着看花的淑妃。

"你怎么一个人在这里，宫娥们呢？"萧如昊问道，爱怜地将她揽在怀里，对于这个南赵公主他从心底是十分喜欢的。

"妾身觉得人多了会吓到里面的金鱼，就让她们先回去了。"淑妃露出可爱的面容。

"行了，这些鱼不是那么容易吓着的，以后总要留一两个人在身边，不然朕不许你到处乱跑了，知道这样很危险吗？"萧如昊虽然了解此时的后宫还没有什么龌龊的事情发生，然而随着皇子们的降生，以后会发生许多意外，都是难以预料的。

淑妃以为萧如昊生气了，忙起身谢罪，委屈巴巴地表示以后不会一个人坐在这里了。

"苏姐姐什么时候回京呢？"淑妃又问道。

萧如昊微一皱眉，他对"苏姐姐"这个称呼还不太适应，却没有说什么，复而开解她道："朕已经下令撤军，中秋佳节前应是能赶回来的。"

淑妃没有问起南赵王的事情，她是个聪明的女子，如果想过得好一点或者不给兄长添麻烦，就什么都不要问不要管。

正在这个时候，徐贵妃抱着召王从对面缓缓走来，后面跟着的兰芝公主像是听到了什么好玩的事情，一直咯咯笑，等到了近前才发现萧如昊也在这里，徐贵妃忙携了一对儿女过来给他请安。

"陛下，原来淑妃妹妹也在这里。"

"妾身给姐姐请安。"

两个女人犹如亲姐妹一般亲热，让萧如昊心中安定不少，他最讨厌女人之间争风吃醋。

召王已经五个月大，粉嫩嫩的小模样惹人怜爱。萧如昊看着自己两位倾城倾国的妃子，又看看一双聪慧的小儿女，心上最柔软的一根弦被触动了。

"陛下，楚国公觐见。"吴亮甫的声音响起，一下子破坏了这种和谐的场景，让萧如昊大为扫兴，忍不住回眸狠狠地瞪了他一眼。

但他不是个贪恋后宫的糊涂皇帝，很快就回到了太极殿。楚国公觐见的时候他已经没有任何的个人情绪，"爱卿有何事禀报？"

楚国公随即上奏道:"回陛下,自咸平年来,边境未宁,农桑盐铁岁征皆充军需,致国库空虚。自今春伊始,河南诸省风调雨顺,小麦黍米收成盈余,微臣以为,应在这几省增加两成税赋……"

萧如昊听他又来提加赋之时,心中大为不快,冷冷道:"楚爱卿,水能载舟亦能覆舟,先帝遗训犹在朕的耳边,边关战事各地商贾俱有捐赠,单江浙一省就为朕送去了十几万大军的粮草,现在战事已平,你却让朕在他们身上增加赋税,置朕于不义乎?"

楚国公解释道:"陛下,此次征伐南赵虽然比不上北镇战事耗费巨大,然则也要劳师动众……"

"好了好了,此事不要再议,爱卿所忧虑的是国库入不敷出,朕会另外想办法,增赋勿要再提起。"萧如昊有些不耐烦地打断他的话,"楚爱卿先回去吧,明日早朝朕会让大家一起想办法解决。"

楚国公无奈退出太极殿,自回玉京,与苏蓁玉共执内阁,才发现当家不易,昨日工部尚书陆文启过来就修缮河道的五十万两银子在中枢议事厅吵嚷不休,再三言及这五十万两是陛下早就承诺拨给工部的。

萧如昊焉能不知财政赤字之事,后宫用度已经再三缩减,今年召王满月宴后,便没有再举行过什么宫宴,眼下不去向百姓伸手,该怎么度过危机呢?

正在这个时候,吴亮甫过来禀报:"陛下,逍遥王的奏表刚到。"

"呈上来。"

萧如昊对这个弟弟从这次见面后印象大改,昔日对他的了解都是从湖州官员递上的奏折中知晓,或荒唐或任性,几乎没什么优点。而这次宣他回京一聚才发现他虽没有治国安邦之心思,却是赤心肝胆,磊落光明。

"哈哈哈,逍遥王真是朕的及时雨。"萧如昊看完奏表,忍不住开怀大笑。

吴亮甫露出一脸惊奇:"陛下洪福齐天,不知什么事让陛下这般开心?"

萧如昊笑道:"逍遥王上表称,在天目山修建王府别苑时发现了黄金矿藏,此非天赐恩宠否?"

"恭喜陛下!"吴亮甫连忙跪倒在地,山呼万岁。

"来,给朕研墨,朕要想想明日早朝如何处理这件事,顺便想想给这浑小子赏点什么。"

"老奴遵旨。"

吴亮甫已经很久没见皇帝这么开怀大笑了,自登基以来耽于政务,复边关不宁,让这位年轻的帝王已经过早地透支起自己的身体。

第六十九章 女相国病重

陈子杭将天目堂所有的账目焚毁殆尽，又将所有参与其中的人都撤回湖州秦府，给他们安排了新的职务，天目堂是先帝一手创建的，后来驾崩前交到了苏蓁玉手上，意在供应逍遥王府的吃穿用度和边关战事的粮草补给。而先帝却留下遗诏，战争未结束前不可擅自将天目堂交出去，恐陛下不知人间疾苦，早早用尽祖宗遗泽。

后来，苏蓁玉与逍遥王对此事看法俱是担心日久生变，万一哪天被皇帝知道，纵有百口难消他的猜忌之心，既然北镇战事已经结束，不如早点交出去的好，至于怎样不被怀疑地交出去，倒让他为难了好一阵子。

所庆幸者，天目堂有当日汴河运来的黄金做本钱，在陈子杭的经营下，所得利润已经撑过了几次危机，而天目山的黄金矿藏一直未曾开采。

萧如意在离开玉京的时候就已经和苏蓁玉商量好，由他向皇帝上表报告发现矿藏一事，这样既洗脱了自己的嫌疑，又增进了自己和皇帝的情分，日后他一定会按照正常王爷的俸禄供养自己，就不用担心会被饿死。当然这只是萧如意一个人的腹诽，其他人从未担心过他会被饿死。

翌日早朝，萧如昊将天目山矿藏一事说与诸臣工，反应最为激动的莫过于工部尚书陆文启，他似乎透过层层云霭看到湖州那边给他运来五十万两银子，让他好好地修河道了。

楚国公则提出建议由朝廷派出专门的使者进行监督，而具体事宜则交给湖州太守去做。萧如昊一一接纳他们的意见，然后让知制诰草拟诏书以最快的速度送到湖州。

退朝后萧如昊心情大好，在太极殿又翻阅一些各省送来的其他奏折，看到其中有一封是正在南赵的苏蓁玉送来的，随着往下读去，神色愈发严肃起来，这让一旁伺候的吴亮甫心中暗自打鼓，不知又发生了什么事情。

"唉，是朕害了她。"

半晌，萧如昊才叹息一声合上奏折。

"去传向荣、左顺过来。"

吴亮甫应了一声就转身去太医院，心里却还在琢磨，皇帝为何突然宣召两名太医觐见。

太医院在皇城西南角上，来回不到一炷香时间。两位太医也是第一次被宣到太极殿，心中忐忑不安。

"敢问公公，陛下为何要宣我等到太极殿呢？"向荣性子直忍不住问道。

"这个咱家也不知道，两位大人到了自然有分晓的。"吴亮甫摇摇头表示不清楚，这次他确实猜不透是什么原因。

太极殿中萧如昊还拿着那份奏折，心中无限感慨。想起这几年来苏蓁玉临危受命南征北战，又疏通黄河使中原百姓免受水患才有了今年的小麦丰收，却在南赵因瘴气肆虐一病不起，她今年才二十二岁啊！萧如昊不禁又想起咸平初年自己因为她拒绝过自己的追求而耿耿于怀，甚至以她把持朝政为由逼迫她致仕归隐。

"是朕愧对爱卿啊！"萧如昊只有在无人的时候才敢说出这句话来。

等向荣、左顺两位太医来到太极殿的时候，萧如昊的神态已经恢复如常："两位爱卿，朕闻南赵瘴气十分厉害，不知有什么法子可以解决吗？"

向荣先道："回陛下，微臣听说南方多瘴，瘴气是山林恶浊之气，发于春末，敛于秋末。各路的瘴气都是清明节后发生，霜降节后收藏，独有自南交以南以西的瘴气却不如此，可以说四时都有的。这个需向当地人讨教如何预防为主，若已被瘴气入侵，则很难治愈。"

萧如昊听他竟然没有办法，转向左顺问道："左爱卿觉得呢？"

左顺知道向荣碰了软钉子，遂道："臣闻闽南人常用薏苡仁作为治疗瘴气的主要药材，再配以调理身体的补药，休养一段时间，应该是无大碍的。"

　　萧如昊听到此处龙颜大悦，便道："朕收到苏相的奏折，她在南赵撤军途中受瘴气入侵，病倒在长沙，既然左爱卿有办法，即日启程赴长沙，不得有误。"

　　左顺心中叫苦不迭，没想到是让自己去长沙为苏相治病，长途跋涉最快也要一个半月，等自己到了万一病人膏肓救治不当，自己这条老命岂不是要陪葬了。

　　出了太极殿左顺便直接回家收拾行李，太医院接了皇帝旨意又给他派了几个年轻力壮的末等太医作为帮手，一行人风餐露宿赶往长沙。

　　六月初，长沙传来消息，苏綦玉病重，不能回朝，由副将率大军押送锦妃母子回到玉京城。

　　时隔四年，锦妃再次站在玉京城的土地上，竟有些不认得了。扩建的街道，新修的宫殿，早已没有女帝时期的风貌。

　　因为锦妃原是当今陛下的亲姐，一路上官兵不敢为难她们母子，一切日常用度都按公主品阶。眼看着一日日接近玉京城，锦妃心中开始惶恐起来，不知道皇帝将如何处置自己和儿子，倘若能一起了之倒还也罢，若贬为奴隶受尽折磨……想到这里，锦妃将幼子往怀里抱得更紧一点。

　　车子行进玉京城后就收到皇城传来的旨意，将锦妃母子关押在原长公主居住的凤翔宫。

　　因为久未有人居住，这里早已荒芜败落，入夜锦妃抱着儿子在自己曾经的卧房休息，外面的官兵来回走动反而减轻了刚进来时的鬼气森森。两岁的赵子成因为白天哭得太久，夜半梦中也小声啜泣，而锦妃毫无睡意，望着曾经自己最引以为傲的凤翔宫，泪也跟着不停滴落在手背上。

第七十章 长沙城仙逝

　　第二日，皇帝又传旨意过来，称锦妃祸乱两国致使无数人丧命，野心昭昭，然陛下念及同胞之情，饶其性命，关在凤翔宫永世不得出去。其子年幼可一起关押，等成年后再遣送边关为军奴。

　　萧如昊旨意一下，仍然有人认为锦妃所犯乃滔天罪行，与犯上作乱无异，便再次上奏请求他对锦妃母子处以极刑，否则后患无穷。

　　谁知，萧如昊不但驳回了所有人的上奏，还下旨警告若再有朝臣上奏请求处死锦妃母子就严惩不贷，御史大夫赵云龙不服，继续上奏，最后被削职流放黄州，此事才被压制了下来。

　　萧如昊在锦妃被关进凤翔宫的当天夜里，曾经一个人带着内侍久久地站在凤翔宫宫门前，负责看守的近卫军欲要参拜被他以手制止。近卫军的小队长很是机灵，看出皇帝只是想一个人在这里待会儿，便不再打扰，除了宫门前的两名军卒，其他人都被他带到一边去巡逻。

　　在饶与不饶之间，萧如昊不是没有想过。经过无数次的心理斗争，他还是决定将她囚在凤翔宫。

　　凤翔宫中传来一阵低低的哭声，那是才两岁的外甥吧，萧如昊这样想着，孩子到底是无辜的。刚一想要心软，继而楚国公那句养虎为患如雷击般让他瞬间清醒。

第二日，圣旨传到凤翔宫，将锦妃囚于神龙山先帝陵，每日为先帝诵经，永不得出山。其子仍幽禁凤翔宫，遣两名宫娥服侍。

"为什么要分开我们母子，你要恨的人是我，放过我的孩子吧，好歹他也叫你一声舅舅啊。"

锦妃临走那天，萧如昊就站在凤翔宫的不远处，看着她凄厉的模样，不忍直视。

"去告诉她，就说朕不想让她把孩子教坏了，才将子成留在宫中。"

吴亮甫诺了一声就去传旨，锦妃掩面而泣，被士卒拖着出了皇城。

"去浴日楼吧。"

萧如昊轻声吩咐一句，离开了凤翔宫往浴日楼方向去，那是淑妃的新居处，一切按照南赵风格建造，在皇城中显得格外醒目。

淑妃从未对萧如昊说过一句思念家乡的话，他却从她落寞的神情中捕捉到这一点，浴日楼建成的那一刻，淑妃感动得几欲落泪，心里充满了对皇帝的感激之情。

"陛下驾到——"内侍尖细的声音响起。

淑妃忙迎了出来，款款拜倒："参见陛下。"

"平身吧，听说你排了一出新舞，朕过来瞧瞧。"萧如昊早已收拾好之前的忧伤情绪，眼中只有淑妃的一颦一笑。

淑妃嗔道："这是妾身家乡的舞蹈，难免粗陋登不得大雅大堂，怕陛下笑话。"

"怎么会，朕久居皇城，对外面的一切事物都十分好奇，你且跳来就是。"

随着轻快的曲子响起，淑妃已经换上南赵舞娘的衣服，额前的秀发随着她裙摆也一下一下地起伏，萧如昊坐在软榻座上看着淑妃翩翩起舞，真是"披罗衣之璀璨兮，珥瑶碧之华琚。戴金翠之首饰，缀明珠以耀躯。践远游之文履，曳雾绡之轻裾"。

一曲终了，淑妃轻轻地坐在萧如昊的身边，还微微地喘息，让人不由得内心一荡。

"陛下，妾身跳的如何？"

"翩若惊鸿，宛若游龙是也。"

淑妃咯咯一笑，又假装生气道："陛下哄妾身开心，说得好听呢，还是真的认为妾身好呢？"

"朕是天子，一言九鼎，怎么会哄你而说违心的话呢？"萧如昊爱怜地将她揽在怀里。

"多谢陛下赞誉。"

"对了，朕还有一事想找个人商量，刚好你在，你听了且说说自己的意见。"淑妃一听忙正襟危坐道："陛下请讲。"

"朕想在玉京大员的千金中给逍遥王选一位王妃，不知爱妃觉得如何？"萧如昊笑着说道，这件事从逍遥王离京之时他就记在心上，无奈当时南赵战事方起，不得不先搁置了。

淑妃想起那夜自己闯进皇城别馆遇见的那人，心里有一丝异样，如果不是为了兄长，也许自己会……

"爱妃在想什么？"

"啊——没什么，就是陛下忽然提起逍遥王，妾身一时记不得他的容貌了，正在回忆有没有见过他。"淑妃露出一脸茫然，那模样真如十四岁豆蔻少女般让人怦然心动。

"召王宴上爱妃应该是见过他了，可能未曾入心，且不说这个，改日由你在宫中办个花宴请朝中大臣的女眷们过来赏花，然后将朕想为逍遥王选妃的事情告诉她们，让她们把家中各自未有婚配的女儿带来，你和徐妃她们把把关。"萧如昊说道。

淑妃是个极聪慧的女子，如今后宫中自己最受宠爱，如果再越制就会受到其他人的攻击，无论皇后还是褚贵妃，背后都有一个强大的家族支撑，虽然徐妃出身寒微，却也有一个手握朔风营大权的哥哥。只有自己来自异乡他国，举目无亲，此刻焉能再风头占尽。

想到这里，淑妃忙起身郑重拜倒在案前："妾身请陛下收回成命，此事虽然是陛下一片拳拳爱心，然后宫中还有皇后娘娘和几位贵妃姐姐，妾身不敢越俎代庖。"

萧如昊有点不悦，盯着淑妃看了一会儿道："你什么时候学会中原人这一套虚伪了？"

淑妃一愣，接着抬起的两眼已是泪光盈盈，满是委屈地说道："陛下误会妾身了,妾身虽然在南赵长大,却也知道中原对于礼节比南赵重视得多,如果陛下爱惜妾身,就不要让妾身失了本分,授人以柄。妾身在中原只有陛下一个亲人,所依赖者也只有陛下一个人,唯愿在这浴日楼中安静等待陛下垂怜,决无他意。"

听完淑妃这一番话,萧如昊哪里还有什么不悦,心中更多了几分对她的怜爱,这后宫的女人,只有她离了自己便不能活,怎么能让她独自面对明枪暗箭。

"好了,快起来吧,是朕误会你的意思了,爱妃所虑极是,明日朕去和皇后商量一下,你和她们一起去看看,然后告诉朕你的意见。"

萧如昊将还跪在地上的淑妃一把抱起,笑道:"朕这几日没有来,爱妃怎又轻了许多?"

宫娥们见状都悄悄地退了出去,这世间所有情爱都离不开彼此相拥的真切,这一刻淑妃已经忘记曾经一眼万年的少年,只有在皇帝的炙热目光下沉沦,继续沉沦。

六月初,朝中无大事。

长沙城中,病重的苏蓁玉将最后一份奏折拟好,并唤来长沙太守邹平再三叮嘱:"邹大人,我自知已病入膏肓,去日将近,届时我的遗体由侍女红袖焚烧火化,将骨灰带回玉京即可。"

长沙太守诚惶诚恐地望着已经瘦得不成模样的苏蓁玉,摇摇头道:"相国大人不要气馁,陛下已经派太医往长沙而来,很快就能医好您的病。"

"邹大人,我的病情如何自己最有体会,恐已撑不过明日了。这是我写与陛下的最后一份奏折,务必派人送去,另外我死之后,为防南赵王有不轨行为,先不要发丧,你要加强警戒,不可使长沙有失。"

红袖在一旁服侍,此时已经哭得如同一个泪人,她怎么也没有想到大人会有病倒的一天。曾经两个人在战场上见过无数的杀戮,也曾追随她斩过奸臣佞贼,这样一个从不认输的铁娘子,最终败给了命运之神。

"相国大人,你说的在下都记在心上了,只是这遗体火化之事,恐怕无法向陛下交代,还请大人三思。"邹平忍着心中剧痛说道。

"红袖,拿纸笔过来,我要给陛下写几句话,让他不要为难邹大人。"

红袖去书案上取了纸笔,轻轻地将她抱起,看着她颤抖的手在纸上写道:"天热虫多,腐臭难当,臣不堪死后受此余罪,欲干干净净地离去,遂令侍女红袖焚臣遗体，将骨灰带回即可。"

写到此处她力气已然用尽，手一松笔掉在了地上，众人都吓了一跳，只见她在红袖的耳边低声说了句："我想去湖州。"

说完，手一松闭上了眼睛。

"大人薨殒了。"

红袖抱着苏蓁玉的身体泪如雨下，长沙太守想到如此佳人正值芳龄，怎么说没就没了。果然应了那句自古红颜多薄命，叹息之后，忙拿了苏蓁玉留下的两份奏折派驿使星夜送往玉京。

第二日，红袖将苏蓁玉生前批阅的公文全都整理在册交给长沙太守保管。为了防止南赵有异动，长沙太守派人封锁了所有的消息，红袖没有通知任何人，自己则按照苏蓁玉临终遗言将遗体就地火化。

长沙太守邹平没有想到一个侍女真的就有胆量把堂堂大成朝宰辅的遗体焚毁，等他想缉拿红袖时，才发现她早已带着苏蓁玉的骨灰连夜离开了长沙。

一时间，长沙太守邹平惶恐不安，竟致精神失常。而朝廷派来的左顺左太医刚刚到长沙就听说苏蓁玉已然病故，太守因相国府的侍女焚毁遗体而吓得精神异常。他思量再三，自己这趟差事虽然没有功劳，好在来时人已经不在，不然就是医术不精之故，想到这里，虽然备感愧疚又十分庆幸。

苏蓁玉因感染瘴气在长沙病故的消息传到玉京时已经七月初，彼时皇帝正为逍遥王拒绝他的保媒而十分生气。

收到长沙送来的奏折后，萧如昊整个人跌坐龙椅上，半晌没有缓过来，指着滑落在地上的奏折道："吴亮甫，给朕拿起来。"

吴亮甫被萧如昊突如其来的晕眩吓了一跳，忙跪在地上捡起散落的奏折双手呈给他道："陛下，保重龙体。"

"吴亮甫，去传徐伯芳来。"萧如昊的声音有些酸涩。

吴亮甫不知道奏折中究竟写的什么，能让皇帝这样失态，他慌忙起身出了太极殿奔朔风营军务营而去。

七月的玉京城燥热难耐，早上还是晴空万里，午后就已经阴云密布，萧如昊在太极殿望着外面的天空无法安坐如常，在殿中来回踱步，心中的哀伤无处安放。

徐伯芳第一次见吴亮甫亲自来宣召，便知皇城中发生了大事，脑海中开始胡思乱想，难道是徐妃母子出了什么意外？一这样想着，整个人也跟着紧张起来，以至于差点从马上摔了下来。吴亮甫乘的是宫中御马，脚程不比徐伯芳的军马慢，一行人很快就来到了宫门，将马交给司礼监的内侍，又一路小跑往太极殿而去。

这时，天空已经开始下雨，雨中的皇城，让人恍惚不安。

"微臣参见陛下，吾皇万岁万万岁！"

徐伯芳的声音在殿内响起，萧如昊游离的神思这才回来道："徐爱卿，近前回话。"

徐伯芳忙往前近了一步，问道："陛下急召微臣过来，不知何事？"

萧如昊忧心忡忡地说道："苏相在长沙病故了。"

"啊——"徐伯芳惊呼一声，意识到自己失态以后忙跪倒请罪，"陛下，臣一时不防，惊到陛下，罪该万死。"

"不必如此拘礼，朕理解你的心情。"

"陛下，苏相既已病故，死者已矣，遣军护送灵柩回京下葬即是。"

"朕担心南赵改制一事会受到影响，另外，你觉得谁还能担任中枢一职？"

徐伯芳知道此刻说错一句话，就会给自己带来无尽的后患，遂谨慎说道："南赵改制，只须另外派出一名能言善辩又通晓吏治的官员去接管即可。至于，朝中谁适合中枢，微臣不敢妄加多言。"

萧如昊看着徐伯芳，像第一次认识他一般："爱卿是从朕还是太子那会儿就一直跟随左右，难道就没有想过入主中枢？"

徐伯芳心中一惊，想起这几年来陛下暗中处置的许多大臣，忍不住冷汗直流："微臣才疏志浅，尚有自知之明，中枢宰辅乃国之重器，非大才大德者不能居之。"

"行了，此事明日早朝再议。"

"陛下英明。"

"朕没想到苏相年纪轻轻就离朕而去，心痛不已，此后边疆若有战事如之奈何？"萧如昊这时候已经从这个突发事件中稳定了情绪。

"陛下不必忧心，苏相胞弟在酒泉镇守，北镇有燕帅，南赵小国不足为惧。"徐伯芳道。

御案上还放着另一道奏折，那是苏蓁玉为北镇连年用兵专门写的一些建议，萧如昊伸手取来递给徐伯芳道："你看看吧。"

"营田大使？"徐伯芳一愣，看到皇帝凝重颔首，复又读下去，原来苏蓁玉在建议中提到，每次北镇战事都将国库和百姓十几年呕心沥血积攒的粮食用光，长此以往劳民伤财非久用之策。所以她建议在西北和燕云十六州等地设立营田，由军卒闲暇耕种，所得俱为各军所有。而掌管营田的则成为营田大使，统管一方。这样一来，几年就可储备万斛粮食，为今后战事提供了充足的后勤保障。对此，苏蓁玉生前也曾数次在皇上面前提到，只是这次列出了详尽的执行制度。

"爱卿觉得如何？"

徐伯芳忙再次俯身一拜："陛下，苏相国真乃股肱之臣，此法若施行起来，今后不必再为战争担心国库耗费巨大了。"

"不错，你今天回去拟一份推荐名单，此事一定要找个稳妥的人去做，不然就变成谋利的工具，朕的江山都被这些蛀虫蚕食了。"萧如昊近来对贪官污吏分外厌恶，一经查实即削职查办流放边疆，朝纲为之一振。

徐伯芳忙道："臣遵旨。"

萧如昊的心逐渐宽慰起来，这个朝堂从来不缺能臣干吏，唯独这样的女子天下间再难寻觅了，百年内也只她一人是被封了侯的女子，谁知竟这样红颜薄命。萧如昊一时间怅然若失。

"对了，那个叫红袖的婢女竟然将苏爱卿的遗体焚化，纵然这是她遗愿，却也不可饶恕，你派人盯紧相国府，她一旦出现就拘捕。朕还不知道怎么告知苏老尚书，晚年丧子已是人间悲剧，如今又失去爱女，岂不是要了老爱卿的命。"萧如昊这样说着，蓦地想起苏皋玉是自己教唆楚国公不必救援，才使他被极度疯狂的永宁王攻破城池残忍杀害，他心中一滞：朕只是不想他们兄妹的权势太大了，朕没有错。

最是无情帝王心，知道苏皋玉死因的另一个人就是徐伯芳，他自那以后的日子都是在谨慎退身自保的苟且偷安中度过的。

第七十一章 凤翔栖旧主

咸平四年七月底，萧如昊下旨在京中为一代女相国苏蓁玉举行了盛大的葬礼，因为没有她的遗体，所以建了一座衣冠冢，皇帝又赐了许多陪葬礼物，墓地选在神龙山上，与先帝陵遥遥相对。

出殡那天，苏仁则几度晕倒，他知道女儿短暂的一生经历的磨难太多。现在自己连她最后一眼也没有看到，甚至他开始后悔当初让她跟着哥哥在军中历练，更后悔让她毛遂自荐，最终走上这样一条充满艰辛的道路。

"苏大人，节哀顺变，逝者已矣，您还要保重自己的身体，不要让相国大人在天之灵牵挂您。"

"是啊，苏大人，您看这丧礼是陛下亲自下旨督办的，试问还有哪个朝廷命官有此殊荣？"

"苏大人，您还是不要回乡下了，就留在京中，陛下已经将相国府作为私宅赐给苏大人了，以后我们几个也有机会常去看看您。"

……

几位大臣前来吊唁，你一言我一语地安慰着苏仁则，苏仁则却不发一言，整个人如同木雕，仿佛谁的话也没有听进去，又仿佛都听进去了。

众人摇摇头走开，心中不免又各自感叹一番。

丧礼举行完以后，苏仁则婉言谢绝了皇帝的挽留，毅然决然地回到了乡下，从此以后就在老家办学教书，再也没有踏入过玉京城一步。

皇城中淑妃因为曾经得到过苏蓁玉的帮助，在得知她病故的消息后，整天不吃不喝，可吓坏了身边几个宫娥，又是劝慰又是陪她一起落泪。直到萧如昊忙完政务过来看她，她才嘤嘤地大哭一场，和萧如昊一起用了晚膳。

此后几日，为了开解淑妃，萧如昊都宿在浴日楼。淑妃的胃口却是越来越差，情绪也不稳定，动不动就哭，还呕吐不止。

萧如昊十分着急，忙选了太医向荣过来，左顺因为去长沙耽误了脚程已经被贬，现在太医院中只有向荣资历最老了。

"恭喜陛下又得一龙嗣，淑妃这是喜脉，吾皇万岁万万岁！"

向荣此言一出，萧如昊立刻笑逐颜开道："哈哈哈，依爱卿所言，那朕明年可同时得三子，真是人生一大幸事。"

原来，皇城中近来好事频传，先是久未被宠幸的皇后在上元节当日被萧如昊宣召夜宿太极殿西暖阁，一个月后就查出喜脉，再之后褚妃也怀了龙嗣。所以，近几个月萧如昊都是留在浴日楼，没想到这么快淑妃也即将成为母亲，这怎能不让人高兴！

只是，皇后近来性情大不似从前，愈发惹人喜欢，但一想到她身后的整个楚家，萧如昊就对她有一种莫名的疏离感。楚云生帮助南赵锦妃的事情，他最终没有追究，只是勒令楚貉治家务必严谨。但楚云生的仕途也彻底断送了，两次涉入皇家内斗，他还能活着已是不易。

萧如昊望着朝堂，少了苏蓁玉竟有些不适应，为了防止楚家坐大，他又加封徐伯芳为一等关内侯，同时将徐伯芳的两个儿子也都加封了爵位。又听取褚之时的建议开科取士，唯贤任能，一时间朝中风气大振，不曾因为苏蓁玉的离开而变得混乱。

"唉，朕好心好意地在京中各大士族中给他挑一名最好的王妃出来，他怎么会拒绝呢？且不说这房小姐乃是凌烟阁二十四功臣的后人，表姐亦是当今皇后，单肤浅地论相貌那也是百里挑一的，如意那个混小子怎么就不乐意呢？"

萧如昊放眼四海升平，终于又把充沛的精力用在了给逍遥王选妃的事情上了。

让人意外的是，看似放浪不羁的逍遥王却是一身的倔骨头，说什么也不乐意在京城选王妃，还说什么湖州地窄，自己又不学无术，怕耽误了人家姑娘的好前程。京中儿名女儿已是适龄的权贵重臣都对他的自知之明十分赞赏。

淑妃此时小腹还不显，看着皇帝郁闷，就来开解他说："陛下在皇城中长大，心中所想都是按圣人古训来处政行事。可是，逍遥王在湖州长大，自幼偏好诗词技艺，所接触的也都是文人墨客风流之辈，他素来又枕花籍柳，哪里愿意娶个宰辅王侯的女儿回去震慑着自己。"

萧如昊听着有理，心中多少有些释然了，他对逍遥王的感情是复杂的，这种复杂源于当年女帝为了确保他的太子之位不被动摇，竟置四岁的幼子于湖州幽居。女帝的雄才大略他自认没有继承十之八九，然而却想不通她为什么这样做，只要不刻意培植逍遥王的党羽，即使不幽居湖州，他也不至于是自己的威胁啊。

为了理清楚这件事，萧如昊宣召当年护送逍遥王去湖州之人中唯一还存活于世的老人——为女帝守灵的空花道人。

"陛下，贫道当年奉先帝旨意送小皇子去湖州，只知因当时雍王造反，皇城大乱，先帝无奈御驾亲征，中了奸人之计，被困苍山，彼时还是太子的陛下在皇城留守，先帝恐自己有失，曾对随军的几位大人说，若朕亡故，扶太子登基，若太子薨了，扶如意登基，后来先帝有神明护佑逃过一劫，陛下在玉京也安然无恙。先帝恐当年一语给你们兄弟埋下夺储之争，遂令贫道将尚不懂事的小皇子送到湖州，虽是幽居，却未曾亏待过小皇子，陛下仁爱，只不忍兄弟相残罢了。"

空花道人一番话说得有理有据，萧如昊没有怀疑，他想起雍工之乱长达八年，自己在皇城每日每夜都害怕母皇万一败了怎么办，这时皇姐就会过来抱着他安慰："弟弟不怕，还有皇姐姐在。"

父皇的早逝，让他对女帝和皇姐都十分依赖，仿佛这个家族注定女人更比男人勇敢一些。直到他十六岁，皇姐出嫁那年，两个人的感情都很好，若不是她在广平侯府遭遇那些难以启齿的事情，或许她就不会对权力有那么大的渴望吧。

萧如昊的思绪越来越远，几乎听不到后面空花道人在讲些什么，直到淑妃轻轻唤了他两声："陛下——陛下——"

空花道人已经讲完了，手按在拂尘上微低着头表示对皇帝的敬畏。

"朕都知道了，国师为先帝守灵乃一片赤诚，理应嘉奖，传朕旨意封国师为一等护国大法师，食五百户。"

空花道人虽然对封赏并无甚兴趣，还是很虔诚地叩谢皇恩浩荡，这食禄让他在神龙山倒可以多做些善事，因此也没有推却。

这日送走空花道人，萧如昊想起童年过往竟动了恻隐之心，传旨下去，恢复锦妃"安庆公主"的称号，仍幽禁凤翔宫，但一切吃穿用度按公主俸禄行事。

凤翔宫自从住进了锦妃母子，冷宫便已经不再荒芜，锦妃亲自动手整理了院子，又种了一些时令蔬菜，竟比在南赵时过得心安理得了。

某日黄昏，萧如昊出浴日楼回太极殿的路上，心中絮絮烦闷，忍不住走到了大明宫外，却见宫墙内的一株石榴伸出来的枝条上已经结了很多果实。有宫娥嬉笑的声音传来，还有皇后的声音："太谷石榴，木滋之最。肤如凝脂，汁如清濑。江南都蔗，张掖丰柿。三巴黄甘，瓜州素柰。凡此数品，殊美绝快。渴者所思，铭之裳带。"

萧如昊这才想起来自从皇后有孕后，自己就再没有召见过她。这几年皇后性情已非初见时的尖锐跋扈，他都看在眼里，只是她背后的楚家势力越来越大，他不得不考虑将来生下皇嗣，楚家会不会挟制自己。

虽然这样想着，萧如昊还是不由自主地走向大明宫去了，吴亮甫跟在身后，他对皇帝这种复杂的情感变化早已看在眼里，所以常私下教训那些冷落大明宫的各司掌事不要太过分了，他日还不一定花落谁家。

第七十二章 八月湖州好

八月的湖州荷风细细，皇甫逊终于可以从逍遥别苑中走出来了，这一次足足用了二十天才救回了某人的命，若不是当时她的婢女一路上用红花丸护着她的心脉，这一路从长沙狂奔而来，早就没命了。

论说起来，自己这是第二次救她的命了，等她醒来一定要让她以身相许才行，刚有此想法，皇甫逊的眼前就闪现出萧如意要跟人拼命的样子，暗自打了一个哆嗦，心道美人果然是不易消受的。

天目山上多雨柔草，叶似合欢，而红绿相杂。看上去十分漂亮，散发着一种让人为之神魂颠倒的奇香，凡人不敢轻易来摘此草。但对皇甫逊来说，自幼浸在各种迷药毒药良药中长大，早已经百毒不侵，当然也会做一些预防手段。

"皇甫先生，你采的这种药草可真香啊。"苏红袖虽然提前吃了他给的解药，但还是有些晕眩的感觉，好在她内力深厚，尚能克制。

"你小心点，这东西可不是什么善良之物。采回去配上薏苡草可以彻底将瘴气排出体外。"皇甫逊想起那个躺在床上的美人儿至今还没有醒来，心里竟觉得怜惜不已。

"我家小姐什么时候才能醒来？"苏红袖自从听说玉京城那边已经为大人举行了奢侈而庄重的葬礼后，开始将称谓从"大人"变成了"小姐"，从此这个世上只有秦家小姐，再无苏相国。

"快了，不要着急，主要还是怪你们自己，为什么不在一开始就来找我呢？偏偏拖到半死不活的时候才来，浪费了我这么多时间和精力。"皇甫逊对于一些人把小病拖成大病才来救治的行为感到十分不解，医者仁心，竟让他在苏红袖这样的冷面"杀手"面前像个老人家一样爱唠叨。

"当时南赵形势逼人，不能离开。"苏红袖想辩解，说完这句转念一想，不管怎样，今后小姐都是要远离朝堂了，从前的事不提也罢。

皇甫逊收好最后一株雨柔草："回去吧，待会儿要下雨了。"

苏红袖望了望天上的太阳，不解地看着他。

"你看那些雨柔草的叶子，是不是已经合拢在一起了？"

"看到了。"

"雨柔草叶子合拢得如此紧密，说明半个时辰后要有一场大暴雨。"

两个人顺着藤蔓从崖壁上慢慢地往下爬，皇甫逊看着她敏捷的身手，暗自思量："没想到这小丫头身手如此了得，以后飞檐走壁，上山下水寻找药材的事就让她来做好了，毕竟她家小姐欠我的救命之恩，帮我采个药材总不是过分的事吧？"

回到逍遥别苑，穿过琳琅阁就看到萧如意在廊下站着，眼睛盯着不知何时布满阴云的天空。

"你们刚回来？"

"可不是，再晚一点就淋雨了。"皇甫逊笑道。

苏红袖站在后面，向萧如意行礼道："见过逍遥王。"

"红袖姑娘不是王府的婢女，以后见了我不用每次都行礼。"萧如意是爱屋及乌，对苏蓁玉的这名婢女，他从来不敢怠慢，"对了，红袖姑娘，刚才陈相公来过了，让你有时间回一趟秦府。"

"是。"苏红袖将药材交给了皇甫逊带的两个小徒弟，自己则回房间换了一套干净的衣服准备回秦府看看。轰隆一声雷鸣吓了她一跳，却没有让她停下脚步，撑开手上的荷叶伞消失在雨中。

"没想到，苏相的这位婢女也非寻常女子，真是了不得啊。"

"她好像有喜欢的人，你就不要打她的主意了。"萧如意不合时宜地说道。

皇甫逊一边将采来的雨柔草交给徒弟捣碎，一边不死心地说道："我怎么可能打她的主意，苏相欠我两次救命之恩，理当以身相许。"

"是吗？"萧如意露出杀人灭口一样的眼神，"她欠的就是本王欠的，两次救命之恩是吧，本王可记得某人曾经被人挟制三次，都是本王路过救下来的，这笔账怎么算？"

"说说而已，再者，我好歹也是天下第一神医，苏相醒来说不定就喜欢上我了，那到时候，你就不能拦着了。"

萧如意懒得理他，转身进了听雨红楼。

皇甫逊看着他的背影，忽然想起来，这座"听雨红楼"初建时期，萧如意曾经说过这将是他以后的王妃居住的地方，一定要用最好的材料。

苏蓁玉上次受伤被带回来也是住在这里，想到这里，皇甫逊心中一阵失落，原本只当他是开玩笑的，毕竟一方诸侯的婚事岂能由他自己说了算，如今看来，他必然不会让皇帝干涉他的婚姻大事。

萧如意走到听雨红楼的暖阁中，苏蓁玉还是昏迷不醒，在这里已经将养半个多月，却到现在都不肯睁开眼睛看看他。

"你再不醒来就要过中秋节了，陛下已经当你在长沙病故，朝中的人事因为你的离去又发生了不少变动，他到底是个不错的皇帝，安排得滴水不漏。以后你就可以留在湖州安心陪伴我，等你伤彻底好了，我们先去你的老家看看老爷子，再去锦官城祭拜兄长，至于酒泉太遥远了，怀玉和他的'鸦兵'那么厉害，你不用担心……"

萧如意握着她的手，仿佛她醒着一般，絮絮叨叨说了很多话。已经见怪不怪的皇甫逊带着徒弟和王府两个婢女一起进来："王爷，你其实不用每天跟她说这么多话，她听不到的。"

皇甫逊说完，将徒弟手里的药接了过来准备亲自喂苏蓁玉吃药，又吩咐两个婢女道："你们两个把她扶起来，动作轻一点。"

萧如意已经站到了一旁，看着他那碗黑乎乎的药汁道："这药，今天怎么看起来颜色不一样了？"

"我另外加了一些新的药材进去，所以颜色和味道都重了些，放心吧，吃不坏。"皇甫逊翻白眼看着他，若是换个旁人怀疑他的医术，早就甩手走人了。

外面的雨已经越下越大，仿佛上天有倾诉不尽的委屈。

萧如意想起那日，红袖带着昏迷不醒的苏蓁玉回到湖州也是这样的雨天，等看到自己出来，那两人立马累倒在逍遥别苑的门口。

如今已经过去了半个月，苏蓁玉却还是没有醒过来。不一刻，皇甫逊已经给她喂完药，看了眼外面的天气："今年的雨水真多，我的药材损毁不少。"

萧如意命人沏了新茶在隔壁的暖阁，听着风声雨声，两个人倒生出些感悟来。

"王爷，听说陛下已经在京中士族中为您挑选王妃了？"

"嗯，确有此事，不过本王已经都回绝掉了，陛下虽然不悦，倒也没说什么。"

"难道王爷真的对苏相一往情深？"

"本王表现得不明显吗？"

皇甫逊想起这座听雨红楼就是为未来王妃而建，笑道："已经很明显了，只是，她的身份只怕没那么容易吧？"

萧如意坦然道："她的身份，除了你我二人和秦府那几个跟随她的下属，无人知晓，只要给她安排个合适的身份，没有人会怀疑的。"

"哦？这未必吧？她那风姿和才智，只怕很容易让人认出来。"

望着外面渐渐暗下来的天色，皇甫逊道："我倒是有易容之药，吃了可以让人在眉眼和声音上有所变化，等她醒来可以一试。"

"若真能如此，皇甫兄于本王有再造之恩，不胜感激。"

话音刚落，就听见有人挑帘进来，竟是苏红袖穿着蓑衣立在门口，几个小丫鬟忙迎了上去，帮她取下身上的斗笠和蓑衣，关心地道："这样的大雨，姑娘这是从哪儿回来？"

"是我们府上掌事相公让我回去一趟，小姐吃过药了吗？"

"吃过了，皇甫先生和王爷在暖阁中饮茶呢。"

这听雨红楼里外共二十来个婢女，似乎都已经将苏蓁玉当作这里的主人，而对苏红袖也都尊称一声姑娘。

苏红袖示意她们不必客气，走进里面去看苏蓁玉，不料她刚想给小姐擦一下额头，她的眼睛就动了动，苏红袖惊得不敢动弹，又恐自己看错了，忙又拿丝帕给她擦拭脸颊，却传来小姐弱不可闻的声音："红袖，水——"

苏红袖这才确定是自家小姐醒来了，忙对着暖阁呼道："皇甫先生，快来看看，我家小姐醒来了。"

旁边一直候着的几个婢女也都开心得笑出了眼泪，忙斟了热水递给苏红袖。

苏蓁玉眼睛微眯着，嗔道："被你们吵死了。"

第七十三章 秦家有好女

萧如意整个前半生，只经历过两次生死诀别的绝望，第一次是在崤函道，那次敌众我寡，他是抱着必死的信念去打仗。然后是这次，看着苏蓁玉几乎没有了气息，他想：如果她不在，我也不要独活了。

这样的话他没有说出来，却是会去施行的。

好在，她终于醒来了。

皇甫逊将碍事的几个人都推到了一边，坐在榻前给苏蓁玉号过脉，心中的一块石头才落下："已无大碍，在下终于可以好好地睡个觉了。苏……啊……秦姑娘，你先好好休息，有什么事情慢慢再说，不要一下子劳神太久了。"

外面的雨还在下，苏蓁玉看到皇甫逊和萧如意在眼前晃悠，隔了半天才悠悠地说道："原来我已经回湖州了。"

皇甫逊有些气馁："我在这里跟你说了半天话，难道你才反应过来？"

苏蓁玉望着他，又向外看了一下其他人说："我还以为是梦中，所以没有说话。"

皇甫逊已经给她号完脉，吩咐了红袖一些需要注意的地方，转身对萧如意道："人我帮你救活了，剩下的你要自己好好守护。我先去睡会儿，要报恩的话，以后慢慢来吧。"

红袖看了一眼自家小姐，心中虽然有万千言语，此刻却领着其他婢女和皇甫逊一起退出了卧房。

苏蓁玉见众人都退了出去，不由自主又望向屋中唯一没有离开的那个人，看着他在灰蒙蒙的窗色里，眼睛与她撞了个正着，那炙热的眸子仿佛要将她吞噬。自己还在病中，却觉得脸颊被盯得开始发烫，忍不住道："你别盯着我看了。"

萧如意突然就抿嘴笑了起来，仿佛桃花绽放似的，让人忍不住感叹春风十里的魅力，走过去挨着床坐下："你不说话我都不敢相信这不是梦里，这半个月以来每天都梦到你醒来唤我的名字，这次总算是梦想成真了。"看着她因为虚弱而显得苍白的脸颊，忍不住伸手抚摸着。苏蓁玉贪恋这片刻的温柔，也不说话，安静地看着他。他轻柔的呼吸十分均匀地在她脸前氤氲着，那双手还似不相信般在她的脸颊上反复揉搓。

苏蓁玉终于忍不住了："你打算摸多久？"

萧如意先是一愣，随即露出迷人的笑容道："果然是醒来了。"

苏蓁玉气结，难道在自己昏迷这段时间，这个登徒子天天这般轻薄自己？

仿佛看穿了她的想法，萧如意适时补刀道："别把我想得太轻浮了，我顶多在你吃完药的时候在这待上一会儿，不过，就是摸了，你也没感觉。"

她叹了口气，问道："外面的世界变成什么样子了？"

萧如意明白她的意思，便道："你呀，有一个忠心不二的好婢女，红袖在大家认为你病故了以后，放火烧了你在长沙的府邸，世人皆以为她是按照你最后的遗命行事。昨天京城传来消息，陛下下旨为你举行了隆重的葬礼。"

"红袖有没有去通知家父？他年纪大了如何承受得住丧女之痛？"

"听说秦府的陈相公亲自去拜访了老大人，应该无碍。"

苏蓁玉点点头，这才放心道："子杭做事向来周密，交给他就不用牵挂了。"

"还有一件事要跟你商量一下。"

"你说吧。"

"天目山上的矿藏已经上报给朝廷，但你还是天目堂的尊主，那些人不要解散了，可以留在秦府，把天目堂变成一个光明正大的生意来做如何？也给你找个新身份。"

苏蓁玉对他这一想法并不意外，两个人之前虽然没有正式讨论，却也偶尔提及过几次，如今确实到了该做出决定的时候了。

她随口问道:"我的身份不是武林世家秦家堡寄养在湖州的大小姐吗?"

"大小姐总要养活自己的,所以有点生意做做也没什么。"萧如意笑着说道,露出久违的熨帖模样,这笑不似在玉京城时的假饰天真,是由内而外,"我如今只希望陛下早点把我们遗忘,我可以陪着你想去哪里就去哪里。"

说了这半天的话,苏蓁玉的这颗心总算稍稍安定下来了。既然世人已经认定自己病故,从此以后就可以安心地在湖州住着,北镇一战耶律明成十年内恐怕没有力气再来捣乱,而南赵王虽然只是上表称臣对内还是称南赵王,但他不会发动战争。目前为止,维稳是各方都追求的局面。

"别想这些了,你现在最重要的是好好休养身体。"说完,萧如意将她的被子重新盖了一下,"我先回西苑了,你睡会儿,晚饭时候我过来和你一起吃。"

"好。"苏蓁玉应道,这会儿她确实感觉有些乏累,整个人缩在被子一角想要重新入睡。

外面的雨还在下,萧如意走时的脚步是轻快的,这天地间再没有什么事能让他比看到苏蓁玉的笑脸更高兴的了。

这一天过去以后,苏蓁玉的身体仿佛得了神助,竟没几天就能下地走路了。

萧如意请了湖州第一的裁缝过来给她量了尺寸,巴巴地做了十几套新衣裳送来,首饰什么的也相应配全。

从前,苏蓁玉出门都是男子打扮,现在每日穿着女儿装在王府行走,让那些婢女无不惊艳侧目。

逍遥别苑积草池中有珊瑚树,高一丈二尺,一木三柯,上有四百六十二条。是南赵王赵子赢所献,号为烽火树。至夜,光景常欲燃。

"这是陛下刚赏赐的吗?"

苏蓁玉看着如梦如幻的珊瑚树,忍不住感叹起来,陛下也真是大方,这么贵重的东西说送人就送人。

"可能是皇宫没有地方放吧?"萧如意忧心道,这种东西还是不要接受的好,御赐之物被损毁那可是犯欺君之罪。自古以来,顺上为志,是事圣君之义也。那日,萧如意上表将天目山的矿藏告知陛下,朝议时就如何封赏逍遥王而引发了很大的争论,最后折中意见就是可赏奇珍异宝,不可授以实权。皇帝思前想后,深以为然,自此也不再提让逍遥王进京的事情。这对萧如意来说,反而觉得轻松了许多，宦海浮沉，不沾为妙。

皇甫逊过来的时候，正看到苏蓁玉语笑嫣然地站在珊瑚树前，她今天是第一次踏出听雨红楼，闷久了的鸟儿都会渴望天空的温度，何况她这样的大活人。

"秦姑娘今日感觉如何？"皇甫逊已经开始适应这个称呼，比"苏相"更觉亲近些。

"已经好多了，若非皇甫先生妙手仁心，今日在下的性命就不在了。大恩不言谢，还请先生受在下一拜。"苏蓁玉轻折蛮腰在他面前盈盈拜倒，倒让皇甫逊不好意思起来："要不秦姑娘以身……"

"啪——"未等皇甫逊话说完，就被萧如意投过来的一个绣袋砸到了脑袋，就势捡起来故作生气道："王爷就算赏在下，也该正正经经地递到在下手里，如此掷地有声，让人误会你别有用心。"

萧如意自然知道他并没有在意，两个人玩笑几句，对那珊瑚树又兴致缺缺，携了苏蓁玉一起到听雨红楼小坐。

"听说皇城中的皇后和几位贵妃明年都要诞下龙嗣，王爷还不赶快准备好贺礼？"皇甫逊刚坐稳就忍不住调侃道。

这也是萧如意近来颇为头疼的事情，他是不愿意再次进宫觐见的，明年相继三个皇子降生，不去恐怕不妥，去了又恐被皇帝留在京中。

"玉儿，你说，本王该以什么样的理由才能不用去京城呢？"

苏蓁玉想了想道："先准备好贺礼就是，明年的事情明年再说，陛下未必宣你进宫。"

其实，她的心思早已飞回玉京城，那里是她从一名豆蔻少女成长为一朝宰辅的地方，有多少风雨和恩怨，没有人了解她对玉京复杂的情感。听说皇帝厚葬自己的消息后，苏蓁玉也曾庆幸趁机急流勇退，若继续为相，焉知祸福。

"皇长子乃褚贵妃所生，明年皇后若再诞下皇子，将来太子之位，必定会引起朝堂上的一番明争暗斗，那楚国公府，二公子楚岳一战成名，挟制燕云十六州为一方重臣，国公大人老当益壮，当日尚有苏相与之相制衡，只怕今后半个朝堂要姓楚了。"

这话一说出口，皇甫逊就后悔了，这是皇家的事情，自己一个悬壶济世的郎中何必思虑过甚，眼前的皇帝亲弟弟都没有说话，不由得讪讪笑道："在两位高人面前卖弄了一下，下不为例。"

苏蓁玉莞尔一笑说："竟不知先生有此见解，虽是真知灼见，出此屋亦不可言，咱们还是不在其位不谋其政吧。"

"惭愧，在下谨受秦姑娘赐教。"

这是苏蓁玉病愈以来第一次谈到朝堂上的事情，她心中惊异地发现自己已经不是三年前致仕来到湖州时的心情。那时虽身在林泉却心怀庙堂，朝中每有变动都让她从细枝末节中暗自推演个中机要。而如今，即使别人提起，自己都无心多想，天家事自有天意，她并不再去揣摩深究了。

第七十四章 两情终相悦

日子一天天过去，中秋节很快来到眼前，湖州的丹枫已见风采，苏蓁玉回到秦府后，除了按时吃药养病，就是每日看着陈子杭为天目堂最后的一些账目在忙碌。在她的建议下，天目堂仍然是按照原来的模式运转，只是在逍遥王交出矿藏的那一刻，先帝的遗命就此结束，每个人的留下都是表示自愿成为了秦府中的一员。

望着陈子杭渐觉臃肿的背影，她突然觉得这些年亏待了他，以他的才智入朝为官可在工部成就一番功名，却宁愿在自己府中当个幕僚，古人云，士为知己者死，诚然可信。

红袖端了药过来，看着她在这里神情恍惚，便道："院子里湿气太大，小姐何不在廊上晒晒太阳，药刚熬好，我加了冰糖，趁热喝了吧。"

放眼天空，今日天气很好，苏蓁玉忽地就生出万般缱绻之情："等过几天我们去将老太爷接到湖州吧，他会喜欢这里的。"

"您还是想想，中秋节回去万一被罚，该怎样面对，依老太爷的脾气这次恐怕很难轻易原谅的。"红袖不无担忧地说道。

"也对，父亲岂能容我欺君罔上，这下怕是要被他打残了。"

苏蓁玉笑笑，露出一脸无奈，但很快又释然，毕竟还活着，父亲见了她肯定会欢喜胜过生气。

萧如意在她搬回秦府时曾再三挽留，都被她拒绝，竟像个孩子似的闹起别扭，一连两天没有出现在她面前，今天是第三天，苏蓁玉心道：不来也罢，刚好自己也有许多事情要处理，没有什么空闲。

却不知，逍遥别苑中，某人正坐立难安，从西苑待了片刻又去听雨红楼坐了会儿，见斯人离去后院子里的婢女们都无所事事地打扫卫生，只好到剑池寻皇甫逊。谁知自从苏蓁玉病愈后，他就马不停蹄地带着徒弟到山里采药了，访而不遇，只好原路返回。

萧如意从剑池下来后，信马由缰地往湖州城里走着，只见他头发高高束起，身穿宽袖深衣，衣襟盘曲而下，是江南刚刚时兴的胡服汉风的款式，腰佩长剑，才一进城就引得许多路人回眸观望。这湖州城里大部分人都认得他，大家开始只是觉得他是个不学无术的闲散王爷，因他容貌俊美，为人又不跋扈，自然成了城里最炙手可热的黄金单身汉。

顺着长街一路往东北而去，很自然地就出现在了秦府门口，萧如意忍不住对着自己的坐骑发起脾气来："谁让你带我来这里的？"嘴上虽如此说着，人已经从马上下来。

秦府门上的两名小厮看到他，马上迎了上来："王爷稍后，小的这就给您通报去。"不等萧如意说话，其中一人已经飞跑进府，另一人则牵了马领着他进了大门。

萧如意觉得胸口一闷，又有些期待。

自从苏蓁玉搬回来，他就觉得少了一魂一魄似的，这种思念的滋味倒比在函谷关分开时还要强烈。使人忧郁的是，他能感觉到自己的感情变得越来越热烈，但苏蓁玉似乎还是老样子，对自己比朋友亲近些又可有可无一般，使人心痒难耐。

"小姐在西廊下，让王爷直接过去。"去禀报的小厮已经回来，小心翼翼地将这个消息告诉萧如意，毕竟按规矩自家小姐是要出来迎接才是，哪有让王爷自己去找她的道理。

萧如意从未将自己的身份当回事，心中只为马上就要见到心上之人而感到雀跃。跟他一起来的向道向遥二人就像透明人，默默地跟在身后不发表任何意见。

秦府下人并不多，过了中门，就未见多少婢女来回走动，萧如意往里一看，苏蓁玉正坐在廊下喝药。那草药的味道已经飘了过来，看见他进来了，冲他一招手，笑道："大哥今天得空过来看我了？"

在萧如意的坚持下，二人现在早已恢复了函谷关时的兄妹相称。

"我本来也无所事事，看着天气好，就出来走走，没想到那马儿认路，一路走来就到了你这里。玉儿，这几天可好？"

"还好，子杭已经将天目堂重新打理起来，我在帮他看看怎么弄。"

萧如意一听，立刻不乐意了："你这身体刚刚恢复，怎么能如此操劳？陈子杭呢？让他过来，我要训他一下，既然当初先帝留下天目堂一半是为了军需一半是为了逍遥别苑，那有什么事情让他来找我就是，居然不知道体谅你，可憎！"

苏蓁玉的神色从迟疑不解到赧然一笑，故意说道："子杭真要依你了，那他还是不是我秦府的人？"

"今后我也是你的人，何如？"

"好。"苏蓁玉不假思索道。

两个人都呆愣了一下，忽地相视而笑。

此时已经是黄昏，日光倾斜在两个人身上，远远看着再般配不过。

"过几日我要回沧州老家看望父亲，你——"

"我陪你一起回去吧。"未等苏蓁玉把话说完，萧如意已经抢先说道。

红袖已经吩咐厨房，府中来了贵客，今日的膳食要多做几样。她在回来的路上，有些心神恍惚，小姐和逍遥王眼看着好事将近，从此远离朝堂纷争，她的心却开始一点点纠结起来。这些年自己跟着小姐从北镇到玉京，从西北到南赵，无论经历怎样的血雨腥风，都不曾有半点退缩，而今她已经找到后半生的归宿，那自己是否该放手了？

"红袖姑娘在想什么？"突然响起的声音吓了她一跳，没想到这会儿向道从中门不声不响地走过来，红袖回头瞪了他一眼说："在想你家主子不是只吃你做的饭吗？你怎么还有闲心在这里待着？"

向道黑了一下脸，随即又嬉皮笑脸道："我们王爷觉得秦府的膳食别有风味。"

天色渐暗，红袖和向道回到西廊下的时候，那二人已经到屋子里面说话，向道不识时务地禀报道："王爷，太守大人派人来报，有要事求见，请王爷回府一叙。"

萧如意还有许多话要说，心中哪里舍得这么快就离开，对向道道："你替我回去，问问他有什么事。"

向道似乎早已料到他会如此说，忙道："王爷，太守大人说他是奉了陛下旨意。"

"你快回去吧，不要误了正经事，明日再过来也不迟。"

听了苏蓁玉这话，他只好恋恋不舍地起身，随向道回逍遥别苑。

骑上马时回望秦府，心中的悸动一下一下直击最深处。

"小姐，你——你要嫁给逍遥王吗？"红袖站在苏蓁玉身后，看着她眼睛盯着他离去的方向，已经有一炷香的时间了，最终忍不住问出来。

"应该会的，人活着真好。"苏蓁玉笑意如春地说道。

红袖一愣，她想过一辈子跟着小姐安邦定国，出生入死，却没有想过有一天她要嫁人过普通女子该有的生活。"今后或许小姐没那样需要我了。"

沿着回廊的方向，红袖立在苏蓁玉身后整个人也出神凝望，思绪早已飘到远处。许久，她听见苏蓁玉一声悠悠的叹息，随即回过神来跟着她的步伐到了东厢房用膳。

晚间，苏蓁玉突然将她叫到身边，郑重其事道："红袖，你跟了我也好些年了，等过几天陪我去沧州看过父亲，你就去北镇吧，不要回湖州了。"

红袖怔了一下，声音略带干涩道："小姐这是要赶我走吗？"

苏蓁玉摇摇头，过来拉住她的手，轻轻地说道："你看你就是这样的倔性子，心里怎么想的偏不肯说，这一次南赵之行让我明白了一个道理，急流勇退不失为一种悟道，这天不会因为你倒下就能塌下来，这人间的奇人异士也从来不会少，只是缺乏一双发现他们的眼睛，我退出来就会有人顶上去。然而，只有一个人，我若不在了，他也就形同枯木。"

红袖知道她说的是萧如意，却没有打断她的话，只听苏蓁玉顿了顿又道："你喜欢燕大哥这么久了，总是逃避现实，他至今未曾娶亲，你可曾深思过？"

"他也许另有心上人。"

红袖突然觉得小姐很残忍，她明知道自己的心事，还要这样问。难道她不知道燕帅的心上人是谁吗？想到这里，红袖只觉得眼里一阵酸涩，不知怎样平复自己的自卑。

"这只是你的想法，你觉得他另有心上人，甚至你问都不曾问过，不是吗？"

苏蓁玉否定了她的话，从腰间锦囊中取出一笺叠得十分小巧的黄麻纸，递到红袖手里，说道："你看看这是什么？"

红袖狐疑地展开信笺，入目而来的是那人熟悉的字体：

金波正容与，玉步依砧杵。红袖往还萦，素腕参差举。徒闻不得见，独夜空愁伫。独夜何穷极，怀之在心恻。

落款处写道：

咸平三年孟冬大雪，小酌独饮忆红袖曾作剑器舞。

"燕大哥已过而立之年，确实比你大了许多，你难道是嫌弃他？"苏蓁玉反问道。

"不是，怎么可能！"红袖急急辩解，小脸涨得通红，才知道自己被苏蓁玉套了话。

本是人间最动人的年纪，在这一刻都有一些沧桑的感觉，哪怕从不思考问题的红袖，也要因为她的刻意询问而一下子老了十岁，爱情不只使人年轻，同样也使人老去。

第七十五章 父女又相见

沧州因东临渤海而得名，意为沧海之州。

辖下最出名的地方莫过于渤海郡，因为这里曾经出过一名姓高的大诗人。

萧如意带着府中十几名武功不错的护卫，跟着苏蓁玉一行人北上沧州，那是她出生的地方，想来也是山清水秀的人间佳地。

苏仁则从玉京回来以后将自己关在屋子里不吃不喝了一整天，第二日走出来的时候却见两鬓微霜，管家苏亨看了忍不住背着人偷偷抹了几把泪。

沧州是一个民风十分淳朴的地方，当乡邻得知苏老大人先殇了长子，又折了爱女后，十分惋惜，每日都有人专门到府中看望他。如此一来倒让苏仁则忙于应付乡邻，疲乏之后竟减了许多悲痛之感。

中秋节的上午，苏蓁玉一行人终于赶到了沧州老家，她却不敢报上姓名，而是对着门房道："还请小哥通报一声，说湖州逍遥王的手下求见老大人。"

苏仁则正在书房撰写《论语十则》，新开设的私塾邀请他去授课，他已然同意，思索过后决定为那些孩童先从《论语》讲起。

"老爷，湖州逍遥王府的人求见。"管家苏亨接了门房通报进来禀道。

"逍遥王府的人？"苏仁则笔端一顿，想起在玉京为爱女举行葬礼时也曾有逍遥王府的人给自己递过一封书信，无奈当时悲痛欲绝失手将信投进了火里，未及一看内容，想来自己与逍遥王并无交集，信中大抵也只是安慰自己的一些话语。只是，不知今日王府中人登门拜访又因何事？"请他们来书房吧。"

苏仁则万万没想到的是，逍遥王亲自到了沧州，苏亨刚到门外就看到了站在面前的逍遥王和苏蓁玉，整个人都吓呆了，跌跌撞撞地又跑回去禀报："老爷老爷——"他刚要嚷出来来的人是谁，一个激灵打住，谨慎地等进了书房才压低声音道："老爷，是逍遥王送小姐回来了。"

"啊——你再说一遍。"

"逍遥王亲自送大小姐回来了，已经到了中门。"

苏仁则一下子没缓过神来，被管家伸手搀住，就在这时，书房的门已经被推开，随着一束阳光洒进来，那明眸皓齿的少女不是自己的掌上明珠又是何人哉？

"你这逆子，还不给我跪下！"苏仁则突然生气地吼道。

苏蓁玉已经泪眼蒙眬，在看到父亲斑白的鬓发那刻，她才恍然发现，这些年自己东奔西走，父亲已经年迈，不再是那个牵着她的手去买冰糖葫芦的温润男子了。

"玉儿不孝，请父亲责罚。"

"拿竹杖来！"

萧如意紧跟着进来，眼看就要动手，忙劝道："苏老大人且慢，玉儿身体刚刚恢复一些，可否暂缓家法？"

"王爷远道而来，老夫本该出大门亲自迎接，然此乃家务，还请王爷不要插手，稍后老夫再向王爷谢不敬之罪。"

苏蓁玉没有动弹，跪在堂前，她此刻心中只有对父亲的亏欠，没有照顾好小弟和父亲，更没有保护好大哥，甚至于族中其他兄长因为她也都被压制不得晋升。

竹杖一下一下地打在她的后背上，"你既然活着为什么不让人来告知为父一声？此为不孝；陛下已经为你举行了丧礼，你如今回来，此为欺君；因你一人欺君，置整个苏家于水火之中，此为不仁不义！今天老夫非打死你不可，免得给整个苏家带来灭顶之灾！"

很快，苏蓁玉的后背上就渗出血色来，她虽没有出声，额头上的汗和紧咬的嘴唇，已然表明她已经到了承受的极限。

萧如意实在忍无可忍，忙夺下苏仁则手上的竹杖，极力克制自己的愤怒，尽量温和道："苏老大人一生精忠报国，家法严明，本王很是佩服，然玉儿是本王没日没夜守了半个月救回来的，老大人要杖毙她，也要问本王同意与否！"

苏仁则这才丢了竹杖，整个人颓然地坐在堂前的椅子上，也忘了该向逍遥王行礼之事。

红袖默默地上前欲将苏蓁玉搀起来，却被她推开。

"起来吧。"苏仁则语气虽然还是十分严厉，脸上明显更多的是关心。他在刚看到女儿俏生生地站在自己面前时，心中的感激涕零早已胜过她隐瞒生死带来的危机感。

红袖再次上前，将苏蓁玉搀扶起来，她的背上一阵钻心的疼痛，她知道父亲是在气她没有事前跟他说一声，更是为今后她和整个苏家的安危存亡而担心。

"父亲，你放心，女儿已经决定隐姓埋名，这世上只有您的女儿，不再有苏相国了。"苏蓁玉将自己的打算告诉父亲。

萧如意坐在一旁的客椅上，看着父女二人侃侃而谈，自己却如同影子，颇觉尴尬。直到他咳过第四声，才看到苏仁则将目光移到他脸上："王爷嗓子不舒服？"

"口渴而已，苏老大人忙于执行家法，无暇顾及本王啊。"

苏仁则虽然轻慢了逍遥王，心底却知道他能一路护着女儿回来，自然就是"自己人"，便道："是老夫顾虑不周，还请王爷见谅。红袖带小姐下去，老夫与王爷还有话要说。"

萧如意一听，顿觉不妙。他倒是替苏蓁玉解了围，却把自己搭进去了，苏仁则留下自己难道只是叙叙旧？

苏蓁玉望了一眼坐在自己对面的逍遥王，转身在红袖的搀扶下退到一旁的厢房中休息，跟着过来服侍的丫鬟是待在父亲身边十几年的春香。自从夫人去世后，这苏家老宅里，春香已占半个女主人的地位，此刻大小姐回来，让她平白添了些尴尬之色。

"春姨，父亲在老家过得还好吗？"苏蓁玉谦和地问道。

"回大小姐的话，老爷在沧州除了前段时间因为闻说您病故，骤然大病一场，其余还好，郡城的官塾时常请老爷过去授课，老爷义不容辞，倒变得比从前忙碌和欢悦些了。"

春香的话让她心底稍得安慰，父亲总是闲不住，如果当初不是为了保全自己，他也不会这么早辞官归隐。想来自己真是不孝，苏蓁玉愈发觉得惭愧难当。

这边闲话少叙，且说逍遥王被苏仁则留下谈话，二人屏退众人，就听苏仁则单刀直入道："王爷冒欺君之罪救活小女，难道只是道义之举？"

萧如意知道这是他在询问自己的目的，忙起身郑重一揖道："老大人明鉴，对于玉儿，小王仰慕久矣，本来平生原不敢奢望有什么交集，却不知冥冥中上天早有安排。后来玉儿致仕来到湖州，小王这才得以有亲近的机会，后来朝中祸事连连，她不得不离开湖州，而小王也曾对自己许下承诺，此生非玉儿不娶，还请老大人成全。"

苏仁则直视着坐在他面前的年轻人，他是当今陛下的亲弟弟，却只以诗书风流逸事闻于世人，从前只道是纨绔子弟，如今见着倒让人不得不叹服他那纤尘不染的气质和耿直通达的秉性。苏仁则把萧如意说的每一句话都反复推敲，知他是真心实意地喜欢爱女，方才道："王爷真心，老夫已经知道了。老夫膝下有两子一女，长子为国捐躯，次女自十四岁跟着老夫辗转仕途，虽以女儿身出将入相，却也是她自己拼来的，而今玉京城中衣冠冢历历如新，世人皆谓生如邙山之嵯峨，去如抔土之无声。此番涅槃重生，玉儿追随王爷，若得王爷庇佑是她之幸，若不得此她之命，老夫余生在沧州了此残生，不复多问。"

八月的秋风吹进堂中，让萧如意觉得两颊生凉，心底却因为苏仁则的一番话滋味莫名。老大人已经把话说得很明白了，自己一生磊落，三个儿女也都是为国尽忠而生，如今苏蓁玉未死慰藉了老人思念之情，却也成了她一身功绩的污点，所以老大人宁愿说自己女儿已经在长沙病故，也不会再让苏蓁玉重归膝下尽孝了。

"老大人放心，小王不才，却愿意用余生去呵护玉儿，绝不让她再受半点委屈，至于老大人说的其他事，小王不便多言，若老大人不嫌弃，他日我二人成婚之后愿意常来沧州探望您。"

萧如意的话真挚而不做作，让苏仁则很是欣慰："如此甚好，老夫了无牵挂矣。"

第四卷

百年好合

第七十六章 苏家不姓秦

当日,因逢中秋佳节,苏仁则命厨房准备了一桌子美味佳肴,留下萧如意等一行人在府上,夜里赏月推杯换盏,良辰美景,自是人间赏心乐事。

苏蓁玉后背的伤因为敷了药已经好些,她对父亲此举只有敬重未尝有怨,席间挨着父亲坐,仿佛又回到了年少时的光景,父女二人都忍不住将白天的事情忘却,尽享天伦之乐。

翌日,秋阳初升,霜露盈枝,苏蓁玉起来后就去向父亲请安。昨夜父亲和逍遥王谈论到深夜,不知道此刻有没有起床?

等来到父亲居住的院子,春香正站在一棵梧桐树下看着婢女们按部就班地收拾打扫,转身时正看见刚刚进来的苏蓁玉和红袖,便笑着迎上去道:"老爷还没有醒来,昨夜睡下时已经三更,往日这会儿是早就起来的。"

"那我在厢房等父亲醒后再来请安吧。"

春香望着苏蓁玉转身离去的背影,心中忐忑不安,昨夜老爷临睡前曾对自己嘱咐道:"明日小姐若来请安,你就跟她说,老夫的女儿已经于一个月前葬在玉京城,她是何人与老夫无关,天亮即请离开苏府。"

只因当时老爷醉意朦胧,春香也摸不准他这话是醉话还是真心话,就在苏蓁玉过来请安时以老爷未醒搪塞过去,待会儿等他醒来,父女之间有什么话直说便是。自己到底不过一名掌事丫鬟而已,何必多嘴。

秋霜侵鬓，西风烈烈，沧州位于黄河以北，又濒临渤海，这里的风格外烈些。

苏蓁玉等到快响午，父亲房间还没有动静，忍不住带了红袖又去请安。

不料，春香却红着眼睛从里面出来，难道是父亲冲她发火了？

想到这里，苏蓁玉二话不说急忙要进去，却被刚出来的春香拦住："大小姐不要进去了，老爷昨夜就已经下令，请大小姐即刻离开苏府，此后也不要再来了，他说——他的女儿已经葬在玉京城里，您今后与苏府无关，不必殷勤相见。"

苏蓁玉仿佛受晴天霹雳，扑通一声跪在房门前，用力磕了三个响头，额头顿时肿起了一个青紫的大包，眼泪随之而来："父亲大人，女儿不孝，本该在膝下承欢，无奈惹下滔天罪行，不敢连累父亲，就此别过，万望父亲保重身体，他日再来看您。"

春香将她扶起来道："大小姐不要太难过了，老爷这也是权宜之计，来日方长，父女之间岂能有隔夜仇。"

"多谢春姨体恤，父亲年迈，我走之后，就全拜托您照看了。"

站在苏府并不很长的走廊上，萧如意一直在等苏蓁玉，看到她主仆二人过来这才轻声道："玉儿，咱们走吧。"

送走这一行不速之客后，管家苏亨奉命将所有的下人叫到跟前，严令禁止再有人提及今日之事。平素大家都敬重老大人和大小姐的为人，亦知此事兹事体大，都很自觉地缄默。

沧州城外三十里处就是一座无名山，萧如意望了望天色道："玉儿，我们这样一路北行，你是要去玉京吗？"

"不，去玉门关。"苏蓁玉答道。

这下轮到红袖一脸惊愕地看向她，"小姐要去玉门关？"

"是，去玉门关，向燕大哥讨杯喜酒喝。"苏蓁玉低声说道，但还是让离着不远的萧如意也听到了，他这颗揪着的心总算放了回去，刚才还在胡思乱想，若是她敢去玉门关和姓燕的好，自己就拿出她老爹给的婚约将她绑回湖州先成亲再说。

红袖被她这话一激，怒气冲冲地掉转马头就往回跑，苏蓁玉忙追上去笑嘻嘻地道歉道："好妹妹，是我口无遮拦，你别生气。其实，是我想着今后我是要做逍遥王妃的人了，将你困在我身边岂不可惜，虽然耶律明成被赶到漠北以北，大规模的战役不会发生，但以他的性格必然还会隔三岔五来骚扰边境。燕大哥在北镇到底需要辅助，你常年跟着我，纵没有得我十分真传，也能够在关键时刻给燕大哥出出主意不是？"

苏红袖并不是真的生她的气，只是心事被她直白地戳破，脸上有些挂不住，此刻听她一边解释一边因为迎风说话而不停咳嗽，心早就软了下来。

勒住马停了下来的红袖很认真地看着她道："小姐，从我不喊你大人的那一刻起就已经做好了一辈子当个普通婢女的准备，也曾想过这样过一辈子是件挺遗憾的事，但跟着你总还是比做杀手来得有意义。今天小姐说要成全我，让我去北镇，红袖十分感激，但燕大哥果真心里没有我，我便随小姐回湖州，行不行？"

苏蓁玉道："好。"

二人重新追上萧如意等人，此时天色渐晚，转过山腰怕是还有一段路程才能看到镇子，几人也不再絮叨，加快了马程。

他们一路向北，直至星垂四野，才到达了前面的镇子上。镇子上只有一家客栈，几人刚一进去就被里面的景象惊呆了，且不说满满坐了一屋子人，更重要的是，竟然全是当兵的。

萧如意和苏蓁玉两人互望一眼，都从对方的眼中读出不解。

"掌柜的，还有几间客房？"跟在萧如意身后的向道上前询问道。

"客官，您也看到了，这——怎么可能还有房间。"掌柜看起来五十来岁，慈眉善目，此时却苦着一张脸。

萧如意觉得事有蹊跷，若果真都住满了客人，楼下又这么多人，那今天可谓是生意兴隆，缘何还一副生不如死的表情？

想到这里，他刚要说话，就听苏蓁玉说道："不碍事，我们就在这里坐一夜，掌柜去给我们弄些吃的，再烫两壶酒过来。"

掌柜也不好再说什么，忙让小二招呼他们在里面墙角的一张桌子边坐定。

屋子里的那些官兵似乎对他们并不感兴趣，各自低着头亦不交谈。

一时间，整个客栈大堂上的气氛陷入一种诡异的寂静。

萧如意向来信奉人不犯我我不犯人，只装作没有看见其他人，倒是红袖和向道等几人如临大敌，一丝一毫也不敢放轻松。

苏蓁玉突然轻声道："大哥，从这里到申逻国还有多少路程？"

就在大家不知道苏蓁玉为什么这样问的时候，客栈大堂的士兵哗啦一下子都站了起来，手握在刀柄上看着苏蓁玉一行人，眼中充满戒备和敌意。

萧如意暗自惊叹她非凡的眼力和判断力，面上却云淡风轻道："往北还有不到一个月的时间，我们就能到了。"

这时，小二端了一大盘子酱牛肉，拎了两壶酒过来，嘴里唱喏道："客官您的酱牛肉，还有上好的竹叶青两壶。"

那些士兵看着这边开始吃东西，并无异象，又纷纷坐了回去。

楼梯上有人走下来，是个绝美的少女，一身华丽的衣服，士兵们立刻都恭敬地垂手起立。整个大堂只有苏蓁玉等人坐着，那少女眼神极犀利向他们扫了一眼，在萧如意脸上多停留了一会儿，最后招招手，她身后将军模样的人凑上前听他耳语几句后向墙角走来。

"这位公子，我家郡主有请。"将军十分恭敬地一揖，给人一种不去不行的气势。

"玉儿，一起过去。"萧如意拉过苏蓁玉的手往最靠近楼梯的桌子走去，那绝美少女已经走下来坐在那里。

"不知这位姑娘找在下什么事？"

"小皇叔，你不记得我了吗？"

绝美少女笑起来更加魅惑人心，眼睛紧紧盯着萧如意，仿佛要把他所有心思都看透。

"姑娘认错了人吧？"萧如意道。

"小皇叔上元节在京城失踪弄得满城风雨，后来召王宴上就刻意多看了几眼，小皇叔长得又是皇室中一等一的好模样，任谁看了都难忘记。"绝美少女一口一个"小皇叔"，让周围的人都看得糊里糊涂。

身后的将军疑问道："公主，这是？"

绝美少女道："程将军，这便是名闻天下的逍遥王呀。"

萧如意此时已经忆起，对她原是有点印象的，是远支皇族中比他低一辈的安乐郡主。"郡主不在京城待着，跑到这人烟稀少的镇子来做什么？"

安乐郡主看了一眼他身后的苏蓁玉，觉得眼生，便道："这位小姐姐是？"

萧如意这才想起来苏蓁玉做了轻微的易容，她从前素面男装打扮，如今画了女子的眉妆又做了一些简单的修饰，竟让人无从相认。

"这是我的一个江湖好友，郡主不认得也实属正常。"

就在说话间，街道上忽然灯火通明，众人随着士兵的报告都向外看去，紧接着客栈外面被不知从何处赶来的骑兵包围了起来。

安乐郡主冷冷地笑道："这个莽夫来得倒快！"

第七十七章 山中有贵人

萧如意和苏蓁玉齐刷刷地望着门外,好奇这位郡主口中的莽夫会是谁。

这一看不要紧,几个人都惊得差点下巴没掉下来,原来披甲挎刀进来的竟是本该在玉门关的燕家军主帅燕十三郎。

燕十三郎穿一身玄黑立在众人面前,第一眼就看到了萧如意等人,心中诧异却没有跟他们说话,向前一步来到安乐郡主面前道:"公主,在下奉旨护送和亲使团,还请公主多多包涵。"

"哼,你能从玉门关一路追到这里,本公主不包涵能行吗?"安乐公主似乎对燕帅十分不满意。

隔着众人望见他,红袖神情十分复杂,余光中看到他瞥了自己一眼,她就赶紧垂下眼帘,与自己手上握紧的软玉鞭相起面来。

萧如意一行人离开京城已经半年有余,哪里知道朝堂上又发生了什么事情。听了两人的对话方才了然于胸,原来安乐郡主已经被封为"安乐大公主",此行是要到申逻国和亲的。

只是,不知道为何不走官道,跑来这穷乡僻壤的地方,难道她是打算逃婚?

安乐公主旁若无人地道:"燕帅既然奉旨护送本公主去申逻国,路途遥远,你要对本公主言听计从,不然咱们就谁也别想好过,一路上崇山峻岭多了去了,我偏要每个山都要登,每座庙都要拜。哪里匪寇多,我去哪里,看你奈我何?"

没多久，就听燕十三郎恭声道："在下唯公主之命是从。"

众人皆是一愣，包括那个满心不情愿的公主。这下，她倒无话可说了。

燕十三郎这才吩咐下去就地扎营，护送公主回房休息，明天一早启程。那安乐公主吃了瘪，冷哼一声回房间去了，也没有再理萧如意等人。也许在她眼里，这样一个被幽居惯了的王爷，也没什么值得她尊重的。

看着她消失在楼梯口，回到了自己的房间，燕十三郎这才将目光落在萧如意等人身上，越过他认出略略修整妆容的苏蓁玉，脸上立刻绽放出灿烂的笑容来："你——"

苏蓁玉忙用眼神示意他不要揭穿自己，便道："小女子与兄长欲往北镇，无意中来到店中，还请将军见谅。"

燕十三郎顺势道："好。"

之前跟着公主下来的那位将军却一指萧如意道："回燕帅，这位是湖州逍遥王。"

燕十三郎在战场上见过萧如意一面，只当他是苏蓁玉手下的谋士，未深究他的身份，没想到却是以天下第一风流王爷闻名的逍遥王，忙上前施礼道："微臣见过逍遥王，有眼无珠，还请王爷见谅。"

萧如意对燕家军本就有万分好感，没想到会在这里邂逅燕十三郎，心中更是喜悦。客栈大堂中的那些士兵是京城扈从军中一等兵，这会儿见了燕家军气势如虹，倒也自觉地躲到一边去。

"你们怎么到这里来了？"燕十三郎问道。

"我们本想去玉门关走一遭的，既然在这里碰到燕帅，刚好省了一程。"苏蓁玉笑道。

"玉儿，我在北镇听说你——当时我就不信，果然我是对的，这到底怎么回事？"

"说来话长，鬼门关里晃悠了一圈，好歹能重回人间，只是回来得晚一点，想着天下无事，也该给后来者让个位子，就顺势遁世了。"苏蓁玉笑着说道。

"你向来洒脱。"燕十三郎看着她，忽然觉得自己这大半生曾与这样的女子并肩作战，已是值得。

"这次申逻国和亲，三品的殿前校尉便能出使的，陛下为何要燕大哥去？"

苏蓁玉不解地问道。

萧如意看她也有不解的事情，忍不住笑道："那安乐公主顽劣异常，恐怕途中生出许多变故，陛下才会让燕帅亲自去吧？"

燕十三郎点点头，说道："申逻国这次和亲的目的似乎并不单纯，昔者与两胡之战，怀玉横扫整个漠北，这期间申逻与北胡一直抢夺的塔里四郡已经划入大成朝版图，北胡逃去漠北沙漠以北，申逻怕是想借和亲为由欲要挑起两国战争。"

苏蓁玉冷哼道："常禄赞普这是异想天开。"

"自然是异想天开，倒不如直接开战，在下收到旨意护送公主和亲，比打仗可要艰巨多了。"燕十三郎哈哈一笑，顿时豪气十足。

这期间，红袖看着三人聊天，站在苏蓁玉身后始终没有任何表情。她的心里却是五味杂陈的，这次北上，小姐要做的三件事，她都清楚，回沧州，过北镇，入西蜀。过北镇则是为了自己的那点心事，如今这人就在眼前，何不……

安乐公主刚出玉京城就不按常理做事，非要一路游山玩水地缓缓出发，当初离京之时，陛下觉得让她和亲已是对她不住，就对随行的护卫将军嘱咐，除了私奔逃跑，公主想要如何便如何，不要惹她不快。

谁知这安乐公主真是天不怕地不怕的主，竟然想以游山玩水做掩护，越行越与申逻背道而驰，那将军不敢阻拦，只悄悄给皇帝写了信去。紧接着申逻派了几万精兵来迎接和亲队伍的消息也传到京城，皇帝琢磨半天，才下了旨意让燕十三郎带上燕家军三分之一的精锐先寻到安乐公主，再亲自送她到申逻，务必让申逻那个年轻气盛的常禄赞普明白自己和朝廷作对是以卵击石。

三人在楼下吃肉喝酒叙旧，楼上的安乐公主避开人群怔怔出神，她自幼不得父亲喜欢，偏偏又性格倔强好强，在王府没少受气，长大些听到朝廷中有一名天下人人敬佩的女相国，便立誓也要成为举世皆知的奇女子，只是她的"奇"后来竟成了负面意思。

和亲是安乐公主自己答应的，她是个聪明人，想学昭君出塞千古留名，等真出了玉京城，却又后悔起来，只好从路上给朝廷找不自在去。

安乐公主心里明白想逃跑是不能的，皇帝会纵容她胡闹，却不会让她反悔，这就是现实。听说为了好好地护送她去申逻国，连远在玉门关的燕帅都被惊动了，她想，这也值了。明天开始，一心一意和亲也好。难道苏蓁玉能出将入相治理大成朝如同探囊取物，自己会收服不了一个蕃国？

这样想想，安乐公主又觉得没什么可忧愁的，直直地往后一倒躺在床上，让身体舒展开来，决定好好地睡一觉，未来将是一场变幻莫测的斗争。

屋子里原本坐着昏昏欲睡的护卫们，因为燕家军的到来不敢懈怠，都坐得如同直角一般，大堂中只听得燕十三郎和萧如意在聊着关于申逻国的地理人情和政治面貌，毕竟知己知彼才是王道。

苏蓁玉绝少插言，但每出一语必能切中要害。一名校尉过来禀报已经让楼上腾出两个房间，请元帅和几个朋友入住，燕十三郎也觉得这样大庭广众下讨论是件扫兴的事情，于是携了萧如意去了一间房，另一间自然是苏蓁玉和红袖的。一进房间，苏蓁玉就取了纸笔只管写字，红袖去铺了床，月明星稀，窗外铁骑兵团威风凛凛，这一觉怎能不安稳。

而并不相熟的萧如意和燕十三郎被迫睡一个房间颇有些微妙。萧如意放浪形骸，与江南士子大被同眠是习惯了的，反观燕十三郎第一次倒是不自在些，他盘腿坐在床下铺的厚毡子上，听着萧如意跟他讲江湖上的一些趣闻，慢慢就睡着了。

东方才泛鱼肚白的时候，苏蓁玉睁开眼睛，发现红袖竟然一夜未眠，看到自己醒来，心情复杂地问道："小姐要去申逻国？"

"不去，但你要去。"苏蓁玉复又闭着眼睛，不去看她愕然的神情。

"为什么？"

苏蓁玉脑海里还在思考和亲这件事，听到她问出这三个字，笑道："因为世人皆知苏蓁玉病故在长沙了。"

"我也不去。"

"你不可能一辈子跟着我，喜欢他就勇敢去追随，另外和亲路上一定凶险无比，我这里有三个锦囊你带着，等他遇到危险和举棋不定时再拿出来。"

红袖心里难受，她知道小姐这是给了她留在燕十三郎身边最不容拒绝的理由。

"北镇也不去了吗？"红袖小心翼翼地又问道。

"不去了，等天亮后我想转道去西蜀。你跟着他去申逻国要保护好自己，这次虽然不一定能发生战争，但途中变故肯定会不少，不可鲁莽行事，等回来后，你要是想我就来湖州找我吧。"

第七十八章 山中遇旧交

若说前些年，红袖纵然心中万分喜欢燕十三郎，也不曾动过离开苏蓁玉身边的想法。这就像一种精气神，萦绕久了让你觉得除了男女之情，世间还有许多事情要做，可以平叛安国齐天下。可是，长沙的那一场火，焚烧殆尽的不只是苏相国的传奇人生，还有苏红袖的执念。

这一夜，客栈的掌柜几乎没有合过眼，已经五十多岁的年纪，这还是头遭见着这么多军爷，夜里来的那位，单看架势就知道是个了不起的人物。

安乐公主胆子再大也就是小女孩任性使气，真要逃跑不去和亲，她是不敢的，整个家族都要被砍头的事情，宁死也做不来。道理她纵然都懂，却还是摆着一副天不怕地不怕的神气十足的模样，从房间里刚出来，就对一路护送她出京的将军埋怨不停。

燕十三郎和萧如意也都起来了，靠在大堂楼梯口处的桌子旁，面前是几个包子，两碗粥。客栈掌柜的很是难为情，对他来说，伺候这么多人吃饭，有包子就不错了，这也是他一夜未睡和伙计们一起动手做出来的，不然怕是得有一半人要饿肚子了。

等到安乐公主从楼梯上走下来的时候，燕十三郎顺手将最后一个包子送入口中，不紧不慢地擦了下手起身行礼道："公主早。"

"哼——"安乐公主没有理会他，反而对一旁的萧如意绽出春风十里的笑容道，"小皇叔，你也是奉命来这里的吗？会不会跟我一起去申逻国？"

"不是，我只是路过这里，没想到你们整这样大的阵仗在荒山野岭的小镇上。"萧如意毫不客气地答道。

安乐公主也不生气，扭脸才对燕十三郎道："燕大帅，可以启程了。"

"公主恕罪，再耐心等一下，待我的朋友下来，跟她说几句便走。"

"燕大哥不必等了。"苏蓁玉已经从楼梯口露出半个身子，她声音十分清脆，像十四五岁的女娃儿，自常穿了女装，也似是看着愈发孩子气了。

安乐公主看着她一步一步地走到近前，只当她是燕十三郎留宿在外的情人，露出暧昧不明的笑容打量着二人。

"燕大哥，有几句话，我要单独跟你讲。"

其他人听见苏蓁玉这般说了，就很识趣地各自退到一边去。

只见苏蓁玉从袖口中取出一本书交给燕十三郎道："这本《太乙兵法》是昔日我和大哥游历在外时，一个老神仙相赠的，今天就交给燕大哥了，你在北镇，胡人就不敢轻举妄动。"

"既然是如此珍贵的东西，我一定会好好保管的。"燕十三郎不是寻常造作的人，他知道苏蓁玉赠他兵法的用意，便没有推辞。

"还有一件事，红袖对你的情义也无须我再多说什么了，你们去申逻我还是有些不放心，就让红袖跟你一起去，我给了她三个锦囊，到时她会知道什么时候打开。"

"玉妹，你以后还会来北镇吗？"

燕十三郎答非所问，眼前的女子是曾与他并肩作战生死相依过的人，这份情义不是爱情却胜过爱情，红袖一直以为他喜欢她，自己从来没有解释过，做了兄弟又怎么可能再做夫妻？燕十三郎自有一分自己的道理。

"会，只是现在我要去西蜀看看我哥哥，你又要去申逻国，所以就不往北了。"苏蓁玉认真地盘算过后说道。

安乐公主看到他们两个讲完话，率先领着几个婢女出了客栈，外面已经备好马车。镇子上的村民都躲得远远的，不敢走近。

燕十三郎一声令下，几百铁骑就整齐地列队跟在公主的车队后面。苏红袖不声不响地站到他身后，没有去看苏蓁玉。

"她就这样被拐走了吗？"萧如意不知何时站在了苏蓁玉身后。

"不是拐，是成全，这几年为了我，她才离开北镇的，不然早就是燕夫人了。"苏蓁玉纠正道。

"原来你们是在北镇认识的。"

天色尚早，看着这队人马缓缓地离开小镇，往官道而去。没有了婢女的苏蓁玉，心情还是有些失落的，毕竟被她服侍了这么久，今后换个人不知道能不能习惯。

"如果舍不得就让她回来，她肯定不会违拗你的命令的。"

"是舍不得，但我也不能让她今后碌碌无为地陪我在江南老去不是？"

"那我们也走吧，从前面的路口转道西北，说不定能在下雪之前到达丞相祠。"

苏蓁玉想了想也是，如今已经是八月底，等到了锦官城，怕是要十月中旬，刚好能看到漫山遍野的红叶了。

萧如意望着眼前的女子，她似乎彻底地变得一无所有，功名利禄甚至最亲近的婢女也被她打发走了，如此一来，岂不是要在这烟火人间重新开始？

"玉儿，其实真的去申逻国，也没什么的，等皇城那边有所怀疑，估计是半年以后的事情了。"他在想，如果她担心燕十三郎会被申逻人算计，就豁出去陪她再去一趟申逻，等把和亲使团送到了再回湖州也不迟。

"没事，有燕大哥就够了，咱们的公主命格不凡，怕是那赞普的克星呢。"

"玉门关也不去瞧瞧吗？"

"不用，怀玉在酒泉，楚岳在幽州，互成犄角，玉门关的二十万燕家军，不动如山，申逻人成不了气候的。"

"唉，难怪皇兄对你忌惮。"

苏蓁玉冲他嫣然一笑，并不在意他对自己的评价，两个人的心意早就息息相通，她忍不住驻马北望，只有万里无云的长空，也不知红袖这次的破釜沉舟能不能换来余生的举案齐眉？

"别看了，咱们走吧。"

天似穹庐，笼盖四野。

这一走就是半个月，可是还没有到锦官城，往西蜀去的道路就逐渐难走起来，连马儿都忍不住原地打转不想继续前进。萧如意想起前朝一位大人被贬到蜀地时，曾经满腹怨念地写道：剑阁峥嵘而崔嵬，一夫当关，万夫莫开。所守或匪亲，化为狼与豺。朝避猛虎，夕避长蛇；磨牙吮血，杀人如麻。锦城虽云乐，不如早还家。蜀道之难，难于上青天，侧身西望长咨嗟！

这话当是不假，这千百年来死在剑阁下的英雄好汉简直数不胜数。

这才刚过了剑阁，苏蓁玉的心情就变得沉闷起来，当日自己在陈仓若能将永宁王的人马一举歼灭，或者乘胜追击打开西蜀的门户长驱直入，也不会给永宁王缓过神的机会，他就无力从泸州打到锦官城，那样兄长也不会城破被杀。

一路陪着她的萧如意显然也感知到她的变化了，对她愈发温柔体贴起来。

这些时日，为了早点到达锦官城，他们所过之处皆是崇山峻岭里的羊肠小道，常常在荒郊野岭露宿，二人带来的十几名侍卫每晚轮流守夜，饿了就猎几只野味，有向逍这个厨神在，大家吃得不亦乐乎。红袖走后，苏蓁玉身边就没了婢女服侍，难免有些不适应，才出了金佛山，萧如意就收了一名老实乖巧的农家女来照顾她的起居。初始，苏蓁玉并不喜欢，后来听说姑娘家里兄弟几人，父母无可奈何欲将她卖去勾栏院的路上被萧如意救下，这才不排斥了。

"你以后就叫翠衣吧。"苏蓁玉给她起了新的名字。

小丫头虽然看起来笨拙，脑子却还是挺机灵的："翠衣谢过小姐取的好名字。"

两三日下来，翠衣已经摸清了苏蓁玉的基本作息时间，每日在她醒来之前就做好洗漱的准备，等她睡了再蜷缩在地上铺的毛毡上睡觉。

世人皆知锦官城是蜀中的一颗明珠，不但是蜀锦的主要产地，还有蜀纸，金佛山上的雪葵，都是闻名遐迩。除了这些，城外的武侯祠，几百年来，更是文人墨客必去的地方。

所以，当苏蓁玉等人刚翻过金佛山，就策马去了武侯祠。秋雨稀疏，平白添了几分悲凉滋味。翠衣是不识字的，却也知道诸葛丞相的故事，当大家上香时，她也跟着，虔诚之处更在众人之上，让苏蓁玉刮目相看。

第七十九章 谁访武侯祠

从大殿里出来，向道、翠衣等人远远地跟着，苏蓁玉和萧如意二人漫步在武侯祠外，森森古柏倒也幽静。

"昨天夜里收到飞鸽传书，皇城那边已经知道我离开湖州了。"

"嗯？这么快，往日你离开湖州几乎从不被注意，虽然知道玉京一行你会被他们记在心里了，还是没想到居然如此重视。你要入仕吗？"

萧如意伸手搀住要下石阶的她，回道："不去，陛下年富力强，朝中大员亦是股肱能臣，你我在朝未必佳，不如急流勇退，江湖载酒，岂不美哉？"

苏蓁玉瞥了一眼天气，又若无其事地任由身边人就势握住双手十指紧扣。"你这样豁达的性格是百姓之福，当年永宁王若作如是观，就不会有西蜀之乱了。"说完，两个人已然来到西侧的碑廊，苏蓁玉回眸处正看到匾上"汉昭烈庙"四个大字。思绪一下回到了第一次被女帝召见的清晨，本是乌云压顶的天空，一刹那旭日东升，天地为之明朗。

"你是本朝相国，来拜武侯最是相宜。"萧如意由衷说道。

苏蓁玉道："千百年来丞相何止几千，单先帝一朝，就前后七位，然而武侯却始终就这一位，无人能及。在这里跟你说话，想起前尘往事，心中都开始觉得愧对先帝了。"

"还有一件事，想跟你说。"萧如意郑重其事道。

"萧大哥有事尽可直言不讳。"

"陛下又开始给我物色王妃了，这次倒没有在京城王侯之家挑选，而是全国，他让司礼监暗中将江南几大家族的适龄女子的八字都送进宫去。"

二人说话间来到廊前石凳上休憩，苏蓁玉看了眼天色，微笑道："萧大哥，陛下既然如此热心，你要如何呢？"

萧如意看她并不恼，心中反而觉得不是滋味，暗自思量她是不是对自己不够喜欢，不然怎么会不在意皇帝要为自己纳妃一事。

"我萧如意今生今世只愿意娶玉儿一人为妻，生死相依永不相负。天地为媒，武侯为证。"

苏蓁玉望着他的眼睛，仿佛想从里面读出更多的东西，那清澈深邃的眸子，从遇见至今一如既往地倒映着自己的模样，那深情如同一泓秋水，在她心上绽放出永不凋零的雪莲花。"愿爱不移若山，君恩爱兮不竭。"她的声音很轻，就像风吹过耳边，萧如意知道她不擅长表达感情，纵然曾经指点江山，对待自己的事情却常常糊里糊涂。

"好，永不分开。"萧如意情不自禁地将她拥在怀里，下巴抵在她的头发上蹭来蹭去。这是两个人自相识以来，第一次如此亲密地接受彼此的拥抱。

眼看已经日落西山，苏蓁玉与萧如意决定入城寻一处客栈，明日去拜兄长的墓。他们刚出来，翠衣和向逍他们几人就跟了出来，一行人往城门方向而去。翠衣原不会骑马，这几日在向逍的调教下倒也能抓紧马缰跟上，好在大家骑得都很慢，进城之后就更慢了。

城中最大的客栈"祥福客栈"其实并不大，将马交给店中小厮，几人去了大堂，苏蓁玉带了翠衣和萧如意一桌，其他护卫一桌，客栈老板见他们出手阔绰忍不住笑逐颜开。

"客官，您要的竹叶青。"

萧如意接过酒给苏蓁玉斟了一杯，翠衣并不敢坐下，站在他们身后随时听命。

"一起坐下吧，出门在外，无须讲究。"苏蓁玉指指身边的座位让翠衣坐下，后者诚惶诚恐地挨着坐下，草草吃了几口又站了起来，苏蓁玉看她局促模样，知是不能勉强，便不再言语。

两个人聊了一些关于锦官城的典故，萧如意想起永宁王也算是自己的叔叔辈，便道："听府上的老人讲过先帝当年刚登基，皇族中许多人不服气，暗中勾结在一起欲要起事，多亏了永宁王不顾其他兄弟的威胁，坚定不移地站在先帝这边，甚至在后来的雍王之乱中将自己所管辖的所有军队和家当给了先帝，才使先帝苦苦撑过雍王的围攻，大反击成功将雍王及同盟者一举歼灭，自那以后永宁王也就成了先帝身边最受宠信的一人。"

"这个我倒是听过，可惜，富贵久了，让他渐渐不知天高地厚，骄纵肆虐，先帝知恩不计较，当今陛下又如何能忍得？"

"玉儿的眼光向来独到，你看我就聪明多了，远离是非，做个逍遥王爷比那些手握实权的封疆大吏可要舒服多了，也可以活得更久一些。"萧如意向来活得明白，知道什么是自己需要和该做的。

苏蓁玉默然看了他一眼，心中涌起一阵翻腾的情绪，对于自己为什么喜欢他有了一些认知。暗道："大约只有经历过生死富贵俱不由人的他，才能够真正地懂得自己吧。"手上温热传来，她低头看去，是萧如意将手覆在自己的手背上，还有他清朗的声音道："在想什么呢？"

"在想你我从前不一样的抱负，如今又志同道合了。"苏蓁玉笑道。

"锦官城是蜀中最繁华的地方了，等明天拜祭过兄长，我陪你在这里多待一段时间。"萧如意知道她并不是多愁善感的人，对待兄长的殉职，远比寻常人看得透彻，也无小女儿的作态。

他却不知苏蓁玉自幼最是和兄长亲近，从前在关内离得远，更有公务繁杂，自是能克制得住自己的情绪，如今人已经在锦官城内，兄长所有音容笑貌如在眼前，心口痛得冷汗直冒。只是面上未曾显露太多，久已习惯自控的她，一时也放不开让自己像寻常女子一般流泪痛诉，听了萧如意的话只淡淡应一句："好。"

掌灯以后，大堂中的人渐渐多了起来，苏蓁玉带着翠衣上楼去换衣服，萧如意等她再下来一起到夜市上走走，初涉情场的男女，这样的闲暇难免让人觉得无限惬意。

到了街上，已经是月上柳梢头，到底是蜀中最富裕的郡城，一路行来除了花红柳绿的歌舞场，更多是卖各色小吃和编织的手艺品，那一街全是绸缎庄，有络绎不绝的车马，尽是大户人家的妇人过来闲逛。

苏蓁玉感慨道："竟比玉京城的夜市还热闹些。"

"是啊，毕竟皇城脚下多有禁忌，此地民风开放淳朴，这样的夜市便常见了。"萧如意道。

"去那边买些香烛吧。"苏蓁玉惦记着明天去给兄长扫墓的事情。

"好。"萧如意道。

翠衣一直跟在身后，她几乎没有什么话，这点倒和红袖很像。

"等回湖州，我们成亲如何？"萧如意正走着，漫不经心地说道。

"嗯？啊——"

苏蓁玉开始没意识到他说了什么，等反应过来吓了一跳，扬起脸望着他："怎么突然有这样的想法？"

萧如意伸手在她眉心点了点，柔声道："京城那边总想着给我安排个婚事，我又怎么可能愿意与其他女子见面，我们早点成亲，免教其他人蠢蠢欲动。难道，你不愿意吗？"说到后面竟真的露出一脸忧心忡忡，暗道：她这样才貌绝世的女子，自己除了逍遥王的身份竟一无是处。不由得相形见绌起来，看苏蓁玉的眼神也暗淡下去，在爱情面前再优秀的人也会有不自信的时刻，怕自己还不够好，不足以让对方得到更多的快乐。

苏蓁玉破天荒地主动握住萧如意的手，笑意盈盈地说道："不是不愿意，在这样的大街上突然提起，让我一下子没有反应过来，虽然我对三媒六聘不感兴趣，但你不能就这样简单地定下我的终身大事呀，至少得让我感动才行，不然就不要嫁给你了。"

萧如意这才稍稍放下心，信心满满道："当然，我只是突然想到就忍不住说了出来，等回湖州一定给你准备一个天下无双的求亲仪式，让你感动到哭着喊着要嫁给我。"

"那我等你。"苏蓁玉被他故作调皮的模样逗得咯咯直笑，一扫之前的阴郁。

第八十章 来祭苏皋玉

翌日起来的时候，天气骤冷，斜风细雨，翠衣撑着伞过来问道："小姐，除了香烛，还有要带的东西吗？"

客栈外停着一辆马车，是刚雇来的，萧如意扶着苏蓁玉上车，然后自己也倾身上去，翠衣立在马车前又询问了一遍要带什么出门，苏蓁玉道："不用了，翠衣也上来吧。"

翠衣收了伞，只敢坐在马车门口的位置，车夫是马车的主人，年纪已过四旬，出发后并不多言，听说他们是要去城南新建的太守祠，更多了几分敬佩。

"老伯，这次蜀中之乱，咱们锦官城损失大吗？"苏蓁玉随意地问起来。

"回这位小姐，说没有损失是不可能，都是大户人家的损失多些，咱们清贫之家只要活着就不算有损失。"车夫说起来话一脸的憨厚，想了想又道，"说起来多亏了苏太守，整个蜀中乱作一团，只有锦官城在他的管辖下，不但坚守不败，也没有出现趁机哄抢的事情发生。"

苏蓁玉心中一恸，喃喃道："听说后来叛军将所有兵力集中到锦官城，为了攻破城池，不惜拿百姓当靶子，让苏太守投鼠忌器，最后才城破被捕的。"

车夫摇摇头说道："听说当时朝廷派来的大军已经在来的路上了，那个永宁王本要撤退，不知怎的突然发疯了似的攻城，城破后苏太守被俘，永宁王丧心病狂地将他活活剐死，十分惨烈。随即朝廷大军压境，那永宁王也自杀身亡了，死时还嚷道，有苏皋玉陪伴，其死也善。"

萧如意伸手握住身旁女子的手，将自己的温度一点点地传给她，想让她的手暖和一点。低声说道："逝者已矣，你不要太难过了，我相信兄长在天之灵，肯定希望你开心快乐地活着。"

苏蓁玉疲惫地将头靠向他的肩膀，慢慢地说道："从第一天站在朝堂之上，我就想过有一天我侥幸从战场上活下来，也说不定会毁在政敌手里。可是，为什么走的却是兄长。"

看她闭上眼睛，萧如意轻轻拍拍她的手背，以示安抚，车厢里有他好听的声音念道："若未来世诸众生等，或梦或寐，见诸鬼神乃及诸形，或悲或啼，或愁或叹，或恐或怖。此皆是一生十生百生千生过去父母，男女姊妹，夫妻眷属，在于恶趣，未得出离，无处希望福力救拔，当告宿世骨肉，使作方便，愿离恶道。汝以神力，遣是眷属，令对诸佛菩萨像前，志心自读此经，或请人读，其数三遍或七遍，如是恶道眷属，经声毕是遍数，当得解脱。乃至梦寐之中，永不复见。"

"太守祠到了。"车夫将车停在路边。

翠衣先跳下车，外面雨还在下，她一只手撑开伞另一只手去搀苏蓁玉，接着萧如意也从车上下来了。

吩咐车夫去一旁等候，萧如意撑开另一把伞，跟在苏蓁玉身后，向逍等人依旧骑马来的，此时将马拴在路边树上，远远跟在他们身后，以防意外。

苏皋玉的墓在太守祠中，这里葬着的都是蜀乱时牺牲的军士，平时常有过来扫墓的锦官人，不知谁沿着墓地种满了菊花，白色的，黄色的，一簇簇开得正好。

翠衣按照吩咐将食盒里的点心取出来，放在居中最大的墓碑前，还有香烛和纸钱都带着，苏蓁玉跪在地上磕了三个头，萧如意是亲王自不用行礼，站在一旁陪着她。

"当日小妹离开玉京，去狱中看望兄长，还曾约定等你出来我们一起回沧州老家，再不过问这世上的其他事。锦官城是个好地方，兄长喜欢这里，我也喜欢，以后每年这个时候我都来看你好不好？"

苏蓁玉再起身时，身上的裙摆因为跪在地上缘故湿了大半，风一吹忍不住打了个喷嚏，萧如意立刻将自己身上披风解下来给她围上："我们回去吧，这雨怕是要下到天黑了。"

苏蓁玉"哦"了一声就被他拉着手往马车方向走去,蓦地萧如意手上一使劲,她下意识去看他,"躲——"不明所以的苏蓁玉被他一推,一个趔趄翻倒在旁边,再转身时就见萧如意周围多了十几个黑衣人。

"不自量力!"萧如意冷笑道。

"杀!"

黑衣人见一击未中,又一起围攻上来,此时向道等人已经过来,太守祠外阴风飒飒。

翠衣自幼在山村长大,哪里见过如此阵势,吓得抖成一团,苏蓁玉过去将她拉到自己身边,柔声安慰道:"别害怕,不会有事的。"

黑衣人的招术对苏蓁玉来说已经很老套了,一眼便知是南赵杀手,她知道能雇得起他们的人必定不是一般的官家,苏蓁玉在长沙病故的消息举国皆知,那么他们这次的对象就是萧如意了。她望着跟黑衣人缠斗的萧如意,纵然知道他武功了得,又有向道等人保护,还是怕得很,这种担心使她没法集中精力去思考到底会是谁派来的刺客。她心中暗道:关心则乱,古人诚不我欺!

这帮黑衣人来势凶猛,却也不是萧如意等人的对手,一击未中后渐渐露出败相,萧如意也不想从他们口中得到什么,几次被行刺后他知道绝对不可能撬开他们的嘴巴,就动了直接杀死的拼劲。这样一来,黑衣人压力倍增,很快败下阵,用不了多久尽数被杀。

看着黑衣人一个个倒下,苏蓁玉长呼一口气,直到最后一个被诛,她才敢到近前查看。这些年一直有红袖保护自己,本来就没有认真练过功夫的她,更疏于习武,如今倒靠萧如意一路保护着了。"好险,差一点就出事了。"

"不要担心,有我在。"萧如意将剑擦拭一下,随即将剑插入剑鞘之中,"我们马上回客栈,这边不宜久留。"

苏蓁玉拉翠衣往马车方向去,那车夫被刚才的阵势吓得两腿颤抖竟不敢动弹了。

"回城。"

雨还在下,马车渐渐驶出太守祠,留下的两名侍从已经将尸体就地掩埋,苏蓁玉忽然想起红袖曾经说过的一句话:"江湖儿女死江湖。"如今看来更平添了几分萧瑟。

"在想刺客的事情吗？"萧如意问道。

苏蓁玉"嗯"了一声，没有接下文，她觉得这件事十分蹊跷，萧如意并未得罪什么人，究竟是谁想要他的命？

"别想了，我猜着可能和京城那边要给我安排婚事有关系，毕竟不是谁都愿意将来又崛起一个手握实权的王爷。"萧如意凉凉地说道，对于这些龌龊勾当他见过的还少吗？

"为这点事就沉不住气来行刺，看来也不是什么智者，既然陛下已经知道萧大哥来到蜀中，何不直接把遇到刺客的事情上表，无论陛下怎么看待此事，那些人也不敢再轻举妄动了。"

"随他们去吧，等回湖州，他们也许就不再惦记着行刺这事了。"

"不知道陛下会给你安排哪家的千金当王妃？"苏蓁玉突然换了话题，幽幽地望着他。

萧如意一愣，随即了然，原来她也会如寻常女子一般，脸上充满笑意道："不管他安排的是谁，只要我不想娶，那些千金连湖州也进不了。"

"那岂不是违抗圣命？"

"那就违抗吧，我总不能连自己的枕边人都做不了主，这样活着又有什么意思。"

二人说话间已经回到客栈，吩咐向道多给了车夫一些银两，让他不要在外面胡说八道。

晚饭过后又有飞鸽传书送来，萧如意抽出纸条看了一眼，微皱眉头，随即将纸条点燃，不留下任何痕迹。

外面雨还在下，这个时候最好不要出门，即使是蜀中天气温热，这会儿也开始降温，苏蓁玉想给兄长写一篇墓志铭，让翠衣开始研墨，她的手法有些笨拙，让人感到无奈。

红袖已经离开将近一个月了，不知道她过得如何？

苏蓁玉并不后悔让红袖去追随燕十三郎，她只是舍不得，那是个把"士为知己者死"当作原则来执行的倔强女子！唉，这些年多亏了她的陪伴，想到这里，苏蓁玉将手中的笔顿了一顿，陷入沉思。

一千里外，戈壁滩上，奉命护送和亲的一行人浩浩荡荡地迎风行进，红袖身披银甲银盔，任由风沙扑面，她在马上仿佛丝毫不为所动。离她不远就能看到同样披着盔甲的燕十三郎，燕家军都着玄色盔甲，在漫漫黄沙里显得十分威严。

这几年，边关征战不断，各族之间也不安宁，导致关中地区几百里不见人烟。再往前就是陇右，而申逻国的迎亲队伍则在陇右与申逻的边境等候，有前锋军使来报，申逻国派来的迎亲使臣是身为右丞相的录赞。

燕十三郎对他并不陌生，咸平二年，申逻国发动二十万大军入侵食谷，当时的统帅就是录赞。朝廷派出五万大军，这才迫使申逻国退兵，那次之后两国就开始商议和谈的具体事宜，常禄赞普提出愿求娶大成朝公主为后，萧如昊衡量再三，为了专心对付北胡，便答应了这一请求。

谁知，此后申逻使者又提出要求以塔里四郡为嫁妆，立刻遭到了朝廷的拒绝，和亲一事搁置。咸平三年初，北胡进犯，为了联络西域共同抵御北胡，派高不悔带领三百人使团从陇南出发，前往西域各国，谁知刚到申毒就因当地动荡被全部拘留，除高不悔和几名亲信，使团成员全部被杀。

高不悔为了报仇雪恨，亲自到申逻借兵，常禄赞普存了看戏的念头，只借给他五千老弱残兵，无奈之下，他带着这五千人来到与申毒毗邻的陀国，在他的慷慨陈词之下，陀国王又借给他五千人。

于是，凭着这借来的一万人，高不悔开始对申毒发起了进攻，恰这时苏怀玉的五千"鸦兵"也一路闯到申毒，二人兵合一处，竟不到一个月将申毒灭国，俘虏了国王，又一鼓作气横扫其他五个小国。

常禄赞普被大成朝的军事能力彻底震撼，立即派录赞前去祝贺，并表示可以称臣。此后，苏蓁玉带兵平定两胡，申逻国都保持中立，等待和亲使者的到来。

谁知咸平四年初，申逻在北胡迁徙到漠北后，又对塔里四郡产生了非分之想，妄想趁朝廷刚刚征讨北胡和南赵无力再起战争之际，上书须以塔里四郡为嫁妆，立刻遭到了萧如昊的拒绝和斥责。就在大家以为这次和亲商谈失败时，常禄赞普又上表称愿意和亲以结两国之好，并派最为得力的右丞相录赞亲往陇右，声称来迎接公主，谓左右曰："公主不至，我且深入。"却在陇右安营扎寨夜袭松州，消息传到玉京，萧如昊大怒，派燕十三郎为行营大总管讨伐申逻。前锋军在松州大败申逻，常禄赞普自知不是燕家军的对手，引军撤退，复又上表谢罪，再次请旨求婚。

咸平四年秋，萧如昊下旨封宗室女安乐郡主为"安乐大公主"，由燕十三郎为和亲都督护送入申逻完婚，因常禄赞普三番两次悔约，为防万一，陇南到玉门关的行军部署早已妥当。

第八十一章 和亲入申逻

安乐公主越往北心情越差,婢女们都谨慎得不肯多言,让她更觉得无聊,直到发现苏红袖竟然一路跟着燕家军,好奇心骤起。

"来人,去后面把红袖姑娘请过来。"

"是,公主殿下。"

很快,苏红袖策马来到公主所在的马车前,低声询问道:"公主殿下唤在下何事?"

"在下?"安乐公主一愣,看向她英气逼人的俏模样,"女孩子家自称在下的,你是第一人,为什么不称奴婢?"

苏红袖不卑不亢道:"回公主殿下,在下非奴非婢,自然不会称奴婢。"

安乐公主没想到她会对自己如此说话,上下打量她,想起她是燕十三郎的故人,故意八卦道:"你是仗着燕帅庇护所以敢对本公主无礼吗?"她瞥了一眼离着不远的燕十三郎,心中升起一丝不屑,只当他是在军中金屋藏娇。

孰料,苏红袖不客气道:"公主想多了,凭燕帅的交情,还不足以请动在下出现在这里,与公主更没有一点关系,您还是少问为妙,等到了申逻,您就是强行留下都未必能留得住在下。"

她说得倒是实情,本来还兴高采烈的安乐公主,瞬间就像斗败了的公鸡一脸惆怅,纵然反复说服自己要接受命运的安排,却仍然克制不住忧伤:"你说得对，本公主又怎抵得过你自由自在的。"

闻道玉门犹被遮，应将性命逐轻车。
年年战骨埋荒外，空见蒲桃入汉家。

不知不觉已经到了陇南边界，再往前就是历来两国相争的塔里四郡。燕十三郎传令护卫队加强警戒，和亲使者是曾经跟高不悔横扫申毒的司仆少卿曾文静。他策马来到燕十三郎的马前，心事重重道："燕帅，此去申逻国吉凶祸福难料，让人心中忐忑啊。"

燕十三郎笑道："曾大人此言差矣，昔日高司徒入申毒，整个使团只活下高司徒几人，却能力挽狂澜，凭几人之力覆灭五国，是何等的英雄气概，我等护送公主和亲，又岂能不尽心竭力不负皇恩。"

曾文静看他一副胸有成竹的模样，暗自惭愧，原本不安的心总算放下，就算申逻国有什么诡计，只要有燕家军在，谅他们也不敢胡来。正要转身离开时，被燕家军中一名元帅亲卫吸引，因那亲卫长得实在好看，粉琢玉雕，在一群士兵中显得分外出众。

"燕帅，你的亲兵竟有如此出彩之人。"

燕十三郎随着他的目光看去，落在苏红袖身上，有些不自在道："曾大人说笑，这位红袖姑娘原是苏相国的贴身侍女，武功谋略俱是不凡，饶是在下也敬佩不已。"

曾文静不解地问道："燕帅此话当真？据在下所知，苏相病故后，她的婢女将她遗体擅自焚烧，陛下可是下旨要将她收监入狱。"

燕十三郎应道："此女乃人中奇葩，又跟随苏相多年，腹中经纶未必比你我低，此前逍遥王已经给陛下递上奏折请求赦免，敕诏已在路上。"

曾文静不由得佩服起燕十三郎来，从前只知他常年驻守玉门关，但两次与北胡的大战都是苏相国在关键时刻赴北镇相助才得以取胜，所以以一人倾五国的高不悔曾不屑地称他为"守城帅"，意为只可守城不能破敌。然而，这次一起出使申逻国，两人几次交谈不由得被他的风采倾倒。

想来一城之战好破，百城之战非天纵之才难驾驭，两个人谈起几年来的大小战役，彼此意见相合处便抚掌大笑，令前面车驾中的安乐公主都忍不住好奇起来。

"此去天高地僻，出长城塞外，眼看着秋尽冬来，日渐寒冷，众将士亦要饱受其苦，好在有燕帅在，在下心中才觉得踏实。"

"曾大人言重了。"

十一月初，塞北天气已是大寒，漫无边际的边陲胡杨零零散散地在路边生长，树叶也不像关内成片地落下，只是孤单的几片在枝头抵抗着西北风的肆虐，迟迟不肯掉落。马车经过，黄沙在脚下，立刻飞起一阵烟尘，肃杀万分。前面就是陇山，每个人的心都警惕起来，连身下的骏马都嘶鸣几声，也跟着不安。

安乐公主有些彷徨，她还没有见过神州大陆的好山好水，就要远嫁申逻；她还没有来得及体味少女情怀，就要与很多女人共侍一夫；她从来没有享受过阖家欢乐，就要步步惊心。

她每天都要让苏红袖来到马车上给她讲讲自己在战场上的事情，也讲讲那个传奇的女相国是怎么样的女子。

天地之大，只有她是最没有自由的人。

"燕帅，过了前面这座山就到逻昌了。"前锋军来报，大家的心瞬间都提了起来，离逻昌越近，说明危险就离得越近。

燕十三郎再次传令加强警戒，苏红袖摸摸腰间的三个锦囊，心中的不安顿时减却。在她看来，这世上没有苏蓁玉解决不了的事情，小姐留给自己的三个锦囊必然可以在关键时刻救众人于水火之中。

又行数日，前锋军慌忙来报："启禀燕帅，前面有申逻国将领领兵拦住去路。"

燕十三郎立刻带上人往前冲，将公主护在中间，而苏红袖紧跟其后，也冲到了前列。

安乐公主意识到前面遇到麻烦了，一只手搭在车厢上企图站起来看清楚一些，无奈她个子比较矮小，没有起到什么作用，只好重新回到座位上。

"在下申逻国驻边大将军阿石奉右丞相之命前来迎接安乐大公主。"对面的一位将军装束的年轻男子说道。

燕十三郎策马向前道："将军远道而来，辛苦你了。但是，按照迎亲礼仪，贵国使节录赞大人为何没有来？"

阿石将军傲慢地说道："录赞大人乃是我申逻国大名鼎鼎的右丞相，区区小事又何须劳烦他。"

燕家军立刻提高了警惕，剑拔弩张的气氛让天上的大雁都立刻飞走了。

"阿石将军，既然贵国认为和亲大计是区区小事，便是对我和亲公主的不敬，本帅只好先回朝禀报陛下，再护送公主殿下入逻昌成亲。"

燕十三郎一声令下，大队人马开始掉转方向欲往回走，谁知阿石将军见形势不妙，急道："把公主殿下留下！"

申逻军队在阿石将军的率领下从对面冲刺过来，欲要强留下和亲公主。

"保护公主殿下，来者格杀勿论！"

两处人马很快冲杀在一处，苏红袖策马上前护在公主的车驾前。燕十三郎身先士卒，一时间飞沙走石，喊杀声震耳欲聋。

"你害怕吗？"安乐公主没有挑起车帘，声音略带强自镇定的沙哑，毕竟她从来没有见过真正的战争。

"不害怕，从前的每一场战役都比现在残酷。"苏红袖淡定地答道，她此刻不能去冲杀，保护公主比任何事情都重要。

"你家小姐，从前就是这样指挥战争的吗？"

"她不需要亲自上阵杀敌，她从来都是运筹帷幄决胜千里之外。"苏红袖想起曾经跟小姐在北镇与胡人打仗的往事，嘴角划出好看的弧度。

"那本公主也不害怕了。"安乐公主双手握拳，她把苏蓁玉当作自己最钦佩的女子，要努力勇敢面对杀戮的胆略，不再退缩。

"启禀公主殿下，申逻国阿石将军欲对公主图谋不轨，该如何处置？"

说话的是燕十三郎，他已经将阿石将军生擒，那些申逻士兵四散逃跑。

"斩了吧。"安乐公主淡淡地说道，她不能放这个人回去，不然以后在申逻将永远被压制，无法立足。

"是，谨遵公主旨意。"

燕十三郎望了一眼公主车驾，对她的印象开始改变，此时的安乐公主竟有女帝的杀伐风采。

阿石将军听到安乐公主下旨要将自己斩首，吓得嗷嗷直叫："你们不能这样对我，本将军是迎亲使者，你们要是杀了我就是置两国和平于不顾！"

燕十三郎走到他的面前道："阿石将军，你犯的最大错误就是用自己的愚蠢来触碰大成朝公主的尊严，必须死。"

第八十二章 和亲不太平

逻昌城内,录赞已经收到消息,知道阿石将军被安乐公主斩于两军阵前,派人送来的信上义正词严地指责申逻国不讲信用,竟然派阿石将军企图强留公主,现在和亲队伍暂时在恒错安营扎寨,等待朝廷的旨意到来,再议和亲。

"阿石这个混蛋,坏我大事,死有余辜。"录赞气急败坏地将案板上的书一巴掌摔了出去,如今阿石将军战败,不但没有带回公主,又使整个申逻陷入背负骂名的境地。

录赞想了想,还是换上朝服往王宫见常禄赞普,赞普这几年韬晦藏拙,总算等到北胡和中原厮杀数次两败俱伤,出兵占领了食谷的两州一郡,可是现在他更想要的是塔里四郡,只要得到那四郡就再不用惧怕北胡年年来犯。

若是这次趁和亲之际,截下公主,同时偷袭塔里四郡,就是最大的收获,对外宣称塔里四郡乃皇帝给公主的嫁妆,谅他事后也无可奈何,只能承认。

如今阿石将军任务失败,竟然没有将公主带回来,还被人斩于阵前,真是气煞人也。

只有静待另一路兵马带回攻下塔里四郡的消息回来,再寻机拿下那个安乐公主。

一路想着,很快就到了王宫,录赞跳下马车,未经禀报就直接往里走,这是他的习惯,但凡有什么紧急军情,他都可以不必依礼仪等到宣召,而是可以直接闯宫而入。

申逻王宫的建筑极为繁复，第一次来的人肯定会被这特殊的模样弄得眼花缭乱，录赞没有直奔大殿，他知道赞普喜欢在清晨处理政务，这会儿应该在西南方向的偏殿待着，那里离赞普最宠爱的高泊希美公主的住所最近，她也会在这个时候给他沏一碗奶茶递过来，陪着他一起接受日光神的沐浴。

"启禀赞普，右丞相求见。"

"让他进来吧。"

常禄赞普看到一脸严肃的录赞走进来，心里便知出了事情，问道："右丞相何事如此着急？"

录赞跪地拜过赞普，才将阿石将军被杀的事情禀报给他。"阿石将军乃申逻迎亲使节，现在却惨死在迎接公主的路上，还请赞普定夺。"

常禄赞普手上的羽毛笔一滞，冷笑道："那个安乐公主居然下令斩了阿石将军，她这是不想活了吗？还未曾入逻昌城，就先折了我一名大将，够狠辣。"

站在仪门处的希美公主，听到赞普的话，心里咯噔一下，自己平时吃斋向佛，他日与这个中土来的安乐公主共侍一夫，岂不是要被她欺负死？想到这里，双眼一红掉下几滴眼泪，软软地问道："赞普，那个公主真的这么厉害吗？"

常禄赞普看到心爱的女子楚楚可怜地望着自己，就明白她心里在担心什么，起身走过去，双手捧起她的脸庞亲吻了一下道："放心，就算她是中土来的公主又如何，若敢欺负你，我一样饶不了她。"

希美公主像个孩子一般靠在他肩膀上，委屈着一张小脸，最后才违心地说道："希美不怕。"

很快，常禄赞普下令，右丞相亲自作为使者去迎接安乐公主，为之前阿石将军的鲁莽进行弥补。消息传到玉京后，萧如昊为申逻人的出尔反尔大发雷霆，严令燕十三郎务必将公主安全送到逻昌，但又不能失了大成朝的威仪。

两国边境，这里是松州，最接近申逻国的地方，和亲队伍暂时留在这里，一边派使者前往逻昌交涉，一边等候朝廷旨意，恐防有变动。

然而，就在这个时候，松州北部的越州一夜之间被申逻十万官军围攻，燕十三郎收到军情战报后，果断加强了松州的防御，此时他不能着急去援助越州，却也不能看着越州被申逻人攻下。

就在他进退两难的时候，苏红袖捧着第一个锦囊来到他面前，这是他们这段时间为数不多的几次交谈，"小姐临走前说，第一个锦囊只有在越州被围时才能打开。"

燕十三郎听到这话，再次对苏蓁玉感到佩服不已，接过锦囊打开，只见上面只有一句话：红袖佯攻诱敌深入，越州之围可解。他将纸条递给苏红袖，目光炯炯地看着她道："红袖姑娘，若让你去越州可愿意？"

"在下愿意听燕帅调遣！"

很快，苏红袖带着一千燕家军奔赴越州，两地离得很近，不多久就来到了越州城下，越州守将陈孝杰看到是燕家军的旗帜，立刻放下吊桥让他们进去，等两军会合之后，苏红袖便将诱敌计划讲给陈孝杰。越州的这位老将军望着她年轻的面庞顿觉惭愧，自己竟在谋略上输给了一个小姑娘。红袖不能将自家小姐还在人世的秘密暴露，只好扭捏地生受了老将军一拜。

傍晚申逻人又来攻城，在之前几战，申逻都占优势，大胜而归的申逻将领因此而生了轻敌之念，他们并不知道接下来发生的是一场悲剧。月色中，又一次交锋就这样开始了。

越州城外，苏红袖率领燕家军与申逻前锋军交手，很快由于寡不敌众败退入汉山口，燕家军到底比越州城里的守备军更彪悍，边退边顽强抵抗，可是等过了汉山口，打了没一个时辰，就见燕家军丢盔卸甲狼狈逃往深山方向。没有警觉的申逻人紧追不舍，挥师进山后才发现道路越来越崎岖，整个山口就像个大葫芦，申逻人进来后就发现不对劲，再想掉转头往回撤，已经来不及。相互践踏者无数，苏红袖领着一千人马早已从狭窄的通道钻过，而申逻的几万大军却卡在里面进退两难。

随即赶来的越州守军将汉山口封锁，来了一个瓮中捉鳖，申逻两万前锋军几乎全军覆没。越州守将陈孝杰喜出望外，押着生擒的申逻前锋将军回越州，谁知道这小子狡猾，竟在半路上挣脱绳索抢了一匹战马逃回了申逻。

捷报传到松州，燕十三郎的心总算安定下来，让苏红袖率一千燕家军诱敌深入，对他来说比自己亲自上阵杀敌还让他紧张。而安乐公主知道后，心底那股子被苏家主仆激起来的豪情冲淡了所有。

越州大捷后，常禄赞普很快意识到，刚刚经历过了与北胡恶战的中原军队，战斗力竟然还是如此强悍，善于变脸的他再次上表，将自己的出尔反尔归咎为不明是非被臣下所误，处斩了越州一战的主将以示诚心。

第八十三章 终于到雪域

和亲再次提上议程。

十月底的逻昌天气已转冷,逻昌河已经结冰,远远地从雪山流淌到这座神奇的城市,河水悠悠地从城下流过,养育了高原上游牧民族各个部落。

当安乐公主真的踏上这个高原的土地时,反而没有了一开始的彷徨和不甘心,她一路上不断说服自己的坚强,这一刻源源不断地充盈在她的体内。她未来的夫君是这里的王,假如不再出什么意外,两国的和亲顺利进行,她愿意用余生去改变这里的贫瘠,去迎接这里的散淡与偏远。

在逻昌城外,和亲使团受到了申逻右丞相录赞的亲自接待,作为和亲长史的曾文静与他就和亲的一些具体细节再次进行了商谈。

苏红袖已经回到使团中,安乐公主十分喜欢她,闲来无事就想让她给自己讲讲战场上发生的事情。这本来是无可厚非的,直到安乐公主试探着询问道:"红袖姑娘是否愿意留在逻昌陪伴本宫呢?"

"启禀公主殿下,红袖草莽女子,不惯宫廷生活。"她拒绝得非常干脆利落。

燕十三郎后来又被安乐公主召见,希望他能当说客出面说服她,毕竟将这样一个智勇双全的女子留在身边,是件比笼络申逻人心更值得做的事情。

"微臣虽然与红袖姑娘是旧识,只因她念及苏相国的情分,才肯愿意出手帮忙,否则纵使皇命加身,千金赠予,她也不会动心的。"

安乐公主叹息道："让燕帅为难了，此事到此为止。"

曾文静每日出入右丞相府，燕十三郎负责保护公主安全，两个人这些日子竟很少能见面。倒是红袖每日接受公主的邀请，剩余时间无所事事就会远远地看着燕十三郎。她从来不隐瞒自己的心意，她也知道他都明白，令人大跌眼镜的是，这样彼此爱慕的两个人却都不敢看着对方的眼睛说话。

无论两国经历怎样的战争，生活在这里的百姓，对安乐公主的到来却是充满了期待和真心的喜欢。

很快，右丞相在驿馆举行了欢迎宴会，安乐公主自不用出面参加，不知从哪里得到消息的录赞竟然指名让燕十三郎参加。申逻人用上好牛羊肉，青稞酒来招待他们，还有一队歌舞姬边跳舞边围着曾文静和燕十三郎敬酒。

临来的时候，苏红袖交给他第二个锦囊，她说道："小姐说了，这一个是要燕帅在去见申逻右丞相时打开。"

燕十三郎轻轻打开，只见上面写道：若取四郡，先归还食谷。

原来在女帝时期北胡与中原交恶，申逻趁机吞并了依附大成朝的食谷。如果这次申逻人在外交上执意要求塔里四郡为嫁妆，那就以彼之道还施彼身。

燕十三郎很快明白苏蓁玉的意思，不由得拍手称快，这一下能让录赞无话可说。

这件事很快就得到了验证，在申逻素来以能言善辩著称的录赞在双方使者都酒兴正好的头上，状似无意地说道："曾大人，燕帅，此次和亲乃两国百年大计之所在，我申逻赞普为迎接安乐公主特意修建了大明昭寺，为公主祈福。贵国何妨从塔里四郡撤兵以示诚意？"

燕十三郎和曾文静互看一眼，原来在这里等着，表面上是说只希望撤兵，一旦真的撤兵岂不是任由他们宰割？

曾文静立刻一本正经道："右丞相此言差矣，今日宴会是为庆祝两国和亲，大人却在这时候提出撤兵岂不是跑题，塔里四郡乃是我国军事重地，军事布防之事自有陛下圣裁，臣下岂可妄言，言归正传还是谈谈和亲的礼仪吧。"

录赞没想到眼前的文弱书生模样的使者，反应如此迅捷，呵呵一笑解释道："贵使误会本相的意思，申逻自认不是中原的敌手，怎么会贪图区区四郡而与贵国为敌，只是双方在越州刚刚发生了些不愉快的摩擦，申逻的牧民看到越州守兵都不敢再靠近放牧，所以才有此请求。"

曾文静道："哈哈，右丞相不必多虑，越州守军亦不敢有伤害两国关系的举动。"

录赞正色道："贵使若是这样说，可看不出任何诚意，更何况塔里四郡本就是我申逻的旧土，现在只是让你们撤兵，却要如此推三阻四。"

燕十三郎不待曾文静回话，立刻答道："右丞相何不先撤食谷之兵？"

录赞尴尬一笑："燕帅说笑，喝酒喝酒。"

曾文静借机说道："赞普和公主殿下俱是年轻有为，他日两国臣民和平相处繁荣共享，必能千古留名。"

回到驿馆以后，曾文静和燕十三郎去向安乐公主禀报过这次洽谈的具体事宜，作为主要使者的曾文静不得不留下将举行大婚的具体细节和公主进行详谈，而燕十三郎作为护卫将军退了出来，刚好看到要出门的苏红袖。

"红袖姑娘等一下。"

苏红袖其实看到他出来了，本想假装没有看到避开，谁知他会主动叫住自己，这才转过身看着他无奈地问道："燕帅找我有什么事？"

"一起走走。"

燕十三郎仿佛没有看到她的惊愕表情似的。

逻昌是个很安详的城市，这里的百姓都很友善，每走过一条街就能看到他们面带微笑地和你打招呼。

"燕帅是有什么事情找我吗？"苏红袖终于忍不住开口问道，不然她觉得两个人会这样漫无目的地一直走下去。

"谢谢你来帮我。"燕十三郎认真地说道。

"这有什么，燕帅不必挂心。"苏红袖很喜欢他不假，可是帮他也不只是因为喜欢他，而是这样的大是大非面前，任何人她都不会坐视不理。

"我——我其实想问姑娘一句话，不知当讲不当讲？"

燕十三郎看到眼前的街上没什么人了，伸手挡住她的去路，一双深邃的眼睛直直地盯着她，苏红袖的心跳得有点快，面上却不动声色地说道："那你问吧。"

"你当真喜欢我吗？"

此言一旦问出，燕十三郎的胆子也大了起来，笑眯眯地审视着她，看到她有点窘迫地想逃跑,张开双臂将她困在自己怀里,又说道:"其实,我对你也一直都是喜欢的,只是刀口舔血的日子太累了,我不想让你一个小姑娘跟着我担惊受怕,这些年我本意是要孤独终老的,可现在我改变主意了,人生苦短,何必辜负良辰美景,如果你还愿意跟我在一起,回到玉门关我们就成亲,他日我打仗汝为我击鼓,岂不快哉!"

苏红袖垂着眼帘一句话不说,那波涛汹涌的情绪只有靠咬紧牙关来克制,她怕自己一开口就会掉下眼泪。

燕十三郎哪里懂得这些小女儿的情态,见她迟迟不回答,有些讪讪地松开手臂,失落地说道:"如果你不愿意,我也不会勉强你的,是我从前不懂珍惜,现在你不喜欢我了也是正常。"这话才说完,在战场上视生死于不顾的燕十三郎竟然觉得喉头一哽,悲从中来。

就在他慢慢松开手臂想要离开的时候,腰间却被人抱住,"别走,喜欢你。"

后面跟着的侍卫们作鼻观心状,估计在心中腹诽,离开中土,大元帅倒学会怎么讨好女孩子了。

"等回到玉门关,我们就成亲。"燕十三郎喜道。

雪域的初冬分外好看,常禄赞普送来的大婚礼服是绣花的红色申逻长袍,安乐公主试穿的那天,飘起鹅毛大雪,她望着外面的雪有点遗憾,若是家里的雪天可以去赏梅的,可惜这里没有。

她提着裙摆像个孩子一样站在驿馆的回廊下伸手去接大片大片的雪花,刚好被微服私访的常禄赞普走进来看到。他一眼就看到那团火红的影子,在雪白天地的映衬之下显得分外妖艳。而此时她已经看到自己,正用疑惑的目光打量着这边。

"你就是安乐公主?"

一身申逻服饰的男子问道。

"那你就是常禄赞普?"安乐公主反问道,大概是不承想在完婚之前他会来看望自己,她转身回到屋子里,吩咐侍女挡在外面,自己去内屋换上了中原公主的锦衣罗裙。

常禄赞普被公主府的尚宫伸手挡住,也没有气恼,拉了椅子坐下,并无要走的意思。

很快，安乐公主出来，重新施礼见过未来的夫君。

常禄赞普今年三十有一，正是年富力强的光景，自认在这雪域高原见过了无数的美女，高泊来的希美公主更是绝色佳人。然而，就在刚才满天雪色里安乐公主一身红色嫁衣那样慵懒地趴在回廊的长椅上伸手去接外面雪花的模样，竟比从前见过的所有美人都美三分。

此时，换了汉服的她，又比刚才多了一种妩媚和文雅，她的肌肤嫩滑雪白，又怎么能是雪域高原上猎猎北风能够吹塑出来的？

"本王见过使者送来的公主殿下的画像，已经惊为天人，此刻才发现那画像连公主神韵的十分之一都没有画出来。"

安乐公主听他说得一口流利的汉话，已是诧异，又被他夸赞一番，再看他时竟不觉得似先前自己想的那般凶神恶煞。

"赞普谬赞，本宫自从来到逻昌城就已经听说您宫中的希美公主乃是雪域第一美女。"这样的说法很不理智，倒像个小女生在争风吃醋，安乐公主露出一脸天真无邪看着她未来的夫君。

常禄赞普微不可查地皱了一下眉头，在他的印象中无论哪个皇宫出来的女子，个个都是人精，毕竟只有皇宫才是真的吃人不吐骨头的华丽战场，这样一个单纯的公主真的能够依赖大人的保护而长大吗？

接到消息的曾文静立刻派人去寻找已经上街的燕十三郎，自己忙收拾整齐来到公主所居住的院子参见年轻的雪域之王。

"使团长史曾文静参见赞普。"

常禄赞普听到屋外的声音莞尔一笑："进来吧。"然后转身向坐在另一侧椅子上的安乐公主道："你带来的使团长史倒也机灵可人，听右丞相反复夸赞过他。"

安乐公主并不接他的话，但笑不语，手上的奶茶冒着白色的水汽，让她在别人眼里多了几分仙人气质。

曾文静进来向公主和赞普行过礼这才坐下，一番礼尚往来的官方客套话后，曾文静这才委婉地表达："赞普来访应该事先通知使团做好准备，若有什么不周的地方，还请海涵。"

常禄赞普对这个说话滴水不漏的年轻长史很是赞赏，望向安乐公主道："贵国人才济济，本王只好望而生畏了。"

安乐公主噗嗤一笑："区区长史，玉京城中一抓一把。"

曾文静在心中暗暗为公主殿下的机智感到赞同，名义上她在贬低自己，实际上却是在震慑常禄赞普，玉京城最不缺的就是人才，看他还敢不敢对中原有杂念？

常禄赞普并没有露出丝毫不悦的神情，反而觉得安乐公主不做作十分投缘。虽然这样的见面更多的是试探和政治目的，却让他坚定了娶安乐公主的信念，若之前仅仅是为了和亲而完婚，此后便是为娶这个女人而完婚了。

想来，再说什么亦是无趣，这便是男女之情。

第八十四章 大婚逢大雪

燕十三郎从外面回来的时候，常禄赞普已经走了，他这次是微服私访，没有带多少护卫，走的时候向安乐公主辞行却轻佻地在公主的额头落下一吻，曾文静气得立刻站起来便要和他理论，却被公主眼神制止。

安乐公主立在廊下，看着大雪中两个人握着的双手，笑得有些意味深长。

十一月初，大婚的日期总算敲定下来了，在这之前，保障公主殿下的安全则是两国使者共同的责任。

当常禄赞普真正从心底接纳安乐公主为她的新婚妻子后，竟破例为完婚细节出了许多主意，这让日夜服侍他的希美公主感受到了前所未有的威胁。

希美公主暗中来驿馆拜访是在一个晴朗的午后，她有高高的鼻梁，眼睛很大，不似中原人的圆润。"我是高泊的希美公主。"她用中原官话自我介绍，这让安乐公主有些意外，原来常禄赞普在宫中请了专门教授中原官话的师父，而希美公主善于媚上，投其所好是必然的，加上她十分聪颖，用了半年时间就学得流利如汉人。

"高泊在哪里本宫并不知道，你来驿馆有什么事吗？"安乐公主好整以暇地问道。

"既然你要嫁给赞普为妻了，我过来看看你，顺便教给你一些宫里的规矩。"希美公主傲慢地说道。

"这里最不缺的就是礼仪学习,至于你说的宫里的规矩,难道比我们中原的还复杂吗？"安乐公主笑嘻嘻地说道,露出一脸的无辜。

希美公主也不恼,只当她说话孩子气:"赞普喜欢聪明伶俐的女子,可不是权势越大越能得到宠爱。"

安乐公主看着她挑衅的俏模样,有些释怀道:"本宫知道了,还有什么事吗？没有的话,送客。"

原来安乐公主自幼就是看着母亲与姬妾们整日勾心斗角的,前几日还在想自己能不能在这里站稳脚跟的她,看着面前的希美公主,这样沉不住气地跑来,就知道她已经输了。

希美公主觉得很气馁,来了还没有说几句话,至少还没有说几句能让这位中原公主觉得害怕的话,就被下了逐客令,委实有些尴尬。

"赞普最喜欢的人是我,你算什么东西。"这样想着,竟不由自主地也说了出来。

安乐公主愣了一下,她没有想到这位高泊公主不仅小气还蠢,这在后宫生存法则里面可是大忌。忍不住哀怜地望着她,摇摇头道:"你可知道高泊和中土的差距吗？等你看清楚本宫依仗什么嫁给赞普后,就老老实实地待在自己宫中,不要出来招惹我,不然哪天作死,本宫不会好心去救你的。"

高泊是中土的附属国,这点希美公主当然了然,在品阶上她自然比安乐公主小了很多。当初自己来到逻昌是国王为了讨好赞普而送来的,可眼前的汉人公主则是赞普要明媒正娶的,是申逻战败后跟皇帝上表求亲得来的。虽然同是公主,又怎么能一样呢？想到这一点,希美公主不由得收敛先前跋扈的态度,向安乐公主行过礼后黯然退出。

大婚那天,雪域又下了倾天白雪,红袖也换了喜庆的衣服,软玉鞭缠在腰上。今天她将最后一个锦囊打开,交给了燕十三郎。

燕十三郎只略微瞧了一眼,就去拜见安乐公主。

"燕帅来见本宫可是还有什么话嘱托吗？"此时的安乐公主已经不是那个逃到小镇客栈的丫头了,她身上流淌的是皇室血脉,举手投足间已经带着隐隐的高贵气质。

"臣有一锦囊要交给公主,虽不是忠义名言,却可解公主一时困惑。"说罢,将锦囊呈了上去。

安乐公主打开锦囊，上面只有寥寥数语，却让她眼神熠熠，最后抬眸望向燕十三郎时道："真是金玉良言，应该不是燕帅这样上阵杀敌的男子所写，可是一位女子？"

燕十三郎佩服她的精明，却不想告诉她是谁，就道："自是臣所想，红袖姑娘代笔，臣的字太丑，不敢拿出来丢人现眼。"

"植五谷，兴水利，引桑麻，使汉化，辅雄主。"安乐公主反复咀嚼这几句话，分明是将她以后的人生都道尽了，雪域高原远离中土，民风淳朴却也蛮化，更因不善种植靠天吃饭使得这里的百姓生活一直饥寒交迫，而这些不正是自己来到雪域后要改变的事情吗？

话虽如此说，但要凭她一个异国公主做好这些事情，还需要很多的磨砺，毕竟不是你想做别人就会给你机会去做的。

常禄赞普在新建的花园迎接安乐公主，这一场盛大的婚礼让很多部落的首领都来了，他们也都想看看这个能让赞普大费周章的中原公主。

使团在结束使命后就要撤离逻昌，曾文静回京复命，燕十三郎直接回玉门关驻守，一场足以青史留名的两国联姻以最隆重的方式落下帷幕。而对于安乐公主来说，却是她青云直上的开始。就像那些考取功名的士子，拿到"状元"名号固然天下皆知，一时风光，但真正要千古留名的，还是需要在以后的政治生涯中经历无数的浮沉，建立不朽的功业。

回到玉门关的燕十三郎，当着燕家军数万将士的面宣布要娶苏红袖为妻，一生一世只与这一人相守。

常年征战的铁血男儿最易儿女情长，比那读书的贵族士子分明更多情，就如同昔日一名将军临上战场写给妻子的诗：

　　结发为夫妻，恩爱两不疑。
　　欢娱在今夕，嬿婉及良时。
　　征夫怀远路，起视夜何其？
　　参辰皆已没，去去从此辞。
　　行役在战场，相见未有期。

握手一长叹，泪为生别滋。
努力爱春华，莫忘欢乐时。
生当复来归，死当长相思。

区区几十字的诗，却道尽了无数边关将士对妻子的情与痴，燕十三郎固然是杀人不眨眼的一方元帅，而今在红袖面前早已将百炼钢化作绕指柔了。

收到红袖的飞鸽传书时，苏蓁玉已经从锦官城回到湖州，那次的刺杀行动让萧如意意识到自己不再是那个窝在湖州默默无闻的受压制的小王爷了，而已经变成某些人的眼中钉肉中刺。

入冬后，湖州接连下了四五场雪，南方的柑橘却受到大雪的影响无法卖出，成为当地橘农和几大客商的难题。

秦府中苏蓁玉听着陈子杭关于如何解决南方橘子滞销的方案，才听到一半就觉得十分可行，打断他的话道："既然如此，子杭兄放手去做即可。"

陈子杭用一种"我就知道你变懒了"的眼神斜睨了她一眼，若看在外人眼里倒像是一种无奈的宠溺了。自从离开朝堂后，苏蓁玉仿佛把前半生的计谋都用干净了，整个人都透着一股子慵懒和散淡，最喜欢换上男装与城里的才子们吟诗作对，品鉴名花。

相对于苏蓁玉的闲云野鹤，萧如意就忙多了。自从有了锦官城一劫，他对外愈发行事放浪形骸，内里却步步小心，被苏蓁玉笑作自讨苦吃。

两个人相处越来越默契轻松，萧如意来秦府来得频繁了，就连湖州城的几个才子之间都传闻逍遥王之所以不肯娶亲，怕是看上了秦府那个爱穿男装的假小子。

苏蓁玉再出门游玩，就免不了被同行的才子们拿来取笑几句，翠衣跟她久了，竟练得一副伶牙俐齿，无论何时有人敢欺负自家小姐，都要领教一番她的毒舌攻击。一旁的萧如意看得叹为观止，直称赞苏蓁玉驭人有术。

拨开云雾见天日的天目堂不再是先帝留下的秘密机构，从萧如意将黄金矿上交给朝廷后，他们便失去了存在的意义。苏蓁玉最终决定冒风险将他们全部带回了秦府，兔死狗烹这事她确实做不出来。陈子杭从前就是天目堂的账房师爷，如今又作为秦府最大的掌事先生，自然就成了这拨人的直接头领。苏蓁玉将全部家当都给了他,这个当年科考落榜的读书人做起生意来竟半点不见书生的优柔寡断,明里暗里的狠辣手段连苏蓁玉都忍不住惊叹一声。

第八十五章 势利小人来

又是一年腊月雪飞扬的季节,玉京城因为少了传奇的女相国,就连最繁华的钟鼓楼街也显得少了浓烈的色彩。

钟鼓楼的老板姜晓海每日都会站在街口望一望对面的相国府是否会打开大门,他从心底不相信那个神仙一般的女子就这样离去了。这几年受了相国府许多恩惠,都没有来得及回报什么。

这一日,玉京城传出一个不大不小的消息,久在玉门关驻守的燕家军主帅回京觐见皇帝,之所以引起玉京城的权贵们注意,是因为上次击退两胡盟军后,将军们都进京受封了,唯独燕十三郎没有进京接受上赏,毕竟玉门关太过重要,加上北胡刚败就有申逻虎视眈眈,自然不敢掉以轻心。

如今,刚刚和亲完婚的申逻常禄赞普面对两次精锐骑兵都打了败仗的残酷事实,恐怕难以再有心力进攻了,毕竟兵家大忌,所谓一鼓作气再而衰三而竭便是此理。

朝中后起的少年将军们除了敬佩运筹帷幄、算无遗策的女相国苏蓁玉外,第二佩服的就是燕家军的统帅燕十三郎了。

自然,跟着他回来的还有苏红袖。

庞孝杰这一生最辉煌的事情就是参加了蜀中平叛,然后跟着楚国公一路受封受赏。而这一生最痛苦最耻辱的事情就是在玉京城这天子脚下被人硬生生地削掉了双耳。

听说那个什么女相国死了的消息,庞孝杰约了几个兄弟去快活楼一通大吃大喝,个个都醉得如同烂泥,他终于可以睡个安稳觉了。

睡醒的第二天清晨,他摸着没有了耳朵的脑袋,宿醉的后果就是醒来特别难受和头疼。心中压抑已久的仇恨在此刻终于爆发了,上次自己不过想去那家店吃顿羊肉,就白白给人削去耳朵,既然那家店没有了靠山岂不正是一雪前耻的好机会!

庞孝杰虽然仍在军中供职,却连降三级成了普通的千卫长。这样的小官职在玉京城多如牛毛,那些眼高于顶的富贵公子哥拿他当仆役一般使唤,心中对苏蓁玉等人的怨愤愈发无处发泄,不待此时出手更待何时!

夜里的钟鼓楼街比东西两街更加热闹,原因是这条街以酒楼茶肆为主,而冬夜里的火锅尤其被推崇,就拿名号比街名久远的钟鼓楼酒馆来说,他们家的涮羊肉几乎闻名了一个甲子,传到姜晓海这一代虽然没有祖上的风光无限,倒也算维持得不错。

翌日,庞孝杰跟头领请了两天假,就带了几名惯于蹭吃蹭喝的泼皮兄弟来到钟鼓楼酒馆,那姜晓海哪里敢再次得罪他,相国府已经人去楼空,这次自己怕是再劫难逃了。

那庞孝杰只管白吃白喝临走还白拿,姜晓海不想把事情闹大,一日两日过去,他却吃上了瘾,竟丝毫没有要了结的意思。

妻子看他愁眉苦脸,忍不住胡乱出主意道:"听说那个燕家军的主帅回京了,他和苏相是至交好友,我们去求求他如何?"

姜晓海一拍大腿狠狠咬牙道:"豁出去了,明天我去行营馆求见一下燕帅,如果他不管咱们,就认命了。"

这也就是他们小门小户没有什么见识才会想到的主意,一个驻守边关的元帅纵然有天大的军功又怎么能随意插手地方的事务?事情传出去就会给政敌增加口实。

这日,庞孝杰竟中午吃过又留下话来,让姜晓海给他留个雅座,晚上还要来。

被欺负得紧了的姜晓海一咬牙,让妻子和伙计看着店,自己领了一个伙计扛上一只羊腿便去拜访燕十三郎。

哪知到了行营馆，那门上的士卒一看他这架势直接给拦下了："元帅有令，凡是送礼的一概不理。"

姜晓海急得直在门外跺脚，看来元帅是见不上的，只能回去认倒霉。就在他转身离去时恰好一辆马车驶来，车上的人挑帘一眼瞧见了他，惊讶道："姜掌柜，你来行营做什么？"

"原来是红袖姑娘，还以为这辈子再也见不着您了。"那姜晓海也是性情中人，早前受了相国府的恩惠不少，此时见到红袖，竟忘了为自己申诉公道，一心一意地为苏红袖还活着而感到万分欢喜，以致有些语无伦次。

苏红袖也有些百年身后遇故人的感慨，跳下车来指着他身后带着的伙计和伙计身上的羊腿询问道："这是？"

"哎，说出来怕姑娘笑话，又怕给姑娘添堵。不说了，不说了，鄙人就是过来想拜访一下燕元帅，没什么事情，鄙人就先告辞了。"

"快点说，跟我你还磨叽什么呢？"苏红袖素来耿直，见不得他这畏首畏尾的模样。

"也不是什么大事，就是上次被姑娘削了耳朵的庞长官，听说苏相去世，您也不知所终后，就又开始找小店的麻烦去了。我们这些在京城根下做生意的人，若朝中无人帮衬难免成为大家都想揩油的倒霉孩子。"姜晓海一边说一边叹息不已。

苏红袖一听，柳眉瞬间倒竖，想着这场公案也是因自己而起，便道："我送掌柜的回去吧，去看看那个泼皮，这次我一定让他彻底改了，不再来祸害人间。"

姜晓海哪里拦得住她，只好认命地跟着她坐上马车往自己酒馆方向去。

红袖一直都是火爆的脾气，直到遇见苏蓁玉才收敛了许多，寻常的吃亏受气只当没有发生，但若是路见不平，再克制也要出手教训一下恶人才行，只曾答应苏蓁玉不打死人即是。

那庞孝杰上次被打吃了大亏，没想到竟敢再来，偏不幸地又撞在自己这棵旧树上，也只能算他倒霉了。

下午并没有多少客人，老板娘站在二楼窗前不停地向外张望，等看到自家的马车回来，心才稍稍安定，虽然不知道丈夫这趟去见那个大元帅会不会成功，等他真的去了，又开始担心受怕，万一又得罪了人家就得不偿失了，好在此刻人能够平安归来，她的心也随即放下。下一刻，她就看到另一辆马车也停了下来，一名黄衫少女跳了下来，分明就是那相国府的一等侍女苏红袖。

老板娘急忙从二楼下来一直迎到前厅，看到走进来的黄衫女子正是苏红袖，上前就拜了下去，惊喜道："问姑娘好，没想到您还能回来玉京城。"

红袖黯然："这次是跟着燕帅一起回来的，若非机缘，本来是打算永不进玉京城的。"

"苏相国的事情我们已经听说了，生老病死，非人力能扭转，姑娘看开些，前些日子跟大慈恩寺的长老捐了些香火钱，请他为苏相国超度了九九八十一天，但求能使亡灵安息。"

"红袖代小姐谢过姜夫人的功德，对了，那个庞孝杰来了吗？"

姜晓海下意识地往窗口雅座看了一眼，姜夫人摇摇头道："还没有到，掌灯时分该来了。"

红袖随便找了一个座位坐下说道："今天晚上不要营业了，咱们关门打狗。"

姜晓海和夫人面面相觑，不知道该怎么回答，他们自然有自己为难的地方，这次就算能武力教训了庞孝杰，可是等苏红袖一走，那泼皮更加报复该如何是好？

苏红袖看着二人为难的脸色，已经猜到了八九分，笑着说道："掌柜的不必担心，这次一定给你解决彻底，让那个庞孝杰再不敢来了。"

第八十六章 又被红袖打

隆冬夜里,明月如水,宜喝酒。

燕十三郎从皇宫里出来,看着满天星斗,忍不住很想带上红袖去城楼上喝酒赏月。

谁知,她并不在行营馆,问了底下的军卒才知道是有人来过。

"你是说有个中年汉子要来见我并带着一只羊腿?"

"回大帅,是的。后来苏姑娘回来看到他,二人似是旧识,说了几句话就跟他走了。"

燕十三郎心中疑惑,难道是相国府的旧人?有什么麻烦想请自己帮忙?

这时,跟在苏红袖身边的一名侍卫一路狂奔回来道:"元帅,出事了。"

燕十三郎眼皮一跳,急忙问道:"什么事这么慌张?"

"苏姑娘在钟鼓楼酒馆和一群官兵打起来了!"

"什么!"

燕十三郎大惊,和官兵动手可是非比寻常,随即又指着那名侍卫道:"你怎么不在那里帮忙,跑回来做什么?"

"苏姑娘怕连累燕家军,不让小的动手,还说她一个人就够了。我没敢干看着,就赶紧跑回来通风报信。"

燕十三郎想了一下,让几个心腹手下都换上便装,自己也去了里屋换上,随即一行人骑马往钟鼓楼街奔去。

久在边关的士卒和京城的纨绔子弟兵光在骑马上就有着云泥之别，燕十三郎带着十几名护卫穿过两条闹市的街道，如入无人之境，闪躲横扫皆在一瞬之间，潇洒如同天外飞仙，却没有伤到一人，让目睹的行人不由得看呆了。

庞孝杰一定是祖上风水不好，或者苏红袖和他的八字太相克，他才跑来钟鼓楼白吃白喝了没多少时日，就又碰上这个女魔头。这次他带着五名京城的纨绔子弟一起来的，都是在玉京四营混日子的主，有两人还是朔风营的副尉。

"你……你没有死？"庞孝杰脚刚踏进大堂就看到了眼前的黄衫女子，早已胆怯地想立刻转头撒腿就跑，无奈身后的几名纨绔子弟看他这副样子觉得忒丢人了，便架住他不许他走，指着红袖嚷道："你连这样一个小娘儿们都怕，传出去岂不是让兄弟们笑掉大牙！不能跑，把她给我拿下，今儿爷就让她陪酒了。"

苏红袖眯着眼睛手已经按在腰间的软玉鞭上，只怕下一刻就要开杀戒了。庞孝杰拉住那几个纨绔子弟低声道："几位大爷咱们还是不要惹这个泼妇了，我的耳朵就是她削掉的，好汉不吃眼前亏，她不可能天天在这，等她走了咱们再来就是。"

孰料那几个纨绔子弟一听这话，愈发不肯走了，非要去教训教训这个不知天高地厚的黄衫女子："呔，你不是说她是苏相国的侍女吗？那姓苏的都死了这么久了，你居然还害怕她的侍女，你小子真是够窝囊的，哥几个嫌寒碜，今天非教训教训她不可。"

苏红袖依然保持原来的姿势立在大堂靠门最近的桌子前，姜晓海欲上前劝架："红袖姑娘啊，别打了，这些军爷咱们得罪不起，吃个一顿两顿的咱们还撑得住，等撑不住了我和媳妇就带孩子回老家，可千万别打了，他们人多势众，姑娘不要硬碰硬。"

红袖哪里听得进劝，对姜晓海轻轻摇摇头道："他们就是吃人不吐骨头的，你今天忍让就能欺负你一辈子，等你死了，再继续欺负你的儿子，难道你要子子孙孙这样窝囊着过？"

一句话说得姜晓海面红耳赤。

"哈哈哈，没想到姑娘不但长得漂亮，嘴巴也够厉害，哥几个一起上，不要跟她客气。"那几个纨绔子弟如猛虎下山一般去抓苏红袖，只有庞孝杰呆立在一旁进退两难中。

"庞孝杰，你个龟孙子，苏相国算什么？已经死人一个了，难道你还怕她的侍女不成？"

此言一出，那庞孝杰情知自己打不过也拼了命冲过来，倘若他今日不出手日后就会被这些纨绔子弟折磨到死，若侥幸逃过一劫，富贵自是不可限量。

红袖挡下几人的攻击，为防损坏屋中物品，随即引了那几人到楼前的空地，那几人也不怕路人笑话他们欺负女人了，这小女子可不是什么弱质女流。

真动起手来，红袖几乎动了杀念，若不是苏蓁玉平日再三嘱咐他万不可在战场以外的地方轻杀一人，这几个人恐怕都难逃厄运了。朔风营两名副尉在五人中功夫最好，却也被软玉鞭击折了手臂。

燕十三郎赶到钟鼓楼时已经是尾声，看着已经被红袖收拾过的几名纨绔子弟伤得不轻，十分坦然地走到她面前问道："都解决了吗？"

红袖摇摇头道："没有，打他们也不是一劳永逸的法子，我得想个法子让他们永远记住这次教训，不敢再出来欺负人。"

燕十三郎见她蹲下想事情，便立在她身旁看着她，路上看热闹的行人也不理会嗷嗷叫的那几位，都盯着那陷入沉思的黄衫女子和她身旁一脸宠溺的男子。

"想到了，我先废了庞孝杰的双腿，这样他以后只能爬着出门，也不用担心他再去欺负人了，至于其他几个人……"

还没等她的话说完就见人群中有人喊道："姑娘手下留情。"

众人闪出一条路，往后一看，骑马而来的人正是朔风营的统领徐伯芳。

"原来是红袖姑娘在这里。"徐伯芳似乎并没有在意地上躺着的几人，先来到黄衫女子面前略一点头算作见礼。

红袖一揖算作还礼："徐统领好久不见。"

之后，徐伯芳又和燕十三郎两个人互相见过礼，这才去看地上躺着的几人，问道："这是怎么回事？"

地上的两名朔风营副尉知道徐伯芳向来军法分明，哪里还敢说话，不顾身上的伤连忙跪在地上："下官不该听从庞孝杰挑唆和这位姑娘动手，还请统领惩罚。"

庞孝杰一听叫苦不迭，他们几人把白吃白喝欺负姜晓海一家的事情都推脱得一干二净，只剩下受挑唆和人动手一处不对，这样一来他们最多被骂几句打几下板子，而自己恐怕就要有牢狱之灾了。

徐伯芳听他们说辞已经了解事情的大致经过了，心中不免对两名手下人不满，天子脚下也敢如此猖獗，这不是给自己找麻烦吗？

"红袖姑娘深明大义，这几个人打得好，玉京四街胆敢有人仗势欺人，岂能轻饶，既然是我朔风营的人，那就交给在下带回去好好管教，若今后再有人敢出来闹事，有如此剑。"只见徐伯芳伸手将腰间佩剑抽出，两指一夹，长剑咔嚓一声断作两截，人群中爆出喝彩声。同来的朔风营巡逻兵将地上的几个人都押了回去，至于庞孝杰，红袖本想留下他的一双腿，被燕十三郎拦住："此事我们不宜再插手，徐统领既然知道了，就肯定会秉公办理。"

徐伯芳点点头道："谢燕帅信任，在下保证不会再有人在这条街上寻衅闹事，吃霸王餐了。"

街上的行人各自散去，徐伯芳还要回去处理这次事件，就先行告辞了。燕十三郎和红袖也向姜晓海夫妇二人辞行，安抚他们不用担心，既然徐伯芳承诺了，就不会再有人前来报复，日后生意肯定更加兴隆。

姜晓海夫妇对红袖充满了感激，这已经是她第二次为自家大打出手了，本想留她和燕帅吃了晚饭再回去，见他们执意不肯，亦不敢强留，在他们走时只将白天要送给燕帅的羊腿又放到了红袖的马车上，令她哭笑不得地收下了。

回去的路上，燕十三郎并没有向她询问为什么去打架，而是说："堂堂的一品元帅夫人跑到街上打架，也太大材小用了不是？"

"你是担心我给你闯祸吗？"红袖有些惆怅，小姐以前从不担心自己给她闯祸。

"不是，我怎么会担心这个？我担心你吃亏呢，是教给你下次可以抬出你夫君的名号，这样就不用动手了，有事让他们来找我便是。"

红袖听完这话嘴角翘了起来，却故意板着脸说："我还没有嫁给你。"

燕十三郎道："不碍事，反正也快了。"

红袖觉得无言以对，撇过脸不再看他，只觉得脸上一阵温热，在冬日里格外让人心跳加速。

这次入京受赏顺便述职，带给燕十三郎最大的震撼就是皇帝的变化，他比从前更睿智机警，胸怀大志，仿佛当年站在女帝背后没有自己主意的少年是幻影。

萧如昊加封燕十三郎一品关内侯，更令人想不到的是，这次他不仅同意了赦免苏红袖的罪，还送她一个三品诰命。

二人在京城一时风光无限，众人皆叹苏相国红颜薄命，倒是她的侍女飞上枝头做了凤凰。

湖心亭赏雪

第八十七章

　　陈子杭按照驿馆的模式建立了自己的联络站，被苏蓁玉赞赏万分。真正显示出它的非凡意义的是在这次将几万斤滞销的淮南橘运到玉京，北方人的冬天极少能有水果可吃，那淮南橘刚到玉京就被抢空了。这一下子不但笼络了很多橘农的心，还大赚了一笔，陈子杭觉得天目堂这个名字已不宜再用，便让苏蓁玉重新取了名字，她倒是散淡，随口道："那就叫疏玉斋吧。"

　　疏玉斋在全国各地的分号如雨后春笋一般，让人刮目相看，私下开始有人四下打听那疏玉斋是何方神圣所开。

　　"只听他们下头的掌柜说，是江湖上赫赫有名的秦家堡大小姐掌管这些生意，这大小姐雷厉风行，比寻常男子都厉害呢。"

　　"这秦家堡不是江湖世家吗？怎么还做起生意来了呢？"

　　"这你就不懂了吧，秦家堡的几位大爷虽然是混江湖，但这个大小姐是长房嫡女，因天生羸弱不适合练武却生就一颗七窍玲珑心，弃武从商竟闯出一片自己的功业来，便是十个男子也不及她。"

　　"那谁娶了她，岂不就是娶了一个活财神回家吗？"

　　"这可不好说，江湖上传言，这秦家堡的大小姐秦玉不但眉心有道疤痕，而且性格泼辣，比一般的母老虎可厉害百倍，谁敢娶回家？"

　　"有钱人家的子弟怕是舍不得吃这苦头，哈哈哈。"

……

苏蓁玉偶尔出去闲逛也听到一些关于自己的可怕传言，便问同行的萧如意道："我看起来很可怕吗？"

萧如意折扇轻拢，一副风流才子的模样微笑答道："秀色可餐而已。"

苏蓁玉下意识去摸眉心上的疤痕，女孩子天生爱美，自己这里突然多了一道刀疤，难免懊恼几次，久而久之就好了。"唉，早知道不做出这道疤了，如今倒成了他们取笑的把柄了。"

萧如意深以为然，耿直地说道："后悔了吧，亏你下得去手。"

"苏蓁玉何妨做一次秦不悔？"

二人只管谈笑，浑然不觉天空已经阴沉沉地下起雪来，湖州今年冬日的雪竟比北方还要频繁，行到城外的莫愁湖二人方下了马，随行的向道几人立在远处看着他俩携翠衣开始往湖心亭去。冰结得很厚，三人步行前进，萧如意身怀武艺自然不惧路滑，苏蓁玉虽然没有花时间去练武，却是久经沙场的一朝统帅，自然也是脚下稳健如履平地，只苦了翠衣这个小丫头行了两步就摔了个大跟头。

"你不必跟着了，让向道过来吧。"萧如意道。

翠衣觉得很是委屈，还要勉强，随即脚下一滑又跌了一跤，只好垂泪退回岸上，将手里提着的锦盒不情愿地递给向道。

湖心亭位于莫愁湖的中心位置，两个人走了近两刻才到达，随即向道也到了。雪越下越大，萧如意看苏蓁玉身上落了不少雪，伸手帮她掸了掸，问道："冷不冷？"

"不冷。"苏蓁玉看他轻轻一抖身上便雪花全无，煞是好看潇洒。

二人在亭中石凳上坐定，看着浩瀚缥缈的湖面飞雪，当真是胸中自能涌起豪情壮志来。向道不待主人吩咐，自锦盒中取出圆顶铜炉，炉中木炭通红，又取一把银制酒壶，开始烧酒。

苏蓁玉伸手拂了拂眉梢的雪，江南人雪天都是撑伞出门，北方却没有这样的习惯，故而苏蓁玉每次出门都不习惯带上伞，这雪虽大倒也不至于淋湿。

一刻钟后，热酒咕咚作响。

萧如意道："向道拿酒来，爷今天要写这锦绣江山。"

向道从手中锦盒取出两只如意杯，又拿过酒壶，斟了一杯给他："王爷，今天您应该用酒壶直接饮才显得豪气冲天。"

"那是牛饮，爷岂能如此不懂风雅？"

向逍又给苏蓁玉斟了一杯，二人碰杯，向逍执壶，此番赏雪果然别有风味。

萧如意指着外面的一片大好风景道："本王今天就让你们两个见识一下，什么叫作兴来酣至文千牍。"略作思考，他一手执杯，缓步走到亭边道：

"咸平四年十二月，余携秦氏女往莫愁湖。大雪漫天，湖中冰冻千尺，况复鸟兽俱绝。行数十里，往湖心亭赏雪遂作此诗以记。诗云……"

苏蓁玉嘴角噙着一抹温柔，眼角眉梢满是春风，却没有作声，只是定定地看着他。

"怎么样？"萧如意见她不说话，忍不住凑上前问道，看她红色的斗篷带子要松，将酒壶放在石桌上，伸手给她系好。

"比我好多了。"苏蓁玉扬起脸来看他，没来由地一阵心慌意乱。

"玉儿思春了？"

"胡说八道！"

"你刚才脸红什么？"

"冻得！"

"不像，就是春心荡漾的模样。"

以最高雅的方式开始的赏雪，这会儿倒调情起来，向逍无奈地将眼睛瞥向一边，心中腹诽了无数句俗气。

等到酒尽雪停，两个人这才起身欲往回走，却发现远远走来一主两仆。走在中间的是一名身材修长品貌端庄的女子，而她的左右各跟着一名侍女，亦是冰清玉洁之貌。

萧如意对她们连看的兴趣也没有，见她们往亭子走来，便拉起苏蓁玉道："我们回去吧。"

就在他们准备离开的时候，那主仆三人已经走到亭子里来，左侧的侍女道："我家小姐说了，打扰了两位的雅兴，本以为这大雪天无人到这湖心亭来赏雪的，既然相逢便是缘分，两位若是不嫌弃可否一起坐坐？"这话虽说得客气，语气却不容反驳。

苏蓁玉望了望萧如意，一副"我听你的"的表情。雪还在下，因为才吃了酒，身上并不觉冷。萧如意刚要拒绝，另一位侍女又道："小姐，来的路上奴婢还想，这大雪天能到湖心亭赏雪，您可真是一位痴人，到了以后才发现，原来还有痴似小姐者！"那身段纤柔容貌清丽的小姐微微侧身向这边露出浅浅的笑，梨涡两点让人更觉怜惜，她声音也是典型的江南女子的委婉："这位公子和小姐何不再坐会儿，人海相逢擦肩而过便是前世五百年的修为，何况吾等这般机遇缘分。"

苏蓁玉回了个礼貌性的微笑，还是将目光望向萧如意等他说话。

"多谢姑娘美意，在下出来的时辰已久，该回去了。"

萧如意说完牵了苏蓁玉的手便往湖面上走，此时雪已经有三指多厚，踩上去沙沙作响，向逍收拾好东西随即赶上他们，只留一脸遗憾和惆怅的主仆三人。

湖心亭的柱子有新题的一首诗，正是之前萧如意所作，那位大小姐反复吟咏，转身再看湖上行走的三人，已化作茫茫天地间的三粒影子，妙不可言。

"诗写得真好啊。"那位大小姐感叹道。

"人也长得好，老爷这次总算给小姐找对了夫婿。"左侧侍女道。

"小红莫要乱说话。"

"小姐，奴婢知错了。"

……

没多久，湖州的大街小巷就传遍了萧如意留在湖心亭的那首诗，令人意外的是，这首诗却成了他和湖州太守之女甄蜜儿的一段佳话。世人都在传，前日大雪，逍遥王往湖心亭赏雪，邂逅甄蜜儿，二人谈诗论道相见恨晚，遂作该诗。萧如意听到这些谣传，整个人都不好了，对向逍抱怨道："早知道有人连这种便宜都要占，我就把前面的小序也刻在柱子上。"

萧如意每日早起处理完王府的公务就去秦府探望苏蓁玉，这几日去得更加殷勤，唯恐她被谣言所惑生了闷气，抑或是误会自己在外面拈花惹草，那就得不偿失了。

"小姐啊，你都不知道，外面的人都在传王爷和那个太守的女儿一见钟情呢。"翠衣郁闷地说道。

苏蓁玉躺在廊下的竹椅上晒太阳，对于冬日这样难得的好天气，她可不想去研究什么谣言，遂半是认真道："是吗？与我们又有什么关系？以后，对于这种话你听听就好，不要再带回来跟我说一遍才是。"

翠衣脸上一红，这秦府看似和气得很，却在一些细节上比市井人家来得讲究，尤其自己还是小姐身边的侍女，更应该知道轻重才是，想到这里她忙认错道："奴婢知道错了。"

苏蓁玉挥挥手让她退下去，心中有一些遗憾，再无人能像红袖一样立在自己身边："唉，红袖也不知道现在在做什么？"

不过，这样一个空穴来风的谣言是怎么传出来的呢？

这样思量一番，这湖州城也要热闹起来吗？

苏蓁玉暗暗摇头，不知道是该嘲笑自己还是嘲笑世人。

算日子陈子杭也要从玉京回来了，前几天的信中提到在玉京见到了红袖和燕大哥，不知他们近况如何？就这样想来想去，苏蓁玉竟然睡着了，翠衣进屋取来狐裘给她盖在身上，然后就坐在一旁的矮椅上绣鞋子。这是湖州最新的花样，从前在山里哪里见过这样新鲜好看的东西，如今能心满意足地坐在这里多亏了遇见小姐。想到这里她抬眸看了一眼竹椅上的女子，琢磨着要给她做一双新的绣花鞋。

萧如意过来的时候，刚好看到这一幕，甚是安静祥和，翠衣听到脚步声循着望去，正和他目光对上，忙起身要唤醒苏蓁玉，被他制止："不用打扰她，我坐一会儿等她醒来。"

翠衣只好去屋里面搬了一把矮凳给他，又沏了新茶端过来，才又坐到一边绣花。

日光洒在竹椅上，她的脸上盖着一本书，想是为了遮挡光线，便无法窥见她睡着的表情了。萧如意忍不住打量起她的身材，玲珑有致，又觉得这样十分孟浪，遂跟翠衣问起话来："你家小姐今天一直没有出门吗？"

"小姐说外面太冷，不如在家里晒太阳舒服，就没有出去，再者陈管事这几日要回来了，小姐怕他回来着急见自己也就懒得出门。"翠衣嘴上这样说着，心里却在想，还好不出去，听那些人嚼舌根岂不是要不痛快？

"你什么时候来的？"苏蓁玉听到两个人说话已经醒转，拿掉脸上的书眯着眼睛慵懒得像一只猫。

"刚到没一会儿，想跟你说件事呢。"

"说说看。"

"现在湖州到处都在传我与太守之女甄蜜儿的八卦，此事决非平常人所为，我担心有人想借机生事，那个甄蜜儿肯定就是那日湖心亭碰到的女子。你说她为什么这么做？"萧如意将矮凳往苏蓁玉身边靠了一靠，顺手拿起桌子上的果脯放在她嘴里一块。

"攀龙附凤也不是没有可能，逍遥王的封号是先帝给的，湖州大小的官员从前不怎么将你放在心上，如今却是不同了，你去京城这遭让大家又重新看到了你的价值嘛。"

苏蓁玉这样一说，倒让他不知道再说什么了，玉京城的那位一时兴起，却改变了自己下半生的轨迹，只希望他能够多提拔一些能臣干吏，不要再打自己的主意了。

第八十八章 太守有媚女

"好玉儿，换上你最好看的衣服，我带你出去游玩。"萧如意谄媚地说道。

"你想让我做挡箭牌吗？"

"话可不能这样说，你本来就是我未来的王妃，甄蜜儿那样的女人我可看不上，我们两个一起出去游山玩水，那些谣言自然就不攻自破了。"

萧如意一方面是真的讨厌甄蜜儿这样做，另一方面却是醉翁之意不在酒，他想趁机让自己和苏蓁玉好好相处，感情能更亲近一些，等寻个恰当的时机，再把婚事定下来。

苏蓁玉翻身坐起来，轻轻一笑说道："如今城里的梅花开得正好，不如由你牵头办场诗会，再抛个好彩头，那些才子佳人也乐意参加，届时我会陪你一起去。"

这些雕虫小技在文人眼中是分外高雅的事情，而百姓也喜欢，是觉得热闹有趣又能八卦一下哪一家的小姐是才女，哪一家公子是草包，这在太平时期更是多了几分风流鼎食之意。

"那个湖州太守真是吃了熊心豹子胆，竟然欺负到我逍遥王身上来了。"萧如意想起这事还是一脸气愤，孩子一样的举动，哪里还有半点城府，他只有在苏蓁玉面前才会肆无忌惮地表露自己。

逍遥王府在湖州城南街，而逍遥别苑却是在莫干山脚下，自从苏蓁玉病愈回到秦府，他来回跑了几趟觉得很是不方便，就命人将王府整修一遍搬了回来，这样一来与秦府只隔了一条街，想见面他随时都可以走过来。

相对来说，秦府位置比较僻静，当日陈子杭看中的就是这一点，如今苏蓁玉退出朝堂，竟变得十分懒散，凡事都由着手下人去做，不管有利还是有弊，就如同这次陈子杭将几万斤滞销的淮南橘收购，她都没有心疼一下，更不会去思考万一他赔钱了怎么办。越是如此那陈子杭便愈发谨慎，怕真将她的家当折腾没了。

两个人正在闲谈过几日在哪里举办诗会合适，门上有人来报："大小姐，有位自称是湖州太守府千金的女子前来拜访。"

萧如意一瞪眼："她来做什么？难道还想在我们身上做文章不成？"

苏蓁玉比他淡定多了，对门上小厮道："让她进来吧。"

翠衣收了针线盒子，服侍她起来整理好刚才午睡弄皱的衣裳，又重新沏了茶，端了点心放在廊下的圆木桌子上。

"本王来的时候也不见你如此殷勤。"萧如意指着忙里忙外的翠衣，不满地说道。

翠衣本是个实诚人，这一问倒真觉得自己对不住他了，憋了半天才说道："奴婢是因为王爷和咱家小姐都是自己人，不用见外，那太守千金是初来乍到的客人，所以才想着礼数周全点，别让小姐给人笑话了去。"

萧如意听了很是受用，轻笑道："你说得对，本王自然是自己人。"

几句话间那拱门处已经缓缓走来主仆三人，正是那日湖心亭遇到的清丽女子。只见她莲步轻移，似是没有抬头一看却准确地在萧如意面前敛衽一礼，用极是好听的温软声音道："小女子甄蜜儿见过王爷。"

萧如意自幼在湖州城的脂粉堆里长大的，哪些手段没有见过？他之所以对苏蓁玉一见钟情，除了因为她的才貌双全，更重要是看中了她的性情，为人不做作，豁达又坚毅，这样的女子天下间又能有几个？

所以，当他看到这个扭捏的甄蜜儿后，第一反应是想逃离，说话的语气做派跟那些争风吃醋故作大方的画舫女子又有什么不同。

"甄姑娘不必多礼，你怎知本王在这里？"萧如意纵是心中无限不满，却是不失温和地望着她说话，让人如沐春风。

一旁的翠衣忍不住撇撇嘴，心道王爷刚才还说人家大小姐不好的话，一见面却又摆了一副风流儒雅的模样，唯恐自己不被喜欢似的。

"蜜儿在府中听说那日湖心亭赏雪的事被大家传得沸沸扬扬，王爷与我本是偶遇，不知何人偏要说成是有意相约，心里气不过，又担心王爷和秦姐姐有什么误会，特地过来跟秦姐姐解释一下，没想到又遇到了王爷。"甄蜜儿后面说着说着就声音小了起来，有一种欲拒还休的羞怯感。

苏蓁玉望了她一眼，没忍住就笑了出来："甄小姐，你不用特意来道歉，此事你何错之有？"

萧如意立刻附和道："玉儿说得对，我们并不在意这件事，既然你说跟你没有关系，本王也懒得去查，你可以回去了。"

甄蜜儿摇头不语，也没有要离去的意思。

苏蓁玉有些无奈地望向萧如意，后者则一副要吃人的表情道："你还有什么事？"

甄蜜儿的侍女之一小红见状为自家小姐鸣不平道："启禀王爷，奴婢有话要说——"

"嗯？你说吧。"

"这次的流言蜚语虽然对王爷没有造成什么伤害，却有人对我们家小姐指指点点，这几日就连太守大人也对我们家小姐呵斥不已，小姐整日以泪洗面，却还想着要来给秦姑娘和王爷道歉，奴婢实在心疼小姐才说了出来。"

甄蜜儿适时地叹息道："小红，不要说了。"

面对这两位的一唱一和，苏蓁玉感慨颇深，忍不住怀念起朝堂上那些口蜜腹剑的议事大臣，他们在攻击敌人之前都会用这样的蛰伏手段。她现在要不是懒得思考，恐怕也要收敛心神和她们周旋，只好将目光看向一旁的萧如意，人家此番来主要目标还是他，自然还是他自己解决的好。想到这里，苏蓁玉好整以暇地露出愈发温暖的笑容，仿佛真的被这对主仆的话打动了。

"向道！"萧如意厉声一喝，把眼前还跪着的甄蜜儿吓得一哆嗦。

苏蓁玉这才恍然想起自己没有去扶起她，更忘了吩咐让翠衣给她搬来座位："翠衣，还愣着干吗，快去给甄小姐搬个椅子。"

向道听到主人好像生气的声音，有些意外地走过来问道："爷，您这是怎么了？"

"你去给我调查一下，谁传出来的流言蜚语，找到源头给我往死里揍，不必禀报了。"萧如意冷冷地说道。

地上还跪着的甄蜜儿又哆嗦了一下，有点后悔听取母亲的建议来这里。

翠衣已经搬了一把竹椅过来，廊下显得有些拥挤了，日光还是很足，回廊前的梅花含苞欲放。苏蓁玉鬼使神差地说了句："王爷准备办一场诗会，届时城里的青年才俊都会参加，甄小姐才名远播，要来呀。"

萧如意不解地看着她，后者一脸无辜。

刚刚才坐到座位上的甄小姐马上娇羞道："蜜儿平时虽然也学了些诗文，不敢在王爷面前班门弄斧。"

翠衣十分讨厌她一口一个王爷的做派，仿佛这里不是秦府而是逍遥王府一般。

萧如意不去看她，对苏蓁玉道："我还有事，晚些时候再来看你，外面的流言蜚语你不要理会，以后闲杂人等少见也好，你身子弱不要让这些人耽误你休息的时间。"说话间又亲自将狐裘给她重新系好，才放心地离开，直到走出拱门也没有理那个甄小姐。

甄蜜儿似乎并不觉得尴尬，起身向苏蓁玉辞行："秦姐姐好好休息，蜜儿也回去了。"

苏蓁玉没有挽留她，吩咐翠衣送到门上。

这世上能安分守己的女子便是贤淑可人的女子，虽不求她闻达于朝，唯愿家庭和睦不必睚眦必报即可。这段话是湖州一名秀才在选妻时提出来的，他认为女子目光短浅又善妒，为一己之私欲置他人于不死不休的境地者，比十个男子还要可怕。

固然他说得过于偏颇，然湖州城中如甄蜜儿一般的女子也不在少数，反观通达灵透如苏蓁玉般的百年来又有几人？

萧如意从不讲书上的大道理，他自有一套自己的理论，从秦府离开以后，他便去了太守府，不但没有丝毫怜香惜玉的意思，倒把从前在湖州年少轻狂的劲头都用上，迫令太守甄牧之月底前将造谣生事的源头找出来。甄牧之暗里叫苦不迭，嘴上却满口应承："王爷放心，下官一定彻查到底，给王爷一个交代。"

第八十九章 又到除夕夜

除夕夜里,又下起了大雪,苏蓁玉一个人在书房写字,这是她独自过的第一个新年,父亲在沧州也不知道过得怎么样。红袖和燕大哥已经回到北镇去了,那边的将士都是豪气冲天的,一定会对她很好。想来子杭这几日也该回府了,这样大的雪,行程怕是要耽误呢。就在她将每个人都想一遍的时候,翠衣兴冲冲地推门进来道:"小姐,陈掌事回来了。"

"真的?"苏蓁玉忙将手上的笔放下,一路快步往前厅而去。

管家秦钟是陈子杭一手培训出来的,自然对他很是亲近,此时已经带了几个仆人将他们的行李搬进厢房,又给他和几个一起回来的人沏上茶暖着身子。

苏蓁玉刚一进来,众人忙起立见过礼:"见过大小姐。"

"诸位快坐下,都辛苦了。"苏蓁玉今日破例穿了一件红色的襦裙配了狐尾长毛的红色斗篷,从里到外都是极喜庆的颜色,原来难得见她穿女装,现今天天穿着,大家反而觉得不适应了。今天这身打扮还是翠衣千求万求地才让她穿上,翠衣说老家的人每到除夕就要换上最新鲜好看的衣服守岁,来年一定是福气又安康的。

"大小姐,这是我们十一月出门到今天的所有账目,您看看吧。"陈子杭将一本厚厚的账簿放在苏蓁玉右侧的茶几上。

"先不急,今天除夕,每人去账房领一百两银子,家里有老人和妻小的,领完就快点回家,不要让家人担心。至于湖州没有家眷的就都留下,陪我一起守岁,我已经吩咐厨房准备酒菜了。"

众人一片叫好声,那些有家室的过来向苏蓁玉辞行,剩下的人则都摩拳擦掌准备不醉不休。管家秦钟吩咐人多添了几盆木炭,外面的雪还在下,屋里的气氛却是其乐融融的,别有一番异样光彩,让身在其中的人目眩神迷。

苏蓁玉的酒量很好,定力又比寻常人更足,以致每个人都过来跟她敬酒以后她还面不改色,如同没有喝过一滴酒,座中众人愈发钦佩她。翠衣和几个大丫鬟在一侧的暖阁也设了一席,因她是大小姐的贴身侍女,别人都谦让几分,翠衣也不摆架子,从山里跟着大小姐来到湖州,已经让她对生活很知足了,并不觉得自己比其他侍女高等。

雪还在下,檐角有长长的冰凌,似冰剑一般地悬着,大红色的灯笼烛光跳跃,苏蓁玉站在窗前,身后的众人还在推杯换盏,她捏着手里的琉璃盏,窗前的梅花是萧如意让人栽的,已经开得亭亭玉立。黑暗之中就着白色的雪,和四周的灯笼之光,她走到外面,才踏上台阶就看见那里立着一人,竟是萧如意。

他的出现让苏蓁玉微愣了一下,随即释然,这也是意料之外情理之中的事情。逍遥王府虽然有不少侍卫和侍婢,却永远不会像秦府这样热闹。

"你怎么过来了?"苏蓁玉笑道。

"自己在王府待着守岁有些傻气,明天早上还要接受各衙门的拜年,不能过来看你,就趁着雪还不深到你这里看看,没想到这么热闹,能讨杯酒喝吗?"这一刻,萧如意有些嫉妒她府上的人,能随时见着她,陪着她一起喝酒。

"你不嫌弃就好,一起来。"台阶上留下她的脚印,她背着手往屋里走,萧如意紧跟其后,上台阶时,刻意将脚踏在她留下的脚印上,立刻变成一个大的脚印。

苏蓁玉刚回到屋里就被几个人拦住要敬酒,陈子杭一瞪眼:"你们几个不要没有数,大小姐的酒不是敬过了吗?"那几个年轻人这才嬉笑着和别人喝酒去了,陈子杭刚要转身,看到进来的萧如意,忙道:"王爷,您怎么过来了?"

"怎么,不欢迎本王吗?"萧如意扫视一圈,脸上温暖如春。

陈子杭一揖道:"在下不敢,没想到王爷会突然驾到,仓促之间没有准备,还请王爷不要怪罪。"

萧如意指着他对苏蓁玉道:"你看,他对我还是这么生分,这可就不对了,咱们两家迟早要成一家人的,以后可别如此客气了。"

"王爷永远都是王爷,在下不敢怠慢。"陈子杭还是一副恭敬的模样,在他心里主子永远只有苏蓁玉一个,即使有一天她嫁给了谁,那也只是她的私事,自己无权干涉,却不代表自己也会为那人卖命。所以,他能够做的只有恭敬和客气。

萧如意无言地盯着他看了半晌,心中自是明白他对自己是戒备的,冷笑道:"本王倒是高看你了。"

苏蓁玉懒得理他们这些小心思,言笑晏晏地说道:"既然来了,一起喝酒啊。"

府上的其他客卿都对逍遥王很是亲厚,忙过来拉了他一起坐下喝酒,只有陈子杭默默无语地跟过去坐在一边。

屋子里因为有炭火和人多的缘故,有氤氲的雾气,随着窗风一过,烛影摇动,令每个人都如水波般摇晃。

"你刚才喝了很多酒?"萧如意挨着苏蓁玉坐下,靠近她耳边轻声问道。

"也不多,就是喝了几杯他们敬的酒。"苏蓁玉觉得耳边一热,将头撇开,手上的琉璃盏晃了一晃。

"这么多人,每人一杯,也不少,不许你接着喝了。"萧如意数了数屋子里的客卿人数,眉头一皱,有些心疼她,虽然明知道她酒量不错,却也不放心她喝太多,毕竟她是个女孩子。想到女孩子三个字,他心底一阵柔软,即使全世界的人都知道她是个比男子还能干的人,她仍然只是他心中需要呵护的女孩子。

"好,听你的。"苏蓁玉有些微醺,歪着头煞有介事地答应道。

萧如意刚要继续说话,就被几个客卿拉过去又喝了几杯,陈子杭自从他来了以后就变得沉默寡言,苏蓁玉看在眼里,走过去冲他一举酒杯:"这一年辛苦你了。"

陈子杭双手举过酒杯一饮而尽:"谈不上辛苦,除了小姐去南赵那段时间日子难熬一些,现在的这点小事不足挂齿。"

逍遥王身份尊贵,每个人敬酒后谁还敢灌他喝酒,又各自三三两两划拳喝酒去了。他重新坐回苏蓁玉身边,看他过来,陈子杭忙起身退到一边,"子杭,不要太拘束了。"

萧如意静静地等她忙完,这才道:"昨日宫里来了信,居然不知道哪里听到那个湖心亭的所谓赏雪佳话，问我可是愿娶甄牧之的女儿。"

"嗯？怎么还传到皇城那边去了？"苏蓁玉心里已然猜到，大约是甄太守想攀龙附凤，至于是皇城那边安排他如此，还是他自己向皇城那边走了门路，这倒是费琢磨了。

"没想到小小的湖州太守就想欺负到本王头上来，玉儿，你可知这些年我是如何过来的？"

看他故意装作可怜巴巴的模样，苏蓁玉没有打趣他，伸手将他的手握住，二人十指相扣，轻声说道："你可以跟陛下说清楚，回头诗会上断了那甄小姐的念头就是，不用把这些人放在心上生气。"

萧如意这些年在湖州韬光养晦，驾驭一般的官吏自是形同儿戏，旧年只为不被皇城注意，可以逍遥快活地做一方闲散王爷。如今，他不想混吃等死，只是为了眼前的女子能够时时陪在身边，若别人不招惹他们，他也不会主动去和别人过不去，仅此而已。

苏蓁玉咧嘴笑了笑，往身后的椅子上一靠，两个人的双手还交叠握着，她兀自闭上眼睛半睡半醒。与萧如意在一起久了耳濡目染，对于他的手段也略知一二，他说过自己虽是潜水之龙，却不是寻常莽夫就能伤到的，诚然信矣。

她睡着后，萧如意看到翠衣缓缓走来，遂招手让她过来，然后将苏蓁玉打横抱起，向翠衣道："玉儿醉了，我送她回房休息，你也别吃酒了，待会儿看着她点，酒后容易口渴，已是五更天，我得先回去了。"

"王爷放心，奴婢会照顾好小姐的。"

陈子杭看着他们离去的背影，手里的酒杯握了又握，方才一脸释然地又和其他客卿举杯共饮。

而萧如意怀中的人又何尝真的睡着了，她只是很久没有被人这样轻轻地抱在怀里，有些贪恋这温暖。母亲去世后，父亲和兄长虽然疼爱自己，却从来没有再抱过她，遑论一战成名后，立在朝堂上，又怎么能像同龄女子一般娇弱。

萧如意将她放在闺房的床榻上默然抬手，想要去抚摸她因为醉酒而红润的脸颊，他的手就要落下，苏蓁玉心中一阵悸动，却只微微感觉到他的手指在额头一滞，然后帮她将散乱的青丝拢在耳后。倒是白白让她紧张一番，甚至有一刹那希望他能拥抱一下自己。

第九十章 皇帝欲赐婚

今年的除夕,皇城中过得比以往更热闹一些,几位娘娘虽然身怀六甲,倒彼此间惺惺相惜,没有像从前一样争风吃醋,皇后尤其性子淡泊,除了皇帝召见决不出大明宫。淑妃向来得宠,只因是南赵人,在玉京没什么亲人,对各宫姐妹都尊敬几分。皇帝看在眼里,心中大快,便在朝阳宫设宴让众妃都过来一起守岁。

席间,萧如昊同几位妃子闲聊,又谈到了逍遥王的婚事,歉然道:"朕只有这么一个亲弟弟,却到现在连个正经王妃也没有娶上,看着兰芝公主都这么大了,愈发使朕觉得对他不住。"

淑妃性格天真率直,直接说道:"陛下何不下旨选几个贤良淑德的女子进宫,然后再赐予逍遥王呢?"

褚贵妃向来严谨,并不发表意见,只是笑吟吟地逗弄着徐妃怀里的召王。萧如昊看向徐妃,后者无奈地说道:"陛下之前令皇后娘娘安排赏花宴,提及为逍遥王择妃一事,诸家虽嘴上不说,却看得出来并不太喜欢将女儿嫁去湖州……"

"反了,难道朕的弟弟还配不上他们的女儿不成?"

看到萧如昊面上有怒容,褚徐二妃都缄口不言,唯独淑妃并不害怕,扯了皇帝的袖子一下,撒娇道:"陛下,那你有没有问过逍遥王,他是否愿意娶京中大臣的女儿?"

萧如昊被她一问倒想起每次提到赐婚一事,逍遥王都推三阻四,莫非他对这些京畿重臣家的闺秀都看不上?

萧如昊忽然想起另一件事,前几日孙元庆从湖州回来跟他提起城中都在津津乐道一宗风流佳话,便是湖心亭赏雪才子遇佳人一事。

"爱妃所言极是,如意心中可能有喜欢的姑娘了,朕前几日还听说过,那姑娘可能是湖州太守家的千金。"

"陛下,既然王爷有意,您何不顺水推舟,来个赐婚,岂不是锦上添花?"褚贵妃笑着说道。

萧如昊觉得这个主意挺好:"不错,等明日朕就颁布诏书,看那浑小子还不高兴坏了,哈哈。"

翌日早朝刚下,萧如昊就要下旨为逍遥王赐婚,遂让吴亮甫拟旨,吴亮甫有点为难地回道:"陛下,赐婚是好事,但是按礼制应该先将两个人的八字送去查看是否合得来,再派宫里的老人去被选中的女子府上三次面试,最后再交逍遥王决定是否同意这门婚事。"为了怕皇帝生气,吴亮甫又赶紧补充一句道:"历朝王爷纳妃皆是如此,有关皇室颜面和血统,须慎之又慎。"

萧如昊听他如此一说,便打消了立刻下旨赐婚的念头,道:"朕知道了,那就给逍遥王和湖州太守各去一道敕令,着其把庚帖送到司礼监。"

吴亮甫知道再劝无用,便恭敬地领命而去。

湖州太守接到敕令自然欢天喜地将自家女儿的庚帖交给来的司礼监使者,反倒是逍遥王府那边出了意外,逍遥王问起缘由死活不同意将自己的庚帖和那甄蜜儿放在一处,并对使者说道:"陛下那里本王自会去说,只是那甄蜜儿非我良配,本王决不同意。你且等几日,本王会将自己和未来王妃的庚帖交给你的。"

那司礼监的使者是吴亮甫的干儿子,少年入宫跟在干爹身边早就练得一副察言观色的好本领,这次南下本就是吴亮甫给他安排的一次锻炼的机会,他自是不敢任意妄为,听了萧如意的话再三斟酌才一脸堆笑地答应多等他几日。

萧如意很是气闷,本想对甄牧之问责,却被苏蓁玉劝服,明日就是诗会的日子,他必须让那个甄蜜儿就此绝了妄念。

第九十一章 湖州办诗会

湖州虽然是个不大的郡城,好在山水有致,马上就要到上元节了,四处张灯结彩,加上之前大雪未化,红白相间处别有无限风流。

诗会是萧如意出面牵头,湖州士子踊跃报名和出主意,最后筹了银子在太湖上安排十几艘大画舫,将城中各家的花魁都请了过来,十几个戏班子同时登台开唱。湖边的沈园又是百年大宅,适逢园中梅花万株齐开,香气四溢。

逍遥王府和秦府各捐了五千两,太守府为了博个惜才名声也捐了三千两,其他各家一千几百不等,如此亦有三万多两,分别设了头三甲的奖金,第一名五千两,第二名三千两,第三名一千两。其余用来支付诗会请的画舫戏班的费用,而这些彩头足够那些寒门才子踊跃参加了。

五更后东方破晓,萧如意就被底下的人叫起来,称沈园那边主事的袁子才先生求见。袁子才今年四十有七,是湖州有名的文学大家,擅长写诗与丹青,世人称为双绝圣手。这次的诗会主要由他负责,他虽性格放浪不羁,却对这种文坛雅事十分热心,从里到外安排得都十分妥当。

"袁先生到此有什么事吗?"萧如意素来敬重有才学的人,一听他来了就连忙穿戴整齐到前厅叙话。

"在下得王爷信任全权督办这次诗会,本不该再来烦扰王爷,只因一事稍有不解还请王爷释疑。"

"先生请讲。"

"昨日夜里州牧徐大人来见在下，说这次诗会女中魁首已经内定为甄家大小姐甄蜜儿，并称是王爷的意思，在下特来向王爷讨个说法，若真如徐大人所说，魁首已经内定，在下便辞去这次诗会的总管一职，实不忍如此高雅之事背后却是苟且不堪的交易。"

"袁先生高风亮节，然本王亦不屑内定魁首，此事决非本王之意，先生只管临场出题，不必理会旁人，若有人找先生的麻烦，本王不轻饶他们。"

袁子才得了这话，便安心离去。天已大亮，萧如意知道今天沈园一定热闹非凡，传了早膳后就盼咐向逍去准备马车，今天不骑马了。

萧如意幽居湖州这二十年最大的成就就是和这些所谓的文坛巨匠混得十分熟络，大家也乐意对这个没有架子的少年王爷亲近。年轻公子千金对他更是可以接触，每逢春游秋猎便形成湖州一道有趣的风景，城中的百姓看见他们也都不反感，纵觉得有附庸风雅之嫌却也知足，跟其他郡里欺凌乡民的纨绔比起来，他们实在好很多。

本想去秦府一块接了苏蓁玉，孰料刚走到一半路就迎上她的车驾，今日虽然清冷，倒也无风无雪，只见苏蓁玉穿一身曲裾袍，这是近来江南士族女子最爱穿的一种衣服。交领较低，露出里面几层不同的领子，襟裾边饰秀丽，随曲裾盘旋缠裹在身上，流动而华丽，曲裾袍衣长曳地，行不露足，使穿着的女子看上去含蓄、儒雅。

萧如意第一次见她穿这种文气十足的衣裳，竟看得呆了一呆。已经有三三两两的马车往沈园方向去了，都是城中的富贵人家，偶尔也有背着书囊走路的书生，便是想借这诗会赢取名声的寒门学子。

"玉儿过来得好早，我本想去接你的。"萧如意从自家马车上跳下来，坐到秦府马车上，翠衣知趣地挪到车外和马夫一起坐着，留给两个人独处的空间。

"来的路上碰到甄府的马车了，没想到她对这次诗会如此重视。"苏蓁玉似笑非笑地看着他，虽然知道他对那位甄小姐并不喜欢，但难得看到他会对某个人如此厌恶，忍不住想要打趣一番。

"早上袁先生还来找我，说州牧徐大人到他那里做说客，给甄蜜儿内定个女魁首。袁先生当即不干就跑来问我，我让他不必理会这些，尽管秉公出题就是，他才安心。"

苏蓁玉以手扶额并不作声,那甄小姐想做逍遥王妃自然想尽办法玉成此事,皇城那边的人过来询问,想来甄太守更想在司礼监使者面前让女儿出尽风头,再由皇帝赐婚,岂不是荣光无限?

很快就到了沈园,两人迤逦而行,身后跟着两府的侍卫奴婢,路上有其他人看到都主动让开一条路,二人都是容貌极美的人物,不禁使人忍不住多看几眼。墙角开得正好的白梅、缃梅,香远而清,一阵风吹过,落梅如雪,更衬得苏蓁玉仙子一般。

紧跟其后进来的甄蜜儿看到这一幕,整个人因为嫉妒而握紧拳头,面上却维持着少女的羞怯。有听过湖心亭赏雪一事的才子开始向这边观望,见萧如意身边跟着的是那位秦府的大小姐,甄蜜儿孤零零地跟在后面,便有人悟出前者赏雪佳话的女主角不是甄蜜儿,对着她的背影更是毫不客气地指指点点。

袁子才得到消息忙迎了出来,先向萧如意行过礼,微一侧目看向他身边的苏蓁玉道:"这位就是秦家堡的大小姐?"

"正是,小女子秦玉见过袁先生。"这是苏蓁玉第一次自称小女子,虽然多了些委婉,却仍然难以掩盖她身上那股英气和洒脱。

"在下昔日游历四方曾在川中遇到劫匪,多亏一名叫秦远山的义士相助才得以逃脱,亦是自称家中是武林世家秦家堡,不知大小姐与那位义士可是认识?"袁子才朗声问道,语气中却多了几分对她的亲近。

"正是小女子三叔,三叔最喜流浪江湖,自言要一剑斩尽天下不平事,去年还曾到湖州来看望小女子,今年又不知到哪里行侠仗义去了。"

袁子才哈哈一笑道:"正是,秦义士豪放不羁让人羡慕。"

等来到里面座位上坐定,袁子才去接待其他客人,萧如意才问道:"你怎么还真有个三叔?我一直以为你这个身份是假的。"

"当然真的有,秦玉确有其人,秦家堡在武林中也算显赫之家,怎么可能会做假?"

"啊?那你到底是谁?"

"现在的话,自然是秦玉。"苏蓁玉笑道。

萧如意刚要追根问底,身旁的座位依次又坐下几个人,他遗憾地说道:"回去你可要讲给我听,现在先饶过你。"

苏蓁玉恬淡地反问道:"这个很重要吗?"

"重要。"萧如意趁人不备在她的手心上轻轻捏了一把,那种让人目眩神迷的感觉突然袭来,苏蓁玉呆了一呆不与他计较,看着他转脸看向身旁的几位湖州巨绅,一脸庄重地接受他们的殷勤谄媚。

沈园就坐落在太湖附近,诗会又在园中的栖霞楼顶层,入眼就可以看到不远处湖中画舫游动歌舞升平的美景,园中搭建的两个临时戏台已经锣鼓声起,湖州名伶都受到了邀请过来登台献艺。

袁子才先生是这次诗会的主持人,他先登到高台上将一些参加的规矩讲了一遍,大体是一会儿由他亲自出题众才子佳人作诗,再由坐在他身边的十位湖州文坛的大家进行评选定出前三甲。

就在萧如意因事起身离开没多久,甄蜜儿盈盈走来,看到苏蓁玉仿佛很意外地说道:"秦姐姐原来在这边,难怪刚才没有找到您,那边才是女眷的席位,想来秦姐姐是不知道的,我送您过去吧。"说罢便伸出一只手要邀请苏蓁玉去那边用帘子隔开的女眷席。

翠衣最见不得她这副假惺惺的做派,不等苏蓁玉发话,上前一步道:"我家小姐是逍遥王请来的贵客,自然要和他坐在这边,你算什么跑来指手画脚!"

"你——"甄蜜儿被她抢白几句,气得脸上一阵红一阵白,甄家的侍女也不示弱扶住她,对翠衣冷笑道:"你一个奴婢也敢对我家小姐大呼小叫,就不知道这太守的衙门朝哪儿开吗?"

苏蓁玉瞪了翠衣一眼示意她不要再说话,然后对甄蜜儿道:"甄小姐好意我心领了,那边我不便过去打扰,待会儿袁夫子就要出题了,愿一睹佳篇。"

甄蜜儿见她丝毫不为所动,婉约一笑,只得作罢,领了自家侍女退回女眷席。回到女眷席,难免有其他闺秀问起怎么没有请来秦府大小姐,甄蜜儿低头不语,身后的侍女便添油加醋地将过程讲述一遍。几名女子被她说的话挑起群愤,只道这秦府大小姐不愧是江湖世家培养出来的女子,果然不懂矜持。也有人趁机道:"前些日子在家听到逍遥王和甄小姐湖心亭赏雪的雅事,使人神往,怎么转眼就冒出来一个秦府大小姐?难道这逍遥王是个见异思迁的人不成?"甄蜜儿自知那段佳话中的女主角不是自己,又不便当众否认,只是愤愤然不说话。

其中有日常看不惯甄蜜儿的几名女子相视而笑，仿佛得莫大便宜，寻常女人便是如此，一致对外时同仇敌忾，私下又各不服气，恨不得对方当众出丑才心满意足。

那边萧如意与袁子才等人说话间瞥到甄蜜儿过来找苏蓁玉，心下一急，怕她故意给苏蓁玉找麻烦，却忘了自己心中紧张万分的这位本就是天下一等一的聪明人，怎么会将一个普通闺秀的话放在心上。等他回来坐好便问道："她过来做什么？"

苏蓁玉莞尔一笑："过来邀请我去女眷席那边坐着。"

"女人家坐在一起无非胡说八道，你不用理她们。"

"男人们坐在一起又有几个讲的不是胡说八道？"

萧如意被一下子噎住了，她说得却也是对的，她在朝堂上看群臣争论也大都觉得废话连篇，何况市井间喝酒吹牛者又十之八九，似萧如意大隐隐于市者又有几人？似袁子才小隐隐于野者又有几人？到底庸人更多一些。

苏蓁玉放眼沈园，已经人头攒动，无论是求名还是求利，抑或是真的图个高雅和热闹的人，都算不得坏人，比起朝堂上巍巍而立的大人们可干净多了。这大概就是她并不讨厌萧如意带她参加诗会的缘故吧。

酒是杭城送过来的梅花酒，有一雅号叫作"蓝桥风月"，味甘不冽，男女皆宜。苏蓁玉先后饮了几杯很是喜欢，这时袁子才用纸板宣读了第一道题目，以沈园梅花为题赋诗一首，五七言不限。这个题目在众人意料之中，毕竟百年沈园加上这千朵梅花正盛是最好的吟咏题材。在家做过准备的才子们听到题目立刻摊开眼前的纸，落笔成行。

苏蓁玉眼前也有刚送过来的纸笔，她没有动弹，看向一旁的萧如意，他是嘉宾不必参加，感觉到她的目光便回身来看，问道："玉儿不想写吗？"

"等他们都写完了我再写也不迟。"她依然悠哉地饮酒，让隔着座位的几名士子很是刮目相看。一时间热闹的沈园只余外面的咿咿呀呀之声，屋里的诸位摇头晃脑落笔如飞。因萧如意下了命令，但凡参加的便有一席之地，绝不以贫富论诗文，那衣着单薄的寒门之子们虽自成一席，个中酒食与其他席并无不同，让他们心中十分受用。

一炷香时间过去，已经有写好的才子，只要轻弹一下桌面，离得不远的书童就会过来将写好的诗取走。苏蓁玉是最后一个交的，她本不想参加，萧如意再三撺掇，她不忍拂他的兴致，信笔题了一绝。评诗过程简单而无趣，写得好的众人一通喝彩，共饮一杯，也有不会写诗的胡乱凑的句子念出来时大家嬉笑几句，倒添了不少趣味。

女眷席人数不多，所呈上的诗作就更少了，一顿筛选下来，只四五人能过，其中便有甄蜜儿，苏蓁玉亦已通过。

第二题随即公开，袁子才命书童端了一个木盒，令每个通过的人从里面随意抽取一个纸条，而后根据纸条上的词牌填词，难度略有增加。

苏蓁玉看了眼题目，伸手将面前桌子上的葡萄拿来，一下一个地吃着。翠衣站得久了，觉得无趣便四下张望，见外面热闹就有心出去，又不好意思跟主子说。

苏蓁玉提起笔眯着一双好看的杏花眼轻声说道："想出去看热闹吗？"

翠衣没想到被她看穿心思，摆摆手道："先不去，待会儿小姐忙完了咱们再去。"

"鬼机灵，我随即就写完，陪你出去走走又何妨。"苏蓁玉嘴上说着，笔下已经洋洋洒洒写完一首词，她抽取的是卜算子，倒也难不住她。写完，轻弹了一下桌子，有书童过来将纸取走，那些还一字未写的士子露出一脸的钦佩。

随后她离开座位和翠衣一起到园中赏梅去了，萧如意正在和袁子才几人点评众人的作品，见书童呈来第二题的卷子，都十分意外谁这样快，场中望去恰看到苏蓁玉离去的背影。

袁子才轻声咏道："冷月棹春姿，清客着幽兴。莫道怜香趁晚归，疑梦清魂好。吹落枕香湄，天涯逢旧识。为销江南一斛愁，云卧衣裳冷。"他把玩再三叹道："后生可畏啊，没想到秦姑娘瞬间而就的词作不但没有错处竟是难得一见的佳作。"听他一夸赞，其他几位文豪忙凑过来看，果不其然地都夸赞起来，而那位在他们看来风仪出尘的秦家堡大小姐已经在梅花树下看花听戏，丝毫不把楼上的名利争夺放在心上，至于第三题她甚至想着回不去就不答了。

太湖自然不会像湖心亭所在的莫愁湖一样结冰，方圆几百里的太湖不只是湖州的太湖，更是整个江南的太湖。而莫愁湖却只是碗大的人工湖，早已冰结千尺。苏蓁玉从沈园向湖畔走去，碧波上画舫迤逦，倒没有塞北长城踏雪时豪迈，只让人觉得过于纤弱。

"你就是秦玉？"对面走来一位体态轻盈的少女，神色傲慢地拦住苏蓁玉问道。

"是我。"苏蓁玉慵懒地回道。

"好，找的就是你，听说是你勾引逍遥王，破坏我表姐和他的好事？"

"你表姐？"

"我姨夫就是甄太守。"少女说完这话又上下打量了一下苏蓁玉，冷笑说，"果然生得好，难怪逍遥王会被你迷住。"

"那只能怪你表姐生得不好了。"苏蓁玉一句话儿几乎将少女噎死，后者愤恨不已，就要动手打人，这般的撒泼行径真是让人头疼，若是红袖在，只怕早已出手教训这个不知天高地厚的少女了。好在除了红袖，苏蓁玉身边的侍卫不少，只是没有她的命令，无人敢随意出手而已。想来她自己又是统领一方的元帅出身，怎么会被一个小姑娘欺负了去？却见她眼睛微眯不知用了什么手法，那少女已经狗吃屎般趴在地上了。

"翠衣，我们回去吧。"苏蓁玉不再看地上的少女，少女一边哭一边勒令身边跟着的几个婢女拦住她，"你敢对我家小姐动手，今天休想离开。"

苏蓁玉一笑置之，那几个婢女中有两个胆大的欲要从身后偷袭，她们却没有看到离得不远处逍遥王已经往这边来，恰好撞上这一幕，他身旁的向逍心领神会两下便将她们打翻在地。若非顾念是弱不禁风的女子，少不得就是一顿狠打了。

萧如意看了一眼地上狼狈的少女，冷漠地说道："本王未来的王妃也是你能打的？"

那少女惊愕地看着她，慌忙跪倒道："王爷恕罪，婉儿不知秦姐姐是未来的王妃，只因蜜儿表姐说她与王爷已经由陛下指婚，秦姐姐却妄想染指，婉儿被她蒙蔽才做出这等傻事。"

原来这名自称婉儿的少女名叫陈婉清，是甄蜜儿的表妹，父亲亦是地方上的官吏，因她自幼不喜读书，对吟诗作对毫不感兴趣，这次跟着几位表姐妹过来，只是在园中游荡赏玩，当看到苏蓁玉出来时想起甄蜜儿的挑拨，就做了这等蠢事出来。

第九十二章 词作压全场

苏蓁玉兴致缺缺地回到诗会，众人齐刷刷地看向她，原来刚才袁子才当众点评她的词足压全场，萧如意不顾其他人好奇的目光牵着她的手一直走到座位上坐好也没有松开。听说过湖心亭逸闻的人开始八卦起，那首诗和甄蜜儿以及眼前的秦家大小姐。与逍遥王交好的几位士子对苏蓁玉看着眼熟，仔细辨认加上她亦是姓秦，才恍然大悟原来是一直跟着众人登山赏水的那位秦公子，没想到原来是位标致娇俏的小姑娘。

苏蓁玉向来不在意别人的目光，几年的女相生涯，这点定力还是有的。

令她意外的是，竟有人认出了她。

这是一名体形微胖的中年书生，佯醉走到苏蓁玉的案前，举杯一揖行的却是官场的上下级之礼，众人暗自摇头当他醉了不幸出丑，只有苏蓁玉听到他低低的一声："苏相国，好久不见。"

苏蓁玉心中一骇，面色却是如常，执了酒壶给他斟满酒笑道："先生醉了，此礼过重，小女子江湖草莽出身不敢生受。"

那人又仔细端详她一番，见她眉间的疤痕不似新的，犹豫一下方抱歉道："在下认错人了，秦姑娘跟苏相国长得很像，酒后多言，请姑娘见谅。"

苏蓁玉道："能与当朝有名的女相国长得相像是小女子的福气。"

那中年书生正要继续攀谈，被从几个好友身边挣脱回来的萧如意打断：

"郭平？"

郭平起身向他行礼："正是区区在下。"

"你们认识？"萧如意挑眉，看了看两个人。

"刚认识，你说了才知道名字。"苏蓁玉不紧不慢地回道。

饶是郭平反应迟钝，也已经感觉到他们二人之间与众不同的气氛，哈哈一笑道："秦姑娘说笑，是在下烦扰您了，遇到有才情的人总不能免俗想结识一下，以后湖州城有什么事用得上在下，尽管到城南书院找我便是。"

苏蓁玉点头称是，郭平向萧如意一举杯随即饮下，转身离去坐回到自己的座位上。

反倒是萧如意一边要应酬很多人，一边担心苏蓁玉被不怀好意的人搭讪，一时来去匆匆，显得十分忙碌。最后一题便是在上一题中前十的人选中再选三甲，这次是萧如意亲自出题，他久居湖州，对此地的山水爱之甚矣，提笔在纸上写下"好山好水"四字，道："文人读书须得胸中有沟壑才不负孜孜不倦之意，诸公须以好山好水为题作文章，来抒各自襟怀，此处应见万里河山庙堂林下等不同风姿才是。"

苏蓁玉将笔放回案上，一旁的人问道："秦姑娘何以搁笔？"

"不写了，文章非我所长。"

繁华渐冷，酒又再温，苏蓁玉既然不打算答第三题，便放开怀多饮了几杯，因为第三场人数寥寥，袁子才轻松不少，跟在萧如意身旁一起来到苏蓁玉这边的桌案前坐下，拱手道："袁某佩服秦姑娘的才情，这湖州城久不见此灵气十足的女学生了。"

苏蓁玉忙还礼说："得袁先生一赞三生有幸，秦玉实不敢当。湖州城乃江南佳地，能诗善文的淑媛未曾谋面，先生不知而已，非秦玉有过人之处。"

萧如意笑道："袁公夸你，必然是真心觉得你好，玉儿不必过谦。"

因为三场比赛皆已结束，就等最后的结果了，因近响午，有侍者分发了碗碟餐食，有人埋头狼吞虎咽，有人看也不看只是饮酒，虽是不大的一场诗会，人生百态倒也缩影在此。那边的帘子之后，各家闺秀一手掩面，细嚼慢咽，轻声细语地讨论这次沈园的见闻，在谈到不曾与她们坐在一起的那位秦府大小姐时，竟一致对外。在园中受了委屈的那位少女陈婉清也回到席间坐下，听众人提起"秦玉"仍然心有余悸说："你们可不要乱说话，她不但自己会功夫，身边还有高手保护，而且那位逍遥王也放出话来，说那女子是她未来的王妃，谁要敢动她就是跟逍遥王府过不去，我可不敢再走近她跟前了。"

其他几位女子都以为甄蜜儿会成为逍遥王妃，此时听到陈婉清的话都惊诧地看向坐在上首的甄蜜儿，有胆子大的因为早就看不惯甄蜜儿的做派趁机嘲讽道："甄小姐到处跟人说逍遥王对自己一见倾心，未来的王妃派头摆了也有几日了，怎么就没有被承认呢？难道逍遥王从来就没有看上你？"

席中其他女子都乐见甄蜜儿出糗，哄然一笑，酸言讽语四起。

甄蜜儿恼羞成怒无处发泄，只恶狠狠地瞪了自己表妹一眼，怪她多话。那陈婉清自知说错话，不敢再言，低下了头。世间事就是如此微妙，足可让常人艳羡的富贵，在另一人面前，轻轻一吹就没了。甄蜜儿本以为可以在自己擅长的诗文上压她一头，如今又知道那秦玉瞬间而就的词艳惊四座，就算她第三场没有参加，自己勉强得了魁首，那些人也不会将自己放在眼里，分明欺人太甚。

甄蜜儿起身，她不想再与这样眼界浅薄的女人坐在一起，她不相信逍遥王敢违背皇帝的意思，那秦玉不过是江湖草莽出身又怎么能配得上他？至少皇帝传了敕令到太守府取自己的庚帖，一切都还是未知数。她这样想着，已经来到萧如意那边的席上，入眼就看到他俯下身子正和旁边的女子说着别人不知道的悄悄话。

苏蓁玉凭着在战场上练就的敏锐，立刻警觉地转身，看到一脸愤恨的甄蜜儿，她下意识地露出不带任何情绪的微笑，看在后者眼里便是胜利者无声的挑战。事实上，苏蓁玉意态闲适，根本没有把对方放在心上。

正在这个时候，第三场的文卷已经审完，才子魁首被一位年纪轻轻的寒门学子拿下，此人曾参加去年的科举，苏蓁玉读过他的文章，当时就十分惊艳，只因在文中毫不客气地指责当今陛下没有将先帝的土改进行下去为千古罪人，才被萧如昊一怒之下取缔了功名，他倒是洒脱回到湖州卖画为生，今天在这种场合重见他竟比为相时更欣赏他的耿介了。面对这个结果，众人无有不服，一起举杯敬他，这便是湖州士子的风流高雅之处。等到袁子才宣布女子魁首时，缓缓道："我朝自开科取士以来便设了女子坊，品鉴天下女子才情，本来这女中魁首该在第三场的文章中胜出，无奈读下来俱不称意，袁某便与其他几位老学翁商议，从第二场的词中选秦玉秦姑娘为魁首,可有异议?"

众人早就看过她的那首词,无不佩服,至于经济文章本就不是女子所擅长,袁子才环视一番见无人反对便道:"既然都不反对——"

"我反对!"

众人循声望去,说话之人正是甄蜜儿,她目光直直地落在苏蓁玉身上,笑道:"秦姐姐的那首词清灵高雅固然是词中上品,可是第三场是她不肯写,其他人却都写了,袁先生就一句皆不称意强行将魁首给秦姐姐,难道不怕外人说你和秦姐姐有什么吗?"

她这话说得十分歹毒,令本来就看热闹的人忍不住暗自揣测这句话的真实性有几分,庸众一向不忌惮以最坏的心思去想男女之事,何况一个是文坛泰斗一个是才貌双全的年轻女子。这样琢磨着就有了情欲的滋味,心底莫名地兴奋起来。

袁子才纵然见惯了大风大浪的场合,此时被一个小姑娘当众羞辱还是老脸一红就要发作,对众人一揖示意大家不要喧哗,抬头盯着甄蜜儿冷冷地说道:"甄小姐,袁某不才,在湖州文坛也足以跺一脚而震四方,而我身后的几位评委请你看清楚了,哪一个不是一身正气满腹经纶?由得你信口开河污人清白?至于文章,袁某本不想多说什么,既然甄小姐怀疑有人暗箱操作,那就把这几篇文章当众传阅,若有人还觉得袁某不公平请到前面来辩论。"

甄蜜儿被他这番义正词严的言论驳得面红耳赤,自知理亏的她,转身欲走,却被萧如意拦住去路。

第九十三章 甄蜜儿受辱

萧如意走到袁子才面前，拿过案上的几篇文章大致浏览了一遍，取出落款甄蜜儿的那篇重新来到她面前："你觉得自己应该得魁首是吗？"甄蜜儿被他用讥讽的眼神看着有些尴尬，却仍然保持着最美好的仪容柔弱地说道："蜜儿不解王爷的意思，只是刚才几个姐妹对袁先生这样不从第三场取魁首而从第二场取的做法表示怀疑，故而相问。"

萧如意将文章当众念了起来，丝毫不顾及甄蜜儿快要哭出来的委屈模样，席间众人皆是有识之士，一听便知她水平远在"秦玉"之下，便不再怀疑袁子才之前的决定是否有私心了，反观甄蜜儿倒觉得她有些奇怪，居然当众诽谤文坛泰斗，莫不是仗着自己是太守之女？这样一想，众人都露出鄙夷不屑的表情。有听过湖心亭赏雪佳话的人，此时看到逍遥王非但没有替她出头，反而现在帮助袁子才讥讽于她，想来那传闻也不足为信。

袁子才本想继续宣布女中魁首为"秦玉"，却被苏綦玉让翠衣递过去的纸条打断了，只见上面写道："既未参加末场一题，先生何不成全藏拙之心，若文章都不入眼，便不取魁首又有何妨？"

袁子才看罢不由得对这位玲珑剔透的少女更加佩服，真是后生可畏也！随即他冷淡地宣布："甄小姐既然提出疑惑，便是评委组考虑不周，袁某和几位商量一下做出决定，因第三题的文章都不入眼，女中三甲皆不选矣，来年愿得好文章。"

甄蜜儿没想到事情最后会变成这样，她来的时候是想用言语逼迫袁子才同意从第三题中选三甲，谁知弄巧成拙，反而让自己成为众矢之的，再无颜面待下去的甄蜜儿便要拂袖而去。

萧如意却突然道："甄小姐，当日湖心亭本王与秦姑娘赏雪，为何你要对外说是你与本王一起赏雪的呢？"

甄蜜儿万万没想到他会在此刻说出这件事，心中愤恨不已，不知该如何回答，只好夺门而出，身后的几名侍女也忙追了出去，隔着帘子的那些闺秀见甄蜜儿被当众羞辱，无人同情于她，只觉得她平日骄横任性活该受点教训。

随着萧如意当众戳穿甄蜜儿的谎话，他身边真正的红颜知己浮出了水面，众人忍不住感叹这才是真正的郎才女貌天作之合。苏蓁玉很少计较这些事情，既然萧如意要做，她就配合他，但转念想到此后甄蜜儿在湖州城会成为众人取笑的对象，又忍不住反思这样是不是太过分了？

翠衣看她皱眉，揣测她是在怜悯甄蜜儿，便道："小姐不用替她担心，甄太守的女儿不会嫁不出去的，假如这次王爷被她勾引上，她可没有善心替您着想，只怕会赶尽杀绝。"

苏蓁玉微一嗔目制止她继续说下去，心里却已经在想，一个刚刚解除幽禁的无权无势的王爷，一个是地方大员，只怕这次甄太守想拉拢逍遥王不成，就要对他不利了。

袁子才被甄蜜儿着实气到了，等到将诸事料理后坐在座位上，众人再三解劝还是郁郁不乐。萧如意没有什么架子，为此事斟酒，自罚三杯说道："若不是本王让甄家惦记，袁先生就不会受连累，自罚三杯。"

众人哈哈一笑解劝袁子才不与女子置气，却不知今日席间之事已经传到湖州城的大街小巷，那位司礼监来的使者本就奉命来查访甄家大小姐的才德，这些流言蜚语随即就被他写进密折准备如实上报，纵然昨日才吃了太守府的酒，今日便听闻甄蜜儿的事情，不由得冷笑这女人目光短浅处最爱挠人脸面，伤人不成就会将自家脸面都撕破。

萧如意欣欣然地重新坐回苏蓁玉身边，已见醉意的他望着她的侧颜道："这下子，再没人兴风作浪了。"

苏蓁玉细眉轻挑，不着痕迹道："你的心机都能装下半个天下，还好愿意守拙，不然你我恐怕就不能走到如今，好好地在一处喝酒了。"当年先帝的遗诏内容在她脑海里翻了一个滚，让她冷汗涔涔，不敢想象他要是有心去玉京城争个高低，自己是否会按照先帝的意思除去他。

萧如意不以为意地笑道："跟玉儿比还是差很多的，这会儿甄太守恼羞成怒，弹劾我的奏折怕是一挥而就呢。"

"使者将今日的事记下来，到了陛下那里，他只会认定你胡闹欺负了甄小姐，那太守给闺女出气胡乱牵扯，最多来旨训斥你几句，不会大动干戈的。"苏蓁玉用只有两个人能听到的声音揶揄道。

"玉儿这么聪明可怎么得了，本王以后岂不是翻不出你这如来佛的手掌心？"萧如意道。

苏蓁玉歪头思考了一下，摊开手掌道："趁着还没有落在我的手心，还不快逃？"

若是红袖在身边会忍不住腹诽两个人越来越孩子气，一点没有在北镇战场上的惺惺相惜和彼此敬重。翠衣却喜欢他们这样的相处方式，那些寻常富贵人家的公子小姐可没有这样的自由自在。

看似高雅热闹的一场诗会随着日光西斜逐渐进入尾声，沈园的梅花似是在控诉附庸风雅的路人一般飘荡在天地之间，唯有几人喝酒之余站在园中随性口占几句，叹息一下自己如同这墙角梅花一般不被怜惜。那几个富家子弟出了沈园就上了湖边画舫，诗兴已尽，也该看看歌舞美人了。

萧如意陪着苏蓁玉在园中赏梅，指着开得最好的一枝对跟在身后的向道说道："你该摘了回去为我做梅花饼的，去年在玉京没吃上还差点把命丢了。"

"是，王爷。"向道纵身一跃而起，苏蓁玉笑他们不懂怜香惜玉，听萧如意提到去年入京的事情，感叹道："当时因为你的失踪全城乱作一团，又有几个人知道你是故意的，当时恐怕是巴不得晚一点被我们找到吧？"

萧如意瞥了她一眼，露出不羁的表情："我实在对那些朝堂上的蝇营狗苟不感兴趣，他们姐弟为了皇位斗了这些年，我要是太聪明估计都转世投胎十八回了，不如就这样老老实实地等着有人来救我，这可是给你一个美女救英雄的好机会，对不对？"

黄昏的时候太守府已经一片狼藉，甄牧之憎恶逍遥王当众羞辱了自己的女儿，又嗔怪甄蜜儿头脑简单不懂得变通，当众和袁子才顶撞。可到底还是让他这个堂堂太守丢了颜面，打脸之仇不共戴天。

甄牧之看着妻女哭得像个泪人眼神冰冷，将拳头握得咯咯作响说道："你们最近都不要出门去给我丢人现眼了，留在府上好好反省一遍，至于欺负我女儿的人，不管他是谁，我都要让他付出代价。"

苏蓁玉曾经说过，心眼小读书多的人，危害比山贼盗匪更加严重，他们为恶人体内之病，隐藏行迹，除病根就要动刀切除，大伤元气。所以，甄牧之现在要对付逍遥王和她，是件比较麻烦的事情，若在从前她还是一人之下万人之上的苏相国，收拾一个郡城太守易如反掌，而今却复杂了些，既不能引起别人的注意，又要他绝了害人的念头。

一路缓行，日光西斜的时候，二人已经把整个沈园逛了个遍，萧如意惦记着打发司礼监的使者快点回皇城，就先将苏蓁玉送上车，自己坐上王府车驾很快走在了前面，一会儿就看不到影子了。暮色苍茫里的湖州城远山含黛，宛如沉静的美人，苏蓁玉也不着急回府，摇摇晃晃地沿路看着风景。

从前的湖州城虽然幽居着一位不得进京的皇子，却是十分太平的，偶尔有一两个不长眼的来王府刺杀，也都有去无回。那些地方官吏只当他不存在，既不来管制他，也不会来和他接近，倒是那些没有功名的读书人有时会带他一起玩。十岁开始习诗文，还特别努力，大约是为了多和他们一起出去登山游水吧，说这些文人酸腐也好，清高也好，他们其实大多不会文人相轻，只是意见不同会争论罢了，对这位读经济政论文章没兴趣，诗文风流的王爷他们并不排斥。而今得到自由的逍遥王却不怎么逍遥了，每日都会有地方上的官吏过来求见，次数多了也会见上一两面，对他来说这是一件很无聊的事情。

如果没有这些杂事，此刻他应该绅士地送苏蓁玉回秦府，而不是匆匆往王府赶。萧如意想到这些就十分扫兴，如果不去处理，只怕让甄牧之抢先给自己穿个小鞋，这湖州就真的不太平了。

第九十四章 调查秦府女

玉京城里的花灯仍然是举国最精致烦琐的，只有皇帝的太极殿照例挂了两排简单而活泼的灯笼，萧如昊每日清晨从这条回廊走进太极殿，看着这些灯笼都会心情不错，有时会对身后的吴亮甫说道："皇后的手艺比去年好多了，画得也活泼，你待会儿传朕口谕，把进贡的葡萄给皇后送去一些。"

"老奴遵旨。"吴亮甫垂首答应一声。

太极殿上刚刚坐定，萧如昊就被案上两大摞奏折晃得头痛，这几年真坐在万万人之上的龙椅上，他才彻底理解了女帝当年是有多辛苦，晚年才会劳累过度一病不起。

萧如昊虽然这样想着，手已经打开第一道奏折，才看了一半就动起肝火，原来是派去湖州的司礼监使者的密折，将逍遥王办诗会当众把甄太守之女羞辱一番的事情原原本本地奏报上来。萧如昊这才知道那甄蜜儿并不是皇弟的意中人，那个所谓的湖心亭赏雪的女主角另有其人。他随手在奏折上写道："朕已阅。"

放下这份奏折，萧如昊再去拿第二份，一炷香后才慢慢舒展眉头，原来是高不悔再次出使西域，不但带回有名的汗血宝马，还有那边的其他珍宝，以及各国派来的使者都在回来的路上。处理好这些奏折，萧如昊才站起身，看到徐伯芳在殿外候着便对吴亮甫道："是伯芳来了吗？让他进来吧。"

没多久，徐伯芳进殿行礼，萧如昊问道："今天什么事？"

徐伯芳这才禀报道："回陛下,逍遥王在蜀中遇刺一案已经有些眉目,是永宁王余孽暗中兴风作浪,锦官城守将田耕已经派人围捕,不日就会有结果了。"

萧如昊皱眉道："就这些?"

徐伯芳顿了顿一脸凝重地说道："陛下英明,若只是这些臣就不用特意来太极殿烦扰陛下了,臣收到蜀中密报,当日跟在逍遥王身边的还有一名女子,按照密报上的画像,臣发现那女子十分神似已故的苏相国。"

此话一出如同平地惊雷,萧如昊盯着他的眼睛问道："此话怎讲?"

徐伯芳道："微臣已经派人去调查过了,应该是逍遥王殿下在游玩途中结识的,那名女子姓秦名玉,是江湖上有名的世家秦家堡的长房大小姐,至于为什么长得像苏相国,此事臣还在调查中。"

萧如昊微微颔首,想了想问道："有没有可能苏蓁玉没有死,而是化名为秦玉了?"

徐伯芳一怔,这个想法他不是没有想过,只是太过大胆说出来怕也无人相信,但若二人真是一个人,那岂不是欺君之罪?想到这里他觉得还是谨慎为妙,便道:"陛下,秦家堡乃草莽江湖上有名的世家,如果平白无故多出一个大小姐的话必然能引起其他人的注意,臣曾让人拿着画像去秦家打探并无异样,而且这位大小姐因为三年前被仇人追杀,眉间有一道刀疤,可以自证身份。除了长得相像,目前无法证明这位大小姐和苏相国有什么关系。"

萧如昊长嘘一口气,对他来说,虽然失去一个文武双全的治国能臣,却不想让她欺骗自己还在世上游走,若真有这样的事情发生,真不知她是何居心,自己是否应该马上杀了她?

"那微臣是否还要继续调查这位秦家大小姐?"徐伯芳试探着问道,毕竟那女子和逍遥王扯上了关系,无论怎样都要禀报,不然就是失察了。

"继续调查,朕不想来历不明的女子跟在逍遥王身边,湖州那边传来消息,他由着性子胡闹,竟然当众羞辱了甄牧之的长女,朕已经派司礼监到太守府取她的庚帖,本该能成为他王妃的人就这样黄了,京城的官家女又有几个愿意嫁去湖州,他居然还敢任性!"说到这里,萧如昊起身将一份奏折拿出来丢到徐伯芳面前,"你看看这个,甄牧之也是愈发不像话了。"

徐伯芳弯腰拾起地上的奏折,大致浏览一遍不知该如何回答:"这是?"

"看来咱们的湖州太守这次是真急了，非要将逍遥王处罚一下，他才甘心。这十大条罪名列下来，无非就是吃喝玩乐，朕这几年暗中也派人盯着湖州那边，他要是真有韬光养晦的本事，朕就让他入朝帮朕分担些，可惜他就是那李煜一般的才子，要真来治国，这天下怕是要乱了。"

徐伯芳知道这位陛下虽然忌惮苏蓁玉的谋略。却对自己这位弟弟并不在意，毕竟他也是雄才大略的一代英主。

本想直接退出去的徐伯芳，被萧如昊叫住："别着急回家，去后面看看徐贵妃吧，你们兄妹总是避嫌不见面也不是个事。朕知道你是个谨小慎微的人，但不必现在就开始避着他们母子，召王还小，你这舅舅想得太多了。"

"微臣知罪。"

徐伯芳退出太极殿，他原本确实没打算去见徐贵妃，自从召王备受皇恩以后，他就愈发远离皇城，他心里明白，陛下怎么可能不忌惮，如果自己想要徐贵妃母子在宫中平安，就不要做那干涉后宫的外戚。

已经两周岁的召王，愈发惹人怜爱，睁着水汪汪的大眼睛，笑起来自带两个酒窝。此时他正站在朝阳宫的廊下对着一棵新开的梅树咿咿呀呀地背着太傅教的诗，听到有人进来的声音才停下来抬头望着徐伯芳，他对眼前的大人并不熟悉，想了半天才脆脆地喊道："舅舅。"

徐贵妃忙从屋子里面迎了出来，笑道："兄长今天怎么有空过来了？"

徐伯芳俯身欲拜被徐贵妃拦住，斥道："好不容易来一趟，就不要整这些礼仪了。嫂子和几位侄子都还好吗？"

"回禀娘娘，家里一切都好。微臣是从太极殿过来的，陛下嗔怪微臣不常来探望娘娘和召王殿下，所以臣就过来看看，娘娘最近可好？"

二人来到廊下的石桌前的椅子上坐定，徐贵妃知道兄长是执拗的性格，便由着他一口一个娘娘和微臣，她伸手将桌上的水晶葡萄往兄长面前推了推道："这是西域进贡的葡萄，千里而来，还是新鲜的，兄长尝尝。"

昔日有玄宗皇帝因杨贵妃爱吃荔枝，便使飞龙骑千里传送，而今才刚刚立春，宫中却有新鲜的葡萄食用，这一粒葡萄堪比一颗珍珠，徐伯芳才吃了一粒就心疼地再也吃不下了。

徐贵妃看出来他在心疼，便道："虽然是劳民伤财了一些，到底是西域小国孝敬陛下的一份心意,若不吃放坏了岂不是更浪费?兄长所虑亦不可过甚,陛下自有他的道理。"

徐伯芳点头称是,在徐贵妃的殷勤劝慰下又吃了几粒,这时召王跑到徐贵妃的膝下,仰着脸要求母妃抱抱,等坐到母妃膝上,则用一双晶莹剔透的眼睛好奇地打量着自己的舅舅。

徐伯芳看他可爱,心中十分欢喜,对于这个外甥他是从第一眼看见就十分惊叹,几乎继承了父母所有的优点。"娘娘,殿下的功课如何?"

"才跟太傅开始学识字,两个月了,能背一些简单的诗和文章,字写得却潦草些。"

"已经很聪明了,殿下这么聪慧,要好好跟太傅读书,知道吗?"徐伯芳捏了捏孩子的脸颊,随即起身道,"娘娘好好照顾自己和殿下,微臣该回去了,等有空再来看望。"

"兄长也是,不可太过劳累,对嫂子好一点。"

出朝阳宫时正遇见前来串门的褚贵妃,徐伯芳避之不及急忙垂首行礼,褚贵妃轻道:"大将军快快平身。"便一个转身进了朝阳宫,不再理会他,身后跟着十几个宫女迤逦而过。

徐伯芳等她的身影彻底看不到了才敢抬头深深望了一眼朝阳宫,嘴唇微动,却终究默然无语,身旁的小太监提醒道:"徐大人,走吧!"

出了皇城,徐伯芳在玄德门外不远的地方站住,扬起下巴望了望天空,阳光真是刺眼啊!有一刹那,他觉得万分疲惫,想要逃避这座皇城,如果自己没有当这个朔风营统领,如果妹妹没有进宫,如果妹妹一直只有兰芝公主,如果召王……

但是,这个世界是从来没有如果的,从刚才褚贵妃那一声"大将军平身",他就知道未来的一切争斗自己是躲不开的。

第九十五章 看花却破相

二月龙抬头,垂柳次第翻青,湖州城里的水却越来越浑了。自从司礼监的使者来取甄蜜儿的庚帖到如今再无皇城消息,仿佛就这样青天白日地做了一个富贵梦。

甄蜜儿毫无疑问地成了湖州最大的笑话,这个表面上看起来温婉柔弱的女孩子彻底让嫉妒占领了全部的生活,就连身边的丫鬟看着她每天对着一个草人恶狠狠地挥剑斩首,都觉得毛骨悚然。

一直到花朝节,甄蜜儿在母亲的劝说下,才带上几名婢女去城南的灵泉寺上香,那里遍植桃花,也是春游士子们的好去处。

可惜,有一句话叫作"冤家路窄",甄蜜儿刚踏进灵泉寺,迎面就撞见了一身杏黄春衫的苏蓁玉带着翠衣在寺里闲逛。甄蜜儿四下看了一眼,确定萧如意没有跟着,一步一步走到苏蓁玉背后,仿佛恨不得将她一下子推入院中的古井中。

"甄小姐?"苏蓁玉本想假装看不到她,两不相干地过去,谁知她竟想在背后对自己下手,这才转身一脸刚看到她的模样。

甄蜜儿既然被发现也不假装和善,一脸的居高临下,心中自是相信在湖州城除了逍遥王只有自己父亲最大:"秦玉,你不要以为有逍遥王做靠山,就可以为所欲为,今天本小姐就让你知道什么叫知难而退。"

苏蓁玉眸子冷冽地看着她,突然笑得如同寺中的桃花般绚烂,说道:"甄小姐,你我之间并没有什么矛盾,你怎么如此恨我?"

甄蜜儿带了十几名婢女进寺,而一众家丁在寺外,她使了一个眼神,早有人出去将那些家丁招呼进来,指着苏蓁玉道:"这个小贱人居然当众羞辱本小姐,还妄想跟我抢逍遥王妃的位置,给我往死里打。"

苏蓁玉很想跟她说,当众受辱是你自己给自己挖的坑,至于抢什么逍遥王妃的位置,试问那个位置何时成你的了?

那些家丁蜂拥而上,寺里的一些香客已经认出这是太守府的家奴,民不和官斗,他们哪里敢替苏蓁玉出头,都悄悄地退出了这边的殿宇。

翠衣看他们来势汹汹,虽然心里害怕,却挺胸护在苏蓁玉面前,厉声斥道:"你们不要仗着人多欺负我家小姐,回头让王爷把你们一个个都抓起来。"

她这话一说出口,那边甄蜜儿更加恼怒,嚷着让家丁们把她们主仆二人打成残废才解气。

"甄蜜儿,你忘了我是秦家堡的大小姐吗?"苏蓁玉笑道。

"那又如何,你就算会武功难道能打得过这么多人?"甄蜜儿不理会她语气中的威胁。

"我从来不亲自动手。"

苏蓁玉话说完就不再理会他们,往寺院深处走去,甄蜜儿一个手势,那些家丁就要动手,却被不知何处冒出来的两个人挡住去路,那些家丁平时都是太守府的护院,有些本领在身,便仗着人多和那两个人动起手来。可打架这回事不是人多就一定能赢的,很快一众家丁就全部被打趴下,疼得嗷嗷直叫。

"在甄蜜儿的脸颊上留个记号,不要太深了,让她知道疼就行。"声音是从桃花林的另一端传来的。两名护卫已经来到甄蜜儿面前,看了眼她光洁饱满的脸蛋,毫不怜香惜玉地在上面划了两道,惊吓过度的甄蜜儿当场晕倒。

那边苏蓁玉摇了摇头,对这位大小姐的遭遇给予了无奈的同情,虽然是自己让人对她下的手,到底是再不给她点颜色看看,日后惹出天大的祸端来就不是疼一下的结局了。

"小姐,你就这样让人在甄太守的女儿脸上划一道,这下咱们两家的仇可就结大了,再说了,女子都爱美,这招有点损。"翠衣跟在后面忍不住唠叨起来,到底是个心善的丫头,见不得这样的事情,若是她知道自己家主子当年在战场上动辄杀敌千万，在朝堂上也是讲究对政敌一击毙命，恐怕就要吓得面如灰土了。

苏蓁玉只是淡然一笑，不予理睬。

还未出寺门就听到外面的人喧闹不已，仔细辨听才知道是在讨论甄太守的女儿当众向那位逍遥王的红颜知己发难，却被后者毁容的奇闻。

"真没想到这位秦姑娘虽然人长得好看却如此心狠手辣，说动手就动手，以后可千万叮嘱自己家闺女不要惹上她这个魔头，万一被毁容，想嫁人都难了。"

"一个巴掌拍不响，要不是那个甄小姐让家丁围攻人家，估计也引不来这次的祸端。"

"听说那个秦家堡到处都是武林高手，就连那个秦小姐也深藏不露，只是她走到哪里都有侍卫跟着，所以不用亲自动手罢了。"

……

苏蓁玉不去理会这些人的话，独自往大殿而去，那里有灵岩寺的住持在给众人讲解佛法。到了那边没有人敢喧哗，世人再俗气也会敬佛敬神明。

翠衣没有见过积香寺里与禅师下棋的白衣苏相，她也没有见过领兵包围大慈恩寺的玄衣苏相。她只默默跟随此刻一袭杏黄衫的女子拜过佛陀后，就坐在一端的蒲团上听住持讲解佛法。

灵泉寺的住持看到底下坐定的女子，眉毛意外地耸了一耸，这位年过七旬的大师能一眼看透人心："女施主，可是姓苏？"

苏蓁玉回揖一礼面不改色地说道："小女子姓秦，今天是第一次来灵泉寺，大师认错人了。"

灵泉寺住持法号了悟，年轻的时候曾经从南走到北，等到七十岁那年便在灵泉寺开坛讲经，每日前来拜求佛法的人络绎不绝，最多的时候能达万众。

他确实见过苏蓁玉，苏蓁玉却对他没有上心过，那还是早几年的事情，了悟和尚在积香寺做客，远远地看到过和慧明大师下棋的苏相国，那样绝世的风采，任他是槛外之人也记得一清二楚。

既然她不承认，了悟大师也没有继续追问，谈俗事何如谈佛事。

萧如意赶来的时候已经是下午，天气极好，风轻云淡地走来，又大大咧咧地坐在了苏蓁玉的身边，了悟大师先是一愣，随即心中就真的了悟了，欠身向他双手合十道："阿弥陀佛，老衲见过逍遥王。"

"大师好久不见，跟我就不用这些虚礼了，没想到这位秦姑娘佛缘不浅，竟能得大师青眼。"萧如意笑着说道。

三人又讨论一番佛理，苏蓁玉进退有度，博古通今，让了悟大师不由得赞叹不已。

萧如意向苏蓁玉讲起自己年幼时因为悟不透许多事情，就常来灵泉寺听大师讲解佛法，这些年才有这份恬淡性子，自己身边的向道不被人知晓的身世中就有一条：他是这位了悟的弟子。当年曾在灵泉寺习武参禅，可惜没有成为得道高僧，倒无欲无求地甘心情愿做起萧如意的贴身侍卫，其中甘辛，不足为外人道而已。

每年上元节灵泉寺就会有许多人来拜佛赏花，湖州的第一纨绔也会趁机来逛上一逛，更多的时候就如现在找个安静的地方和住持了悟大师说说近况。

这次，他让苏蓁玉过来，竟是有些带未来媳妇见家长的意味，了悟大师没有细问她的来历，望她的眉目也知问不得。

"大师，若没有你经常给我讲解佛法，我这个没人过问又很多人惦记着快点死去的逍遥王，怕是早就熬不住了。"

"殿下言重了，你能拨开云雾看世人，乃是你自己的慧根比常人更好，非老衲之德。"

苏蓁玉自始至终都微笑着看他们聊天，她总觉得大师有窥探人心的本领，多说一句话，天机就多泄露一分。很多事情最好还是雾里看花，如灯下看美人，这样才有看头，真剥肉见骨，那就容易惹起轩然大波。了悟大师自然不会继续去研究这位秦家堡的大小姐为何身上有将相之貌，出家人只管念好佛经就行。

二人在灵泉寺坐到黄昏才下山，回去的路上萧如意问道："来时听说你把甄蜜儿的脸划了？"

苏蓁玉歪着头轻笑道："你这是要兴师问罪吗？"

萧如意赶忙撇清关系道："你这样说就是冤枉我了，好歹也是跟着你上过战场的人，怎么能如此贬低我的审美和智商，我是担心你这次招摇太甚会被皇城那边留在湖州的人惦记上，虽然你眉间的旧疤能障目，却也未必能瞒过心细如发的人。好不容易隐于市，别再被人揪着不放，那就无趣了。"

苏蓁玉心情大好，伸手握了一下他的手指，难得露出一脸灿烂到极致的笑容道:"你说得有道理,以后都听你的。"

东风才吹了几日,这漫山遍野的草就青了,花开得着急,就只剩下一树的媚态了。萧如意欲言又止,最后轻声道:"你怎么不问问我今天怎么迟到了?"

"反正你会说的,我又何必着急呢?"

"唉,你呀你呀,从前是敬你怕你怜你,如今是整日不知该拿什么去宠你爱你,就连你偶尔毒舌,我都觉得好得不行。"

萧如意并不觉得这些话有多肉麻,每一句都是他此刻发自肺腑说出的话。

"不是要说今天为什么迟到吗?"苏蓁玉见他说得真切,一脸赧颜地改了话题。

第九十六章 药仙今归来

原来,这次上元节约了佳人一起出城游玩的萧如意刚要出府就被刚刚从东海采药回来的皇甫逊拦住了去路,两个人久别重逢,难免有说不完的话题,等他意犹未尽地将自己初入玉京城的事情讲完,时间已经过去了一个半时辰,这才恍然惊醒,让皇甫逊先回去休息,自己这才赶往灵泉寺。

去的路上和下山的甄蜜儿迎面碰上,才得知苏蓁玉让人把她的脸划了一道口子,心中一惊,暗道:玉儿不是冲动的人,甄蜜儿又对她做了什么?

等见到苏蓁玉看她没有受伤,一颗心才放下,得知她只是对甄蜜儿小施惩戒,不会毁容,便不再理会这件事。

"原来是皇甫医师回来了,那我这就去他府上拜访吧。"苏蓁玉两次性命危殆都是皇甫逊妙手仁心救回来的,此时听说他从东海采药归来便笑逐颜开,想了想又道:"还是明天去吧,他今天刚回来,必然要闭门谢客好好休息一番。"

萧如意将她送回秦府时,恰遇上陈子杭过来禀报公务,便没有逗留直接返回王府。

"王爷,属下怎么感觉那个陈掌事对咱们充满了敌意?"向逍一边驾车一边八卦道。

"这就说明人家比你忠心耿耿多了,你看你对身边出现的人可曾有过警惕之心?"萧如意懒懒地说道,对于陈子杭的态度变化,他也察觉出来了,苏蓁玉第一次来湖州时他对自己还一副敬重的模样，怎么这次反而有了疏远和冷漠？想不通，似乎不是因为男女之情。

向逍听主子这么一说，确实自己对接近他或者他接近的女人未曾有过足够的警惕，不然在玉京时也不会让一名驾车而来的美婢把他给绑架了，想起这件事就有些后怕，最后诚心实意地道："属下知错，以后对王爷接触的陌生人会更加留心点的。"

"我让你去查秦家堡的底细查得怎么样了？"

"查不出来，那秦家堡的确有位大小姐，跟苏相国面貌十之八九相似，而且她眉间的疤痕是早就有的，之前一直靠一种药粉遮瑕，现在换了身份不再刻意掩盖，没有什么破绽能证明她不是秦玉。"

"嗯，以后不要查了，估计她的确也是秦玉，这中间的故事，她不说我也不问了。"

萧如意闭上眼睛靠在车壁上，心里暗自琢磨这次违逆了皇帝为自己赐婚，他肯定不会就此打住，说不定圣旨已经在来的路上。还有就是甄太守与自己也算彻底决裂了，以后还要多留意他的举动。想来想去，甚是无奈，逍遥王到底也不曾逍遥过。

从秦府到逍遥王府不过两条街的距离，萧如意的马车刚进府就见总管张琳迎上来，一边伸手扶他下车一边说道："回王爷，皇甫先生在这里等您半天了。"

"咦？他不是回去休息了吗？"

"晌午过后又回来了。"

此时已经黄昏，萧如意吩咐下去备酒宴，自己去内厅见皇甫逊，心里纳闷何事能让他这么快返回。

皇甫逊穿一身青袍，不像悬壶济世的神医，倒是有几分出尘的侠客风范。听到脚步声便知萧如意回来了，遂将手上的医书收起望向厅堂口处，等人一进来才露出一脸的笑意道："王爷看来是抱得美人归啊，居然去了一天才回来。"

萧如意看他表情并无哀戚，心下放心不少，问道："什么事这么着急，让你又折回来等我？"

皇甫逊有些尴尬地支吾道："也没有什么事，就是觉得这次出门在外太久了，十分思念王爷，就忍不住回来看看。"

萧如意何等精明的人，怎么会相信这个理由，既然他能在这里待一下午，看来是有难言之隐，便打趣道："既然这么想本王，那你晚上不要走了，你我二人把酒言欢不醉不休，先前你住的客房一直给你留着，就先住下如何？"

"甚好甚好，烦扰王爷了。"皇甫逊立刻喜不自胜地答应道，看来他这次就没打算走。

二人一直喝到四更天，其间皇甫逊将东海一行的奇闻异事讲给萧如意听，当他讲到入海采东珠遇到白鲨的惊险刺激时，让此刻仅仅是听故事的人都惊出了一身冷汗。

"王爷，你不知道啊，当时海面上波浪滔天，我们的那只小船被白鲨撞得几乎要散架了，就在这个时候，有一只渔船不顾倾覆之危横在白鲨之前，然后从渔船上冒出十几名射手一直射击那条白鲨，很快血腥充满整个海面，白鲨慢慢沉入海水下，就在众人刚松了一口气，谁知那白鲨并没有死去，一跃而起要将渔船砸翻，渔船上一名少女竟是彪悍勇猛，手持钢刀纵身而起将白鲨拦腰斩杀，随即乘势撑开渔船，真是让在下终生难忘啊。"

皇甫逊讲得意犹未尽，趁着酒兴一再夸赞那位少女的胆气过人，萧如意联想他之前不肯说出自己为什么不回家的尴尬，似乎明白了其中隐情。

翌日，宿醉未醒的萧如意就被一阵风似的赶来的总管张琳唤起来："王爷快点起来，宫里使者来传圣旨了。"

萧如意蓦地睁开眼睛，整个人一下子清醒过来，任由侍女们过来给他换上朝服，心里盘算着会是什么事能惊动宫里那位下旨。"莫非还是赐婚的事？"

前厅中已经等了一会儿的传旨使者见到穿戴整齐的萧如意走出来，忙从椅子上起来行礼道："司礼监副总管韩笙见过逍遥王。"

萧如意连忙摆手道："韩总管远道而来不必拘礼，不知陛下近来可好？"

"宫中一切安好，老奴临来时陛下还念叨王爷来着。"

彼此礼尚往来客套一番，香案备好，韩笙净手焚香这才开始宣旨，果如萧如意所料是为赐婚一事，皇帝在旨意中称，既然甄蜜儿品行不端，朕已经赐还庚帖，但逍遥王乃朕之胞弟，王妃必须从品貌端庄的士族闺秀中选出，不可任性而为，娶江湖草莽女子为正妃。

韩笙将圣旨递到萧如意手里并搀扶他起身，笑道："王爷家事不比寻常百姓家，陛下所言亦是有理，还望王爷多多体谅圣心。"

萧如意道："韩总管好意本王先行谢过，至于选妃一事乃人生大事，非本王所爱实难如意呀！"

韩笙能做到司礼监副总管的位置自然有旁人所不能及的察言观色和谨言慎行，他看向笑得不痛不痒的萧如意，就知道他不会在选妃问题上妥协让皇帝给他安排，叹息道："王爷聪明过人，有些话老奴无须再讲，出来的时候陛下还给老奴安排了其他事情，就不在这里耽误了，老奴先行告辞。"

萧如意本想留他吃了饭再走，被他婉拒也就不再坚持，送走韩笙后，皇甫逊才从客房走出来问道："这是什么情况？难道皇城那边开始对你不放心了？"

萧如意摇摇头，颇为无奈地说道："不放心倒还好，这次是想在我未来的王妃人选上打主意啊，之前在玉京城的大家闺秀中选了一位，谁知人家一听要嫁给湖州我这位什么用没有的幽居王爷，死活不同意，闹到皇城里面去，陛下到底不是昏君也没强求，这会儿不知道甄牧之用了什么通天手段竟然让陛下动了将甄蜜儿赐婚于我的念头。我也是趁着司礼监使者过来取庚帖的时候拆穿了甄家父女的把戏，此事才算作罢，我这个皇兄啊，又不知道从谁那里收到密报，把玉儿秦家堡的底细查了查还是不放心，想来是要给我重新赐婚了。"

皇甫逊望着他露出一脸的同情，之后又尴尬地自嘲起来，萧如意看他一眼，露出一抹玩味的笑意。

"你不要用这种眼神看我，我只是觉得你一个王爷有什么值得我可怜的。"皇甫逊心虚道。

"你今天还不回家？"萧如意状似无意地问道，一双眼睛却紧紧盯着他，生怕错过他脸上的每个表情。只见皇甫逊捋了一捋鬓角的发丝，很是无赖地说道："我去东海的这些日子每天吃那些鱼腥咸菜，日日惦记着的就是向道的手艺，好不容易回来怎么能回去吃自己的冷灶？我可是会付报酬的，喏，给你这个，花了几年时间凑齐药材，又用了两个月时间才炼成的芙蓉丹，虽说不是包治百病药到病除，但也差不多吧。"

萧如意接过瓷瓶，更觉得他肯定有问题，平日吝啬得连一棵人参都舍不得给他泡酒，今儿个是太阳从西边出来？居然舍得给自己一瓶芙蓉丹，太不符合他的秉性了。

"你打算在我这里长住?"萧如意试探着问道。

一听这话皇甫逊立刻垮着脸道:"我先住几天,等我解决一个大麻烦后立刻就回家住去。"

"什么麻烦事,需要我帮忙吗?"萧如意立刻热情地询问道。

"不用,不用,王爷日理万机,我这点小事不足挂齿。"

萧如意总觉得他肯定是惹上了一名无法无天的女子,不然以他天不怕地不怕的性格,怎么会真的有麻烦让他连家都不敢回。

第九十七章 她叫慕容雪

皇甫逊在逍遥王府一住就是大半个月，这中间只有苏蓁玉不明就里地去过一次他的府上，马车还未走到山下就被皇甫逊策马狂奔赶上给截了回去。

这下，萧如意更加好奇，莫非来了凶悍的女人，才将他吓成这样。就在众人胡乱猜测的时候，逍遥王府门口被一名不速之客封住了去路。

苏蓁玉在府里待得无聊，听说这件事后忙让管家备了马车就往逍遥王府那边去，翠衣第一次见大小姐如此八卦，差点没把眼珠子惊掉。前几年的庙堂生涯把她那点少女的天真烂漫都磨平了，只剩下一副冷硬与热血交替的心肠，而今退一步海阔天空，她倒更像是个爱听故事的小女孩了。

逍遥王府门前，一名衣着奇异的少女赤足站立，她头上戴着用两个大珍珠串起来的发带，精短的上衣在肚脐以上露出一截雪白的肌肤，腰间缠着一条用贝壳串起来的腰带，再往上看，瓜子脸上有精致小巧的五官。远远往这边看过来的百姓三三两两地议论，只当是逍遥王又惹下了风流债，轻佻地点评几句女子的姿色。

却不知王府中皇甫逊收拾好东西正想从后门开溜，被萧如意识破这才留住了人。就在他们两个拉扯间就听到王府里的下人禀报："王爷，秦姑娘在府门外被那名奇怪的女子拦住了。"

"解铃还须系铃人，皇甫逊你小子可不能退缩，跟本王一起到前面去看看。"

皇甫逊无奈，只好跟着萧如意一起来到了大门外，一眼就看到苏蓁玉站在那名女子身旁，两个人似乎在讲什么悄悄话，过了一会儿又同时望向府中走出来的二人，只见那少女指着皇甫逊道："喂，皇甫逊，你要躲我到什么时候？"语气中带着霸道和天真，这样的语气从她嘴里说出来不但不让人觉得刁蛮任性，反而有一种可爱浪漫的感觉。这下，就连萧如意都觉得皇甫逊是个不懂怜香惜玉的浑蛋了。

皇甫逊看着周围聚集的好奇百姓越来越多，赶紧来到那名少女面前低声说道："慕容雪，你别再闹了行不行，赶紧回家去！"

慕容雪杏眼圆睁，就准备拔刀相向，生气道："你跟我回去我才走，你要是不跟我回去我就砍去你的双腿拖你回去！"

周围的百姓一听都咋舌，心道这小姑娘看起来长得一副单纯可爱的模样，怎么说出来的话如此狠厉。

苏蓁玉看她真有拔刀砍人的心，忙过来劝道："慕容姑娘不要生气，咱们去王府里说话，在这大街上让人看着，皇甫先生脸皮薄怕是说话难免口是心非，其实他心里想你想得紧呢。"

"真的吗？"慕容雪到底孩子天性，果然欢喜起来，随着苏蓁玉往王府走去。

皇甫逊心中暗自叫苦连天，求助地望向阶上立着的萧如意，后者瞥了他一眼，云淡风轻，似乎无动于衷。

苏蓁玉笑意盈盈地拉着慕容雪朝萧如意走去，他心底怦然一动："玉儿真好看啊！"

一行人走进内厅，早有侍女准备好新茶和点心，苏蓁玉见皇甫逊没有主动说话的意思，便向慕容雪问道："慕容姑娘为什么来湖州啊？"

慕容雪也是直率的性子，早拿苏蓁玉当作朋友，眼睛瞪了皇甫逊一眼才道："这个要问他为什么逃婚了。当初在东海月牙岛，他收下我爷爷赠送的千年东珠，却在成亲当日趁我族人不备偷偷跑了。"

皇甫逊忙辩解道："慕容族长赠我东珠，我心怀感激，却是说他日有用得上我皇甫逊时必倾力相助，并未答应族长要入赘月牙岛，是你们欺负我不懂当地风俗，在篝火会上骗我接过你手上的绢花。"

慕容雪蓦地站起来就要拔刀，带着哭腔说道："皇甫逊，你欺人太甚！今天我先杀了你再带着你的骨灰回月牙岛给你守一辈子灵堂。"

吓得皇甫逊立刻躲在萧如意背后，哭丧着脸道："我的小姑奶奶，我都说东珠我不要了，还给你，你不要啊，你还想让我怎么样？"

"和我成亲！否则，我就杀了你。"慕容雪倔强地说道。

萧如意忙打圆场道："慕容姑娘不要着急，皇甫这个人比较害羞，你越追着他他越跑，不如你先在王府住下，然后从长计议。"

苏蓁玉附和道："王爷说得有理，慕容姑娘放心，这次有我们看着，不让他再跑了。"

慕容雪狐疑地看着他们几个，她对苏蓁玉有莫名的好感，与其他人比更信任她一些，这才说道："好吧，那他要是跑了你们都要负责。"

有侍女过来领了慕容雪去厢房住下，等她离开，萧如意才对皇甫逊问道："慕容雪这么标致聪明的女子喜欢你，你小子为什么还要逃婚呢？"

皇甫逊没好气地说道："甄蜜儿才貌双全，你怎么还不娶她？"

萧如意正色道："甄蜜儿才貌都不及玉儿一半，心肠又坏，小聪明太多大聪明没有，我娶她也太跌份了吧，更何况就算她真的千般好也不是我喜欢的人，自然不会看在眼里。"

"你不喜欢慕容雪？"苏蓁玉问道。

皇甫逊难得正经地说道："不是不喜欢，只是不想被逼迫成亲，本来的那点喜欢都被她和她爷爷折腾没了，我就是一辈子不娶亲也不想如此窝囊地被人用刀架在脖子上低头。"

苏蓁玉了然，不再追问。

逍遥王府因为莫名其妙住进来的两个人比以往热闹了许多，苏蓁玉闲来无事也每天过来陪慕容雪聊天，她对这名东海小岛来的女子有天生的好感，后来某一天细细思量才发现竟然是因为她和红袖的性格十分相似。

慕容雪从苏蓁玉那里得知中原的男子不喜欢被逼迫成亲，就算喜欢你，如果你拿着刀凶巴巴地让他娶你，他也会立刻逃走。

"那我应该怎么办呢？"慕容雪双手托着下巴认真地询问道。

苏蓁玉一口一个草莓吃着，看她如此认真思考，便道："世上无难事，只怕有心人。既然你非他不嫁，那我就给你定个美人计，但是你一定要听我的安排才行,不然没有效果就不要迁怒我哦。"

"好!我听你的。"慕容雪兴奋地使劲点头,唯恐苏蓁玉不相信她似的。

女子不动情则已,一旦动情往往生死相依。世人也有说女子水性杨花者,不过是受了委屈被男子辜负便觉得天底下无一处不肮脏就自我堕落,这不是智者应该学的,到底也有很多人难以摆脱这样的孽缘。但一味执着,到头来困得自己一生不得解脱,空落得一厢情愿的也有,最慈悲的就是此刻出言点拨痴男怨女一番,若能使当局者拨云见日重新来过,就是无上的功德。

慕容雪打扮一下,愈发显得清丽脱俗,王府的侍女会最流行的江南发髻,苏蓁玉又给她挑了几套适合她穿的白色襦裙,走到哪里都让人忍不住多瞧几眼。府里的人见她不再嚷着打打杀杀,待她也亲近了许多,尤其是向道听说她是用刀的行家,又是从东海来的,便常来找她,不是切磋刀术就是请教海鲜的烹调方法,见有人对自己所学感兴趣,慕容雪像找到知音一样乐得将会的都告诉他。

这样一来,原本一天无数次偶遇皇甫逊的她出现的次数越来越少,皇甫逊见她不再从早到晚缠着自己,整个人轻松了不少,渐渐地他发现,慕容雪竟然有两天没有出现在自己的院子了。像耗子躲猫一样闭门不出的皇甫逊破天荒地走出了他所在西院,王府里的下人对他都十分熟悉了,点头行礼任他在王府里随意走动。

等他听到女子嬉笑的声音才惊觉自己竟然穿过整个王府来到距离他所在的西院最远的东厢房,而住在这里的正是他最不想见到的慕容雪。

有些尴尬的皇甫逊忙转身欲往回走,这时东厢房中又传来一阵女子的清脆笑声,紧接着就听到慕容雪的声音道:"向大哥看招,这次我可要使出绝技了,你要是还能躲过,我就告诉你怎么做大黄鱼才更好吃。"

随即有男子爽朗的声音应道:"慕容姑娘豪气冲云,在下岂能落后。"

院子中兵器碰撞的声音,还有女子的笑声。

皇甫逊呆愣一会儿默默返回西院,心口处有被人剜去一块肉的疼痛感。

等他回到西院却看到院子中悠闲自在地站着一人,见他有些失魂落魄的模样,萧如意打趣道:"你看你整天跟自己过不去,不就是被姑娘追着喊着要嫁给你嘛,等明儿我让玉儿再劝劝那位慕容姑娘,说你铁石心肠绝不会愿意娶她,让她趁早死心回东海去。"

皇甫逊冷哼一声道："不用你们劝，人家嘴上说着非我不嫁，这会儿早就有了新欢，就算舍不得离开王府那也不是因为我。"说完，甩手回屋，仿佛他才是这里的主人，丝毫没把逍遥王当外人。

知道其中内情的萧如意嘴角扬起好看的弧度，暗自感叹："到底还是玉儿算无遗策，他逃不掉了。"

此后三日，皇甫逊待在西院没有出来，慕容雪也没有过来打扰他。"真是寂寞啊！"心底生出这一声感叹后，吓了他自己一跳，何时竟习惯了那女子每日来西院转悠？

又等了两日，西院还是没有人过来。

皇甫逊终于待不住了。

当他踏入东厢房的院子时却没有发现慕容雪的踪迹，正在奇怪时却见苏蓁玉从外面走进来，看到他似是意料之中，却还是明知故问道："皇甫兄来找慕容姑娘吗？"

皇甫逊面上微微挂不住，却还是坦言道："几天未见到慕容姑娘过来看看，因在下之故，她一个人千里迢迢而来，若有什么意外就是在下的罪过了。"

"她已经走了。"苏蓁玉说道。

皇甫逊只觉得一阵恍惚，没想到她会突然就走了，甚至都没有过来告诉他一声，他在心底埋怨道："慕容雪，你这样算什么，千里迢迢来招惹我，等我对你用情了，你却头也不回地就走了。"

"她走之前说，如果有一天你主动来东厢房找她，就让我把这个交给你。"苏蓁玉从怀里掏出一个锦盒递给皇甫逊。

竟是当日篝火会上他接过来的那朵绢花，在离开月牙岛时自己把它放在了桌子上没有带走。

苏蓁玉看他沉默不语，又道："她还说，这朵绢花已经不是什么定情信物了，你要留着就留着，要丢掉也无妨，当初既然送给你了就没有收回的理由，以后遇到另一个喜欢的人，她会重新再绣一个，肯定会比这个好看的。"

刚刚才陷入一阵愧疚不安，甚至忍不住为这样一个痴情女子喜欢他而暗暗得意的皇甫逊听到后面的话，整个人都不好了，什么叫以后遇到另一个喜欢的人，果然女人都是水性杨花的！他愤愤地想着，问出口的话却是："她什么时候走的?"

"昨日清晨,这会儿怕是还没走出湖州辖地,你要是骑快马连夜去追,应该还来得及。"苏蓁玉好心提醒道。

"多谢秦姑娘提醒!"

等苏蓁玉抬头望他的时候,皇甫逊已经风一般地往王府大门奔去了。

萧如意过来的时候正看到这神奇的一幕,轻笑道:"玉儿神机妙算,这下换作皇甫兄追着慕容姑娘跑了。"

向逍在主子身后一脸惆怅地想:"我的大黄鱼啊……"

逍遥王私奔

三月底,湖州水湛绿,湖州的山青翠,湖州的花娇艳,湖州城里的少女比这一切都更好看。只是人们没有想到风流倜傥的逍遥王在拒绝了甄蜜儿的投怀送抱后,居然带着那位秦府的大小姐私奔了。

原来,皇帝听说逍遥王中意的女子是江湖草莽出身后,连下了三道圣旨阻止他娶这名女子为正妃,甚至还从玉京城的世家大族中为他挑选了一位才情容貌俱是一品的闺秀欲赐婚于他。

未等这道圣旨送到湖州,提前预想到会有这一出的逍遥王竟然带着那位秦家大小姐私奔了。此事很快传遍了湖州,太守甄牧之趁机上书弹劾逍遥王背弃祖宗礼法居然与女子私奔,又痛斥他在湖州任意妄为,视地方官吏为无物,务必严惩不贷方能服众。太极殿中,萧如昊看完这些奏折,有些头痛,堂堂当朝王爷竟然和一位江湖女子私奔,这简直丢尽了皇家的脸。

"朕就想看看他能跑到哪儿去,给朕传旨下去,全国张贴榜文,朕就是掘地三尺也要把他绑回来。"

垂首立在一旁的徐伯芳听言终于忍不住劝慰道:"陛下,逍遥王此举虽然有失体统,到底不是什么大错,陛下下旨全国张榜寻找他们,反而会把这件事闹得全国上下人尽皆知,倒不如派人暗中查找,一有消息就立刻回禀陛下。"

萧如昊想起这个弟弟就有些恨铁不成钢,自己本想让他入朝来帮自己打理天下，自从苏蓁玉走后楚国公权倾朝野，扶植逍遥王出来制衡本是两全其美的事情，谁知这个小子竟然被江湖上的一名草莽女子勾去了魂魄，说私奔就私奔了，此事传出去成何体统！

"伯芳，你查清楚那名女子的底细了吗？"

"回陛下，此女确实是秦家堡的大小姐，应该只是长得有些像。"

"那就好。"萧如昊那颗悬着的心总算放下了，这就是帝王，就算再惋惜她的死去，却也不希望有一天她突然再出现在世人的面前。

杏花烟雨江南。

就在玉京城因为逍遥王的离经叛道行为争论不休的时候，已经乔装打扮过的二人优哉游哉地出现在了西湖上。

苏蓁玉慵懒闲适地坐在船板上看远处的云彩，萧如意看着她的侧颜觉得此生无憾。

撑船的老艄公笑道："客官和尊夫人的感情真好，小可在这里撑了二十几年的船，来游玩的富家老爷夫人，像二人这样恩爱的不常见哪。"

"为什么这样说呢？船家你看，前面那条大点的船上的老爷夫人看起来也是举案齐眉的好夫妻呀。"

"这个您可就看走眼了，前面船上的这位小的刚好认得，是杭城中数一数二的有钱人宋淮山，本地三分之一的绸缎庄都是他家开的，陪着他游湖的那位是他刚娶回家的七姨娘，原来是一个卖油郎的媳妇，不知怎的被宋淮山看上了，耍了手段逼迫那卖油郎把媳妇卖与他，回头就让人将可怜的卖油郎打死了。现在，客官还觉得这是一对恩爱夫妻吗？"撑船的艄公说到最后自己又连连叹息起来。

萧如意望着前面大船上的男女还在你侬我侬，收起好奇的目光，对艄公说道："你这样讲，就不怕那位宋大官人对付你吗？"

艄公一愣，随即笑道："看您和夫人是外地人一时嘴快多说了几句，平时也不敢讲的。"

苏蓁玉自始至终淡然地听着他们谈话，眼睛顺势往那边大船上看去，开始并不在意，等两条船靠得越来越近，船头上立着的七姨娘无意中往这边看了一眼，那出水芙蓉般的模样顿时让周围的人都黯然失色。看到这里才真正能明白为啥宋淮山不惜担着恶名也要将她抢到手了，如此尤物当真是有当祸水的资格啊！

萧如意啧啧道："果然是貌美如花啊！"

艄公不以为意，却道："小可在这里撑船已经快二十年了，能在西湖游玩往来者无非士家贵妇烟巷花魁，又有几个能得恩爱两不疑的。"

苏蓁玉听他言语不俗笑道："您这话说得通透，比那些才子文章都在理。"

很快就到了对岸，萧如意挽着苏蓁玉下船，而翠衣向逍他们几个也从另一条船上下来了。苏蓁玉想起幼时读诗书最喜欢的一位前朝大家就曾在杭城当过太守，还疏通西湖修建了一条堤坝，因他姓白，便将这条堤坝称为白堤。两旁的垂柳借着东风吹来早已青翠可人，夹杂其间的红白黄各色花朵亦是娇艳欲滴，晴空万里恰到好处，难怪世人常说：所至得其妙，心知口难传。

"玉儿，你看——"

随着萧如意的示意，苏蓁玉看到同来的那条大船也已经靠岸，不知为何在湖上看起来还是举案齐眉的两人好像发生了矛盾，那宋淮山将七姨娘一巴掌打在地上，又命婢女脱去她的鞋袜扯她下船，等拖她到岸上以后船又返回，只留那位倔强不肯流泪的七姨娘在岸边的杂草丛上。

苏蓁玉最恨那些仗势欺人的行径，尤其是如此对待手无寸铁的女人，她冷冷地望了眼那条离去的大船，上前几步来到落魄的七姨娘身边。看她脚和自己差不多大，令翠衣从包袱中取了自己的鞋袜让她穿上。

七姨娘没想到会有人敢帮自己，感激涕零之余劝道："多谢姑娘的美意，你还是快走吧，这附近有宋府的人盯着，如果他知道你帮了我，恐怕对姑娘不利，这点屈辱对我来说不算什么，既然不能死，我就会努力活着，看看老天会不会开眼让这些坏人都得到报应。"

苏蓁玉道："夫人不用担心，有什么冤屈可以跟我说，说不定能帮你解决的。"

七姨娘狐疑地打量着苏蓁玉，见她虽然穿着简单但是一看就是锦缎中的精品，比自己这位所谓杭城商贾的姨娘更贵气，绝非寻常人家出来的。她心中思量不断，最后还是摇摇头道："多谢姑娘美意，一切都是命，我认了。"

苏蓁玉见她并不相信自己，便不再勉强，让翠衣帮她整理好鞋袜和衣裳就往白堤去了。

那边，萧如意碍于男女有别没有过去，带着向逍几人在白堤上的垂柳树下等着她们。看到苏蓁玉一脸忧虑地回来，安慰道："既然她不愿意接受你的帮助，必然有自己的打算,如果我们强行介入别人的家事恐怕会帮倒忙,他日我们走后,七姨娘的日子怕是更艰难,由她去吧。"

苏蓁玉感慨道:"没想到世上的不平事就像春草一样斩不尽摆不平,就算不在其位了,还是忍不住想多管闲事。"

"这算什么闲事,天下人管天下事,理所当然的。"萧如意道。

苏蓁玉主动握住他的手道:"咱们走吧。"

自从皇甫逊追着慕容雪去东海以后,二人也参悟出相爱不易相守更不易,遂决定不管皇城那边如何反对都彼此不放弃。这一路行来当真是如鱼得水,感情更加深厚。

第九十九章 杭城不太平

在杭城的第三天,苏蓁玉去了天目堂在这边的分馆,恰好陈子杭过来有一笔生意要谈,苏蓁玉换上男装也跟着去了,无所事事的逍遥王对商人谈生意一时兴致勃勃便嚷着同去。陈子杭虽然不喜欢他说话时天生自带的矜贵语气,自从知道他在北镇战事中曾身先士卒地守关杀敌的事迹后,对他的态度温和许多,这次也就由着他跟去。

杭城最好的酒家烟雨楼在城南毗邻西湖的武林街,取自前朝诗人杜牧的"南朝四百八十寺,多少楼台烟雨中"。烟雨楼不只是美食美酒,更重要的是有九位才貌俱是出众的清倌儿在这里弹唱,若你能一掷千金又温言软语哄得其中一位高兴,也会从珠帘之后走出来为你执杯换盏。

等陈子杭陪同苏蓁玉和萧如意来到烟雨楼时,那杭城的本地客商已经提前到了,看到他们露面忙迎了上来,竟是前日西湖上遇到的那位宋大官人。

宋淮山此时满脸堆笑,若不是早在西湖上见识过他的蛮横无理,此时第一印象就要认定他是一个憨厚老实的中年男人。他越过陈子杭看向他身后的萧如意,有些意外这次来的三人中,除了之前见过的陈掌事,他身后的这两位眉宇之间足见不凡,竟不似个商人模样而是将相之姿。

苏蓁玉毫不客气地瞪了宋淮山一眼,打断他继续窥探的念头。离开朝堂之后,她就像脱缰之马,对人对事的态度皆按照自己的心情好坏,若是看不顺眼的人决不施舍一记好眼色，任由别人生气也罢不在意也罢，都不放在心上。

陈子杭没想到第一次见面，苏蓁玉就露出这样厌恶宋淮山的表情，心底微微诧异。等到了雅间入座，陈子杭便向宋淮山介绍道："这位是我家公子秦玉，另一位是公子的好朋友易霄易公子。"

宋淮山忙向他们二人恭维不已，几人坐定后，他对身后的侍从道："去唤七姨娘过来陪客人喝酒。"

听闻这话，苏蓁玉眉头一皱，萧如意怕她当场发作，底下用脚踢了她一下，示意她不要冲动。没多久七姨娘穿着一身弹花暗纹锦服出现在雅座之中，当她抬头环视众人时和苏蓁玉对望一眼，已是认出她就是西湖上赠送自己鞋子的少女。

酒席开始没多久，宋淮山发现坐在对面的"秦玉公子"总是时不时盯着七姨娘看，便笑着道："小七，过去陪秦公子喝一杯。"

七姨娘没有动弹，虽然平时这样的事情自己没有少做，此时面对恩人竟自惭形秽，不愿再作那媚态诱人。

宋淮山见她没有听自己的话，伸手就在七姨娘的藕臂上狠狠一掐，顿时青紫一块，那七姨娘仿佛感觉不到痛，竟然没有发出一点声音，面上如常。

"是，妾身敬秦公子一杯。"七姨娘兴许是熬不住宋淮山的"私刑"，站起身来走到苏蓁玉面前举起酒杯，后者分明看到她眼睛里一片晶莹。

苏蓁玉接过她的酒一饮而尽，放下酒杯后苏蓁玉开口便语出惊人："宋老板，在下对这位姑娘一见倾心，不知您可愿意割爱？"

宋淮山本想立刻发怒，但很快按捺住，不悦道："秦公子，宋某知道天目堂和秦家堡家大业大，但您这样横刀夺爱就不怕天下人笑话吗？"

"这次苏锦和蜀锦都按之前定价的一半给你，另外杭城的龙井茶今年我们会全部收购，按市场价给你最高如何？"苏蓁玉说出这两个条件后，在场的每一个人都惊呆了，这一买一卖宋淮山能赚到的岂止万两！

陈子杭第一个反对："公子你喝醉了，此事我们回去商量了再定。"

宋淮山听到陈子杭如此说话，便知道这等好事错过今晚就没有了，忙拦住陈子杭继续要劝说的架势，笑道："秦公子真是个爽快人，宋某这些年在商海摸爬滚打都没有见过如此豪气过人之举，佩服佩服，在下再敬您一杯，这件事就这么说定了，小七跟着我也着实受了委屈。如今能有秦公子这样的性情中人对她好，宋某感激不尽，焉能再破坏此佳配良缘。"

七姨娘在一旁早已震惊得不知道说什么好了，望着身旁这位拿生意换美人的恩人两眼氤氲。直到苏蓁玉拉了她的手在自己身旁坐下，她才知道这不是做梦，忍不住怯生生地看向宋淮山，怕万一苏蓁玉反悔了，自己回到宋府少不得又是一顿毒打，想到这里眼圈更加红了。

宋淮山唯恐苏蓁玉回去之后反悔不认账，一边劝酒一边吩咐账房先生拟好合约，在陈子杭劝阻无用的情况下，苏蓁玉在合约上签字盖章再无余地。

萧如意知道苏蓁玉的用意便没有出口阻拦，再者此乃秦府内务，就算自己和她相亲相爱亦不曾将天目堂视为自己的囊中之物，自然更不会进行干涉，这便是萧如意聪明之处。

此时烟雨楼久负盛名的清倌儿开始弹唱，按照一开始的计划宋淮山本想一掷千金为陈子杭请下一位清倌儿陪坐，没想到这笔钱还没来得及出手就收获如此丰盛，已经有七姨娘珠玉在前，此时再请她们过来陪坐就不合适了，他也乐得省下这笔钱。

生意都谈妥后，宋淮山察觉到陈子杭隐忍不怒，实则已经到了快绷不住的程度，心想自己还是早点离开免得待会儿他们内斗把自己搭上，岂不是乐极生悲？他自始至终没有再看七姨娘一眼，仿佛这个他花了心思抢来的女子就像他经手的绸缎一样，有了肯花大价钱的客人他就会双手奉上，哪怕是送货上门他都乐意。

大约是看出陈子杭早已无心饮酒，萧如意暗中又踢了苏蓁玉一脚，后者才立刻从七姨娘身上把眼睛收回来心领神会道："子杭兄，不如今天就到这里吧，承蒙宋老板热情款待，在下心中十分过意不去，以后有什么事尽管说，秦玉必当尽心竭力。"

宋淮山将他们几人一直送出烟雨楼，其间七姨娘数次想靠近他都被他躲开，直到苏蓁玉等坐上马车，七姨娘还在犹豫不定，她怕自己绝情离去会遭到报复，转身要回去找宋淮山，苏蓁玉也不阻拦，只是挑着车帘静静地等着。

七姨娘本想继续往回走，谁知宋淮山怕她这般作为会惹恼"秦玉公子"，又亲自将她送到车上。如此一来，苏蓁玉就顺水推舟挽过七姨娘的手让她坐在自己旁边。

"你放心,我不会再把你送回宋淮山那里的,也不用担心我对你真有什么企图。"苏蓁玉笑道。

"小姐救命之恩,芳华今生做牛做马无以为报。"七姨娘在马车上就要给苏蓁玉下跪,被她拦住。

"你叫芳华?"

"妾身姓徐,名芳华。"

徐芳华望着她佩服不已,同为女子自己什么时候才有这样的魄力呢?

第一百章 秦玉又出手

江湖上快意恩仇的事情太多了，可这种犹如豪赌的事情只适合发生江湖上，庙堂之上若有这样的举动无异于自掘坟墓。陈子杭很庆幸苏蓁玉已经离开庙堂才开始有这样做事不计后果的行为，但商场如战场，今日她的任性妄为几乎是自残一般的行为。

所以，陈子杭回到客栈就赌气直接回自己房间，不理会苏蓁玉在后面喊他的名字。

第一日如此。

第二日，他还是不理众人。

第三日，他只是不理她。

萧如意并不掺和他们的事情，每天只管带着苏蓁玉主仆三人在杭城游山玩水，像一般的纨绔子弟挥霍无度，不知人间疾苦。徐芳华亦是甘心情愿为侍女，每日跟在苏蓁玉身旁已经很知足，熟悉之后她有时会向翠衣讲起自己苦命的往事，曾经相爱相依的卖油郎如今不知投胎何处，提到宋淮山则是恨得牙关磨碎。

玉京城里，随着三位皇妃先后诞下皇子，皇城中热闹异常，而喧哗背后的各方势力暗中较量也渐渐成为皇帝的心头重事，这样一来，逍遥王的逃婚私奔就显得没那么重要了，无人再问起湖州那位无权无势的风流王爷的去向。

陈子杭纵然心疼银子，还是按照约定给了宋淮山半价，那本就富甲一方的宋淮山因为这两笔生意更是狠狠赚了个丰收好兆头，每日扬扬得意地咧嘴一笑，再不去想什么七姨娘。

就在陈子杭认命觉得自己不该为钱财之事和主子闹别扭的时候，底下人传来消息：大小姐拿下了杭城三分之二的胭脂生意，这次赚到的钱不但能补上宋家那里的亏损，还为天目堂今后在江南站稳脚跟打下结实的一根桩子。

掌灯的时候，苏蓁玉才带着翠衣和芳华回来，萧如意打过招呼自己去拜访一名长辈去了。这座院子是天目堂在杭城的据点，倒也玲珑有致，厨房的师傅听说晚上大小姐在家，忙使出浑身解数做了一桌丰盛的晚饭。苏蓁玉让人将陈子杭请过来，想趁机和他说一声抱歉。

陈子杭早已不把这些事放在心上，只是第一次跟大小姐置气，竟然不好意思先说出和好的话来，听手下人来禀报大小姐有请，忙换了新衣服兴冲冲地过去。

席间，苏蓁玉让徐芳华将自己的遭遇说了一遍，又让翠衣把这几日对宋家恶行的所见所闻复述给陈子杭。

"大小姐难道要将宋淮山告到太守府那里去吗？"陈子杭虽然知道宋淮山不是善类，但还是没明白苏蓁玉的用意，如果是要对付他又何必亏损那么多？

"我不这样做，他不会心甘情愿让我马上带走芳华的，不出一个月宋淮山就要暴毙而亡，芳华如果继续留在宋府，只怕就有牢狱之灾。"苏蓁玉说完这话，众人皆是一惊。

徐芳华扑通一声跪倒在地，泣道："大小姐救命之恩，妾身没齿难忘。不错，我给宋淮山下了一种慢性毒药，本来是可以撑到秋天再毒发，如果中毒者过于亢奋就会迅速蔓延，大小姐预料得不错，宋淮山怕是撑不到秋天了。"

"起来吧，等他暴毙的时候我们已经离开杭城，这些前尘往事你就不要再提起了。你父亲是杭城有名的大夫，因为得罪了官家导致家破人亡，后来你跟了卖油郎本该平平淡淡地过一生，无奈女子貌美就是一种罪过，才会惹来这一场风波。好在你遇到我，今后你就安心待在我身边吧，他日有了意中人我会给你准备好嫁妆把你嫁给他。"

徐芳华呜咽不已，陈子杭嘴角微翘，这才是自己一直追随的大小姐，离开朝堂的她依然还是有无数的办法斩尽世上不平事。

萧如意回来的时候已经快三更了，春夜的风还是有些凉意袭人，廊下立着的苏蓁玉穿着月牙色的百合裙，青丝垂肩，眉间的疤痕若隐若现，"今天怎么回来这么晚？"语气竟然像普通人家小夫妻之间的问话。

"皇叔留我多吃了几杯，我跟他说，想让他给我们当证婚人，他说等陛下那边忙得不可开交就上表给我们求情。"

"天下人都说我拐了当朝最受宠的王爷私奔，不知羞耻呢。"苏蓁玉笑道。

萧如意从后面拥住她，把她困在自己的怀抱里轻声说道："那是因为我胆小怕事不敢告诉别人是我拐了天下第一美好的女子，更不敢让其他男子知道你的优点，怕自己有很多很多的情敌，就只能偷偷带着你私奔了。"

月光洒在他们身上静谧如雪。

未来的路还很长很长，他们遇见的人也会很多很多，但没有什么事情能将这一对年轻人分开了。

  结发为夫妻，恩爱两不疑。
  生当长相守，死当长相思。

（全文完）

图书在版编目（CIP）数据

名相倾国 / 郁小词著 . — 北京：人民日报出版社，
2018.8
ISBN 978-7-5115-5543-4

Ⅰ . ①名… Ⅱ . ①郁… Ⅲ . ①长篇小说－中国－当代
Ⅳ . ① I247.5

中国版本图书馆 CIP 数据核字（2018）第 136464 号

书　　名：**名相倾国**
作　　者：郁小词

出 版 人：董　伟
责任编辑：程文静
封面设计：繁体字设计工作室
出版发行：人民日报 出版社
社　　址：北京金台西路 2 号
邮政编码：100733
发行热线：（010）65369509　65369527　65369846　65363528
邮购热线：（010）65369530　65363527
编辑热线：（010）65363530
网　　址：www.peopledailypress.com
经　　销：新华书店
印　　刷：北京鑫瑞兴印刷有限公司

开　　本：700mm×1000mm　1/16
字　　数：450 千字
印　　张：30
印　　次：2018 年 10 月第 1 版　2018 年 10 月第 1 次印刷
书　　号：ISBN 978-7-5115-5543-4
定　　价：85.80 元（全二册）